陸游詩歌研究

陸游詩歌研究
육 유 시 가 연 구

주기평

역락

저자 **주기평**

서울대학교 인문대학 중어중문학과를 졸업하고 동 대학원에서 문학석사·문학박사 학위를 취득하였다. 서울대학교 규장각한국학연구원의 책임연구원으로 있으며 조선조 왕세자관련 관청일기류를 번역하였다.
서울대·이화여대·서원대 등에서 중국어와 한문 및 중국역대시가를 강의하고 있다.

저역서
≪육유시선≫(지만지, 2008)
≪잠삼시선≫(지만지, 2008)
≪역주 숙종춘방일기≫(민속원, 2008)
≪역주 소현심양일기≫(민속원, 2008)(공역)
≪역주 소현동궁일기≫(민속원, 2008)(공역)
≪당시삼백수≫(소명출판사, 2010)(공역) 등

주요 논문
<중국 도망시의 서술방식과 상징체계>
<남송 강호시파의 시파적 성격 고찰>
<중국 만가시의 형성과 변화과정에 대한 일고찰> 등

陸游詩歌硏究

초판 인쇄 2010년 6월 21일 | **초판 발행** 2010년 6월 30일
저 자 주기평
펴낸이 이대현 | **편집** 추다영·박선주
펴낸곳 도서출판 역락
등록 제303-2002-000014호(등록일 1999년 4월 19일)
주소 서울시 서초구 반포4동 577-25 문창빌딩 2층
전화 02-3409-2058(영업부), 2060(편집부) | **팩시밀리** 02-3409-2059
전자우편 youkrack@hanmail.net
ISBN 978-89-5556-838-7   93820

정가 30,000원

■잘못된 책은 교환해 드립니다.

陸游는 일만 수에 달하는 시를 전하고 있는 中國 最多作家로서, 北宋과 南宋이 교차하는 격변의 시기에 태어나 일생토록 중원의 회복과 오랑캐의 섬멸을 염원하며 살다간 시인이었다. 그의 시는 풍격상 크게 세 개의 시기로 나누어지는데, 이를 다시 세분하면 중기를 전후반으로 나눈 네 개의 시기로 구분할 수 있다. 초기는 江西詩派의 영향을 받아 형식기교 방면에 많은 힘을 기울였으며, 중기 중 전반 '在蜀時期'는 南鄭에서 종군경험을 계기로 새로운 정립된 詩觀을 바탕으로 열정적이고 호방한 憂國詩들을 써낸 시기이다. 중기 후반 '在山陰時期'는 기본적인 경향에 있어서는 이전 '在蜀時期' 때와 같지만 북벌에 대한 좌절감으로 인해 많은 부분 울분과 비탄의 감정이 나타난다. 만기는 고향에 한거하며 주로 평이하고 질박한 필치로써 농촌의 일상적인 생활을 題材로 한 시를 썼으며, 작품의 양이 폭발적으로 증가한 시기이다. 그러나 이러한 시기적인 차이에도 불구하고 육유시에는 주제나 형식에 있어 전시기를 아우르는 공통의 경향이나 원칙이 있었으니, '憂國意識'과 '形式技巧의 追求'가 그것이다.

主題에 있어 그의 시는 비록 그의 작품 수만큼이나 다양한 모습을 나타내고 절대적인 작품 수 또한 전원한적류의 작품이 월등히 많기는 하지만 항전의 결의와 열망을 드러내는 우국시들이 전시기에 걸쳐 지속적으로 쓰여지고 있는 까닭에 '憂國意識'은 그의 전시기에 걸친 대표 주제의식이었다. 形式修辭의 측면에서는 그가 비록 초기의 강서시파적 경향에서 의식적으로 벗어나려 했었고 형식수사기교의 추구에 대한 반대를 하긴 하였지만 이것들의 무의식적인 반영까지 제어할 수는 없었으니 비록 의식적인 志向

과 彫琢정도의 차이는 있을지언정 형식수사기교의 추구는 그의 全時期에 걸쳐 진행된 창작경향이었다고 할 수 있다.

陸游의 詩論은 크게 '養氣論', '載道論', '悲憤論', '自然論'의 네 부분으로 이루어져 있다. 이 중 養氣論은 詩文創作의 根源 및 前提와 관련한 인식으로서, 작품의 내용과 예술적 성취를 위해 시인에게 '養氣'의 선행을 요구한 것이며, 載道論은 詩文創作의 原則에 대한 인식으로서, 시의 公用性을 강조한 경우이다. 悲憤論은 詩文創作의 動機에 대한 인식으로서, 시의 본질을 작자의 억눌린 성정의 표출로 인식한 것이며, 自然論은 創作의 方法과 관련한 견해로서, 형식수사기교에 대한 반대를 나타낸 것이다.

陸游詩의 主題는 크게 '憂國', '愛民', '寫景詠物', '田園閑適', '交遊' 및 '其他'의 여섯 종류로 나눌 수 있다. 陸游의 '憂國詩'는 표현양태에 있어 '爲國獻身의 決意와 所望의 表出', '激情의 表出', '悲憤의 吐露', '憂國志士의 讚美', '紀夢을 통한 理想實現의 渴望', '示兒를 통한 希望的 未來에의 期待' 등 크게 여섯 가지의 양상으로 나타나며, '愛民詩'는 '百姓의 窮乏한 生活의 告發', '官僚에 대한 批判', '世態에 대한 批判' 등으로 나타난다. 陸游의 '寫景詠物詩'에서 산수자연경물은 객관적으로 관찰되고 감상되는 '客觀的 自然景物'이기도 하였으며 작자의 自意識을 불러일으키는 '媒介的 自然景物'이자 작자의 現實意識이 반영된 '主觀的 自然景物'이기도 하였다. 따라서 그의 '寫景詠物詩'는 '客觀的 感賞'과 '自意識의 觸發' 및 '現實意識의 反映'이라는 세 가지 양상으로 나타난다. '田園閑適詩'는 '田園生活의

여유와 한가로움의 描寫’, ‘日常 田園事의 敍述’, ‘憂國意識과의 結合’이라는 양상으로 나타나며 ‘交遊詩’는 ‘贈別’과 ‘寄贈’의 형식으로 나타난다.

陸游詩의 形式과 表現技巧에 있어 그의 시에 나타나는 형식수사미는 의도되지 않은 ‘무의식적인 반영’이었다. 이는 겉으로 드러나는 시의 외형적 부분에 있어서는 의도적인 조탁이 나타나지 않으며, 조탁의 범위나 정도 또한 일반적인 수준을 넘어서지 않는 것에서 확인할 수 있는 것으로, 그의 시는 詩形이나 詩題, 用韻, 疊字, 句式, 對仗 등의 방면에서 變格이나 破格보다는 주로 正格들을 사용하고 있다. 詩形에 있어서 전체 작품 중 7언 율시가 가장 많은 수를 차지하고 있는데, 詩想의 배치나 造字, 造句, 對仗 등에 있어 가장 많은 공력을 필요로 하는 7언 율시의 특성에 비추어볼 때 이는 그가 강서시파적인 창작 경향에서 온전히 자유롭지는 못하였음을 보여준다. 句數에 제한이 없는 고체시에서도 육유는 율시와 배율의 기본 구수를 주로 사용하고 있으며, 자유로운 자수로 이루어진 잡언체시에서조차 정형화의 경향을 찾아볼 수 있다. 詩題에 있어서는 의식적인 조탁의 노력을 거의 찾아볼 수 없으며, 用韻에 있어서는 근체시와 고체시를 막론하고 險韻이나 窄韻보다는 廣韻을 주로 사용하고 있다. 용운의 방법 또한 근체시의 경우 일반적인 근체시의 정격을 충실히 따르고 있으며, 용운이 자유로운 고체시의 경우에서도 轉韻보다는 通韻을 즐겨 사용하는 등 가능하면 정제된 韻을 사용하고 있다. 疊字의 활용에 있어서는 첩자의 긍정적인 효과를 생각하여 많은 시에서 의도적으로 첩자를 활용하고 있으나 이것의 부정적인 역할 또한 고려하여 잦은 활용보다는 단 한번의 활용을 즐겨하고 있다. 句式에 있어서는 5언 절구의 경우 대부분 기본구식인 2/3식을 활용하고 있으며, 기타 구식은 거의 사용되지 않고 있다. 對仗에 있어 對仗의 방식으로는 일반적인 절구와 율시에서 사용되는 ‘前對後散’ 및 ‘1·2·3聯對’가 가장 많이 활용되고 있으며, 내용상으로도 대부분의 대장에서 ‘工對’ 및 ‘頸聯工對’의 원칙을 따르고 있다.

육유의 詞는 시에 비해 그다지 높은 평가를 받지 않을 뿐 아니라, 육유 자신에게서도 시와는 차별적인 것으로 여겨졌다. 그의 詞觀은 처음의 부정적인 견해에서 만년에 점차 긍정적인 부분으로 변화하기는 하였지만 詞에 대한 긍정과 찬미가 아닌 詞의 존재에 대한 ‘容認’의 수준에 불과하였다. 주제의 분포에 있어서도 시와는 다른 양상을 나타내며, 그 구체적인 내용이나 표현양태 또한 시에서의 그것과는 많은 차이가 있다. 그러나 형식이나 표현기교 방면에 있어서는 오히려 시에서의 그것과 유사한 면이 많이 나타난다. 이는 그가 詞의 독립적인 가치를 인정하지 않고 사에 대해 시험적인 창작 태도를 지녔던 것에 기인한 것이었다.

이 책은 필자의 2005년 박사학위 논문을 수정 보완한 것이다. 돌이켜보면 필자의 1996년 석사학위 논문 또한 육유시를 대상으로 한 것이었으니, 필자의 박사학위 논문은 돌이켜보면 10년이 넘는 기간 동안의 연구결과였다고 할 수 있다. 그러나 이를 책으로 출간해야겠다고 생각하고 다시 검토

하는 과정에서 다만 오탈자나 비문뿐 아니라 논리상의 비약이나 오류 또한 발견할 수 있었다. 특히 작품의 번역을 지나치게 직역 위주로 했던 까닭에 시의 정감이 전혀 살아나지 않았으며, 이로 인해 오히려 육유의 작품성을 떨어뜨리게 하는 결과를 낳고 말았다. 작품에 대한 분석이나 설명에 있어서도 지나치게 소략하고 평이함을 면하지 못했으며, 작품에 따른 편차 또한 심했었다. 따라서 이 책을 출간하며 필자는 무엇보다 작품의 해석을 다듬고 이에 대한 분석과 설명을 보다 치밀하고 상세하게 보완함에 중점을 두었다. 그러나 원고를 완성한 지금에도 여전히 부족함이 느껴지니, 이는 필자의 능력의 한계로밖에 여겨지지 않을 따름이다.

마지막으로 이 책이 나오게 되기까지 그동안 많은 가르침과 도움을 주신 이영주 교수님을 비롯한 서울대 은사님들께 존경과 감사를 드리며, 마음뿐이었던 출판을 독려해 준 이미경 선생과 항상 성실하고 믿음직한 이지운 선생, 함께 시를 읽으며 시를 읽는 즐거움을 느끼게 해 준 서용준, 김수희, 홍혜진 등 여러 선생들께도 감사드린다. 또한 한정된 독자층임에도 불구하고 선뜻 출판을 허락하여 주신 역락출판사 이대현 사장님과 박선주 선생님, 그리고 편집부 식구들께도 깊은 감사를 드린다.

2010.
주 기 평

차 례

제1장

시작하며

1. 연구의 목적

陸游(1125~1209년)가 생존했던 시기는 정치적으로는 北宋 정권이 멸망하고, 臨安에 도읍을 정한 南宋 정권이 金과 대치하며 小康의 평안상태를 유지하고 있던 시기였다. 또한 문학적으로는 북송 중기 黃庭堅을 중심으로 형성된 江西詩派의 시풍이 여전히 커다란 영향력을 미치며 당시 시단의 주된 흐름을 형성하고 있던 시기였다. 陸游는 이러한 격변의 시대 상황 속에서, 강서시파의 영향력에서 벗어나 독자적이고 개성적이며 호방하고 격정적인 필치로서, 중원의 회복과 오랑캐 섬멸을 주장하는 비분강개한 심정을 토해내었다. 이런 까닭에 그의 시는 역대로 많은 사람들에 의해 憂國詩의 전형으로서 받들어졌으며, 그 불굴의 열정과 선명한 투쟁의식으로 인해 중국 최고의 애국 시인으로 추앙받아 왔다.

陸游에 대한 평가는 대체로 두 가지의 상이한 견해가 있다. 그 중의 하나는 그가 江西詩派의 풍격에서 벗어나 독자적인 성취를 이루었다는 것이며[1] 또 다른 하나는 그의 시의 연원을 呂本中과 曾幾에게서 찾으면서 그를 江西詩派의 시풍을 계승 발전시킨 사람으로 보는 것이다.[2] 전자의 견해는 그의 초기시의 성취를 과소평가하고 그의 작품들에서 전시기에 걸쳐 나타나는 강서시파적인 성향들을 홀시한 것으로, 다분히 그의 많은 憂國詩들에 경도되어 무조건적인 추숭을 하고 있는 측면이 있다. 반면 후자의 경우는 그의 시가 초기에는 江西詩派에서 시작하였으나 중기 이후 蜀지방에서의 경험을 계기로 시의 풍격뿐만 아니라 문학관 자체의 변화까지 생겨났음을 홀시하고 있다. 형식상의 성취에 대한 평가에 있어서도 趙翼은 육유의 시가 律詩와 古詩를 막론하고 옛 시인들이 이르지 못한 경지에 올랐다고 극찬하였으며,[3] 朱東潤 또한 그가 일찌감치 字句, 音律, 對仗, 用典 등의 방면에서 커다란 성취가 있었음을 지적하였다.[4] 그러나 趙翼 자신도 用詞와 用事에 있어서의 중복을 언급한 것처럼[5] 查愼行, 朱彝尊, 錢鍾書 등 또한 章法과 句法의 중복들을 육유시의 단점으로 지적하고 있다.[6]

---

1) 紀昀 《四庫全書總目提要》, 劉大杰 《中國文學發達史》, 胡雲翼 《宋詩研究》, 錢鍾書 《宋詩選注》 등.

2) 孟瑤 《中國文學史》, 劉維崇 《陸詩評傳》, 梁昆 《宋詩派別論》, 嚴恩紋 《宋詩槪論》, 楊志莊 《兩宋文學研究》 등.

3) '放翁以律詩見長, 名章俊句, 層見疊出, 令人應接不暇. 使事必切, 屬對必工, 無意不搜而不落纖巧, 無語不新而不事塗澤, 實古來詩家所未見也.' 趙翼, 《甌北詩話》 卷6, <陸放翁詩> 4조.
'抑知其古體詩, 才氣豪健, 議論開闢, 引用書卷皆軀使出之, 以非徒以數典爲能事… 此古體之工力更深於近體也' 趙翼, 앞의 책 卷6, <陸放翁詩> 6조.

4) 朱東潤, 《陸游傳》, 88면.

5) 趙翼은 《甌北詩話》 卷6 15조에서 중복의 예로 <老境>의 '智士固知窮有命, 達人元謂死爲歸' 구와 <寓嘆>의 '達士共知生是贅, 古人嘗謂死爲歸' 구를 비롯한 총 6종의 예를 들고 있다.

6) '劍南詩非不佳, 只是蹊徑太熟, 章法求食未免雷同, 不耐多看' 查愼行, 《初白庵詩評》 卷下
'陸務觀劍南詩集, 句法稠疊, 讀之終卷, 令人生憎' 朱彝尊, 《曝書亭集》 권52, <書劍南集後>.

필자의 관점에서도 육유의 시세계를 특정한 하나의 용어로 규정하거나 하나의 평가만을 전적으로 수용하기는 어렵다. 이는 그의 詩가 시기에 따른 시풍의 변화 외에도 자체적인 모순된 형상을 지니기 있기 때문이다. 몇 가지의 예를 들면, 내용상 '憂國詩'로 대변되는 陸游의 일련의 애국시는 작자의 사상이나 삶의 역정, 평생의 지향 등에 비추어 볼 때 그의 시의 특징을 가장 잘 나타내 주는 것이며, 그의 시의 궁극적인 지향점이라 할 수 있다. 그러나 그의 전체 시 중 수량 면에 있어서는, 외관상 이들과 구별되는 전혀 다른 류의 시들, 즉 꿈과 환상을 노래하고 술과 歌舞를 즐기며 자연 속에 묻혀 일체의 공명심을 버리고 세상사를 잊고자 하는 지향을 담고 있는 소위 閑適詩나 吟遊詩들이 憂國詩보다는 압도적으로 많은 수를 차지하고 있다. 이 같은 대표 주제의식과 작품 분량상의 차이로 인해, 애국적 열정과 悲憤慷慨로 가득 찬 시인이 어떻게 이러한 꿈과 추억을 노래하는 小事的인 시를 지을 수 있는가 하는 의아심을 갖게 하기도 하였다.7) 나아가 표면적인 수량에 근거하여, 그의 시에 대해 초기에는 江西詩派의 울타리에서 形式技巧的인 조탁에 치중한 시를 썼으며, 중기에는 비분강개한 열정적인 憂國詩를 썼고, 만기에는 은거하며 平淡閑適한 시를 썼다고 하는 단순한 단계론적인 평가와 함께 말년의 변절문제에 대한 논란을 야기하는 원인이 되기도 하였다.8)

사실 특정 시인에 대한 평가에 있어 평자에 따른 상이한 평가가 존재하는 것은 어쩌면 당연한 현상이라고 할 수 있다. 그것은 동일한 시인을 평가함에 있어 객관적으로 수량화 할 수 없는, 각 평자마다의 개인적인 好惡

'放翁多文爲富, 以意境實鮮變化. 古來大家, 心思句法, 復出重見, 無如渠之多者' 錢鍾書, ≪談藝錄≫ 35.

7) 錢鍾書, 앞의 책.

8) 육유시의 시기 구분은 趙翼의 ≪甌北詩話≫에서가 가장 먼저로서, 그가 설정한 세 시기의 구분법은 이후 현재까지도 육유시의 연구에 널리 차용되고 있다.

및 이념상의 지향과 추구와 같은 주관적인 평가기준이 주요한 부분을 차지하기 때문이다. 그러나 이 같은 개별적인 평가기준의 차이에도 불구하고 각 평가들 사이의 공통분모를 찾아 이들을 한데 아우를 수 있는 공통적인 평가개념을 정립하는 것은 반드시 필요한 작업이다. 왜냐하면 이는 단순히 시인의 개인적 정체성을 확립한다는 의미를 넘어 師承 및 이후의 영향 관계를 밝힘에 있어 중요한 근거가 되며, 문학사적 기술에 있어서의 객관성까지도 함께 담보하는 것이기 때문이다.

이 같은 작업이 그 구체적인 결과물을 만들어 내고 나름대로의 객관성과 타당성을 갖기 위해서는 무엇보다도 먼저 평가대상 및 영역에 대한 공통성이 전제가 되어야만 한다. 평자마다 평가의 기준이 상이한데다 평가의 구체적인 대상과 범주까지 다르다고 한다면 평가들 사이의 공통점은 사실상 찾아내기 어려우며, 설령 가능하다 할지라도 객관성이나 설득력을 지닐 수 없기 때문이다. 이러한 전제에 비추어볼 때, 위에서 인용된 육유시에 대한 제 평가 및 견해들은 각기 주관적 판단에 근거한 특정 대상과 범주에 한정된 평가들이라 할 수 있다. 즉 육유의 시 중 초기나 중기의 어느 특정 시기 작품을 그의 대표 작품으로 설정하고 그것에서 드러난 주제의식으로 육유 전시기의 시를 개괄하였거나, 형식상에 있어 몇몇 대표적인 작품이나 특정형식 방면에서 드러나는 개별적인 특징과 성취를 전체 시에 대한 것으로 확대하고, 用詞와 句法 등에 있어서 절대 작품 총수를 고려하지 않은 단순 중복 횟수만을 고려하여 이를 육유시의 단점으로 지적한 것이라 할 수 있다. 따라서 육유시의 연구에 있어 일차적인 대상은 평자의 자의적 판단에 근거한 특정 시기 특정 유형의 시가 아닌 전 시기의 전체 유형의 시가 되어야만 하며, 이를 근거로 그의 全時期를 함께 아우를 수 있는 평가가 내려져야만 하는 것이다.

둘째로, 공통의 평가개념을 정립하기 위해서는 해당 작가의 생애 시기

구분 및 작품의 통계분포라는 객관적인 분석틀을 잘 활용해야 한다. 한 시인의 시적 특징이나 경향성은 작품의 시기적인 차이나 구체적인 통계 수치를 통해 증명되는 까닭에 평가에 대한 보다 높은 객관성과 설득력을 보장할 수 있으며, 또한 이러한 이유로 기존의 평자들에 의해 즐겨 사용되어 온 것이 사실이다. 그러나 이 중 통계분포 조사방식은 시기구분에 대한 고려 없이 전시기 작품들을 대상으로 일괄적으로 적용되었을 때 실제와는 다른 결과를 나타낼 수 있다. 즉 시인에 따라 작품 수의 분포가 시기별로 현저하게 차이가 나는 경우, 전체 작품 수의 단순 분포비율을 통한 고찰은 자칫 특정 시기 작품의 분량에 가려 다른 시기의 시적 특성이 드러나지 않게 되는 결과를 낳을 수도 있다. 육유의 예가 이것의 가장 대표적 경우라 할 수 있다. 이에 대해서는 다음 제2절의 연구대상과 제2장의 시기별 시풍에서 다시 살펴보겠지만, 현전하고 있는 그의 작품의 70%이상이 80여 세의 생애 중 만기 20년간의 시기에 집중적으로 쓰여진 것들이다.[9] 따라서 시기별 구분 없이 작품의 총수 분포만을 고려하게 되면 결과적으로 작품 수에서 절대적인 만기의 특성으로 육유시 전체를 개괄해버리게 되는 오류를 범하게 되는 것이다.

이 같은 사실들은 결국 특정 시인의 주제의식이나 형식상의 성취 및 이와 관련한 제반 시적 특성을 파악하는데 있어 육유와 같이 시기별 작품 분포가 커다란 편차를 나타내고 있는 시인들은 작품 전체를 대상으로 한 분포 분석보다는 시기별로 구분된 분석 방법이 시인과 작품의 진면목을 드러내는 보다 효과적인 방법임을 말해주는 것이다. 결론적으로 육유에 대한 기존의 상이한 견해나 평가들은 상호 이상과 같은 전제와 방법에 기반하

---

9) [표 3] '≪劍南詩稿≫ 연도별 통계표'에 따르면 1169년(45세)까지의 초기시는 총 167수, 1189년(65세)까지의 중기시는 총 2,508수로 각각 전체 9,136수의 1.8%, 27.5%에 불과하다.

지 않았던 까닭에 각기 나름대로의 타당성을 지니고 있으면서도 상호간의 공통점은 존재하지 않는 단면적인 평가라는 한계를 나타낼 수밖에 없었던 것이다.

육유시는 일만 수에 달하는 방대한 수량으로 인해 작품 전체를 대상으로 한 분석에 어려움이 있는 것이 사실이다. 필자는 졸고 ≪陸游詩硏究≫ (서울대 석사학위논문, 1996)에서 육유시에 대한 총체적 인식의 필요성을 제기하고, 중기의 우국시와 함께 초기의 강서시파류의 시와 만기의 전원한적류의 시들에 대한 작품 분석을 통해, 상이한 풍격의 혼재나 작품 수의 차이에도 불구하고 그의 전시기를 통틀어 '우국의식'이 그의 사상이나 문학에 있어서의 변함없는 중심주제였음을 밝힌 바 있다. 그러나 당시 필자의 이 글 또한 그의 시 전체를 대상으로 한 것이 아니라, 기존 선집류들에 공통으로 수록되어 있는 작품들을 중심으로 한 것들이었던 까닭에 많은 부분 논거가 미약하고 설득력이 부족하였다. 인용 작품에 대한 설명이나 평가에 있어서도 기존 선집의 편자나 선록자의 관점에서 크게 벗어나지 못하고 그들의 견해를 무비판적으로 받아들인 것이 사실이었다. 또한 작품의 주제나 형식상의 특징 분석에 있어서도 그 분류가 명확하지 못하고 지나치게 소략함을 면하지 못하였다.

따라서 이 책에서는 먼저 육유시를 대표하는 주제를 선정함에 있어서 전시기의 시를 대상으로 각 시기에 걸쳐 고루 나타나고 있는 주제를 선별하고 각각의 주제들의 표현양태 및 표면주제와 내면주제, 각각의 주제들 간의 상호 연관성 등에 대한 검토를 하고자 한다. 아울러 각각의 주제들의 시기별 중요도와 분포 및 표현양태상의 차이 또한 함께 살펴봄으로써, 일만 수에 달하는 그의 시를 관통하는 육유 평생의 사상과 지향이 무엇이었으며 이것들이 연륜에 따른 개인 심경의 변화와 외부적 상황의 변화에 따라 어떠한 방식으로 표출되었는가를 알아보고자 한다.

형식상의 특성에 있어서는 먼저 詩形, 用韻, 句式, 對仗 등의 형식수사 방면에 대한 전면적인 분석을 통해 육유시의 전반적인 활용현황과 작시상의 경향 및 특징 등을 살펴보고, 그것들이 나타내는 의미와 원인들에 대해 고찰해보기로 한다. 아울러 가능한 범위 내에서 이를 다시 시기별로 구분하여 각 시기별로 두드러진 특징과 다른 시기들과의 차이점 등을 살펴보고자 한다. 이는 형식수사 방면에 있어서도 시기별 작품 총수의 불균등이라는 육유시의 특성을 고려해야만 그의 시의 工拙에 대한 보다 공정한 평가를 내릴 수 있기 때문이다.

육유는 시인으로서 탁월한 성취를 이루었고 아울러 이에 걸맞는 명성을 얻고 있기는 하지만, 이와는 별도로 그의 문학세계는 文과 史, 詞가 또 다른 중요한 축으로 이루어져 있다. 여기에서의 명성은 비록 시에서의 그것보다는 못하지만 육유라는 시인에 대한 총체적인 인식에 있어서는 결코 간과할 수 없는 부분임은 분명하다. 더구나 詩와 詞의 親緣性을 생각한다면, 이 중에서도 특히 '詞'에 대한 고찰은 육유시의 특징과 다른 장르와의 차별성 등을 이해하는 데 필수적인 요소라 할 수 있을 것이다.

이 책에서 시도하고자 하는 시기적 구분을 통한 연구방법은 육유시에 대한 전혀 새로운 평가를 목적으로 하는 것이 아니다. 이 방법은 육유시에 대한 기존 평가들의 긍정적인 면들을 인정하면서 이들간의 각기 상이한 평가들을 넘어 공통으로 적용될 수 있는 평가 개념을 모색하기 위한 하나의 방편으로써 제시한 것이다. 이를 통해 우리는 그간 평자에 따라 피상적이면서 다양한 개념으로 존재해오던 육유의 시세계를 실제적이면서 상호 유사한 개념으로 정립할 수 있으며, 나아가 육유의 문학 세계에 대한 인식에 있어서도 유용한 단초를 만들 수 있을 것이다. 따라서 이 책에서는 '육유시의 총체적 인식'이라는 목적하에, 기존 연구의 연속선상에서 육유시 전체를 대상으로 주제 및 형식상의 특징에 대한 기존 연구의 누락과 오류를 보완 수정하고자 하며, 詞와의 비교 고찰을 통해 육유시만의 특징을 구별해 내고, 불완전하나마 '육유의 문학세계'에 대한 총체적인 인식으로 나아가고자 한다.

2. 연구의 대상 및 방법

1) 연구의 대상

육유는 역대 중국 시인들 중 가장 많은 시를 남기고 있는 시인이다. 그는 77세 때인 嘉泰 원년(1201)에 쓴 <小飮梅花下作> 시에서 이미 '六十年間萬首詩'라 하며 '나는 17, 8세부터 시를 쓰기 시작하여 지금 60년간 만편을 얻었다'라고 注를 달고 있다.[10] 그리고 그 이후로도 嘉定 2년(1209)까지 8년 동안 3,546수의 시를 더 남기고 있으니, 작품의 수량에 있어서는 중국 시인들 중 가히 독보적인 위치를 차지하고 있다고 할 수 있다.

육유시의 총수에 대해서는 평자들마다 상이한 견해를 보이고 있다. 먼저 육유와 동시대에 살았던 劉克莊은 그의 시를 '≪劍南集≫ 85권 8,500수'라 하였고,[11] 趙翼은 '육유의 아들 子虡가 편찬한 85권으로 계산하여 9,220수',[12] 梁章鉅는 '放翁詩는 처음 편찬할 때 40권이었으며 다시 편찬하여 전후 85권이 되어 합산하면 9,200여 수이다'[13]라고 하였다. 이 밖에 陸侃

---

10) '脫巾莫歎髮成絲, 六十年間萬首詩' '自注－予自年十七八學作詩, 今六十年得萬篇' ≪劍南詩稿≫ 권49, <小飮梅花下作>.
11) '≪劍南集≫八十五卷, 八千五百首' 劉克莊, ≪后村先生大全集≫ 권174, ≪詩話全集≫.
12) '今就其子子虡所編八十五卷, 合計已九千二百餘首' 趙翼, ≪甌北詩話≫ 권6, <陸放翁詩> 1조.
13) '放翁詩初編爲四十卷, 再編通前爲八十五卷, 合計已九千二百餘首' 梁章鉅, ≪退庵隨筆≫ 권20.

如 외 著 ≪中國文學史簡編≫, 游國恩 외 著 ≪中國文學史≫, ≪辭海≫, ≪辭源≫ 등에서도 '현존하는 것은 대략 일만 수가 넘는다', '대략 9,300여 수', '9,000여 수', '근 만여 수'와 같이 대략적인 수치를 제시하고 있으며 이마저도 많은 차이가 존재하고 있다. 최근까지 가장 정확한 통계로 받아들여지고 있는 것은 歐小牧의 통계로 '9,138수'로 소개되어 있다.[14] 그러나, 필자의 통계에 따르면 여기에서도 약간의 오차가 있는 바, 필자가 조사한 결과는 다음과 같다. 아래에서 ≪劍南詩稿≫ 85권과 ≪放翁逸稿≫, ≪逸稿續添≫은 ≪陸游集≫, ≪陸放翁全集≫이라는 이름으로 각각 中華書局과 中國書店에서 1976년과 1986년에 합간되었다.

[표 1] 육유시 통계

서 명	편찬자	시 제	작품수
≪劍南詩稿≫ 85권본	陸子虞	6,629	9,136
≪放翁逸稿≫	毛晉	23	43
≪逸稿續添≫	毛扆	17	20
≪逸稿補遺≫	錢仲聯	14	32
총 계		6,683	9,231

이 외에도 선집이나 서적에 따라 ≪劍南詩稿≫[15]에는 수록되어 있지 않은 시가 온전한 형태로, 혹은 殘句의 형태로 전해지고 있기는 하나[16] 진위가 분명하지 않은 까닭에 작품 총수에서는 제외하였다. 물론 위의 통계는

---

14) 歐小牧, ≪陸游年譜≫

15) 이하 ≪詩稿≫

16) 王象의 ≪輿地紀勝≫에는 육유의 逸詩 6수가 수록되어 있는데, 이 중 2편은 全詩가 실려 있으며, 나머지 4편의 殘句의 형태로 실려 있다. 또한 宋代 劉辰翁이 편찬한 ≪須溪精選陸放翁詩集≫에는 총 190수의 시가 수록되어 있는데, 이 중 14수는 ≪詩稿≫에 실려 있지 않은 시이다. 아마도 ≪詩稿≫ 全集의 편정 과정에서 누락된 ≪劍南詩稿遺稿≫에 수록되었던 작품인 듯하나 확실하지는 않다.

현존하는 통계로서 실제 육유가 지은 작품의 총수와는 거리가 있다. 앞서 육유는 嘉泰 원년(1201)에 이미 일만 수의 시를 얻었다고 했는데, 현재 ≪詩稿≫에 수록되어 있는 이 시기까지의 시를 합산하면 총 5,590수로 그가 말한 수와는 많은 차이가 있다. 이는 그가 ≪詩稿≫를 편찬하면서 이전의 작품들을 선별 수록한 데서 기인한 것이다.

육유는 먼저 乾道 2년(1166)에 蜀 지방으로 떠나오면서 이전에 썼던 시들에 대해 대대적인 정리를 하였으며, 이후 63세 때인 淳熙 14년(1187) 겨울 嚴州에 있을 때 다시 그때까지의 시들을 정리하여 ≪劍南詩稿≫ 前集 20권을 편찬하였다. 이 과정에서 자신의 마음에 들지 않는 시를 대대적으로 버려버렸는데, 이에 대한 과정은 그가 직접 쓴 前集의 跋文에 자세히 나타나 있다. 당시 버려졌던 시들을 육유의 장자인 子虞가 따로 모아 ≪劍南詩稿遺稿≫ 7권으로 편찬하였다고 하나 지금은 전하지 않는다.

> 이것은 나의 丙戌年(1166) 이전에 지은 시의 20분의 1이며 嚴州에서 다시 편집할 때 또 10분의 9는 버렸다.[17]

> 처음에 先君께서 新定에 계실 때 편찬하신 ≪前稿≫는 옛 시에서 많이 빼어버린 것이었는데 그 버린 시로 존재하는 것이 7권이나 된다.[18]

이 前集 20권 이후의 시들은 開禧 원년(1205)에 장자인 子虞에 의해 ≪劍南詩續稿≫ 40권이 편찬되었으며 이어 開禧 2년(1206) 막내아들인 子遹에 의해 ≪續稿≫ 48권이 간행되었다. 현전하고 있는 ≪劍南詩稿≫는 육유의 사후 11년 후인 嘉定 13년(1220) 12월에 장자 子虞가 九江의 태수로 있을

---

17) '此我丙戌以前詩二十之一也. 及在嚴州再編, 又去十之九' ≪渭南文集≫ 권27, <跋詩稿>.
18) '初先君在新定時, 所編前稿, 于舊詩多所去取. 其所遺詩, 存者尙七卷' ≪詩稿≫, <劍南詩稿跋>.

때, ≪續稿≫ 이후의 시들을 모아 前稿들과 합쳐 85권으로 간행한 것이다. 각 집의 편찬과정과 명칭의 유래는 子虞의 <劍南詩稿跋>에 잘 나타나 있다.

　　무술년(1178) 춘 정월에 효종께서 그 (촉 지방에) 오래 거하시고 계심을 생각하시고는 도성으로 급히 부르셨다. 그러나 (先君께서는) 마음속에서 하루라도 촉 땅을 잊지 않으셨으니 그 시가에 드러난 것으로 가히 알 수 있다. 이러한 까닭으로 평생토록 지으신 시권을 題하여 ≪劍南詩稿≫라 이름하여 그 뜻을 드러내셨으니 이는 다만 촉 땅에서 지은 시만을 말하는 것은 아니다. 후에 新定(嚴州-역자주)의 태수로 계실 때 사람들이 책으로 편찬할 것을 청하므로 드디어 세상에 간행하셨다. 그 戊申年(1188) 己酉年(1189) 후의 시는 先君께서 大蓬(秘書監의 별칭-역자주) 직에서 벼슬을 그만두고 山陰의 옛 집으로 돌아오시어 내게 40권을 편찬토록 명하시고는 다시 그 표지에 題하여 ≪劍南詩續稿≫라 이름하셨다. 그리고 선 친히 교정을 가하시고 빼어내고 새로 쓰고 하시어 先君의 손때가 남아 있었다. 이때부터 돌아가실 때까지 前稿와 합쳐 85권의 시가 되었다. 내가 九江의 임시 태수를 맡고 있어 이를 군청에서 간행하여 마침내 ≪劍南詩稿≫라 이름하였다.[19)

子虞의 말에 따르면, 그가 부친의 명을 받아 ≪劍南詩續稿≫ 40권을 편찬한 시기는 육유가 秘書監에서 물러 나와 고향인 山陰에 들어온 이후의 시기로서 [표 3]의 권수 분포에 비추어 보아 開禧 원년(1205) 초 무렵으로 여겨진다. 다만 여기서는 그 이듬해 말 막내아들 子遹이 편찬한 ≪續稿≫ 48권에 대한 언급이 빠져 있다. 육유는 <力耕> 시에서 '외려 붓과 벼루를

---

19) '戊戌春正月, 孝宗念其久處. 趣召東下. 然心固未嘗一日忘蜀也, 其形于歌詩, 蓋可考矣. 是以題其平生所爲詩卷曰 ≪劍南詩稿≫, 以見其志焉. 蓋不獨謂蜀道所賦詩也. 後守新定, 門人請以鋟梓, 遂行于世. 其戊申己酉後詩, 先君自大蓬謝事歸山陰故廬, 命子虞編次爲四十卷. 復題其籤曰 ≪劍南詩續稿≫. 而親加校定, 朱黃塗擩, 手澤存焉. 自此至損館舍, 通前稿, 凡爲詩八十五卷. 子虞假守九江, 刊之郡齋, 遂名曰 ≪劍南詩稿≫' ≪詩稿≫, <劍南詩稿跋>.

잊을 수 없음이 아쉬웠는데, 작은아이가 모아들여 책으로 엮었네'라고 하며 注에서 '子遹이 나의 시 ≪續稿≫를 48권으로 편찬하니, 권에 100편씩이었 다'라고 말하고 있다.[20] 이 때가 開禧 2년(1206)이니 子遹은 子虞가 ≪劍南 詩續稿≫ 40권을 편찬한 이후 2년간의 시를 다시 더하여 ≪續稿≫ 48권 으로 만들었음을 알 수 있다.[21]

앞서 <詩稿序>에서 육유가 말한 丙戌年(1166) 이전의 시와 嚴州(1187) 이전의 시로 현재 ≪詩稿≫에는 각각 111수와 2,534수가 수록되어 있다. 참고로 ≪詩稿≫에 수록된 권별 통계와 연도별 통계는 다음과 같다.

[표 2] ≪劍南詩稿≫ 권별 수록시 통계표

권수	시제수	작품수	누계	권수	시제수	작품수	누계	권수	시제수	작품수	누계
1	122	151	151	30	70	101	3,640	59	69	102	6,585
2	120	135	286	31	65	103	3,743	60	66	91	6,676
3	118	132	418	32	65	99	3,842	61	67	99	6,775
4	107	118	536	33	78	100	3,942	62	64	100	6,875
5	110	116	652	34	71	102	4,044	63	63	101	6,976
6	90	103	755	35	68	100	4,144	64	63	99	7,075
7	82	93	848	36	69	101	4,245	65	66	102	7,177
8	121	146	994	37	86	136	4,381	66	52	102	7,279
9	99	119	1,113	38	63	105	4,486	67	73	101	7,380
10	112	128	1,241	39	62	102	4,588	68	72	100	7,480
11	123	154	1,395	40	69	100	4,688	69	71	101	7,581
12	125	147	1,542	41	60	100	4,788	70	63	99	7,680
13	119	152	1,694	42	72	100	4,888	71	60	101	7,781

20) '猶恨未能忘筆硯, 小兒收拾又成編' '自注－子遹編予詩續稿, 成四十八卷, 卷有百篇' ≪詩 稿≫ 권69, <力耕>.
21) ≪劍南詩稿≫의 세부적인 편찬과정이나, 異本 및 殘本들에 관해서는 祝尙書 ≪宋人別 集敍錄≫, 960~971면 <劍南詩稿> 條 참고.

권수	시제수	작품수	누계	권수	시제수	작품수	누계	권수	시제수	작품수	누계
14	115	144	1,838	43	73	101	4,989	72	57	100	7,881
15	107	137	1,975	44	64	100	5,089	73	69	100	7,981
16	112	130	2,105	45	68	100	5,189	74	64	99	8,080
17	131	155	2,260	46	71	100	5,289	75	72	100	8,180
18	122	140	2,400	47	61	101	5,390	76	55	101	8,281
19	107	139	2,539	48	74	101	5,491	77	64	100	8,381
20	88	101	2,640	49	80	99	5,590	78	55	99	8,480
21	87	100	2,740	50	75	100	5,690	79	67	101	8,581
22	70	98	2,838	51	76	99	5,789	80	69	100	8,681
23	64	100	2,938	52	62	90	5,879	81	64	101	8,782
24	67	103	3,041	53	67	101	5,980	82	61	100	8,882
25	84	98	3,139	54	70	99	6,079	83	59	102	8,984
26	82	101	3,240	55	80	100	6,179	84	54	100	9,084
27	82	98	3,338	56	58	100	6,279	85	37	52	9,136
28	68	100	3,438	57	78	102	6,381	計	6,629	9,136	
29	84	101	3,539	58	60	102	6,483				

[표 3] ≪劍南詩稿≫ 연도별 통계표

연 대	연 령	수록 권수	작품범위	시제수	작품수	작품 누계
1142년 (宋 紹興12)	18	1	<別曾學士>	1	1	1
1152년 (宋 紹興22)	28	1	<送仲高兄, 宮學秩滿赴行在>	1	1	2
1153년 (宋 紹興23)	29	1	<題閻郎中溧水東皐園亭>	1	1	3
1154년 (宋 紹興24)	30	1	<和陳魯山十詩>, <看梅絶句>	2	15	18
1155년 (宋 紹興25)	31	1	<春晚簡陳魯山>~<夜讀兵書>	3	3	21

연 대	연 령	수록 권수	작품범위	시제수	작품수	작품 누계
1156년 (宋 紹興26)	32	1	<二月二十四日作>～<留題雲門草堂>	5	5	26
1157년 (宋 紹興27)	33	1	<送韓梓秀才十八韻>～<寄陳魯山>	6	8	34
1158년 (宋 紹興28)	34	1	<戲題江心寺僧房壁>～<平陽驛舍梅花>	3	3	37
1159년 (宋 紹興29)	35	1	<渡浮橋至南臺>～<海中醉題時雷雨初 霽>	7	7	44
1160년 (宋 紹興30)	36	1	<溪行>～<東陽觀酴醿>	4	5	49
1161년 (宋 紹興31)	37	1	<送李德遠寺丞>～<聞武均州報已復西 京>	8	11	60
1162년 (宋 紹興32)	38	1	<喜小兒輩到行在>～<以石芥送劉韶美>	11	13	73
1163년 (宋 隆興1)	39	1	<出都>～<謝王彥光提刑>	17	19	92
1164년 (宋 隆興2)	40	1	<送查元章赴薆漕>～<送呂彥升參謀>	5	5	97
1165년 (宋 乾道1)	41	1	<无咎兄郡齋燕集>～<去年余佐京口>	13	14	111
1166년 (宋 乾道2)	42	1	<自詠示客>～<寄龔實之正言>	13	14	125
1167년 (宋 乾道3)	43	1,2	<遊山西村>～<春日>	26	32	157
1168년 (宋 乾道4)	44	2	<僧房假榻>～<澗松>	7	10	167
1169년 (宋 乾道5)	45	－		－	－	167
1170년 (宋 乾道6)	46	2	<將赴官薆府書懷>～<雪中臥病在告戲 作>	59	64	231
1171년 (宋 乾道7)	47	2	<雪晴>～<十二月十九日晚>	50	55	286
1172년 (宋 乾道8)	48	3	<飯三折舖舖在亂山中>～<再賦梅花>	93	101	387

연 대	연 령	수록 권수	작품범위	시제수	작품수	작품 누계
1173년 (宋 乾道9)	49	3,4	<登塔>～<十二月十一日視築隄>	120	137	524
1174년 (宋 淳熙1)	50	4～6	<題龍鶴菜帖>～<自唐安徙家來和義>	167	175	699
1175년 (宋 淳熙2)	51	6	<乙未元日>～<明日午睡至暮復次前韻>	33	34	733
1176년 (宋 淳熙3)	52	6～8	<醉中長歌>～<寺居夙興>	119	143	876
1177년 (宋 淳熙4)	53	8,9	<萬里橋江上習射>～<丁酉除夕>	178	218	1,094
1178년 (宋 淳熙5)	54	9,10	<正月二日晨出大東門>～<梅花絶句>	129	147	1,241
1179년 (宋 淳熙6)	55	11	<對酒>～<江上梅花>	123	154	1,395
1180년 (宋 淳熙7)	56	12,13	<擬峴臺觀雪>～<蕭山>	148	173	1,568
1181년 (宋 淳熙8)	57	13,14	<辛丑正月三日雪>～<夜從父老>	132	173	1,741
1182년 (宋 淳熙9)	58	14	<壬寅新春>～<陶山遇雪>	53	58	1,799
1183년 (宋 淳熙10)	59	14～16	<哭王季夷>～<湖村野興>	162	211	2,010
1184년 (宋 淳熙11)	60	16,17	<看鏡>～<新晴午枕初起信筆>	98	117	2,127
1185년 (宋 淳熙12)	61	17	<乙巳早春>～<江北莊取米到作飯香甚>	53	62	2,189
1186년 (宋 淳熙13)	62	17,18	<感興>～<十二月二十七日>	145	169	2,358
1187년 (宋 淳熙14)	63	18,19	<春晴>～<除夜雪>	143	176	2,534
1188년 (宋 淳熙15)	64	19,20	<戊申元日>～<五鼓赴太社臘祭>	88	100	2,634
1189년 (宋 淳熙16)	65	20,21	<己酉元日>～<醉中浩歌罷戲書>	40	41	2,675

연 대	연 령	수록 권수	작품범위	시제수	작품수	작품 누계
1190년 (宋 紹熙1)	66	21	<朝雨>～<寓歎>	52	65	2,740
1191년 (宋 紹熙2)	67	22～ 24	<贈惟了侍者>～<梅花絶句>	149	223	2,963
1192년 (宋 紹熙3)	68	24～ 26	<得林正父察院書>～<壬子除夕>	198	250	3,213
1193년 (宋 紹熙4)	69	26～ 29	<癸丑正月二日>～<雪中作>	193	249	3,462
1194년 (宋 紹熙5)	70	29～ 31	<甲寅元日>～<贈應秀才>	182	262	3,724
1195년 (宋 慶元1)	71	31～ 34	<春耕>～<屬疾>	161	227	3,951
1196년 (宋 慶元2)	72	34,35	<新歲>～<海棠圖>	109	158	4,109
1197년 (宋 慶元3)	73	35,36	<丁巳正月二日鷄初鳴>～<憶昔>	78	105	4,214
1198년 (宋 慶元4)	74	36～ 38	<戊午元日讀書…>～<歲盡苦寒>	152	246	4,460
1199년 (宋 慶元5)	75	38～ 42	<己未新歲>～<新春>	232	362	4,822
1200년 (宋 慶元6)	76	42～ 45	<庚申元日口號>～<除夜>	202	297	5,119
1201년 (宋 嘉泰1)	77	45～ 49	<修路>～<除夕>	334	471	5,590
1202년 (宋 嘉泰2)	78	50～ 52	<開歲>～<暇日弄筆戲書>	204	278	5,868
1203년 (宋 嘉泰3)	79	52～ 56	<立春前後連日風雨>～<信手翻古人詩>	252	355	6,223
1204년 (宋 嘉泰4)	80	56～ 60	<甲子歲元日>～<除夜>	305	453	6,676
1205년 (宋 開禧1)	81	61～ 65	<乙丑元日>～<舟中作>	291	454	7,130
1206년 (宋 開禧2)	82	65～ 69	<丙寅元日>～<春前六日作>	300	451	7,581

연 대	연 령	수록 권수	작품범위	시제수	작품수	작품 누계
1207년 (宋 開禧3)	83	70~ 74	<立春後作>~<送蘇趙曳赴省試>	300	477	8,058
1208년 (宋 嘉定1)	84	74~ 80	<新春感事八首>~<除夕>	378	599	8,657
1209년 (宋 嘉定2)	85	80~ 85	<己巳元日>~<示兒>	291	479	9,136
누계				6,629	9,136	

위 [표 3]의 '≪劍南詩稿≫ 연도별 통계표'에 나타난 현전 작품의 수에 근거하여 앞서 <跋詩稿>에서 육유가 '이것은 나의 丙戌年(1166) 이전에 지은 시의 20분의 1이며 嚴州에서 다시 편집할 때 또 10분의 9는 버렸다'라고 한 말을 비추어 보면, 육유가 평생토록 쓴 작품의 총수를 역으로 추산해 볼 수 있다. [표 3]에 따르면 현전 嚴州(1187) 이전의 작품 수는 총 2,534수이다. 즉 嚴州에서 재편집하기 이전에는 이미 지금 전하는 것의 10배인 25,300여 수가 있었다는 말이며, 이 중 현재는 111수만 남아 있는 丙戌(1166) 이전의 초기시도 당시에는 그 20배인 2,200여 수가 있었음을 알 수 있다. 결국 嚴州 이전에 25,300여 수의 시를 썼으며, 嚴州 이후의 6,600여 수를 합하면 그는 대략 평생토록 최소한 31,900수가 넘는 시를 썼음을 짐작할 수 있다. 물론 이것은 嚴州 이후 아들들에 의해 ≪劍南詩續稿≫나 ≪續稿≫ 및 合集 ≪劍南詩稿≫로 편찬되는 과정에서는 정리 작업이 없었다는 것을 전제한 것이며, 중도에 일실된 작품들에 대해서도 고려하지 않은 것이다.22) 육유에 있어 嚴州 시기는 중기의 끝 무렵에 해당되는 시기로

---

22) 육유는 乾道 8년(1172) 南鄭으로 종군하며 적지 않은 軍旅詩를 썼고 이 중 100여 편을 모아 ≪山南雜詩≫로 편찬하였다. 그러나 ≪詩稿≫ 권37 <感舊> 시의 注에서 '나의 산남잡시 100여 편을 배를 타고 가다 망운탄을 지날 때 물속에 빠뜨렸는데, 지금까지 한이 된다(予山南雜詩百餘篇, 舟行過望雲灘, 墜水中至今以爲恨)'라고 하며 일실되

당시까지의 실제 창작 작품 수만 본다면 이후의 만기보다 오히려 앞서고 있다. 이 또한 開禧 원년(1205) ≪續稿≫ 편찬 시의 刪定을 전제하지 않은 단순비교에 불과 하지만, 이를 감안한다 하더라도 적어도 실제 중기의 작품이 오늘날 우리에게 전해지는 것처럼 만기의 1/3에 불과할 정도로 적은 것은 아니었음을 짐작할 수 있다. 이 같은 사실은 곧 현전하는 작품의 단순 총 분포 수가 육유시의 전체적인 모습을 보여주는 것이 아니며, 결국 앞서 지적한 바대로 시기별 구분을 전제로 한 분포 수의 고찰이 보다 육유시의 실체에 근접할 수 있는 방법임을 말해준다고 할 수 있다.

　시집의 편찬과정을 살펴볼 때, 결국 ≪詩稿≫의 시들은 최소 31,900수가 넘는 전체 시 중에서 선별된 9,136수로서 육유가 지향하고 추구했었던 시 세계를 온전히 담고 있는 작품들이라 할 수 있다. 그 중에서도 특히 그의 생전에 命名되고 완성된 ≪全集≫ 20권과 ≪續稿≫ 48권이 포함된 ≪詩稿≫ 前 68권이 육유의 시의 면모를 더욱 잘 드러내고 있다고 할 수 있다. ≪詩稿≫ 後17권의 경우 만약 육유의 생전에 편찬되었다면 역시 많은 부분 누락되었겠지만,23) 이 또한 육유시의 면모를 이해하는데 있어 결코 그 가치가 떨어진다고 할 수는 없다. 따라서 이 책에서는 앞서의 ≪逸稿≫류나 몇 몇 전적들에서만 산발적으로 보이는 작품들은 제외하고 ≪詩稿≫에 실려 있는 9,136수의 시를 분석의 대상으로 삼고자 한다.

　육유의 詞는 ≪渭南文集≫ 권49와 권50에 총 130수가 사조별로 나뉘어 실려 있다. 詞가 문학적 특성상 文보다는 오히려 詩에 더 가까운 장르임에 비추어 볼 때 육유의 詞가 ≪詩稿≫가 아닌 ≪渭南文集≫에 실려 있으며,

____

었음을 아쉬워하고 있다.

23) [표 2]와 [표 3]을 보면 ≪詩稿≫의 後 17권에 수록된 작품은 총 1,041題의 1,656수로서, 시간상으로는 3년 남짓한 기간 동안임에도 분량상 67년간 쓰여진 전체 시의 20%에 달하고 있다. 이는 子虡가 부친의 사후에 시집을 편찬하면서 남아 있는 부친의 모든 시를 시집에 수록하였기 때문으로 여겨진다.

수록 순서도 ≪詩稿≫와는 달리 사조별로 나뉘어져 있는 사실은 육유의
詞觀을 이해하는데 시사하는 바가 크다고 할 수 있다. ≪渭南文集≫[24]은
막내아들인 子遹에 의해 그의 사후 11년 후인 嘉定 13년(1220) 11월에 ≪詩
稿≫보다 1개월 앞서 편찬되었다. 이는 육유가 생전에 자신의 詞에 대해
따로 편찬할 필요성을 느끼지 않았음을 말해주며, 자신이 지은 詞 작품들
을 연도별로 정리해 놓지도 않았던 까닭에 편찬과정에서 부득불 ≪詩稿≫
에서와는 다른 수록 방식을 취할 수밖에 없었음을 짐작하게 해 준다. 결국
詞의 절대적인 작품의 수나 ≪詩稿≫의 편정 과정에서의 누락, 창작 시기
의 불명확성 등을 종합해 볼 때, 육유는 詞의 가치를 詩보다는 낮은 것으로
인식하였거나 적어도 그 지향이나 역할 등에 있어 시와는 다른 인식을 지
니고 있었음을 짐작할 수 있다. 육유사의 작품 총수 또한 판본에 따라 조금
씩 차이가 나는데, 汲古閣刻 ≪放翁詞≫ 1권에는 ≪文集≫의 수록 작품
외에 <大聖樂> 1수가 추가되어 총 131수가 실려 있다. 또한 ≪全宋詞≫
에서는 筆記나 詞選 및 육유 자신의 시집 중에서 수집, 보충하여 총 145수
를 수록하고 있다. 이 중 이 책에서는 ≪文集≫에 실려 있는 130수의 작
품을 연구 대상으로 한다.

2) 연구의 방법

이 책에서는 陸游의 시를 크게 '생애 및 시기별 시풍', '시론', '주제와
표현양태', '형식과 표현기교', '詞와의 비교'라는 다섯 부분으로 나누어
살펴보기로 한다.

먼저 제2장의 '陸游의 생애 및 시기별 시풍'에서는 육유의 생애를 初期,

---

24) 이하 ≪文集≫.

中期, 晩期의 세 시기로 구분하여 살펴보기로 한다. 앞서 제1절 '연구의 목적'에서 언급한 것처럼 연구대상 시인의 생애에 대한 시기별 고찰은 기존의 일반적인 연구방법과 크게 다른 것은 아니다. 그러나 육유의 경우 그의 정치적 경험과 생활상의 조건들이 시기에 따라 커다란 차이가 있으며, 이에 기반한 개인적 사상과 작품창작의 경향 또한 많은 편차가 있는 까닭에 육유시의 종합적인 인식에 있어 필수적인 과정이라 할 수 있다. 따라서 본장에서는 육유의 사상과 작품창작의 경향에 영향을 끼쳤던 사건 및 경험들을 중심으로 육유의 생애를 살펴보고, 각 시기별로 두드러진 사상적 경향과 시풍의 내용 및 이들간의 차이점과 공통점 등을 고찰해봄으로써 육유시 전시기를 아우를 수 있는 대표 주제의식과 창작경향을 찾아보기로 한다.

제3장 '陸游의 시론'에서는 ≪謂南文集≫과 ≪劍南詩稿≫에 실려 있는 시와 문장들 중 시론이나 문론과 관련된 언급들을 모아 크게 '養氣論', '載道論', '悲憤論', '自然論'의 네 부분으로 나누어 각각의 개념들의 구체적인 내용들과 개념 상호간의 연관성 및 보완성을 알아보기로 한다. 육유는 전문적인 저작을 통해 자신의 詩論이나 文論을 피력하지 않았던 까닭에 각각의 견해들이 전문적이며 체계적인 형태로 나타나 있지는 않다. 결국 보는 이의 관점에 따라 그의 주된 견해에 대한 다양한 해석이 가능하며 이론의 범주 또한 몇 가지의 규정화된 개념으로만 설명될 수 없다.[25] 따라서 여기에서는 다양한 작품속에서 산발적으로 드러나는 시문관련 견해들을 시문에 대한 인식과 창작의 단계와 관련하여 '養氣論'과 '載道論' 및 '悲憤論', '自然論' 등으로 나누어 살펴보고자 한다. 이 중 養氣論은 詩文創作의 根源

---

25) 이치수는 ≪陸游詩研究≫(國立臺灣大 박사학위논문, 1989)에서 육유의 시론을 悲憤說, 工夫論, 自然論, 欣賞論의 네 가지 범주로 구분하고 있으며, 필자 또한 拙稿 ≪陸游詩研究≫(서울대 석사학위논문, 1996)에서 載道論, 養氣論, 平淡論으로 구분한 바 있다.

및 前提와 관련한 인식으로서, 작품의 의미성과 예술성이 보장되기 위해 시인에게 선행되어야 할 요건을 제시한 것이라 할 수 있다. 載道論은 詩文創作의 原則에 대한 인식으로서, 시가 지향해야 할 궁극적인 의미를 제시한 경우라 할 수 있다. 悲憤論은 詩文創作의 動機에 대한 인식으로서, 시의 본질을 작자의 억눌린 성정의 표출로 인식한 것이다. 自然論은 創作의 方法과 관련한 견해로서, 실제 창작과정에 있어서 지켜야 할 방법적 원칙을 제시한 것이라 할 수 있다.

제4장 '陸游詩의 주제와 표현양태'에서는 육유시의 주제를 크게 '憂國', '愛民', '寫景詠物', '田園閑適', '交遊', '其他'의 여섯 종류로 구분하여 각각의 주제들의 표현양태를 중심으로 살펴보고, 아울러 이 같은 주제와 표현양태들이 시기별로는 어떠한 분포 양상을 나타내고 있는지에 대해서도 함께 살펴보기로 한다. 먼저 제1절 '憂國'의 주제에서는 시인의 우국의식의 표현양태를 '위국헌신의 결의와 소망의 표출', '격정의 표출', '비분의 토로', '우국지사의 찬미', '기몽을 통한 이상실현의 갈망', '시아를 통한 희망적 미래에의 기대' 등 6가지로 구분하여 살펴보고, 제2절 '愛民'에서는 '백성의 궁핍한 생활의 고발', '관료에 대한 비판', '세태에 대한 비판'으로 나누어 살펴보기로 한다. 제3절 '寫景詠物'에서는 육유의 산수자연경물시를 '객관적 감상'과 '자의식의 촉발' 및 '현실의식의 반영'의 유형으로 나누어 살펴보고, 제4절 '田園閑適'에서는 '전원생활의 여유와 한가로움의 묘사', '일상 전원사의 서술', '우국의식과의 결합' 등의 유형으로 구분하여 살펴보기로 한다. 제5절 '交遊'에서는 '증별'과 '기증'의 두 유형으로 나누어 살펴보고, 제6절 '其他'에서는 이외 '궁원', '객수', '연정' 등을 비롯한 다양한 주제의 작품들을 알아보기로 한다.

제5장 '陸游詩의 형식과 표현기교'에서는 詩形, 詩題, 用韻, 疊字, 句式, 對仗의 여섯 방면에서 전체 육유시의 전반적인 현황과 작시상의 경향을

살펴보고, 전체적인 분석을 통해 나타난 경향상의 특징들이 나타내는 의미
와 원인들에 대해 고찰해보기로 한다. 아울러 가능한 범위 내에서 이전 시
기 및 동 시기 시인들과 비교함으로써 그들과의 상호 유사성이나 육유시
만의 고유한 특성들을 찾아보고 이를 통해 육유시의 형식상의 성취에 대
한 평가를 해 보기로 한다. 형식상의 분석에서도 앞장의 주제와 표현양태
의 분석에서와 마찬가지로 시기 구분의 틀을 적용시켜 볼 것이며, 주제에
서와 마찬가지로 시기에 따른 형식상의 차이가 존재하는지 살펴보겠다.

　제6장 ‘陸游詩와 陸游詞의 비교’에서는 지금까지 시 분석에 사용했던 틀
을 詞에 그대로 적용시켜 詩에서의 그것과 비교해보기로 한다. 총 4절로
나누어 제1절에서는 ‘陸游의 詞觀’을, 제2절에서는 ‘陸游詞의 주제와 표현
양태’를 살펴보기로 한다. 제3절에서는 ‘陸游詞의 형식과 표현기교’를 살
펴보고, 제4절에서는 陸游詞의 풍격에 대한 기존의 연구 성과들을 종합하
고 각각의 견해에 대한 타당성을 검토해 봄으로써 시 풍격과의 비교를 해
보기로 한다.

3. 기존의 연구 개황

　육유에 대한 연구는 그의 문학사적인 의의나 그에 대한 기존 중국인들
의 崇慕에 가까운 추앙에 걸맞게 詩뿐만 아닌 文, 詞, 史, 書 등 각 방면에
걸쳐 광범위한 연구가 이루어져 있다. 詩의 경우 趙翼이 ≪甌北詩話≫ 陸
放翁條에서 18조에 걸쳐 陸游詩의 내용 및 형식상의 특징과 성취에 대해
전면적인 견해를 피력한 이후, 錢仲聯의 ≪劍南詩稿校注≫[26]를 비롯하여

---

26) 上海古籍出版社, 1985.

20여 종의 選詩集이 간행되었으며 100여 편이 넘는 논문들이 발표되었다. 그러나 표면적인 많은 분량에도 불구하고 정작 그 내용을 살펴본다면 그다지 만족할 만한 수준에 이르지 못하고 있다. 기존의 육유 관련 저작들이 많은 부분 傳記와 年譜 등 1차 자료의 정리수준에 그치고 있으며, 수십 종의 선집들에 수록된 시들은 간행 시기에 상관없이 거의 대동소이하여 選詩基準의 획일성과 편중성을 보여주고 있다. 아울러 수록 편수 또한 평균 100편 내외에 지나지 않아 육유시의 절대 분량에 비추어 볼 때 지나치게 소략한 감이 있다. 논문류도 예외는 아니어서 많은 논문들이 육유시의 특정 시기나 장르에 한정된 연구를 하였으며, 이마저도 작품 1수 혹은 특정 개별 사안 하나를 논문의 대상의 삼고 있는 경우가 많다.27) 따라서 현재까지의 연구성과를 정리해본다면, 육유시의 부분적인 사안에 연구는 이미 일정정도의 성과를 거두었으나 이들을 종합하여 육유시 전체를 조망하는 총체적이고 거시적인 연구는 아직 시작단계에 불과하다고 말할 수 있다.28)

각 분야별 연구성과를 살펴보면, 傳記와 年譜 방면에 있어서 歐小牧과 朱東潤 등의 연구활동이 크게 돋보인다. 歐小牧은 ≪陸游傳≫,29) ≪陸游年譜≫30) 등을 통해 육유의 생애에 대한 객관적이고 세밀한 고증을 하였으며, 朱東潤 또한 ≪陸游傳≫,31) ≪陸游研究≫32) 등의 저서를 통해 자신의 견해와 평가를 바탕으로 육유의 생애를 서술하였다. 이외 于北山의 ≪陸游

---

27) 黃儒敏, <陸游‘書憤’詩新探>, 佳木斯大學社會科學學報, 1999. 第3期.
　　嚴迪昌, <陸游‘沈園’詩本事考辨>, 南京大學學報, 1980. 第3期.
　　周本淳, <陸游‘釵頭鳳’主題辨疑>, 江海學刊, 1995. 第2期.
　　彭仕齊, <陸游卒年新探>, 華東師範大學學報, 1982. 第4期 등.
28) 육유 연구상황에 대한 전반적인 현황은 傅明善의 <近百年來陸游研究綜述>(中國韻文學刊, 2001. 1期)에 소개되어 있다.
29) 成都出版社, 1994.
30) 人民文學出版社, 1958.
31) 海南出版社, 1993.
32) 中華書局, 1961.

年譜(增訂本)≫,33) 孔凡禮와 齊治平의 ≪陸游卷≫, 劉維崇의 ≪陸游評傳≫34) 등도 生涯 및 年譜와 관련한 의미 있는 저술로 꼽을 수 있다.

　校注 부분에 있어서는 앞서 錢仲聯 ≪劍南詩稿校注≫에서의 치밀한 고증과 성실한 주석이 돋보인다. ≪劍南詩稿≫의 校注本으로는 이보다 앞서 ≪評註劍南詩稿≫35)가 있고, 훨씬 이전인 淸代에도 ≪箋註劍南詩稿≫36)가 간행된 바가 있지만, 아무래도 註의 심도나 범위에 있어서 錢仲聯의 교주본보다는 뒤지는 감이 있다.

　選集類에 있어서는 수록된 시의 종류나 편 수에 있어 커다란 차이는 없다. 이 중 朱東潤의 ≪陸游選集≫37)은 수록된 시가 상대적으로 다양하며 매 작품마다 비교적 상세한 주석과 작품의 배경설명 및 편자의 評語가 부기되어 있어 육유시의 전체적인 면을 이해하는 데 많은 도움이 된다. 최근에 간행되는 選集에는 일반적으로 주석과 함께 백화 번역문도 동시에 수록되는 경향이 있는데, 많은 부분 원문 자체에 대한 정확한 해석에 기초하기보다는 의미의 전달에 중심을 둔 시적 재구성을 하고 있는 까닭에 시의 본의를 정확히 드러내지 못하는 경우가 많다. 백화 번역문으로서는 대만에서 간행된 ≪陸游詩選≫38)이 비교적 원문에 충실한 번역을 하고 있어 참고할 만하다. 주제별 선집류로는 ≪陸游愛國詩詞選解≫,39) ≪陸游飮食詩選注≫,40) ≪陸游示兒詩選≫41) 등이 있는데, 이 중 ≪陸游飮食詩選注≫는

---

33) 上海古籍出版社, 1985.
34) 正中書局, 1979.
35) 顧佛影 評註, 曾文出版社, 1975.
36) 楊大鶴(淸) 編, 雷淸注(淸) 釋, 啓勝出版社, 1973.
37) 上海古籍出版社, 1988.
38) 仁愛書局, 1982.
39) 上海敎育出版社, 1987.
40) 孔祥賢 著, 中國商業出版社, 1989.
41) 王曉祥 編, 南京大學出版社, 1988.

육유시 중 음식 및 재료와 조리 방법 등이 등장하는 시들만을 뽑아내어 이를 통해 당시의 정치 군사적 혹은 경제 문화적인 측면을 밝힌 것으로, 選詩에 있어서의 기발함과 참신성이 돋보인다. 이외 단행본은 아니지만 ≪宋代詩文縱談≫[42] 중 <陸游紀夢詩考釋> 부분 또한 육유 紀夢詩 전체를 대상으로 한 해설서로서 위의 選集類와 같은 부류에 포함될 수 있다.

일반 논문에서의 연구 상황은 크게 육유의 사상 및 문학관, 창작 이론 등 육유시의 전반적인 이해와 관련한 거시적인 연구와 특정 시기 및 특정 주제와 양식에 관한 미시적 연구로 나뉘어지는데, 후자의 경우가 많은 수를 차지하고 있다. 필자의 주관에 따라 개별 논문들을 평가해본다면, 전자에 관련된 연구논문들로는 夏春豪의 <陸游詩的自省意識>[43]과 莫勵鋒의 <論陸游對晚唐詩的態度>,[44] 孔瑞明의 <陸游的詩歌理論和創作>,[45] 周志文의 <陸游的詩論>[46] 등이 비교적 체계적으로 육유의 사상 및 시론들을 소개하고 있다. 후자와 관련해서는 著書類 중 莊桂英의 ≪陸游邊塞詩硏究≫[47]가, 기타 논문류 중에서는 王令宓의 <陸放翁的愛國詩>[48]와 榮斌의 <試論陸游的詠梅詩詞>,[49] 許文軍의 <論陸游在南鄭>[50]과 <論陸游英雄主義詩歌的幻想性質>,[51] 曾明의 <陸游山水詩的藝術精神>,[52] 趙萬宏의 <陸游宦蜀期間佛道傾向的變化及其原因探微>,[53] 胡蓉蓉의 <試論陸游的蜀中詩>[54] 등

---

42) 黃啓方 著, 臺灣商務印書館, 1997.
43) ≪淮陰師專學報≫, 1997. 第19卷 第3期.
44) ≪文學遺産≫, 1991. 第4期.
45) ≪山西敎育學院學報≫, 2000. 第3卷 第3期.
46) ≪淡江學報≫, 1985. 第22期.
47) 宏大出版社, 1997.
48) ≪幼獅文藝≫, 1977. 第45卷 第4期.
49) ≪天府新論≫, 1996. 第1期.
50) ≪陝西師範大學學報≫(哲學社會科學版), 2002. 第31卷.
51) ≪陝西師大學報≫, 1994. 第23卷 第1.
52) ≪西南民族學院學報≫, 1997. 總18卷 第1期.

이 육유시의 시기별 주제별 특징들을 잘 소개하고 있다.

　육유시에 대한 일반 논문들에서의 미시적인 연구경향은 학위논문의 발표 현황에서도 잘 드러난다. 학위논문과 관련하여 중국에서의 육유 연구는 1990년대 중반까지는 전인미답의 상태였으며, 현재까지 박사학위논문은 나오지 않고 있다. 석사학위논문에서도 1996년 于博文의 ≪陸游詩思想分析及佚詩輯考≫[55]와 최근 2002년에 발표된 王小珍의 ≪陸游建安詩考≫[56]와 李强의 ≪陸游散文研究≫[57]를 합하여 총 3편의 논문이 있으나, 이마저도 于博文의 논문은 컴퓨터를 사용한 작품 통계 분석이 위주이며 王小珍과 李强은 각각 육유의 建安時期 詩와 散文에 대한 연구인 까닭에 육유시 전체에 대한 분석과는 거리가 있다. 대만에서의 상황은 대륙보다는 다소 나은 편이라고 할 수 있는데, 1989년 이치수 교수의 ≪陸游詩研究≫[58]가 육유시 전체를 연구 대상으로 한 최초의 학위논문이자 박사학위논문인 점이 주목할 만하다. 이후 王心悅의 ≪陸游與范成大的書法研究≫,[59] 康育英의 ≪陸游紀遊詩研究≫,[60] 王曉雯의 ≪陸游蜀中詩歌研究≫,[61] 劉奇慧의 ≪陸游紀夢詩研究≫[62] 등 총 4종의 석사학위논문과 宋邦珍의 ≪陸游詩歌研究≫[63]와 歐純純의 ≪陸游與楊萬里詠比梅詩較研究≫[64] 등 총 2종의 박사학위논

---

53) ≪漢中師範學院學報≫, 2001. 第2期.
54) ≪社會科學研究≫, 1994.
55) 北京大 碩士論文, 1996.
56) 福建師範大 碩士論文, 2002.
57) 華東師範大 碩士論文, 2002.
58) 國立臺灣大, 1989.
59) 國立臺灣大 碩士論文, 1999.
60) 逢甲大 碩士論文, 1999.
61) 淡江大 碩士論文, 2002.
62) 國立臺灣師範大 碩士論文, 2003.
63) 國立高雄師範大 博士論文, 1999.
64) 中正大 博士論文, 2002.

문이 발표되었다. 이 중 王心悅의 논문은 書法에 관련된 것으로 엄밀히 가르면 詩論文의 범위 속에 포함될 수 없으므로, 중국과 대만의 현재까지의 육유시 관련 논문은 총 3종의 박사논문과 7종의 석사논문이 있는 셈이다. 이 중에서 육유시 전체를 연구 대상으로 한 논문은 宋邦珍의 ≪陸游詩歌研究≫ 한 편으로서 이치수의 ≪陸游詩研究≫ 이후 최초의 것이다. 중국과 대만의 학위논문 발표현황에서 주목할 만한 사실은 1990년대 중반 이전까지는 어느 곳을 막론하고 전혀 학위논문이 없다가 1999년부터 시작하여 최근 1~2년 사이에 발표된 것이 대부분이라는 점이다. 이는 중국에서 육유시의 연구가 본격적인 시작의 단계에 들어섰음을 말해주는 것으로, 이후의 연구방향 또한 특정 시기 특정 작품에 대한 미시적인 분석보다는 작품 전체를 대상으로 한 전면적인 분석과 종합적인 평가로 나아가게 될 것임을 예상할 수 있다.

국내의 경우는 중국과 비교하여 정반대의 상황이라 할 수 있다. 국내에서도 아직 육유시와 관련한 박사논문은 없고 석사논문만 4편에 불과한 상황이지만,[65] 중국보다는 이른 1980년대부터 꾸준히 학위논문이 발표되었으며 이 또한 연구를 특정 범위로 한정시키기보다는 소략하나마 육유시의 전면을 이해하고자 하는 목적하에 연구가 진행되었다. 아울러 간헐적이기는 하지만 학회지를 통한 연구논문의 발표도 꾸준히 이어져 왔다. 그러나 중국과는 달리 90년대 중반 이후에는 이렇다 할 연구성과가 나오지 않고 있으며, 한정된 대상의 미시적인 연구조차 이루어지지 않고 있는 실정이다.

---

65) 변형석, ≪陸放翁詩研究≫, 국민대학교 석사논문, 1981.
　　정혜원, ≪陸游詩와 그 表現樣態攷≫, 한국외국어대학교 석사논문, 1985.
　　진명화, ≪陸游梅花詩研究≫, 단국대학교 석사논문, 1991.
　　拙稿, ≪陸游詩研究≫, 서울대학교 석사논문, 1996.

제2장

陸游의 생애 및 시기별 시풍

　본 장에서는 陸游의 生涯를 시기별로 구분하여, 그의 사상과 작품창작의 경향에 영향을 끼쳤던 주요한 정치적 사건 및 경험들을 살펴보고자 한다. 아울러 이를 통해 각 시기별로 두드러진 사상적 경향이나 이에 따른 시기별 시풍의 구체적인 내용 및 차이들을 알아보고 나아가 이들 사이의 상호 공통점이나 연관성에 대해 생각해 봄으로써, 육유시 전체를 아우를 수 있는 대표 주제의식과 창작경향에 대해 생각해보기로 한다.

　육유시를 시기별로 구분하고 풍격의 차이를 설명한 것은 趙翼이 맨 처음이다.

　　放翁의 시는 무른 세 번을 변하였는데, 종파는 杜甫에게서 나왔다. 중기 이후에는 더욱 스스로 一家를 이루어 재주를 다한 이후에 그쳤다.[1]

趙翼은 육유의 전 시기를 셋으로 나누어 각 시기별로 풍격이 상이함을 말하고 있다. 조익이 육유시의 근원을 杜甫로 삼은 것은 초기 육유시의 江西詩派적 경향을 고려한 것이라 할 수 있는데, 그는 육유가 중기 이후에는 강서시파의 영향에서 벗어나 독자적인 시세계를 구축하였다고 평가하고 있다.

조익에 의한 세 단계의 시기구분은 이후 육유시 연구자들에게 보편적으로 받아들여져 각 시기별 특성을 설명하거나 풍격 변화의 원인을 규명하는 방면으로 많은 연구가 진행되었다.[2] 분명 육유의 시는 조익이 말한 것처럼 문학적 지향이나 창작경향에 있어 시기별로 확연한 차이를 나타내고 있는 것이 사실이다. 그러나 이들간의 인과관계나 상호연관성 및 공통점의 발견을 전제로 하지 않은 개별 특성의 연구는 차이점만을 지나치게 강조하여, 결과적으로 육유시를 단절적으로 이해하고 종합적인 이해에 기초하지 못한 채 특정 시기의 특정 풍격만으로 육유시를 재단하는 오류를 범할 수밖에 없다.

시기구분의 기준이나 수에 있어서도 논란의 여지가 있을 수 있다. 일반적인 구분방식에 따르면, 육유가 고향인 山陰을 떠나 夔州의 通判으로 부임하러 가기 전인 45세까지의 기간을 첫 번째 시기(1125~1169년)로 구분하며 南鄭과 四川, 福建 등지에서 관직생활을 했던 65세까지의 20년의 기간을 두 번째 시기(1170~1189년)로, 이후 관직생활을 마무리하고 山陰에서 한거했던 20년의 기간을 세 번째 시기(1190~1209년)로 삼는다. 첫 번째와 세 번째의 시기구분에 대해서는 별다른 이견이 있을 수 없으나, 두 번째의

---

1) ‘放翁詩凡三變. 宗派本出於杜, 中年以後, 則益自出機杼, 盡其才而後止’ ≪甌北詩話≫ 권6, <陸放翁詩> 2조.

2) 육유시의 특징을 설명하면서 시기구분법을 사용하지 않는 연구자들도 있는데, 錢鍾書가 대표적이다. 그는 ≪宋詩選註≫에서 시기구분 없이 육유시의 특성을 ‘悲憤激昻’과 ‘閑適細膩’로 나누어 설명하였다(170면).

시기는 육유의 심경이나 생활태도 및 작시경향들에 비추어볼 때 다시 '在蜀時期'와 '在山陰時期'의 두 시기로 구분될 수 있다.3)

따라서 이 책에서는 육유시의 시기구분을 전통적인 구분법에 따라 初期, 中期, 晩期의 세 시기로 구분하여 살펴보되, 중기는 '在蜀時期'와 '在山陰時期'로 좀 더 세분화하여 살펴보고자 한다. 다만 목차상에서 이를 세분화하지는 않았으니, 비록 중기의 전반기와 후반기가 시적 경향상의 차이가 있기는 하지만 다른 시기구분과 비교하여 독립된 시기로서 구별될 만큼의 커다란 차이가 있지는 않다고 여겨지기 때문이다.

1. 초기(1125~1169년)

이 시기는 출생 때부터 그의 나이 45세 때까지의 기간이다.

陸游(1125~1209년)의 字는 務觀이고 號는 放翁으로 越州 山陰縣(지금의 浙江省 紹興市) 사람이다. 고조부인 陸軫이 仁宗 皇祐年間에 吏部郎中과 睦州太守를 지내고, 증조부인 陸珪가 國子博士를 지냈으며, 조부인 陸佃이 높은 學識과 文名으로 徽宗代에 楚國公에 봉해지고 부친 陸宰 또한 淮南路計度轉運副使 등을 거쳐 會稽公에 봉해지는 등 조상 대대로 높은 관직을 지내고 문학적 전통을 지닌 명망 있는 가문에서 태어났다. 陸游 상4대와 하1대의 家世는 다음과 같다.

---

3) 두 시기의 시기 구분과 명칭에 대해서는 다음의 2. '중기'의 설명 참고.

[표 1] 陸游家世表4)

구 분	이 름
상4대	軫(고조)
상3대	琪　　珪(증조)
상2대	佖　佃 (조부)　傅　倚
상1대	容　寘　宇　宦　宰 (부)　案　寧
본대	淞　濬　游　浚
하1대	子虞　子龍　子修　子坦　子約　子布　子遹

　그가 태어난 이듬해인 宋 徽宗 宣和 8년(1126)에 북송의 도읍인 汴京은 북방의 여진족이 세운 金의 수중으로 들어갔으며 그 해 12월에 欽宗이 부친인 徽宗과 함께 金의 포로로 잡혀가게 되면서 북송 정권은 명을 다하게 된다. 이듬해 1127년 5월에 欽宗의 아우인 趙構가 南京에서 稱帝하고 高宗에 즉위하면서 南宋이 시작된다. 이러한 격변의 시대상황 속에서 陸游는 6세 때부터 아버지를 따라 河南省 滎陽, 安徽省 壽春, 浙江省 東陽 등지를 떠돌아다니며 3년간에 걸친 피난생활을 하게 되었으며, 나이 9세 때에야 비로소 고향인 山陰에 정착할 수 있었다.

　南宋 정권이 세워지고 金과의 굴욕적인 화친이 이루어지고 난 후 적극적인 항쟁을 주장하던 朝臣들은 主和派인 재상 秦檜에 의해 면직을 당하였다. 陸游의 부친인 陸宰는 애국심이 무척이나 강했던 사람으로 당시 그들과 함께 모여 북방영토의 회복과 和親派에 대한 공격 등을 하며 나라의 앞

---

4) 육유의 막내아들인 子遹은 이름이 분명하지 않다. ≪山陰陸氏族譜≫에는 '子遹'로 되어 있으나, 육유의 ≪劍南詩稿≫에서는 '子遹'과 '子聿'이 혼용되고 있다. 예를 들어 <力耕>(≪詩稿≫ 권69) 시의 注에서는 '子遹編予詩續稿'이라 하고 있고, <與子虞子坦坐龜堂後東窗讀書>(≪詩稿≫ 권37) 시의 注에서는 '子聿在山半讀書'라 되어 있어 정확한 명칭을 알 수 없다. 따라서 이 책에서는 혼동을 피하기 위해 원문의 표기와 관계없이 '子遹'로 통일하였다.

날을 걱정하곤 하였는데 이러한 사실은 陸游의 훗날 회상에 잘 나타나 있
다.5) 父親과 주위 志士들의 이러한 모습들은 일찍부터 어린 陸游의 마음속
에 현실에 대한 저항과 투쟁의 의식들을 심어주었으며 훗날 그가 愛國의
詩人 혹은 憂國의 詩人으로 성장하는 데 커다란 영향을 미치게 된다.

紹興 12년(1142) 18세 때에 당시 北宋 江西詩派의 유일한 계승자였던 曾
幾를 만나 본격적인 시학습을 시작한다. 紹興 14년(1144) 나이 20세 때에
唐琬과 결혼을 하게 되지만, 어머니의 반대로 唐琬과 헤어지며 인생의 커
다란 좌절을 겪게 된다. 唐琬과의 이별로 한 차례 좌절을 겪게 된 그는 紹
興 23년(1153) 29세 때 臨安에서 치른 진사시험에서 좋은 성적에도 불구하
고 和親派였던 재상 秦檜의 농간으로 다시 한 번 좌절을 겪게 된다. 다음
해 다행히 秦檜는 세상을 떴으며, 紹興 27년(1157)에야 비로소 福州寧德縣
主簿로 관직생활을 시작한다. 이후 수도인 臨安으로 돌아와 勅令所刪定官
과 樞密院編修官 등의 관직을 역임하게 되는데, 이 기간 동안 高宗에게 붕
당정치의 폐해를 지적하는 등 적극적인 정치적 주장을 건의함으로써 결국
다른 사람들의 시기를 받아 면직되어 고향으로 돌아오게 된다.

紹興 32년(1162) 孝宗이 즉위한 후 主戰派들이 점차 중시를 받게 되는데
陸游는 이 때 다시 기용되어 進士를 제수받고 樞密院編修兼太上皇帝聖政所
檢討官의 직책을 맡게 된다. 이때 그는 다시 孝宗에게 중원을 회복할 수많
은 군사적 책략과 정치적 주장을 제안하고 張浚의 북벌군을 지지하였는데,

---

5) '南渡한 초기에 선군께서 山陰으로 돌아오시었는데, 선군과 교유하시던 일시의 현명한
   公卿들은 靖康 년간의 북벌을 언급하면 눈물을 흘리고 애통해 하지 않는 분이 없으셨
   다(南渡初, 先君歸山陰, 一時賢公卿與先君遊者, 言及靖康北狩, 無不流涕哀慟)' ≪文集≫
   권30, <跋周侍郎奏稿>.
   '紹興(1131~1162) 년간에 사대부들이 국사를 언급하면 통곡하지 않는 자가 없었고 사
   람마다 적을 죽일 것을 생각하였다(紹興中, 士大夫言及國事, 無不痛哭, 人人思殺敵)'≪文
   集≫ 권31, <跋傳給事帖>.

隆興 원년(1163) 張浚의 북벌군이 符離에서 金軍에 대패하면서 主和派인 湯思退 등이 다시 재상으로 복귀되고 南宋은 金과 이전보다 한층 더 굴욕적인 화약을 체결하게 된다. 육유 또한 鎭江府通判으로 좌천되게 되는데, 이듬해 隆興 2년(1164) 鎭江府通判으로 있으면서 鎭江을 지나던 張浚을 맞으러 온 가족을 이끌고 나간 일이 빌미가 되어 乾道 2년(1166) '臺諫과 결탁하여 시비를 따지고 張浚의 용병을 역설했다'6)는 죄명을 받고 탄핵되어 생애 두 번째로 면직을 경험하며 고향으로 돌아온다. 이후 乾道 6년(1170) 夔州通判으로 부임하러 갈 때까지 3년간 山陰에 머물게 되는데, 이때까지의 기간이 초기에 해당한다.

연령 구분상 45세까지에 해당하는 이 시기는 문학적으로 육유가 본격적으로 詩를 학습하기 시작한 시기이다. 그는 이 시기 呂本中에 대한 사숙과 曾幾의 직접적인 가르침을 통해 江西詩派의 시학이론을 접하고 이것의 영향 하에서 江西詩風의 시를 쓰게 된다. 呂本中과 曾幾는 비록 ≪江西詩社宗派圖≫안에는 포함되어 있지 않으나 南北二宗7)으로 불리며 江西詩風을 계승한 사람들이었다. 주지하다시피 江西詩派는 黃庭堅을 祖宗으로 하여 '換骨奪胎'와 '點鐵成金'의 기법을 주창하고 '無一字無來處'를 강조한, 시에 있어서의 고도의 단련과 형식미를 추구했던 北宋을 대표하는 시파이다. 南宋 시기로 접어들어 당시 강서시파 시인으로는 曾幾가 유일하게 생존해 있었으니,8) 이는 당시까지 江西詩派 시인들이 추구하고 개척했었던 모든

---

6) '交結臺諫, 鼓唱是非, 力說張浚用兵' ≪宋史·陸游傳≫.

7) '山谷, 初祖也. 呂曾南北二宗也' 劉克莊, ≪後村先生大全集≫ 권97.

8) 陸游는 <曾文淸公墓志銘>에서 '처음에 端明殿學士 徐俯와 中書舍人 韓駒, 呂本中과 더불어 교유하였는데 제공들이 잇따라 돌아가시고는 공만이 홀로 우뚝 존재하셨다. 도학은 이미 유가의 종주가 되셨고 시는 더욱 고매해지셨으니 마침내 천하에 떨치게 되셨다(初與端明殿學士徐俯, 中書舍人韓駒, 呂本中游, 諸公繼歿, 公巋然獨存. 道學旣爲儒者宗, 而詩益高, 遂擅天下)'라 말하고 있다. ≪文集≫ 권32, <曾文淸公墓志銘>.

詩作理論과 表現技法들이 曾幾에게로 모아져 있었음을 말해 준다.9) 따라서 육유가 시의 첫 학습을 曾幾에게서 시작하면서 그를 통해 江西詩派의 이론을 전수받고 이를 자신의 시의 모범으로 삼게 되는 것은 자연스러운 과정이었다고 할 수 있다.10)

曾幾에게서 江西詩派의 창작 이론과 작시 기법을 전수받은 그는 꾸준한 학습과 단련으로 나이 스물이 채 되기도 전에 江西詩格을 전승한 시인으로서 널리 이름을 떨치게 된다. 이 때문에 ≪詩人玉屑≫에서도 다음과 같이 그의 시의 근원을 曾幾, 韓駒 같은 江西詩人들에게서 찾고 있다.

> 陸放翁(陸游)의 시는 茶山(曾幾)에 근본을 두고 있다. 그러나 茶山의 학문은 역시 韓子蒼(韓駒)에게서 나왔으며 이 三家의 句律은 대개가 서로 비슷하다. 放翁에 있어서는 호방하다 할 수 있다.11)

陸游 자신 또한 훗날 자신의 初期詩에 대해 '꾸미고 다듬는[藻繪]'데에 힘썼다고 말하였으니,12) 자신의 초기시가 江西詩派의 시학이론을 계승하여 表現技巧와 字句의 鍛鍊과 같은 형식미의 추구에 치중되었음을 인정한

---

9) 曾幾의 江西詩風의 계승에 대해, 方回는 '내가 평생 동안 지닌 견해는 杜甫를 조종으로 삼고 老杜와 동시의 여러 시인들은 모두 그와 백중세를 이룰 수 있다는 것이다. 송대 이후에는 黃庭堅이 첫째이고 陳師道가 둘째이고 陳與義가 셋째이며 呂本中이 넷째이고 曾幾가 다섯째이다. 기타 曾幾와 백중세를 이루는 시인들도 역시 있는데 이것이 시의 正派이다(予平生持所見, 以老杜爲祖, 老杜同時諸人皆可伯仲. 宋以後山谷一也, 后山二也, 簡齋爲三, 呂居仁爲四, 曾茶山爲五. 其他與茶山伯仲亦有之, 此詩之正派也)'라고 말하고 있다. ≪瀛奎律髓≫ 권26, 陳簡齋 <道中寒食二首>批.

10) 실제로 육유의 고체시 중 <和陳魯山十詩>, <醉中歌>, <寄黃龍升老>와 근체시 중 <看梅絶句>, <二月二十四日作>, <齋夜觀月>, <次韻魯山新居絶句>, <寄陳魯山>, <讀趙昌甫詩卷> 등은 명백히 黃庭堅을 모방한 작품들로 간주된다. 劉黎明, ≪陸游懸案揭秘≫, 29면 설명 참조.

11) '陸放翁詩, 本於茶山… 然茶山之學, 亦出於韓子蒼, 三家句律大槪相似. 至放翁則可豪矣' ≪詩人玉屑≫ 권19, <玉林>.

12) '我初學詩日, 但欲工藻繪. 中年始稍悟, 漸若窺宏大' ≪詩稿≫ 권78, <示子遹>.

것이라 할 수 있다. 그러나 陸游는 呂本中과 曾幾를 통해 익혔던 자신의 초기시에 대해 '얻은 것이 없다[未有得]'라는 부정적인 평가를 내리며13) 중기에 깨달음의 과정을 거쳐서, 초기의 다만 '文辭의 아름다움만을 추구하던 시'에서 점차 '宏大한 시'로 변모하였다고 밝히고 있다.14)

그렇다면 위의 생애에서 살펴볼 수 있었듯이, 어려서부터 암울한 조국의 현실을 인식하고 애국적인 집안 분위기 속에서 이에 대한 저항과 투쟁의 의식을 키워왔었던 육유가 시를 통한 현실의 반영이나 현실적 지향의 토로와는 다소 거리가 있다고 할 수 있는 강서시파를 계승한 점은 선뜻 이해가 되지 않는다. 필자는 이에 대해 이미 拙稿 <陸游詩硏究>에서 당시의 정치적 상황과 시단의 변화에 근거하여 세 가지의 이유를 말한 바 있는데,15) 여기에 덧붙여 가문의 전통과 학업환경에 관련된 가정환경적인 요인도 함께 생각해볼 수 있다.

이 문제에 대한 고찰은 다만 육유 초기시의 성격과 근원에 대한 규명에만 그 의미가 한정되는 것이 아니라 이후 중기시와 만기시의 시풍과 관련하여 상호간의 연결점과 공통의 기반을 찾을 수 있는 단서가 된다는 점에서 보다 중요한 의미를 지닌다. 따라서 다음에서 이 중 앞서 拙稿에서 가장 중요한 요인으로 지적한 세 번째 요인, 즉 '憂國志士로서의 呂本中과 曾幾에 대한 추앙' 부분과 '가정환경적인 요인'을 좀 더 자세히 살펴보기로 한다.

---

13) '我昔學詩未有得, 殘餘未免從人乞. 力屛氣餒心自知, 妄取虛名有慚色' ≪詩稿≫ 권25, <九月一日夜, 讀詩稿有感, 走筆作歌>.

14) '我初學詩日, 但欲工藻繪. 中年始稍悟, 漸若窺宏大' ≪詩稿≫ 권78, <示子遹>.

15) 필자는 拙稿에서 당시 江西詩派는 시인유파에서 정치유파적인 성격으로 변화하여 主戰派의 입장을 지지했었다는 점과 당시 강서시파의 맥을 잇고 있었던 呂本中과 曾幾의 풍격이 이미 초기 강서시파의 경직된 창작태도와는 거리가 있었던 점, 그리고 가장 커다란 원인으로 呂本中이나 曾幾의 애국심에 대한 개인적인 존경을 그 원인으로 설명한 바 있다. 拙稿, ≪陸游詩硏究≫, 16~19면 참조.

먼저 가정 환경적인 요인에 대해 살펴보기로 한다.

앞서 생애에 대한 고찰에서 육유의 집안은 대대로 고위 관료를 지냈으며 조부와 부친 또한 유명한 문학가였음을 밝힌바 있다. 이 같은 사실은 육유의 집안 자체가 宋代의 정치적 상층계층이자 문단의 지도계층으로서, 문학적 지향이나 경향 또한 여타 상층계층과 크게 다르지 않았음을 보여준다. 북송 중반부터 맹위를 떨치며 이후 북송 시단 전체를 장악했던 강서시파의 시학이념은 사실상 북송을 지나 남송이 멸망할 때까지도 그 영향력을 잃지 않았다. 이 과정에서 이들의 시학이념에 동조하지 않으며 나름대로의 문학적 지향을 펼치며 독자적인 시풍을 추구한 이들도 있었으나, 이들 대부분은 정치적 상층계층과 일정정도의 거리가 있었던 사람들이었다.16) 따라서 전통적 상층계층 출신이었던 육유가 상층계층의 주된 시풍이었던 강서시풍에서 처음부터 자유로울 수는 없었으리라 여겨진다.

또 하나의 부가적인 요인으로 육유의 집안이 전통적인 大藏書家로서, 그가 일찍부터 많은 종류의 책들을 쉽게 접할 수 있었던 양호한 학업환경을 갖추고 있었음을 생각할 수 있다. 육유의 집안이 대장서가였음은 다음의 글을 통해 잘 드러난다.

> 紹興 13년(1143), 南宋에서 秘書省을 세우고 천하의 전하는 책을 모으니, 陸宰의 집안에서 명령을 받들어 소장하고 있는 책을 기록하여 올렸다. 이에 근거하여 ≪會稽誌≫를 펴내니, 이번 陸氏 집안에서 바친 책은 모두 일만 삼천 권이나 된다.17)

---

16) 陸游 이후 등장한 徐照, 徐璣, 翁卷, 趙師秀의 '四靈詩派'와 姜夔, 劉克莊, 戴復古 등을 비롯한 '江湖詩派'가 대표적인 예이다.

17) '紹興十三年, 南宋建秘書省, 徵求天下遺書, 陸宰家奉詔錄所藏之書, 而據施宿≪會稽誌≫, 此番陸家獻書共萬三千卷有奇' 李心傳, ≪建炎以來系年要錄≫ 권150.

　　강서시파의 작시기법상 경전과 고전에 대한 깊은 이해와 해박한 지식은 창작의 필수적인 요소라 할 수 있는데, 육유는 잘 갖추어진 집안의 장서를 통해 많은 고서들을 쉽게 접할 수 있었으며 습관화된 독서로써 시문 창작의 원천을 확대할 수 있었다. 이렇게 해서 확보된 지식들은 육유의 진지한 창작태도와 결합되어 결과적으로 이것들의 장점이 가장 잘 발휘될 수 있는 강서시풍의 추구로 나타났다고 여겨진다.

　　다음으로 '憂國志士로서의 呂本中과 曾幾에 대한 추앙'을 생각해보기로 한다.

　　육유는 증기를 만나 본격적인 시학습을 시작하기 이전부터 이미 여본중을 사숙하여, 이미 시풍이 여본중의 그것과 많이 유사했었던 것으로 여겨진다. 그러나 여본중과 육유는 시대가 달랐던 탓에 직접적인 가르침은 이루어지지 못하였으며 시의 이론과 창작 전반에 관한 실질적인 가르침은 증기를 통해 이루어졌다. 이러한 사실은 <呂居仁集序>와 그가 처음으로 증기를 만날 때의 감회를 쓴 <別曾學士> 시에서도 잘 나타난다.

　　　　내 어렸을 때부터 공(呂本中)의 시문을 읽고서 배우기를 원했으나 어려 멀리 나갈 수 없었는데 공께서 세상을 떠나셨다. 후에 曾文淸公(曾幾)을 뵈었는데 文淸公께서 내게 이르시기를 "그대 시의 연원은 呂本中에 가까우니 한 번도 만나지 못한 것이 한스럽도다"라 하셨다.[18]

　　　　어려서 공의 이름을 듣고서는 천년 전의 사람인가 하였으며 조금 자라 공의 문장을 읽고서는 韓愈와 杜甫의 작품에 섞어 두었습니다. 밤에 문득 꿈에 공을 뵈었는데 깨끗하기가 하늘의 달과 같았습니다. 일어나 앉아 세 번을 탄식하며 공을 뵙길 원하였으나 그러할 연줄이 없었습니다. 홀연 그대가 저희 집에 들르신다는 말을 듣고선 기뻐서 먹고 자는 것까지 잊었

---

18) '某自童予時, 讀公詩文, 願學焉. 稍長未能遠遊而公損館舍. 晚見曾文淸公, 文淸公謂某, 君之詩淵源殆自呂紫微, 恨不一識面' ≪文集≫ 권14, <呂居仁集序>.

습니다. 소매 속에 글을 넣고서 다른 사람들 찾아다니는 것을 스스로도
가련히 생각했는데, 道란 사통팔달의 큰 길과 같음에도 얄팍한 지식으로
망령되이 깎고 다듬기만 했었습니다. 공의 德貌를 보고자 원한 것은 그럼
으로써 내 고집스럽고 고루함이 혹 조금이나 나아질까 해서였는데 공께
서는 거칠고 소략하다 말하지 않으시고 몸을 굽히어 저와 더불어 응해
주시었습니다. (…후략…)19)

그는 여기에서 자신이 어려서부터 여본중의 시문을 흠모해왔으며 그 결
과 여본중의 풍격과 많이 흡사했음을 말하고 있다. 아울러 증기와의 만남
또한 그의 문장에 대한 감동에서 연유한, 오랜 갈망의 실현이었음을 밝히
고 있다. <呂居仁集序>와 <別曾學士>에서의 술회를 표면적으로 이해하
면, 육유가 여본중의 시문을 익히게 된 까닭은 단순한 시문자체에 대한 감
동 때문이었으며, 증기를 흠모하고 만나보자 했었던 이유 또한 자신의 시
에 대한 가르침을 받기 위함이었던 것으로 여겨진다. 그러나 그가 여본중
을 사숙하고 증기를 갈망했던 실제 이면에는 그들의 憂國志士的인 품성에
대한 존경과 추숭이 깔려 있었다.

어려서부터 조국의 현실을 염려하는 아버지와 여러 志士들의 울분과 비
탄을 목격하며 자란 陸游에게 있어 '愛國'과 '爲國獻身'은 가장 커다란 이
념적 지향이었으며, 呂本中과 曾幾는 당시 문단의 領袖로서 육유의 이 같
은 지향을 실천을 통해 체현한 憂國志士이기도 하였다. 그들의 애국심에
대해 육유는 다음과 같이 말하고 있다.

일찍이 直內庭을 겸하여 ≪趙丞相鼎制≫를 草하였는데, 和親의 논의를

---

19) '兒時聞公名, 謂在千載前. 稍長誦公文, 雜之韓杜編. 夜輒夢見公, 皎若月在天. 起坐三歎息,
欲見亡緣緣. 忽聞高軒過, 驪喜忘食眠. 袖書拜轅下, 此意私自憐. 道若九達衢, 少智妄鑿穿.
所願瞻德容, 頑固或少痊. 公不謂狂疎, 屈體與周旋….' ≪詩稿≫ 권1, <別曾學士>.

힘써 배척하여 丞相 秦檜를 거스르게 되었다. 秦檜가 ≪日曆≫을 草하며 公(呂本中)의 <制> 속에 실려 있는 말로써 죄를 삼았으나 천하 사람들은 공의 바름을 더욱 높이었다.[20]

紹興 말, 오랑캐 完顔亮이 변방을 침입했었다. 이 때 茶山先生(曾幾)께서는 會稽 禹跡寺에 거하고 계셨는데 내가 勅局(勅令所)에서 파직되어 귀향한 후 대개 사흘이 넘도록 찾아뵙지 않은 적이 없었으나 찾아뵈면 반드시 나라를 걱정하는 말을 들었다. 선생은 그 때 나이가 70을 넘으셨고 백 명이나 되는 가족을 거느리고 계셨지만 일찍이 이를 걱정하지는 않으시고 나라 걱정만을 하셨을 따름이었다.[21]

육유에게 있어 화친을 반대하다가 秦檜에 의해 파면이 된 呂本中은 역시 秦檜에 의해 정치적 좌절을 겪은 육유 그 자신이었으며, 일신조차 건사하지 못하는 늙은 몸으로도 자신과 집안보다는 조국을 먼저 걱정했던 曾幾는 육유가 일생토록 추구하고자 하였던 자신의 전형이었던 것이다. 시인의 개인적 품성에 대한 추숭은 작품 자체에 대한 평가에도 영향을 끼칠 수밖에 없는데, 육유 또한 이들의 우국의식에 대한 존경을 작품에 대한 높은 평가로 나타내곤 하였다.

公(呂本中)은 어려서부터 이미 家學을 이어 받아, 마음으로서 체득하고 몸으로써 실천한 지 거의 삼십 년이 되었다. 벼슬의 길은 날로 힘겨워졌으나 학문은 날로 깊어졌으니, 겨를이 있을 때마다 천하의 이름난 선비들과 교유하였다. 강습하고 토론하며 연마하고 서로 영향을 주고받으면서 그 근원에 이르지 않으면 그치지 않았다. 때문에 그의 시문은 가득 넘치

---

20) '嘗兼直內庭, 草趙丞相鼎制. 力排和戎之議, 忤秦丞相檜. 秦公自草日曆, 載公制辭以爲罪, 而天下益推公之正' ≪文集≫ 권14, <呂居仁集序>.

21) '紹興末, 賊亮入塞. 時茶山先生居會稽禹跡精舍. 某自勅局罷歸, 略無三日不進見, 見必聞憂國之言. 先生時年過七十, 聚族百口, 未嘗以爲憂, 憂國而已' ≪文集≫ 권30, <跋曾文淸公奏議稿>.

고 광대하여 여러 체를 겸비하였으며 사이사이마다 새로운 뜻이 솟아나 기이하면서도 渾厚한 느낌을 주고, 사람의 이목을 놀래키면서도 高古함을 잃지 않았으니 당시 선비들의 조종이었다.[22]

　公(曾幾)께서는 경학의 도를 다스리시는 나머지에 문장도 쓰시어 雅正하고 純粹하셨다. 시는 더욱 빼어나, 杜甫와 黃庭堅을 종주로 삼아 밀치어 위로 올라가 黃初, 建安에서부터 離騷, 雅, 頌, 舜禹의 시기까지 다하시었다.[23]

　물론 이 같은 평가가 가능하기 위해서는 여본중이나 증기의 시가 기존 黃庭堅을 위시로 한 강서시파와 시학이론상 이념적 지향이 달랐거나 적어도 표현방식 면에 있어서의 차이를 지니고 있음이 전제되어야 한다. 실제 여본중과 증기는 강서시파에 계승자이면서도 창작이론이나 작시방법에 있어서 전대의 강서시인들과는 많은 차이점을 보여준다.[24] 그들은 시문창작에 있어 '彈丸', '圓美', '活法' 등을 강조하며 기존 강서시인들의 지나치게 생경하고 형식기교적인 창작태도를 비판하였다.[25]

---

22) '公自少時, 旣承家學, 心體而身履之, 幾三十年. 仕愈躓, 學愈進, 因以其暇盡交天下名士. 其講習探討, 磨礱浸灌, 不極其源不止. 故其詩文汪洋宏肆, 兼備衆體, 間出新意, 愈奇而愈渾厚, 震耀耳目而不失高古, 一時學士宗焉' ≪文集≫ 권14, <呂居仁集序>.

23) '公治經學道之餘, 發于文章, 雅正純粹. 而詩尤工, 以杜甫黃庭堅爲宗, 推而上之, 由黃初建安, 以極于離騷雅　頌虞夏之際' ≪文集≫ 권32, <曾文淸公墓志銘>.

24) 呂本中과 曾幾의 초기 江西詩派와의 차이점에 대해 梁昆은 '점차 활발하고 원활한 길로 향하고자 하였으며 비록 기이하고 생경한 작품이 있긴 해도 오로지 기이하고 생경한 것으로만 뛰어남을 보이고자 하지 않았다. 따라서 紫微(呂本中)는 活法을 제창하고 茶山(曾幾)은 死句를 參究하지 않아야 함을 말하였다(漸欲向活動圓轉之途, 雖亦有奇峭拗硬之作, 而不專以奇峭拗硬見長. 故紫微之倡活法, 茶山之言不參死句)'라고 하였다. 梁昆, ≪宋詩派別論≫, 92면.

25) 정상홍은 呂本中이 活法을 주장하게 된 배경으로 點鐵成金이나 換骨奪胎에 대한 黃庭堅의 본의를 더욱 구체화시키려는 것 외에 법도에만 갇혀 여기에서 한 걸음도 벗어나지 못하는 당시 사람들의 악습을 수정하려는 의도도 있었으리라고 여기며, 注에서 이와 관련한 張健과 周裕鍇의 說을 소개하고 있다. ≪江西詩派와 禪學의 受容≫(성균

　　이상의 논의들을 종합해보면, 결국 육유가 여본중과 증기의 학문과 시풍에 경도되었던 일차적인 원인은 그들의 우국지사적인 품성에 있었으며, 그들이 표방하고 추구했던 江西詩風에 대한 매료가 직접적인 원인은 아니었다고 할 수 있다. 아울러 그들이 추구했었던 江西詩風 또한 이미 초기 강서시파의 생경하고 기특한 풍격과는 많이 달랐으며, 오히려 기존 江西詩派의 폐단을 인식하고 이를 극복하려 한 현실 개혁적인 의미가 강했던 까닭에 우국의식과 문학적 열정으로 가득했던 청년 陸游는 별다른 반감 없이 이들을 통해 자연스럽게 江西詩派의 시풍을 전수 받게 되었다고 할 수 있다.

　　훗날 육유는 중기 이후 변화된 시관에 근거하여 자신의 초기시들에 대해 부정적인 평가를 하고 대부분의 초기시들을 폐기해버리지만, 이 시기 강서시파의 영향하에서 익혔던 형식주의적인 表現技巧는 일생토록 그의 시의 토대로 작용하면서 이후 造句나 音律, 對仗, 用事 방면에의 뛰어난 성취를 이루는 밑거름이 되었다.

2. 중기(1170~1189년)

　　이 시기는 그의 나이 46세에서 65세까지의 기간으로, 본 절에서는 이를 다시 전반부 1170년부터 1179년까지(46세~55세)의 '在蜀時期'와 후반부 1180년부터 1189년까지(56세~65세)의 '在山陰時期'로 나누어 살펴보기로 한다. 시기별 명칭에 있어, '在蜀時期'로 구분한 약 10년의 기간 중 후반 2년의 기간은 福建과 江西 지역에 있었으므로 엄밀하게 따지면 '在蜀閩贛時

관대학교 박사학위논문, 1994), 243면.

期'로 불려야 하지만 이미 기존의 몇몇 논문들에서 '在蜀時期'라는 말로 이 시기를 지칭하고 있는 까닭에 이 책에서도 명칭의 혼동을 피하기 위해 그대로 사용하기로 한다. '在山陰時期'는 필자가 설정한 용어로서, 이 또한 후반 3년간은 嚴州와 臨安에서 지냈던 까닭에 정확한 용어라 할 수는 없다. 다만 이 기간 동안 山陰에 거처한 시간이 가장 길었으며, 嚴州와 臨安에서의 관직생활도 성격상 山陰에서 잠시 나갔다오는 면이 강하므로 '在山陰時期'라는 용어로서 이 시기를 지칭하였다.

1) 在蜀時期

'臺諫과 결탁하여 시비를 따지고 張浚의 용병을 역설했다'는 죄명으로 면직되어 고향인 山陰에서 4년간을 지낸 陸游는 乾道 6년(1170) 閏5월 夔州의 通判으로 임명되고 그 해 11월 夔州에 도착하면서 그의 일생에 있어 가장 커다란 의미를 지닌 10년간의 在蜀時期를 시작한다. 또한 이 때 山陰을 떠나 夔州로 부임하러 가던 6개월간의 여정을 기록하여 ≪入蜀記≫ 6권을 남기기도 하였다. 夔州에서의 임기를 마친 후 乾道 8년(1172) 1월 四川宣撫使 王炎의 부름을 받아 그해 3월 南鄭에 도착하여 王炎의 막부에서 四川宣撫使司幹辦公事兼檢法官의 임무를 맡게 된다. 그러나 陸游가 王炎과 그 막부의 장군들과 함께 한창 북벌의 준비를 진행하고 있던 그 해 9월, 王炎은 돌연 臨安으로 소환되고 막부는 해체되어버려 북벌의 희망은 수포로 돌아가게 된다.

南鄭에서 나온 陸游는 成都府路安撫司參議官으로 임명되고, 이후 3년 동안 四川地域을 두루 다니며 蜀州, 嘉州, 榮州 등지의 지방관을 겸임하다가, 淳熙 2년(1175) 成都府路安撫司參議官兼四川制置使의 임무를 맡아 곧

이어 成都府權四川制置使로 부임하여 온 范成大를 보좌하게 된다. 이 시기 그는 북벌 희망의 좌절로 인해, 줄곧 술과 歌舞에만 의지하여 狂人과도 같은 행동을 하다가 '술에 의지하여 방탕한 행동을 저지른다'26)는 죄명으로 淳熙 3년(1176) 嘉州知事의 직책에서 면직되었으며, 육유는 이에 자신의 호를 '放翁'이라 하며 스스로를 위안하고 成都에 머무른 채 皇命을 기다리게 된다.

淳熙 5년(1178) 皇命을 받아 臨安으로 소환된 육유는 提擧福建常平茶鹽公事를 맡아 建安으로 부임하며 2년 남짓한 在閩贛時期를 시작한다. 이듬해인 淳熙 6년(1179) 提擧江南西路常平茶鹽公事를 맡아 撫州로 옮겼는데, 이듬해 발생한 江西地域의 수해 때 긴박한 빈민구제로 인해 조정의 명령을 기다리지 않고 임의로 義倉을 개방한 일이 문제가 되어 淳熙 7년(1180) 11월, 네 번째의 파면을 당하며 고향으로 돌아온다.

이 시기는 사상적인 면이나 문학적인 면에서 육유의 일생을 통틀어 가장 황금기로 간주될 수 있는 시기이다. 이 기간 중 특히 金과 대치한 최전선인 南鄭에 종군했던 기간은 비록 8개월이라는 짧은 기간이었음에도 불구하고 그의 평생의 정치적 목적과 문학적 지향의 정립에 결정적인 역할을 하게 된다. 南鄭은 역대 왕조들의 도읍지이자 중국인들의 정치적 상징인 長安의 종남산이 바라다 보이는 곳으로, 이곳에서 종군하는 기간 동안 육유는 항상 전투복 차림으로 각종의 군사 활동에 참가하였으며 함락된 중원 땅을 바라보며 수복의 의지를 불태웠고 王炎에게 북벌의 책략들을 끊임없이 건의하곤 하였다.27) 또한 생활환경의 변화에서 기인한 인식의 전환과 시야의 확대는 그로 하여금 이전의 강서시풍에서 벗어나 우국의

---

26) '恃酒頹放' ≪宋史·陸游傳≫.

27) '王炎宣撫川陝, 辟爲幹辦公事. 游爲炎陳進取之策, 以爲經略中原必自長安始, 取長安必自隴右始' ≪宋史·陸游傳≫.

열정과 호방한 기개를 표출하는 많은 憂國詩들을 써내게 하였다. 물론 앞서 살펴보았듯이 육유는 초기에도 분명 애국의 정서를 지니고 있었으며 憂國의 감회를 읊은 시가 없었던 것도 아니었다. 그러나 초기의 그것이 다분히 감정적 차원에서의 분노와 당위성의 표출이었다고 한다면, 이 시기의 憂國詩들은 실제 생활상의 경험과 결합되어 보다 현실적이고 구체적이면서 다양한 방식으로 표현되고 있는 점이 다르다.28) 막부가 해산되고 南鄭에서 물러 나와, 이후 成都를 비롯한 여러 蜀地를 전전하는 동안에도 육유의 열정적인 우국시들은 끊임없이 쓰여진다. 다만 南鄭에서의 우국시들이 중원 수복의 열망과 오랑캐 섬멸의 확신으로 가득한 희망 일변도의 시였다고 한다면, 이후의 시에서는 이와 함께 눈앞에 있던 기회를 놓쳐버린 아쉬움과 아무런 성과 없이 헛되이 시간만 흘러가는 안타까움이 담겨져 있다. 그러나 시기 전체적으로는 여전히 격정적이며 희망적인 시들이 우위를 차지하며 屈原이나 杜甫 등과 같은 우국지사의 찬미를 통해 끊임없이 자신을 다그치고 불굴의 전투의지를 불태우고 있다.

2) 在山陰時期

육유는 고향인 山陰으로 돌아와 6년을 거한 후에 淳熙 13년(1186) 嚴州 知事로 발령 받아 2년의 임기를 마친 후, 淳熙 15년(1188) 7월 잠시 고향으로 돌아온다. 육유가 그때까지의 시를 정리하여 ≪詩稿≫의 ≪前集≫ 20권을 편찬한 때가 이 시기이기도 하다. 이해 겨울 臨安으로 불려가 軍器少監을 맡게 되고 다시 이듬해인 淳熙 16년(1189) 禮部郎中과 實錄院檢討官을

---

28) 이 시기 陸游 憂國詩의 다양한 표현양태에 대해서는 제4장 1. '憂國' 부분에서 다시 살펴보기로 한다.

맡게 된다. 그러나 諫議大夫 何澹에 의해 '風月을 嘲咏한다'[29]는 죄명으로 탄핵을 받아 그해 11월에 다섯 번째의 면직을 겪게 된다. 비록 탄핵의 명분은 '嘲咏風月'이었으나, 이는 사실 조정에 들어가서도 일관되게 북벌과 중원의 회복을 주장하는 육유에 대한 主和派들의 모략이었던 까닭에 고향으로 내려온 그는 자신의 書室 이름을 '風月軒'이라 이름하는 것으로 주화파들에 대한 불만과 저항의 뜻을 나타내며 만기의 농촌생활을 시작한다.

이 시기 또한 재촉시기와 마찬가지로 중원 수복의 열망과 불굴의 투쟁 의지를 많은 우국시들을 통해 표출해내었다. 이 시기의 우국시들이 재촉시기와 구별되는 특징은 많은 우국시들이 南鄭에서의 생활을 회상하고 무위로 돌아간 북벌의 소망을 울분과 비분으로 아쉬워하는 내용으로 이루어진다는 점이다. 재촉시기 후반에도 이러한 경향의 시가 쓰여지고 있기는 하지만, 그래도 이전 시기의 시들이 몸은 여전히 蜀지역에 있어 아직까지는 몸소 북벌에 나서는 희망을 버리지 않은 상태에서 쓰여진 것이라 한다면, 이 시기의 시들은 직접 북벌에 참여하고자 했던 바람이 무위로 돌아가고 북벌의 가능성조차 요원해진 상태에서 쓰여진 것이라 할 수 있다. 따라서 중원 수복에 대한 그의 열정은 많은 부분 환상이나 꿈의 형태로 나타나고 비분과 결합되어 표현되고 있다.

3. 만기(1190~1209년)

이 시기는 육유의 나이 66세부터 85세로 임종할 때까지의 시기이다.

紹熙 원년(1190)부터 농촌 생활을 시작한 육유는 이후 孝宗, 光宗實錄의

---

29) ≪詩稿≫ 권 21, <予十年間兩坐斥罪, 雖擢發莫數而詩爲首. 謂之嘲咏風月, 旣還山, 遂以風月名小軒, 且作絶句> 2수에 당시의 심정이 잘 나타나 있다.

편찬을 맡아 嘉泰 2년(1202)부터 이듬해까지 1년 동안 臨安에서 實錄院同修撰을 지낸 것 외에는 관직에 나아가지 않고 줄곧 山陰에서 거처한다. 紹熙 3년(1192) 중양절에 禹跡寺 남쪽에 있는 沈氏의 정원에 놀러 갔다가 40년 전에 자신이 벽에 썼었던 <釵頭鳳> 詞가 돌에 새겨져 남아있는 것을 보고 비통해하며, 회한 가득한 심정으로 쓴 <沈園二首>는 오늘날까지 많은 이들에게 감동을 주고 있다. 開禧 원년(1205) 초 장자인 子虞가 嚴州 이후부터 당시까지의 시를 모아 ≪劍南詩續稿≫ 40권을 편찬하였고, 開禧 2년(1206)에 막내인 子遹은 다시 이를 증보하여 ≪劍南詩續稿≫ 48권으로 편찬한다. 전원생활을 시작한 이후 20년 동안 열정적인 詩作에 몰두하던 육유는 嘉定 2년(1209) 85세를 일기로 자신이 그토록 간절히 바랐던 중원회복을 보지 못한 채 일생을 마치게 된다.[30]

이 시기는 '題材의 日常化'와 '作詩方法의 變化'라는 측면에서 이전 시기와 두드러진 차이를 나타낸다. 먼저 '題材의 日常化'라는 측면을 살펴보면, 이전 시기에 비하여 日常 世事에서 그 제재를 취하여 평이하고 자연스러운 필치로서 개인의 생활 소사나 농촌생활과 정취 및 여유를 노래하는 작품이 많다는 것이다. 아울러 서민 생활에 대한 관심이 증가하면서 이들의 고통스러운 삶의 현실을 묘사하고 이것의 원인이라고 할 수 있는 무능하고 탐욕한 관리들의 혹정을 비판하는 내용 또한 많은 수를 차지하고 있다. 시의 내용에 따른 분류상 '社會詩'로 구분될 수 있는 이러한 유형의 시들은 唐代 사회시인들을 비롯한 이전 시기 많은 시인들에게서 쉽게 찾아볼 수 있어 육유시만의 고유한 내용으로 삼을 수는 없다. 그러나 이들 대부분이

---

30) 육유의 卒年에 대해 연구자에 따라 1209년 또는 1210년으로 달리 말하곤 한다. ≪宋史·陸游傳≫과 ≪山陰陸氏族譜≫에 따르면, 육유는 1209년 宋 嘉定 2년 12월 29일 除夜에 세상을 떠났다. 이날을 서기력으로 환산하면 1210년 1월 26일이 되는 까닭에 이와 같은 표기상의 차이가 생기게 된 것이다. 그러나 과거의 날짜는 당시의 일력을 기준으로 하는 까닭에 1209년으로 표기하는 것이 옳다.

단순한 관찰자의 입장에 서서 일반 백성들의 삶과 고통을 연민과 동정의 시각으로 묘사하는 데 그친 반면, 육유는 자신이 실제 스스로 밭을 갈고 야채를 가꾸며 하루의 끼니를 걱정해야 할 정도로 궁핍한 躬耕생활을 하면서 백성들의 고통과 관리들의 혹정을 직접 보고 경험했었기 때문에 단순한 동정이 아닌 공감의 차원에서 이들의 고통을 묘사했다. 이런 까닭에 탐오하고 무능한 관리들에 대한 비판 또한 단순한 개탄이나 질타가 아닌, 분노의 수위로 표출되곤 하였다.

'作詩方法의 變化'는 시의 풍격과 창작태도에 있어서의 변화를 생각해 볼 수 있다. 위에서 언급한 이 시기 題材의 변화는 자연스럽게 시의 테마나 풍격 및 표현 수법의 변화로 이어져 在蜀時期나 혹은 그 이전 시기의 典雅하면서도 豪放하고 정제된 시들이 淡雅하고 質朴하며 평이한 시들로 변화하는 경향을 나타낸다. 창작태도에서의 변화는 더욱 두드러진다. 이 시기에 들어오면서부터 육유는 시의 창작을 문학작품의 창작이라기보다는 개인의 日常小事나 순간순간의 감정의 기록으로 간주한 듯한 느낌이 든다. 이로 인해 많은 수의 일기류 혹은 메모류의 작품이 쓰여지게 되었고 그 결과 작품의 예술적 성취도 또한 덩달아 낮아지는 결과를 낳게 되었다.31)

題材나 作詩方法에 있어서의 이 같은 변화의 원인은 젊은 시절의 격변과 투쟁의 환경이 이 시기 들어 휴식과 안정의 환경으로 바뀌게 된 데서 찾을 수 있다. 그러나 제재나 작시방법의 변화에도 불구하고 여전히 젊은 날을 회상하며 실현되지 못한 당시의 기개와 열정들을 비분으로 토로하거나 흔들림 없는 항전의 결의를 노래한 우국시들이 끊임없이 쓰여지고 있다. 따라서 비록 이런 작품들이 작품 총수에 있어 이 시기의 다수를 차지

---

31) 제1장의 [표 2] '≪劍南詩稿≫ 권별 수록시 통계표'를 보면 육유의 전체 작품 중 1190년 이후의 작품 총수는 6,461수로서 전체의 70.7%에 달하며, 80세 이후 5년간의 시만 합산하여도 2,913수로서 전체의 1/3에 달하는 31.9%이다.

하지는 않지만 육유에 있어 憂國은 시대구분을 뛰어넘는 全時期적으로 의미를 지니는 주제였다고 말할 수 있다.

이상에서 육유의 시기를 크게 세 시기로 구분하고, 본문에서 이를 다시 네 개의 단계로 세분하여 매 시기 작자의 간략한 생애와 시풍 및 문학상의 특징에 대해 살펴보았다. 이상의 내용들을 종합해보면 육유시에 대해 다음과 같이 개괄할 수 있을 것이다.

먼저 육유는 初期에는 江西詩派의 영향을 받아 字句의 鍛鍊과 修辭技巧의 追求 같은 형식기교 방면에 치중된 시를 썼으며, 中期 중 전반 '在蜀時期'에는 南鄭에서 종군경험을 계기로 새롭게 정립된 詩觀을 바탕으로 열정적이고 호방한 필치로써 우국의 정서와 불굴의 기개를 표출하는 많은 憂國詩들을 써냈다. 中期 후반 '在山陰時期'에는 비록 金과의 접경지역에서 멀리 떨어져 있는 처지였지만 중원 수복의 열망과 우국의 정서는 이전 '在蜀時期' 때와 마찬가지로 변함없이 이어지고 있으며, 다만 소망의 좌절과 미래에 대한 희망의 부재로 인해 이 같은 열망들은 많은 부분 울분과 비탄의 방식이나 꿈과 환상의 방식으로 표현되었다. 晩期는 작자의 활동 영역이 고향이라는 한정된 공간으로 제한되면서 주로 평이하고 질박한 필치로써 농촌의 일상적인 생활을 題材로 한 시를 썼으며, 정치 일선에서 물러나 전원생활을 하면서 얻게 된 심적 시간적 여유를 작품창작 방면에 집중하여 中國 最多作家로서의 명성을 얻게 되었다.

그러나 이 같은 서술은 육유시의 각 단계별 특징에 대한 설명으로서는 의미가 있으나, 이것만으로는 육유시의 전반적인 특징이 나타나지 않을 뿐만 아니라 보통의 일반 시인들에게서 쉽게 찾아볼 수 있는 시기별 경향들과 별다른 차이점도 발견할 수 없다. 더군다나 이 같은 단계적 특징의 단순 종합으로서만 육유시를 개괄한다면, 자칫 육유시에 대한 그릇된 이해를 가져올 수도 있다. 즉 주제의식의 측면에서는 無志向(초기)－憂國意識(중기)

－田園生活(만기), 形式修辭의 측면에서는 修辭技巧의 追求(초기)－脫皮(중기)－廢棄(만기), 풍격적인 측면에서는 纖麗藻繪(초기)－悲憤豪放(중기)－清淡閑適(만기)과 같이 상호 유사성이 전혀 존재하지 않는 개념으로 육유시 전체를 단절적으로 이해하거나, 여기에서 나아가 평자의 자의적인 판단에 따라 여타 특징들의 의미나 가치가 고려되지 않은 채 특정 시기의 특정 경향으로서만 육유시를 대표하게 되는 편견에 빠질 수 있다.32) 따라서 육유시가 이미 표면적으로 각 단계별 특징이 분명하게 드러나고 있는 이상, 위와 같은 단계적인 이해나 편견에서 벗어나기 위해서는 각 단계별 특징의 내면에 존재하는 공통의 의식과 경향을 찾아 이들을 한데 아우를 필요가 있다.

먼저 代表 主題意識에 대해 생각해보면, 앞서 필자는 육유 초기시의 강서시파적 경향은 강서시풍 자체에 대한 육유의 호감에서 시작된 것이 아니라 내재된 우국의식이 직접적인 원인이었음을 말하였다. 또한 晩期의 시에서도 비록 편수의 차이는 있지만 항전의 결의와 열망을 드러내는 우국시들이 이전 시기와 강도상의 차이 없이 지속적으로 쓰여지고 있음을 지적하였다. 따라서 비록 시기별로 상이한 풍격이 혼재되어 있고 작품 총수나 표현양태상의 차이는 있을지언정, '憂國意識'은 그의 사상이나 문학에 있어서의 일생토록 변함없는 대표 주제의식이었다고 말할 수 있다.

形式修辭의 측면에서 그 자신은 비록 초기시의 경향과 시적 성취에 대해 부정적인 평가를 내리고 여기에서 벗어나려 했지만, 사실 초기에 다져진 창작 기반에서 완전히 벗어나기는 어려웠을 것이다. 더군다나 그가 일

---

32) 趙翼은 ≪甌北詩話≫에서 육유의 전 시기를 셋으로 나누고 각각 '工巧', '宏肆', '平淡'을 각 시기의 주요한 풍격상의 특징으로 설명하였다. 이와 같은 三變說의 견해는 이후 많은 육유 연구자들에게 널리 받아들여져 朱東潤은 ≪陸游研究≫에서 '平淡'을 육유 만기의 주요한 풍격으로 설명하였고, 劉大杰 또한 ≪中國文學發展史≫에서 '務求技巧', '豪宕奔放', '閑適恬淡'으로, 程千帆은 ≪兩宋文學史≫에서 '藻繪爲工', '博大宏肆', '平淡'으로 각 시기의 특징을 개괄하였다.

찍부터 강서시파의 계승자로서의 명성을 얻었다는 사실은 단순한 연마와 학습의 결과로만은 설명할 수 없는, 그가 이 방면에 대한 천부적인 자질 또한 갖추고 있었음을 말해준다. 따라서 名匠이 공예품을 만들어내면서 일부러 拙作을 만들지 못하는 것처럼, 육유 또한 비록 의식적으로는 형식기교의 추구를 반대하였으나 실제 창작 과정 중에 무의식으로 추구하게 되는 것까지는 어쩔 수 없었던 것 같다.[33] 결국 육유에게 있어 형식수사기교의 추구는 초기에만 한정되는 것이 아니라 의식적인 志向과 彫琢정도의 차이는 있을지언정 全時期에 걸쳐 진행된 창작경향이었다고 할 수 있다.

風格의 측면에서 보면, 사실 시기별 구분에 의한 風格 규정은 육유시에 있어서는 별 의미가 없으며 실제와 부합되지 않는 부분도 많다. 앞서 구별한 纖麗藻繪(초기)－悲憤豪放(중기)－淸淡閑適(만기)의 풍격 구분 또한 동일한 기준에 근거한 평가라고는 할 수 없다. 즉 초기의 풍격에 대한 설명은 실제 작품을 통한 평가라기보다는 작자의 문학이론에 근거한 것이며,[34] 중기는 해당 시기의 대표적인 주제와 관련한, 만기는 작품 총수에 근거한 평가로 볼 수 있다.[35] 이는 결국 육유시에 있어 시기별 풍격 구분 차제가 적절치 않으며, 이것보다는 主題나 題材에 따른 풍격의 차이를 설명하는 것이 보다 의미가 있음을 보여주는 것이라 할 수 있다. 왜냐하면 특정 주제에 대한 육유의 입장과 견해는 시기구분을 막론하고 변함없는 일정한 경

---

33) 육유시의 형식기교에 대해서는 제5장 '陸游詩의 형식과 표현기교'에서 자세히 살펴보기로 한다.

34) 앞서 제1장 2. '연구의 대상 및 방법'에서 육유가 시집의 편정과정에서 초기시들을 대대적으로 정리해버려 현재 남아 있는 육유 초기시에서 강서시파적 경향이 두드러진 작품을 찾아내기가 쉽지 않음을 말한바 있다.

35) 胡明은 陸游 晚期 작품의 절대 다수가 '田園閑適'류인 것을 지적하며 이를 '만년의 육유 우국시의 退潮'로 설명하고 있다. 나아가 이러한 주제 분포는 초기시나 중기시에서도 마찬가지인 까닭에 '田園閑適'의 주제는 육유의 ≪劍南詩稿≫에서 절대비율을 차지하는 대표적인 주제임을 말하고 있다. ≪南宋詩人論≫ <陸游詩歌主題瑣議>, 85면.

향이 나타나는 반면, 각각의 주제들 간에는 차이점이 존재하기 때문이다. 여기에다 실제 창작에서의 표현상의 특징이나 기법들이 주제에 따라 확연히 다른 양상으로 나타나고 있는 점도 주제별 풍격고찰의 필요성을 말해 준다. 여기에 대해서는 제4장 '陸游詩의 주제와 표현양태'에서 자세히 살펴보기로 한다.

결론적으로 육유시에 대한 전면적이고도 올바른 평가는 앞서 정리한 단계 구분식 설명과 함께, 이와 같은 단계적인 차이에도 불구하고 '憂國意識'과 '形式技巧의 追求'가 육유시의 전시기적인 공통의 현상이었으며, 주제에 따라 표현상의 특징이나 기법들이 달리 나타나고 있음을 밝혀주는 것이라 할 수 있다.

제3장

陸游의 시론

육유는 전문적인 저서를 통해 자신의 詩論이나 文論을 피력하지는 않았으며, 이를 전면적으로 다룬 시나 문장 또한 없다. 대신 비록 전문적이거나 체계적이지는 않지만, 많은 시문들 속에서 단편적이나마 나름대로의 다양한 시문관련 견해들을 나타내고 있다. 詩論이 작자의 전문 저작이 아닌 여러 시나 문장을 통해 단편적이고 산발적으로 드러난다는 사실은 곧 연구자가 어느 부분에 중점을 두는가, 어떤 텍스트를 주된 검토대상으로 하느냐에 따라 해당 詩論의 범주가 다양하게 나타날 수밖에 없음을 의미한다. 따라서 육유의 시론을 설명하면서 육유의 다양한 시문관련 견해들을 단순 종합하여 나열하거나 이들 중 논자의 기호에 맞는 몇몇 견해들만을 가려 뽑아 논의의 근거로 삼는다면, 이 또한 앞장에서 지적한 '육유시에 대한 단계적이고 자의적인 이해'에서와 마찬가지의 오류를 범할 수 있다.

따라서 평자의 자의적인 판단에서 벗어나 육유 시론의 실제를 보다 객관적이고 분명하게 드러내기 위해서는 많은 사람들이 공통적으로 인정하는 범주들을 뽑아 시론의 내용을 구성하고, 이를 인식론과 방법론, 비평론 등 시론 전체를 드러낼 수 있는 뼈대를 중심으로 배열해야만 한다. 그러나 육유 시론의 경우 여러 시문들에서 논리적 체계 없이 산발적으로 나타나고 있는 까닭에 보편타당한 의미를 지니는 범주를 결정하는 것부터 일단 쉬운 일이 아니다. 더구나 육유의 시론만을 전문적으로 연구한 논문은 매우 드물고,[1] 기존 육유 관련 저작들에서 단편적으로 언급되고 있는 육유 시론의 범주들을 살펴보더라도 각기 규정하는 용어들이 일치하지 않을 뿐만 아니라 포괄하는 영역도 각각이기 때문에[2] 참고로 하기에도 부족한 상태이다. 결국 지금은 육유 시론의 정립과 체계화에 있어서 새로운 기준의 설정과 이를 통한 각 이론의 재배치가 필수적인 상황이라 할 수 있다.

이에 본 장에서는 시론의 구성상 핵심적인 요소라 할 수 있는 '시문에 대한 인식과 창작의 방법'과 관련한 견해를 중심으로 육유의 시론을 재구성해보고자 한다. 이와 관련한 견해들은 다시 '시문창작의 根源 혹은 前提'와 '시문창작의 原則', '시문창작의 動機' 및 '시문창작의 方法' 등으로 세분할 수 있는데, 이 같은 기준에 따라 ≪渭南文集≫과 ≪劍南詩稿≫ 및 ≪老學庵筆記≫ 속에 드러나는 시문관련 견해들을 종합하여 분류해보면, 육유의 시론은 대체로 '養氣論'과 '載道論', '悲憤論', '自然論'으로 집약될 수 있

---

1) 이와 관련한 논문 중 필자가 알고 있는 것은 周志文의 <陸游的詩論>(淡江學報, 第22期, 1985)이 유일하며, 그나마 전문을 구해보지 못한 까닭에 구체적인 내용은 알 수 없었다.
2) 예를 들어 이 책에서 설정한 '載道論'은 논자에 따라 '詩歌三昧論' 혹은 '道統論' 등으로 표현되고 있고, '養氣論'은 '詩外工夫論' 또는 '修養論' 등으로 나타나고 있다. 형식기교와 관련해 이 책에서 설정한 '自然論'은 때로 '平淡論'으로도 표현되는데, '平淡論'이라는 범주는 風格과 관련한 시론설명으로도 사용되고 있다. 사실 필자도 拙稿 ≪陸游詩研究≫에서 이 개념을 사용하여 육유 시론을 설명한 바 있는데, 당시에는 이것이 형식기교와 풍격 두 가지에 모두 관련되는 것으로 설명하였다.

다. 이것들은 육유에 의해 처음으로 제기된 것이라기보다는 이미 이전 시기 많은 시인들에 의해 제기된 것으로서, 육유는 전인들의 이론을 보다 구체화시키거나 혹은 이를 특정 부분에 대한 한정적인 의미로 사용함으로써 나름대로의 독자적인 시론체계를 이루었다. 아울러 그에 의해 정립된 시론은 많은 후인들에게도 받아들여졌으며, 그 중에서도 특히 劉克莊과 戴復古 등의 江湖詩派 시인들에게 많은 영향을 끼쳐 시론뿐만 아닌 창작이나 풍격 등에 있어도 유사한 면을 나타내게 하였다.3) 따라서 본 장에서는 육유 시론의 각각의 개념들을 살펴보면서 아울러 전인 및 후인들의 시론과의 상호 연관성들을 비교 고찰함으로써 이것들의 계승성과 독창성을 생각해보고자 한다. 또한 각각의 개념들에 대한 이해를 바탕으로 육유 시론의 전체적인 체계 속에서 이들 상호간의 연관성 및 보완성에 대해 살펴보기로 한다.

1. 養氣論

‘養氣’는 孟子가 ‘浩然之氣’를 강조한 이래, 전통 유가에서 개인의 품성과 덕성을 함양하기 위한 방편으로 줄곧 중시되어 왔다. 그러나 漢代 王充 또한 ‘精神은 본디 血氣를 위주로 한다’4)라고 말한 것처럼, 漢代 이전의

---

3) 魏慶之는 ≪詩人玉屑≫ 권19, <陸放翁>에서 ‘근년에 唐人의 시를 학습하면서 실지로는 陸游의 법도를 응용하는 자들이 있는데 그 중에는 (陸游의 시와) 너무도 같은 곳이 많다(近世又有學唐人詩, 而實用陸之法度者, 其間亦多酷似處)’라고 하며 江湖詩人들의 시풍이 육유와 흡사함을 지적하였으며, 方回 또한 ≪桐江集≫ 권1, <滄浪會稽十詠序>에서 ‘唐人 丁卯橋(許渾)의 시를 학습하여 逼眞하면서 또한 더욱 뛰어난 사람은 王安石과 陸游이다. 시집 중에 그러한 작품이 많다. 근세에는 바로 이러한 사람을 숭상하는데 또한 볼 만한 것이 많다(學唐人丁卯橋詩, 逼眞而又過之者, 王半山陸放翁. 集中多有其作. 近世乃專尙此亦多可觀)’라 하며 많은 江湖詩人들이 陸游詩를 학습하였음을 말하였다.
4) ‘精神本以血氣爲主’ 王充, ≪論衡 · 論死≫.

‘養氣’는 주로 인간의 정신활동과 관련한 도덕 수양의 측면에서 강조되었다. 이를 문장과 관련지어 설명한 것은 曹丕의 ≪典論・論文≫이 최초인데,5) 이후 劉勰을 비롯하여 韓愈, 柳宗元, 歐陽修 등을 거쳐 동시대의 黃庭堅이나 呂本中을 비롯한 江西詩派 시인들에 이르기까지 문장의 성격이나 지향 및 작가의 품성 등과 관련하여 끊임없이 제기되어 왔다. 육유 또한 이들과 마찬가지로 문장에서의 氣를 강조하며 ‘養氣’를 창작의 원천이자 작자가 갖추어야 할 필수 전제 요건으로 규정하고 있다. 아울러 많은 시문 속에서 氣의 기능 및 역할, 氣와 문장과의 관계 등에 대해 자세히 설명하며, 나아가 ‘養氣’의 구체적인 방법과 이를 바탕으로 이룩된 시문의 경지에 대해서도 언급하고 있다.

文章을 氣와 관련지어 생각하고, 시인의 養氣를 문장의 필수적인 요건으로 강조한다는 점에서 육유의 ‘養氣論’은 표면상 六朝時期 曹丕 이후 제기되어 온 ‘文氣論’ 혹은 ‘文氣說’과 별다른 차이가 없는 것으로 여겨진다. 그러나 曹丕는 다만 氣와 文章과의 관계에 대해서만 설명했을 뿐, 작자의 기질과 품성을 선천적인 것으로 여기고 후천적인 학습에 의한 변화를 인정하지 않았다. 동시대의 劉勰 또한 氣의 천부적이며 예술적인 측면만을 강조하고 학습에 의한 성취나 도덕적인 측면은 경시하였다.6) 따라서 선천적인 재능보다는 후천적인 학습을 보다 중요시한 육유의 ‘養氣論’과는 차이가 있다.7) 더구나 劉勰이 강조한 修養은 대부분 예술학습 방면에 국한되어, ‘情志의 표명과 修辭의 운용을 위한 목적’에서 제기한 것이었으니,8) 형

---

5) ‘文以氣爲主, 氣之淸濁有體, 不可力强而致’ 曹丕, ≪典論・論文≫.
6) 趙則誠 등 編, ≪中國古代文學理論辭典≫, 411면, 吉林文史出版社.
7) ‘積學以儲寶, 酌理以富才, 硏閱以窮照, 馴致以懌辭’ 劉勰, ≪文心雕龍・神思≫.
   ‘學業在勤, 功庸弗怠’ ≪文心雕龍・養氣≫
   ‘八體屢遷, 功以學成’, ‘才力居中, 肇自血氣’ ≪文心雕龍・體性≫ 등.
8) 車柱環, ≪中國詩論≫ 37면, 서울대학교출판부.

식수사기교가 아닌 심적인 수양과 학문의 연마를 통해 '載道'라는 원칙을 실현하고자 했던 육유와는 養氣의 내용부터가 달랐다. 오히려 육유의 養氣論은 氣를 문장의 기세나 내재적인 힘으로 간주하여 '氣가 성하기만 하면 말의 장단과 소리의 높낮이마저 모두 적당하게 된다'9)고 여겼던 唐代 韓愈나 '文章은 배워서 능할 수 있는 것은 아니되, 氣는 길러 이르게 할 수 있다'10)고 여겼던 宋代 蘇轍과 같은 전통 유학자들의 견해와 많은 부분 일치하고 있다.

일반적으로 宋代 시인들은 '益道'와 '養氣', '助詩'의 측면에서 이전 唐代 시인들과 마찬가지로 시인의 외적인 경험을 중시하였으나, 다만 그것만을 詩歌創作의 진정한 원천으로 여기지는 않았다. 그들은 여기에다 시인의 내적인 수양을 또한 강조하였는데 그 반향이나 지속적인 면에 있어서는 오히려 이것이 보다 더 중시되는 양상으로 나타났다. 즉 대다수의 송인들에 있어서 시의 창작은 '객관 외물세계에 대한 感發'이라기보다는 '시인의 내재적인 소양의 자연스러운 발로'로 여겨졌던 것이다. 여기서 시인의 '내재적인 소양'이란 마음을 다스리고 수양하는 '도덕적 수양'과 광범위한 독서를 통해 학문을 넓히는 '학술적 함양' 및 이전의 작품들을 감상하고 연마하는 '예술적 수양'을 포괄한 것으로, 이들 모두는 선천적인 것이 아닌 후천적인 학습과 노력에 따라 갖추어지는 것이다.11) 이 중 '예술적 수양'은 對仗이나 用韻, 句法 등과 같은 시의 기본적인 규칙을 학습하는 것과 造句, 章法, 用典 등과 같은 수사전달기교의 연마 및 예술적 審美眼을 갖추는 것으로서, 주로 전인들의 작품을 통한 형식 및 수사기교의 연마에 초점이 맞추어져 있다. 즉 송인들은 作詩에 있어서의 형식기교의 추구와 연마 또한

---

9) '氣盛則言之長短與聲之高下者皆宜' 韓愈, <答李翊書>.
10) '文不可以學而能, 氣可以養而致' 蘇轍, <上樞密韓太尉書>.
11) 周裕鍇, ≪宋代詩學通論≫, 136면.

'養氣'의 주요한 한 부분으로 여겼던 것이다.

육유의 양기론 또한 이와 같은 송인들의 견해와 크게 다르지는 않았다. 그러나 그는 시창작에 있어서 내재적인 소양의 중요성을 인정하면서도 또한 객관 외물의 역할을 경시하지 않았으며, 오히려 이것의 도움을 창작의 필수적인 요소로 간주하였다. 또한 '내재적인 소양'을 중시하면서도 養氣의 내용 면에 있어서 도덕 학술 부분을 제외한 '예술적 수양' 부분, 즉 형식과 수사기교의 연마에 있어서는 극히 부정적인 견해를 나타내는 등의 차이를 보이고 있다. 그의 양기론은 후대 戴復古, 劉克莊 등의 江湖詩派에게로 이어져 남송 후반의 시풍이 '平淡'으로 변화하게 된 원인이 되기도 하였다. 戴復古가 '詩家의 기상은 雄渾을 귀하게 여긴다'12)라고 하며 시에서의 '雄渾'을 강조한 것이나, 劉克莊이 '시는 다른 문장에 비하여 가장 빼어나기가 어려우니, 공력을 오로지 하여 氣를 보전하지 않으면 名家가 될 수 없다. 내 다른 사람의 시를 보고 몸으로 이를 체험해 보니 진실로 그러하였다'13)라고 한 것들은 모두가 '養氣'를 창작의 근원이자 전제로 여겼던 육유의 견해를 계승한 것으로, 그 내용 또한 '일찍이 그리고 치장하는 것이 眞色이 아님을 알고 있었으나 만년에야 깎고 다듬는 것이 자연스러움을 해치는 것임을 알게 되었다'14)라는 말과 같이 형식수사 방면에 있어서의 연마는 배제된 것이었다.

文章의 본질에 대해 육유는 다음과 같이 이야기한다.

> 내가 듣건대, 文은 氣를 위주로 한다. 출처에 부끄러움이 없어야 氣가 꺾이지 않는다.15)

---

12) '詩家氣象貴雄渾' 戴復古, 《石屛詩集》, <論詩絶句> 其三.
13) '詩比他文最難工, 非功專氣全者不能名家. 余觀他人詩, 及以身驗之, 良然' 劉克莊, 《後村先生大全集》 권99, <跋黃樵詩>.
14) '早知粉黛非眞色, 晚覺雕鐫損自然' 劉克莊, 《後村先生大全集》 권17, <三疊>.

가슴속에 높이 솟아난 감정을 누구에게 토로하리, 홀로 서서 높은 곳
에 의지하여 때로 혼잣말을 한다네. 문장은 마땅히 氣를 위주로 해야 하
니, 지금 사람이 옛사람만 못한 것을 이상하게 여기지 말지니.[16]

첫 번째 인용문에서 그는 文章은 氣를 위주로 하는 까닭에 잘 길러진
기를 바탕으로 하였을 때에만 문장의 성취가 보장될 수 있음을 말하고 있
다. 두 번째 인용문 또한 문장에 있어서의 氣의 중요성을 강조하고 있다.
비록 氣의 구체적인 내용에 대해서는 언급하고 있지는 않지만, 그것이 작
자의 소양에서 우러나는 것임을 보여주고 있다. 위의 언급은 비록 문장에
관련한 것이지만 시 또한 예외는 아닐 것이다. 육유는 시나 문장이 작자의
소양이 반영된 氣에 근거한다고 여겼던 까닭에 시문의 풍격은 작자의 풍
격에 제한될 수밖에 없으며, 작자의 수양의 정도에 따라 시문의 성취 수준
또한 결정되게 된다고 생각한 것이다.

마음이 평안하면 시는 *淡泊*해 진다.[17]

몸이 한가로우면 시는 *簡淡*해 진다.[18]

수양이 깊어지면 질수록 시 역시 더욱 *工巧*해지는 것이다.[19]

육유는 문장이 작자의 소양과 수양의 정도를 반영하는 것이라는 견해에

---

15) ‘某聞文以氣爲主, 出處無羞, 氣乃不撓’ ≪文集≫ 권15, <傳給事外制集序>.
16) ‘胸中崔嵬向誰吐, 獨立憑高時自語. 文章當以氣爲主, 無怪今人不如古’ ≪詩稿≫ 권19,
    <桐江行>.
17) ‘心平詩淡泊’ ≪詩稿≫ 권67, <閑趣>.
18) ‘身閑詩簡淡’ ≪詩稿≫ 권69, <幽興>.
19) ‘所養愈深, 而詩亦加工’ ≪文集≫ 권15, <曾裘父詩集序>.

기초하여 역으로 작품을 통해도 작자의 모습이 드러나게 된다고 생각하였다.

> 대저 마음에 기른 바는 드러나 말이 되고 말이 드러나 서술하여 文章
> 이 되는 것이다. 사람의 사악함과 올바름은 그 문장을 보게 되면 다하게
> 되고 결정되게 되는 것이니 숨길 수가 없는 것이다. (…중략…) 賢者가 기
> 른 바는 天地를 감동시키고 金石을 깨치며 그 胸中의 妙는 충만하고 가득
> 넘치니, 이후 밖으로 드러나서는 氣는 온전하고 힘은 남음이 있으며 치우
> 치지 않고 두루 넓으니 어찌 한 터럭의 거짓이라도 그 사이에 용납할 수
> 있겠는가?[20]

사람의 사악함과 올바름이 그 문장을 통해 드러난다고 하는 말은 일찍
이 양웅이 말과 글을 마음의 소리와 그림으로 여기고 이를 통해 군자와 소
인을 구별할 수 있다고 한,[21] 이른바 '文如其人'의 견해와 매우 유사하다.
또한 白居易가 '말은 마음의 싹이요, 행동은 문장의 근원이다. 그대의 시를
읽으니 그대의 사람됨을 알겠소'[22]라고 말한 것과도 같은 맥락으로 이해
할 수 있다. 그러나 양웅과 백거이의 견해가 '작품을 통한 작자의 이해'라
는 소극적인 면에만 한정되고 있음에 비해, 육유는 작자의 도덕적 사상적
수준이나 심적 상태에 따라 작품의 수준과 풍격이 결정된다는 '작가의 반
영으로서의 작품'이라는 면도 강조한다. 따라서 좋은 작품을 쓰기 위한 작
자의 적극적이면서도 부단한 자기개조, 즉 '養氣'가 보다 중요한 의미를
가지게 되는 것이다. 이후 동시대의 劉克莊이나 明代의 宋濂 및 淸代의 劉
熙載, 王國維 등은 이와 관련하여 육유와 일치하는 견해를 나타내고 있으

---

20) '夫心之所養, 發而爲言, 言之所發, 比而成文. 人之邪正, 至觀其文, 則盡矣決矣, 不可復隱
　　矣…. 賢者之所養, 動天地, 開金石, 其胸中之妙, 充實洋溢, 而後發見於外, 氣全力餘, 中正
　　閎博, 是豈可容一毫之僞於其間哉' ≪文集≫ 권13, <上辛給事書>.
21) '故言, 心聲也. 書, 心畫也. 聲畫形, 君子小人見矣, 聲畫者, 君子小人之所以動情乎' 揚雄,
　　≪法言·問神≫.
22) '言者心之苗, 行者文之根. 所以讀君詩, 亦知君爲人' 白居易, <讀張籍古樂府>.

니,23) 시문과 시인과의 관계에 대한 종합적이고 체계적인 인식에 있어 육유의 견해는 始原的인 의미를 지닌다고 할 수 있다.

그렇다면 육유가 제기한 '養氣'는 구체적으로 무엇을 지칭하는 것일까? 앞서 송대의 시인들이 '養氣'를 '내재적인 소양'으로 인식하고 이를 각각 '도덕적 수양'과 '학술적 함양' 및 '예술적 수양' 방면으로 인식하였음을 언급한 바 있다. 육유는 다음 절에서도 다시 살펴보겠지만, 시문창작의 動機를 '悲憤'으로 인식하였으며, '載道'를 시문이 담아야할 원칙적인 내용으로, 그리고 '自然'을 창작 방법상의 요구로서 제시하였다. 이에 근거해보면 육유가 말한 '養氣'는 이 중 수사 및 표현기교와 같은 형식기교 방면에 있어서의 학습과 단련, 즉 '예술적 수양'까지를 모두 포괄하지는 않음을 짐작할 수 있다.

사실 '養氣'는 黃庭堅을 비롯한 강서시파 시인들이 가장 강조했던 것 중의 하나로, 특히 황정견은 理學에서의 '心性修養'을 詩學에 이식시킨 중요한 인물이다. 그 외 陳師道나 謝逸, 曾幾 등의 강서시인들 또한 많은 문장들을 통해 '德成於心', '治心養氣', '涵養吾氣' 등의 말로써 道義의 연마와 氣節의 배양 및 인격수양을 강조하곤 하였다.24) 아울러 강서시인들의 대다

---

23) 劉克莊은 <跋柯豈文詩>에서 '사람의 언어를 보면 그 통하고 막힌 것을 가히 징험할 수 있다(觀人言語, 可以驗其通塞)'라 하였으며, 宋濂은 <林伯公詩集序>에서 '詩는 마음의 소리이다. 소리는 氣에 매어 있으니, 모두가 그 사람을 따라 여기에서 드러나게 되는 것이다(詩, 心之聲也. 聲因於氣, 皆隨其人而著形焉)'라 하였다. 劉熙載는 ≪藝槪·詩槪≫에서 '시품은 인품에서 나온다(詩品出於人品)'라 하며 시품은 인품의 반영이며 인품에 따라 시품도 결정된다고 말하였으며, 王國維 또한 <玉溪先生年譜會箋序>에서 '그 시대로 말미암아 그 사람을 알 수 있으며, 그 사람으로 말미암아 그 시의 뜻을 파악할 수 있다(由其世以知其人, 由其人以逆其志)'라고 하였다.

24) '夫才者, 德之用也. 德成於心, 而後才爲用. 才盡於身, 而後物爲用' 陳師道, ≪後山集≫ 권11, <顔長道詩序>.
'古人所以治心養氣事父母畜妻子, 推而達之天下國家, 無非道也. 吾之所學, 固如是也' 謝逸, ≪溪堂集≫ 권6, <送汪信民序>.
'欲波瀾之闊, 須令規模宏放, 以涵養吾氣而後可. 規模旣大, 波瀾自闊, 少加治擇, 功已倍於

수가 理學家와 깊은 관련이 있었던 까닭에 그들에게는 일종의 시를 배우는 것은 도를 배우는 것과 같다[學詩如學道]는 자각이 있었으며, 詩學과 理學의 형이상학적 본체를 心性의 근원에서 통일시켜 도덕수양으로 예술수양을 대신하는 경향을 나타내었다. 양기를 도덕수양으로 간주하며 예술미 성취의 필수요건으로 여겼던 그들의 詩學觀은 이후 점차적으로 확대되어, 蘇軾과 黃庭堅에 부정적이었던 張戒나 江湖詩派의 領袖인 劉克莊, 남송의 대표적인 자연시인인 楊萬里 등까지도 이들과 유사한 견해를 피력하는 등25) 이후 전체 宋詩壇의 公論으로 자리 잡게 되었다.26)

결국 육유의 양기론은 이러한 당시 송시단의 경향과 잇닿아 있으면서도 약간의 차이가 존재하는 것으로, 그 자신은 이것을 시 바깥의 공부[詩外工夫]라는 말로 표현하였다.

> 내 처음 시를 배울 때에는 단지 문사를 아름답게만 하려 했었지. 중년에 비로소 조금 깨달음이 있어, 점점 크고 커다란 것이 엿보이는 것 같았노라. 怪奇한 구가 또한 간혹 나오니 마치 돌이 급류에 씻기는 듯. 李白과 杜甫의 담장은 수 仞이나 되어 내 항상 깨달음이 부족한 것을 한스러워한다. 元稹과 白居易는 겨우 문에 의지하여 있고, 溫庭筠과 李商隱은 논할 것도 못된다. 내 비록 붓으로 鼎을 들어올릴 기세지만 역시 詩歌三昧에는 이르지 못하였으니. 시는 六禮 중의 하나, 어찌 쓰임에 교활함을 바탕으로 삼으리. 네가 진실로 시를 배우고자 한다면, 공부는 시의 바깥[詩外工夫]에 있느니라.27)

古矣’ 曾幾, ≪茶山集拾遺≫, <東萊先生詩集後序>(引呂本中語).

25) ‘詩文字畵, 大抵從胸臆中出’ 張戒, ≪歲寒堂詩話≫ 卷上.
　　‘養氣益充, 下語益妙’ 劉克莊, ≪後村先生大全集≫ 권94, <劉圻父詩序>.
　　‘古之君子道充乎其中, 必思施乎其外’ 楊萬里, ≪誠齋集≫ 권83, <江西讀詩派二曾居士詩集序>.

26) 周裕鍇, 앞의 책, 143~144면.

27) ‘我初學詩日, 但欲工藻繪. 中年始稍悟, 漸若窺宏大. 怪奇亦間出, 如石漱湍瀨. 數仞李杜牆, 常恨欠領會. 元白纔倚門, 溫李眞自鄶. 正令筆扛鼎, 亦未造三昧. 詩爲六禮一, 豈用資狡獪,

‘詩外工夫’는 글자의 의미상 ‘句式’, ‘句法’, ‘用事’, ‘聲律’ 등 형식수사 방면에서의 연마와 단련을 의미하는 ‘詩內工夫’, 즉 앞서 언급한 ‘예술적 수양’과 반대의 개념이라 할 수 있다. 그러나 그가 강조한 詩外工夫는 다만 ‘도덕적 수양’과 ‘학술적 함양’에만 그치는 것은 아니었다. 여기에는 시문창작에 있어서의 또 하나의 중요한 요소인 ‘생활상의 체험’이라는 면이 포함되어 있다.28) 양기의 한 유형으로서의 ‘생활상의 체험’은 송대 시인들에 있어 ‘내재적 수양’에 비해 상대적으로 덜 강조된 부분인데, 육유는 이를 다시 창작의 중요한 요소로서 의미를 부여한 것이다. 결국 육유의 ‘養氣’는 외부적 경험과 내적 수양이 결합된 ‘詩外工夫’로서, 창작에 임하기 전에 도덕, 사상 방면에서의 끊임없는 수양을 쌓고 현실생활 속에서의 수많은 경험과 실천 속에서 진리를 깨달아야함을 요구한 것이라 할 수 있다.

위의 시에서 육유는 ‘詩外工夫’를 통해 작자가 이르게 되는 구체적인 경지를 ‘三昧’라 표현하고 있다. 三昧는 본래 佛家의 용어로서 ‘三摩提’ 혹은 ‘三摩地’라 부르기도 하는데, 일체의 잡된 생각이 사라지고 정신과 마음이 안정된 상태, 또는 모든 속박에서 벗어난 해탈의 상태를 의미한다. 그러나 여기에서 육유가 말한 三昧는 단순한 종교적 의미가 아닌 ‘詩歌三昧’의 의미이다. 육유는 이외 3편의 시에서 三昧라는 용어를 사용하고 있다. 이 중 <嬾趣> 詩와 <北窓> 詩에서는 佛家的인 의미로 사용하고 있는데,29) 다음의 <九月一日夜讀詩稿有感, 走筆作歌> 詩에서는 구체적으로 ‘詩歌三昧’라 지칭하고 있어, 위에서의 三昧와 같은 의미임을 알 수 있게 해준다.

　　汝果欲學詩, 工夫在詩外’ ≪詩稿≫ 권78, <示子遹>
28)　李致洙는 ≪陸游詩硏究≫ 제3장 ‘陸游的詩論’에서 ‘詩外工夫’의 내용을 ‘道德學文’과 ‘生活體驗’으로 구분하여 비교적 상세한 논의를 하고 있다.
29)　‘高眠得三昧, 夢斷已窗明’ ≪詩稿≫ 권31, <嬾趣>.
　　‘宿痾走二豎, 美睡造三昧’ ≪詩稿≫ 권57, <北窓>.

내가 옛부터 시를 공부했으나 깨우친 바가 없어, 모자란 것은 남에게 빌어먹는 것을 면하지 못했네. 필력은 약하고 기세도 부족함을 스스로 잘 알았지만, 망령되게 헛된 이름만 얻었으니, 참으로 부끄럽구나. 40대에 오랑캐를 쫓아 南鄭에 주둔하며, 낮밤을 이어 군중에서 화려한 연회 베풀었네. 일천 보의 운동장을 지어 打毬를 하고, 馬舍에 열 지어진 삼만 필의 군마를 사열했네. 화려한 등불, 마음대로 즐기는 주사위 소리 누각에 가득하고, 보석 비녀 긴 농염한 무희는 자리를 빛나게 했네. 비파현이 급해지니 우박이 어지러이 나는 듯하고, 오랑캐북 치는 손 가지런하여 비바람 세차게 몰아치는 듯. 詩歌三昧가 홀연히 내 앞에 나타나니, 屈原과 賈誼가 눈앞에 분명히 떠오르는 듯. 하늘 베틀로 짠 구름 같은 비단은 쓰임이 내게 달려 있는데, 자르고 재단한 뛰어난 부분은 칼과 자로 만든 것이 아니라네. 세상에 인재들이 결코 부족한 것은 아니지만, 터럭 같은 차이가 하늘과 땅의 차이를 만들어 낸다네. 내가 늙어 죽는 것이 무슨 논할 가치가 있는 것이겠는가? <廣陵散>을 전할 길 없음을 감히 아쉬워하네.30)

불교가 중국에서 禪宗으로 토착화된 이후 唐宋의 시인들은 선종사상에 많은 영향을 받았다. 그들은 선에서의 깨달음과 시에서의 깨달음을 함께 제기하였으며, 宋代에 들어와서는 黃庭堅을 비롯한 江西詩派들에 의해 禪에서의 '悟入'이 핵심적인 詩論으로 받아들여지게 되었고, 당시 詩文評論의 口頭禪으로 자리 잡았다.31) 이는 禪에서 頓悟를 통해 해탈로 이르게 되는 과정을 시에 적용하여 시에서의 悟入을 통해 自得 혹은 自成一家의 경지에 이를 것을 요구하는 것으로 나타났다. 앞서 송대 시인들이 養氣에 있어 학문도덕수양 및 예술적 수양을 강조하였고, 육유는 여기에 예술적 수

---

30) '我昔學詩未有得, 殘餘未免從人乞. 力屛氣餒心自知, 妄取虛名有慚色. 四十從戎駐南鄭, 酣宴軍中夜連日. 打毬築場一千步, 閱馬列廐三萬疋. 華燈縱博聲滿樓, 寶釵豔舞光照席. 琵琶弦急冰雹亂, 羯鼓手勻風雨疾. 詩家三昧忽見前, 屈賈在眼元歷歷. 天機雲錦用在我, 翦裁妙處非刀尺. 世間才傑固不乏, 秋毫未合天地隔. 放翁老死何足論, 廣陵散絶還堪惜' ≪詩稿≫ 권25, <九月一日夜, 讀詩稿有感, 走筆作歌>.

31) 정상홍, 앞의 책, 207면.

양 대신 생활상의 체험을 더하여 詩外工夫를 강조하였음을 지적하였는데, 이와 같은 悟入을 통한 自得의 강조는 다만 이것들의 양적인 축적이 곧바로 自得의 경지로 이어지게 되는 것은 아님을 말해 준다.32)

결국 육유가 말한 詩歌三昧의 경지는 학문도덕수양 및 생활상의 체험이라는 養氣를 바탕으로 悟入의 과정을 통해 도달하게 되는 시에서의 해탈의 경지로서, 일체의 인위적인 조탁이나 수식 없이 前人의 틀이나 작품에 대한 모방에서 벗어나 自得하고 自成一家하여 홀로 서기에 성공한 경지라고 할 수 있다. 따라서 비록 詩歌三昧에 이르는 관건인 悟入은 개인의 의지와는 상관없지만, 그 전제로서 학문도덕수양과 현실생활의 체험을 내용으로 한 養氣는 작자의 노력 여하에 따라 충분히 달성할 수 있는 것이었기에 육유는 이를 평생의 과업으로 여기며 부단히 자기 자신을 다그치고 격려하였던 것이다.

> 시를 배우려면 마땅히 陶淵明을 배워야 하고 글씨를 배우려면 마땅히 안진경을 배워야 하느니…氣를 기르는 것은 완전해야 하며 몸이 머무는 곳은 바른 곳이어야 한다. …너 비록 늙어 장차 죽을 것이나 아직 죽지 않았을 때 더욱 힘쓸지니.33)

陸游의 養氣에 대한 강조는 천부적인 자질인 '才'의 한계를 극복하기 위해서도 필수적이었다. 앞서 기존의 養氣論과 육유와의 차이점에 대해서도

---

32) 이에 대해 정상홍은 시에서의 '質적인 大跳躍'과 '飛躍的 質變'이라는 용어로 이를 설명한 바 있다. '自成一家'는 송대 시인들과 비평가들의 공동 관심사였다. 蘇軾은 '成就'를 강조하여 독창성과 개척의 가치를 중시하였고, 黃庭堅과 宋祁, 胡仔, 蘇籀, 呂本中 또한 각각 '自出機杼', '陳言務去', '自出新意' 할 것을 주장하면서 자기를 버리고 古人을 따르는 것을 반대하였다.(정상홍, 앞의 책, 205면 인용).

33) '學詩當學陶, 學書當學顏… 養氣要使完, 處身要使端… 汝雖老將死, 更勉未死間' ≪詩稿≫ 권70, <自勉>.

언급하였듯이, 육유는 비록 천부적인 자질인 '才'의 존재와 역할을 인정하기는 하였지만, 반드시 養氣를 통해 이를 제어해야만 하는 것으로 여겼다.

> 시를 어찌 쉽게 말할 수 있으리오! 재주는 하늘에서 얻지만 氣는 내가 기르는 것이로다. 재주는 있으나 기력이 이를 제어하기에 부족하면 부귀함에 음란해지고 가난함에 도리에서 벗어나게 되고 얻어도 잃은 것을 갚지 못하고 영화로워도 부끄러움을 가리지 못하나니, 시는 이로부터 나오는 것이다.[34]

더구나 '才'는 그 속성상, 사물에 따라 정도가 다르고 특히 문인에게 있어서 그 차이가 더욱 심하다고 생각하였기에[35] 陸游는 더더욱 養氣의 중요함을 강조하게 되었던 것이다.

2. 載道論

'문장은 道를 담아야 한다'는 詩文創作의 원칙으로서의 '載道論'은 문장의 역할에 대한 정통 儒家들의 공통적인 견해이다. 孟子가 堯舜 이후 湯王, 文王을 거쳐 孔子에 이르기까지의 儒家의 道統觀念을 제기한 이래, 韓愈를 대표로 하는 唐代 고문가들은 문장을 통해 道統의 회복을 주장하였다. 또한 宋代에 들어와 柳開, 王禹偁, 石介, 歐陽修 등도 詩文革新運動의 과정에서 '文道合一'을 주장하였다. 이들은 때로 道와 文과의 관계에 대해서는 상이한 견해를 나타내기도 하였다. 柳開는 文을 다만 道를 담는 통발에 불과

---

34) '詩豈易言哉! 才得之天, 而氣者我之所養. 有才矣, 氣不足以御之, 淫於富貴, 移於貧賤, 得不償失, 榮不蓋媿, 詩由此出' ≪文集≫ 권14, <方德亨詩集序>.
35) '天地降才固已不同, 而文人之才尤異' ≪文集≫ 권15, <周益公文集序>.

한 것으로 여기고 文辭의 화려함이 理致를 넘어서는 것을 반대하며36) 文
보다는 道의 가치에 보다 치중하였다. 반면 王禹偁은 文을 '道를 전달하고
마음을 밝히는' 부득이한 것으로 여기며37) 文의 가치를 일정부분 인정하
였다. 그러나 이와 같은 차이에도 불구하고 이들은 모두 정통 道學者로서
문장의 궁극적인 지향을 '載道'에 두었으니, 시문창작의 원칙에 관한 한
공통된 인식을 지니고 있었다고 할 수 있다.

　육유의 견해 또한 이들의 견해와 크게 다르지 않다. 육유는 먼저 문장을
군자의 문장과 그렇지 않은 문장으로 구별하며 그 차이에 대해 다음과 같
이 말하고 있다.

　　君子의 문장은 日月의 밝음, 金石의 소리, 江海의 파도, 호랑이와 표범
　의 무늬와 같은 것이니 반드시 이러한 실제가 있어야만 이에 올바른 문
　장이 있는 것이다. (…중략…) 햇불은 일월과 같이 밝을 수 없고 기왓장과
　도끼는 금석의 소리를 낼 수 없고 고여 있는 더러운 물은 강해의 파도를
　일으킬 수 없으며 개와 양은 호랑이와 표범의 무늬가 있을 수 없는데, 혹
　이르기를 용렬한 사람도 浮華한 문장으로써 세상을 현혹시킬 수 있다 하
　니 어찌 이러한 이치가 있을 수 있으리?38)

　여기에서 그는 군자의 문장을 '日月之明'과 '金石之聲', '江海之濤瀾',
'虎豹之炳蔚'과 같다고 말하고 있다. 이들을 세분하면 '明'과 '聲'은 문장
속에 담긴 내용에 대한 설명이고, '濤瀾'은 문장의 영향력 혹은 파급력, '炳
蔚'은 문체와 관련한 설명으로 이해할 수 있다. 즉 올바른 내용을 담고 있

---

36) '文章爲道之筌也, 筌可妄作乎? 筌之不良, 獲斯失矣', '文惡辭之華於理, 不惡理之華乎辭也'
　　柳開, ＜上王學士第三序＞.
37) '夫文, 傳道而明心也, 古聖人不得已而爲之' 王禹偁, ＜答張扶書＞.
38) '君子之有文也, 如日月之明, 金石之聲, 江海之濤瀾, 虎豹之炳蔚, 必有是實, 乃有是文… 爝
　　火不能爲日月之明, 瓦釜不能爲金石之聲, 橫汙不能爲江海之濤瀾, 犬羊不能爲虎豹之炳蔚,
　　而或謂庸人能以浮文眩世, 烏有此理也哉' ≪文集≫ 권13, ＜上辛給事書＞.

는 문장은 그 자체로서 밝음과 소리를 지니고 있으며 이를 바탕으로 독자에게 커다란 영향력을 미치게 되고, 별다른 조탁을 가하지 않아도 저절로 아름다운 문채를 띄게 된다는 의미이다. 이와 같은 견해는 歐陽修가 '道가 번성한 것은 文이 어렵지 않게 절로 이르게 된다'39)라 한 것과 일치한다.

육유는 이 올바른 내용을 '道'라는 말로도 설명하는데, 그가 말한 道가 구체적으로는 무엇을 가리키는지는 분명하지 않으나 다음의 글을 통해 이것이 儒家의 道를 지칭하는 것임을 짐작할 수 있다.

> 저는 어려서부터 문장을 배웠으나 뛰어나지 못하였고 늙어서 망령되이 도에 뜻을 두었으나 역시 감히 이를 얻었다고 말할 수는 없었습니다. (…중략…) 科擧의 문장은 國王을 높이고 覇主를 내리며 六經을 미루어 밝히고 고금을 이야기하는 것이니, 비록 작은 차이는 있을 지라도 돌아가야 하는 곳이 어찌 道를 저버리는 것이겠습니까? 만약 말은 하되 실천하지 아니하고 입과 귀로만 떠들지 마음으로 自得하지 않는다면 이는 다만 科擧의 문장에만 무익한 것은 아닐 것입니다.40)

문장이 궁극적으로 돌아가야 하는 곳이 '尊王而賤覇', '推明六藝而誦說古今'임을 강조하는 이 말은 유가적인 道의 선양이 문장의 사명이며, 또한 이를 통해 실천과 자득을 이끌어 낼 수 있어야만 그 긍정적인 역할을 다할 수 있음을 지적한 것이라 할 수 있다. 이와 같은 견해는 당시의 문풍에 대한 비판에서 제기된 것으로, 그는 많은 시문을 통해 겉으로만 古人의 뜻을 표방하며 학습과 실천에는 노력을 기울이지 않는 당시 문인들의 擬古的 行態를 비판하고 있다.

---

39) '聖人之文, 雖不可及, 然大抵道盛者文不難而自至也' 歐陽修, <答吳充秀才書>.

40) '某少之日, 學文而不工, 及其老, 妄意於道, 亦未敢謂得也… 科擧之文, 固亦尊王而賤覇, 推明六藝而誦說古今, 雖小出入, 要其歸亦何負於道哉. 若言之而弗踐, 區區於口耳而不自得於心, 則非獨科擧之文爲無益也' ≪文集≫ 권13, <答邢司書>.

문장의 요법은 옛날 작자의 뜻을 얻는 데 있는 것이다. 뜻은 이미 심원하나 힘을 기울여 정밀하게 도달하지 않으면 이를 수 없는 것이다. 前輩들은 左氏傳과 太史公의 글과 韓愈의 문장과 杜甫의 시를 모두 숙독하고 암송하여 비록 잠자리에 있을 때나 말을 타고 있을 때나 책을 대하고 있는 것과 다름이 없었다. 그것이 오래됨에 능히 초연하여 스스로 얻을 수가 있었다. 지금의 후생들은 힘을 쓰는 것에 한계가 있고, 책을 덮고 일어남에 이미 열에 서넛을 잃었으면서도 고인에게 얻은 바가 있기를 바라니 역시 어려울 따름이다.41)

옛날의 소리가 지어지지 않은 지 오래되어 이른바 시라고 하는 것은 마침내 小技가 되어버렸노라. 시를 진정 小技라 이를 수 있단 말인가? 배움이 天人에 이르지 아니하고 행동이 우러러 부끄러움이 없을 수 없으니 진실로 시라 말할 수 있겠는가? (…중략…) 지금 세상에서 시로써 스스로 자부하는 자들은 대부분 終南山의 隱士같은 무리가 많도다. 다른 사람들에게 비웃음을 받지 않는 자가 거의 드문데도 陶潛과 杜甫의 여풍이 있기를 바라나니 진정 얻을 수 있겠는가?42)

이와 같이 載道論에 바탕을 둔 문장관은 필연적으로 문장의 내용에 대한 중시로 나타나게 되며, 문장 자체에 대해서는 별 의미를 부여하지 않는 결과를 낳게 된다. 육유 또한 문장의 가치를 내용에 두며 문장 그 자체는 하나의 기예 혹은 도를 담아내기 위한 도구에 불과한 것으로 여긴다.

---

41) ‘文章要法, 在得古作者之意. 意旣深遠, 非用力精到, 則不能造也. 前輩於左氏傳、太史公書、韓文、杜詩, 皆熟讀暗誦, 雖支枕據鞍間, 與對卷無異. 久之, 乃能超然自得. 今後生用力有限, 掩卷而起, 已十亡三四, 而望有得於古人, 亦難矣’ ≪文集≫ 권15, <楊夢錫集句杜詩序>.

42) ‘古聲不作久矣. 所謂詩者, 遂成小技. 詩者果可謂之小技乎. 學不通天人, 行不能無愧於俯仰, 果可以言詩乎…. 今世之以詩自許者, 大抵多太一高士之流也. 不見笑於人幾希矣. 而望其有陶淵明, 杜子美之餘風, 果可得乎’ ≪文集≫ 권13, <答陸伯政上舍書>.

무릇 문장이란 작은 기예일 따름이나 지극한 도와 동일한 관건이다.
오직 천하에 도가 있는 자만이 능히 문장의 묘미를 다할 수 있다.[43]

이런 인식이 바탕이 되었기 때문에 육유는 비록 자신의 문장이 세상에 전해지지 않는다 하더라도 道를 담고 있는 까닭에 스스로는 이에 만족한다는[44] 자부심을 나타낼 수 있었던 것이다. 결국 문장에 道를 담아야 한다는 창작의 원칙으로서의 載道論은 전통 유학가이자 명문 관료집안 출신으로서의 육유의 문장관을 잘 보여 주는 견해라 할 수 있으며, 아울러 문장의 사회적 기능과 지식인의 사회적 책무를 강조하는 유가의 공용론적 문장관이 그에 있어서도 여전히 최고의 가치임을 말해 주는 것이다. 陸游가 '말년에야 문장은 꾸짖고 헐뜯는 것이 있어야 함을 깨달았다'[45]라고 한 말이나 '문장은 정해진 가치가 있다',[46] '문장은 公器이니 마땅히 천하와 함께 해야 한다'[47]는 등의 말은 모두가 載道論에 바탕을 둔, 문장의 公能性을 강조한 말이라 할 수 있다.

육유의 載道論이 전통적인 유학자의 입장에서 제기된 것임은 동시대의 저명한 유학자로서 그와 각별한 관계를 맺고 있었던 朱熹의 문장관을 통해서도 드러난다. 朱熹는 일찍이 道와 文章을 근본과 지엽의 관계로 인식하고[48] '문장은 道에서 나오는 것이며 道는 문장을 통해 드러나는 것이므로 문장은 다만 식사할 때의 반찬에 불과할 뿐'이라는 견해를 나타냈다.[49]

---

43) '夫文章, 小技耳, 然與至道同一關捩. 惟天下有道者, 乃能盡文章之妙' ≪文集≫ 권13, <上執政書>.
44) '文章不傳世, 自適亦有餘' ≪詩稿≫ 권41, <書辛>.
45) '早從學問求開益, 晚悟文章要詆訶' ≪詩稿≫ 권53, <初歸雜詠>.
46) '文章有定價, 議論有至公' ≪詩稿≫ 권53, <謝王子林判院惠詩編>.
47) '文章實公器, 當與天下共' ≪詩稿≫ 권21, <喜楊廷秀祕監再入館>.
48) '道者文之根本, 文者道之枝葉' 朱熹, ≪朱子語類≫ 권139.
49) '這文皆是從道中流出… 文只如吃飯時下飯耳' 朱熹, ≪朱子語類≫ 권139.

앞서 <上執政書>에서의 육유의 견해와 유사함을 발견할 수 있다. 또한 문장의 수사에 힘쓰는 것을 수치스럽게 여기고[50] '志'의 有無가 아닌 형식수사의 有無를 가지고 시의 빼어남과 졸렬함을 평가하는 세태에 대해 비판하기도 하였다.[51] 주희의 이와 같은 견해는 육유가 학문적 정진과 노력을 소홀히 했던 당시의 세태를 비판하면서 형식수사기교에 대한 반대와 문장에 있어서의 자연스러움을 강조했던 것과 일치하는 것이었다.

3. 悲憤論

육유는 시문창작의 동기를 '悲憤'으로 인식하고, ≪詩經≫ 이하 역대의 모든 시들을 '悲憤의 表出'로 설명하였다.

> 詩經의 처음인 國風은 變風이 아닌 것이 없으니 비록 周公의 豳風이라 하더라도 역시 變風이다. 대개 사람의 정은 悲憤이 가슴에 쌓여 말할 수 없을 때 비로소 발하여 시로 되는 것이다. 그렇지 않으면 시란 없다.[52]

悲憤이 쌓여 말로 다 표현할 수 없을 때 시로 드러나게 된다는 견해는 사실상 '시는 인간의 性情을 표현하는 것'이라는 전통적인 詩緣情說을 계승한 것으로, 인간의 七情을 포괄하는 개념인 性情을 보다 구체화된 悲憤의 개념으로 한정시킨 것이다. '悲憤論'과 관련하여 육유 이전에도 司馬遷의 '發憤著書'나 韓愈의 '不平則鳴', 歐陽修의 '詩窮而後工' 등의 유사한 견

---

50) '今執筆以習研鈷華巧之文, 務悅人者, 外而已, 可恥也矣' 朱熹, ≪朱子語類≫ 권136.
51) '熹聞詩者, 志之所在, 在心爲志, 發言爲詩. 然則詩者, 豈復有工拙哉' <答楊宋卿>.
52) '詩首國風, 無非變者, 雖周公之豳亦變也. 蓋人之情, 悲憤積於中而無言, 始發爲詩. 不然無詩矣' ≪文集≫ 권15, <澹齋居士詩序>.

해들이 있지만, '不平'과 '窮'과 같은 다소 모호한 개념들이 육유에 이르러 '悲憤'이라는 용어로 구체화된 것이라 할 수 있다. 크게 보아 悲憤 또한 性情의 개념 속에 포괄되는 것이므로 육유의 悲憤論은 詩緣情說과 동일한 견해로 간주될 수 있지만, 비분의 구체적인 내용을 살펴보면 詩緣情說에서의 그것과 다소 차이가 있다.

이어지는 다음의 언급에서 육유는 자신이 말한 비분의 구체적인 내용을 이야기하며, 비분의 존재가 뛰어난 시인이 되기 위한 필수요건임을 말하고 있다.

> 蘇武, 李陵, 陶潛, 謝靈運, 杜甫, 李白은 스스로 어찌하지 못함에 격발되었기 때문에 그 시가 백 대의 典範이 되었다. 本朝의 林逋와 魏野는 布衣로서 죽었으며, 梅堯臣과 石延年은 버려져 등용되지 못하였으며, 蘇舜欽과 黃庭堅은 내쫓기어 죽고, 근세의 江西 명가들은 黨錮의 禍를 겪었기에 才名이 있게 되었다. 대개 시의 발흥은 본디 이와 같은 것이다.[53]

詩緣情說에서의 悲憤이 인간이 객관 외물 세계와의 접촉에서 겪는 모든 종류의 비분을 포괄하는 것이라고 한다면, 육유가 말한 悲憤은 이 중 구체적으로 정치적인 요인에서 기인한 비분, 즉 懷才不遇한 처지와 정치적으로 탄압받고 得意하지 못한 처지에서 기인한 비분이라 할 수 있다. 이러한 의미에서 육유의 '悲憤論'은 韓愈의 '不平則鳴'보다도 구체적이며 제한적인 의미를 지닌 말이라 할 수 있다. 韓愈 또한 '선비는 곤궁하게 되고 나서야 절개와 의리가 나타난다'[54]라고 말하며 '곤궁함[窮]'을 정치적인 요인으로

---

53) '蘇武、李陵、陶潛、謝靈運、杜甫、李白, 激於不能自已, 故其詩爲百代法. 國朝林逋、魏野以布衣死, 梅堯臣、石延年棄不用, 蘇舜欽、黃庭堅以廢絀死, 近時江西名家者, 例以黨籍禁錮, 乃有才名. 蓋詩之興本如是' ≪文集≫ 권15, <澹齋居士詩序>
54) '士窮乃見節義' 韓愈, <柳子厚墓誌銘>.

말하기도 하였으나 그가 말한 '不平'의 의미는 객관 외물 세계에 대한 모든 반응을 포괄하는 것으로,55) 그 의미상 육유의 비분보다는 넓은 범위이며 '緣情'과 동일한 견해로 간주할 수 있다. 육유의 悲憤論은 이보다는 그 구체적인 내용상 '窮'을 시인의 정치적인 곤궁함으로 여긴 歐陽修의 '詩窮而後工'에 보다 가깝다고 할 수 있다.

> 대개 세상에 전하는 시는 대부분 옛날 곤궁했던 사람들에게서 나왔다. 선비가 재능을 가지고 있으면서도 세상에 펼 수 없게 되면 대부분 스스로 산꼭대기나 물가로 가서 과부와 벌레, 물고기, 초목, 풍운, 새, 짐승 등을 보고 때때로 그 기괴한 것을 찾곤 한다. 안으로 근심스러운 생각과 분한 마음이 있으면 원망하고 풍자함에서 발흥하여 쫓겨난 신하의 탄식을 이야기하고 인정상 하기 어려운 말을 써내게 되나니, 대개 곤궁하면 할수록 더욱 빼어나는 것이다. 그러한 즉, 시가 능히 사람을 곤궁하게 할 수 있는 것은 아니며 곤궁한 연후에야 빼어나게 되는 것이다.56)

구양수가 '詩窮而後工'說을 제기한 이후, '窮'을 경제적 측면에서의 의미로 새롭게 보는 견해도 있긴 하였지만57) 李綱, 樓鑰, 羅大經 등을 비롯한 많은 송대의 시인들은 이를 정치적인 곤궁함뿐만 아닌 사회경험상에서의 곤궁함으로까지 확대하여 받아들였으며,58) 程珌은 '窮'의 효과를 詩뿐만

---

55) '大凡物不得其平則鳴. 草木之無聲, 風撓之鳴, 水之無聲, 風蕩之鳴. 其躍也, 或激之, 其趨也, 或梗之, 其沸也, 或炙之. 金石之無聲, 或擊之鳴, 人之於言也亦然' 韓愈, <送孟東野序>.

56) '蓋世所傳詩者, 多出於古窮人之辭也. 凡士之蘊其所有, 而不得施於世者, 多喜自放於山巓水涯之外. 見寡婦蟲魚草木風雲鳥獸之狀類, 往往探其奇怪. 內有憂思感憤之鬱積, 其興於怨刺, 以道羈臣之所歎, 而寫人情之難言, 蓋愈窮則愈工. 然則非詩之能窮人, 殆窮者而後工也' 歐陽修, <梅聖兪詩集序>.

57) '夫詩者, 弔月之蛩之音, 吸露之蟬之嘶也. 故有窮者而後工, 非燠綺繪而饒膏粱者所能也' 姚勉, <彭仲珍吟稿序>.

58) '士達則寓意於功名, 窮則潛心於文翰. 故詩必待窮而後工者, 其用志專, 其造理深, 其歷世故險阻艱難無不備嘗故也' 李綱, ≪梁谿集≫ 권138, <五峰居士文集序>.

아닌 道에까지 도움이 되는 것으로 여기기도 하였다.59) 반면 육유의 경우
는 애초 구양수가 말한 '窮'의 본래적인 의미를 그대로 받아들인 것이라
할 수 있다. 육유의 시론을 계승한 강호시파의 劉克莊 또한 '시는 반드시
곤궁해져야 빼어나게 되며, 나이가 들어서야 나아가게 되고, 사색을 해야
만 높고 심원하게 되고, 단련을 해야만 정채롭고 순수하게 된다'60)라고 하
며 육유의 비분론을 계승하고 있다. 그러나 다른 한편으로는 '시는 현달한
사람이 할 수 있는 바가 아니니, 설령 한다 하더라도 부귀한 자의 말을 하
는 것일 따름이다'61)라고 하고, 戴復古 또한 '매번 배고프고 추운 액환을
만나 쓰라린 말들을 내 뱉는다'62)라고 하는 등 '窮'의 구체적인 내용에 있
어서는 앞서 姚勉의 경우처럼 경제적인 측면으로 이해하였다는 점이 육유
와는 차이가 있다.

　悲憤을 시문창작의 동기로 여긴 인식의 근저에 육유의 개인적인 정치
경험들이 있으리라는 것은 쉽게 짐작할 수 있다. 육유는 중기 시절 金과
대치한 국경선에서 새삼 조국의 현실을 인식하게 되었고 이에 대한 비탄
과 오랑캐에 대한 분노로 인해 격정적이고 결의에 가득 찬 우국시들을 써
낼 수 있었다. 또한 그는 중원의 회복과 오랑캐 섬멸이라는 평생의 지향과
목표를 지니고 있었지만, 당시의 정치적 상황 속에서는 실현 불가능한 이

'參政簡齋陳公, 少在洛下, 已稱詩俊, 南渡以後, 身履百罹, 而詩益高, 遂以名天下' 樓鑰,
≪增廣箋注簡齋詩集≫ 卷首, <簡齋詩箋敍>.
'自陳黃之後, 詩人無逾陳簡齋. 其詩繇簡古而發穠纖, 値靖康之亂, 崎嶇流落, 感時恨別, 頗
有一飯不忘君之意' 羅大經, ≪鶴林玉露≫ 甲編 권6, <簡齋詩>.

59) '人謂詩人窮而後工, 工何足言哉, 人而至於窮, 則於道益深矣' 程珌, ≪洺水集≫ 권8, <曹
少監詩序>.

60) '詩必窮始工, 必老始就, 必思索始高深, 必煆煉始精粹' ≪後村先生大全集≫ 권106, <跋方
至文房四友除授四六>.

61) '詩非達官顯人所能爲, 縱使爲之, 不過能道富貴人語' 劉克莊, ≪後村先生大全集≫ 권109,
<跋章仲山詩>.

62) '每遭饑寒厄, 出吐辛酸辭' 戴復古, ≪石屛詩集≫ 권1, <謝東偋包宏父三首> 其一.

상에 불과하였으며 오히려 반복되는 파면과 모함의 원인이 될 뿐이었다. 정치적 이상과 현실의 간극에서 오는 비분을 시를 통해 표출할 수밖에 없었던 그가 悲憤을 시문창작의 동기로 여기고 이를 '정치적 비분'으로 규정한 것은 어쩌면 당연한 것이었다고 할 수 있을 것이다.

시인의 명성이 정치적 비분을 바탕으로 한 진솔한 성정의 표현을 통해서만 얻어질 수 있다는 견해는 곧 비분의 유무가 작품 평가의 중요한 기준임을 말한 것이기도 하다. 즉 시인의 명성은 작품을 통해서 얻어지는 것이므로, 비분을 바탕으로 한 작품은 그렇지 않은 작품에 비해 뛰어난 예술적 성취를 이루게 되어 결과적으로 작가의 명성을 높이는 데 기여하게 된다는 것이다. 비분을 바탕으로 한 작품의 예술적 성취가 구체적으로 무엇을 의미하는지는 육유의 다음 말을 통해 짐작할 수 있다.

> 감격하고 슬퍼 상심하는 마음, 시대를 걱정하고 자신을 애틋하게 느끼는 정을 사물에 기탁하여 담아내면, 읽는 이들을 감동하게 하고 크게 한숨지으며 눈물 떨구게 하느니.[63)

육유는 작품의 예술적 감화 측면에서 悲憤의 기능을 중시하였다. 즉 비분을 바탕으로 한 작품은 예술적 감화력이 증대됨으로써 쉽게 독자의 감동을 이끌어 낼 수 있으며, 이를 통해 앞서 언급한 작자의 명성이 얻어지게 되는 것으로 여겼던 것이다. 육유는 悲憤의 역할과 기능을 중시하여 나아가 ≪詩經≫의 절반은 '愁'로 이루어져 있고,[64) '愁'가 없으면 시도 있을 수 없다[65)는 극단적인 견해까지 나타낸다. 위에서 인용된 비분의 구체

---

63) '感激悲傷, 憂時閔己, 托物寓情, 使得讀者感動, 至於太息流涕' ≪文集≫ 권15, <曾裘父詩集序>.
64) '三百篇中半是愁' ≪詩稿≫ 권80, <讀唐人愁詩戲作> 其四.
65) '淸愁自是詩中料, 向使無愁可得詩' ≪詩稿≫ 권80, <讀唐人愁詩戲作> 其二.

적인 내용이 '시대를 걱정하고 자신을 애틋하게 느끼는 정[憂時閔己]'으로 설명되고 있는 것에서도 육유가 강조하는 비분이 개인적인 정서상의 비분이 아닌, 시대와 관련된 정치적인 비분임을 알 수 있다.

결국 이러한 인식이 바탕이 되었기에 육유는 정치적 비분 없이 심정적 비분으로만 쓰여졌던 자신의 초기시들을 반성하고 부정하게 되었던 것이며, 아울러 이를 바탕으로 만기에 고향에서 閑居하면서도 당시 집권세력들에 대한 비판과 울분을 바탕으로 한 우국시들을 끊임없이 써낼 수 있었던 것이다.

4. 自然論

육유는 작자가 문장의 내용보다 형식상의 雕琢에 신경을 쓰다보면 자연히 성정의 표출이라 하는 것과는 거리가 멀어지게 되고 '문장의 병폐가 되어 결국은 그 기골까지 상하게 하고 마는'66) 것으로 여겼다. 따라서 창작의 방법으로서 '自然論'을 주장하게 되는데, 이는 크게 두 가지 방면에서의 요구로 나타난다. 첫째는 형식과 관련한 일체의 단련과 수사기교를 반대하고 자연스럽고 평이한 문장을 쓰는 것이며, 둘째는 전인에 대한 모방에서 벗어나 작자 자신의 개성적이며 진솔한 감정을 표현하는 것이다.

육유의 自然論은 기실 宋初 西崑派의 부미하고 화려한 시풍을 반대하며 '古淡'과 '平淡'을 주장했던 歐陽修와 蘇舜欽, 梅堯臣 등의 영향을 받은 것이라 할 수 있다. 구양수는 '세상 사람들은 맵고 짠 것을 다투기 좋아하지만, 옛날의 맛은 淡泊하였다',67) '그대 말하기를 古淡에 진정한 맛이 있다

---

66) '琢琱自是文章病, 奇險尤傷氣骨多' ≪詩槁≫ 권78, <讀近人詩>.
67) '世好競辛鹹, 古味殊淡泊' <答楊闢秀才>.

하니, 제사 탕국에 어찌 향초를 넣으리'68)라 하였고, 소순흠 또한 '마음을 쏟아 깎고 다듬는 것을 일삼지 않으니, 다만 담박하여 아득함을 쫓고자 할 따름이네'69)라 하며 '古淡'과 '淡泊'을 강조하였다. 그러나 詩學상에 있어 본격적으로 '平淡'을 주창한 사람으로는 梅堯臣을 꼽을 수 있다.

> 시를 짓는 것은 고체시와 근체시를 막론하고 平淡하게 만들기가 어려운 법이라네.70)

> 시는 본래 성정을 말하는 것, 크게 소리 지를 필요는 없다네. 이제 平淡해야 함을 알았건만, 陶潛 앞에서는 어둡기만 할 뿐이라네.71)

> 읊조리며 성정을 보내나니, 점점 平淡에 이르고자 할 따름이네.72)

매요신의 平淡은 형식수사 방면에 있어서의 평이함에 대한 요구이기도 하지만 또한 작품 전체에 대한 풍격 방면의 요구이기도 하였다. 실제 매요신은 다만 형식수사미를 반대하는 데에서만 그치지 않고 자신의 시풍에 대해서 '深遠하고 閑淡한 것을 뜻으로 삼는다'73)라고 말하며, 평담을 표현과 의경이라는 실제 창작의 두 가지 방면으로 고루 적용시켰다.

육유의 시에서 매요신과 관련한 언급은 전시기에 걸쳐 고루 나타나는데, 대부분 매요신의 詩體에 대한 모의와 학습에 관한 내용으로 이루어져 있다.74) 이는 그가 매요신의 평이한 문체와 平淡한 시풍을 흠모하였으며 그

---

68) '子言古淡有眞味, 大羹豈須調以荽' <再和聖兪答詩>.
69) '不肯低心事鐫鑿, 直欲淡泊趨杳冥' ≪蘇舜欽集≫ 권2, <贈釋秘演>.
70) '作詩無古今, 唯造平淡難' ≪宛陵先生集≫ 권46, <讀邵之疑學士詩卷>.
71) '詩本道情性, 不須大厥聲. 方聞理平淡, 昏曉在淵明' ≪宛陵先生集≫ 권24, <答中道小疾見寄>.
72) '因吟適情性, 稍欲到平淡' ≪宛陵先生集≫ 권28, <依韻和晏相公>.
73) '以深遠閑淡爲意' 歐陽修, ≪六一詩話≫ 梅語.

의 일생에 걸친 지향으로 삼았음을 말해 준다. 결국 매요신에 대한 오랜 기간 동안의 학습은 육유시의 풍격이 매요신의 그것과 흡사하게 된 원인이 되었으며, 바로 이러한 이유 때문에 유극장은 육유를 높이면서 매요신 또한 송대의 집대성자로 함께 높였던 것이다.75)

육유의 자연론은 매요신의 평담론 중 주로 형식수사기교와 관련한 내용이라 할 수 있다. 육유는 매요신에게서 평담론을 영향 받았지만 자신의 시론체계 속에서는 이를 주로 형식수사 방면에 대한 요구로서 나타내었으며, 그의 이러한 견해는 강호시파 시인들에게로 자연스럽게 이어졌다. 유극장과 대복고 또한 '일찍이 그리고 치장하는 것이 眞色이 아님을 알고 있었으나 만년에야 깎고 다듬는 것이 자연스러움을 해치는 것임을 알게 되었다',76) '잡다한 것은 氣를 손상시키고 수식하고 그리는 것은 자연스러움을 손상시키니 그 병폐는 지나치게 공교한 데 있는 것이다'77)라고 하면서 시에서의 수식과 조탁을 반대하였다.

다음에서 먼저 형식수사기교에 대한 육유의 견해를 살펴보기로 한다.

한 번 읽고 두 번 읽고 열 백 번을 읽어야 그 오묘함이 드러나는 시도 있고 처음에는 사람의 뜻에 만족되나 오래 감상하면 만족스럽지 못하게 하는 시도 있다. 무릇 시는 빼어나고자 하나, 빼어남 역시 시의 지극함은

---

74) ＜寄酬曾學士, 學宛陵先生體. 比得書云, 所寓廣敎僧舍有陸子泉, 每對之輒奉懷＞(권1), ＜過林黃中食柑子有感, 學宛陵先生體＞(권1), ＜讀宛陵先生詩＞(권18), ＜致齋監中, 夜與同官縱談鬼神, 效宛陵先生體＞(권20), ＜送蘇召叟秀才入蜀, 効宛陵先生體＞(권31), ＜桐江哲上人, 以端硯遺子聿, 纔寸餘而質甚奇. 天將雨輒先流泚, 予爲效宛陵先生體, 作詩一首＞(권31), ＜春社日效宛陵先生體＞(권53), ＜假山擬宛陵先生體＞(권54), ＜書宛陵集後＞(권54), ＜讀宛陵先生詩＞(권60), ＜熏虞効宛陵先生體＞(권77)

75) '李杜, 唐之集大成者也. 梅陸, 本朝之集大成者也' ≪後村先生大全集≫ 권98, ＜跋李賈縣尉詩卷＞.

76) '早知粉黛非眞色, 晚覺雕鐫損自然' ≪後村先生大全集≫ 권17, ＜三疊＞.

77) '然雜博傷正氣, 絺繪損自然, 其病乃在於太工' ≪後村先生大全集≫ 권94, ＜退庵集＞.

아니다. 단련함이 오래되면 (시의) 本意를 잃게 되고 깎고 다듬음이 심하면 오히려 (시의) 바른 기를 손상하게 된다. 비록 명성은 요행으로 얻을 수 없다고 말하면서도 명성으로써 시를 구하나니, 이 또한 시를 아는 자가 아니다. 섬세하고 화려함으로도 족히 사람을 감동시킬 수 있고 크고 과장된 것으로도 족히 사람들을 덮을 수는 있나니. 그러므로 의론은 오래된 이후에야 공정해지듯 명성도 오래된 이후에야 정해지게 되는 것이다.78)

단시간에 시문으로써 명성을 얻고자하는 행위를 비판한 위의 글에서 육유는 시를 두 종류로 구별하고 있다. 첫째는 처음부터 그 빼어남과 기발함으로 독자에게 즉자적인 감동을 주는, 그러나 여운이 있지 않아 쉽게 싫증나 버리는 시이다. 둘째는 단순함과 자연스러움으로 처음에는 별 감동을 주지 못하다가 읽을수록 오묘함을 발견하게 되는 시이다. 즉 전자의 경우는 내용보다는 현란한 수사와 조탁을 두드러진 특징으로 하는 시이며, 후자의 경우는 작자의 진실한 감정과 생활상의 체험을 겉으로 드러나지 않는 치밀한 시적 구성과 자연스러운 묘사를 통해 드러내는 시이다. 육유는 이 중 후자를 시의 요체를 체현하고 있는 것으로 높였으며, 전자에서의 '깎고 다듬음[鍛鍊, 斲削]'은 오히려 시문의 본의를 잃게 하고 정기를 손상시키는 결과를 가져오게 된다고 경계하고 있다.

위의 견해를 표면적으로 이해하면 육유는 기본적으로 형식상의 조탁과 수사기교에 대해 부정적인 인식을 지니고 있었으며, 예술적 감화라는 측면에서도 그 효용성을 인정하지 않았다고 생각할 수 있다. 그러나 또 한편으로, '무릇 시는 빼어나고자 하나, 빼어남 역시 시의 지극함은 아니다[大抵詩

---

78) '有一讀再讀至十百讀, 乃見其妙者. 有初悅可人意, 熟味之使人不滿者. 大抵詩欲工, 而工亦非詩之極也. 鍛鍊之久, 乃失本指, 斲削之甚, 反傷正氣. 雖曰名不可幸得, 以名求詩, 又非知詩者. 纖麗足以移人, 夸大足以蓋衆. 故論久而後公, 名久而後定' ≪文集≫ 권39, <何君墓表>.

欲工, 而工亦非詩之極也]’라는 말에서 우리는 형식수사기교에 대한 육유의 또 다른 생각을 찾아볼 수 있다. 즉 이 말은 ‘빼어남[工]’이 다만 시의 최고의 ‘지극함[極]’이 아닐 따름이라는 것으로, 그 자체의 긍정적인 효과조차 부정한 것은 아니며, 더군다나 그 자체로 극력 반대해야 한다는 말은 아니기 때문이다. 육유의 견해에서는 시의 본의와 정기에 해가 되는 것은 지나친 조탁일 뿐, 일정 정도의 형식미와 수사미의 추구는 오히려 작품의 예술성 확보와 감화력 증대에 있어 필수적으로 요구되는 사항이었던 것이다. 수식과 조탁에 대한 육유의 이와 같은 부분적인 긍정의 태도는 강호시인들에게서도 찾아볼 수 있다. 앞서 언급하였듯이 이에 대해 부정적인 견해를 나타내었던 劉克莊 또한 한편으로는 ‘시는 힘들게 생각하고 정련하는 것을 귀하게 여긴다’79)라 하며 육유와 같은 견해를 나타내고 있다.

실제 육유는 많은 시문에서 극단적일 정도로 인위적인 조탁을 반대하고 진솔하고 자연스러운 시를 쓸 것을 주장하고 있지만, 육유 자신 또한 시에서의 형식수사미를 전혀 고려하지 않은 것은 아니었고 오히려 보통의 시인들보다도 뛰어난 성취를 보이고 있는 작품이 많다. 결국 자신의 실제와도 맞지 않는 이러한 주장을 하게 된 이면에는 다른 의도적인 목적이 있었음을 짐작할 수 있는 바, 이것은 당시 극단적인 형식미의 추구에만 몰두하였던 말류 江西詩派들과 四靈詩派에 반대하기 위해 제기된 것이라 할 수 있다.

당시의 시풍과 문풍에 대해 육유는 다음과 같이 부정적인 견해를 나타내고 있다.

근래에 시험장에서 이롭지 못한 것이 있으니 물러나서는 古語를 짜 맞

---

79) ‘詩貴苦思精鍊, 集中諸人, 可謂思之苦鍊之精矣’ ≪後村先生大全集≫ 권108, <跋起余詩草堂詩>.

추고 기이한 字를 잘라내고 커다란 글씨로 깊게 새기어 세속을 현혹시키고 있다.[80]

혹 섬세한 기교로 뽑아내고 잘라내어 문장을 만들고 혹 비루하고 속된 말로 시를 지으니 후세 사람들은 변하였어도 알지 못한다.[81]

옛사람들은 독서를 많이 하여 문장을 지을 때 한 두 古字를 기탁하여 사용하였으니 처음에는 이를 공교하다 여기지 않았으며 스스로도 어느 것이 옛 것이고 어느 것이 지금 것인지 알지 못하였다. 근래에는 혹 ≪史記≫와 ≪漢書≫ 중의 글자를 뽑아 엮어 文辭 중에 넣고선 스스로 공교하고 오묘하다 이르는데, 이를 비웃는 사람이 있다는 것을 알지 못한다.[82]

시의 내용과는 상관없이 다만 옛 글들 중의 빼어난 부분만을 재단하여 교묘한 솜씨로 짜 맞추고, 특이하고 속된 용어로써 사람들의 이목을 놀라게 하여 종국에는 이를 통해 명성을 얻고자하는 속류 시인들의 창작 행태를 비판하고 있는 것이다. 육유의 비판은 다만 이들의 창작 태도에 대한 비판에만 그치지 않고, 이들의 비평 태도에 대한 비판으로까지 이어진다.

오늘날의 사람들은 杜甫詩를 해석함에 다만 출처만 찾으려하고 杜甫의 뜻을 알지는 못하니 처음부터 이러했던 것은 아니다. 岳陽樓를 예로 들면 (…중략…) 여기에서 어찌 출처를 구할 수 있단 말인가, 설령 글자마다 출처를 찾는다 해도 杜甫의 뜻에서는 더욱 멀어지는 것이리라. 대개 후세 사람들이 杜甫의 시가 고금에 빼어난 점이 어디에 있는지를 알지 못하고

---

80) ‘近時頗有不利場屋者, 退而組織古語,剽裂奇字, 大書深刻, 以眩世俗’ ≪文集≫ 권13, <答邢司戶書>.

81) ‘或以纖巧摘裂爲文, 或以卑陋俚俗爲詩, 後生或爲之變而不自知’ ≪文集≫ 권15, <陳長翁文集序>.

82) ‘古人讀書多, 故作文時偶用一二古字, 初不以爲工, 亦自不知孰爲古, 孰爲今也. 近時乃或抄綴史漢中字入文辭中, 自謂工妙, 不知有笑之者’ ≪文集≫ 권28, <跋前漢通用古字韻編>.

다만 한 글자라도 출처가 있는 것을 빼어나다고 여긴 것이다.83)

　　이는 시의 내용이나 시인이 전달하고자 하는 詩意에 대한 파악보다는
자구 하나 하나의 典故를 캐고 典故의 심오함과 치밀함만으로 시인의 시적
성취를 판단하는, 나무만 보고 숲은 보려하지 않는 미시적인 비평 태도를
비판한 것이다. 이는 또한 杜甫를 祖宗으로 삼고 '無一字無來處'를 창작과
비평의 원칙으로 삼았던 江西詩派에 대한 은근한 기롱이기도 하였다. 이
같은 비판은 주로 당시의 문단 전체를 대상으로 한 것이지만, 때로는 직접
적으로 末流 江西詩派나 四靈詩派를 겨냥하여 이루어지기도 하였다.

　　당시의 江西詩派는 이미 黃庭堅을 위시한 北宋 江西詩派의 본래의 의미
와 취지에서 멀리 벗어나 다만 전인에 대한 모방만을 일삼고 '生硬奇特'한
형식기교의 추구에만 몰두하고 있었다. 이후 이들의 말류적 창작 행태를
비판하며 四靈詩派가 등장하여 晚唐의 賈島와 姚合을 祖宗으로 삼고 唐詩
의 평이한 서정성을 추구할 것을 주장하였다. 그러나 그들 또한 경물의 빼
어난 묘사나 형식상의 조탁에만 치중하여, 다만 경물만을 읊고 이치에 대
해서는 하나도 언급하지 않는다는 비판을 면치 못하였다.84) 육유 또한 그
들에 대해 '비루하고 속되다[卑陋俚俗]'85)하고 '지나치게 상스럽다[淫哇]'86)
하다는 말로 직접적인 비판을 하곤 하였는데 사령시파에 대한 그의 이 같

---

83) '今人解杜詩, 但尋出處, 不知少陵之意, 初不如是. 且如岳陽樓詩 … 此豈可以出處求哉? 縱
　　使字字尋得出處, 去少陵之意益遠矣. 蓋後人元不知杜詩所以妙絶古今者在何處, 但以一字亦
　　有出處爲工' ≪老學庵筆記≫ 권7.

84) '不過景物, 無一言及理' ≪南宋群賢小集≫, <雲泉詩序>.

85) '或以纖巧摘裂爲文, 或以卑陋俚俗爲詩, 後生或爲之變而不自知' ≪文集≫ 권15, <陳長翁
　　文集書>.

86) '古詩三千篇, 刪取財十一. 每讀先再拜, 若聽淸廟瑟. 詩降爲楚騷, 猶足中六律. 天未喪斯文,
　　杜老乃獨出. 陵遲至元白, 固已可憤疾. 及觀晚唐作, 令人欲焚筆. 此風近復熾, 隙穴始難窒.
　　淫哇解移人, 往往喪妙質. 苦言告學者, 切勿爲所怵. 杭川必至海, 爲道當擇術' ≪詩稿≫ 권
　　79, <宋都曹屢寄詩且督和答, 作此示之>.

은 반감은 강호시파의 대복고와 유극장에게도 그대로 이어지고 있다. 戴復古도 '晚唐體를 배우지 않고 일찍이 大雅의 音을 들었다',87) '晚唐體를 씻어버리고 大雅로 돌아가야 한다'88)라고 하며 晚唐을 비판하였으며, 劉克莊 또한 '지금의 시인들은 마음과 생각을 다하여 찾고 모으며 필력을 다하여 깎고 다듬어 唐律을 벗어나지 않는다',89) '내 요즘 사람들의 작품을 봄에 항상 그 언사는 번다하나 뜻은 적은 것이 한스럽도다'90)라 하며 晚唐體와 四靈詩派들을 비판하였다.

다음은 그가 말류 강서시파를 직접적으로 겨냥하여 비판한 말이다.

> 문장은 百家의 옷을 가장 꺼리나니 火龍黼黻을 세상은 알지 못하는구나. 누가 능히 천지 가득 氣를 길러 토해내어 저절로 무지개를 만들 수 있을런지?91)

> 조탁은 문장의 병폐이고, 奇險한 것은 더욱이 기골이 상하게 함이 많다네. 그대 맑은 국과 물의 맛을 보게나, 게와 조개 등이 어찌 같은 부류가 될 수 있으리.92)

'문장은 百家의 옷을 가장 꺼린다[文章最忌百家衣]'는 말은 말류 강서시파 시인들이 '點鐵成金'과 '換骨奪胎'의 본의에서 벗어나 다만 전대 시인들의 표현상의 빼어난 구들만을 표절하여 누더기처럼 기워내는 작시경향을 비

---

87) '不學晚唐體, 曾聞大雅音' ≪石屛詩集≫ 권3, <姪孫昺以東埜農歌一編來>.
88) '要洗晚唐還大雅' ≪石屛詩集≫ 권9, <石屛後集鋟梓敬呈屛翁>.
89) '近時詩人竭心思搜索, 極筆力雕鐫, 不離唐律' ≪後村先生大全集≫ 권97, <晚覺翁藁>.
90) '余觀近人之作, 常恨其詞繁而意少' ≪後村先生大全集≫ 권101, <跋王薦文卷>.
91) '文章最忌百家衣, 火龍黼黻世不知. 誰能養氣塞天地, 吐出自足成虹蜺' ≪詩稿≫ 권21, <次韻和楊伯子主簿見贈>.
92) '琢瑚自是文章病, 奇險尤傷氣骨多. 君看大羹玄酒味, 蟹螯蛤柱豈同科' ≪詩稿≫ 권78, <讀近人詩>.

판한 말이다. 사실 시에 있어서의 '金丹'이나 '換骨'의 추구는 육유 또한 예외가 아니었으며, '밤 되어 차가운 등불 아래에서 한 번 웃나니, 비로소 金丹으로 換骨하는 때가 되었네'[93]라고 할 만큼 자신의 시에 대해 만족감을 느끼게 되는 중요한 요소이기도 하였다. 그러나 그것은 현실에 대한 인식과 실천이라는 대의명분이 전제가 되어야 하는 것이었으니, 현실에 대한 고심 없이 다만 문학 내적인 형식수사적 측면에만 매몰되어 있던 강서시파의 말류와는 근본적인 차이가 있었다.[94]

두 번째 인용문에서 말하고 있는 '게와 조개 등이 어찌 같은 부류가 될 수 있으리[蟹螯蛤柱豈同科]'라는 말은 蘇軾이 黃庭堅의 시문에 대해 평가한 말을 차용한 것이다. 일찍이 소식은 황정견의 시를 평가하며 '蝤蛑'와 '江瑤柱'라는 말을 사용하였는데,[95] 이것은 각각 '꽃게'와 '조개'의 의미로서 여기에서 육유가 사용하고 있는 개념과 흡사하다. 제사 때 국으로 쓰는 탕국과 술 대신 사용하는 물이 그 소박함과 순수함으로써 오히려 꽃게와 대합의 다양하고 화려한 맛을 능가한다는 이 말은 결국 다양한 典故와 화려한 수사기교만을 추구하던 당시의 江西詩派에 대한 비판인 것이다.

다음의 인용문에서는 四靈詩派에 대한 직접적인 비판을 볼 수 있다.

詩法이 홀로 생겨나지 않는 것은 自古로 같건만 어리석은 사람은 허공

---

93) '六十餘年妄學詩, 工夫深處獨心知. 夜來一笑寒燈下, 始是金丹換骨時' ≪詩稿≫ 권51, <夜吟>.

94) 정상홍은 송대의 강서시파를 풍격의 변화에 따라 創立期와 成熟期, 轉換期 및 分化期의 네 단계로 구분하고 陸游를 비롯한 南宋四大家들을 分化期의 대표적인 시인들로 분류하였다. 아울러 이들이 강서파의 말류와 첨예하게 분리되었음을 말하며, 그 근거로 이들이 현실세계를 시가의 최종적인 창작원천으로 여기고 서재에서 나와 사회와 현실로 나아간 점과 시적 재료와 구법 등의 창작기법 면에서 시야가 넓어져 있음을 들었다. 정상홍, 앞의 논문, 64~66면.

95) '黃魯直詩文, 如蝤蛑江瑤柱, 格韻高絕, 盤飱盡廢, 然不可多食, 多食則發風動氣' ≪茗溪漁隱叢話≫ 권49.

을 새기려고 하네. 그대 시의 묘처를 내 능히 알 수 있으니, 바로 山程과 水驛같은 자연경관 중에 있구려.96)

　'어리석은 사람은 허공을 새기려고 한다[癡人乃欲鏤虛空]'는 말은 시 속에 道를 담지 못하고 다만 風光을 嘲弄하고 사물을 빌어 헛되이 읊조리면서97) 공허한 아름다움만 추구하는 四靈詩派의 유미주의적 창작 태도를 비판한 말이다. 자연경물이 아름다울 수 있는 것은 그것을 알아볼 수 있는 시인이 존재하기 때문이며, 시인의 의식과 감정이 투영되지 않은 자연경물은 의미 없는 단순 객체에 불과하다. 따라서 시인의 진정과 결합되지 않은 단순 객체의 아름다움은 아무런 감동도 주지 못하고 다만 공허함만을 느끼게 할 따름이다. 다음 장의 육유 산수자연시에 대한 고찰에서도 살펴보겠지만, 육유시에서 묘사되는 자연경물은 이들과는 달랐다. 물론 그의 시에서도 자연경물의 아름다움만을 노래한 시가 없는 것은 아니지만, 대부분의 경우 그의 주제의식과 결부되어 묘사되고 있다. 이러한 까닭에 육유는 四靈詩派의 '欲鏤虛空' 하는 태도를 비판하며 시의 묘처가 山程과 水驛같은 자연경관에 있다고 말하며 실제적이고 객관적인 체험이 중요함을 말하고 있는 것이다.

　그렇다면 시문의 뛰어난 예술적 성취는 무엇을 통해 이루어지는가? 육유는 천성에 근본하여 일체의 인위적인 수사가 배제된 작자의 진솔한 감정 표현이 이루어졌을 때 시문의 예술적 성취는 자연스럽게 이루어진다고 생각하였다.

　　문장은 본래 天然히 이루어지는 것, 뛰어난 시인은 우연히 이를 얻게

---

96) '法不孤生自古同, 癡人乃欲鏤虛空. 君詩妙處吾能識, 正在山程水驛中' ≪詩稿≫ 권50, <題廬陵蕭彦毓秀才詩卷後>.
97) '嘲弄光景, 徒借物吟號' 葉適, ≪水心集≫ 권29, <題拙齋詩藁>.

된다네. 순수하여 흠이 없으니 어찌 다시 인위적인 것을 필요로 하리
요.98)

　　새로운 시는 우연히 만나 天然히 이루어진다.99)

즉 작자의 천성에 기초하지 않은 의도적이고 인위적인 조탁은 문장의
본질적 속성에 어긋나는 것이며, 예술적 성취 또한 보장될 수 없다는 말이
다. 창작의 방법으로서의 육유의 自然論은 의도적인 자연스러움이 아닌 天
然의 자연스러움으로서, 앞서 養氣論에서 살펴본 것처럼 풍부한 학문도덕
수양과 현실생활의 경험이 바탕으로 된 상태에서 悟入의 과정을 거쳐 우
연히 도달하게 되는 경지이다. 결국 자연론은 詩歌三昧의 경지에 이르기
위한 하나의 방법론이면서, 또한 동시에 詩歌三昧에 도달하였을 때에야 궁
극적으로 완성되는 개념이라 할 수 있다.

이상에서 '시문에 대한 인식과 창작의 방법' 등과 관련하여 육유의 詩論
을 '養氣論'과 '載道論', '悲憤論', '自然論'으로 나누어 그 내용들을 살펴보
았다. 다음에서 각각의 내용들이 어떠한 상호 연관성과 보완성을 지니고
있는지 살펴봄으로써 육유 시론의 전체적인 체계를 이해해보기로 한다.

시문창작의 동기에 대한 인식인 '悲憤論'은 육유의 경우, 역대의 詩緣情
說에서의 悲憤 개념과는 달리 정치적 시대적인 요인에서 기인하는 비분이
다. 즉 懷才不遇한 처지와 정치적으로 탄압 받고 得意하지 못한 처지에서
오는 비분인 것이다. 이는 '載道'를 시문창작의 원칙이자 임무로 여겼던
육유에게 있어 당연한 인식이라 할 수 있다. 육유가 지향했던 道는 인본주

---

98) '文章本天成, 妙手偶得之. 粹然無疵瑕, 豈復須人爲' ≪詩稿≫ 권83, <文章>.
99) '新詩邂逅得天成' ≪詩稿≫ 권84, <古驛>.

의적이고 도덕 지향적이며 강한 사회성을 특징으로 하는 유가의 道였던 까닭에 立身을 통한 '忠君愛民'의 실현이 본질적인 내용이었다. 따라서 정통 유학자들에게 정치 행로에서의 좌절은 유가로서의 자신의 존립근거를 상실하게 되는 일이었으며, 어느 무엇보다도 커다란 비탄과 상실감을 가져다주는 요인이었던 것이다. 이런 까닭에 육유는 인간의 七情 중에서 비분을, 그 중에서도 정치적 비분을 가장 중요한 문학창작의 동력으로 생각했었던 것이며, 여기에다 개인적인 경험들이 더해지면서 이러한 생각은 확고한 신념으로 자리 잡게 되었던 것이다.

시문창작의 근원이자 전제로서의 '養氣論'은 詩歌三昧라고 하는 自成一家의 경지에 도달하기 위한 시인의 필수적인 전제요건이다. 그는 이를 詩外工夫라 불렀다. 비록 養氣 자체가 곧바로 自得의 경지로 나아가지는 않으며 시인의 의지와는 무관한 悟入의 단계를 거쳐야만 하지만, 이 또한 학문도덕수양과 현실생활의 체험을 내용으로 하는 詩外工夫가 바탕이 되어 있지 않는 상태에서는 불가능한 것이다. 육유의 '養氣論'은 철저하게 '載道論'에 바탕을 두고 이루어진다. 이는 육유가 지향했던 도가 현실에서 성인의 가르침을 밝히고 忠君과 愛民을 실현하는 도덕 지향적이고 현실 지향적인 도였기 때문이며, 養氣를 통해 도달하게 되는 詩歌三昧의 경지 또한 憂國과 愛民을 지향하는 시의 기능과 역할에 대한 自得을 의미하기 때문이다. 결국 육유가 길러야만 한다고 생각했던 작자의 '氣'는 시의 형식수사 방면의 학습과 단련이 아닌 수양과 체험을 의미하는 것으로, 그 궁극적인 지향점은 '載道'에 있다고 할 수 있다.

시문창작의 방법으로서, 일체의 수사기교를 반대하고 자연스럽고 평이한 문장을 쓸 것을 요구하는 '自然論'은 載道의 원칙을 실현하기 위한 방법이라는 측면에서 養氣論과 밀접한 관계가 있다. 그러나 둘 사이에는 역할에 있어 일정한 주종의 관계가 존재한다. 즉 '載道'라는 목적은 '自然'이라는 방법을 통해 이루어질 수 있지만, 이 또한 ‘養氣’를 바탕으로 하였을 때 자연스럽게 달성된다. 육유에게 있어 ‘의도적인 自然’은 또 하나의 ‘의도적인 형식미’의 추구로 여겨졌으며, 자연스러움의 최고의 경지는 ‘載道’를 지향하는 詩歌三昧의 경지에 이르렀을 때 비로소 달성되는 것이었다. ‘養氣’와 ‘自然’의 방법이 각각 ‘載道’를 향한 내용과 형식상의 방법이라고 했을 때, 육유는 내용을 통한 ‘載道’의 실현이 보다 근본적인 방법이며, 작자가 가장 중요시하여야 할 부분이라 생각하였다.

결론적으로 육유 시론의 가장 핵심에는 ‘載道’라는 시문의 원칙과 임무가 있었으며, 시문창작의 동기에 대한 인식은 여기에 근거하여 형성되었고 창작상의 전제와 방법 역시 이를 목적으로 하여 제기된 것이라 할 수 있다. 이러한 사실은 그가 비록 전문적인 시학이론 서적을 써내지는 않았지만, 내적으로 이미 탄탄하고 체계적인 시문학이념을 지니고 있었으며 이를 근거로 일관되고 진지한 자세로 시문창작에 임했음을 보여준다. 아울러 이러한 사실을 통해 우리는 그가 평생토록 정통 유학자로서의 자각과 사명감을 지니고 있었으며, 시인이라기보다는 志士로서 더 인정받고 싶어 했던[100] 바람이 결코 가식이 아닌 진실된 갈망의 표현이었음을 알 수 있다.

---

100) ‘此身合是詩人未, 細雨騎驢入劍門’ ≪詩稿≫ 권3, <劍門道中遇微雨>.

제4장

陸游詩의 주제와 표현양태

    한 작품의 주제는 시뿐만 아니라 모든 문학작품에서 해당 작가의 관심사와 의식 구조를 반영하며 작가가 추구하는 사상적 지향점을 나타내준다. 따라서 작품의 주제를 파악하는 일은 단순히 해당 작품을 이해하고 감상하는 데에만 한정되는 것이 아니라 그것들의 결합으로 이루어진 작가의 작품세계를 이해하고 작가의 삶과 사상을 이해하는 한 과정인 것이다. 그러나 작품을 주제별로 분류하고 이를 근거로 작가의 중심사상을 유추하는 일은 생각만큼 간단하지 않다. 그것은 모든 작품을 단순화된 하나의 주제로만 분류해내기가 그리 쉽지만은 않으며, 또한 만약 그렇게 되었을 경우 한 작품 속에 내재된 여타의 다양한 주제의식이 하나의 대표 주제에 가려져, 이들 대표주제의 총합으로 이루어진 작자의 작품세계에서 전혀 반영되지 않을 수도 있기 때문이다.

情景의 결합과 象徵 및 比喩의 활용을 중시하는 시의 경우는 더욱 그러하다고 할 수 있으니, 한 시인의 주제의식을 파악함에 있어 개별 작품의 주제를 분석하고 총합하는 일은 득보다는 오히려 실이 더 많을 수도 있다. 따라서 특정 작품에 대한 분석이 목적이 아니라 작품을 통한 작가의 탐구가 주된 목적이라면, 개별 작품의 주제 분석보다는 특정 주제가 작품들 속에서 어떠한 강도와 빈도로 이루어지고 있으며 또한 어떠한 혼합의 양상으로 하나의 작품 속에 녹아들어 있는 가를 살펴보는 것이 보다 의미 있는 작업이라 할 수 있다.

또한 설령 하나의 주제라 할지라도 이것들은 개별 시인들의 성향이나 창작태도에 따라 혹은 시인의 연대시기에 따라 각기 다양한 양식과 경향으로 나타날 수밖에 없다. 그러므로 주제의식의 표현양태와 시기별 변화양상에 대한 고찰을 전제하지 않은 단순한 주제 분류는 개별 작가의 고유한 성향과 시기별 특징을 나타내지 못하는 의미 없는 분류가 될 가능성이 많다.

육유시의 경우도 예외는 아니다. 육유시의 주제는 일반적으로 널리 알려진 憂國詩 외에도 山水自然詩, 田園閑適詩, 詠物詩, 贈別詩, 社會詩, 詠史詩 등을 비롯하여, 입신양명의 포부를 노래한 것에서부터 가난이나 질병 등 일상의 자질구레한 생활 소사를 읊은 시까지 그 작품 수만큼이나 다양하게 나타나고 있다. 그리고 이러한 시들은 하나의 주제가 두드러지게 표출되어 있는 것도 있지만, 많은 경우 앞에서 말한 것처럼 여러 주제들이 혼재된 형태로 나타나고 있다. 다음에서 두 작품을 예로 들어본다.

◎ 秋晚閑步, 隣曲以予近嘗臥病, 皆欣然迎勞
가을 저녁 한가로이 걷는데, 마을 사람들이 내가 최근 와병했었기에 모두 기뻐하며 맞았다[1]

放翁病起出門行,　　내 병석에서 일어나 문을 나서니

績女窺籬牧豎迎.	아낙들은 울 밖으로 엿보고 목동들이 맞이하네.
酒似粥醲知社到,	술이 죽처럼 진하니 社日이 가까워 옴을 알겠고
餅如盤大喜秋成.	밀떡은 쟁반같이 커 추수를 다했음을 기뻐하네.
歸來早覺人情好,	돌아와 인정이 좋음을 일찍이 알았건만
對此彌將世事輕.	이를 대하니 세상사 더욱 가볍게만 느껴지네.
紅樹青山只如昨,	붉은 나무 푸른 산은 어제와 같은데
長安拜免幾公卿.	장안에선 몇몇의 공경을 임명하고 파직하였을꼬?

◎ 溪行(二首其一)
개울을 건너며[2]

篷蒻鳴春雨,	蒻풀로 엮은 돛배 지붕에 봄비가 울고
帆蒲掛暮煙,	蒲잎으로 만든 돛에는 저녁안개 걸리어 있네.
買魚尋近市,	고기 사러 가까운 시장을 찾고
覓火就鄰船.	불을 구하러 이웃 배로 간다네.
愁臥醒還醉,	시름에 누워 깨었다가 다시 또 취하나니,
灘行却復前.	여울을 건너며 물러났다 다시 앞으로 나아가네.
長年殊可念,	사공들은 진정 생각해 줄만 하나니,
力盡逆風牽.	있는 힘 다하여 역풍 속에서 배를 끄네.

첫 번째 작품은 그가 30여 년간의 관직 생활을 청산하고 고향으로 돌아와 한거한 지 3년째 되던 해인 紹熙 4년(1193) 그의 나이 69세 때에 지은 것이다. 시에서는 작자의 병치레까지도 걱정해주는 마을 사람들의 순박하고 두터운 인정과 가을날 추수를 마친 농촌의 여유롭고 인정 넘치는 모습들이 묘사되고 있다. 이 시는 주제 분류상 전체적인 분량이나 서술의 주된 내용으로 보아 '田園閑適'으로 분류할 수 있겠으나, 마지막 두 구에서 조정과 나라에 대한 염려를 나타내고 있는 까닭에 분류자의 관점에 따라 '憂

---

1) 《詩稿》 권27.
2) 《詩稿》 권1.

國’의 주제로 분류할 수도 있을 것이다.

두 번째 작품은 紹興 30년(1160) 정월, 그의 나이 36세 때 福州에서 臨安으로 부임할 때 쓴 것이다. 전반부에서는 여행 도중 배 위에서 보이는 아름답고 한가로운 봄날 저녁의 풍경이 묘사되고 있으며, 후반부에서는 현실적인 삶의 장소라고 할 수 있는 개울이 급한 물살과 역풍으로 그려지며 대비되고 있다. ‘長年’은 사공들을 가리키는 것으로, 작자는 역경의 현실 속에서 생존을 위해 힘든 노동을 하고 있는 뱃사공들의 삶을 연민의 마음으로 바라보고 있다. 이 시 또한 총 8구 중 6구가 경물묘사에 치중하고 있으나 마지막 두 구에서의 일반 백성들에 대한 동정으로 인해 주제 분류상 ‘寫景’, 또는 ‘愛民’으로 분류될 수 있다.

위의 두 편의 시에서도 알 수 있듯이 육유시는 많은 수의 작품이 둘 혹은 세 개의 주제로 분류될 수 있는 내용으로 이루어져 있다. 따라서 이에 대한 고려 없는 인위적이고 획일적인 주제 분류는 복합적인 정서와 모순된 심리 상태의 혼재를 특징으로 하는 육유시의 진면목을 파악하는데 도움이 되지 않을 뿐만 아니라, 자칫 육유시 전체에 대한 잘못된 이해에 빠지게 할 수도 있다.[3] 그러나 그럼에도 불구하고 그 대상을 특정한 하나의 작품이 아닌 육유시 전체로 확대하였을 경우, 전체적으로 나타나는 주제의 유형들과 각각의 주제들의 표현양태 및 시기별 특징들을 어렵지 않게 파악할 수 있다. 따라서 본 장에서는 육유 전체의 시에서 반복적이며 지속적

---

3) 육유시 주제 분류의 이 같은 어려움 때문에, 필자는 이전 拙稿 ≪陸游詩研究≫, 44면에서 필자 나름의 기준을 설정하여 육유시를 크게 ‘憂國詩’, ‘閑適詩’, ‘民苦詩’의 세 부류로 나눈 바 있다. 그러나 그 기준은 기존의 일반적인 시 분류 기준과는 많은 차이가 있었고, 특히 閑適詩의 경우 이 세 기준에 맞지 않은 것들까지를 모두 포괄하였기에 그 범위가 지나치게 넓어져 분류의 보편성과 타당성은 물론 정확성마저 잃고 말았다. 이것은 한 편의 시를 다만 하나의 대표주제로만 분류하려 했던 필자의 편협성이 가져온 필연적인 결과였다.

으로 나타나는 주제들을 먼저 찾아내고 역으로 이를 각 작품에 적용시키는 연역적 방법을 통해 각각의 주제들의 표현양태 및 표면주제와 내면주제, 그리고 각각의 주제들 간의 상호 연관성 등에 대해 살펴보고자 한다.4) 아울러 각각의 주제들과 개별 표현양태들의 시기별 중요도와 분포 방식상의 특징 및 그 원인 등에 대해서도 함께 살펴봄으로써, 일만 수에 달하는 육유시를 관통하는 평생의 사상과 지향이 무엇이었으며 이것들이 개인 심경과 외부적 상황의 변화에 따라 어떠한 양태로 표출되었는가를 알아보고자 한다.

육유시에 나타난 주제들을 종합해보면, 크게 '憂國', '愛民', '寫景詠物', '田園閑適', '交遊', '其他'의 여섯 종류로 구분할 수 있다. 이 중 '寫景詠物'의 경우 '詠物'류의 시들은 별다른 문제가 되지 않으나, 그 외 많은 시들이 작자의 전원생활과 결합되어 나타나는 경우가 많다. 따라서 보는 이의 관점에 따라서는 '田園閑適'의 주제로 분류될 수도 있으나, 이 책에서는 앞서 말한 대로 한 작품 전체의 주제에 구애받지 않고 비교적 자연경물에 대한 묘사가 치밀하게 이루어져 있거나 산수자연에 대한 작자의 특별한 감회가 담겨있는 작품들을 '寫景詠物'의 부류에 넣어 살펴보기로 한다. '田園閑適' 또한 전원생활을 매개로 한 정경묘사나 생활상의 감회를 서술한 작품들이 주된 대상이 되겠지만, 관직에 있거나 혹은 타지에 있으면서 전원생활에 대한 회상이나 지향을 노래한 작품들은 같은 부류로 넣어보기로 한다.

다음에서 각각의 주제들을 표현양태별로 나누어 살펴보기로 한다.

---

4) 이 방법에 따르면 하나의 작품이 'A'주제 혹은 'B'주제에 대한 공통의 예시작품이 될 수도 있으나 본 장에서는 중복을 피하고자 공통의 인용을 하지는 않았다.

1. 憂國

　'憂國'은 육유시의 전체를 관통하는 중심주제라 할 수 있다. 평생토록 중원회복에 대한 불굴의 의지와 선명한 투쟁의식을 잃지 않고 '늙어서도 만 리 종군 길을 생각하고 훌쩍 말에 올라 비로소 몸이 가벼워짐'5)을 느꼈던 그였기에 육유는 역대 어느 시인들보다도 높은 추앙을 받아왔다.

　육유의 우국시는 표현양태에 있어 크게 다음의 여섯 가지의 양상으로 나타난다. 첫째는 中原 회복에 대한 포부와 오랑캐에 대한 항전의 결의를 나타내는 것이며, 둘째는 오랑캐를 무찌르는 모습이나 자신의 기개를 호방하고 격정적인 어조로 표현하는 것이다. 셋째는 이상을 실현하지 못하는 데서 오는 절망을 悲哀와 鬱憤으로 토해내는 것이며, 넷째는 屈原과 諸葛亮, 杜甫 등 자신과 같은 처지의 불우한 영웅들과 동시대의 憂國志士들을 칭송하는 것이다. 다섯째는 현실에서 이루지 못한 이상을 꿈과 상상을 통해 실현하는 紀夢詩의 방식으로 표현하는 것이며, 마지막으로 자신이 실현시키지 못한 이상을 후손을 통해서라도 실현하고자 하는 示兒詩의 형태로 나타난다.

　이상과 같은 다양한 우국의식의 표현양태들은 작자의 처지와 감정의 변화에 따라 어느 한 양태로 집중적으로 표현되기도 하지만 많은 부분 다양한 양태들이 혼재되어 나타나곤 한다. 따라서 시기별로 확연히 구분되지는 않지만, 대체적으로 중기에는 이 중 두 번째와 세 번째 및 네 번째의 표현양태가 두드러지게 나타나며 만기에는 다섯 번째가 자주 나타나고 있다.6)

---

5) '老矣猶思萬里行, 翩然上馬始身輕' ≪詩稿≫ 권4, <塞下曲> 其四.

6) 만기에 '紀夢'의 방식이 두드러진다는 말은 紀夢詩의 작품 수가 다른 시기보다 상대적으로 많다는 의미이다. 시기별 紀夢詩의 작품 총수에서 憂國紀夢詩의 비율로만 본다면 역시 중기가, 그 중에서도 在山陰時期가 가장 높은 비율을 나타내고 있다. 이에 대해서

첫 번째의 '爲國獻身의 決意'나 여섯 번째의 '示兒'를 통한 표현양태는 전 시기에 걸쳐 고루 나타나고 있는데, 이는 바로 이 두 가지가 육유 평생의 지향과 중점이기 때문이었다고 생각할 수 있다.

종합하자면, 육유 우국시의 여러 표현양태가 집중적이면서도 고루 나타나는 시기는 중기로서, 이 시기가 육유 우국시의 절정기였음을 말해준다.

다음에서 각각의 표현양태에 따라 창작시기 순으로 작품들을 감상해보도록 한다.

1) 위국헌신의 결의와 소망의 표출

다음에서 먼저 초기의 시 두 수를 감상해본다.

◎ **夜讀兵書**
밤에 兵書를 읽으며[7]

孤燈耿霜夕,	외로운 등불은 서리 내리는 저녁에 빛나는데
窮山讀兵書.	인적 드문 산 속에서 병서를 읽나니,
平生萬里心,	평생토록 만 리를 달리는 마음은
執戈王前驅.	창 들고 왕 앞에서 말 달리는 것이라네.
戰死士所有,	싸우다 죽는 것은 병사에겐 흔히 있는 일
恥復守妻孥.	치욕스러이 처자식만을 지키고 있으리!
成功亦邂逅,	공업을 이루는 것은 우연히 되는 것
逆料政自疎.	결과를 미리 헤아린다면 절로 멀어지게 되리니.
陂澤號飢鴻,	물 고인 웅덩이는 허기진 기러기를 울리고
歲月欺貧儒.	세월은 가난한 선비를 속이는구나.
歎息鏡中面,	거울 속의 모습에 탄식하나니

는 본 절의 5) '紀夢을 통한 理想實現의 渴望'에서 좀 더 자세히 살펴보기로 한다.
7) ≪詩稿≫ 권1.

安得長膚腴.　　　　어찌하면 오래도록 젊은 모습 간직할 수 있으리.

이 시는 紹興 26년(1156) 가을, 그의 나이 32세 때 고향인 山陰에서 기거하며 쓴 것이다. 당시 南宋 조정은 淮河 이북의 땅을 金에 내어주고 굴욕적인 화친정책을 통해 일시적인 안정을 누리며 失地 회복을 위한 아무런 노력도 하지 않고 있었다. 이 시에서 육유는 이와 같이 암울한 현실 속에서도 중원 수복의 의지와 爲國獻身의 결의를 다지며 자신의 소망이 실현될 날을 준비하고 있다.

제1~4구에서는 유생이면서도 兵書를 읽고 있는 자신의 모습을 묘사하며, 자신이 직접 창을 들고 왕의 선봉에 서서 金을 몰아내고자 하는 데 그 목적이 있음을 말하고 있다. 다음 제5~8구에서는 죽음조차도 두려워하지 않는 불굴의 기개를 드러내며 처자식만을 보존하고자 하는 소극적인 태도를 수치스럽게 여기고, '공업은 우연히 이루어지는 것, 결과를 미리 헤아린다면 절로 멀어지게 된다'는 말로써 金과의 항전에 대한 투지와 자신감을 나타내고 있다. 그러나 현실의 상황은 시인의 의지나 소망과는 달리 더욱 암울해져만 가고 있으니, 마지막 제9~12구에서는 날로 열악해져만 가는 백성들의 삶과 소망 실현의 기회조차 없이 헛되이 시간만 보내고 있는 자신의 현실을 안타까워하며 공업을 실현할 때까지 젊음을 유지하고픈 바람을 나타내고 있다.

◎ 聞武均州報已復西京
武鉅가 西京을 수복했다고 알려온 것을 듣고[8]

白髮將軍亦壯哉,　　　백발의 장군이 역시 장하도다.
西京昨夜捷書來.　　　西京에서 어젯밤 첩서가 왔다네.
胡兒敢作千年計,　　　오랑캐들이 감히 천 년의 계책을 세웠지만

---

8) 《詩稿》 권1.

天意寧知一日回.　　하늘의 뜻을 어찌 알았으리, 하루 만에 돌아갔네.
列聖仁恩深雨露,　　열성조의 은덕은 비와 이슬처럼 깊고
中興敕令疾風雷,　　중흥의 명령은 바람과 우레처럼 빠르도다.
懸知寒食朝陵使,　　미리 알겠나니, 한식날 朝陵使가 가는 길,
驛路梨花處處開.　　驛路에 배꽃이 곳곳에 피어 있겠지.

　紹興 31년(1161) 12월, 知均州 武鉅가 향병을 이끌고 淮水를 넘어 한 차례 西京을 수복했는데, 육유는 이 소식을 듣고 기뻐하며 희망에 들뜬 마음으로 이 시를 썼다. 낙관적인 정세 속에서 오랑캐의 침략이 일시적으로 끝나게 되리라고 믿은 작자는 마지막 제7~8구에서 내년 한식날에는 洛陽이 완전히 수복되어 조정의 祭陵使가 갈 수 있으리라 기뻐하고 있다.
　다음은 중기의 작품들이다.

◎ **歸次漢中境上**
　돌아가 漢中땅에서 유숙하며[9]

雲棧屛山閱月遊,　　連雲棧과 錦屛山을 한 달간 돌아다녔더니
馬蹄初喜蹋梁州.　　梁州를 밟은 것을 말발굽이 막 기뻐하네.
地連秦雍川原壯,　　땅은 秦雍에 이어져 내와 들은 웅장하고
水下荊揚日夜流.　　물은 荊揚으로 내려가며 밤낮으로 흐르네.
遺虜屛屛寧遠略,　　남은 오랑캐들 쇠잔하여 어찌 계략이 있으랴만,
孤臣耿耿獨私憂.　　외로운 신하는 밤새도록 홀로 걱정한다네.
良時恐作他年恨,　　좋은 시기는 아마도 다른 해의 한이 될 터인데,
大散關頭又一秋.　　大散關 위로 또 한 해가 지나가네.

　夔州通判으로 있던 육유는 乾道 8년(1172) 四川宣撫使 王炎의 부름을 받고 그 해 정월 夔州를 출발하여 萬州, 梁山, 隣水, 岳池, 果州, 閬中, 廣元,

---

9) ≪詩稿≫ 권3.

寧强 등지를 지나 3월에 南鄭에 도착하였다. 이 시는 이 해 10월, 閬中으로 시찰 나갔다가 漢中으로 돌아와 쓴 것이다. 한중의 광활한 지세에 대한 묘사와 함께 중원수복에 대한 자신감과 이를 실행으로 옮길 수 없는 현실에 대한 안타까움이 잘 나타나 있다. 첫 구에 나오는 '雲棧'은 連雲棧을 가리킨다. 南鄭에서 褒城 일대까지 절벽에 걸치어 만들어 놓은 다리로, 陝에서 蜀으로 들어가는 要道이다.

제1~2구에서는 오랜 외지 시찰을 끝내고 돌아오게 된 기쁨을 말이 기뻐하는 모습으로 돌려 표현하고 있으며, 다음 제3~4구에서는 한중의 지형을 地勢와 水勢로 나누어 각각의 웅장하고 역동적인 모습을 그려내고 있다. 軍務에 대한 열성과 조국산천에 대한 긍지와 자부심은 시인으로 하여금 제5구에서 '남아 있는 오랑캐는 나약하고 쇠잔하니 어찌 원대한 책략이 있겠는가'라는 金에 대한 자신감을 불러일으키게 하지만, 이는 제6구에서 이내 우려와 걱정으로 변하고 만다. 마지막 제7~8구는 그의 걱정이 무엇이었는가를 말해주는 것으로, 시인은 지금의 호기가 다시는 돌아오지 않아 혹 영원의 회한으로 남게 되지 않을까 우려하며 한시라도 빨리 북벌에 나설 것을 촉구하고 있다.

다음 시를 보자.

◎ **劍門道中遇微雨**
劍門關을 지나는 도중에 가랑비를 맞다[10]

衣上征塵雜酒痕,　　　옷 위의 흙먼지는 술자국과 섞여 있고
遠遊無處不消魂.　　　머나먼 여정길, 마음 아프지 않은 곳이 없구나.
此身合是詩人未,　　　이 몸 별 수 없는 시인이지 않겠는가?
細雨騎驢入劍門.　　　가랑비 속에 나귀 타고 劍門關을 들어서네.

---

10) ≪詩稿≫ 권3.

육유가 南鄭에 도착한지 6개월 만인 乾道 8년(1172) 9월, 조정을 장악한 主和派에 의해 王炎은 臨安으로 소환되고 幕府는 해산되게 된다. 결국 육유의 중원회복의 꿈은 수포로 돌아가게 되었고 육유 또한 安撫司參議官으로 임명되어 成都로 돌아가게 된다. 육유는 南鄭에서 나와 劍門, 梓潼, 綿州, 羅江, 廣漢을 거쳐 成都로 들어오게 되는데, 이 시는 그해 11월 劍門關을 지나면서 쓴 것이다.

제1~2구에서는 북벌의 희망이 무산된 것에 대한 작자의 실망과 비탄의 심정이 잘 나타나 있다. 생의 의욕을 잃어버린 듯한 몰골은 작자의 절망적인 심정을 상징적으로 드러내고 있고, 돌아올 기약 없이 떠나가는 漢中의 경관들은 이제 더 이상 앞의 시에서와 같은 웅장함으로 그려지지 않고 있다. 다만 회한과 아쉬움의 장소로만 기억되고 있을 뿐이다. 제3~4구에서는 비탄의 심정이 자학적인 면으로까지 발전하고 있음을 보여준다. 작자는 나귀를 타고 돌아오는 자신의 모습에서 唐代의 鄭綮가 쓰고 싶어 했던 '風雪 속 灞橋 위의 나귀'의 모습을 떠올리고 자신 또한 별 수 없는 나약한 시인에 불과하다고 자학하고 있다.[11] 육유 자신은 시인으로보다는 우국의 열정을 지닌 志士로 인정받고 싶었으며,[12] 이러한 까닭에 후에 杜甫의 시를 읽으면서 후세 사람들이 두보를 시인으로서만 보는 것에 대해 아쉬움을 표시하였던 것이다.[13]

---

11) 唐代 시인들 중엔 나귀를 타고 다녔다는 이야기가 많이 전해진다. 李白이 일찍이 나귀를 타고 華陰縣을 지나쳤다는 말이 있고(≪李白全集≫ 권36, <合璧事類>), 杜甫의 <奉贈衛左丞文二十二韻> 시에도 '나귀 타고 13년, 봄날 서울의 나그네 신세라네(騎驢十三載, 旅食京華春)'라는 구가 있으며, 賈島도 나귀를 타고 도성으로 들어가며 유명한 推敲의 고사를 만들었다('騎驢賦詩, 得僧推月下門之句', ≪唐詩紀事≫ 권40, <賈島>). 唐代 鄭綮는 <老僧詩>라는 제목의 5언율시를 지음에 앞 6구를 먼저 완성하고 나머지 2구를 "나타내고 싶은 시의 뜻은 눈이 휘날리는 灞橋 위의 나귀 등 위에 있는데, 이를 어떻게 얻을 것인가(詩思在灞橋風雪中驢子背上, 此何以得之)"라 하며 평생을 고심하였다고 한다.(≪唐詩紀事≫ 권65, <鄭綮>).

12) 李慶・武蓉, ≪中國詩史漫筆≫ 7편 5절, <'時代的偉大歌手' 陸游> 373면.

다음 시를 보자.

◎ 觀長安城圖
장안성의 지도를 보고[14]

許國雖堅鬢已斑,	나라 위한 마음 굳건하나 귀밑머린 이미 희끗하고
山南經歲望南山.	산 남쪽에서 세월을 보내며 終南山만 바라보네.
橫戈上馬嗟心在,	창 들고 말에 오르는 것, 마음뿐임을 탄식하고,
穿塹環城笑虜孱.	성 둘러 참호 판 오랑캐의 잔약함을 비웃는다네.
日暮風煙傳隴上,	날 저물어 烽燧 연기는 隴上에서 전해오고
秋高刁斗落雲間.	가을은 깊어 刁斗 소리는 구름 사이로 떨어지네.
三秦父老應惆悵,	三秦 땅의 늙은이들 응당 슬퍼 낙담하리니,
不見王師出散關.	왕의 군대 大散關 나오는 것을 보지 못하기에.

이 시는 淳熙 원년(1174) 蜀州에 부임해 있을 때 쓴 시이다. 육유는 金의 수중에 있는 장안성의 지도를 보고, 자기 자신 장안을 수복하고자 하는 결의만 있을 뿐 아무런 실천도 하지 못한 채 헛되이 세월만 보내고 있는 것을 안타까워하고 있다. 시는 전체적으로 현실과 상상의 두 부분으로 나누어져 있다. 전반부는 현실부분으로, 제1~2구에서 작자는 爲國獻身에 대한 변함없는 결의에도 불구하고 헛되이 시간만 보내며 함락지역을 그저 바라보고 있을 수밖에 없는 자신을 안타까워하고 있으며, 제3~4구에서는 실현되지 못하는 북벌의 소망을 오랑캐에 대한 조롱으로 달래고 있다. 原詩의 自注에 '첩자가 말하기를, 오랑캐들이 세 겹으로 참호를 파 장안성을 둘렀다고 한다[諜者言虜穿塹三重, 環長安城]'라고 되어 있으니 작자는 이를 근거로 오랑캐의 상황을 묘사한 것이다. 후반부는 장안에 대한 상상의 부분으로, 제5~6구에서는 남송군대의 공격이 없어 평안의 연기를 올리는 金의 변방

---

13) '後世但作詩人看, 使我撫几空嗟吝' ≪詩稿≫ 권33, <讀杜詩>.
14) ≪詩稿≫ 권5.

과 金의 병사들이 순찰 돌고 있는 장안의 정경을 상상함으로써 失地 수복의 의지가 없는 남송 조정의 무능함과 암울한 현실 상황을 우회적으로 나타내고 있다. 이어 마지막 제7~8구에서는 북벌에 대한 소망이 실현되지 않아 슬픔과 낙담에 빠져 있을 유민들의 모습을 상상하고 있다.

　　다음 시는 이듬해인 淳熙 2년(1175) 촉주에서 成都로 돌아와 安福院이라는 절에 머물고 있을 때 쓴 것이다.

◎ **長歌行**
　　장가행15)

人生不作安期生,	사람의 인생 秦始皇 때의 신선인 安期生과 같이
醉入東海騎長鯨.	취하여 동해로 들어가 큰 고래를 타지 못할 것이라면,
猶當出作李西平,	다만 唐代의 명장 西平王 李晟과 같이
手梟逆賊清舊京.	손으로 역적을 죽여 옛 도성을 깨끗하게라도 해야 하리.
金印煌煌未入手,	빛나는 황금 도장은 손에 들어오지 않았는데
白髮種種來無情.	가닥가닥 흰머리만이 무심하게 찾아왔네.
成都古寺臥秋晚,	늦가을, 성도의 오래된 절에 누워 있노라니
落日偏傍僧窗明.	지는 해 옆으로 비끼어 승방창이 밝아오네.
豈其馬上破賊手,	어찌 말 위에서 적을 격파할 손으로
哦詩長作寒螿鳴.	오래도록 시나 읊조리며 가을 매미울음을 울리!
興來買盡市橋酒,	흥이 나면 저자거리의 술을 다 사버리니
大車磊落堆長瓶.	커다란 수레에 하나 가득 긴 술병들이 쌓여있네.
哀絲豪竹助劇飲,	애절한 현과 호방한 피리 소리가 폭음을 도우니
如鉅野受黃河傾.	마치 鉅野 못으로 黃河가 기우는 듯.
平時一滴不入口,	평상시에는 한 방울도 입에 넣지 않다가
意氣頓使千人驚.	의기 발동하면 돌연 천 사람을 놀라게 한다네.

---

15) ≪詩稿≫ 권5.

國讎未報壯士老,	나라의 원수 갚지 못하고 壯士는 늙어가니
匣中寶劍夜有聲.	갑 속의 보검은 밤마다 울어대는 도다.
何當凱還宴將士,	언제나 이기고 돌아와 장사들과 잔치할까?
三更雪壓飛狐城.	삼경의 깊은 밤, 눈 덮인 飛狐城에서.

　시는 전후반 10구씩 크게 두 부분으로 나누어져 있다. 전반 10구에서 시인은 사람으로 세상에 태어나 현실 세상에 뜻을 버리고 신선의 삶을 추구하지 않는다면, 주어진 현실에 순응하며 소극적으로 살기보다는 적극적으로 현실에 참여하여 공업을 세우는 것이 마땅하다 말하고 있다. 따라서 오랑캐를 섬멸하고 중원을 수복하는 것이 자신의 유일한 목표이며, 손으로 가을 매미와 같은 처량한 울음의 시를 쓰기보다는 적을 쳐부수는 데 사용하겠다는 굳건한 의지를 나타내고 있는 것이다. 그러나 제7~8구에서 '가을 저녁[秋晚]', '떨어지는 해[落日]' 등으로 가망 없는 현실 상황을 암시하고 있으니, 이러한 현실 상황은 후반 10구에서 나타나는 즉흥적이고 과격한 행동과 참담하고 안타까운 심정의 원인이 되고 있다. 현실과 이상의 부조화로 인한 작자의 자아 분열적 상태는 결국 마지막 제19~20구에서의 실현 가망성 없는 바람으로 끝나고 있다.

　시에서는 이상과 현실 사이에서 좌절을 겪는 인간이라면 누구나 공통으로 나타내게 되는 사고와 행동의 양태, 즉 무기력한 자신의 근본 존재에 대한 부정과 비이성적이고 광폭한 행동 등이 울분과 탄식의 모습을 통해 사실적으로 그려지고 있다. 이런 까닭에 淸人 馬星翼은 이 시를 陸游의 시 중 가장 뛰어난 작품으로 꼽으며 '李白과 杜甫에 비해서는 잘 모르겠지만 元稹이나 白居易보다는 훨씬 뛰어나다'는 평가를 하였고16) 吳闓生 또한 이

---

16) '放翁＜長歌行＞最善, 雖未知與李杜何如, 要已突過元白. 集中似此亦不多見' 馬星翼, ≪東泉詩畵≫.

시를 '호방하고 종횡무진하다[豪邁縱橫]'고 하며 陸游의 작품 중 압권의 작품으로 꼽았다.17)

다음 시를 보자.

◎ 病起書懷(二首其一)
병석에서 일어나 심사를 적다18)

病骨支離紗帽寬,	병든 몸 수척하여 紗帽 또한 큰데
孤臣萬里客江干.	외로운 신하는 만 리 밖에서 강가 客의 신세로다.
位卑未敢忘憂國,	지위는 미천하나 감히 나라 걱정 잊을 수 없으니
事定猶須待闔棺.	한 사람의 평가는 죽은 후를 기다려야 하리.
天地神靈扶廟社,	천지 신령이 宗廟社稷을 부지하니
京華父老望和鑾.	낙양의 백성들은 황제의 수레만을 기다린다네.
出師一表通今古,	<出師表> 이 한 글은 예나 지금이나 통하나니
夜半挑燈更細看.	한밤중에 등불 밝히고 다시 자세히 읽어본다네.

이 시는 淳熙 3년(1176) 성도에 있을 때 쓴 것이다. 이해 9월 육유는 嘉州知事로 임명되는데 부임도 하기 전에 '술에 빠져 방탕한다[恃酒頹放]'는 臺諫의 탄핵을 받아 면직되게 된다. 이에 그는 자신의 號를 방탕한 늙은이라는 뜻의 '放翁'이라 하고 세상에 대한 조롱과 저항의 뜻을 나타내었다. 이 시에서 시인은 비록 면직된 상태에다 건강 또한 좋지 않지만 자신의 신념에 대한 확신과 자부심을 가지고 나라의 안위와 백성의 고통들을 생각하고 있다.

제1~2구에서는 면직되고 난 후 병든 몸으로 객지에서 홀로 지내고 있는 자신의 쓸쓸한 처지를 말하고 있다. 다음 제3~4구에서는 나라에 대한 자신의 걱정이 변함없음을 이야기하며, 비록 면직이 되기는 하였으나 언젠

---

17) ≪陸游詩選≫(仁愛書局), 71면 설명 참조.
18) ≪詩稿≫ 권7.

가는 자신에 대해 올바른 평가가 내려질 것이라는 확신을 나타내고 있다. 다음 제5~6구에서는 宋朝가 유지된 것이 하늘의 도움이었음을 말하고 연이어 함락지의 유민들이 금의 치하에서 벗어나기를 갈망하고 있음을 말함으로써, 이들을 구출하는 것이 바로 하늘이 조정을 부지해 준 이유이며 조정의 당면한 임무임을 강조하고 있다. 마지막 제7~8구에서는 밤 깊도록 제갈량의 출사표를 읽는 자신의 모습을 통해 북벌이 이를 위한 유일한 방법이며, 자신 또한 이에 참가하고 싶다는 소망을 나타내고 있다.

憂國의 결의를 나타내고 있는 중기의 작품 1수를 더 보기로 한다.

◎ 枕上
침상에서[19]

枕上三更雨,	깊은 밤 비 내리는 침상 위,
天涯萬里遊.	생각은 하늘 끝 만 리를 떠도네.
蟲聲憎好夢,	벌레 소리는 단 꿈을 시기하고
燈影伴孤愁.	등 앞의 그림자는 외로운 시름과 짝하고 있네.
報國計安出,	報國의 계책을 어찌해야 내올 수 있을까?
滅胡心未休.	오랑캐 섬멸의 마음은 그침이 없는데.
明年起飛將,	내년에는 飛將軍을 일으켜
更試北平秋.	다시금 右北平의 시기를 열 수 있을는지.

이 시는 이듬해인 淳熙 4년(1177) 成都에 있을 때 쓴 것이다. 제1~2구에서는 밤 깊도록 잠을 이루지 못하고 생각에 빠져 있는 작자의 모습이 나타나 있다. '깊은 한밤중[三更]'이라는 시간적 배경과 '좁은 침상 위'라는 공간적 배경, 게다가 비까지 내리고 있는 상황으로 제시되고 있는 작자의 현실은 시공간적 구애 없이 만 리를 떠돌아다니는 작자의 이상과 대비되어

---

19) ≪詩稿≫ 권9.

더욱 초라함과 안타까움을 느끼게 한다. 따라서 제3~4구에서는 이러한 현실과 이상 사이의 괴리감이 홀로 잠 못 이루는 시름으로 나타나고 있다. 다음 제5~6구에서는 나라에 대한 걱정과 함께 오랑캐 섬멸에 대한 자신의 변함없는 의지를 나타내고 있으며, 마지막 제7~8구에서는 漢代의 장군 李廣을 비유로 들어 북벌을 향한 자신의 소망을 나타내고 있다. 李廣은 匈奴를 정벌한 西漢의 장군으로, 뛰어난 지략과 용맹으로 인해 당시 匈奴는 그를 '飛將軍'이라 불렀다. '右北平' 또한 李廣을 가리키는 것으로, 그는 일찍이 右北平太守를 지냈었다.

다음에서 만기의 작품을 보도록 하자.

◎ 三月二十五夜達旦不能寐
3월 25일 밤, 아침이 되도록 잠을 이루지 못하다[20]

愁眼已無寐,	근심 서린 눈, 이미 잠은 오질 않아
更堪衰病嬰.	늙은 몸에 깊어가는 병을 더욱 견디고 있다네.
蕭蕭窗竹影,	쏴― 하며 흔들리는 창밖의 대나무 그림자,
磔磔水禽聲.	끼룩끼룩 울어대는 물새의 울음소리.
捶楚民方急,	채찍과 회초리에 백성들은 바야흐로 다급한데
煙塵虜未平.	연기와 먼지에 오랑캐는 아직 평정되지 않았네.
一身那敢計,	일신의 일 따위를 어찌 감히 헤아리리!
雪涕爲時傾.	눈물 닦나니 시대가 기울어져 있기 때문이라네.

이 시는 紹熙 5년(1194) 山陰에 있을 때 쓴 것이다. 金과 대치하고 있는 조국의 현실에 대한 걱정과 혹정에 시달리는 백성에 대한 연민으로 밤새도록 잠을 이루지 못하는 안타까운 심정이 나타나 있다.

제1~2구에서는 근심으로 잠 못 이루는 정신적 고통뿐만 아니라, 그로 인해 병마의 통증까지 뜬 눈으로 온전히 느껴야만 하는 육신의 고통까지

---

20) ≪詩稿≫ 권29.

함께 말함으로써 자신이 느끼는 고통을 극대화시키고 있다. 다음 제3~4구에서는 스산하게 흔들리는 대나무와 처연하게 울음 우는 물새를 통해 나라를 위해 헌신하고자 하는 자신의 절개와 혹정에 신음하는 백성들의 고통을 상징적으로 나타내고 있으며, 아울러 각각 한밤중과 새벽녘의 정경 묘사를 통해 잠 못 이룬 고통의 시간들을 형상화시키고 있다. 다음 제5~6구는 앞서 느꼈던 근심의 원인이 무엇이었는지를 말해주는 것으로, 혹정에 시달리는 백성들의 절박한 상황과 아직 전쟁이 끝나지 않은 조국의 암울한 현실을 그 직접적인 원인으로 들고 있다. 마지막 제7~8구에서는 결국 눈물을 흘리고야 마는 자신의 모습을 그리며 그것이 일신에 대한 헤아림에서가 아닌, 기울어진 조국의 운명에 대한 걱정에서 기인한 것을 말하고 있다.

다음 시를 보자.

◎ 憂國
나라를 걱정하며[21]

恩許還山已六年,	恩典으로 허락 받아 山陰에 돌아온 지 어언 6년.
誓憑耕稼餞華顚.	농사지으며 남은 생애 보내리라 맹세하였네.
養心雖若冰將釋,	마음을 길러 이제는 비록 얼음 녹듯 하지만
憂國猶虞火未然.	나라 위한 걱정은 오히려 불타지 않을까 걱정하네.
議論孰能忘忌諱,	議論에 누군들 거리낌이 없을 수 있으리,
人材正要越拘攣.	인재는 선입견에서 벗어나야 한다네.
群公亦采蒭蕘否,	그대들 또한 백성의 의견을 받아들이지 않겠소?
貞觀開元在目前.	貞觀, 開元의 성세가 눈앞에 있게 될 터인데.

이 시 또한 紹熙 5년(1194) 山陰에 있을 때 쓴 것으로, 산음에서의 생활

---

21) ≪詩稿≫ 권30.

을 회고하며 나라에 대한 걱정으로 정사에 대한 자신의 견해를 피력하고 있다. 역대 최고의 우국시인으로서 수많은 우국시를 썼던 육유였지만 정작 <憂國>을 시제로 한 작품은 이 시가 유일하다. 제1~2구에서 육유는 고향으로 돌아오면서 이제부터는 현실을 잊고 농사나 지으며 살겠다고 결심했음을 말하고 있다. 그러나 그 자신은 평생 道學을 가까이하지 않았으며,22) 위국헌신의 결의 또한 변하지 않았기에 이는 현실의 절망에 의한 일시적인 반감일 따름이었다. 따라서 제3~4구에서 비록 수양하고 마음을 다스려 범사에 있어 이미 초연해졌으나 憂國에 있어서만은 오히려 타오르지 않을까 연연해하며 걱정하고 있는 것이다. 마지막 제5~8구는 조정의 관료들에 대한 당부의 말로, 언로를 개방하고 인재를 고루 등용한다면 다시금 貞觀·開元 연간과 같은 태평성대를 맞이할 수 있으리라 말하고 있다.

다음 시를 보자.

◎ **新春**
새로운 봄23)

老境三年病,	늙은 몸으로 삼 년을 병들었는데
新元十日陰.	새해 원년에 열흘 동안 어둡구나.
疎籬枯蔓綴,	성긴 울타리에는 메마른 담쟁이만 무성하고
壞壁綠苔侵.	무너진 성벽에는 푸른 이끼가 끼었도다.
憂國孤臣淚,	나라를 근심하는 외로운 신하의 눈물이여!
平胡壯士心.	오랑캐를 평정하고픈 장사의 마음이여!
吾非兒女輩,	내 아녀자의 무리가 아니니
肯賦白頭吟.	어찌 <白頭吟>이나 짓고 있으리.

慶元 원년(1195) 봄, 山陰에 있을 때 쓴 것이다. 육유는 비록 늙고 병든

---

22) 앞의 <長歌行> 1, 2구 참조.
23) ≪詩稿≫ 권31.

몸이지만 나라를 걱정하고 오랑캐를 평정하려는 壯士의 마음은 여전함을 말하고 있다. 제1~2구에서는 새로운 원년에 날이 열흘이나 어둡다는 말을 통해 새로운 황제의 치세를 맞이하는 심정이 그다지 밝지 않음을 은유적으로 나타내고 있다. 이 해는 趙汝愚와 韓侂胄 등이 공모하여 光宗을 폐위하고 寧宗을 새로이 옹립하고 맞는 첫해였다. 비록 새로운 황제가 등극하였지만 조정은 여전히 주화파들에 의해 장악이 된 상태였고 金과의 굴욕적인 화친상황이 변화될 기미는 전혀 없었다. 따라서 육유에게 있어 미래는 여전히 암울하기만 하였으며, 이런 까닭에 새해의 하늘 역시 어둡기만 한 것이었다. 제3~4구에서 묘사된 '성긴 울타리[疎籬]', '메마른 담쟁이덩굴[枯蔓]', '무너진 성벽[壞壁]', '푸른 이끼[綠苔]'는 국가의 허술한 방어 상태와 오랜 시간의 경과를 상징하고 있으며, 다음 재5~6구에서의 孤臣이 눈물을 흘리게 되는 직접적인 원인으로 작용하고 있다. 그러나 마지막 제7~8구에서는 다만 무기력하게 세월의 덧없음을 노래하는 데에만 머무르지는 않겠다는 말로써 다시금 항전의 결의를 다지고 있다.

　다음 시를 보자.

◎ 衰疾
　쇠하여 병들고24)

衰疾支離負聖時,	쇠하여 병들고 등은 굽어 聖明의 시대를 저버리고
猶能采菊傍東籬.	다만 동쪽 울타리 가에서 국화나 캘 수 있다네.
捉襟見肘貧無敵,	옷깃을 잡으면 팔뚝이 보이니 가난함은 무적이요,
聳膊成山瘦可知.	어깨 솟아 산을 이루니 여윈 것을 알 수 있다네.
百歲光陰半歸酒,	백 년 세월을 반은 술로 보내고
一生事業略存詩.	일생에 한 일이라야 약간 시를 남긴 것뿐.
不妨擧世無同志,	온 세상에 뜻이 같은 이 없어도 무방하나니

---

24) ≪詩稿≫ 권64.

會有方來可與期.	장차 반드시 함께 기약할 수 있는 이가 있으리.

이 시는 開禧 원년(1205) 81세 때 山陰에서 쓴 것이다. 인생의 말년에 이르러 작자는 현재의 자신의 모습과 지나온 삶의 모습을 되돌아보고 있다. 제1~4구에서 작자는 이미 많이 늙고 능력조차 없으며, 생활은 누구보다도 빈한하고 건강 또한 좋지 않은 현재의 자신의 모습을 발견한다. 또한 제5~6구에서는 인생의 절반을 술로 허비하고 이룬 것이라고는 약간에 시편에 불과한 지금까지의 삶을 돌아보며 아쉬움의 심정을 나타내고 있다. 그러나 이와 같은 감회가 다만 서글프거나 애처롭게만 느껴지지는 않으니, 그것은 마지막 제7~8구에서의 당당함과 확신처럼, 자신의 의지에 대한 자부심과 훗날에 대한 기대감이 시인으로 하여금 남은 하루하루를 꿋꿋이 살아갈 수 있도록 해주는 힘의 원천이 되고 있기 때문이다.

이듬해인 開禧 2년(1206) 82세 때 쓴 다음 시에서도 현실에 좌절하지 않는 작자의 굳은 결의가 나타나 있다.

◎ **憶昔**
옛날을 생각하며[25]

憶昔梁州夜枕戈,	옛날 梁州에서 밤에 창을 베던 때를 생각하나니,
東歸如此壯心何.	이처럼 동으로 돌아와 버려 壯士의 마음을 어이할까나?
蹉跎已失邯鄲步,	비틀거리며 이미 邯鄲의 걸음걸이를 잃었고
悲壯空傳勅勒歌.	비장한 마음은 헛되이 <勅勒歌>만 전한다네.
今日扁舟釣煙水,	오늘은 조각배 타고 안개 낀 강에서 낚시하지만
當時重鎧渡冰河.	당시에는 무거운 갑옷 입고 얼음 강을 건넜었지.
自憐一覺寒窗夢,	외진 書窗에서 잠깨는 신세 스스로도 가련하지만
尙想浯溪石可磨.	생각만큼은 오히려 浯溪의 돌을 갈 수 있다네.

---

25) ≪詩稿≫ 권68.

　　벌써 수십 년의 시간이 흐른 뒤이지만, 젊은 시절의 행적은 여생을 얼마 남기지 않은 노년의 작자에게 또렷한 기억으로 찾아오고 있음을 알 수 있다. 제1~6구에서 작자는 치열하고 강건했던 젊은 시절을 회상하며, 쇠약해진 육신으로 낚시하고 책이나 보며 소일하는 지금의 삶을 가련하게 여기고 있다. 그러나 마지막 제7~8구에서 비록 몸은 예전 같지 않을지언정 중원회복의 생각만은 浯溪의 돌[26]을 갈아버릴 정도로 굳건함을 말하고 있다.

　　다음 시는 嘉定 2년(1209) 임종하던 해인 85세 때에 쓴 것이다.

◎ **琴劍**
거문고와 칼[27]

流塵冉冉琴誰鼓,	떠도는 먼지 쌓여가니 거문고를 누가 뜯을까나?
漬血斑斑劍不磨.	적신 피 얼룩덜룩하여도 칼을 갈지 않는다네.
俱是人間感懷事,	이 모든 것 인간세상 감회 어리게 하나니,
豈無壯士爲悲歌.	비장한 노래 부를 壯士 어찌 없단 말인가!

　　開禧 2년(1206) 4월, 主和派의 핵심인물이었던 秦檜의 작위와 시호가 삭탈되고, 드디어 그해 5월부터 육유가 그토록 바라던 북벌이 시작되었다. 그러나 북벌은 실패로 돌아가고 嘉定 원년(1208) 9월, 南宋 조정은 金과 더욱 굴욕적인 화약을 맺게 되었으니, 이 과정을 지켜본 육유는 더욱 극심한 좌절과 절망에 빠지게 되었다.

　　시에서는 제1~2구에서 자신의 아픔을 함께 하고 이해해 줄 수 있는 知音 하나 없고, 나아가 더 이상의 북벌의 준비 또한 할 수 없는 암울한 현실을 말하고 있다. 다음 제3~4구에서는 이로 인한 비탄이 좌절과 절망에

---

26) ‘浯溪’는 지금의 湖南省 祁陽縣 부근에 있다. 唐代 肅宗이 長安과 洛陽을 수복하였을 때, 元結은 敬賀하며 <大唐中興頌>을 지어 浯溪의 돌에 새겼다.
27) ≪詩稿≫ 권78.

눈물짓는 통한의 절규로 나타나고 있다. 마지막 제5~8구는 壯士에 대한 갈구와 기대감에 대한 표현으로 볼 수도 있을 것이다. 그러나 당시의 정세와 그로 인했을 시인의 심정, 그리고 이제는 이미 80세를 훌쩍 넘겨버린 시인의 나이를 생각해 보았을 때 이보다는 절망감에 대한 토로로 보는 것이 옳을 듯하다.

이상에서 위국헌신을 향한 육유의 결의와 소망이 나타난 시들을 시기별로 살펴보았다. 그 결과 그의 이러한 결의는 시기 구분을 넘어서 전 시기에 걸친 공통으로 나타나고 있으며 그 강도 또한 변함이 없음을 알 수 있었다. 표현상에 있어 굳이 시기별 차이를 찾는다고 한다면, 위국헌신에 대한 초기의 결의들이 많은 부분 미래에 대한 낙관적인 전망들과 함께 결합되어 나타나는 반면, 중기에 들어오면서부터는 주로 현실에 대한 안타까움과 결합되어 나타나고, 만기에는 비분의 감정과 결합되어 보다 간절하고 절박하게 표현되고 있는 점을 들 수 있을 것이다. 다음에서 이러한 결의가 오랑캐를 무찌르는 통쾌한 모습이나 자신의 격정적인 기개의 표출로 나타나는 경우를 보기로 한다.

2) 激情의 表出

육유의 초기 우국시 중에 격정을 표출하는 시는 찾아볼 수 없다. '激情의 表出'이라는 우국의 표현양태는 中期와 晩期의 특징이며 그 중에서도 중기, 특히 '在蜀時期' 10년간의 가장 두드러진 특징이기도 하다.

다음에서 중기의 작품을 몇 수 감상해보기로 한다.

◎ 三月十七日夜醉中作
3월 17일 밤, 술에 취하여 쓰다[28]

前年膾鯨東海上,	전년에 동해에서 고래를 잘게 썰 때는
白浪如山寄豪壯.	산같은 흰 파도에 호방함을 기탁했었고,
去年射虎南山秋,	작년에 가을 남산에서 호랑이를 사냥할 때는
夜歸急雪滿貂裘.	돌아오는 밤길에 갖옷 가득 눈보라였지.
今年摧頹最堪笑,	올해에는 의기 꺾이어 정말 우습기만 하니,
華髮蒼顏羞自照.	흰 머리 창백한 얼굴, 스스로도 부끄럽도다.
誰知得酒尙能狂,	누가 알리, 술 마시면 항상 미쳐버릴 수 있음을.
脫帽向人時大叫.	모자 벗고 사람들을 향해 크게 소리 지르네.
逆胡未滅心未平,	반역의 오랑캐 멸망되지 않아 마음 편치 않은데
孤劍床頭鏗有聲.	외로운 검은 침상 머리에서 쟁쟁 소리를 내네.
破驛夢回燈欲死,	허름한 驛舍에서 꿈 깨니 등불은 꺼지려 하는데
打窻風雨正三更.	창문을 때리는 비바람, 완전히 한밤중이도다.

乾道 9년(1173) 3월, 蜀州通判으로 있을 때 쓴 시이다. 시에서는 각각 4구씩 크게 세 부분으로 나누어 '과거에 대한 회상'과 '현실에 대한 저항', '우국의식의 표출'을 나타내고 있다. 첫 번째 단락의 제1~2구는 작자가 이전 寧德縣의 主簿로 있으며 배를 타고 나가 고기를 잡아먹던 일을 회상한 것이며, 다음 제3~4구는 일년 전 南鄭에서 종군할 때 終南山에서 수렵을 하던 일을 회상한 것이다.[29] 다음 제5~8구는 현실에 대한 저항을 나타낸 것으로, 옛날의 기개와 정열이 발휘될 기회를 얻지 못하여 울분으로 표

---

28) ≪詩稿≫ 권3.

29) 제1~2구에 묘사된 '膾鯨'은 과장의 수법을 사용한 것으로 실제와는 거리가 있다. 그러나 다음 제3~4구의 '射虎'는 실제의 일을 말한 것이다. <十月二十六日夜, 夢行南鄭道中, 旣覺怳然, 攬筆作此詩, 時且五鼓矣>(권14) 시에서 '분한 창 앞으로 한 채 호랑이와 사람이 마주하니, 蒼崖에 포효 소리는 찢기고 피는 쏟아 붓는 듯하네(奮戈直前虎人立, 吼裂蒼崖血如注)'라고 말한 것처럼, 호랑이를 사냥하는 일은 육유의 南鄭 시절 詩에서 자주 나타나고 있다.

출되는 상황을 그리고 있다. 마지막 제9~12구에서는 재능을 펼쳐 보이지도 못한 채 갑 속에만 갇혀있는 '孤劍'으로 자신을 비유하고 위태로운 조국의 운명을 '꺼지려는 등잔불'로, 암울한 미래를 '비바람 몰아치는 한밤중'으로 상징하고 있다. 이 시 전체적으로는 호방하고 거침없는 필체로 쓰여지고 있지만, 이면에 깔려있는 안타까움이 비장한 느낌을 느끼게 한다.

다음 시를 보자.

◎ 八月二十二日嘉州大閱
　　8월 22일 嘉州에서 크게 열병하며[30]

陌上弓刀擁寓公,	길 위의 활과 칼은 나를 둘러싸고
水邊旌旆卷秋風.	물가의 깃발은 가을바람에 말리네.
書生又試戎衣窄,	書生이 입은 전투복은 꽉 조이고
山郡新添畫角雄.	山城에 새로 설치한 號角은 웅장하도다.
早事樞庭虛畫策,	일찍이 樞密院에 있을 때 헛된 계책들 올렸고
晚遊幕府媿無功.	뒤늦게 幕府에 와서는 공적 없음이 부끄럽네.
草間鼠輩何勞磔,	풀 사이 쥐들을, 어찌 번거롭게 찢어 죽이리,
要挽天河洗洛嵩.	은하수 물 끌어와 洛水와 嵩山을 씻어버리리!

이 시는 乾道 9년(1173) 攝知嘉州로 있을 때 嘉州의 군대를 閱兵하고 쓴 것이다. 이 시기 그는 항상 전투복 차림을 하며 몸소 전선을 점검하고 다녔는데, 당시의 이런 모습이 이 시를 통해서도 나타나고 있다. 시는 내용상 크게 두 부분으로 나누어지고 있다. 제1~4구는 군대를 열병할 때의 모습을 묘사한 것으로, 늠름한 병사들의 기세와 결의에 찬 자신의 모습, 북벌에 대한 만반의 준비가 되어 있는 가주의 상황들이 나타나 있다. 제5~8구는 과거에 대한 회상과 결의 부분으로, 제5~6구에서 시인은 과거 樞密

---

30) ≪詩稿≫ 권4.

院에 있을 때나 지금 전선에 나와 있을 때나 모두 아무런 성과도 없는 것에 부끄러워하고 있다. 육유는 臨安에서 추밀원편수관으로 있을 때, 孝宗에게 여러 차례 상소하여 행정기구를 간소화하고 법령을 정비하며 직임에 맞지 않는 관리들을 면직시킬 것을 건의하였으나, 모두 받아들여지지 않았다. 또한 이 곳 蜀지역에 부임해서도 이내 막부가 해산되어 북벌의 과업이 결국 수포로 돌아가고 말았으니, 시인은 어느 곳에서도 공업이 없는 자신의 처지에 대해 안타까워하고 있는 것이다. 마지막 제7~8구에서는 오랑캐들을 하나하나 창과 칼로 제거하기보다는 은하수의 물을 끌어와 한 번에 쓸어내 버리겠다는 호방한 기개를 드러내고 있다.

다음 시를 보자.

◎ 金錯刀行
황금으로 주조한 칼의 노래[31]

黃金錯刀白玉裝,	황금으로 주조한 칼, 백옥으로 장식이 되어 있어
夜穿窗扉出光芒.	한밤중에도 창문을 뚫고 빛이 뻗어나가네.
丈夫五十功未立,	장부 오십에 공을 세우지 못하니
提刀獨立顧八荒.	칼 들고 홀로 서서 팔방 끝을 바라보네.
京華結交盡奇士,	서울에서 맺은 교우 모두가 뛰어난 사람들이어,
意氣相期共生死.	의기투합하여 생사를 함께 하기로 기약했었네.
千年史策恥無名,	천년 사책에 이름이 없음을 부끄러워하나니
一片丹心報天子.	일편단심으로 천자에 보답하리.
爾來從軍天漢濱,	근래 漢水 가에 종군하여 보니
南山曉雪玉嶙峋.	새벽 눈 내린 終南山은 玉山처럼 들쭉날쭉하였지.
嗚呼,	오호라!
楚雖三戶能亡秦,	楚는 비록 세 집만으로도 秦을 멸할 수 있다 하였으니
豈有堂堂中國空無人.	당당한 중국에 어찌 사람이 없으리!

---

31) 《詩稿》 권4.

乾道 9년(1173) 10월, 攝知嘉州로 있을 때 쓴 것이다. 같은 해에 쓴 ＜寶劍吟＞ 시32)에서 공을 세우지 못하고 갑 속에만 들어 있는 보검에 자신을 비유했던 것처럼, 작자는 이 시에서도 보검에 자신을 기탁하고 있다. 제1~2구에서는 한밤중에도 쇠하지 않고 오히려 창문을 뚫고 나가는 보검의 찬란한 광채를 통해 고난과 좌절 속에서도 식지 않고 오히려 더 굳건해지는 자신의 결의를 비유적으로 나타내고 있으며, 다음 제3~4구에서는 칼을 들고 팔방을 응시하는 모습을 통해 이를 보다 직접적으로 드러내고 있다. 다음 제5~8구는 과거에 대한 회상과 감회 부분으로, 수많은 우국지사들과 교유하며 죽음으로써 功名을 이루겠다는 결의를 다졌으나 아직까지 아무런 성과도 없는 것을 부끄러워하며 이에 다시금 爲國獻身하겠다는 각오를 다지고 있다. 마지막 제9~12구에서는 남정에 종군했었을 때의 기억을 떠올리며 중원회복에 대한 희망과 자신감을 나타내고 있다.

다음 시를 보자.

◎ 胡無人
　　오랑캐 없어지도다33)

鬚如蝟毛磔,	수염은 고슴도치의 털처럼 갈라져 뻗어 있고
面如紫石稜.	얼굴은 붉은 돌처럼 마르고 각이 져 있네.
丈夫出門無萬里,	장부 문을 나섬에 만 리를 멀다하지 않으니
風雲之會立可乘.	좋은 기회를 틈타 가히 공업을 세울 수 있으리.
追奔露宿青海月,	적을 쫓아 靑海의 달 아래에서 노숙하고
奪城夜蹋黃河氷.	성을 빼앗으려 밤중에 黃河의 얼음을 딛었네.
鐵衣度磧雨颯颯,	철갑 옷 돌길 지날 때 비바람 몰아치고
戰鼓上隴雷憑憑.	전쟁의 북소리 隴山 오를 때 천둥소리 울렸네.
三更窮虜送降款,	깊은 밤 포위된 오랑캐들이 항복 문서 보내오니

---

32) ≪詩稿≫ 권4.

33) ≪詩稿≫ 권4.

天明積甲如丘陵.	날이 밝아 갑옷이 구릉처럼 쌓였네.
中華初識汗血馬,	중국은 처음으로 汗血馬를 보게 되었고
東夷再貢霜毛鷹.	東夷는 다시금 흰털의 매를 조공하였네.
群陰伏,	모든 陰氣는 사라지고
太陽昇,	태양이 떠오르니,
胡無人,	오랑캐는 없어지고
宋中興.	宋은 중흥하였도다.
丈夫報主有如此,	장부가 임금께 보답함이 이와 같거늘,
笑人白首蓬窗燈.	우습도다, 흰머리에 초가 창 등불 앞에 앉아 있는 書生이여.

이 시 역시 乾道 9년(1173) 攝知嘉州로 있을 때에 쓴 것이다. <胡無人>은 古樂府의 제목으로, 작자는 제목의 뜻을 차용하여 이 시의 제목으로 사용하였다. 작자의 호방한 기개가 여실히 표출된 작품으로, 시의 전 부분이 작자의 상상으로 이루어져있다. 句型에 있어서는 불규칙적으로 사용된 3자, 5자, 7자구들이 시의 전반적인 기세를 보다 강렬하고 격정적으로 느끼게 하는 역할을 하고 있다. 제1~4구에서는 立功을 사명으로 하는 장부를 등장시켜 장부의 결연한 의지를 말하고 있으며, 다음 제5~12구에서는 장부가 불굴의 기상과 호방한 기개로 오랑캐를 섬멸하는 모습이 실감나게 묘사되고 있다. 다음 제13~16구에서는 장부의 공로로 인해 송나라가 다시 중흥하였음을 말하고, 마지막 제17~18구에서는 丈夫와 대비시켜 학문에만 빠져 있는 書生을 비웃고 있다.

비록 표면상으로는 장부와 서생이 대비되고 있으나, 사실 이 둘은 모두가 시인 자신의 모습을 나타낸 것이라 할 수 있다. 즉 장부가 시인이 갈구하고 소망하는 이상 속에서의 자신이라고 한다면, 서생은 무기력한 채 아무것도 이룬 것이 없는 현실 속의 자신이기 때문이다.

다음 시를 보자.

◎ **題醉中所作草書卷後**
취중에 지은 초서권을 題한 후에[34]

胸中磊落藏五兵,	가슴 속엔 다섯 가지 무기 가득 쌓여 있는데
欲試無路空崢嶸.	사용하려 해도 길이 없어 헛되이 솟아있기만 하네.
酒爲旗鼓筆刀槊,	술로 깃발과 북을 삼고, 붓으로 칼과 창을 삼으니
勢從天落銀河傾.	기세는 하늘에서 떨어져 내려 은하수를 기울이네.
端溪石池濃作墨,	端溪의 石池에 진하게 먹물을 만들어
燭光相射飛縱橫.	촛불 비추고 종횡으로 휘갈기네.
須臾收卷復把酒,	순식간에 두루마리 거두고 다시 술잔 잡으니
如見萬里煙塵淸.	만 리의 봉화와 먼지가 깨끗해짐을 보는 듯.
丈夫身在要有立,	장부로 세상에 태어남에 功이 있어야 하리니,
逆虜運盡行當平.	오랑캐들 운 다했으니 가면 응당 평정되리로다.
何時夜出五原塞,	어느 때나 밤중에 五原塞를 나서
不聞人語聞鞭聲.	사람 소리는 들리지 않고 채찍 소리만 들리리.

淳熙 3년(1176)년 成都에 있을 때에 쓴 것으로, 草書의 필법을 적과 대적하는 군사행동과 결합시켜 시인의 격정적인 기개를 보다 강렬하게 표출하고 있다. 육유에게 서예는 단순히 무료함을 달래는 소일거리나 혹은 군자가 기본적으로 지녀야할 기예 차원에만 머무는 것은 아니었다. 실제 육유는 南宋代 저명한 서예가이면서,[35] 특히 초서로 높은 명성을 얻고 있었

---

34) ≪詩稿≫ 권7.
35) 朱熹는 ≪朱子文集≫에서 '육유의 筆札은 정묘하면서 뜻은 高遠한데 있다(務觀筆札精妙, 意存高遠)'라 하였으며, 明代 文彭은 '인품이 이미 高雅하여, 글을 쓰면 다른 사람과 다름이 있다(人品旣高, 下筆自有不同者也)'라고 하였다. 또한 明代 張丑則도 '放翁의 글씨는 飄逸하니, 그 自書詩 한 권은 글자의 모양이 굳세고 힘이 있어 가히 사랑스럽다(放翁書迹飄逸, 其自書詩一卷, 字畵遒勁可愛也)'라고 하였다. 胡傳海, ≪陸游自書詩稿≫(上海書畵出版社) 해제에서 재인용.

다.36) 草書의 ‘一筆揮之’하는 필법은 은하수의 물로 일시에 오랑캐를 쓸어 버리고37) 단숨에 중원을 회복하고자 한 그의 기개와 완전히 일치하는 것이었으며, 이러한 까닭에 많은 시를 통해 草書 쓰는 모습으로 자신의 의지를 투영하여 표현하였던 것이다.38) 그에 있어 草書는 이상의 대리만족이자 현실적 울분의 배출구였던 것이다.

다음 시를 보자.

◎ 劍客行
검객의 노래39)

我友劍俠非常人,	내 친구 검객은 보통사람이 아니어
袖中靑蛇生細鱗.	소매 속 푸른 뱀에 잔 비늘이 돋아 있다네.
騰空頃刻已千里,	공중으로 날아오르면 순식간에 이미 천리 밖이고
手決風雲驚鬼神.	손으로 풍운을 가르니 귀신도 놀라게 한다네.

---

36) 육유 草書의 성취에 대해 趙翼은 ≪甌北詩話≫ 권17에서 다음과 같이 언급하였다. ‘放翁은 서예로 유명하지는 않았지만 草書는 실로 일세에 뛰어나다. 그 <題醉中所作草書> 시에서 이르기를 (…중략…) 이것은 放翁이 草書의 공력에 있어 거의 신비롭고 변화무쌍한 경지에 이른 것이라 할 수 있다. 애석하게도 지금은 전하질 않고 또한 그 글을 잘 썼던 것을 아는 이도 없으니 대개 시의 명성에 가려진 것이다(放翁不以書名, 而草書實橫絶一時. 其自題醉中所作草書云 … 是放翁於草書工力, 幾於出神入化. 惜今不傳, 且無有能知其善書者, 蓋爲詩名所掩也).’
조익은 육유의 초서가 전해지지 않는다고 아쉬워하고 있는데, 앞 注에 인용한 ≪陸游自書詩稿≫에 <記東村父老言> 시를 비롯한 총 7편의 초서체 시가 실려 있어 육유 초서의 면모를 엿볼 수 있다.
37) ‘要挽天河洗洛嵩’ <八月二十二日嘉州大閱>, 앞의 시.
38) ‘草書’를 제목으로 차용하고 있는 작품으로는 <醉後草書歌詩戲作>(≪詩稿≫ 권4), <草書歌>(≪詩稿≫ 권14), <八月五日, 夜半起飮酒作草書數紙>(≪詩稿≫ 권15), <醉中草書因戲作此詩>(≪詩稿≫ 권19), <觀蘇滄浪草書絹圖歌>(≪詩稿≫ 권22), <草書歌>(≪詩稿≫ 권58), <夜臥久不得寐復披衣起, 呼燈作草書數紙>(≪詩稿≫ 권59) 등이 있으며, 이외 ‘覆氈草軍書, 不畏寒墮指’(≪詩稿≫ 권2, <投梁參政>)와 같이 작품 속에서 초서를 쓰는 장면이 나오는 것들까지 합하면 총 20수에서 초서를 쓰는 모습이 묘사되고 있다.
39) ≪詩稿≫ 권7.

<table>
<tr><td>荊軻專諸何足數,</td><td>荊軻와 專諸에 어찌 비교될 수 있으리</td></tr>
<tr><td>正晝入燕誅逆虜.</td><td>대낮에 燕 땅에 들어가 오랑캐를 베어 버렸네.</td></tr>
<tr><td>一身獨報萬國讎,</td><td>혈혈단신 홀로 만국의 원수를 갚고</td></tr>
<tr><td>歸告昌陵淚如雨.</td><td>돌아와 昌陵에 고하니 눈물은 비 오듯 흐르네.</td></tr>
</table>

이 시는 淳熙 3년(1176) '恃酒頹放'이라는 죄명으로 嘉州知事에서 면직되어 成都에 머무르고 있을 때에 쓴 것이다. 시인은 앞서 <胡無人>에서의 '丈夫'와 같이 '劍客'이라는 자신의 이상적 自我를 설정하여 현실에서 이루지 못한 꿈을 대신하여 실현시키고 있다. 제1~4구는 검객에 대한 묘사 부분으로, 상서로운 보검을 지닌 검객의 뛰어난 공력과 호방한 기세를 묘사하고 있다. 제5~8구는 시인의 상상 부분으로, 혈혈단신으로 적진에 들어가 일거에 金을 섬멸하는 검객의 영웅적 행동과 失地 수복의 기쁨을 눈물로 태조의 묘에 고하는 감동적인 상황이 그려지고 있다.

다음 시를 보자.

◎ 萬里橋江上習射
萬里橋 강 위에서 활쏘기를 연습하다[40]

<table>
<tr><td>坡隴如濤東北傾,</td><td>산언덕은 파도와 같이 동북으로 기울어져 있는데</td></tr>
<tr><td>胡牀看射及春晴.</td><td>맑은 봄날, 의자에 앉아 활쏘기를 구경하도다.</td></tr>
<tr><td>風和漸減雕弓力,</td><td>바람은 따스하여 활의 힘을 점점 감소시키지만,</td></tr>
<tr><td>野迥遙聞羽箭聲.</td><td>들판 멀리에서도 화살 소리 아득히 들려오도다.</td></tr>
<tr><td>天上欃槍端可落,</td><td>하늘의 혜성조차 진정 떨어뜨릴 수 있으니</td></tr>
<tr><td>草間狐兎不須驚.</td><td>수풀 사이 여우와 토끼 따위는 놀랠 필요 없도다.</td></tr>
<tr><td>丈夫未死誰能料,</td><td>장부 아직 죽지 않았으니, 누가 헤아릴 수 있으리</td></tr>
<tr><td>一箭他年下百城.</td><td>화살 하나로 언젠가 백 개의 城을 정복할지를.</td></tr>
</table>

---

40) ≪詩稿≫ 권8.

　　이 시는 淳熙 4년(1177) 봄, 成都에 있으며 쓴 것이다. 당시 시인은 관직에서 면직되어 있는 상태였는데 시의 내용상 군사들의 활 연습을 구경하고 있는 것으로 보아, 이 시는 이전 南鄭에서 종군할 때의 군사훈련 모습을 회상하며 쓴 것으로 여겨진다. 그러나 이해 정월 '지금부터 내외의 제 군사들은 일 년에 한차례 시험을 치르고, 강에 연해 있는 제 군사들은 일 년에 두 번 水戰을 익히라'는 황제의 조서가 있었음을 감안하면[41] 이를 반드시 회상으로만 단정 지을 수는 없을 듯하며, 조서에 따라 당시 병사들이 실제로 행했던 첫 번째 수전훈련의 모습을 보고 쓴 것으로도 볼 수 있을 것이다.

　　제1~2구에서는 훈련이 이루어지고 있는 시공간적 배경이 나타나 있으며, 다음 제3~4구에서는 온화한 봄날의 날씨로 인해 활의 힘이 점점 약해지기 마련이지만, 군사들의 열의로 인해 멀리 떨어져 있는 곳에서도 오히려 활 소리를 들을 수 있음을 말하고 있다. 다음 제5~6구에서는 혜성이나 상대할 뿐 여우나 토끼에는 관심도 없다는 말로써 자신들의 군사력이 막강하고 병사들의 사기가 충천되어 있음을 말하고 있으며, 마지막 제7~8구에서는 비록 현실에서는 아무런 성과가 없으나 이에 절망하지 않고, 미래에 대한 희망과 호방한 기개로써 중원회복에 대한 자신감을 드러내고 있다.

　　마지막으로 중기의 시 중 在山陰時期의 시 1수를 더 보기로 한다.

◎ 三江舟中大醉作
　　三江의 배 안에서 크게 취하여 쓰다[42]

志欲富天下,	뜻은 천하를 부유하게 하고자 하였으나
一身常苦飢.	일신은 항상 고달프고 주리기만 하였고

---

41) '四年春正月戊申詔, 自今內外諸軍, 歲一閱試. 庚申詔, 沿江諸軍歲再習水戰' ≪宋史·孝宗≫ 권34.
42) ≪詩稿≫ 권14.

氣可呑匈奴,	기세는 가히 흉노를 삼킬 수 있으나
束帶向小兒.	띠 매고서 어린아이와 같은 상사를 배알하였네.
天公無由問,	天公에게는 물어볼 방법도 없고
世俗那得知.	세속의 사람들이야 어찌 알 수 있으리.
揮手散醉髮,	손 휘둘러 취한 머리칼 흐트러뜨린 채
去隱雲海涯.	구름 자욱한 바닷가로 숨어버리려 떠나가네.
風息天鏡平,	바람 잦아지니 하늘의 거울처럼 평탄하고
濤起雪山傾.	파도 일어나니 눈 덮인 산인 양 기울어지네.
輕帆入浩蕩,	가벼운 돛배로 거친 바다로 들어가니
百怪不可名.	백 가지 괴이한 것들 다 이름 부를 수도 없네.
虹竿秋月鉤,	무지개로 장대 삼고 가을 달로 갈고리를 삼으니
巨鰲倘可求.	커다란 자라도 아마 잡을 수 있으리.
滅迹從今逝,	세상 흔적 없애고 이제 떠나가나니
回看隘九州.	고개 돌려 돌아봄에 온 세상이 좁아 보이네.

淳熙 9년(1182) 山陰에 한거할 때 쓴 시이다. 제목에서 三江은 曹娥江, 錢淸江, 浙江을 가리키는 것으로, 작자가 있는 곳은 이 세 강이 합류하는 바다 어귀이다. 배를 타고 강을 따라 유람하며 바다 어귀까지 내려온 작자는 천하에 공업을 세우려 했던 자신의 이상과 초라하고 부끄럽기만 한 현실과의 괴리감을 느끼며, 자포자기적인 심정으로 더 이상의 희망이 없는 현실 세상과의 단절을 시도하고 있다. 시는 8구씩 크게 두 부분으로 나누어진다. 前半 제1~8구에서는 이상과 괴리된 현실의 초라한 삶과 현실 상황을 타개할 어떠한 계책도 마련할 수 없어 결국 세상과 작별하여 떠나가는 시인의 모습이 나타나 있다. 後半 제9~16구에서는 시시각각으로 변화하며 수많은 생명체들이 혼재되어 있는 자연의 다양하고 광대한 모습과 그 속에 귀의하여 매일 것 없이 자유로운 삶을 살아가고자 하는 시인의 바람과 호방한 기상이 나타나 있다.

다음으로 만기의 작품을 감상해보기로 한다.

◎ 醉歌

취하여 부르는 노래43)

讀書三萬卷,	삼만 권의 책을 읽었으나
仕宦皆束閣.	벼슬한 후론 모두 누각에 묶어 두었고
學劍四十年,	사십 년 검술을 익혔으나
虜血未染鍔.	오랑캐의 피로 칼날을 적시지 못하였네.
不得爲長虹,	기다란 무지개 되어
萬丈掃寥廓.	만 장으로 드리워 넓은 하늘을 쓸어버리지 못하고
又不爲疾風,	또 질주하는 바람 되어
六月送飛雹.	유월에 흩날리는 우박을 뿌리지도 못하였네.
戰馬死槽櫪,	戰馬는 마구간에서 죽어가는데
公卿守和約.	公卿大臣들은 화친 조약만을 지키고 있으며
窮邊指淮泚,	먼 변방 하면 淮水와 泚水를 가리키고
異域視京雒.	이역 땅 하면 卞京과 洛陽을 바라보고 있네.
於乎此何心,	오호라, 이 어떠한 마음인가!
有酒吾忍酌.	술은 있으나 내 차마 마실 수 있겠는가?
平生爲衣食,	평생토록 입고 먹는 것을 위하여
斂版靴兩脚.	홀을 들고 양발에는 가죽신을 신었었네.
心雖了是非,	마음엔 비록 옳고 그름이 명확하지만
口不給唯諾.	입으로는 말 못하고 예, 예 하기만 하다가
如今老且病,	이제 늙고 병들어
鬢禿牙齒落.	머리칼은 다 빠지고 이도 빠지고 말았네.
仰天少吐氣,	하늘을 우러러 조금이나마 울분을 토해내면
餓死實差樂.	굶어 죽을지라도 진정 조금은 즐겁나니.
壯心埋不朽,	굳건한 마음은 묻혀도 썩지 않고
千載猶可作.	천년 후에라도 오히려 되살아날 수 있으리!

---

43) ≪詩稿≫ 권21.

이 시는 實錄院檢討官에서 파직되어 山陰으로 돌아온 이듬해인 紹熙 원년(1190) 여름에 쓴 것이다. 총 세 부분으로 나누어 공업 성취에 대한 아무런 성과도 없는 현실 상황과, 화친에 안주하는 공경대신 및 이들과 다를 바 없었던 그동안의 자신의 비굴했던 삶에 대한 비판, 영원히 변치 않을 우국의 열정과 신념을 나타내고 있다.

제1~8구에서는 중원수복의 이상을 실현하기 위해 자기 자신이 오랜 기간 많은 준비를 하였음에도 이 모든 것들이 쓸모가 없거나 혹은 쓰일 기회조차 얻지 못하고, 기개 또한 강대하나 어느 하나 실현시키지 못한 현실의 상황을 말하고 있다. 이와 같은 현실 인식은 곧바로 다음 제9~20구에서 공경대신과 자신에 대한 비판으로 이어지고 있다. 공경대신에 대해서는 중원수복에 대한 의지 없이 현실에 안주한 채 화친 조약만을 지키고 있는 것을 비판하고 있으며, 자기 자신에 대해서는 糊口之策 때문에 이 같은 현실 상황에 대한 용기 있는 주장과 반대를 하지 못했던 것을 비판하고 있다. 마지막 제21~24구에서는 각박한 현실 속에서도 꺾이지 않는 비장한 결의와 천년토록 변함없을 불굴의 우국의지를 표현하고 있다.

다음 시를 보자.

◎ 十一月四日風雨大作(二首其二)
11월 4일, 비바람이 크게 불던 날[44]

僵臥孤村不自哀,	僻村에 죽은 듯 누워도 슬퍼하지는 않나니
尚思爲國戌輪臺.	오히려 생각은 나라위해 국경을 지키고자 한다네.
夜闌臥聽風吹雨,	밤 다하도록 바람의 빗소리를 누워 들노라니
鐵馬冰河入夢來.	鐵馬와 언 강이 꿈속으로 들어오네.

---

44) ≪詩稿≫ 권26.

이 시는 紹熙 3년(1192) 그의 나이 68세 때 山陰에서 쓴 것이다. 제1구에서는 무기력하게 산속에 묻혀 살고 있는 자신의 모습이 나타나 있다. 그는 이제 육신적으로는 이미 나이가 들어 자신이 직접 말을 타고 북벌에 나설 기회가 사라져 버렸고, 정치적으로도 산골에 묻혀 있어 북벌정책에 어떠한 영향력도 미칠 수 없었다. 그러나 그는 이러한 자신의 처지를 비관만 하지 않고 제2구에서 정신적으로 끊임없이 북벌의 염원을 불태우고 있으며, 다음 제3~4구에서는 밤새도록 들려오는 비바람 소리 속에서 철마를 타고 언 강을 건너며 적을 정벌하는 모습을 꿈꾸고 있다.

紹熙 4년(1193) 그의 나이 69세 때 쓴 다음의 시에서도 기개와 재능을 지니고 있으면서도 이를 펼쳐 보일 기회조차 얻지 못한 작자의 현실이 나타나 있다.

◎ **冬夜讀書有感(二首其二)**
겨울 밤 책을 읽다가 느낀 바가 있어[45]

胸中十萬宿貔貅,　　가슴 속엔 십만의 용맹한 군사들이 있건만
早纛黃旗志未酬,　　깃발 들고 종군하려는 마음 갚지를 못하였네.
莫笑蓬窗白頭客,　　초가집 창 앞의 늙은 객이라 비웃지 말게,
時來談笑取幽州.　　때가 되면 웃으며 이야기하며 幽州를 취하리니.

북벌에 대한 자신의 기개와 재능을 십만의 貔貅 같은 용사에 비유하고 있는 것은 앞의 <題醉中所作草書卷後> 시에서 '가슴 속에 다섯 가지 무기가 가득 쌓여있다[胸中磊落藏五兵]'라 말한 것과 의경이 비슷하다. 그러나 이러한 재능들이 그냥 얻어진 것은 아니었으니, 앞서 <醉歌> 시에서 '삼만 권의 책을 읽고[讀書三萬卷]', '사십 년 검술을 익혔다[學劍四十年]'라고 말한 것처럼 오랜 기간 동안의 북벌을 위한 준비를 통해 얻어진 것이었다. 그러

---

45) ≪詩稿≫ 권28.

나 공업의 성취는 개인의 재능만으로 가능한 것이 아니라 天運도 함께 따라주어야 한다. 그는 지금 비록 늙고 쇠락하였으나 재능을 발휘하여 희망이 실현될 때를 기다리고 있음을 말하며, 그때가 되면 번거롭게 창칼을 쓰지 않아도 손쉽게 幽州를 수복할 수 있게 될 것이라 낙관하고 있다. 幽州는 지금의 河北省, 遼寧省 유역으로 당시 金의 지배에 있었다.

다음 시를 보자.

◎ 寒夜歌
겨울밤의 노래[46]

陸子七十猶窮人,	내 나이 칠십에 오히려 궁핍해지어
空山度此冰雪晨.	텅 빈 산의 이 얼고 눈 내리는 새벽을 건너네.
旣不能挺長劍,	장검 뽑아
以抉九天之雲.	구천의 구름 도려내지도 못하고
又不能持斗魁,	또한 북두성 잡아 돌려
以回萬物之春.	만물을 봄으로 돌이키지도 못하는구나.
食不足以活妻子,	음식은 처자를 먹여 살리기에도 부족하고
化不足以行鄕鄰.	교화는 이웃에 행해지기에도 부족하도다.
忍飢讀書忽白首,	배고픔을 참고 책을 읽다 홀연 흰머리 되어버렸으니
行歌拾穗將終身.	다니며 노래 부르고 이삭이나 줍다 이 한 몸 마치겠지.
論事憤叱目若炬,	事勢를 논하면 분노로 눈은 횃불처럼 타고
望古踊躍心生塵.	옛날을 회상하면 가슴은 뛰어 마음에 먼지가 인다네.
三萬里之黃河入東海,	삼만 리 황하는 동해로 들어가고
五千仞之太華磨蒼旻.	오천 仞 華山은 푸른 하늘에 닿아있도다.
坐令此地沒胡虜,	앉아서 이 땅을 오랑캐 수중에 빠지게 하였으니

---

46) ≪詩稿≫ 권34.

兩京宮闕悲荊榛.	兩京의 궁궐은 잡풀만이 비통하도다.
誰施赤手驅蛇龍,	누가 맨손을 뻗어 뱀과 용을 몰아내리?
誰恢天綱致鳳麟.	누가 그물을 던져 봉황과 기린을 데려오리?
君看煌煌藝祖業,	그대 태조의 빛나는 업적을 보시게나.
志士豈得空酸辛.	志士에게 어찌 부질없는 비감만 있으리.

이 시는 慶元 2년(1196) 山陰에 있을 때 쓴 것이다. 시종일관 격앙되고 흥분된 어조로 참담하고 비참한 현실을 노래하고 있다. 이때는 그의 나이 이미 72세의 고령이었지만 젊었을 때의 호방한 기개와 기상이 변함없이 이어지고 있음을 알 수 있다.

마지막으로 만기의 작품 한 수를 더 감상하기로 한다.

◎ **書志**
뜻을 써내다[47]

往年出都門,	예년에 도성 문을 나설 때
誓墓志已決.	다시는 벼슬하지 않겠다 이미 결심했었지.
況今蒲柳姿,	하지만 지금 냇버들처럼 몸은 일찍 시들어
俛仰及大耋.	잠깐 사이 나이 칠십이 되어버렸네.
妻孥厭寒餓,	처자식은 추위와 배고픔을 싫어하고
鄰里笑迂拙.	이웃들은 내게 어리석고 졸렬하다 비웃는다네.
悲歌行拾穗,	비통한 노래로 걸으며 이삭을 줍고
幽憤臥齧雪.	마음속 깊은 울분으로 드러누워 눈을 씹는 도다.
千歲埋松根,	천 년을 소나무 뿌리 아래 묻히고
陰風蕩空穴.	음산한 바람이 텅 빈 무덤에서 요동칠 때,
肝心獨不化,	내 간과 심장만은 썩지 않고
凝結變金鐵.	엉기어 맺혀 금철로 변하리라.
鑄爲上方劍,	불에 녹아 上方劍이 되어

---

47) ≪詩稿≫ 권35.

釁以佞臣血.	간신배의 피로 제사 지내고,
匣藏武庫中,	갑에 싸여 무기고에 넣어져 있다가
出參髦頭列.	나와서 황제를 이끄는 최선두에 들어가리라.
三尺粲星辰,	삼 척의 길이는 별빛보다 빛나나니,
萬里靜妖孽.	만 리의 사악한 무리들을 쓸어버리리.
君看此神奇,	그대 보시게! 이 신기한 칼을,
醜虜何足滅.	추악한 오랑캐 어찌 족히 멸할 수 없으리.

이 시는 慶元 3년(1197) 73세 때 산음에서 쓴 것이다. 시에서는 공업을 이루지 못한 채 헛되이 늙어버린 자신을 탄식하고, 가난에 허덕이는 고통의 현실 생활 속에도 金에 대한 울분과 통한을 되새기고 있다. 아울러 살아생전에는 비록 꿈을 이루지 못했으나, 죽어서는 영원히 썩지 않고 남아 적을 섬멸하는 선두에 서는 칼이 되고 싶다는 소망을 나타내고 있다.

이 시는 지금까지 살펴본 우국시들의 정서가 하나로 응축되어 집약적으로 드러난 작품이라 할 수 있다. 제11~12구에서 죽은 후에도 자신의 간과 심장이 금철로 변할 것이라는 결의는 앞서 <醉歌>에서의 '굳건한 마음은 묻혀도 썩지 않고 천 년 후에도 오히려 되살아날 수 있으리'[48]라는 결의를 다시 한 번 드러낸 것이며, 제13~20구에서 간신배를 처단하고 오랑캐를 섬멸하는 우국의 칼은 <金錯刀行>에서의 칼이자 <劍客行>에서의 검객의 칼이고, <寒夜歌>에서 갈구한 '누가 맨손을 뻗어 뱀 같고 용 같은 오랑캐를 몰아내겠는가'[49]의 해답이기도 한 것이다.

우국을 결의하는 사람들마다 우국을 실천하는 각자의 다양한 방법들이 존재할 것이다. 육유 또한 시인으로서 爲國獻身을 결의하였다. 그러나 육유는 시인이라기보다는 우국지사에 더욱 가까웠으며, 그 자신 또한 우국의

---

48) '壯心埋不朽, 千載猶可作' <醉歌>, 앞의 인용문 참조.
49) '誰施赤手驅蛇龍, 誰恢天綱致鳳麟' <寒夜歌>, 앞의 인용문 참조.

식을 토로하고 선양하는 한 자루의 붓이 되기보다는 오히려 황제의 선봉에 서서 적을 베는 삼 척의 칼이 되기를 보다 간절히 원했다.

3) 悲憤의 吐露

앞서 두 절에 걸쳐 육유의 위국헌신에 대한 결의와 소망 및 격정적인 감정의 표출 양태에 대해 살펴보았다. 그러나 육유의 결의와 소망은 당시의 정치정세 상 현실에서는 이루어질 수 없는 이상에 불과하였다. 이러한 이상과 현실과의 괴리는 필연적으로 울분과 절망으로밖에 표출될 수 없으니, 육유 우국시들의 대다수는 현실세계에 대한 비애감과 좌절감을 울분과 비분으로 토로하는 양상을 띠게 된다.

앞 절의 '격정의 표출' 양태와는 달리 '비분의 토로'는 전 시기에 걸쳐 공통적으로 나타나는 표현양태이다. 그러나 초기는 그 비율도 적을 뿐 아니라 그 내용 또한 단지 지식인으로서의 당위에서 나온 심정적 비분에 그치고 있기 때문에 아무래도 중기 이후의 실제적 경험과 정치적 좌절이 결합되어 나타난 비분보다는 강도 면에서 떨어진다 할 수 있다. 또한 만기의 비분은 젊은 시절에 비해 현실감이 떨어진 상태에서, 주로 젊은 시절에 대한 회고나 혹은 일상생활 중의 즉자적인 감상을 통해 나타나는 까닭에 중기보다는 빈도나 강도 면에서 떨어진다고 할 수 있다. 따라서 '비분의 토로'라는 표현양태는 중기의 대표적인 특징으로 여기는 것이 옳을 듯하다.

다음에서 각 시기별로 비분의 표현양태들을 살펴보도록 한다. 먼저 초기시 1수를 감상해 본다.

◎ 聞雨

빗소리를 들고[50]

慷慨心猶壯,	강개한 마음 여전히 굳세나
蹉跎鬢已秋.	때를 놓쳐버리고서 머리칼은 이미 가을일세.
百年殊鼎鼎,	백 년의 시간은 너무 빨리 흘러가 버리고
萬事只悠悠.	세상의 일은 끝없이 이어만 지는구나.
不悟魚千里,	몰랐도다, 물고기가 천 리를 가도
終歸狢一丘.	결국은 뛰어야 그 산인 오소리 신세임을.
夜闌聞急雨,	한밤중 홀연히 쏟아지는 빗소리에
起坐涕交流.	일어나 앉아 두 줄기 눈물 흘리네.

이 시는 乾道 4년(1169) 山陰에서 지어진 것이다. 첫 구의 '강개한 마음이 여전히 굳세다[慷慨心猶壯]'는 표현을 통해 육유의 비분이 憂國獻身하고자 하는 마음에서 기인한 것임을 알 수 있다. 그러나 작자는 이러한 결의를 실현할 수 있는 시기와 장소를 얻지 못하고 헛되이 시간만 흘러가고 있는 현실상황에 슬퍼하고 있다. 그러나 중간의 제3~4구와 제5~6구에서 형식기교적인 조탁에 너무 치중한 나머지 작품 전체적으로 비분을 토로하고 있으면서도 독자로 하여금 온전히 그 감정에 몰입되지 못하게 하는 한계를 나타내고 있다. 朱東潤이 이 4구를 '頹唐한 정서가 노출되는 것을 면치 못했다'[51]라고 한 것은 아마도 이 같은 단점을 지적한 듯하다.

다음은 중기시를 감상해 본다.

다음의 시는 乾道 6년(1170) 夔州의 通判으로 부임하러 가는 도중 黃州를 지나면서 쓴 것이다.

---

50) ≪詩稿≫ 권2.
51) '中間四句, 不免流出頹唐的情緒' 朱東潤, ≪陸游選集≫, 5면.

◎ 黃州
황주52)

局促常悲類楚囚,	몸은 움츠러드니 楚의 죄수와 같아 서글프고
遷流還歎學齊優.	떠돌아다니니 齊의 배우와 같아 탄식하네.
江聲不盡英雄恨,	강물소리 끝이 없으니 영웅은 한탄하고
天意無私草木秋.	하늘 뜻은 사사로움이 없어 초목은 가을일세.
萬里羈愁添白髮,	만 리 타향살이 근심은 백발만을 더하는데
一帆寒日過黃州.	차가운 날 돛배 하나 타고 黃州를 지나네.
君看赤壁終陳迹,	그대 赤壁이 결국 역사의 유적이 됨을 보게나.
生子何須似仲謀.	아이를 낳으매 어찌 꼭 孫權과 같아야만 하리?

작자는 이 시에서 옛날을 회상하며, 공업은 이루지 못한 채 강물처럼 끝없이 시간만 흘러가고 있는 현실과 자신의 불우한 처지에 대해 탄식하고 있다. 제1~2구에서는 기개를 펼쳐내지 못하고 이리저리 떠돌아 다니기만 하는 자신의 처지를 춘추시대 晉에 포로로 잡힌 楚나라의 鍾儀와 齊에서 魯로 온 齊나라의 배우에 비유하여 말하고 있으며, 다음 제3~4구와 제5~6구에서는 눈에 보이는 강물과 초목을 통해 각각 세월의 무상함과 나그네의 객수를 이야기하고 있다. 마지막 제7~8구에서는 赤壁大戰의 일을 떠올리며 인생사의 덧없음을 이야기하고 있다. 사실 육유가 지나는 黃州는 赤壁大戰과는 관련이 없는 곳이나 蘇軾이 <赤壁賦>에서 이곳을 赤壁大戰의 적벽으로 삼았던 까닭에 육유 또한 소식을 따른 것이다. 마지막 2구의 말은 표면적으로 생각하면 아무리 용맹과 재주를 갖추어 뛰어난 공을 세워도 결국은 역사유적으로서의 의미밖에 남지 않는다는 말로, 공명에 대한 부정적인 인식으로 여겨질 수 있다. 그러나 이것은 재주를 갖추고 있어도 쓰이지 못하는 현실을 역설적으로 비판한 것이라 할 수 있다.

---

52) ≪詩稿≫ 권2.

다음 시를 보자.

◎ 太息(二首其一) – 宿靑山鋪作
크게 탄식하며 – 청산포에 유숙하며 쓰다[53]

太息重太息,	크게 탄식하며 또 탄식하나니
吾行無終極.	내 가는 길에 끝이 없구나.
冰霜迫殘歲,	저무는 한 해에 얼음과 서리는 몰아치고
鳥獸號落日.	날짐승과 길짐승은 석양에 우는구나.
秋砧滿孤村,	가을날 다듬이 소리는 외로운 마을에 가득하고
枯葉擁破驛.	마른 잎은 무너진 역을 덮고 있네.
白頭鄕萬里,	백발로 만 리를 향해 가다
墮此虎豹宅.	이 호랑이와 표범의 소굴 같은 곳에 떨어졌나니.
道邊新食人,	길가에는 막 사람을 잡아먹어
膏血染草棘.	피와 살점이 풀과 나무에 물들어 있네.
平生鐵石心,	평생 지녀온 철석같은 마음은
忘家思報國.	집안을 잊고 보국만을 생각하는 것이었건만
卽今冒九死,	지금 여러 번의 죽을 고비를 겪고서도
家國兩無益.	집안과 국가에 아무런 보탬이 없구나.
中原久喪亂,	중원은 오래도록 빼앗긴 채로 어지럽기만 하나니
志士淚橫臆.	志士는 눈물로 가슴을 적신다네.
切勿輕書生,	일개 서생이라고 가볍게 여기지는 말지니
上馬能擊賊.	말에 오르면 능히 적을 무찌를 수 있다네.

이 시는 乾道 8년(1172), 南鄭의 막부로 부임하러가면서 閬中으로 향하던 도중 靑山鋪에서 유숙하며 쓴 것이다. 육유는 南鄭으로 가는 도중 漢中의 각 지역을 지나면서 조국 산하의 웅장함을 직접 몸으로 경험하였고 이에 대한 감회를 많은 시로 노래하였다. 그러나 그 감회가 항상 일정한 것은

---

53) ≪詩稿≫ 권3.

아니었다. 앞서 <歸次漢中境上> 시에서는 地水의 웅장함을 노래하며 북벌에 대한 희망과 기대를 노래했던 반면,54) 여기에서는 전란에 피폐해진 고을의 모습을 보며 비분을 토로하고 있다. 제1~2구에서는 공업을 이루기 위해 먼 길을 떠나는 작자의 감회가 나타나 있으며, 다음 제3~6구와 제7~10구에서는 여정길에서 본 황폐한 마을의 정경과 백성들의 처참한 삶의 모습들이 묘사되고 있다. 고향을 떠나 타지를 떠돌 수밖에 없는 자신의 처지와 눈으로 목격한 백성들의 피폐한 모습은 다음 제11~14구에서 가정과 국가를 위해 아무 것도 한 것이 없는 자신에 대한 반성으로 이어진다. 마지막 제15~18구에서는 이 같은 현실로 인해 통한의 눈물을 흘리지만, 또한 언젠가는 공업을 이루고야 말겠다는 굳건한 결의를 함께 나타내고 있다.

　　다음 시를 보자.

◎ **曉歎**
　새벽 탄식55)

一鴉飛鳴窗已白,	까마귀 한 마리 울며 날아가니 창은 이미 밝았고
推枕欲起先歎息.	베개 밀치고 일어나려 하나 탄식만 먼저 나오네.
翠華東巡五十年,	황제의 御駕 남도한 지 오십 년.
赤縣神州滿戎狄.	중국 땅은 오랑캐들로 가득하구나.
主憂臣辱古所云,	옛 말에 왕의 근심은 신하의 수치라 하였으니
世間有粟吾得食.	세상에 곡식이 있은 들 내 먹을 수 있겠는가!
少年論兵實狂妄,	어렸을 적 망령되이 軍事를 논하여
諫官劾奏當竄殛.	諫官의 탄핵으로 쫓겨나 죽어 마땅하였거늘,
不爲孤囚死嶺海,	고독한 죄수로 嶺海에서 죽지 않게 되었으니
君恩如天豈終極.	하늘과 같은 임금의 은혜 어찌 다함이 있겠는가!

---

54) ‘地連秦雍川原壯, 水下荊揚日夜流’, <歸次漢中境上> 앞의 인용시 참조.
55) ≪詩稿≫ 권5.

容身有祿愧滿顔,	살아갈 봉록 있으니 부끄러움은 얼굴에 가득하고
滅賊無期淚橫臆.	적을 멸망시킬 기약 없어 눈물은 가슴에 흐르네.
未聞含桃薦宗廟,	앵두를 종묘에 바쳤다는 말 듣지를 못하고
至今銅駝沒荊棘.	銅駝는 지금껏 가시밭에 묻혀 있다네.
幽幷從古多烈士,	幽州와 幷州에는 예로부터 열사가 많거늘
悒悒可令長失職.	근심으로 오래도록 일 없이 내버려 둘 수 있으리!
王師入秦駐一月,	왕의 군대 秦에 들어가 한 달만 주둔하면
傳檄足定河南北.	격문 날려 河水 남북을 족히 평정할 수 있으련만.
安得揚鞭出散關,	어찌하면 말채찍 휘두르며 大散關을 나와
下令一變旌旗色.	명령을 내리며 깃발 색깔 일변시킬 수 있으리!

이 시는 淳熙 원년(1174) 여름, 蜀州의 通判으로 있을 때 쓴 시이다. 작자는 제1~4구에서 50년이 넘도록 오랑캐에게 중원 땅을 빼앗기고 있는 현실을 비통해하고 있다. 다음 제5~12구에서는 그 모든 책임을 자신에게로 돌리며 자신의 무능함과 후안무치함을 반성하고 있다. 다음 마지막 제13~20구에서는 오랑캐 점령지의 참담한 현실을 상상하며, 마음만 먹으면 북방의 용맹한 열사들을 활용하여 중원을 수복할 수 있을 터인데 그렇지 못하는 현실상황에 대해 안타까워하고 있다.

같은 시기에 쓴 다음 시에서도 작자는 현실의 절망을 술로 달래며 비분을 토로하고 있다.

◎ **對酒歎**
술 대하고 탄식하며[56]

鏡雖明,	거울은 비록 밝으나
不能使醜者姸.	추한 이를 아름답게 할 수 없고
酒雖美,	술은 비록 좋으나

---

56) ≪詩稿≫ 권5.

不能使悲者樂.　　　　슬픈 이를 즐겁게 할 수 없네.

男子之生桑弧蓬矢射四方,　　남자로 태어나 뽕나무 활과 쑥대 살로 사방을 쏘니

古人所懷何磊落.　　　　古人의 품은 뜻이 얼마나 커다란가?

我欲北臨黃河觀禹功,　　북으로 黃河에 가 禹의 공을 보려 하나

犬羊腥羶塵漠漠.　　　　짐승의 역겨운 냄새가 티끌 중에 가득하고

又欲南適蒼梧弔虞舜,　　또 남으로 蒼梧山에 가, 舜을 조문하려 하나

九疑難尋眇聯絡.　　　　九疑山은 찾기가 어려워 닿기가 아득하네.

惟有一片心,　　　　　　오직 한 조각 마음이 있나니

可受生死託.　　　　　　죽고 사는 분부를 받을 수 있다네.

千金輕擲重意氣,　　　　천금을 가벼이 던지고 의기를 중히 여기니

百舍孤征赴然諾.　　　　머나먼 외로운 길도 마땅히 허락하리.

或攜短劍隱紅塵,　　　　혹 짧은 검 들고 속세에서 은거하고

亦入名山燒大藥.　　　　또 名山에 들어가 단약을 제조하리.

兒女何足顧,　　　　　　아녀자들을 어찌 족히 돌볼 것인가.

歲月不貸人.　　　　　　세월은 사람을 기다리지 않나니.

黑貂十年弊,　　　　　　흑색 담비가죽 옷은 십 년 만에 헤져버리고

白髮一朝新.　　　　　　백발은 날로 새로 나기만 하네.

半酣耿耿不自得,　　　　반쯤 취함에 가슴은 답답하여 편안하지 않고

淸嘯長歌裂金石.　　　　맑게 읊는 긴 노래는 금석을 쪼개네.

曲終四座慘悲風,　　　　곡이 끝나고 사방의 비참한 바람에

人人掩淚無人色.　　　　모두 가리고 눈물 흘리니 사람 모습이 없네.

제1~4구에서는 歌行體에서 자주 보이는 比興의 수법을 사용하고 있다. 여기에서 작자는 술을 통해 현실의 모순을 잊어보려 하지만, 결국 '술은 비록 좋으나 슬픈 이를 즐겁게 할 수 없다[酒雖美, 不能使悲者樂]'라고 말하며 이 또한 불가능함을 이야기하고 있다. 그런 까닭에 다음 제5~10구에서 술로써 망각해보려 했던, 자신의 이상과 현실과의 모순이 되살아나게 되는 것이다. 그러나 다시 다음 제11~16구에서 반전이 생기면서 작자는 비탄

에만 빠지지 않고 의기를 일으켜 爲國獻身하겠다는 결의를 나타내고, 다음 제17~20구에서 시간이 많지 않다는 말로 행동을 재촉하고 있다. 마지막 제21~24구에서는 지금까지 상상 속에서 웅장한 포부를 펼치다가 다시금 비통한 현실 상태로 돌아와 있다.

다음 시를 보자.

◎ 關山月
관산월57)

和戎詔下十五年,	오랑캐와 화해하라는 조서 내려온 지 십오 년,
將軍不戰空臨邊.	장군은 싸우지도 않고 헛되이 변방만 지키네.
朱門沉沉按歌舞,	귀족들은 들어앉아 歌舞에 박자를 맞추는데
廐馬肥死弓斷弦.	마구간의 軍馬는 살찐 채 죽고, 활은 끊어졌도다.
戍樓刁斗催落月,	수루의 刁斗 소리는 밤 가기를 재촉하는데
二十從軍今白髮.	나이 스물에 종군하여 지금은 백발이로구나.
笛裏誰知壯士心,	누가 피리소리에 담긴 장사의 마음을 알리요?
沙頭空照征人骨.	모래밭엔 병사의 人骨만 비치네.
中原干戈古亦聞,	중원에서의 전쟁을 옛날에도 들었지만,
豈有逆胡傳子孫.	어찌 오랑캐에게 대대로 넘겨준 적이 있었던가?
遺民忍死望恢復,	유민들은 죽음을 견디며 수복을 바라면서,
幾處今宵垂淚痕.	오늘밤 얼마나 많은 곳에서 눈물을 흘릴런지!

이 시는 淳熙 4년(1177) 成都에서 지은 것이다. 제1~4구에서 시인은 실제로 전쟁에 참가하고 있는 하급병사의 시각에서 장수들의 무능과 귀족들은 안일함을 비판하고 있다. 다음 제5~8구는 조국을 걱정하는 병사의 안타까운 심정을 노래한 것으로, '白髮'과 '人骨'이 앞 단락에서의 장수들의 '臨邊' 및 귀족들의 '歌舞'와 극명한 대비를 나타내고 있다. 마지막 제

---

57) 《詩稿》 권8.

9~12구에서는 역사적 인식과 애민의식을 바탕으로 중원의 함락 상황에 대한 비분을 토로하고 있다.

다음 시를 보자.

◎ 聞雁
기러기 소리를 듣고[58]

過盡梅花把酒稀,	매화 시절 다 지나 술잔 쥘 일도 드물고
熏籠香冷換春衣.	옷 덥히는 대롱의 향은 식어 봄옷으로 갈아입네.
秦關漢苑無消息,	函谷關과 上林苑에선 소식도 없이
又在江南送雁歸.	또 강남에서 기러기를 돌려보낸다네.

이 시는 淳熙 6년(1180) 정월, 撫州에 있으면서 쓴 것이다. 제1~2구에서는 매화도 지고 본격적인 봄으로 접어들어 따뜻해진 날씨에 봄옷으로 갈아입는 상황이 나타나 있다. 다음 제3~4구에서는 봄이 되어 북으로 날아가는 기러기를 보며 중원수복의 희망도 없이 또 한 해가 헛되이 지나감을 탄식하고 있다. 계절이 바뀌어 만물이 생동하는 자연상황과 아무런 변화도 없는 현실 상황이 극명하게 대비되며 현실에 대한 절망을 더욱 심화시키고 있으니, 淸代 潘德輿는 ≪養一齋詩話≫에서 이 시를 '明珠美玉'이라 칭하며 唐人들의 작품과 美를 겨룰 만하다고 칭찬하였다.[59]

淳熙 8년(1181) 山陰에 있으며 쓴 다음의 시에서는 위국헌신을 향한 결의와 갈망에도 불구하고 낮은 지위로 인해 정치적으로 아무런 영향력을 끼칠 수 없는 자신의 현실을 비관하고 있다.

---

58) ≪詩稿≫ 권12.
59) 嚴修, ≪陸游詩集導讀≫(巴蜀書社), 162면 참조.

◎ **書悲(二首其一)**
비분을 써내다[60]

今日我復悲,	내 오늘 다시 서글퍼지어
堅臥脚踏壁.	오래도록 누워 발로 벽만 딛고 있네.
古來共一死,	예로부터 한 번 죽는 것은 한 가지인데
何至爾寂寂.	어찌하여 너는 이러한 적적함에 이르렀는고?
秋風兩京道,	가을바람 불어대는 兩京의 길
上有胡馬跡.	위에는 오랑캐 말 발자국 남아있고,
和戎壯士廢,	오랑캐와 화친하여 壯士는 폐하여지니
憂國淸淚滴.	나라 걱정에 맑은 눈물만 떨군다네.
關河入指顧,	關河는 손에 닿을듯 가까이 있나니
忠義勇推激.	忠義心이 용맹히 끓어오르네.
常恐埋山丘,	항상 걱정하는 건 산 구릉에 묻히어
不得委鋒鏑.	전장에서 싸우다 죽지 못할까 하는 것.
立功老無期,	공을 세우는 것은 늙어 기약이 없고
建議賤非職.	의견을 내는 것은 지위가 낮아 할 수가 없다네.
賴有墨成池,	다행히 먹은 있어 갈아 못을 만들어
淋漓豁胸臆.	흠뻑 적셔 가슴속의 생각을 펼쳐 내네.

이보다 1년 전, 그는 江南西路常平茶鹽公事로 있을 때 임의로 義倉을 개방한 일로 면직되어 山陰으로 돌아왔다. 전선의 후방지역에서 근무하며 중원수복을 위한 실질적인 기여를 하지 못하는 것에 안타까워했던 그에게 그나마 백성을 위해 일할 기회마저 상실한 것은 차마 견디기 어려웠을 것이다. 제1~4구에서 작자는 국가를 위해 백성을 위해 아무 일도 하지 못하는 자신을 한탄하고 있다. 다음 제5~8구에서는 암울한 조국의 현실이 자신의 처지와 비교되며 작자로 하여금 비분의 눈물을 흘리게 하는 원인이 되고 있다. 다음 제9~12구에서 작자는 죽음으로써 爲國하려는 소망을 드

---

60) ≪詩稿≫ 권13.

러내고 있으며 마지막 제13~16구에서는 이제는 늙어 공명을 기약할 수
없고 지위 또한 낮아 아무런 정치적 영향력도 발휘할 수 없는 자신을 한탄
하며 다만 글을 통해 위로할 수밖에 없음을 말하고 있다.

　다음 시를 보자.

◎ 感憤
분함을 느끼고[61]

今皇神武是周宣,	황제폐하는 神武하시어 周의 宣王이시니
誰賦南征北伐篇.	누가 南征과 北伐의 시편을 지어 올리리?
四海一家天歷數,	四海가 하나의 집안인 것은 하늘의 법칙이니
兩河百郡宋山川.	황하 양쪽의 모든 땅은 宋의 산천이라네.
諸公尙守和親策,	제공들은 여전히 화친책만 지키고 있으니
志士虛捐少壯年.	志士는 헛되이 젊은 날을 허비하고 있다네.
京洛雪消春又動,	汴京과 洛陽엔 눈 녹아 봄은 다시 시작되었건만
永昌陵上草芊芊.	永昌陵 위엔 풀만 무성하겠지.

　이 시는 淳熙 10년(1183) 山陰에 있을 때 쓴 시이다. '今皇'은 당시의 황
제인 孝宗을 가리키며 '周宣'은 周宣王 姬靜을 의미한다. 제1~2구에서는
남으로 荊蠻을 정벌하고 북으로 玁狁을 정벌하며 동서로 淮夷과 西戎을 평
정했던 周宣王에 孝宗을 비유하며 북벌에 나설 것을 촉구하고 있다. 이어
제3~4구에서는 천하가 중국의 땅인 것은 하늘의 법칙임을 강조하며 북벌
의 역사적 당위성을 이야기하고 있다. 그러나 제5~6구에서는 현실의 모습
으로서 화친책에 안주하는 조정 관료들을 비판하며 헛되이 세월만 보내고
있는 지사의 회한을 나타내고 있다. 마지막 제7~8구에서는 또 한 해를 오
랑캐 치하에 있어야 하는 함락지의 황량한 풍경을 상상하고 있다.

---

61) ≪詩稿≫ 권16.

이 시는 작자의 7언 율시 중에서 가장 뛰어난 작품 중의 하나로 꼽히며 심지어 그의 전 시 중의 '壓卷之作'으로 꼽는 사람도 있다.[62] 淸人 潘德輿는 앞서 인용한 <歸次漢中境上>과 <夜泊水村> 시를 이 시와 함께 들며 放翁의 7언 율시를 논하는 자는 반드시 이를 근본으로 삼아야 시의 주된 고뇌와 그의 진정한 역량을 알 수 있다고 극찬하기도 하였다.[63]

다음 시는 山陰에서 잠시 나가 2년간의 權知嚴州 직을 마치고, 다시 山陰으로 돌아와 잠시 머물던 淳熙 15년(1188) 64세 때 쓴 것이다. 이 해 겨울 육유는 臨安으로 불려가 軍器少監을 맡게 되고 이듬해 11월에 '嘲咏風月'의 죄명으로 면직되면서 중기의 관직생활을 완전히 끝내고 山陰에 정착하게 된다.

◎ 北望
북쪽을 바라보며[64]

北望中原淚滿巾,	북으로 中原을 바라보니 눈물은 수건에 가득하고
黃旗空想渡河津.	황제의 깃발은 생각 속에서만 河津을 건너네.
丈夫窮死由來事,	장부 궁하여 죽는 것은 흔히 있는 일이니
要是江南有此人.	틀림없이 이 강남에 이런 사람이 있으리.

이미 예순을 훌쩍 넘긴 나이, 자신의 힘으로 북벌의 꿈을 실현하는 것에 점점 가망이 없어짐을 느낀 것일까? 앞서 <胡無人>에서의 丈夫나 <劍客行>에서의 劍客, <寒夜歌>에서의 志士, <太息>에서의 志士 등은 모두 작자 자신의 분신이었다. 그러나 이 시에서의 丈夫는 이제 더 이상 작자 자신이 아니며, 작자는 자신을 대신하여 북벌의 꿈을 실현시켜 줄 새로운

---

62) 李調元, ≪雨村詩畵≫.

63) '然論放翁七律者, 必以此爲根本… 乃知詩之大主腦, 翁之眞力量否則贊翁則翁不願也' 潘德輿, ≪養一齋詩話≫.

64) ≪詩稿≫ 권20.

영웅인물의 출현을 갈구하고 있다.

다음으로 만기시를 감상하기로 한다.

◎ 看鏡(二首)
　　거울을 보며[65]

凋盡朱顔白盡頭,　　　시들어버린 얼굴에 머리는 온통 백발이니
神仙富貴兩悠悠.　　　신선과 부귀는 둘 다 아득하구나.
胡塵遮斷陽關路,　　　오랑캐의 먼지가 陽關 길을 막고 있으니
空聽琵琶奏石州.　　　헛되이 <石州曲> 비파소리만 듣는다네.

七十衰翁臥故山,　　　칠십의 늙은이 옛 산에 누워있노라니
鏡中無復舊朱顔.　　　거울에는 예전의 젊은 얼굴이 없도다.
一聯輕甲流塵積,　　　한 쌍의 가벼운 칼집에 먼지만 쌓여있으니
不爲君王戍玉關.　　　군왕을 위해 玉關도 못 지키겠구나.

이 시는 紹熙 5년(1194) 70세 때 山陰에서 쓴 것이다. 두 수 모두 제1~2구에서 늙어 버린 자신을 한탄하고 있다. 그러나 이 한탄은 다만 젊음을 상실했다는 자체에서 기인하는 것이 아니다. 이어지는 제3~4구를 보면 첫 번째 수는 오랑캐가 중원을 점령하고 있는 현실에 아무런 변화도 없는 상태에서 자신만 늙어 가는 것에 대한 한탄이며, 두 번째 수는 자기 자신이 몸소 북벌에 나가고자했던 희망이 좌절된 것에 대한 한탄이었음을 알 수 있다.

다음 시를 보자.

◎ 初冬感懷(二首其一)
　　초겨울의 감회[66]

落葉掃還積,　　　　　낙엽은 쓸어내도 다시 쌓이고

---

65) ≪詩稿≫ 권30.
66) ≪詩稿≫ 권33.

斷鴻飛更鳴,	외로운 기러기는 날았다가 다시 우네.
羸軀得霜健,	여윈 몸이 서리를 맞으니 오히려 강건해지고
老眼向書明.	흐린 시력이 책을 향하니 오히려 밝아지도다.
水瘦河聲壯,	물이 마르니 강물 소리는 커지고
其枯馬力生,	풀이 시드니 말의 힘은 생겨나도다.
竟爲農夫死,	필경 농부로서 죽을 터이니
白首負功名.	늙어 공명을 저버렸다네.

이 시는 慶元 원년(1195) 초겨울, 山陰에 있을 때 쓴 것이다. 제1~4구에서 작자는 성했다가 쇠해지고 쇠했다가 다시 성해지는 자연의 법칙을 보고 있다. 즉 쇠함이 그 자체로 소멸로 나아가지 않고 오히려 그 속에 번성의 요인을 담고 있다고 본 것이다. 그런 까닭에 다음 제5~6구에서 '물이 마르니 강물 소리는 커지고, 풀이 시드니 말의 힘은 생겨난다[水瘦河聲壯, 其枯馬力生]'라 하며 오히려 지금 시기가 북벌을 하기에 좋은 시기일 수도 있다고 말하고 있는 것이다. 그러나 마지막 제7~8구에서는 이러한 자연의 섭리에도 불구하고 자신은 이대로 늙은 농부로서 아무런 공업도 없이 생을 마치게 되는 것을 비통해하고 있다.

다음 시도 같은 해에 쓴 것으로, 공업의 성취와는 거리가 멀어진 자신의 처지를 비관하는 작품이다.

◎ 枕上偶成
베갯맡에서 對偶를 짓다[67]

放臣不復望修門,	쫓겨난 신하는 도성을 다시는 보지 못하고
身寄江頭黃葉村.	강 언덕 황엽촌에 몸을 기탁하였도다.
酒渴喜聞疎雨滴,	술 들이키고 성긴 빗방울 소리 기쁘게 듣지만
夢回愁對一燈昏.	꿈 깨어 흐릿한 등불만 근심으로 대하고 있네.

---

67) ≪詩稿≫ 권33.

河潼形勝寧終棄,	黃河와 潼關의 형세를 어찌 끝내 잊을 수 있으리?
周漢規模要細論.	周와 漢의 규모를 자세히 따져야만 하리.
自恨不如雲際雁,	내 자신 눈보라 속 기러기만 못함을 한탄하나니
南來猶得過中原.	남으로 오며 中原을 지날 수 있었구나.

다음 시를 보자.

◎ 隴頭水
　隴山의 물68)

隴頭十月天雨霜,	隴山은 10월에 서리가 내리고
壯士夜挽綠沉槍.	壯士는 한밤중에 진녹색 창을 쥐고 있도다.
臥聞隴水思故鄕,	드러누워 隴水 소리 들으며 고향 생각 하다가
三更起坐淚數行.	삼경에 일어나 앉아 몇 줄기 눈물 흘리는구나.
我語壯士勉自强,	壯士에게 이르기를, "힘써 스스로 강해져야 하니,
男兒墮地志四方.	남아로 세상에 태어나 사방에 뜻을 두었다가,
裹尸馬革固其常,	말가죽에 시신이 싸이는 것은 항상 있는 일,
豈若婦女不下堂.	어찌 부녀자들처럼 방에서 나오지 아니하리?" 하니
生逢和親最可傷,	"살아 화친을 만나게 된 것이 가장 가슴 아픈데
歲輦金絮輸胡羌.	해마다 수레에 금은 비단 싣고 오랑캐 땅으로 보
	낸답니다.
夜視太白收光芒,	밤에 태백성을 보니 빛을 거두어 버렸고
報國欲死無戰場.	나라에 보답하여 죽고자 하나 싸울 곳이 없답니
	다"라 하네.

　　이 시는 慶元 2년(1196) 山陰에서 쓴 것으로, 시 전체가 과거 종군할 때의 회상으로 이루어져 있다. 제목의 <隴頭水>는 漢代 樂府 <橫吹曲>의 曲名이며, 隴頭는 隴山(지금의 陝西省 隴縣 서북쪽)을 가리킨다. 형식상 壯士와

---

68) ≪詩稿≫ 권35.

자신의 問答 형식을 사용하고 있으며, 내용상 크게 세 부분으로 나뉘어져 있다.

제1~4구는 壯士의 모습을 그린 것이다. 정작 전투는 하지 못한 채 들려오는 隴水 소리에 고향을 떠올리며 눈물만 흘리는 장사의 모습을 묘사함으로써, 무기력한 남송정권에 대한 비판과 종군 생활에 고통 받는 백성들에 대한 연민을 나타내고 있다. 다음 제5~8구는 자신이 壯士에게 말하는 부분으로, 壯士에게 장부로서의 사명감으로 종군에 임할 것을 말하며 용기를 북돋우고 있다. 마지막 제9~12구는 壯士의 탄식부분이다. 굴욕적인 현실을 눈으로 보면서도 이를 바로잡을 어떠한 행위도 할 수 없다는 壯士의 탄식은 곧 육유 자신의 탄식이기도 한 것이었다.

慶元 3년(1197) 겨울에 쓴 다음 시도 南鄭에 종군하던 때를 회상한 것이다.

◎ 憶昔
옛날을 생각하며[69]

憶昔從戎出渭濱,	옛날 종군하여 위수 물가를 나올 때를 생각하니
壺漿馬首泣遺民.	물병 들고 말 앞에서 눈물 흘리던 유민들.
夜棲高冢占星象,	밤에는 산 정상에서 宿營하며 별의 형상을 점치고
畫上巢車望虜塵.	낮에는 수레 망루에 올라 적의 정세를 바라보았지.
共道功名方迫逐,	다들 功名을 이룰 기회가 가까이 있다 말하였는데
豈知老病只逡巡.	어찌 알았으리, 늙고 병듦이 이리도 빠를 줄을.
燈前撫卷空流涕,	등 앞에서 책 어루만지며 헛되이 눈물 흘리나니
何限人間失意人.	인간세상 실의한 사람이 어찌 나만 있겠는가.

시는 4구씩 두 부분으로 나누어 각각 과거의 회상과 현실의 감회를 나타내고 있다. 제1~2구에서는 '광주리의 밥과 병에 담긴 물로 왕의 군대를 맞는다'[70]는 ≪孟子≫의 문장을 인용하여 宋軍의 북벌을 염원하는 함락지

---

69) ≪詩稿≫ 권36.

역 백성들의 염원을 나타내고 있다. 다음 제3~4구에서는 과거 오랑캐와 대치하며 작전을 벌였던 상황을 묘사하고 있다. 후반부에서는 곧 실현될 줄 알았던 이상은 가망이 없어지고 일신의 노쇠함만이 남은 안타까움이 나타나 있다. 이상의 좌절이 현실에서의 비분으로 나타나는 것은 자연스러운 것이다. 그러나 이 시에서 느껴지는 비분은 보다 강렬하다. 왜냐하면 제5구에서의 회상에서처럼 그 자신은 이것의 실현을 결코 요원한 것으로 생각지 않았기 때문이다. 시인은 이를 곧바로 실현될 수 있는, 손만 뻗으면 닿을 수 있는 지척에 있는 것으로 여겼었기 때문에 이것의 좌절로 인해 제7구에서와 같이 통한의 눈물을 흘리고 있는 것이다. 그러나 마지막 제8구에서 시인은 다시금 자신뿐만 아니라 역대 수많은 사람들 또한 실의했으니 너무 비통해 하지는 말자는 말로 자신을 위안하고 있다.

다음 시를 보자.

◎ **太息(四首其一, 其二)**
크게 탄식하며[71]

早歲元于利欲輕,	어렸을 적부터 원래 이욕을 가벼이 여겼고
但餘一念在功名.	나머지 하나의 생각은 공명에만 있었다네.
白頭不試平戎策,	늙도록 오랑캐 평정할 책략을 써보지도 못하고
虛向江湖過此生.	헛되이 江湖로 향하여 이 생을 보내네.
書生忠義與誰論,	書生의 忠義를 누구와 더불어 논하리,
骨朽猶應此念存.	죽어 뼈는 썩어도 응당 이 생각은 남으리라.
砥柱河流仙掌日,	砥柱山의 황하와 仙掌峯의 태양이여!
死前恨不見中原.	죽기 전에 중원을 못 보는 것이 한스럽구나.

---

70) '簞食壺漿以迎王師' ≪孟子 · 梁惠王 下≫.
71) ≪詩稿≫ 권37.

이 시는 慶元 4년(1198) 山陰에 있을 때 쓴 것이다.

첫 번째 시에서 작자는 功名을 세우지 못하고 늙어 가는 것을 한탄하고 있으며, 두 번째 시에서는 육신이 다하여도 영원히 없어지지 않을 불후의 의지와, 앞의 시에서와 마찬가지로 중원의 수복을 보지 못하고 죽는 것에 대한 회한을 나타내고 있다. 앞서 육유의 시론에서 살펴보았듯이 그가 추구하는 功名은 세속적인 의미의 공명, 즉 利欲의 추구로서의 공명이 아니라 儒家的 道義에 바탕을 둔 '爲國愛民을 향한 功名'이었다. 따라서 그에 있어서 공명의식은 곧 애국의식이자 애민의식으로서, 국가와 백성을 위한 우국의 심정에 기초한 것이었다.

다음에서 開禧 원년(1205)에 쓴 만기의 시를 한 수 더 감상해보기로 한다.

◎ **客從城中來**
객이 城 중에서 오다[72]

客從城中來,	한 객이 城 중에서 왔는데
相視慘不悅.	바라보니 비참해하며 기뻐하지 않았네.
引盃撫長劍,	술잔 당기고 장검을 어루만지며
慨歎胡未滅.	오랑캐 멸망되지 않음을 개탄하였네.
我亦爲悲憤,	나 역시 슬프고 분하여
共論到明發.	함께 날이 밝도록 이야기하였네.
向來酣鬪時,	일찍이 힘든 전투를 할 적에는
人情願少歇.	사람들은 조금 쉬기를 바랐었는데.
及今數十秋,	지금 수십 년이 흘렀건만
復謂須歲月.	다시 세월을 기다려야 한다고 말하네.
諸將爾何心,	여러 장군들은 어떠한 마음이기에
安坐望旄節.	편안히 앉아 군대 깃발만 바라보고 있는가!

---

72) ≪詩稿≫ 권64.

이 시는 6구씩 크게 두 부분으로 나누어, 제1~6구에서는 함락지에서 온 객을 만나 동병상련의 감회로 조국의 암울한 현실과 기약 없는 미래에 대해 함께 비통해하는 모습이 나타나 있다. 다음 제7~12구에서는 자신들과는 달리 헛되이 세월만 보내며 무사안일에만 빠져있는 위정자들에 대해 울분을 토로하고 있다.

4) 憂國志士의 讚美

역사상의 憂國志士와 憂國文人들에 대해 육유는 많은 시문을 통해 흠모와 추앙의 뜻을 나타내고 있다. 뿐만 아니라 憂國文人들의 경우는 그들 작품 자체에 대한 평가에 있어서도 일반적인 평가에 구애됨이 없이 무조건적인 추앙을 하기도 한다. 이는 그가 그들에게서 본받고 따르려 했던 것이 문학 내적인 요소들이 아니라 그들의 정신과 사상이었기 때문이었다. 물론 문학 내적인 면에서의 영향관계가 전혀 없는 것은 아니며 많은 부분 상호 유사한 측면들이 존재하기는 하지만, 이것은 어디까지나 사상적인 측면에서의 추앙이 문학 방면으로까지 이어져 나타난 현상이지 문학 내적인 면 자체가 추앙의 원인이 되어서 나타난 현상은 아니었다.[73] 이처럼 우국지사와 우국문인에 대한 찬미를 통해서 육유는 자연스럽게 그들의 사상과 행적 또는 작품을 자신의 모범으로 삼게 되었으며, 이로 인해 오래도록 자신의 신념을 지켜나갈 수 있는 격려와 용기를 얻을 수 있었던 것이다.

육유가 찬미하는 우국지사는 다만 屈原이나 杜甫 등 자신과 비슷한 처지의 懷才不遇한 인물들에만 국한되지 않는다. 前代의 漢의 公孫述, 蜀漢의 諸葛亮을 비롯하여 동시대의 名將 張浚과 劉錡, 岳飛 등의 영웅인물들도

---

73) 이에 관해서는 제2장 1. '初期'의 曾幾와의 학습관계 부분을 참조.

찬미의 대상이 되고 있다. 찬미의 방식은 하나의 작품 전체를 통해 직접적으로 이루어지기도 하지만, 한두 구에서의 언급이나 典故의 인용 등을 통해 이루어지는 것이 더 많다.

다음에서 육유의 생애 시기별로 어떠한 우국지사와 우국문인들이 추앙을 받고 있으며, 그 추앙의 원인과 내용 및 문학적 영향 부분에 대해 살펴보기로 한다.

初期에 우국지사로서 육유의 가장 커다란 존경과 추앙을 받은 사람은 스승인 曾幾였다. 曾幾는 우국지사이자 또한 강서시파의 계승자였던 까닭에 우국지사로서의 증기에 대한 추앙은 육유로 하여금 자연스럽게 강서시파의 영향하에서 시학습을 시작하게 하였다. 이에 대해서는 제2장 1. '初期'에서 曾幾와의 학습관계를 설명하면서 상세히 기술한 바 있으니 여기서는 생략하기로 한다.

劉錡는 남송의 초기의 장수로서, 육유의 몇 안 되는 초기 작품 중에서 비록 挽歌詩이기는 하지만 두 수에 걸쳐 추앙되는 인물이다. 다음에서 두 수 모두를 인용해본다.

◎ 劉太尉挽歌辭(二首)
太尉 劉錡의 만가시[74]

羌胡忘覆育,	金의 오랑캐들이 길러 준 은혜를 잊으니
師旅備非常.	王師의 군대도 준비함이 예사롭지 않았네.
南服更旄節,	남방에서는 군사의 깃발을 새로이 하셨고
中軍鑄印章.	중군에서는 대장군의 인장을 만드셨다네.
馳書諭燕趙,	말을 달려 燕땅과 趙땅에 軍書를 보내셨고
開府冠侯王.	막부를 열어 여러 장군들의 영도가 되셨다네.
赫赫今何在,	그 혁혁한 공이 지금 어디 있는가?

---

74) ≪詩稿≫ 권1.

門庭冷似霜.	계셨던 자리는 서리처럼 차갑네.
堅壁臨江日,	견고한 벽처럼 鎭江에 임했던 때
人疑制敵疎.	사람들은 적을 잘 막아내지 못했다고 의심했지만,
安知百萬虜,	어찌 알리, 백 만의 오랑캐들이
銳盡浹旬餘.	십여 일 만에 날카로움이 다한 것을.
智出常情表,	지략은 상황을 보고하는 表文에 드러나 있고
功如定計初.	공업은 계획한 처음과 같았으니,
云何媚公者,	이렇다 저렇다 그대를 헐뜯는 말들을
不置篋中書.	모함하는 말이라 하지 않을 수 있으리.

이 시는 紹熙 32년(1162) 劉錡의 사후에 쓴 것이다. 劉錡는 1140년에 2만의 군사로 金兀朮의 10만 군대를 물리친 이른바 '順昌之捷'의 주역으로서, 당시 韓世忠, 岳飛, 吳玠 등과 더불어 南宋의 손꼽히는 명장이었다. '順昌之捷' 이후 劉錡는 모든 직책에서 물러나 고향에서 한거하고 있었으나, 紹熙 31년(1161) 金 完顏亮의 100만 군대가 남침을 시도함에 따라 다시 남송 조정의 부름을 받아 淮南, 浙西, 江東, 江西制置使에 임명되어 사실상의 모든 군권을 통솔하게 된다. 그러나 군사력의 열세로 인해 결국은 鎭江까지 물러나 최후까지 그 곳에서 金과의 대치전선을 형성하였다. 당시의 객관적인 힘의 우위로 보아 金軍이 더 이상 남하하지 못한 것은 그가 방어에 큰 공을 세운 것이라 할 수 있었지만, 당시 사람들로서는 만족하지 못하는 성과였으며 이로 인해 그에 대한 많은 비방의 말이 있게 되었다.

육유는 이 시의 첫째 수에서 이미 연로하고 건강치 못한 상태에도 불구하고 의욕적으로 군대를 통솔했던 유기의 모습을 묘사하고 있다. 마지막 2구에서는 유기의 생전의 공을 치하하며 그가 떠난 차가운 빈자리로 그의 죽음을 애도하고 있다. 둘째 수에서는 金軍 방어에 대한 그의 공을 객관적으로 인정하면서 그에 대한 모든 부정적인 말들이 단순한 비방에 불과함을 이야기하고 있다.

中期에 육유는 屈原과 杜甫를 비롯하여 諸葛亮, 公孫述 등의 역대 인물과 동시대의 많은 영웅인물들에 대한 추앙을 통해 자신의 우국의식을 나타내었다. 그러나 이들에 대한 추앙은 다만 이 시기에만 한정되는 것이 아니라 만기에도 지속적으로 나타나고 있으며, 이 중에서 특히 屈原과 杜甫는 문학적인 면에 있어서도 만기까지 그에게 줄곧 많은 영향을 끼쳤다. 따라서 여기서는 중기와 만기의 구분 없이 屈原과 杜甫 및 諸葛亮과 公孫述을 중심으로 그들에 대한 찬미의 내용과 영향에 대해 살펴보기로 한다.

먼저 屈原의 경우를 살펴본다.

屈原은 '懷才不遇'했다는 면에 있어서 동병상련을 느끼게 하는 존재였다. 그런 까닭에 爲國獻身하려는 자신의 이상이 좌절을 겪을 때마다 그를 회상하였고, 그의 충심과 불우한 처지를 노래함으로써 자신의 비탄한 심정을 토로하였다. 屈原에 대한 추앙은 夔州通判으로 부임하며 在蜀生活을 시작하면서부터 나타난다.

◎ 哀郢(二首其一)
郢을 애도하며[75]

遠接商周祚最長,	멀리 商, 周에 접하여 국운은 가장 장구하였고
北盟齊晉勢爭强.	북방 齊, 晉과 동맹하여 기세는 패권을 다투었네.
章華歌舞終蕭瑟,	章華臺의 歌舞소리는 끝내 적막하고 고요해졌지만
雲夢風煙舊莽蒼.	雲夢澤의 바람 안개는 예전처럼 아득히 푸르네.
草合故宮惟雁起,	잡초 덮인 옛 궁궐엔 기러기만이 날아오르고
盜穿荒冢有狐藏.	도둑들 파헤친 황폐한 왕릉엔 여우가 숨어 있네.
離騷未盡靈均恨,	<離騷>는 屈原의 恨을 다하지 못했나니,

---

75) ≪詩稿≫ 권2.

志士千秋淚滿裳!   志士는 천 년을 옷 가득히 눈물 흘린다네.

이 시는 乾道 6년(1170) 9월, 夔州로 부임하며 楚의 옛 도읍인 郢(지금의 湖北省 江陵縣)을 지나면서 쓴 것이다. 육유는 楚나라의 옛 사적지와 궁성의 황폐한 모습을 보면서 결국은 무위로 끝나고 만 屈原의 우국충정을 떠올리며 비통해하고 있다. <哀郢>은 屈原의 ≪九章≫ 중의 한 편인데, 육유는 여기에서 이름을 따 楚나라를 애도하고 '志士'로서의 屈原에 대한 깊은 추모의 뜻을 나타내고 있다.

같은 시기 굴원을 추모하는 시를 한 수 더 보기로 한다.

◎ 楚城
초 왕성76)

江上荒城猿鳥悲,	강가 황폐한 성에 원숭이와 새 소리 슬픈데
隔江便是屈原祠.	강 건너에 屈原의 사당이 있도다.
一千五百年間事,	일천 오백 년간 의 일들,
只有灘聲似舊時.	오로지 강물 소리만이 옛날과 같구나.

이 시는 이로부터 8년 뒤인 淳熙 5년(1178), 南鄭에서 나와 成都에서 머물고 있던 육유가 皇命을 받아 臨安으로 돌아가던 중 歸州에 있는 굴원의 사당을 지나며 쓴 시이다. 南鄭에서 불태웠던 중원수복의 꿈이 무위로 돌아가고 전선을 뒤로한 채 臨安으로 소환되어 가는 육유의 처지에서 굴원은 바로 懷才不遇한 자기 자신이었으며, 그에 대한 애도는 곧 자신에 대한 애도였던 것이다.

屈原은 그에 있어 동병상련의 위로자였던 동시에 이상향이기도 하였다. 그가 江西詩格에서 탈피하여 詩家三昧를 깨닫게 되었을 때 제일 먼저 눈앞

---

76) ≪詩稿≫ 권10.

에 떠오른 이도 屈原이었으며[77] 중년의 힘들고 고달플 때에 위안으로 삼
았던 사람도 屈原이었다.[78] 물론 그가 屈原의 문장상의 성취를 경시한 것
은 결코 아니지만,[79] 그가 屈原에게서 얻고 배운 보다 중요한 것은 죽음으
로써 지키는 절개와 불굴의 우국정신이었다고 할 수 있다.

다음으로 杜甫를 보자.

杜甫에 대한 추앙 또한 屈原과 마찬가지로 在蜀時期를 시작하면서부터
나타난다.

◎ 龍興寺弔少陵先生寓居
　용흥사에서 少陵선생이 머물렀던 곳을 조문하며[80]

中原草草失承平,　　중원 땅 졸지에 평안을 잃으니
戍火胡塵到兩京.　　전쟁의 불길과 오랑캐의 흙먼지가 洛陽과 長安에
　　　　　　　　　　이르렀도다.
扈蹕老臣身萬里,　　왕을 따르던 늙은 신하, 몸은 만 리를 헤매더니
天寒來此聽江聲.　　차가운 날씨에 이곳에 와서 강물소리 듣는구나.

이 시는 위의 <楚城>과 마찬가지로 淳熙 5년(1178) 왕명을 받아 臨安으
로 돌아가면서 쓴 시이다. 龍興寺는 忠州(지금의 四川省 忠縣)에 있는 절로, 杜
甫는 만년에 동쪽으로 배를 타고 내려가다가 765년에 이 곳에 도착하여
잠시 머물면서 <題忠州龍興寺所居院壁>이라는 詩를 썼었다. 육유는 自注
에서 ‘두보의 시로 미루어보면, (두보는) 아마도 秋冬 무렵에 이곳에 머물
렀을 것이다. 절 문 앞에서 강물 소리를 들으니 심히 장대하였다’[81]라 하

---

77) ‘詩家三昧忽見前, 屈賈在眼元歷歷’ ≪詩稿≫ 권25, <九月一日夜, 讀詩稿有感, 走筆作
　　歌>.
78) ‘中年困憂患, 聊欲希屈賈’ ≪詩稿≫ 권54, <入秋遊山賦詩略無闕日, 戲作五字七首識之,
　　以野店山橋送馬蹄爲韻之一>.
79) ‘章要須到屈宋, 萬仞靑霄下鸞鳳’ ≪詩稿≫ 권16, <答鄭虞任檢法見贈>.
80) ≪詩稿≫ 권10.

며 이 시를 쓰게 된 배경을 설명하고 있다. 즉 작자는 자신과 유사한 杜甫의 시대적 상황과 인생 역정을 통해 그에게서 동류의식을 느끼게 되었던 것이며, 그의 인생에 대한 추모와 애국심에 대한 찬미를 통해 자신에 대한 위안과 함께 변함없는 우국의식을 간직하고자 했던 것이다.

주지하듯이 杜甫는 唐詩의 완성자이자 중국 古典詩의 최고봉으로서 이후 宋代의 江西詩派를 비롯하여 수많은 시인들의 추앙과 모범의 대상이 되어왔다. 그러나 이 시에서도 알 수 있는 것처럼 두보에 대한 육유의 추앙은 확실히 일반 보통 시인들의 그것과는 출발부터 달랐다. 육유가 그를 단순히 시인으로만 보고 그의 시적 성취에 감탄하여 추앙한 것이 아니었음은 앞서 인용했던 ≪老學庵筆記≫ 권7에서의 杜甫詩에 대한 견해[82]와 다음 시에서 잘 드러난다.[83]

◎ **讀杜詩**
  杜甫의 시를 읽고[84]

城南杜五少不羈,	장안성 남쪽의 杜審言은 어려서부터 매임이 없고
意輕造物呼作兒.	조물주도 경시하여 '어린아이'라 불렀었네.
一門酗法到孫子,	가문의 술버릇은 손자에까지 이르렀으니
熟視嚴武名挺之.	嚴武를 쳐다 보며 아비 嚴挺之의 이름을 불렀었네.

---

81) '以少陵詩考之, 蓋以秋冬間寓此州也. 寺門聞江聲甚壯'
82) 제3장 注83) 참조.
83) 육유가 두보의 시에 대해 본격적으로 논한 것은 아래 시 외에 <與兒輩論李杜韓柳文章偶成>(권28), <讀杜詩偶成>(권28), <讀杜詩>(권34), <讀李杜詩>(권70)가 있는데, 이것들은 모두가 69세 이후 만기에 쓴 것들이다. 반면 우국지사로서의 육유에 대한 추모를 나타내고 있는 시는 위의 인용시 외에 <夜登白帝城樓, 懷少陵先生>(권2), <遊錦屏山謁少陵祠堂>(권3), <綿州錄參廳, 觀姜楚公畫鷹, 少陵爲作詩者>(권3), <草堂拜少陵遺像>(권9), <龍興寺弔少陵先生寓居>(권10), <題少陵畫像>(권16)이 있고 모두가 60세 이전 중기에 쓴 것들이다. 이는 육유가 처음부터 두보를 시인이라기보다는 우국지사로서 추앙했음을 보여주는 단적인 증거라 할 수 있다.
84) ≪詩稿≫ 권33.

<pre>
看渠胸次隘宇宙,   그대의 도량을 보면 우주도 비좁나니
惜哉千萬不一施.   애석하도다! 천만 중 하나도 펼치지 못하였구나.
空回英槪入筆墨,   다만 영웅의 기개를 필묵에다 쏟아 부었으니
生民淸廟非唐詩.   <生民>, <淸廟>와도 같아 唐詩가 아니었도다.
向令天開太宗業,   만약 하늘이 태종의 업을 펼치게 했더라면
馬周遇合非公誰.   馬周와 같은 대우를 그대가 아니면 누가 받으리.
後世但作詩人看,   후세 사람들은 다만 그대를 시인으로만 보니
使我撫几空嗟咨.   책상 어루만지며 탄식하게 하는 도다.
</pre>

이 시는 慶元 원년(1195)에 쓴 것이다. 제1~4구에서는 두보의 호방하고 자
유로운 기질이 조부인 두심언에게서 유래한 집안 내력임을 말하고 있다. 다
음 제5~8구에서는 杜甫의 재능과 포부를 찬양하며, 시대를 타고 태어나지 못
해 재능이 펼쳐지지 못했음을 안타까워하고 있다. 또한 그의 시를 ≪詩經≫
의 시들에 비유하며 실현되지 못한 기개의 반영으로서, 다른 唐詩들과는
비교대상이 되지 못함을 말하고 있다. 마지막 제9~12구에서는 馬周를 등
용했던 唐太宗을 떠올리며 만약 唐太宗과 같은 황제가 당시에 있었더라면
杜甫 또한 큰 공업을 세웠을 것이라 말하고, 후세 사람들이 杜甫를 재능과
기개와 포부를 지녔던 영웅인물이 아니라 다만 시인으로만 보는 것에 탄
식하고 있다.

그는 중기에 南鄭에서의 종군경험으로 인해 이미 초기의 江西詩格에서
벗어나 시의 역할과 사명에 대한 확고한 견해가 갖추어진 상태였다. 따라
서 두보시의 형식 및 수사기교상의 성취는 이미 그의 관심의 대상이 아니
었다. 그보다는 포부와 재능을 가지고서도 인정받지 못한, 그래서 시를 통
해 토로될 수밖에 없었던 그의 사상과 정신이 주된 관심이었던 것이다. 이
런 까닭에 그는 일반 시인들이 杜甫의 빼어난 점을 '한 글자도 출처가 없
는 것이 없다[無一字無來處]'라는 형식적 측면에서 찾으려 하는 것에 대해

이를 杜甫의 뜻에서 멀어지는 행동이라 비판하였으며,85) 나아가 杜甫를 높이는 그들의 모든 논의들은 한 글자도 취할 바가 없는 쓸모없는 것이라는 극단적인 비판을 하기도 하였다.86)

　陸游는 杜甫의 시 속에 담겨져 있는 조국에 대한 걱정과 백성에 대한 연민과 자신에 대한 치열한 반성을 추앙했던 것이며, 이를 통해 자신 또한 평생 변치 않는 우국의 정서를 간직할 수 있었던 것이다.

　杜甫에 대한 추숭을 나타내고 있는 시 한 수를 더 보기로 한다.

◎ **遊錦屛山謁少陵祠堂**
　錦屛山에서 노닐다 杜甫의 祠堂을 배알하며87)

城中飛閣連危亭,	城 안의 나는 듯한 누각은 높은 정자에 이어져있고
處處軒窗臨錦屛,	곳곳의 커다란 창은 錦屛山을 마주하고 있네.
涉江親到錦屛上,	강을 건너 직접 錦屛山 위에 오르니
却望城郭如丹靑.	문득 성곽이 丹靑처럼 보이네.
虛堂奉祠子杜子,	텅 빈 사당에 모셔져 있는 분은 杜甫,
眉宇高寒照江水,	高古하고 淸寒한 모습이 강물에 비치고 있네.
古來磨滅知幾人,	옛부터 죽어 없어진 이들이 그 얼마였던가,
此老至今元不死.	이 老父는 지금에 이르도록 의연히 죽지 않네.
山川寂寞客子迷,	산천은 적막하여 나그네는 길을 잃고
草木搖落壯士悲,	초목은 시들어 壯士는 비통하네.
文章垂世自一事,	문장으로 세상에 알려진 것도 하나의 일이지만
忠義凜凜令人思.	늠름한 충의가 사람을 그리워하게 만드네.
夜歸沙頭雨如注,	밤에 沙頭로 돌아오니 비는 쏟아 붓는 듯하고,
北風吹船橫半渡,	북풍은 배를 몰아 강 한가운데에 걸어 놓았네.
亦知此老憤未平,	알겠노라니, 이 老父 분이 풀리지 않아

---

85)《老學庵筆記》권7, 앞의 인용문 참조.
86) '近世注杜詩者數十家, 無一字一義可取. 蓋欲注杜詩, 須去少陵地位不大遠, 乃可下語'《文集》권31, <跋柳書蘇夫人墓誌>.
87)《詩稿》권3.

萬竅爭號泄悲怒.　　온갖 구멍에서 부르짖으며 비통과 분노를 쏟아 내
　　　　　　　　　　는 것임을.

이 시는 乾道 8년(1172) 南鄭으로 종군하러 가는 도중에 閬中에 있는 杜甫의 사당을 참배하고 쓴 것이다. 시의 제1~4구와 제5~8구에서는 각각 금병산을 오르며 본 閬中城의 경관과 찾는 이 없이 쓸쓸한 두보의 사당을 묘사하고 있다. 다음 제9~12구에서는 시들어 떨어지는 산천초목으로 현실을 비유하며 자신의 비통함을 직접적으로 드러내고 두보의 충의에 대해 추앙을 나타내고 있다. 마지막 제13~16구에서는 폭풍우라는 자연 현상을 두보의 회한과 분노의 표출로 여기고 있다.

다음으로 제갈량에 대한 추앙을 살펴본다.

◎ 游諸葛武侯書臺
제갈량의 書臺에서 노닐며88)

沔陽道中草離離,　　沔陽의 길 위 풀은 무성한데
臥龍往矣空遺祠.　　제갈량은 떠나가고 사당만이 남았어라.
當時典午稱猾賊,　　당시 司馬懿는 교활한 적이라 칭해졌으나
氣喪不敢當王師.　　기세를 잃고 蜀漢의 군사를 이기지 못하였네.
定軍山前寒食路,　　定軍山 앞 쪽 한식날 길에는
至今人祠丞相墓.　　지금도 사람들이 丞相의 묘를 참배하네.
松風想像梁甫吟,　　소나무 부는 바람에 그의 <梁甫吟>이 떠오르고
尙憶幡然答三顧.　　홀연 삼고초려에 보답하였음이 생각나도다.
出師一表千載無,　　<出師表> 한 글은 천 년에 없는 것이니
遠比管樂蓋有餘.　　옛날 管仲과 樂毅에 비교해도 남은 바가 있도다.
世上俗儒寧辦此,　　세상의 속된 선비들이 어찌 이를 할 수 있으리
高臺當日讀何書.　　높은 누대에서 그 때에 무슨 책을 읽었을까?

---

88) ≪詩稿≫ 권9.

이 시는 淳熙 5년(1178) 봄, 諸葛亮의 書臺를 유람하며 쓴 것이다. 이 시에서 육유는 제갈량의 우국충정과 신의를 떠올리고, 그를 管仲과 樂毅보다도 높은 위치로 올리며 추앙하고 있다. 제갈량에 대한 시 한 수를 더 보기로 한다.

◎ 感昔(二首其二)
옛날을 느끼며[89]

五丈原頭秋色新,	오장원에 가을빛은 새로운데
當時許國欲忘身.	당시에 나라를 위해 몸을 잊고자 했었네.
長安之西過萬里,	장안 서쪽으로 만 리를 지나
北斗以南惟一人.	북두 이남까지 오로지 그대 한 사람뿐이라네.
往事已如遼海鶴,	지난 일 이미 遼海로 날아간 학과 같으니
餘年空羨葛天民.	남은 생 다만 葛天氏의 백성이기를 흠모한다네.
腰間白羽凋零盡,	(그대) 허리춤의 白羽扇은 이미 시들어 버렸는데
却照清溪整角巾.	(나는) 오히려 清溪에 비추며 모자를 바로 한다네.

이 시는 慶元 원년(1195) 山陰에 있을 때 쓴 것으로, 五丈原은 諸葛亮이 司馬懿와 최후의 전투를 벌이다 전사한 곳이다. 제1~4구에서는 나라를 위해 헌신하고자 했던 제갈량의 충성심을 이야기하며 중국 전체를 통틀어 최고의 충신으로 높이고 있다. 제갈량에 대한 이와 같은 평가와 추숭은 곧 자신의 우국심에 대한 신념과 자부심을 비유하여 나타낸 것으로 다음 제5~8구에서 그는 당당한 중국의 후손으로서 흐트러짐 없이 살겠노라는 굳은 의지를 나타내고 있다.

다음은 公孫述에 대한 추앙이다.

---

89) ≪詩稿≫ 권33.

◎ 入瞿唐登白帝廟
瞿唐峽谷에 들어가 白帝廟에 오르다90)

曉入大谿口,	새벽에 대곡구에 들어가니
是爲瞿唐門.	바로 구당협의 입구이네.
長江從蜀來,	장강은 촉 땅에서 흘러나와
日夜東南奔.	밤낮으로 동남을 향해 달리고
兩山對崔嵬,	두 산이 마주보고 우뚝 솟아 있으니
勢如塞乾坤.	기세는 천지를 막는 듯.
峭壁空仰視,	깎아지른 절벽 망연히 올려다보니
欲上不可捫.	오르려 해도 잡을 곳이 없도다.
禹功何巍巍,	禹임금의 공적은 얼마나 높고도 높은지.
尙覩鐫鑿痕.	아직까지도 파고 새긴 흔적 남아있네.
天不生斯人,	하늘이 이 분을 보내지 않았더라면
人皆化魚黿.	인간은 모두 물고기와 자라가 되어버렸으리.
於時仲冬月,	지금은 한 겨울,
水各歸其源.	물은 각기 그 연원으로 돌아가고
灩澦屹中流,	염예퇴는 강 중간에 우뚝 서,
百尺呈孤根.	백 척이나 솟아 외로운 뿌리 드러내고 있네.
參差層顚屋,	들쭉날쭉한 산 위의 집에서
邦人祀公孫.	마을 사람들이 公孫述을 제사지내나니
力戰死社稷,	힘써 싸워 사직을 위해 죽었으니
宜享廟貌尊.	묘당에서 존중을 받는 것은 당연한 일이리.
丈夫貴不撓,	장부는 굽히지 않음을 귀히 여기나니
成敗何足論.	성공과 실패를 어찌 족히 논할 것인가?
我欲伐巨石,	내 커다란 바위 깎아
作碑累千言.	비석을 만들어 천 마디 말을 남기고자 하니,
上陳躍馬壯,	처음은 말을 타고 뛰어오르는 公孫述의 용맹스러움을 서술하고
下斥乘驢昏.	다음은 노새 타고 西蜀으로 도망간 玄宗의 혼란함

90) ≪詩稿≫ 권2.

	을 질책하리.
雖慚豪偉詞,	비록 호방하고 위대한 詞에는 부끄럽지만
尙慰雄傑魂.	그래도 이 영웅의 혼백이나마 달랠 수는 있겠지.
君王昔玉食,	군왕은 일찍이 좋은 음식을 드셨으니
何至歆鷄豚.	어찌 닭고기나 돼지고기를 드시리.
願言采芳蘭,	향기로운 난초 캐어와
舞歌薦淸尊.	춤추고 노래하며 맑은 술잔 올리고 싶어라.

이 시는 陸游가 乾道 6년(1170) 夔州로 가는 도중 公孫述의 사당을 지날 때 쓴 시로 이러한 감정의 승화를 잘 느끼게 해 주는 시이다. 시의 제1~8구에서는 四川 瞿唐峽谷의 험난한 형세를 묘사하고 있으며, 다음 제9~12구에서는 禹임금의 治水의 공적을 기리고 있다. 이어 제13~16구에서는 백제묘에 올라 본 경관을 묘사하고, 이하 마지막 구까지는 옛날을 빌어 지금을 비유하면서 公孫述의 강직하고 꿋꿋한 정신을 찬미하고 있다. 白帝廟는 公孫述을 받드는 사당인데 西漢 말엽 公孫述이 四川에 자리를 잡고 東漢 建武 元年에 칭제를 하여 스스로를 白帝라 칭한 데서 유래한다. 公孫述은 後漢의 光武帝와 대립하다 漢의 장군 吳漢과의 전투에서 사망하였다. 漢의 입장에서 보면 公孫述은 반란의 괴수에 불과하지만 육유는 '힘써 싸워 사직을 위해 죽었으니, 묘당에서 존중을 받는 것이 마땅하다[力戰死社稷, 宜享廟貌尊]'라 한 데서 알 수 있듯, 그가 戰場에서 자신의 국가를 위해 죽은 사실을 높이 평가하고 있는 것이다.

이외 漢代의 李廣과 唐代의 李晟, 李靖, 裵度, 馬周, 宋代의 寇準, 宗澤, 岳飛, 張浚 등 수많은 인물들이 그의 찬미의 대상이 되고 있는데, 이들에 대한 추앙 부분은 아래의 다음 몇 가지 예들을 인용하는 것으로 대신한다.

<李廣>

• '惟恨廣平風味減, 坐看徐庾擅江東' ≪詩稿≫ 권3, <分韻作梅花詩得東
　字>

<李晟>

• '猶當出作李西平, 手梟逆賊淸舊京' ≪詩稿≫ 권5, <長歌行>
• '談笑復舊京, 令人憶西平' ≪詩稿≫ 권33, <悲歌行>
• '盛事何由觀北伐, 後人誰可繼西平' ≪詩稿≫ 권63, <秋夜思南鄭軍中>

<李靖>

• '李靖聞征遼, 病憊更激昂' ≪詩稿≫ 권11, <鵝湖夜坐書懷>
• '君不見牛奇章與李衛公, 一生冰炭不相容' ≪詩稿≫ 권62, <寄題李季章
　侍郎石林>

<裴度>

• '裴度請討蔡, 奏事猶衷創' ≪詩稿≫ 권11, <鵝湖夜坐書懷>
• '劉白老來忘世味, 只思詩酒伴裴公' ≪詩稿≫ 권11, <葉相最高亭>

<馬周>

• '楊子淒涼老天祿, 馬周顑頷客新豐' ≪詩稿≫ 권15, <山園晩興>
• '向令天開太宗業, 馬周遇合非公誰' ≪詩稿≫ 권33, <讀杜詩>
• '淸嘯蘇門山, 曠度交公休' ≪詩稿≫ 권60, <山中飮酒>
• '馬周浪迹新豐市, 阮籍興懷廣武城' ≪詩稿≫ 권77, <讀史>
• '酈生吏高陽, 馬周客新豐' ≪詩稿≫ 권77, <寄太湖隱者>

<寇準>

• '豪傑何心後世名, 材高遇事卽崢嶸' ≪詩稿≫ 권2, <秋風亭拜寇萊公遺
　像>
• '寇公壯歲落巴蠻, 得意孤亭縹緲間' ≪詩稿≫ 권2, <巴東令廨白雲亭>

<宗澤과 岳飛>
- ‘君不見昔時東都宗大尹, 義感百萬虎與狼’《詩稿》 권20, <感秋>
- ‘公卿有黨排宗澤, 帷幄無人用岳飛’《詩稿》 권25, <夜讀范至能攬轡錄>
- ‘劇盜曾從宗父命, 遺民猶望岳家軍’《詩稿》 권26 <書憤>
- ‘西酹吳玠墓, 南招宗澤魂’《詩稿》 권34, <村飲示鄰曲>

<張浚>
- ‘張公邃如此, 海內共悲辛’《詩稿》 권1, <送王景文>
- ‘中原故老知誰在, 南嶽新丘共此哀’《詩稿》 권1, <去年余佐京口, 遇王嘉叟, 從張魏公督師過焉. 魏公道免相, 嘉叟亦出守藝陽. 近辱書報魏公已葬衡山, 感歎不已…>
- ‘張公世外人, 與蜀偶有緣. 天將靖蜀亂, 生公在人間’《詩稿》 권3, <拜張忠定公祠二十韻>

이상에서 전시대 및 동시대의 우국지사들에 대한 육유의 추앙의 상황과 내용들을 살펴보았다. 이들의 공통점은 모두가 불굴의 의지와 헌신적인 희생으로서 失地를 수복하거나 외적의 침입을 막아내어 나라와 백성의 안녕을 이루어냈다는 점이다. 결국 멀리 屈原을 비롯하여 동시대의 張浚 등에 이르기까지 육유가 찬미하고 칭송했던 모든 인물들은 때로는 자기 자신의 이상형으로서 때로는 자신의 분신으로서, 현실에서 자신이 실천하지 못했던 爲國愛民의 理想을 행동으로 옮겼던 사람들이라 할 수 있다.

5) ‘紀夢’을 통한 理想實現의 渴望

앞서 屈原에 대한 육유의 추앙을 이야기하며 육유가 屈原에게 문학적인 영향 또한 받았음을 이야기하였다. 屈原에 대한 추도와 흠모는 육유시에 있어 특히 서술기법상의 영향으로 나타났다. 그는 많은 작품에서 《離騷》

나 ≪九歌≫에서처럼 꿈과 환상을 노래하는 방식을 차용하고 있다.

꿈의 내용을 시로써 표현하거나 꿈에서 깨어난 후의 감회를 시로 나타
낸 것을 흔히 '紀夢詩'라고 하는데, 육유의 紀夢詩는 그 내용은 차치하고서
라도 수량 면에 있어서도 역대 최고의 수준이다. 趙翼은 陸游 紀夢詩의 수
와 의미에 대해 다음과 같이 말하고 있다.

紀夢詩와 같은 것은 全集을 핵실하여 헤아리면 모두 하여 99수이다. 인
생에 어찌 이렇게 많은 꿈이 있을 수 있겠는가? 이는 필시 시는 있었으나
제목이 없다가 마침내 꿈에 기탁한 것일 따름이다.[91]

조익은 99수나 되는 많은 기몽시로 인해 그 진위를 의심하고 있는 것이
다. 조익의 이러한 의심은 육유 이전 역대 시인들의 기몽시 수를 헤아려
보면 어쩌면 당연한 것이라 할 수 있다. ≪全唐詩≫의 경우 권866에 <夢
詩> 31수가 실려 있으며, 전집을 통틀어 109수의 기몽시가 수록되어 있을
따름이다.[92] 북송에서는 梅堯臣이 27수로 가장 많으며, 다음으로 蘇軾이
14수, 王安石이 8수이며 歐陽修의 경우 단 1수에 불과하다. 그러나 趙翼이
많다고 여긴 99수 또한 육유 기몽시의 실제 작품 수와는 많은 차이가 있
다. 필자의 조사에 따르면, '夢'자가 들어 있는 詩題는 총 128수이며, 이
중 28題가 62수의 聯詩로 이루어져 있어 詩題상으로만 추산하더라도 육유
紀夢詩의 총수는 162수에 달한다.[93]

---

91) '卽如紀夢詩, 核計全集, 共九十九首. 人生安得有如許夢? 此必有詩無題, 遂托之於夢耳'
   ≪甌北詩話≫ 권6.
92) 이 중 元稹이 12수, 白居易가 11수로 비교적 많은 편에 속하며 나머지 사람들은 모두
   3수 이하이다. ≪全唐詩≫ 및 宋代 시인의 紀夢詩 수는 黃啓方, ≪宋代詩文縱談≫, 140
   면, <陸游紀夢詩考釋> 참조.
93) 물론 紀夢詩의 구분은 시의 내용과 관련된 것으로, 詩題에서의 '夢'자의 유무가 그것
   의 절대적인 기준일 수는 없다. 비록 시제에서는 '夢'자가 사용되지 않았지만 내용상

劉奇慧 또한 ≪陸游紀夢詩硏究≫94)에서 제목에 '夢'자가 들어있는 시제의 작품 총수가 162수이고, 그 외 시구 중에 '夢'자가 들어 있는 시가 649수로 육유의 기몽시는 총 811수라 말하고 있어 필자의 통계와 일치하고 있다. 그러나 劉奇慧는 詩句 속에 단순히 '夢'자가 들어 있는 작품까지도 모두 기몽시로 포함시켰기 때문에 그 범위가 지나치게 넓어지고 말았으며, 기실 기몽시로 분류될 수 없는 것들까지도 포함시켜버리는 오류가 있었다.95) 그 결과 이에 근거한 주제상의 분류나 예술상의 특징 분석 또한 紀夢詩만의 두드러진 특징들을 나타내지 못한 채 육유시 전체를 대상으로 한 것과 유사한 결과를 낳고 말았다.96)

여기에서의 목적은 육유의 紀夢詩를 본격적으로 다루고자 하는 것은 아니며, 다만 우국의식의 하나의 표현양태로서 육유의 우국 기몽시를 보고자 하는 것이다. 따라서 기몽시의 대상을 앞서 제목에 '夢'자가 들어 있는 162수로 한정하여, 우국 기몽시와 나머지 기타 주제 기몽시의 총분포가 어떠한지, 또한 시기별 분포 및 표현상에 있어 어떠한 차이들이 있는지를 살펴보기로 하겠다. 이를 통해 육유가 우국의식을 나타내면서 왜 기몽시라는 형식을 사용하게 되었으며 그에 있어서 꿈이란 어떠한 의미였었는지를 생각해보고, 시기별 분포 및 차이에 따른 육유의 감정 및 심리 상태의 차

분명한 기몽시인 경우도 있기 때문이다. 그러나 또한 육유시 중 詩題에서 '夢'자가 사용되고 있는 시는 모두가 기몽시로 분류된다.

94) 國立臺灣師範大 碩士論文, 2003.

95) <松滋小酌>(권2)에서의 '風聲撼雲夢, 雪意接瀟湘'이나 <武昌感事>(권2)에서의 '煙雨淒迷雲夢澤, 山川蕭瑟武昌宮' 등에서와 같이 고유명사로서 사용된 경우를 차치하고서라도, <秋思>(권5)에서의 '白首有詩悲蜀道, 淸宵無夢到鈞天'이라 한 것까지 기몽시로 볼 수는 없기 때문이다. 이 외 많은 시 속에서 꿈의 내용에 대한 설명 없이 단순히 '作夢'이라는 사실 자체만을 말하고 있다.

96) 劉奇慧는 육유 紀夢詩의 주제를 '心繫家國, 赤子丹心', '懷人情深, 溫婉眞摯', '恬然自適, 寄情方外', '浪跡遠遊, 登臨抒懷', '往事悠悠, 借夢寓懷'의 다섯 가지로 구분하고 있는데, 사실상 이 같은 구분은 육유시 전체의 주제구분과도 일치하는 것이다.

이들을 생각해보기로 한다.

다음 표는 육유 기몽시를 우국시와 그 외 기타시로 분류하여 시기별로 정리한 것이다.

[표 1] 陸游 紀夢詩의 주제 및 시기 분류[1]

		우국		기타		총수	
		작품수	백분율	작품수	백분율	작품수	백분율
초기		0	0	1	100	1	0.6
중기	在蜀時期	8	36.4	14	63.6	22	13.6
	在山陰時期	13	59.1	9	40.9	22	13.6
만기		46	39.3	71	60.7	117	72.2
총수		67	41.4	95	58.6	162	100

위의 표에서는 육유의 憂國 紀夢詩의 특징이 보다 잘 드러나도록 하기 위하여 중기를 다시 '在蜀時期'와 '在山陰時期'로 세분하였다. 표에서도 알 수 있듯이 육유의 전체 기몽시 중 우국시는 약 42% 정도로, 기타 다른 주제의 시가 더 높은 비율을 나타내고 있다. 그러나 일만 수에 이르는 육유의 시 중에 내용상 순수하게 우국시로 구분할 수 있는 것의 비율이 채 20%도 넘지 않는 것에 비추어 보면, 기몽시에서의 우국시의 비율은 매우 높은 편이라고 할 수 있다. 시기별로 보았을 때 '在山陰時期'에서의 우국시의 비율이 가장 높으며 '在蜀時期'의 비율이 상대적으로 낮게 나타나고 있음을 알 수 있다. 초기의 경우 기몽시 자체가 단 한 편에 불과하며 그것마저도 우국시는 아니다.[97] 만기는 중기의 '在山陰時期'보다는 낮지만 '在蜀

---

97) ≪詩稿≫에 실려 있는 가장 이른 시기의 紀夢詩는 <夜夢從數客雨中載酒出遊, 山川城闕 極雄麗, 云長安也. 因與客馬上分韻作詩, 得遊字(밤에 꿈에서 몇몇 친구들을 따라 빗속에 술을 싣고 놀러 나갔다. 산천과 성궐이 지극히 웅장하였는데 長安이라 하였다. 그래서 친구들과 즉석에서 운을 나누어 시를 썼는데, 遊자를 얻었다)>(권1)로서, 乾道

時期'보다는 높은 비율을 나타내고 있다. 작품의 절대분량으로 보면 우국
시와 기타시를 막론하고 만기의 작품수가 월등하지만, 앞서 제1장 2. '연
구의 대상 및 방법'에서 언급했듯이 다만 이것 자체만을 가지고 기몽시의
형식을 만기시의 주된 특징으로 간주해서는 안 된다.98)

초기를 제외한 나머지 세 시기의 우국 기몽시 분포 비율을 살펴보면 현
실에서의 좌절감이 컸었던 시기 순으로 이루어져 있음을 알 수 있다. 즉
중기 중 '在蜀時期'는 작자가 가장 열의에 불타있었으며 미래에 대한 어느
정도의 낙관과 자신감을 지니고 있었던 때로, 이때의 그의 이상은 꿈보다
는 주로 현실적인 결의와 실천적인 행동을 통해 나타났다. 반면 '在山陰時
期'는 정치에 있어서나 이상에 있어서나 가장 힘들어했었던 시기로, 육유
는 현실의 좌절과 미래의 암담함을 꿈이라는 방식을 통해 벗어나고자 했
었다. 결국 육유에 있어서 우국 기몽시는 현실에서 이루지 못한 이상의 실
현이자 현재적 자아에 대한 반영으로서, 작자 내면의 고통과 번민, 소망과
갈구를 가장 보여주는 것이라 할 수 있다.

육유 기몽시의 이러한 성격은 다만 우국시의 경우에만 해당되는 것은
아니다. 우국시를 제외한 나머지 시들의 내용을 보면, 交遊, 鄕愁, 遊覽 隱
逸思想 및 古人, 道士, 僧侶와의 만남에 이르기까지 다양한 주제로 이루어
져 있다. 그러나 각각의 주제들은 그 구체적인 대상과 내용의 차이에도 불
구하고, 우국시에서의 '실현 불가능한 이상'과 마찬가지로 '세상을 떠난
친구', '갈 수 없는 고향', '결코 추구할 수 없는 隱逸幽居思想'과 같이 현
실에서는 이룰 수 없는 대상이라는 점에서 공통점을 지니고 있다.

원년(1165) 그의 나이 41세 때 쓴 것이다.
98) [표 3] '≪劍南詩稿≫ 연도별 통계표'를 보면, 육유의 시 중 만기(1190) 이후의 시는
총 6,461수로서 전체의 약 70%를 차지한다. 따라서 비율만으로 따진다면 紀夢詩의
비율은 전체 시의 비율과 거의 비슷함을 알 수 있다.

꿈은 실제가 아닌 가상현실이라는 점에서 현실도피적인 성향을 띨 수밖에 없다. 따라서 꿈속에서 살아가는 사람은 일반적으로 현실의 삶에 만족하지 못하며 자신이 처한 사회현실에도 무관심하기 마련이다. 그러나 육유의 경우는 많은 시편들 속에서 줄곧 꿈을 이야기하고 환상을 노래하면서도 결코 현실이라고 하는 삶의 토대를 잃지 않았다. 이는 그의 꿈이 현실의 이상과 맞닿아 있었기 때문이며 또한 실제적 현실에 대한 온전한 반영이었기 때문이었다. 오랑캐를 몰아내고 중원을 회복하고자 한 자신의 소망이 무능한 조정과 부패한 관료라는 현실의 벽에 막혀 실현 불가능하게 되었을 때, 그는 한 편으로는 꿈이라는 가상공간 속에서 '가상의 현실화'라는 방법을 통해 자신의 이상을 실현시키기도 하였으며, 또 한편으로는 현실에서 다 풀어내지 못한 회한을 꿈속으로까지 연장시켜 비분으로 토해내기도 하였다. 육유가 생의 마지막 순간까지 현실에 좌절하거나 변절하지 않고 변함없이 결연한 투쟁의지를 지켜낼 수 있었던 것에는 그의 기몽의 방식을 통한 자기 해소와 자기 위안이 큰 힘이 되었으리라는 것을 짐작할 수 있다.

육유의 우국 기몽시의 시기별 표현양태는 앞서 살펴보았던 다른 일반적인 우국시들과 유사한 양상을 보여준다. 즉 중기 중 '在蜀時期'의 기몽시들은 주로 '가상의 현실화'라는 방법을 통해 호방하고 격정적이며 정열적인 모습을 표현하고 있다. 반면 '在山陰時期'의 시들은 주로 현실적 자아와 세계의 반영으로서, 암울한 조국의 운명과 참담한 자신의 현실을 지속적인 울분과 비분으로 나타내고 있다. 아울러 만기의 시들은 젊었을 때의 행적들을 돌아보고 당시의 기억이 담긴 지역과 인물들을 떠올리며 결국은 무위로 돌아가 버린 자신의 이상에 대해 담담한 슬픔을 나타내고 있다.

다음에서 육유의 우국 기몽시를 시기 순으로 구분하여 감상해 보기로 한다.

◎ 記夢
꿈을 기록하다[99]

夢裏都忘困晚途,　　꿈속에서 곤궁한 만년의 길을 다 잊고서
縱橫草疏論遷都.　　종횡으로 疏를 써서 천도를 주장하였네.
不知盡挽銀河水,　　모르겠네! 은하수 물을 다 끌어당긴들
洗得平生噎氣無.　　내 평생의 기질을 씻어버릴 수 있을는지.

이 시는 乾道 7년(1171) 夔州의 通判으로 있을 때 지은 것으로, 在蜀時期 우국시의 호방하고 강건한 특징이 그대로 나타나 있다. 육유는 隆興 원년 (1163) 樞密院編修兼太上皇帝聖政所檢討官에 있으면서 당시 수도인 臨安의 지형적인 불리함을 이야기하며 建康(지금의 江蘇省 南京市)으로 도읍을 옮길 것을 주장하였다.[100] 그의 이러한 주장은 함락지역을 수복하고자 한 초보적인 계획이었으나, 결국은 실현되지 못하였다. 제1~2구에서 육유는 8년의 시간과 공간의 차이를 넘어 다시 꿈속에서 이를 재차 상소하며 현실에서 이루지 못한 계획을 실현하려 하고 있다. 다음 제3~4구에서는 자신의 군건한 의지와 기개를 호탕하고 과장된 수법으로 나타내고 있다.

다음 시는 2년 후인 乾道 9년(1173) 嘉州에 있을 때 쓴 것이다. 金을 정벌하고 失地를 수복하는 꿈에서 깨어나 지은 것으로, 위의 시에서 말한 그의 平生噎氣가 환상의 묘사를 통해 강렬하게 표현되고 있다.

◎ 九月十六日夜夢駐軍河外, 遣使招降諸城, 覺而有作
9월 16일 밤, 꿈에 황하 밖에 군대를 주둔시키고 사신을 보내어 여러 성의 항복을 받고는 깨어나 쓰다[101]

殺氣昏昏橫塞上,　　살기 자욱이 드리워진 변방,

---

99) ≪詩稿≫ 권2.
100) '車駕駐蹕臨安, 出於權宜, 本非定都. 以形勢則不固, 以餽餉則不便, 海道逼近, 凜然常有意外之憂' ≪文集≫ 권4, <上二府論都邑箚子>.
101) ≪詩稿≫ 권4.

東並黃河開玉帳.　　동으로 황하와 나란히 대장군의 막사를 세웠도다.
晝飛羽檄下列城,　　낮에는 격문을 날려 뭇 성들을 함락시키고
夜脫貂裘撫降將.　　밤에는 갖옷을 벗고 항복한 장수들을 위로하였네.
將軍櫪上汗血馬,　　장군은 마구간에 한혈마를 매어두고
猛士腰間虎文韔.　　용맹한 병사는 허리에 범 문양 활집을 매었도다.
階前白刃明如霜,　　섬돌 앞에는 날카로운 칼날이 서리처럼 빛나고
門外長戟森相向.　　문 밖에는 긴 창들이 빽빽이 마주하고 있었네.
朔風卷地吹急雪,　　북풍이 땅을 휘감아 급한 눈 몰아치더니
轉盼玉花深一丈.　　눈 깜짝할 사이 한 장이나 되는 눈꽃이 쌓였다네.
誰言鐵衣冷徹骨,　　누가 말했던가, 철갑옷의 냉기가 뼈에 사무친다고.
感義懷恩如挾纊.　　의리와 성은에 감복하니 목화솜을 품은 듯하네.
腥臊窟穴一洗空,　　누린내 나는 오랑캐 소굴이 단번에 씻겨지니
太行北嶽元無恙.　　太行山과 恒山은 처음부터 아무 일이 없었던 듯.
更呼斗酒作長歌,　　다시금 말술을 가져오라 소리치고 긴 노래를 지어
要遣天山健兒唱.　　天山의 건아들로 하여금 노래 부르게 하였네.

　河外는 '황하의 바깥'이라는 말로, 고대에는 통상 황하 서쪽을 지칭하였으나 여기서는 동북쪽을 포괄하는 말로 사용되고 있다. 시에서 작자는 오랑캐를 소탕하고 중원을 수복하는 모습을 장대하고 경쾌한 필치로 묘사하고 있다. 제1~4구에서는 변방에 막사를 세우고 북벌을 통해 오랑캐의 점령지들을 하나하나 수복해 가는 모습을 그리고 있으며, 다음 제5~8구에서는 자신과 병사들의 모습을 '汗血馬'와 '虎文韔'으로 표현하며 북벌에 임하는 자신감과 용맹심을 나타내고 있다. 다음 제9~12구에서는 변방의 혹독한 자연환경을 묘사하며 이 또한 호국보은의 의지로 이겨낼 수 있음을 말하고 있다. 마지막 제13~16구에서는 太行山과 恒山까지 수복한 후, 기세를 몰아 멀리 天山(지금의 新疆維吾爾自治州 지역)까지 나아가 마침내 漢과 唐의 옛 영토까지 수복하고 기쁨의 노래로 이를 자축하고 있다.

　　다음은 在山陰時期의 작품이다. 淳熙 5년(1178) 蜀地에서 나와 提擧福建常平茶鹽公事를 맡아 建安에 있던 육유는 이듬해 淳熙 6년(1179) 가을, 다시 조정의 부름을 받아 임안으로 돌아오던 도중 提擧江南西路常平茶鹽公事로 임명되어, 그해 12월 撫州(지금의 江西省 臨川縣)에 도착하였다. 다음 시는 그 이듬해인 淳熙 7년(1180) 5월, 撫州에서 쓴 것이다. 이 시 또한 황제를 따라 중원을 정벌하고 漢과 唐의 옛 영토를 수복하는 꿈에서 깨어나 지은 것으로, 중원 수복에 대한 자신감과 국가 부흥에 대한 기쁨이 나타나 있다.

◎ 五月十一日夜且半, 夢從大駕親征, 盡復漢唐故地, 見城邑人物繁麗, 云西涼府也. 喜甚, 馬上作長句, 未終篇而覺, 乃足成之
5월 11일 한밤중 꿈에 親征하는 황제의 어가를 따라 漢唐의 옛 땅을 모두 회복하고 城邑 사람과 문물들의 번화함을 보았는데, 이르기를 涼州라 하였다. 너무 기뻐 즉시 장구를 지었으나 미처 다 쓰지 못하고 깨어, 이에 이를 완성하다[102]

天寶胡兵陷兩京,	천보 연간에 오랑캐 병사 兩京을 함락하고
北庭安西無漢營.	北庭과 安西에는 우리 군영이 없었도다.
五百年間置不問,	오백 년간 내버려두고 묻질 않더니
聖主下詔初親征.	성왕께서 조칙을 내려 처음 친히 정벌하셨네.
熊羆百萬從鑾駕,	용맹한 무사 백만이 왕의 수레를 따르니
故地不勞傳檄下.	옛 땅들은 번거로이 격문을 내릴 필요조차 없네.
築城絶塞進新圖,	먼 변방에 성을 쌓고 새로운 지도를 바치니
排仗行宮宣大赦.	행궁에서 의장을 베풀고 대사면을 내리시네.
岡巒極目漢山川,	언덕과 산은 눈 닿는 데까지 우리 땅이고
文書初用淳熙年.	문서엔 처음으로 淳熙 연호를 사용하네.
駕前六軍錯錦繡,	수레 앞의 군대는 수놓은 비단을 입고 있고
秋風鼓角聲滿天.	가을바람에 북과 호각소리는 하늘에 가득하도다.
苜蓿峯前盡亭障,	苜蓿峯 앞에는 모두가 망루와 보첩이고,
平安火在交河上.	평안을 알리는 봉화는 交河縣 위에 있네.
涼州女兒滿高樓,	涼州의 계집들은 높은 누각에 가득한데

---

102) ≪詩稿≫ 권12.

梳頭已學京都樣.　　　머리 빗고는 이미 서울의 차림새를 배운다네.

이 시는 비록 在山陰時期에 쓴 것이지만 풍격상 在蜀時期의 그것과 많이 유사하다. 시기적으로 在山陰時期의 첫 해로, 아직까지 중원수복에 대한 희망이 완전히 사라진 상태는 아니기 때문이다. 제목에 언급된 西涼府는 涼州를 가리키는 것으로, 송 초기에는 서량부라 불렸다가 후에 西夏에 함락된 곳이다.

제1~2구에서 시인은 역사적인 관점에서 서역 지역이 본래 중국의 땅이었는데 오랜 기간 오랑캐의 수중에 빠져 있었음을 말하고 있다. 이 같은 역사인식은 곧 다음 제3~4구의 서역정벌에 대해 역사적 정당성을 부여하고 있다. 다음 제5~8구에서는 앞 구에서 획득한 역사적 정당성과 '번거롭게 격문을 내릴 필요도 없다[不勞傳檄]'는 말로 표현된 막강한 군대의 힘으로 인해, 이후의 모든 정벌의 상황들이 별다른 전투 없이 순조롭게 끝나버렸음을 말하고 있다. 마지막 제9~16구에서는 북벌이 끝나고 난 이후의 평화롭고 안정된 모습이 나타나 있다.

시 전체의 내용을 시간적으로 구분한다면 북벌을 중심으로 한 이전과 이후의 상태로 나누어지는데, 작자는 시기별로 각각 2구－4구－10구의 배분을 하며 북벌 이후의 평화로운 상황묘사에 보다 중점을 두고 있다. 이는 시인의 이상이 다만 오랑캐에 대한 복수나 중원지역의 수복에만 있는 것이 아니라, 보다 중요하게는 이를 바탕으로 평화롭고 번영된 조국이 건설되는 데에 있었음을 보여주는 것이라 할 수 있다.

다음 시를 보자.

◎ 夢筆驛
籌筆驛을 꿈꾸고서[103]

朱扉水際亭,	물 가 정자의 붉은 대문,
白塔道邊寺.	길 가 사찰의 흰 탑.
扁舟幾往返,	조각배로 몇 번이나 왕래했건만
每過輒歔欷.	매번 지날 때마다 탄식하였네.
經秋病不死,	가을이 다하도록 병은 없어지지 아니하고
歲暮復一至.	세모에 다시 한 번 이르렀네.
少年自喧譁,	젊었을 적엔 떠들썩하니 말도 많았건만
此老獨顦顇.	이렇게 늙어짐에 홀로 초췌하기만 하네.
可憐釣鼇客,	가련하도다, 자라 낚시하는 객이여!
終返屠羊肆.	결국은 도살장으로 돌아오고 말았구나.
吾身行亦無,	내 몸 또한 없어진다면
榮辱安所寄.	영욕은 어디에 기탁하리.
短燈照孤愁,	낮은 등불은 외로운 수심을 비추고
寒衾推殘醉.	차가운 이불은 남은 술기운을 밀쳐내도다.
明當臨大江,	내일은 마땅히 큰 강에 임하여
一灑壯士淚.	장사의 눈물을 뿌리리라.

이 시는 淳熙 12년(1185) 山陰에 있을 때 지은 것으로, 꿈에서 籌筆驛을 보고 깨어나 감회를 적은 것이다. 주필역은 지금의 四川省 廣元縣 북쪽의 지명으로 諸葛亮의 사당이 있다. 乾道 8년(1172) 육유는 南鄭으로 들어가면서 이곳에서 유숙하며 <籌筆驛> 시를 쓴 적이 있는데,[104] 南鄭에 있으면서도 주변 지역을 순찰하며 여러 차례 이곳을 지났었다.

제1~4구에서는 꿈에서 본 주필역의 경관을 묘사하며 옛날에 느꼈던 감회를 회상하고 있다. 재능을 가지고 있었으면서도 끝내 삼국통일을 이루지

---

103) ≪詩稿≫ 권17.
104) '運籌陳迹故依然, 想見旌旗駐道邊. 一等人間管城子, 不堪譙叟作降牋' ≪詩稿≫ 권3,
      <籌筆驛>.

못한 諸葛亮은 작자로 하여금 동병상련의 심정에서 끝없는 탄식을 자아내게 하는 대상이었다. 다음 제5~8구에서는 꿈속에서 다시 주필역을 찾아간 상황과 늙고 쇠약한 현재의 모습을 이야기하며 자신이 옛날보다도 더 깊은 탄식에 빠져 있음을 말하고 있다. 현실에 대한 절망은 다음 제9~12구에서 자신을 낚시나 하는 객[釣鰲客]으로 폄하하고 자신이 있는 곳을 도살장[屠羊肆]으로까지 비하하는 극단적인 자괴감으로 나타나고 있는데, 마지막 제13~16구에서 이제는 눈물로 통곡하는 일밖에 할 수 없는 작자의 처지가 더욱 비통함을 느끼게 한다.

다음으로 만기의 작품을 감상해본다.

◎ 夢行小益道中(二首)
  꿈속에서 小益 길을 지나며[105]

棧雲零亂駄鈴聲,	棧橋의 구름은 흩어지고 말방울은 울리며
驛樹輪囷樺燭明,	驛의 나무는 장대하고 자작나무 횃불은 밝도다.
淸夢不知身萬里,	맑은 꿈에 몸이 만 리 밖에 있는 줄도 모르고
只言今夜宿葭萌.	다만 오늘밤은 葭萌驛에서 묵는다 말하네.
櫸柳林邊候吏迎	느티나무 버드나무 숲가에서 아전이 맞이하고
血塗草棘虎縱橫	피 묻은 풀과 나무 사이로 호랑이가 내달리네.
分明身在朝天驛	몸은 분명 朝天驛에 있건만
惟欠嘉陵江水聲	嘉陵의 강물 소리가 들리지 않구나.

이 시는 嘉泰 3년(1203) 山陰에 있을 때 지은 것이다. 小益은 사천성 성도 지역을 가리키는 것으로 두 시에서 등장하는 葭萌驛과 朝天驛은 각각 사천성 昭化縣, 사천성 廣元縣 북쪽 朝天山에 있는 역참이다. 작가는 꿈속에서 젊은 날의 행적이 담겨 있는 小益 지역을 떠올리며 당시의 포부와 열

---

105) ≪詩稿≫ 권55.

정들을 회상하고 있다. 육유의 시에서 촉 지역의 지형이나 풍속들에 대한 회고는 작자의 우국의식과 결합되어 자주 등장하는 내용 중의 하나로서, 이 시에서와 같이 '小盆'이라는 특정 지역을 회상하는 시만 해도 16수에 달하고 있다.106) 기몽시 중 小盆을 대상으로 하고 있는 작품은 이 시 외에 두 수가 있는데, 중기 在山陰時期인 淳熙 18년(1186)에 쓴 <頻夜夢至南鄭小盆之間, 慨然感懷>와 만기 초기인 紹熙 4년(1193)에 쓴 <夢至小盆>이 있다. 그러나 같은 지역을 회상한 기몽시임에도 在山陰時期에는 '몸이 암자에 기거하는 늙고 병든 스님과 같아, 참선이 끝나고도 다시 돌아다니지를 못하네'107)라 하고, 만기 초기에는 '꿈에서 깬 텅 빈 산에서 옷깃을 적시나니, 서쪽을 누비던 시절 정말 빨리도 지나갔네'108)라고 하며 비분감에 싸여 있는데 비해, 이 시는 상대적으로 안정되고 담담한 심정으로 悲感을 나타내고 있다.

만기의 대부분의 우국 기몽시들은 위와 같이 격정과 비분에서 어느 정도 벗어나 약간은 절망적이고 자포자기적인 심정에서 우국의 정서를 나타내었는데, 開禧 3년(1207)에 쓴 다음의 시에는 자신이 직접 창을 들고 북벌에 참여하는 모습이 그려지고 있다.

◎ **異夢**
기이한 꿈109)

山中有異夢,	산 속에서 기이한 꿈을 꾸었는데
重鎧奮雕戈.	두터이 갑옷 입고 창 들고 싸웠었네.

---

106) <夜行>(권15), <初冬雜題>(권17), <秋夜感舊十二韻>(권27), <偶懷小盆南鄭之間, 悵然有賦>(권29), <愁坐忽思南鄭小盆之間>(권32) 등.
107) '身似菴居老病僧, 罷參不復繫行縢' ≪詩稿≫ 권18, <頻夜夢至南鄭小盆之間, 慨然感懷>.
108) '夢覺空山淚漬衿, 西遊歲月苦駸駸' ≪詩稿≫ 권28, <夢至小盆>.
109) ≪詩稿≫ 권77.

敷水西通渭,	敷水는 서쪽으로 渭水에 통하고
潼關北控河.	潼關은 북쪽으로 黃河를 제압하도다.
凄涼鳴趙瑟,	처량하게 울리는 조 땅의 비파 소리는
慷慨和燕歌.	강개한 연 땅의 노래에 화답하는 도다.
此事終當在,	이러한 일이 마침내는 있을 것이나
無如老死何.	늙어 죽어 보지 못하게 됨을 어이할꼬!

그러나 이는 제목을 통해서도 알 수 있듯이 작자 자신에게도 '기이한 꿈[異夢]'으로 여겨졌으며, 蜀地에서의 생활이나 자연환경의 회고 및 당시에 교유했던 인사들의 꿈을 통해 간접적이며 우회적으로 우국의식을 드러냈던 만기의 대체적인 경향과도 거리가 있는 것이다.

이상에서 육유 憂國 紀夢詩의 내용을 시기별로 구분하여 살펴보았다. 그 결과 육유의 기몽시는 비록 시기별로 빈도의 차이나 표현양태의 차이는 있을지언정, 현실에서 이루지 못한 포부와 이상의 가상실현이자 참담한 현실의 반영이라는 점에서 일치하고 있음을 알 수 있었다. 그러나 그것의 실현 또한 실제가 아닌 가상이었던 까닭에 꿈에서 돌아와 현실로 들어왔을 때에는 '칠십 넘게 꿈을 꾸었지만, 평생의 회포는 여전하다'[110]라고 말한 것처럼 해소되지 않는 답답함 속에서 더욱 커다란 공허함으로 회한의 눈물을 흘릴 수밖에 없었던 것이다.

6) '示兒'를 통한 希望的 未來에의 期待

육유는 현실에서 자신이 실현하지 못하는 이상을 후손을 통해서라도 실

---

[110] '作夢今逾七十年, 平生懷抱尚依然' ≪詩稿≫ 권35, <作夢>.

현하고자 2세 교육에 헌신적이었다. 육유에게는 7명의 아들과 2명의 딸이 있었는데,111) 이들에게 그의 가르침은 직접적인 面對의 방식을 통하기도 하였으나 많은 부분 示兒詩의 형태로 전달되었다.

'示兒'라는 형식으로 자식이나 후손들에게 가풍과 가훈을 주지시키고 자신의 정치적 견해나 학문적 지향들을 나타내는 것은 오래 전부터 있어왔다. 다만 그 형식에 있어서는 朝代마다 조금씩 달랐다. 隋唐 이전만 하더라도 주로 散文이 위주였으며, 唐宋에 들어와 詩의 형식이 점차 늘어났고 이후 明淸代에는 書信을 통한 방식이 주로 사용되었다.

示兒詩는 唐宋 詩人들이 즐겨 사용하던 방식으로, 그 중 杜甫가 가장 높은 평가를 받는다. 두보를 추숭했던 육유는 杜甫 示兒詩의 전통을 계승하여 역대 시인 중 가장 많은 양의 示兒詩를 남겼다. ≪劍南詩稿≫의 제목상으로 살펴보면, 작품 총수는 70수이나 다른 제목으로서 示兒의 내용을 담고 있는 시까지 합하면 총 200수에 이른다.

시의 대상은 '示子虞', '示子遹', '寄二子'과 같이 제목을 통해 구체적으로 한정되기도 하지만, 주로 '示兒', '示兒子', '示子孫'의 제목으로 전체 아들들과 자손들을 대상으로 하고 있는 것이 많다. 구체적인 대상이 나와 있는 것으로 추산하면 막내아들인 子遹에게 주는 것이 60여 수로 가장 많으며, 만년으로 갈수록 그 비율은 더 높아지고 있다. 이에 대한 정확한 이유는 알 수 없으나, 子遹의 선천적인 온후한 품성과 학문에 대한 진지하고 근면한 태도, 그리고 시간적으로도 子遹이 일곱 아들 중 그와 가장 오랫동안 함께 했었던 점들이 육유의 각별한 사랑을 얻게 된 원인이었을 것으로 추측된다.112)

---

111) 제2장 [표 1] '陸游家世表' 참조.
112) 子遹에 대한 사랑이 나타나 있는 육유의 시들을 보면, 막내로서의 귀여움이나 애틋함보다는 독서와 학문에 대한 子遹의 진지하고 성실한 태도가 가장 커다란 이유였

내용상 육유의 示兒詩는 크게 세 가지 유형으로 구분할 수 있다. 첫째는 학문적인 측면에서 자식들에게 독서와 학업의 중요성을 강조하거나 시문의 원칙이나 학문의 태도 등과 관련한 자신의 견해를 피력하는 것이다. 둘째는 사상적인 측면에서 올바른 삶의 방식과 태도에 대해 권면하는 것이며, 셋째는 오랑캐 섬멸과 중원회복에 대한 자신의 소망과 결의를 직접적으로 나타내는 것이다. 분량상으로 보면 첫 번째 유형의 작품들이 거의 대부분을 차지하고 있으며, 세 번째 유형의 작품이 가장 적다. 따라서 작품의 수만으로 본다면 '示兒詩'를 우국시의 독립적인 하나의 표현양태로 다루기는 부족함이 있는 것이 사실이다. 그러나 그 표면적인 내용의 차이에도 불구하고, 각각의 내용들은 모두가 동일한 이념적 지향을 지니고 있다고 할 수 있다. 즉 그가 자식들에게 학문의 연마를 강조하고 올바른 사상의 정립을 요구했던 궁극적인 목적은 '유능하고 곧은 인재의 양성을 통한 爲國獻身'에 있었고 오랑캐에 대한 투쟁의 의지를 노래한 이유는 자식들 또한 자신과 같은 심정으로 자신이 못 다한 꿈을 이루어 주기를 바라는 마음에서였기 때문이다.

결국 육유의 '示兒詩'는 그 대상과 내용의 차이에도 불구하고 모두가 '愛國愛民'이라는 커다란 대의명제를 이루기 위한 목적에서 쓰여진 것으로, 자신의 이상 실현을 위해서 그가 취할 수 있었던 유일하면서도 가장 현실적 방안이었던 것이다. 따라서 여기에서는 육유의 示兒詩가 나타내고 있는 의미적 지향을 중시하여, 비록 직접적인 우국의식의 표출이 나타나 있지 않은 작품일 지라도 이를 '憂國'의 범주에 함께 넣어 살펴보고자 한다.

다음에서 각각의 유형별로 몇 편의 작품을 감상해보기로 한다. 먼저 학

음을 알 수 있다. 평생을 독서와 학문으로 보냈다고 해도 과언이 아닌 그였기에 子遹은 곧 젊은 날의 자기 자신이었으며, 학문의 동반자이자 이념상의 동지로서 자신의 소망을 대신할 수 있는 기대와 희망의 존재였음을 짐작할 수 있다.

문과 독서에 관련한 첫 번째 유형부터 살펴보기로 한다.

◎ 示兒
아들에게 보인다[113]

文能換骨餘無法,	문장은 換骨해야 하니 다른 방법이 없으며,
學但窮源自不疑.	학문은 근원을 다해야만 절로 의혹이 없어지는 것.
齒豁頭童方悟此,	이 빠지고 머리 빠진 다음에야 이를 깨달았으니
乃翁見事可憐遲.	네 아비 사리파악이 이리도 늦음이 가련하구나.

이 시는 紹熙 3년(1192) 68세 때 쓴 것이다. 이 시에서 육유는 자식들에게 문장과 학문의 올바른 방법에 대해 말하고 있다. 육유는 자신의 창작 경험을 토대로 하여 제1구에서 문장은 무엇보다도 전인에 대한 학습이 기본이 되어야 함을 강조하고 있다. 아울러 이를 기초로 다른 사람들의 장점과 자신의 실천적인 노력을 결합하는 환골의 방법을 통해 자신만의 고유한 文風을 이루어야 한다고 말하고 있다. 이어 제2구에서는 학문에 있어서도 뿌리 없이 시류에만 휩쓸리는 경박한 태도를 경계하며, 진지하고 성실한 태도로서 근원을 탐구하는 학문으로 나아갈 것을 강조하고 있다.

육유가 강조한 '근원을 탐구하는 학문'은 물론 단기간의 노력으로 성과를 얻을 수 있는 것이 아니다. 따라서 수양과 같은 오랜 기간의 정진이 필수적으로 요구되는데, 다음의 시를 통해 육유 또한 늙어서까지도 이러한 태도를 잃지 않았음을 알 수 있다.

◎ 示子遹
자휼에게 보인다[114]

儒林早歲竊虛名,	유림이라며 일찍이 헛된 이름을 훔쳤나니

---

113) ≪詩稿≫ 권25.
114)≪詩稿≫ 권31

白首何曾負短檠.	흰머리 되었다고 어찌 등불을 저버리리.
堪歎一衰今至此,	한 번 늙어 지금 여기에 이르렀음을 탄식하나니
夢回聞汝讀書聲.	꿈에서 돌아와 너의 책 읽는 소리를 듣노라.

이 시는 紹熙 5년(1194) 겨울, 山陰에 있을 때 쓴 것이다. 육유는 자신이 어려서부터 과분한 명성을 얻었다는 겸양의 말로 만년에 이르러서도 학업을 게을리 하지 않는 이유를 말하고 있다. 그는 노년에 접어든 50대 초반에도 '등 앞의 시력은 비록 옛날 같지는 않으나, 오히려 파리머리만한 이만 자를 공부한다'115)라고 하였는데, 이 시를 통해 70세에 이른 당시까지도 여전히 학업을 계속하고 있었음을 알 수 있다. 이처럼 그 자신 평생토록 학업에 정진해왔었기에 꿈에서 깨어나 아들이 책 읽는 소리를 들었을 때의 기쁨이 어떠했을지 가히 짐작할 수 있다.

다음 시를 보자.

◎ 與子虞子坦坐龜堂後東窗讀書
子虞, 子坦과 함께 龜堂 뒤 동창에 앉아 책을 읽다116)

時鳥朝暮鳴,	철새는 아침저녁으로 울고
芳草日夜生.	방초는 밤낮으로 자라네.
春風捨我去,	춘풍은 나를 버리고 떠나가니
歲律俄崢嶸.	세월의 흐름은 순식간에 바뀌는구나.
綴簇繭白白,	조릿대를 장식하며 누에고치는 희끗희끗하고
出陂稻青青.	언덕에서 솟아 이삭은 푸릇푸릇하네.
鳴機織苧葛,	베틀을 움직여 모시 갈 옷을 짜니
暑服亦已成.	여름옷이 이미 만들어졌도다.
小兒結山房,	아이 녀석이 山房을 만들었는데

---

115) '燈前目力雖非昔, 猶課蠅頭二萬言' ≪詩稿≫ 권8, <讀書> 其二, 본 장 4. 2) '日常 田園事의 敍述' 全文 참조.
116) ≪詩稿≫ 권37.

窗戸頗疎明.	창문이 툭 트이고 환하도다.
萬事不挂眼,	만사 괘념치 않고
朱黃浩縱橫.	책에 남긴 표식만 종횡으로 가득하네.
佳哉東北風,	좋도다. 동북풍에
吹下讀書聲.	책 읽는 소리가 실려 오니.
功名詎敢望,	공명을 어찌 감히 바라리
且復慰父兄.	아비와 형을 위로하는구나.

이 시는 慶元 4년(1198) 山陰에서 쓴 것이다. 龜堂은 書室 이름으로, 육유는 만년에 자신의 호를 이로써 삼았다. 이 시에서도 아들의 공부하는 모습에 기뻐하는 작자의 심정이 잘 나타나 있다. 시는 내용상 크게 두 부분으로 나누어진다. 전반 제1~8구에서는 봄이 지나 여름으로 접어드는 시골의 경관과 생활을 묘사하고 있으며, 후반 제9~16구에서는 새로 만든 산방에 앉아 아이들과 함께 글공부에 매진하는 모습과 막내의 책 읽는 소리에 함께 즐거워하는 모습이 나타나 있다. 原詩의 마지막 구에는 '이날 오후에 子遹이 산에서 책을 읽는 것을 듣고 함께 기뻐하였다[是日午間, 聞子遹在山半讀書, 相與欣然]'라고 注가 달려 있어 기쁨의 직접적인 원인이 막내아들이었음을 말해준다.

다음은 삶의 태도와 방식에 관한 가르침이 담겨져 있는 작품을 감상해 본다.

◎ 寄子虡
子虡에게 보낸다[117]

| 吾兒適淮壖, | 나의 아들이 淮西 땅으로 가니 |
| 送之梅市橋. | 梅市橋에서 전송하였네. |

---

117) ≪詩稿≫ 권28.

三年安得過,	삼 년을 어찌 지낼까,
思汝雙鬢凋.	너를 생각하며 두 귀밑머리가 다 세었도다.
今年當代歸,	올해 응당 넘겨주고 돌아와야 하건만,
秋色已蕭蕭.	가을빛이 이미 스산하구나.
迎汝不憚遠,	너를 맞으려 먼 길도 꺼려하지 않고
夢泝錢塘潮.	꿈속에서 전당강의 물결을 거슬러 올라갔었지.
人事不可料,	사람 일을 누가 알 수 있으리,
邑民挽歸橈.	고을 사람들이 돌아오려는 네 배를 만류하였구나.
郡牧部使者,	고을 수령도 사령을 보내어
交章聞之朝.	장계를 올려 조정까지 이름이 알려지고
增秩復使留,	봉록을 올려 다시 머무르게 하였으니
此事久寂寥.	이 같은 일은 예전에는 없었지.
念汝未育子,	네 지금 자식을 기르지 못함을 생각하나니,
大女方垂髫.	큰 딸아이는 막 머리를 땋았단다.
小女聞學行,	작은 딸아이는 걸음마를 배우고 있다하니
想像扶牀嬌.	침대에 기대어 아양 떠는 모습을 상상해보렴.
汝少知讀易,	네 어려서부터 ≪易經≫을 읽을 줄 알았으니
外物莫能搖.	외물이 너를 흔들지는 못하리라.
但願早擧孫,	다만 네 일찍 손자 얻기를 바라나니
不必七葉貂.	아들을 낳아 대대로 관직을 누릴 필요는 없느니라.
歸來郎罷前,	돌아와 이 아비 앞에서
相從樂簞瓢.	어울리며 밥 한 그릇, 물 한 잔을 즐기자꾸나.

　이 시는 紹熙 4년(1193) 山陰에 있으며, 淮西 지역에서 관직 생활을 하고 있는 長子 子虡에게 보낸 것이다. 내용상 시는 크게 네 단락으로 나누어지고 있다. 제1~8구에서는 외지로 자식을 떠나보내고 돌아올 날만을 손꼽아 기다리고 있는 모습을 통해 아들에 대한 애정과 그리움을 나타내고 있다. 다음 제9~14구에서는 임기를 마치고 돌아오려는 子虡를 고을 사람들이 막고 고을 수령조차 조정에 임기연장을 건의하여 다시 연임하게 된 상황

을 이야기하며 아들의 유능하고 헌신적인 관직 생활을 칭찬하고 있다. 다음 제15~18구에서는 딸과 함께 있지 못하는 자식을 위해 손녀들의 근황을 자상히 알려주고 있다. 마지막 제19~24구에서는 외부의 유혹으로부터 신념을 굳게 지켜나가고 부귀영화에 연연해하지 말 것을 당부하며, 관직에서 돌아오면 그동안 못다 한 부자간의 정을 풀어보자는 말로 자식에 대한 애정을 나타내고 있다.

시에서 작자는 손녀들에 대한 근황을 설명하면서 갑자기 '외물이 너를 흔들지 못할 것이다[外物莫能搖]'라 말하고, 이에 대한 구체적인 부언 설명 없이 손자 얻는 것에 대한 바람을 이야기한다. 이 '외물'과 '흔들림[搖]'이 구체적으로 무엇을 의미하는 지는 맨 마지막 구의 '밥 한 그릇[簞]', '물 한 잔[瓢]'이라는 말에서 짐작할 수 있다. 육유는 관직 생활을 하는 자가 자칫 빠지기 쉬운 '탐오'와 '부정부패'를 경계하며 子虡에게 청빈한 생활을 요구하고 있는 것이다. 자식에 대한 이야기 도중에 청빈한 삶을 이야기한 까닭은 자식 때문에라도 혹은 단지 생계 때문에라도 이러한 유혹에 절대 빠져서는 안 되며, 자식 또한 아비의 신념에 누가 되는 '외물'과 같은 존재가 되어서는 안 됨을 강조하기 위해서였다고 할 수 있다. 따라서 두 번째 단락에서 묘사된 子虡의 탄탄한 官路 또한 자식의 공을 높이기 위한 의도에서가 아니라 청렴결백한 생활을 강조하기 위한 것임을 알 수 있다.

아버지와 자식이 상호 대립되는 존재가 아니라 공통의 지향을 바탕으로 서로에게 긍정적이며 상승적인 존재가 되어야 한다는 생각은 다음의 시에서도 잘 드러난다.

◎ 示子遹
子遹에게 보인다[118]

我鑽故紙似凝蠅	내 어리석은 파리처럼 옛 책을 파고들었는데,
汝復孳孳不少懲	너 또한 노력하며 잠시도 그치지 않는구나.
父子更兼師友分	부자가 스승과 친구의 역할을 겸하니
夜深常共短檠燈	밤늦도록 항상 등불을 함께 하는구나.

이와 같이 학문에 대한 공통의 지향과 취미를 지니고 있기에 육유 부자들은 스승과 제자이자 친구도 될 수 있었으며, '敎學相長'과 '切磋琢磨'를 통해 서로 영향을 주고받으며 높은 학문적 성취를 이루어낼 수 있었던 것이다.

다음 시를 보자.

◎ 秋夜讀書示兒子
가을밤 책을 읽고 아들에게 보인다[119]

久病少睡眠,	오랜 병에 잠조차 줄어들어
往往中夕起.	이따금씩 한밤중에 일어나네.
呼燈取書讀,	등불 켜라 이르고 책 들어 읽지만
不能盡數紙.	몇 장도 채 못 읽네.
喟然置之歎,	한숨지으며 탄식하나니,
生世後闕里.	공자님 이후에 태어났기 때문이라네.
持蠡欲測海,	표주박으로 바다 크기를 헤아리려다
遽復迫老死.	불현듯 늙어 죽을 때가 닥쳐버렸네.
人生各有業,	인생사 각기 자신의 일이 있으니,
唐虞本吾事.	堯舜을 따르는 것이 본시 나의 일이라네.
詩書脫秦厄,	≪詩≫와 ≪書≫가 진나라의 재앙에서 벗어났으니
天意固在此.	하늘의 뜻은 진정 여기에 있는 것이리.

118) ≪詩稿≫ 권26.
119) ≪詩稿≫ 권36.

異端塞穹壤,	이단이 천지에 가득하나니
作俑孰爲始.	우상을 만드는 것은 누가 시작했단 말인가.
神禹逝不還,	禹 임금은 가버리고 돌아오지 않으니
吾其如洚水.	홍수와도 같은 기세를 내 어찌한단 말인가?

이 시는 慶元 3년(1197) 여름, 山陰에서 쓴 것이다. 육유는 이 시의 前半 제1~8구에서 공자와 같은 세대에 태어나지 못한 것을 아쉬워하고, 부족한 식견과 재능으로 유가의 넓고 심오한 세계를 이해하려 했던 자신을 반성하고 있다. 後半 제9~16구에서는 유가가 분서갱유와 같은 탄압에서도 명맥을 유지해 올 수 있었던 이유를 유가의 道가 天意에 합당하기 때문으로 여기고 있다. 그러나 온 세상에 도가적이고 주술적인 풍조가 만연하여, 자신 혼자의 힘만으로는 이러한 풍조를 되돌릴 수 없음을 아쉬워하고 있다.

육유는 이 시에서 儒家理念의 심오함과 정통성을 강조하며 자식들에게 평생 지녀야 할 삶의 이념으로서 儒家의 道를 강조하고 있는 것이다.

다음 시를 보자.

◎ 示兒
아들에게 보인다[120]

得道如良賈,	道을 얻는 것은 유능한 상인과도 같은 것,
深藏要若無.	깊이 감추어두면 요체는 없는 것과 마찬가지니.
冶金寧輒躍,	쇠를 다룸에 어찌 번번이 튀어나게만 하리
韞玉忌輕沽.	옥을 싸는 것은 싸게 파는 것을 꺼리기 때문이네.
儒術今方裂,	유가의 법도는 지금 찢어져 있고
吾家學本孤.	우리 집안의 학문 또한 외롭기만 하도다.
汝曹能念此,	너희들은 이것을 유념하여
努力共枝梧.	함께 지켜나가려 노력하여라.

---

120) ≪詩稿≫ 권54.

嘉泰 3년(1203)에 쓴 이 시에서 육유는 儒家의 법도를 상인의 물건에 비유하며, 팔려나가 세상에 널리 활용되어야 한다고 말하고 있다. 그러나 또한 지나친 단련으로 외부적인 치장에만 빠진다든지 쉽게 드러내어 값어치를 떨어뜨리는 행위도 경계하고 있다. 육유에게 있어 '經世濟民'은 유가의 기본적인 임무이자 현실의 문제들을 극복하기 위한 유일한 방법이었다. 따라서 이는 다만 자신뿐만 아니라 대대로 후손들에게까지 각인되고 실행되어야 할 중요한 삶의 방식이었던 것이다.

다음으로 오랑캐 섬멸과 중원회복에 대한 소망과 결의가 나타난 작품을 감상해보기로 한다.

◎ **喜小兒輩到行在**
아이들이 臨安에 도착한 것을 기뻐하며[121]

阿綱學書蚓滿幅,	첫째가 글을 배우니 종이에 지렁이가 가득한 듯,
阿繪學語鶯囀木.	둘째가 말을 배우니 나무에 앵무새가 떠드는 듯.
截竹作馬走不休,	대나무 잘라 말을 만들어 쉼 없이 달려 다니고
小車駕羊聲陸續.	작은 수레를 양으로 끌며 끊임없이 소리 지르네.
書窓汚壁誰忍嗔,	창에 낙서하고 벽에 흙분질해도 누가 나무라리,
嘔啞也復可憐人.	꾸짖고 혼내려 해도 사랑스럽기만 한 녀석들인 걸.
却思胡馬飲江水,	오랑캐의 말이 長江의 물 마시는 걸 생각하고
敢道春風無戰塵.	봄바람이 전쟁의 먼지 없애라 감히 말한다네.
傳聞賊棄兩京走,	들기로 적들이 兩京을 버리고 도망가
列城爭爲朝廷守.	여러 성들이 다투어 조정의 신하가 되었다 하네.
從今父子見太平,	지금부터 우리들 부자는 태평함을 보리니
花前飲水勿飲酒.	꽃 앞에서 술 마시지 말고 물을 대신 마시자꾸나.

이 시는 그의 나이 38세 때인 紹興 32년(1162)에 쓴 것으로 육유시 중

---

121) ≪詩稿≫ 권1.

가장 최초의 示兒詩이다. 이 보다 1년 전인 紹興 31년(1161)에 金의 完顔亮은 대군을 이끌고 남침을 감행하여 淮水를 건너 滁州, 廬州, 和州, 揚州 등을 함락시키고 瓜州鎭에 주둔하며 南京 부근까지 위협을 하였다. 그러나 남송의 의병과 농민군들의 강한 저항에 부딪혀 더 이상의 진격을 못하다가 完顔亮이 부하에게 피살되면서 金은 南宋과 화친하고 淮水 이북으로 물러가게 된다. 이듬해 紹興 32년(1162) 9월 臨安에서 樞密院編修兼編類聖政所檢討官을 지내고 있던 육유는 金軍이 물러갈 것이라는 첩보를 접하고 두 아이들을 바라보며 기쁨과 희망에 가득 찬 심정으로 이 시를 썼다. 제목에 나타난 '行在'는 본래 '行在所'로서 황제의 임시 거처를 의미하는데, 당시 남송의 수도인 臨安을 가리킨다.   이는 남송대에 들어와서도 북송의 수도인 汴京을 正都로 여겼기 때문이다. ≪山陰陸氏族譜≫에 의하면 이 해에 육유는 이미 장자 子虡(1148년 生)와 차남 子龍(1150년 生), 삼남 子修(1151년 生), 사남 子坦(1156년 生) 등 네 명의 아들이 있었다. 阿綱과 阿繪는 子虡와 子龍의 어릴 적 이름으로 당시 각각 15세, 13세였다.

　시는 내용상 크게 두 단락으로 나누어진다. 전반부인 제1~6구에서는 아이들의 뛰노는 모습이 사실적이고 생동감 있게 묘사되고 있으며, '誰忍嗔', '可憐人'이라는 말을 통해 아이들에 대한 작자의 지극한 사랑을 느낄 수 있다. 후반부인 제7구~12구에서는 오랑캐와 대치한 현실상황이 묘사되고 있으며, 유리해진 정세에서 희망찬 미래를 짐작해보는 작자의 여유가 나타나 있다. 전반부의 천진한 아이들의 모습들이 후반부의 유리한 정세와 결합되어 작품 전체의 분위기를 밝게 이끌고 있으며, '아이'와 '유리한 정세'가 결합됨으로써 읽는 이로 하여금 자연스럽게 '미래의 행복'을 예상하도록 하고 있다.

　다음 시를 보자.

◎ 僕頃在征西大幕, 登高望關輔, 樂之. 每冀王師拓定, 得卜居焉. 暇日記此意, 以示子孫

내 잠시 서쪽 막부에 있을 때, 높이 올라 관보 땅을 보고 기뻐했었다. 매번 왕의 군대가 정벌할 것을 바라며 땅을 골라 거주했었다. 한가한 날에 이러한 뜻을 기록하여 자손들에게 보인다[122]

八月殘暑退,	8월의 남은 더위 물러가니
秋聲滿庭樹.	가을 소리가 정원 나무에 가득하네.
豈無四方志,	사방에 공명을 떨치려는 뜻이 어찌 없겠는가만
衰病迫霜露.	쇠약하고 병든 몸에 서리까지 몰아치네.
遼東黃頭奴,	요동 땅의 누런 머리 오랑캐,
稔惡天震怒.	악한 생각을 품으니 하늘이 진노하시도다.
南北會當一,	남북 땅 반드시 하나 될 터이지만,
老我悲不遇.	늙어 내가 보지 못함이 서글프기만 하네.
子孫勉西遷,	자손들이나마 힘써 서쪽으로 나아가
俗厚吾所慕.	풍속을 돈후하게 하는 것이 내 바라는 바라네.
約己收孤嫠,	고아와 과부도 거두도록 내 자신을 다스리고
敎子立門戶.	스스로 문호를 세우도록 자식들을 가르치네.
黍稌暗阡陌,	기장과 벼는 논과 밭에 빽빽하고
鶉雉足匕箸.	메추라기와 꿩은 수저와 젓가락에 가득하나,
永爲河渭民,	영원히 河水와 渭水의 백성으로 살기 위해서는
勿憚關山路.	변방 길도 꺼려서는 안 되리니.

이 시는 紹熙 4년(1193) 山陰에서 쓴 것이다.

크게 두 부분으로 나누어 전반부의 제1~4구에서는 南鄭에 종군했을 때의 옛일을 떠올리고, 오랑캐를 평정함으로써 사방에 공업을 세우고자 하는 포부는 변함없지만 육신은 이미 쇠약해져 버린 자신에 대해 탄식하고 있다. 다음 제5~8구에서는 중원수복에 대한 확신과 함께 자신은 보지 못할 것에 대한 아쉬움을 나타내고 있다. 후반부 제9~16구에서는 자신의 소망

---

122) ≪詩稿≫ 권27.

을 후손들을 통해 실현하고자 하는 의지가 나타나 있다. 작자는 이것의 방법으로 학문적으로는 '스스로 문호를 세울[立門戶]' 수 있도록 자녀들을 교육하는 것과 사상적으로는 현실의 작은 안락함에 안주하지 않고 고난을 감내하려는 의지를 키우도록 하는 것을 생각하고 있다.

다음 시를 보자.

◎ 夜與子遹說蜀道, 因作長句示之
밤에 자휼과 함께 촉의 길을 이야기하다가 장구를 지어서 보이다[123]

憶自梁州入劍門,	梁州에서 劍門으로 들어가는 길을 생각하니
關山無處不消魂.	변방길에 혼이 녹아있지 않는 곳이 없도다.
亞松託宿逢秋雨,	成都에서 유숙하며 가을비를 맞았고
小柏經行聽曉猿.	三泉閣 길을 지나며 새벽 원숭이 소리 들었네.
當日只知悲客路,	그 때는 나그네길 슬픈 줄만 알았는데,
歸來終亦老江村.	돌아와서는 마침내 강촌에서 늙어버렸도다.
吾兒生晚那知此,	내 아이 늦게 태어났으니 어찌 이를 알리,
聊對靑燈與細論.	그저 푸른 등불 마주하고 세세히 말해줄 수밖에.

이 시는 嘉定 원년(1208) 임종하기 1년 전에 山陰에서 쓴 것이다. 제4구 아래에는 '아송은 성도에 있고 소백은 삼천각 길에 있다[亞松在成都, 小柏在三泉閣道]'라고 自注가 있어 亞松과 小柏이 각각 成都와 三泉閣 길을 지칭함을 알 수 있다. 앞서 살펴보았듯이 촉지역이나 함몰지역에 대한 회상이 작자의 우국의식을 일깨우고 이로 인한 현실의 자각이 작자의 비분으로 이어지는 것은 만기의 우국시나 우국 기몽시들에서 자주 나타나는 현상이다. 이 시에서도 작자는 子遹과 함께 蜀의 길에 대해 이야기하다가 과거에 대한 회상에 빠져들고 있다. 시는 크게 과거에 대한 회상과 현재의 상황으로

---

123) ≪詩稿≫ 권78.

이분되고 있다. 전반 제1~4구에서 작자는 젊은 시절 劍門, 成都, 三泉閣 등 蜀地를 오갔던 당시의 상황을 회상하고 있으며, 후반 제5~6구에서는 당시의 생활에 대한 미련과 공업을 이루지 못한 채 시골에 묻혀 있는 자신을 안타까워하고 있다. 마지막 제7~8구에서는 촉의 지리를 알지 못하는 아들에게 이를 가르쳐주는 모습이 나타나 있는데, '세세히 말해준다[細論]'는 말을 통해 작자가 자신의 바람을 아들에게 기탁하고 있음을 짐작할 수 있다.

다음 시는 嘉定 2년(1209) 12월, 85세를 일기로 세상을 떠나면서 임종하기 직전 여섯 아들들에게 유언으로 남긴, 육유의 絶命詩이자 최후의 示兒詩이다.

◎ 示兒
아들에게[124]

死去元知萬事空,	죽고 나면 만사가 헛됨을 이미 알고 있었지만
但悲不見九州同.	다만 九州가 하나 됨을 보지 못함이 한스러울 뿐.
王師北定中原日,	왕의 군대 북벌하여 中原을 평정하는 날,
家祭無忘告乃翁.	집에 제사 지낼 때 잊지 말고 네 아비에게 일러라!

육유는 끝내 중원의 수복을 보지 못하고 눈을 감는 원한을 토로하며, 사후에라도 중원회복을 갈망하고 있겠다는 불멸의 애국심을 나타내고 있다. 육유의 85년간의 짧지 않은 생애, 18세부터 시작된 70년간의 시인의 길, 일만 수의 시에 담겨진 다양한 삶의 행적과 사유들이 결국은 이 시를 쓰기 위함이었던 것은 아니었을까? 이처럼 삶의 마지막 순간까지도 조국의 미래에 대한 염려와 변함없는 우국충정을 간직하고 있었던 그였기에 역대 최고의 우국시인으로서 오늘날까지 후인들의 끊임없는 추앙과 존경을 받

---

124) ≪詩稿≫ 권85.

을 수 있었던 것이다.

　지금까지 육유의 우국시를 크게 여섯 가지의 표현양태로 나누어 시기별로 살펴보았다. 그 결과 각각의 양태들이 많은 부분 혼재되어 나타나기는 하지만, '위국헌신의 결의와 열망의 토로' 및 '示兒를 통한 희망적 미래에의 기대'는 육유시의 전시기에 걸쳐 나타나는 공통의 내용이었으며, 이를 통해 육유의 일생 자체가 우국의 일생이었고 시인의 삶이라기보다는 우국지사의 삶이었음을 알 수 있었다. 중기는 '격정의 표출'과 '비분의 토로', '우국지사의 찬미' 등이 가장 두드러지게 나타나고 있지만, 그 외의 다른 표현양태들 또한 종합적으로 나타나고 있어 이 시기가 육유 우국시의 황금시기였음을 알 수 있었다. 만기는 비록 중기의 그것과는 조금은 다른 양상으로 나타나고 있기는 하지만, '비분의 토로'와 '紀夢을 통한 이상실현의 갈망' 방식이 특징적이었다.

　한편 같은 표현양태 내에서도 시기에 따라 감정의 상태나 표현 방식 등에 있어 약간의 차이가 있기도 하였다. 즉 초기의 우국시들이 심정적 당위성에서 기인하여 다분히 상상적이며 비현실적으로 쓰여지고 있는 반면, 중기 이후의 우국시들은 실제적인 체험에 근거하여 보다 절실하며 사실적으로 쓰여져 이전보다는 훨씬 더 깊은 감동을 느끼게 한다. 또한 같은 우국의식의 표현이라 할지라도 중기의 우국시들은 '격앙된 감정의 거침없는 표출'을 특징으로 하는 데 비해, 만기는 그것들은 '정제되고 절제된 감정의 예술적 승화'를 특징으로 하였다. 따라서 중기의 시가 직설적이면서 과장된 필법으로 격정적이고 무절제한 의기를 표출하고 있는 반면, 만기의 시는 상대적으로 비유적이며 완곡한 필법을 통해 차분하면서도 절제된 감정을 나타내고 있다.

　육유 우국시의 이러한 시기별 특징들은 다른 주제의 시에서도 비슷한 양상으로 나타나게 되는데, 이어지는 다른 주제들에 대한 고찰을 통해 이를 좀 더 자세히 살펴보기로 한다.

2. 愛民

진정한 愛國詩人은 또한 가장 열렬한 愛民詩人일 수밖에 없으니, 육유 또한 일반 백성들과 가장 근접한 곳에서 그들의 삶과 고통을 함께 이해하고 체험하면서 많은 시편을 통해 그들에 대한 연민의 정을 토로하였다. 육유의 愛民詩는 전시기에 걸쳐 고루 쓰이고 있지만 특히 만기에 농촌에 한거하면서부터 더욱 많이 쓰였다. 또한 그 내용과 표현방식에 있어서도 초기나 중기에는 지배계층으로서의 사회적 책임감에서 기인한 단순한 동정과 연민으로 전체 백성들의 고통을 말하고 있는 반면, 만기는 백성들의 실제 생활과 전면적으로 접하게 되면서 각각의 개별 백성들의 세세한 고통의 면모들을 보다 치밀하고 사실적으로 묘사하는 차이가 있다. 이는 그의 憂國詩가 초기에는 단순히 감정적 차원에서의 분노와 당위성의 표출에서 그쳤다가 중기 이후에 실제 생활상의 경험과 결합되어 보다 현실적이고 구체적인 모습으로 변해간 것과도 유사하다.

그러나 육유의 愛民詩는 다만 백성들의 고달픈 삶에 대한 고발이나 동정에만 그치지는 않는다. 그는 여기에서 나아가 이것들의 근본적인 원인을 따지고 그에 대한 비판과 함께 해결책을 요구하기도 하였다. 이런 까닭에 그의 애민시에는 조정의 정책이나 관료 및 지방 수령들에 대한 비판이 함께 나타나는 것이다. 또한 그는 이 모든 책임들을 위정자들에게로만 돌리지는 않으며, 당사자인 백성들에게도 책임을 묻곤 한다. 따라서 미신을 숭상하고 현실에 안주한 채 비루한 풍속이나 따르는 무지한 백성들에 대해서는 혹독한 비판을 하고 있는 것이다.

정리하자면 육유의 愛民詩는 그 표현양태상 크게 다음의 세 가지로 구분된다. 첫째는 백성들의 현실상황에 대한 고발로서, 과도한 세금과 부역 및 민생고에 시달리는 백성들의 궁핍한 생활을 연민과 동정으로 그려내는 것이다. 둘째는 백성들의 고통의 외부적인 요인으로서, 굴욕적인 조정의 화친정책과 무능한 조정 대신 및 탐오한 지방의 수령들에 대한 비판으로 나타난다. 셋째는 내부적인 요인으로서, 당대의 비루한 풍속이나 용렬한 세태에 대한 비판으로 표현된다.

다음에서 각각의 표현양태별로 시기 순으로 작품들을 감상해 보기로 한다.

1) 百姓의 窮乏한 生活의 告發

먼저 백성들의 세금과 부역의 부담을 걱정하는 중기의 작품을 한 수 감상한다.

◎ 悲秋
가을을 슬퍼하며[125]

秋燈如孤螢,	가을 등불은 외로운 반딧불처럼
熠熠耿窗戶.	밝게 창문을 비추고 있고
秋雨如漏壺,	가을비는 물시계처럼
點滴連旦暮.	아침부터 저녁까지 방울져 떨어지네.
我豈楚逐臣,	내 어찌 楚의 쫓겨난 신하처럼
慘愴出怨句.	슬프게 원망의 말을 뱉어 내랴만,
逢秋未免悲,	가을을 만나 슬픔을 벗어날 수 없으니

---

125) ≪詩稿≫ 권14.

直以憂國故.	다만 나라 걱정 때문이라네.
三軍老不戰,	三軍은 오래도록 싸우지 아니하고
比屋困征賦.	온 집들은 징발과 세금에 고통 받나니,
可使江淮間,	(이러고서야) 長江과 淮水 사이에서
歲歲常列戍.	해마다 수자리를 서게 할 수 있으리?

이 시는 淳熙 9년(1182) 山陰에 있을 때 쓴 시이다. 제1~4구에서 작자는 가을의 스산한 정경을 묘사하며 서글픈 감정이 생겨남을 이야기하고 있다. 그러나 다음 제5~8구에서 그 슬픔의 원인이 계절에 대한 감상 때문이 아니라 나라에 대한 걱정 때문임을 말하고 있다. 마지막 제9~12구에서는 작자가 나라를 걱정하는 구체적인 이유로서, 군대가 제 할 일을 하지 못하고 백성들은 세금과 부역에 고통 받고 있는 현실이 나타나 있다.

이 시에서 작자는 백성들의 고통의 원인을 金과 대치하고 있는 국가상황에서 찾고 있으며, 백성의 고통을 줄이기 위해서는 북벌을 통해 오랑캐를 섬멸하는 것이 궁극적인 방안이라고 여기고 있다. 이 시기까지만 하더라도 그의 눈에 비친 백성들은 개별 백성들이 아닌 전체 백성들로서, 그들에 대한 동정 역시 일반적이고 피상적인 수준에 머물러 있었다고 할 수 있다. 그의 관심이 개별 백성들에게로 모아지고 그들의 세세한 궁핍의 일면들까지도 발견되어지기 위해서는 만기 전원생활의 시기까지 기다려야만 했다.

다음에서 만기의 작품들을 통해 이전 시기들과의 차이점을 살펴보도록 한다.

◎ 山頭鹿
　　산 위의 사슴[126]

呦呦山頭鹿,	꾸르륵꾸르륵 우는 산 위의 사슴이여

---

126) ≪詩稿≫ 권29.

<table>
<tr><td>毛角自媚好.</td><td>털과 뿔이 아름답기만 하구나.</td></tr>
<tr><td>渴飮澗底泉,</td><td>목마르면 산골 바닥에서 솟아나는 샘물 마시고</td></tr>
<tr><td>飢齧林間草.</td><td>배고프면 수풀 사이의 풀을 뜯는 도다.</td></tr>
<tr><td>漢家方和親,</td><td>漢 조정은 바야흐로 화친하려 하니</td></tr>
<tr><td>將軍灞陵老.</td><td>장군은 灞陵에서 늙어만 가네.</td></tr>
<tr><td>天寒弓力勁,</td><td>날씨 차가워지니 활의 힘은 더욱 강해지건만</td></tr>
<tr><td>木落霜氣早.</td><td>나뭇잎 떨어지고 서리 일찍 찾아드네.</td></tr>
<tr><td>短衣日馳射,</td><td>짧은 옷 입고 날마다 말을 달려 활을 쏘고</td></tr>
<tr><td>逐鹿應弦倒.</td><td>사슴을 쫓으니 화살소리 날 때마다 쓰러지네.</td></tr>
<tr><td>金槃犀筯命有繫,</td><td>금 쟁반과 무소 젓가락에 우리의 운명이 달려 있
으니</td></tr>
<tr><td>翠壁蒼崖迹如掃.</td><td>비취빛 절벽과 푸른 벼랑에 우리의 흔적은 쓸어버
린 듯하다네.</td></tr>
<tr><td>何時詔下北擊胡,</td><td>언제나 북으로 오랑캐를 치라는 조칙이 내려와</td></tr>
<tr><td>却起將軍遠征討.</td><td>홀연 장군을 일으켜 멀리 정벌가게 하여,</td></tr>
<tr><td>泉甘草茂上林中,</td><td>샘물 달고 풀 무성한 上林苑에서</td></tr>
<tr><td>使我母子常相保.</td><td>우리 모자 항상 보전하게 할 수 있을는지.</td></tr>
</table>

만기 초기인 紹熙 5년(1194), 山陰에서 쓴 이 시는 관리들에게 수탈당하는 백성들의 모습을 장군에게 쫓기는 사슴에 비유하여 표현하고 있다. 이 시는 唐人 張籍의 악부시의 제목을 차용한 것으로 그 字意까지도 함께 차용하고 있다. 제1~4구에서는 사슴의 아름다운 모습과 평화로운 삶을 서술하면서 뒤에 겪게 될 고난을 예비하고 있다. 다음 제5~8구에서는 화친책에 안주하는 조정과 무기력한 장군의 모습을 漢代 李廣의 고사를 통해 나타내고,127) 북벌의 의지와 힘은 강하나 쓸 곳이 없어 마침내 낙엽 진 수풀

---

127) 漢의 장군이었던 李廣은 일찍이 여러 번 匈奴를 토벌하여 공을 세웠으나 封侯를 얻지는 못하고, 물러나 藍田山에 거하며 사냥을 하며 지냈다. 하루는 술에 취해 밤에 돌아오다 灞陵을 지났는데, 파릉의 縣尉에게 제지를 당해 정자에서 밤을 지내야만 했던 모욕을 겪었다.

과도 같아진 희망 없는 현실들을 상징적으로 나타내고 있다. 다음 제9~10 구에서는 북벌에 참가해야할 병사들이 사슴 사냥이나 하고 있는 모습을 통해 북벌이 실행되지 않는 것의 직접적인 폐해가 무고한 백성들에게 돌아가고 있음을 말하고 있다. 7언으로 되어 있는 마지막 제11~16구는 사슴의 독백으로, 자신들의 신세에 대한 자조적인 한탄과 함께 하루빨리 북벌이 이루어져 자신들의 모든 수난이 없어지고 풀 무성한 낙원에서 안락한 생을 영위할 수 있기를 바라고 있다.

이 시에서 사슴으로 비유되고 있는 백성들 역시 앞서 <悲秋> 시에서의 백성들처럼 당시 고통 받고 억압 받는 南宋의 모든 백성들을 의미하는 것으로, 아직까지는 그의 시선이 백성들의 생활 깊숙이까지 들어오지는 못하고 있음을 보여준다. 백성들의 고난의 원인을 金과의 대치정국에서 찾는 것도 <悲秋> 시에서의 그것과 유사하다. 다만 그에 대한 인식은 보다 치밀해졌으며 이들에 대한 연민의 정 또한 이전보다는 더 절실하게 나타나고 있다.

다음 시를 보자.

◎ **首春連陰**
정월에 연이어 흐리다[128]

入春十日九日陰,	봄에 들어서 열흘 아흐레간이나 흐리더니만
積雪未解雨復霪.	쌓인 눈 미처 녹기도 전에 비가 다시 진창 내리네.
西家船漏湖水漲,	서쪽 이웃의 배는 물이 새고 호숫물은 넘쳐나고
東家驢病街泥深.	동쪽 이웃의 나귀는 병들고 길 위 진흙은 두텁네.
去秋宿麥不入土,	작년의 가을보리는 뿌리를 내리지도 못했으니
今年米貴如黃金.	올해의 쌀은 황금처럼 귀하도다.
老嫗哭子那可聽,	자식 죽은 노부인의 울음을 어찌 들을 수 있으리?

---

128) ≪詩稿≫ 권31.

<table>
<tr><td>僵死不覆黔婁衾.</td><td>뻣뻣이 죽은 채 黔婁의 壽衣조차 덮지 못하였네.</td></tr>
<tr><td>州家遣騎餉春酒,</td><td>州郡에서 마편으로 春酒를 보내왔으나</td></tr>
<tr><td>欲飮復止吾何心.</td><td>마시려다 그만 두니 내 무슨 마음으로 마시리?</td></tr>
<tr><td>出門空歎歲華速,</td><td>문을 나서며 공연히 쏜살같은 세월을 탄식하나니</td></tr>
<tr><td>已見微綠生高林.</td><td>높은 숲에는 이미 자그마한 푸른 싹이 돋았구나.</td></tr>
</table>

이듬해인 慶元 원년(1195)에 쓴 이 시는 백성의 궁핍한 삶에 대한 관심이 이전시기보다는 좀 더 깊어져 있음을 보여준다. 생계의 수단인 배와 나귀에 문제가 생기고 흉년으로 폭등한 물가와 굶어 죽은 사람을 장사조차 지낼 수 없는 백성들의 처절한 삶의 현실을 눈으로 보면서 작자는 이들에 대한 연민으로 春酒 한 잔 마실 마음조차도 갖지를 못하고 있다. 첫 2구에서의 날씨에 대한 묘사와 마지막 2구에서의 세월에 대한 탄식은 그가 백성들의 고통의 원인을 무엇으로 생각했는지를 짐작하게 해준다. 첫 2구에서의 날씨 묘사는 같은 해에 쓴 <新春> 시에서의 '새해 원년에 열흘동안 어둡다[新元十日陰]'와 유사한 표현으로,129) 寧宗이라는 새로운 황제가 등극하였지만 主和派가 장악한 조정으로 인해 북벌의 희망을 가질 수 없는 암울한 현실을 비유한 것이다.

　다음 시를 보자.

◎ **農家歎**
　농가의 탄식(130)

<table>
<tr><td>有山皆種麥,</td><td>산만 있으면 모두 보리를 심고</td></tr>
</table>

---

129)　≪詩稿≫ 권31, 본 장 1. 1) '위국헌신의 결의와 소망의 표출' 全文 참조. 이외 이와
　　유사한 표현으로 <秋晴園中山禽絶多, 有感而賦>(권15)의 '九日秋陰一日晴', <春行>
　　(권35)의 '九日春陰一日晴', <客叩門多不能接, 往往獨坐至晩戲作(五首其五)>(권15)의
　　'九日春陰一日晴', <龜堂晚興>(권43)의 '九日春陰一日晴', <出遊>(권66)의 '九日陰薶
　　一日晴' 등이 있다.
130)　≪詩稿≫ 권32.

有水皆種秔.	물만 있으면 모두 벼를 심었네.
牛領瘡見骨,	소의 목은 상처로 뼈가 드러나 보여도
叱叱猶夜耕.	이랴이랴 하며 밤중에도 밭을 갈았네.
竭力事本業,	있는 힘 다해 농사를 지었으니
所願樂太平.	바라는 것은 태평시절을 누리는 것이었네.
門前誰剝啄,	대문 앞에서 누가 문을 두드리는가?
縣吏徵租聲.	현리가 세금을 징수하러 온 소리로구나.
一身入縣庭,	홀로 관아 뜰로 들어가
日夜窮笞搒.	밤낮으로 곤장질을 당했네.
人孰不憚死,	사람이 누군들 죽음을 꺼리지 않겠는가만
自計無由生.	스스로 헤아려봐도 살아갈 방도가 없다네.
還家欲具說,	집으로 돌아와 낱낱이 말하고자 해도
恐傷父母情.	행여 부모님 마음 아파하실까봐.
老人儻得食,	노인만이라도 먹을 수만 있다면
妻子鴻毛輕.	처자식이야 새털처럼 가벼울 것을.

같은 해인 慶元 원년(1195)에 쓴 이 시에서 작자는 농부의 입을 통해서 그들의 밤낮없이 계속되는 힘겨운 노동과 가혹한 세금으로 인한 고통을 이야기하고 있다. 또한 궁핍하고 고통스러운 상황 속에서도 부모님에 대한 그의 지극한 효성을 이야기함으로써 세금 징수에만 혈안이 되어있는 몰인정하고 잔인한 관리들과 대비시키고 있다.

다음 시를 보자.

◎ 露坐(二首其二)
노천에 앉아서[131]

岸幘臨窗意未便,	두건 젖히고 창가에 섰지만 마음은 편하지 않아
又拖筇杖出庭前.	다시 죽장 끌고 뜰 앞에 나서네.

---

131) ≪詩稿≫ 권37.

<table>
<tr><td>清秋欲近露霑草,</td><td>맑은 가을 막 이르러 이슬은 풀에 맺혀 있고</td></tr>
<tr><td>皎月未升星滿天.</td><td>하얀 달 아직 뜨지 않아 별은 하늘에 가득하도네.</td></tr>
<tr><td>過埭船爭明旦市,</td><td>제방을 지나 배들은 다투어 아침 시장을 향하고</td></tr>
<tr><td>蹋車人廢徹宵眠.</td><td>수차를 밟으며 사람들은 밤새 잠 한 숨 못자네.</td></tr>
<tr><td>齊民一飽勤如許,</td><td>모든 백성들이 배 한번 채우려 이처럼 열심이건만</td></tr>
<tr><td>坐食官倉每愓然.</td><td>앉아서 봉록 먹고 있으니 매양 부끄럽기만 하구나.</td></tr>
</table>

이 시는 慶元 4년(1198) 입추 오일 전에 쓴 시이다.132) 작자는 제1∼2구에서 '마음이 편치 않아[意未便]' 이를 위안하고자 산책을 나가고 있다. 산책 나선 작자의 눈에는 제3∼4구에서 묘사된 초가을의 아름다운 경치가 펼쳐져 있다. 다음 제5∼6구에는 생존을 위해 한밤중이 되도록 힘든 노동을 멈출 수 없는 백성들의 고달픈 생활이 묘사되고 있는데, 이를 통해 비로소 첫 2구에서 작가의 마음이 편치 않았던 이유를 알 수 있게 된다. 마지막 제7∼8구에서 작자는 치열한 생존의 현장에 있는 백성들과 가을의 풍광을 감상하며 뜰에 서있는 자신을 비교하며 부끄러움을 나타내고 있다.

◎ 秋穫歌
추수의 노래133)

<table>
<tr><td>牆頭累累柿子黃,</td><td>담장 위엔 누런 홍시 후두둑 떨어지고</td></tr>
<tr><td>人家秋穫爭登場.</td><td>사람들은 추수한 곡식을 다투어 타작장에 올리네.</td></tr>
<tr><td>長碓擣珠照地光,</td><td>기다란 방아로 곡식을 찧으니 땅이 환히 빛나고</td></tr>
<tr><td>大甑炊玉連村香.</td><td>커다란 시루에 밥을 하니 온 마을이 향기롭도네.</td></tr>
<tr><td>萬人牆進輸官倉,</td><td>많은 사람들이 줄지어 관가 창고로 보내니</td></tr>
<tr><td>倉吏禽冷不暇嘗.</td><td>창고 관리는 안주 차가워져도 먹을 새가 없구나.</td></tr>
<tr><td>訖事散去喜若狂,</td><td>일 끝내고 흩어지며 미친 듯이 기뻐하고</td></tr>
<tr><td>醉臥相枕官道傍.</td><td>취하여 대로 가에서 서로 베고 드러누워 있도다.</td></tr>
</table>

---

132) 作者原注 '立秋前五日'
133) ≪詩稿≫ 권37.

數年斯民阨凶荒,　여러 해를 이 백성들은 흉년과 기근에 시달리며
轉徙溝壑殣相望.　골짜기를 전전하다 서로 쳐다보며 굶어 죽었지.
縣吏亭長如餓狼,　縣吏와 亭長은 굶주린 이리와 같아
婦女怖死兒童僵.　부녀자와 아이들은 죽을까 두려워하였네.
豈知皇天賜豐穰,　어찌 알았으리! 하늘이 풍부한 곡식을 내려주어
畝收一鍾富萬箱.　畝에서 1鍾을 수확하여 萬箱을 갖게 될 줄을.
我願鄰曲謹蓋藏,　내 바라건대, 마을 사람들 삼가하고 저축하며
縮衣節食勤耕桑.　입고 먹는 것 절약하고 열심히 농사짓기를.
追思食不饜糟糠,　옛날을 생각하여 지게미 먹는 것을 싫어하지 말고
勿使水旱憂堯湯.　가뭄에 堯, 湯 같은 성군을 근심하게 하지 말지니.

　　같은 해인 慶元 4년(1198)에 쓴 이 시에는 몇 년간의 흉년 끝에 풍년을 맞이하게 된 감격스러운 상황이 나타나 있다. 제1~8구에서는 안주 먹을 새조차 없이 바쁘게 움직이는 관리와 마음껏 취해 길에 쓰러져 자는 백성들의 모습을 통해 풍년의 기쁨과 너그러움을 나타내고 있다. 다음 제9~14구에서는 길마다 굶어 죽은 사람들로 가득하고 관리들의 혹정에 온 가족이 고통 받았던 과거 흉년의 삶들을 회상하며 지금의 풍년을 하늘의 은덕으로 여기고 있다. 마지막 제15~18구는 백성들에 대한 당부의 말로, 이전 흉년의 고통을 잊지 말고 근검절약과 성실한 노동으로 이후에 닥칠 가뭄에 대비할 것을 말하고 있다.

　　이듬해인 慶元 5년(1199)에 쓴 다음의 시에서도 풍년의 기쁨 속에서 지난 10년간의 饑荒에 굶어 죽은 사람들을 떠올리고 애달파하는 모습이 나타나고 있다.

◎ **喜雨歌**
비를 기뻐하는 노래[134]

不雨珠, 不雨玉,	구슬도 내리지 않고 옥도 내리지 않다가
六月得雨眞雨粟.	6월에 비가 내리니 그야말로 '곡식비'로다.
十年水旱食半菽,	10년 가뭄에 콩이 반은 섞인 밥을 먹고
民伐桑柘賣黃犢.	사람들은 뽕나무를 베고 황소를 팔았었지.
去年小稔已食足,	작년에 조금 풍년이 들어 먹을 것은 이미 족하니
今年當得厭酒肉.	올해는 물리도록 술과 고기도 먹을 수 있으리.
斯民醉飽定復哭,	이 백성들 취하고 배부르면 반드시 통곡하나니
幾人不見今年熟.	몇 사람이나 올해의 풍년을 보지 못하였던가!

다음 시를 보자.

◎ **記老農語**
늙은 농부의 말을 적다[135]

霜淸楓葉照溪赤,	서리 맑은 단풍잎은 시내에 비치어 붉고
風起寒鴉半天黑.	바람에 나는 겨울 까마귀에 하늘은 검도다.
魚陂車水人竭作,	물가 수차에선 사람들이 힘써 일하고
麥壟飜泥牛盡力.	보리 두둑 진흙 벌에선 소가 진력을 다하네.
碓舂玉粒恰輸租,	옥 같은 낟알을 찧어 막 조세를 바치고
籃挈黃雞還作貸.	바구니에 누런 닭 담아 빚을 갚네.
歸來糠粃常不饜,	돌아오는 부스러기 쌀은 항상 풍족하지 못하니
終歲辛勤亦何得.	일 년 내내 고생하며 일해서 무엇을 얻었는가?
雖然君恩烏可忘,	그러한들 임금의 은혜를 어찌 잊을 수 있으리,
爲農力耕自其職.	농사지으며 힘써 밭가는 것이 본직이라네.
百錢布被可過冬,	백전짜리 베로도 가히 겨울을 날 수 있으니
但願時淸無盜賊.	다만 시절 평안하여 도적이 없기를 바라네.

---

134) ≪詩稿≫ 권39.
135) ≪詩稿≫ 권55.

이 시는 嘉泰 3년(1203)에 쓴 것이다. 늙은 농부의 입을 빌어 힘겨운 노동의 모습과 혹독한 세금을 이야기하는 것이 앞의 <農家歎>에서의 그것과 흡사하다. 그러나 <農家歎>의 농부가 다만 가족만을 생각하는 사람이었다고 한다면, 이 시에서의 늙은 농부는 조정의 은혜를 잊지 않고 나라의 안정과 태평성대를 바라는 사람이다. 늙은 농부의 큰 도량이 여유로움이 제1~2구에 묘사된 아름다운 자연경관과 함께 어우러져 노동과 세금으로 점철된 현실세상의 혹독함을 보다 두드러지게 하고 있다. 바로 이러한 면이 <農家歎>에서보다 백성들의 고통을 더욱 절실하게 느껴지게 하는 이유이다.

다음으로 가혹한 세금으로 인한 백성들의 피폐된 생활을 그린 嘉泰 4년(1204)의 작품을 감상해보기로 한다.

◎ **過隣家**
이웃집을 들러136)

初寒偏著苦吟身,	첫 추위가 고달픈 몸을 두루 엄습할 때에도
情話時時過近鄰.	항상 이웃집에 들러 정담을 나누곤 했었네.
嘉穀連雲無水旱,	벼이삭은 구름처럼 이어지고 가뭄도 없건만
齊民轉壑自酸辛.	모든 백성들이 골짜기에서 뒹굴며 고통스러워하네.
室廬封鐍多逋戶,	집안은 자물쇠가 닫혀있고 도망간 호구가 많으며
市邑蕭條少醉人.	저자 마을은 썰렁하고 취한 이가 적도다.
甑未生塵羹有糝,	그나마 시루에 먼지 앉지 않고 국에 쌀알도 있으니
吾曹切勿怨常貧.	우리들은 절대로 가난을 원망해서는 안 되리.

제1~2구에서 작자는 혹독한 추위로 대변되는 자연의 시련도 서로 의지하고 힘이 되고자 하는 사람들의 마음까지 각박하게 만들지는 못하였음을

---

136) ≪詩稿≫ 권59.

말하고 있다. 이어 제3~4구에서는 풍년의 들녘과 고통스러워하는 백성의 모습을 대비시키고 있다. 이는 사람들이 고통 받는 직접적인 원인은 자연의 재해가 아닌 인간이 만든 세금에 있음을 말한 것으로, 다음 제5~6구에서는 과중한 세금으로 인해 피폐화된 농촌마을의 모습이 사실적으로 그려지고 있다. 마지막 제7~8구에서 작자는 그나마 이들보다는 나은 처지에 있으면서 가난을 탓해왔던 자신에 대한 반성을 하고 있다.

　이상에서 백성들의 궁핍한 생활에 대한 육유의 애민의식을 살펴보았다. 그러나 육유의 애민의 대상은 다만 일반 백성들에만 한정된 것이 아니었다. 변방을 지키며 금과 대치하고 있는 일반 장수나 병사들 또한 그의 정서 속에서는 일반백성들과 똑같이 고통 받으며 힘겨운 삶을 살아가는 사람들이었다. 마지막으로 이들에 대한 동정과 연민을 나타내고 있는 작품을 한 수 더 보기로 한다.

　다음 시는 한여름의 더위 속에서 변방의 병사들의 노고와 고통을 떠올리는 開禧 2년(1206)의 작품이다.

◎ 劇暑
극심한 더위[137]

六月暑方劇,	6월의 더위는 바야흐로 극심하여
喘汗不支持.	숨 헐떡이고 땀 흘리며 견뎌내질 못하네.
逃之顧無術,	피하려 해도 방법이 없으니
惟望樹影移.	다만 나무 그림자만 바라보며 옮겨 다닌다네.
或謂當讀書,	어떤 이는 마땅히 책을 읽어야 한다 이르고
或勸把酒巵.	어떤 이는 술잔을 쥐라 권하네.
或誇作字好,	어떤 이는 글을 짓는 것이 좋다 과장하며
蕭然却炎曦.	서늘해지어 뜨거운 볕을 잊게 된다 하네.

---

137) 《詩稿》 권67.

或欲溪上釣,	어떤 이는 개울 위에서 낚시를 하고자 하고
或思竹間棋.	어떤 이는 대숲 사이에서 바둑을 두고자 하네.
亦有出下策,	또한 신통치 않은 방책을 내는 이도 있나니
買簟傾家貲.	집안의 전 재산을 들여 돗자리를 산다네.
赤脚蹋層冰,	맨 발로 두터운 얼음을 밟기도 하니
此計又絶癡.	이런 계책들 또한 진정 어리석도다.
我獨謂不然,	나 홀로 그렇지 않다고 말하니
願子少置思.	바라건대, 그대들 조금만 생각을 해 보시게나.
方今詔書下,	지금 조서가 내려
淮汴方出師.	淮水와 汴水에 군대가 출병하였고
黃旗立轅門,	누런 깃발은 장군의 막사에 세워져 있으며
羽檄晝夜馳.	격문은 밤낮으로 치달리고 있다네.
大將先擐甲,	대장이 선두에서 갑옷을 입고
三軍隨指揮.	삼군이 지휘를 따른다네.
行伍未盡食,	대오의 병사들이 다 먹지 않으면
大將不言飢.	대장은 배고프다 말하지 아니하고
渴不先飮水,	목이 말라도 먼저 물을 먹지 않으며
驟不先告疲.	말을 달려도 먼저 피곤하다 말하지 않는다네.
吾儕獨安居,	우리들은 홀로 편안히 거하며
茂林蔭茅茨.	우거진 수풀 속 띠풀집 그늘에서
脫巾濯寒泉,	두건 벗고 찬 샘물에 씻고선
臥起從其私.	누웠다 일어났다 하고 싶은 대로 한다네.
于此尙畏熱,	이럼에도 오히려 더위를 두려워하니
鬼神其可欺.	귀신을 속일 수 있겠는가!
坐客皆謂然,	좌중의 객들이 모두 그렇다 말하고
索紙遂成詩.	종이 찾아 마침내 시를 완성하였네.
便覺窗几間,	마침 서재 안에 살랑살랑
颯颯淸風吹.	시원한 바람 불어오는 것이 느껴지네.

시의 전반부에서는 극심한 6월의 더위와 이를 피하려는 사람들의 갖가

지 행동들이 실감나게 묘사되어 있다. 그러나 후반부에서는 이러한 더위 속에서 북벌을 감행하고 있는 병사들과 장군의 노고를 떠올리며 이들보다 훨씬 더 편안한 곳에 있으면서 더위를 탓하고 있는 자신들에 대해 반성하고 있다.

2) 官僚에 대한 批判

육유의 애민의식은 백성들의 궁핍한 현실상황에 대한 동정에서 나아가 이 같은 상황에 이르게 된 원인들에 대한 반성과 비판으로 이어진다. 그는 백성들의 고통의 외부적인 요인으로 조정의 굴욕적인 화친정책과 조정 대신의 무능함, 지방의 수령들의 부정부패를 생각하였으며, 많은 시를 통해 이에 대한 비판의식을 나타내었다. 육유의 관료비판 의식은 많은 부분 우국의 정서와 결합되어 나타난다. 이것은 그가 백성들의 고통의 근본적인 원인을 金과 대치하고 있는 국가상황에서 찾았으며, 북벌을 통해 오랑캐를 섬멸하는 것만이 이것의 궁극적인 해결 방안이라고 여겼기 때문이다.

먼저 중기 중 在蜀時期와 在山陰時期의 작품 2수씩을 감상한다.

◎ **離堆伏龍祠觀孫太古畫英惠王像**
離堆의 伏龍祠에서 孫太古가 그린 英惠王의 초상을 보고[138]

岷山導江書禹貢,	岷山에서 長江을 소통시킨 것은 ≪尙書·禹貢≫에 쓰여 있나니
江流蹴山山爲動.	강물이 산에 부딪히니 산이 요동치도다.
嗚乎秦守信豪傑,	오호라, 진나라 군수는 진정 호걸이니
千年遺迹人猶誦.	천 년토록 흔적이 남아 사람들이 칭송하도다.
決江一支漑數州,	장강의 한 줄기를 끊어 몇 州에 물을 대니

---

138) ≪詩稿≫ 권6.

至今禾黍連雲種.　　지금까지도 벼와 기장은 구름처럼 심어져 있네.
孫翁下筆開生面,　　孫太古가 붓을 들어 새로운 모습을 그렸으니
岌嶪高冠摩屋棟.　　우뚝 솟은 높은 모자는 대들보에 닿아있네.
徙木遺風雖峭刻,　　秦의 법률이 비록 엄하였으나
取材尙足當世用.　　인재를 취해 當世에 사용하기엔 족했구나.
寥寥後世豈乏人,　　후세에 어찌 휑하니 인재가 적겠는가만,
尺寸未施讒已衆.　　조금의 공로도 없으면서 참소만 많구나.
要官無責空賦祿,　　고관들은 책임감도 없이 헛되이 녹만 축내고
軒蓋傳呼眞一鬨.　　수레 타고 호령하는 소리 시끌벅적하기만 하네.
奇勳偉績曠世無,　　빼어나고 위대한 공적을 세상엔 견줄 바 없으니
仁人志士臨風慟.　　인자와 지사는 바람을 맞으며 애통해하네.
我遊故祠九頓首,　　내 옛 사당에 들어가 아홉 번 절을 하고
夜遇神君了非夢.　　밤에 그대를 만났더니 정말 꿈같지가 않았네.
披雲激電從天來,　　구름 헤치고 번개 치며 하늘에서 내려와
赤手騎鯨不施鞚.　　맨 손으로 고래를 타는데 고삐조차 없었네.

이 시는 淳熙 원년(1174) 攝知榮州事를 맡아 成都를 떠나 蜀州로 가는 길에 離堆(지금의 四川省 灌縣 서남쪽)를 지나면서 쓴 시이다. 시는 내용상 크게 세 단락으로 나누어진다. 제1~10구에서 작자는 岷山에서 長江의 물을 끌어들여 홍수를 막은 禹임금의 업적과 역시 離堆를 만들어 長江의 물을 끌어들여 농사에 활용하게 했던 秦代 李冰의 공적을 이야기하며 백성들의 삶을 윤택하게 한 헌신적인 노력을 높이 사고 있다. 반면 다음 제11~16구에서는 공로도 없이 참소만을 일삼고 책임감도 없이 녹만 축내고 있는 현재의 관료들을 비판하며, 재능을 인정받지 못한 채 버려져 있는 우국지사들의 비통함을 나타내고 있다. 마지막 제17~20구에서는 李冰에 대한 추모의 뜻과 경외심을 과장된 필치로 묘사함으로써, 작자 자신도 李冰과 같이 백성을 생각하는 관리가 되겠다는 결의를 나타내고 있다.

다음 시를 보자.

◎ 前有樽酒行(二首其二)
앞에 항아리 술을 두고[139]

綠酒盎盎盈芳樽,	푸른 술 찰랑찰랑, 향기로운 술동이에 가득하고
淸歌嫋嫋留行雲.	맑은 노래 간들간들, 지나가는 구름도 머무르네.
美人千金織寶裙,	미인은 천금을 들여 호사로운 치마를 만들고
水沈龍腦作燎焚.	침향목, 용뇌목조차 횃불 삼아 태운다네.
問君胡爲慘不樂,	묻나니, 어찌하여 슬퍼하며 즐거워하지 않는가?
四紀妖氛暗幽朔.	48년을 妖氣가 幽州와 朔州를 덮고 있다네
諸人但欲口擊賊,	사람들은 다만 입으로만 적을 쳐부수려 하니
茫茫九原誰可作.	아득한 용사의 무덤을 누가 부활시킬 수 있으리.
丈夫可爲酒色死,	장부가 酒色으로 죽을 수도 있지마는
戰場橫屍勝牀箅.	전장에서 시체로 눕는 것이 침상보다는 나으리.
華堂樂飮自有時,	언제든 아름다운 집에서 술 즐길 수 있으니,
少待擒胡獻天子.	오랑캐 잡아 천자께 바칠 때까지 잠시 기다리게나.

이 시는 淳熙 6년(1179) 建安에서 提擧福建常平茶鹽公事를 지내고 있을 때 쓴 것이다. 당시 建安은 茶의 주산지로서 막대한 경제적 부를 누리고 있었으며, 이곳의 관원들은 호화로운 생활 속에서 사치와 향락을 일삼고 있었다. 제1∼4구에서 시인은 향락의 술자리와 사치스러운 생활 모습을 묘사하며 이들에 대한 비판을 하고 있다. 다음 제5∼8구에서는 문답의 형식을 사용하여 이러한 자리가 즐겁기는커녕 오히려 슬프게 느껴지는 자신의 심경과 그 이유를 말하고 있다. 중원이 함락된 지 50년이 넘도록 수복의 희망은 보이지 않고 사람들은 입으로만 북벌을 이야기하고 있으니, 옛날 무덤 속 용사들이라도 살아나와 북벌이 이루어질 수 있기를 바라고 있는

---

139) ≪詩稿≫ 권11.

것이다. 마지막 제9~12구에서는 주색에만 빠져 헛되이 생을 마치기보다
는 전장에서 목숨을 버리는 전사가 되고 싶다는 우국의 소망과, 중원이 수
복되고 오랑캐가 섬멸될 때까지는 술 마시며 즐기는 것조차 미루겠다는
단호한 결심이 나타나 있다.

　다음 시를 보자.

◎ 長安道
　장안도140)

千夫登登供版築,	천 명의 인부들이 쿵쿵 판으로 담을 쌓고
萬手丁丁供斲木.	만 개의 손이 탕탕 나무를 자르네.
歌樓舞榭高入雲,	가무하는 누대는 구름 높이 솟아있고
複幕重簾晝燒燭.	겹겹 장막과 발을 치고 낮에도 촉불을 켜네.
中使傳宣騎飛鞚,	사신은 재갈을 날리며 달려 조칙을 전하고
達官候見車擊轂.	고관들을 맞으려 수레는 즐비하네.
豈惟炎熱可炙手,	불같은 기세가 어찌 손만 데일 정도이리,
五月瞿唐誰敢觸.	5월의 瞿唐峽 같아 누가 감히 접촉하리.
人生易盡朝露晞,	인생은 아침 이슬 마르듯 쉬이 다하고
世事無常壞陂復.	세상사 무너진 제방 복구되듯 무상하다네.
士師分鹿眞是夢.	判官이 사슴을 나눈 것은 진정 꿈 때문이요,
塞翁失馬猶爲福.	塞翁은 말을 잃어 오히려 복이 되었네.
君不見野老八十無完衣,	그대 보지 못하였는가, 시골의 늙은이 팔십 넘도록 온전한 옷 하나 없고
歲晚北風吹破屋.	세모의 북풍이 부서진 집에 불고 있다네.

　이 시는 淳熙 10년(1183) 山陰에 있을 때 쓴 시이다. '長安道'는 古樂府의
제목으로, 여기서는 그 字意까지도 함께 차용하여 당시의 도성인 臨安에
비유하고 있다. 시에서 작자는 臨安 귀족들의 사치스러운 생활과 일반 백

---

140) ≪詩稿≫ 권15.

성들의 고통스럽고 궁핍한 삶을 대비시키며 당시 사회의 부조리함에 불만
을 나타내고 있다. 제1~8구에서는 귀족들에 대한 묘사로서, 많은 백성들을
동원하여 자신들의 화려한 거처를 짓고 그 속에서 향락을 일삼으며 무소불
위의 불같은 권세를 누리고 있는 모습이 나타나 있다. 그러나 다음 제9~12
구에서는 ‘人生易盡’과 ‘世事無常’이라는 말과 함께 ≪列子·周穆王≫과
≪淮南子·人間訓≫에서의 ‘士師分鹿’141)과 ‘塞翁之馬’의 典故를 인용하며
그들의 권세가 한낱 꿈에 불과하며 반드시 영속되지는 않을 것이라는 예
언을 하고 있다. 마지막 제13~14구에서는 일반 백성의 현실에 대한 묘사
로서, 평생의 노동에도 불구하고 기본적인 의식주마저 해결하지 못하는 비
참하고 곤궁한 삶의 모습이 나타나 있다.

마지막으로 紹熙 4년(1193)에 쓴 만기의 작품 1수를 더 감상하기로 한다.

◎ **僧廬**
佛寺142)

僧廬土木塗金碧,	절 지어 휘황찬란하게 꾸미려
四出徵求如羽檄.	사방으로 돈 걷는 꼴이 격문이라도 내리는 듯.
富商豪吏多厚積,	부유한 상인과 세도가들이야 쌓아둔 게 많으니
宜其棄金如瓦礫.	기왓장 자갈처럼 금을 내던지는 것도 당연하지.
貧民妻子半菽食,	가난한 백성과 妻子는 반이 콩인 밥을 먹다
一飢轉作溝中瘠.	굶어 죽어 산골짜기에 앙상한 해골로 구르도다.
賦斂鞭笞縣庭赤,	세금 거두는 매질에 관아는 피로 물들건만
持以與僧亦不惜.	중에게 가져다 바치며 조금도 아까워하질 않네.

---

141) 鄭國의 나무꾼이 사슴 한 마리를 잡아 그것을 숨겨두었으나 오래지 않아 숨겨둔 장
소를 잊어버려 이를 꿈을 꾼 것으로 여겼다. 그가 이 일을 주위 사람들에게 이야기
하자 이를 들은 사람이 나무꾼의 말에 근거하여 자신이 사슴을 얻게 되었다. 그날
저녁 나무꾼은 꿈에서 사슴은 둔 장소와 이를 가져간 사람을 보게 되었고 결국 사
슴을 두고 다툼이 생기게 됨에, 士官은 어느 것이 꿈이고 사실인지 구분할 수 없는
까닭에 이를 둘로 나누게 하였다. ≪列子·周穆王≫
142) ≪詩稿≫ 권27.

<table>
<tr><td>古者養民如養兒,</td><td>옛적엔 백성들 기르기를 자식처럼 길러</td></tr>
<tr><td>勸相農事憂其飢.</td><td>농사를 격려하고 굶주릴까 염려하였다네</td></tr>
<tr><td>露臺百金止不爲,</td><td>露臺에 百金이 든다 하여 짓지 않았던 孝文帝도</td></tr>
<tr><td>尙媿七月周公詩.</td><td>오히려 周公의 <七月> 시 앞에서는 부끄럽다네.</td></tr>
<tr><td>流俗紛紛豈知此,</td><td>뭇 백성들이야 어찌 이를 알리?</td></tr>
<tr><td>熟視創殘謂當爾.</td><td>다치고 죽는 것 많이 보아, 당연하다 말할 밖에.</td></tr>
<tr><td>傑屋大像無時止,</td><td>웅장한 佛寺와 커다란 佛像을 쉼없이 지어 대니</td></tr>
<tr><td>安得疲民免飢死.</td><td>어찌해야 지친 백성들 굶어 죽지 않을 수 있을지?</td></tr>
</table>

이 시는 백성들의 삶은 아랑곳 않고 자신들만의 행복을 위해 호화로운 불사를 꾸미고 있는 세도가와 富商을 비판하고 있는 시이다. 작자는 제 1~4구에서 불사를 꾸미는데 많은 돈도 아까워하지 않는 상인과 세도가들의 허세를 묘사하며 다음 제5~8구에서 세금과 생활고에 고통 받는 일반 백성들의 처참한 삶과 대비시키고 있다. 다음 제9~12구에서는 孝文帝가 백성의 고통을 헤아려 露臺를 짓지 아니한 일과 周公이 <七月> 시를 지어 成王을 깨우쳤던 일을 예로 들면서 백성은 안중에도 없는 위정자들의 파렴치함을 비판하고 있다. 마지막 제13~16구에서는 백성들의 자포자기적인 심정과 개선될 기미조차 보이지 않는 절망적인 현실상황에 대한 안타까움을 나타내고 있다.

3) 世態에 대한 批判

백성들의 고통스러운 삶의 내부적인 요인에 대한 육유의 비판은 물질만을 추구하는 세속적인 백성들과 현실개혁에 대한 어떠한 적극적인 노력도 하지 않고 비루한 풍속이나 따르는 무지한 백성들에 대한 비판으로 나타난다.

먼저 중기의 작품을 보도록 한다.

◎ 南池
남지143)

二月鶯花滿閬中,　　2월, 꾀꼬리와 꽃은 閬中에 가득한데
城南搔首立衰翁.　　城 남쪽에 머리 긁으며 쇠한 늙은이 서있네.
數莖白髮愁無那,　　몇 가닥 백발에 근심을 어찌할 수 없나니
萬頃蒼池事已空.　　만 경의 푸른 못은 이미 헛된 일이 되어버렸네.
陂復豈惟民食足,　　제방을 다시 쌓으면 어찌 백성만 풍족하리,
渠成終助覇圖雄.　　도랑이 완성되면 결국 국가번영에 도움이 될 것을.
眼前碌碌誰知此,　　눈앞의 용렬한 사람들이 누가 이것을 알리,
漫走叢祠乞歲豊.　　무작정 사당으로 달려가 풍년을 구걸하네.

　　이 시는 乾道 8년(1172) 南鄭의 幕府로 들어가며 쓴 것으로, 현실개혁에
대한 적극적인 노력을 기울이지 않는 백성들의 나태함을 비판하고 있다.
南池는 漢代에는 중요한 관개용 저수지였으나 唐 이후에는 폐하여 쓰지를
않았는데,144) 시의 끝 부분 自注에 '못 위에 한 고제의 묘당이 있다[池上有
漢高帝廟]'라 하며 이 시에서의 사당이 漢高祖의 사당임을 밝히고 있다. 제
1~2구에서는 봄날의 아름다운 경관과 상념에 잠긴 작자 자신이 대비되고
있다. 다음 제3~4구에서는 상념의 구체적인 내용이 나타나 있는데 육신의
노쇠함과 함께 농사의 기반이 황폐해진 것을 탄식하고 있다. 다음 제5~6
구에서는 제방과 도랑이 복구되었을 때의 사회경제적인 효과를 직접적으
로 지적하며, 마지막 제7~8구에서는 백성들이 제방을 다시 쌓아 농사를
지을 생각은 하지 않고 무작정 사당에 달려가 풍년을 기원하는 것을 비판

---

143) ≪詩稿≫ 권3.
144) 일찍이 杜甫는 <南池> 시에서 南池의 경관을 읊었는데, 육유는 自注에서 '杜詩所謂
　　'安知有蒼池, 萬頃浸坤軸'者, 今已盡廢'라 하며 당시에는 이미 없어졌음을 말하고 있다.

하고 있다.

　다음 시는 淳熙 4년(1177)에 쓴 것으로, 부귀영화만을 좇는 저속한 백성들을 비판하고 있다.

◎ 浣花女
　浣花溪의 처녀[145]

江頭女兒雙髻丫,	강변의 계집아이 쌍으로 쪽찐 머리하고
常隨阿母供桑麻.	항상 어머니를 따라다니며 뽕잎 따고 길쌈일 돕네.
當戶夜織聲咿啞,	집에서는 밤마다 베틀 소리 찰칵찰칵,
地爐豆䕫煎土茶.	부엌에서는 콩대를 태워 차를 달이네.
長成嫁與東西家,	장성하여 근처 집안에 시집가게 되니
柴門相對不上車.	(시댁이) 사립문 대하고 있어 수레 탈 필요도 없네.
靑裙竹笥何所嗟,	푸른 치마와 대바구니에 무슨 탄식 있으리?
揷髻燁燁牽牛花.	쪽진 머리엔 아름다운 나팔꽃이 꽂혀 있다네.
城中妖姝臉如霞,	도시의 요염한 계집은 얼굴이 저녁놀과 같아
爭嫁官人慕高華.	부귀영화를 흠모하여 다투어 관리에게 시집가네.
靑驪一出天之涯,	흑마 타고 한 번 하늘가로 나간 뒤엔
年年傷春把琵琶.	해마다 봄을 아파하며 琵琶만 껴안고 있다네.

　시는 전체적으로 두 부분으로 나뉘어 浣花女의 삶과 도시 처녀의 삶을 대비시키고 있다. 前 8구는 浣花女가 성장하여 시집가는 모습을 그린 것으로, 제1~4구에서는 浣花女의 온화하고 순박한 모습과 어머니를 도와 가사일에도 성실한 여성스러운 품성을 묘사하고 있다. 다음 제5~8구에서는 장성한 처녀가 소박한 혼수만으로 친숙한 이웃에 시집가는 모습을 나타내고 있다. 비록 다음의 내용은 없지만 우리는 이 처녀의 결혼 생활이 행복과 즐거움으로 가득하리라는 것은 충분히 예상할 수 있다. 마지막 제9~12구

---

145) ≪詩稿≫ 권8.

에서는 이와 비교되는 도시 처녀의 삶을 묘사하고 있다. 요염한 외모로 부귀영화만을 좇아 결혼하여, 관직따라 밖으로만 나도는 남편 때문에 평생 홀로 지내야만 하는 城中 여자의 결혼생활이 *浣花女*의 삶과 극명한 대비를 이루고 있다.

다음 시를 보자.

◎ **估客樂**
상인의 즐거움146)

長江浩浩蛟龍淵,	넓고 넓은 長江은 蛟龍의 연못,
浪花正白蹴半天.	하얀 파도의 포말은 하늘로 튀어 오르네.
軻峨大艑望如豆,	높고 커다란 배 바라보니 콩알과 같더니만
駭視未定已至前.	놀란 시선 고정되기 전에 이미 앞에 이르렀네.
帆席雲垂大隄外,	돛은 큰 제방 밖에서 구름처럼 드리워져 있고
纜索雷響高城邊.	닻줄은 높은 城 가에서 우레 같은 소리를 내네.
牛車轔轔載寶貨,	덜거덕거리는 수레에 진귀한 물건들 싣고
磊落照市人爭傳.	시장 가득 쌓으니 사람들은 다투어 사가네.
倡樓呼盧擲百萬,	기생집과 도박판에서 백만 금을 던지고
旗亭買酒價十千.	주막에서 만 금이나 되는 술을 산다네.
公卿姓氏不曾問,	公卿의 성씨도 일찍이 묻질 않으니
安知執秉中書權.	中書의 권력을 누가 쥘지 어찌 상관하리.
儒生辛苦望一飽,	유생들은 고달파하며 한 번 배부르기만 바라고
趑趄光範祈哀憐.	光範門에서 머뭇거리며 불쌍히 여겨주길 바라지만,
齒搖髮脫竟莫顧,	이빨 흔들리고 머리 빠지도록 돌아보지 않으니
詩書滿腹身蕭然.	詩書가 배에 가득해도 몸은 처량하기만 하구나.
自看賦命如紙薄,	내 운명이 종잇장처럼 얇은 것을 보나니
始知估客人間樂.	이제야 상인들이 인간세상의 즐거움임을 알겠네.

---

146) ≪詩稿≫ 권19.

이 시는 淳熙 14년(1187) 嚴州에 있을 때 쓴 것으로, 호사로운 상인의 모습과 가련한 유생의 처지가 극명하게 대비되고 있다. 제1~8구에서는 성에 정박한 상선의 위풍당당한 모습과 상선에서 가져온 온갖 진귀한 물건들로 활기를 띤 시장의 모습이 나타나 있다. 다음 제9~12구에서는 기생집과 도박판 등을 전전하며 사치와 낭비만을 일삼고 사회나 정치에 대해서는 아무런 관심도 없는 상인들의 행태를 비판하고 있다. 다음 제13~16구에서는 지조를 잃고 구차한 동정을 바라다 끝내 쓰이지 못하고 버림받는 유생들의 가련한 모습을 묘사하며 마지막 제17~18구에서는 이들과 하등 다를 바 없는 자신의 처지를 안타까워하고 있다. 그의 인식 속에서의 현실은 자신들이 주도하는 시대가 아닌 졸부와 거상들만이 즐거움을 느끼는, 그들만의 시대였던 것이다.

마지막으로 만기의 작품 한 수를 더 감상하기로 한다.

◎ 歎俗
世俗을 한탄하며[147]

風俗陵夷日可憐,	풍속이 쇠퇴함이 날로 가련하나니
乞墦鉗市亦欣然.	무덤에서 얻어먹고 시장에서 칼 씌워도 기뻐하네.
看渠皮底元無血,	저들 살가죽 아래엔 본래 피 한 방울 없나니
那識虞卿魯仲連.	(저들이) 어찌 虞卿과 魯仲連을 알리오?

이 시는 紹熙 3년(1192) 山陰에서 쓴 것이다. 작자는 의리를 소중히 여겼던 전국시대의 虞卿과 魯仲連을 떠올리며 날로 쇠퇴해 가는 풍속과 수치심을 모르는 사람들이 많아지는 것에 대해 탄식하고 있다. 이처럼 북벌에 대한 의지도 없이 날로 퇴락하기만 하는 세태 속에서 인재의 출현은 불가능한 일이며, 중원 수복의 희망 또한 요원할 수밖에 없다. 백성들이 궁핍한

---

147) ≪詩稿≫ 권24.

생활을 하게 되는 가장 큰 이유를 중원의 함락과 金과의 대치상황으로 여겼던 그였기에, 이를 타개한 인재를 기대할 수 없는 현실은 백성들에게 있어 궁핍하고 고통스러운 현실의 영원한 지속을 의미할 뿐이었다.

이상에서 육유의 愛民詩를 각각의 표현양태에 따라 세 가지로 구분하여 살펴보았다. 앞 절에서 살펴본 '憂國'의 주제가 외부적인 대상에 초점이 있는 것이라 한다면, '愛民'은 반대로 내부적인 대상에 초점이 있는 까닭에 상호 포괄하는 영역들이 다른 주제들이라 할 수 있다. 그러나 그의 愛民詩에서 고발되고 비판되는 내용과 이에 대한 해결 방안 등을 살펴보면 이것들이 다만 내부적인 문제만이 아니라 보다 궁극적으로는 외부적인 요소, 즉 그의 '우국의식'이 기인했던 국제정세와 긴밀하게 연결되어 있음을 알 수 있다. 적어도 그의 의식 속에서 현실적인 모든 모순과 부조리의 원인은 金이라고 하는 외세의 존재와 중원을 함락 당한 비참한 조국의 현실에 있었으며, 이것의 근본적인 해결책 또한 오랑캐의 섬멸을 통한 失地의 회복에 있었다고 할 수 있다. 바로 이와 같은 이유 때문에 그의 애민시는 크게 우국시의 범주에 포괄될 수 있는 것이다.

3. 寫景詠物

육유에게 있어 자연 경물과 산수 자연은 현실에서의 좌절과 절망을 위로해주는 위안자이면서 또한 끊임없는 詩心을 불러일으키는 자극제이기도 하였다. 이런 까닭에 '시를 쓰려면 반드시 강산의 도움을 받아야 하나니, 瀟水와 湘水에 가지 않으면 어찌 시가 있을 수 있겠나'148)라 하였고, '나의 시에는 산을 이야기하지 않은 것이 없다'149)라고까지 하였다.

앞서 제3장 '陸游의 詩論'에서 육유가 '政治的 悲憤'을 시문창작의 주요한 동기로 여겼으며, '현실생활의 경험'이 '養氣'의 구체적인 내용 중의 하나였음을 말한 바 있다. 이러한 측면에서 위에서 그가 말한 '江山助'나 '醉翁無詩不說山'의 언급은 그가 산수자연을 '詩外工夫'의 중요한 한 측면으로 간주하였음을 말해준다. 즉 '悲憤論'이 사회정치적인 면에서 시가창작에 영향을 준 것이라면, '산수자연의 도움[江山之助]'은 대자연이 인격의 도야와 시정의 격발에 영향을 준 것이라 할 수 있다.150) 그러나 육유의 작품 중 산수자연 자체의 객관적인 아름다움만을 이야기하고 있는 것은 그다지 많지 않다. 육유시에서의 산수자연경물은 많은 부분 작자의 현실의식과 결합되어 때로는 존재의 기쁨과 삶의 희망을 주는 요인이 되기도 하고,151) 때로는 지난날의 이상과 현재의 자신을 돌아보게 함으로써 좌절과 절망에 잠기게 하는 요인이 되기도 한다.152) 이는 육유가 산수자연을 단순히 관찰하고 감상하는 객관적인 대상으로만 여긴 것이 아니라, 끊임없이 자기 자신을 다그치고 격려하며 현실과 타협하여 타락하지 않도록 자극하는 의지적인 대상으로 여겼음을 보여준다.

사실 산수자연에 대한 이 같은 태도는 육유에게서만 찾아볼 수 있는 특수한 경우는 아니었다. 이미 이전 시기 많은 시인들은 산수자연경물에서 시의 재료와 시적 영감을 얻어왔으며, 이를 통해 지속적이고 살아 숨쉬는 창작의 힘을 확보해왔다. 특히 '외물에 매이지 않음[不囿於物]'과 '돌이켜 안에서 추구함[反求於內]'을 주장하며 '物感說'을 받아들이지 않던 보통의

---

148) '揮毫當得江山助, 不到瀟湘豈有詩' ≪詩稿≫ 권60, <予使江西時以詩投政府, 丐湖湘一麾會召還不果, 偶讀舊稿有感>.
149) '太白十詩九言酒, 醉翁無詩不說山' ≪詩稿≫ 권21, <飲酒望西山戲詠>.
150) 周裕鍇, 앞의 책, 125면.
151) '年來親友凋零盡, 惟有江山是舊知' ≪詩稿≫ 권21, <過六和塔前江亭小憩>.
152) '漢水東流那有極, 秦關北望不勝悲' ≪詩稿≫ 권3, <驛亭小憩遣興>.

송대 시인들조차 산수자연에 대해서는 내재적인 수양을 보좌하는 중요한 영양제로 인식하곤 하였다. 또한 산수자연에 자신의 감정을 이입하여 풍광과 정물의 묘사를 통해 자신의 감정을 나타내는 방법은 시에서 흔히 사용되는 표현 기법 중의 하나이므로 이 또한 육유시만의 특징이라고 말할 수는 없다.

시의 미적 효과를 높이기 위해, 혹은 시의 주제를 두드러지게 하기 위해 산수자연을 자의식의 존재로 의인화하는 방법 또한 그다지 특별한 방법이라고는 볼 수 없다. 왜냐하면 '시정과 경관이 융합됨[情景交融]'을 작품 창작의 필수 요건이자 평가의 기본 준칙으로 삼고 있는 시에서 시인의 심경과 동떨어진 객관적 산수자연경물은 글자 그대로의 '山水詩'나 '詠物詩'가 아닌 다음에야 사실상 존재하기도 어려우며, 의인화의 방법이 情景交融을 달성하는 가장 손쉬운 방법이기 때문이다. 그러나 육유의 산수자연경물이 이들과 다른 점은 기존의 '객관적 관조대상'이나 '작자 심상의 체현체' 혹은 '현실의식의 촉발체'라는 의미를 넘어 '현실의식의 반영으로서의 主觀的 山水自然景物'이라는 의미를 지닌다는 것이다. 이는 현실의식을 통해 자연경물의 의미를 독특하게 이해하고 그것의 속성이나 기능에서 대해서도 보통 사람들과는 다른 견해를 가지는 것을 의미한다.

결국 육유에 있어 산수자연경물은 객관적으로 관찰되고 감상되며 삶의 여유와 감동을 느끼게 해 주는 대상이기도 하였으며, 自意識을 불러일으키는 매개체적인 속성을 지닌 존재이기도 하였다. 또한 육유의 독특한 경우로서, 때로는 현실에 대한 인식에서 일반적인 의미와는 전혀 다른 새로운 의미로 재구성되기도 하였다. 본 절에서는 이 세 가지의 측면을 각각 '客觀的 感賞'과 '自意識의 觸發' 및 '現實意識의 反映'으로 구분하여 살펴보기로 한다. 빈도 상으로 볼 때, 이 중 첫 번째의 측면이 육유의 시에서는 가장 드문 경우이며 두 번째의 측면이 가장 많은 경우이다. 세 번째 유형의 경우 엄밀히 말하면 주제의 분류상 '寫景詠物'에 포함될 수는 없지만 자연경물에 대한 감상이라는 측면에서 편의상 함께 묶어 살펴보기로 한다.

1) 客觀的 感賞

자연경물이 대상으로서 객관적으로 관찰되고 감상되는 경우는 '詠物詩'에서가 가장 대표적이다. 육유 詠物詩의 대상은 四君子, 海棠, 柳, 蝶 등과 같은 자연사물부터 月, 雨, 雪 등과 같은 자연현상에 이르기까지 작품의 수만큼이나 다양한데, 이 중에서도 특히 四君子 중의 梅花에 대한 영물시가 많은 분량을 차지하고 있다.153)

다음에서 영물시 중 비와 梅花에 관한 작품을 두 수씩을 감상해보기로 한다.

◎ 暴雨
폭우154)

風怒欲掀屋,	바람은 집을 날릴 듯 노하여 불어대고
雨來如決隄.	비는 제방을 무너뜨릴 듯 쏟아지네.
孤燈映窗滅,	외로운 등불이 창을 비추다간 꺼지고
羈鳥就簷棲.	무리 잃은 새가 처마로 날아와 깃들이네.
暑令方炎赫,	여름날이라 바야흐로 뜨겁기만 하더니
秋聲忽慘凄.	가을 소리에 홀연 서늘해지네.
傳聞漲江水,	들자하니 강물 불어나
已斷瀼東西.	동서 瀼水 일대를 이미 덮었다 하네.

---

153) 詩題에서 매화를 언급하고 있는 것만도 114제 199수이며 <梅花絶句>, <梅花>라는 구체적인 시제로써 매화를 읊는 연작시만도 30제 115수에 이르고 있다. 이외 '蘭'이 1제 1수, '菊'이 15題 18수, '竹'이 27題 30수이며 '海棠'은 16題 18수이다.

154) ≪詩稿≫ 권2.

　　이 시는 乾道 7년(1171) 夔州通判으로 있을 때 쓴 것이다. 灘은 본래 蜀 지방에서 강을 뜻하는 보통명사로 사용되었으나,155) 지금도 四川省 奉節縣에 東, 西灘水가 있으므로 고유명사로 보는 것도 무방할 듯싶다. 여름날 쏟아지는 폭우의 세찬 기세와 이로 인한 기온의 변화 및 홍수의 상황들이 관찰자의 입장에서 서술되고 있다.

◎ 雨
비156)

映空初作繭絲微,	하늘에 비칠 때 처음에는 누에 실처럼 가늘더니
掠地俄成箭鏃飛.	땅에 떨어질 때 갑자기 화살 끝처럼 날아오네.
紙帳光遲饒曉夢,	종이창에 빛은 느지막이 스며 아침 꿈은 많고
銅鑪香潤覆春衣.	구리 향로에 향은 진한데 봄옷에 덮여 있네.
池魚鱍鱍隨溝出,	못의 물고기는 파닥파닥 도랑 따라 튀어나오고
梁燕翩翩接翅歸.	들보 위 제비는 빙빙 날개 나란히 돌아가네.
惟有落花吹不去,	다만 불어도 떨어지지 않는 꽃잎이 있나니
數枝紅溼自相依.	몇몇 가지에 붉고 촉촉이 서로 의지하고 있다네.

　　이 시는 淳熙 3년(1176) 봄, 成都에 있을 때 쓴 것이다. 시의 8구 모든 구가 하늘[空]－땅[地]－창[帳]－화로[鑪]－물고기[魚]－제비[燕]－꽃[花]－가지[枝]와 같이 각기 다른 사물로 이루어져 있어, 봄비 내리는 모습이 여러 각도에서 섬세하고 생동감 있게 나타나고 있다. 각 연에 따른 시선의 변화와 사물의 배치 또한 치밀하면서도 변화무쌍하다. 시인의 시선은 두 구 단위로 구분되면서 遠景－室內－近景－細景으로 변화되고 있으며, 시선의 변화에 따라 사물 또한 天地－人間－動物－植物의 순서로 배치되고 있다. 아울러 제1~2구의 '하늘에서 떨어지는 비[動]'와 제3~4구의 '종이창의 빛

---

155) '山間之流, 凡通江者, 蜀人多謂之灘' 陸游, ≪入蜀記≫ 권6, 六月二十七日條.
156) ≪詩稿≫ 권7.

과 화로의 향[靜]', 제5~6구의 '못의 물고기와 들보의 제비[動]', 제7~8구
의 '가지에 매달려 있는 꽃[靜]'과 같은 靜動感의 의도적인 교차 배치도 나
타나 있다.

◎ 梅花絶句(六首其三, 其六)
　　매화절구157)

聞道梅花坼曉風,	들기로 매화는 새벽바람을 가르며 핀다 하니
雪堆遍滿四山中.	눈 쌓인 양 온 산중에 두루두루 가득하네.
何方可化身千億,	어찌하면 이 한 몸 천억 개로 나누어
一樹梅花一放翁.	매화나무 한 그루에 하나씩 마주할 수 있을꼬?

紅梅過後到緗梅,	紅梅 지고 난 후에 緗梅가 피나니
一種春風不竝開.	어느 한 종도 봄바람에 함께 피지를 않는구나.
造物無心還有意,	조물주는 무심한 듯하나 또 뜻이 있으시니
引教日日放翁來.	나를 매일 오게 하고자 하심이로다.

　　첫 번째 시에서 작자는 매화가지 하나하나 모든 것을 다 소유하고 싶다
는 욕심으로 매화에 대한 지극한 사랑을 표현하고 있다. 그러나 두 번째
시에서는 다시 '一種春風不竝開'라 말하며 자신이 좋아하는 것을 한꺼번에
모두 다 취하는 것은 불가능함을 이야기하고 있다. 육유에게 있어 간절히
원하지만 결코 다 소유할 수는 없었던 매화는 간절히 바랬지만 결코 실현
될 수 없었던 자신의 이상이 아니었을까? 그러나 조물주의 의도가 매일 그
로 하여금 매화를 보도록 하는 것이었기에 그의 이상에 대한 추구 또한 평
생토록 이어질 수밖에 없었던 것이다.

　　자연경물이 객관적인 관찰의 대상이 되는 것은 영물시 외에 보통의 산
수자연시에서도 찾아볼 수 있다. 다음에서 중기와 만기의 작품들을 감상해

---

157) ≪詩稿≫ 권50.

보기로 한다.

◎ **小雨極涼, 舟中熟睡至夕**
가랑비 매우 시원할 때 배에서 깊이 잠이 들어 저녁이 되다[158]

舟中一雨掃飛蠅,	배에 내린 한 줄기 비가 날파리를 쫓아내니
半脫綸巾臥翠藤.	두건 반쯤 벗고선 푸른 등나무 침상에 누웠네.
淸夢初回窗日晩,	맑은 꿈에서 막 깨어나니 창에 태양은 저물고
數聲柔艣下巴陵.	몇 번의 부드러운 노 소리에 巴陵을 지나네.

이 시는 淳熙 5년(1178) 孝宗의 명을 받아 蜀지역을 떠나 東歸할 때 쓴 것이다. 작자는 의관도 정제하지 않고 마음껏 잠도 즐기는 자유로운 모습으로 창에 비치는 석양과 부드러운 노 소리를 감상하고 있다.

◎ **登擬峴臺**
의현대에 올라[159]

層臺縹緲壓城闉,	아스라한 층층 누대는 성곽을 누르고
倚杖來觀浩蕩春.	지팡이 짚고 와 드넓은 봄 경치를 구경하네.
放盡樽前千里目,	술동이 앞에서 천 리를 마음껏 보고
洗空衣上十年塵.	옷 위에 쌓인 십 년간의 먼지를 씻어내도다.
縈迴水抱中和氣,	휘돌아 가는 물살은 온화한 기운을 품고 있고
平遠山如蘊藉人.	멀리 이어진 산은 수양을 쌓은 사람과도 같도다.
更喜機心無復在,	사사로운 마음 다시는 있지 아니함이 기쁘니
沙邊鷗鷺亦相親.	모랫벌의 갈매기, 백로와도 역시 친하다네.

이 시는 淳熙 6년(1179) 江西지역의 수재 때 義倉을 개방한 일로 탄핵을 받아 撫州에서 山陰으로 돌아오는 길에 쓴 것이다. 작자는 擬峴臺의 장엄

---

158) 《詩稿》 권10.
159) 《詩稿》 권12.

하고 아름다운 모습과 평화롭고 온화한 산세들을 묘사하며 지난 10년간의
촉지생활에 대한 위안으로 삼고 있다. 아울러 세상의 名利와 私慾에서 벗
어나 자연에 귀의하고 싶은 심정을 토로하고 있다.

　다음의 두 시는 만기의 작품들로, 嘉泰 원년(1201) 山陰에 있을 때 쓴 것
이다.

◎ 柳橋晚眺
　　柳橋에서 저녁 날에 바라보며160)

小浦聞魚躍,	작은 포구는 물고기 튀어 오르는 소리를 듣고
橫林待鶴歸.	가로놓인 수풀은 학이 돌아오길 기다리네.
閑雲不成雨,	한가로운 구름은 비가 되지 못하여
故傍碧山飛.	일부러 푸른 산에 의지해 날아가네.

◎ 秋日雜詠(八首其七)
　　가을날의 노래161)

久雨初晴喜欲迷,	오랜 비가 막 개이니, 너무 좋아 돌아다니고 싶어
靑鞋踏徧舍東西.	푸른 신 신고 집의 동서쪽을 두루 밟고 다니네.
忽然來到柳橋下,	홀연 버드나무 다리 아래에 다다르니,
露濕蓼花紅一溪.	이슬 젖은 여뀌풀이 온통 시내를 붉게 물들였네.

　두 작품 모두 자연경물에 대한 묘사가 위주가 되고 있다. 첫 번째의 작
품이 한 곳에 머물러 시선의 변화를 통해 자연경관을 읊고 있는 반면, 두
번째 작품에서는 이동하며 보는 경관이 나타나 있다. 그러나 두 작품 모두
작자의 상태가 靜動인가의 여부에 따라 자연경관 또한 의도적으로 묘사되
고 있다. 즉 작자가 '靜'의 상태에 있는 첫 번째 작품에서는 작은 포구[小
浦], 가로놓인 수풀[橫林], 푸른 산[碧山]과 같은 정적인 사물을 물고기[魚],

---

160) ≪詩稿≫ 권47.
161) ≪詩稿≫ 권47.

학[鶴], 구름[雲]과 결합시켜 묘사함으로써 전체적으로 動的인 효과를 나타내도록 하고 있으며, 작자가 '動'의 상태에 있는 두 번째 작품에서는 반대로 집[舍], 버드나무 다리[柳橋], 여뀌풀[蓼花]과 같은 정적인 사물을 묘사함으로써 靜動의 적절한 조합을 추구하고 있다.

그러나 이처럼 순수하게 자연경물이나 산수 자체의 아름다움을 노래한 시는 육유시 전체에서 그다지 높은 비율을 차지하지 않는다. 많은 수의 산수시나 자연경물시는 작자의 自意識과 밀접하게 결합되어 있으며, 여기에서 묘사되는 산수자연경물들은 이것을 환기시키고 떠올리게 하는 매개체로서의 역할을 하고 있다.

2) 自意識의 觸發

'自意識의 觸發'이란 자연경물이 '媒介的 自然景物'로서, 객관적인 감상의 대상으로서만이 아니라 이를 통해 우국의 감회를 떠올리게 한다든지 일반 백성들의 고통스러운 삶을 떠올리게 하는 매개체로서 작용하는 경우를 말한다. 사실 시가 객관 외물세계와의 접촉으로 인해 촉발된 시인의 정서적 반응이라고 했을 때, 시 속에 묘사되는 산수나 자연경물은 객관적으로 존재하는 대상이 아니라 작자의 심경이 반영된 주관감정의 체현체가 될 수밖에 없다. 따라서 똑같은 자연경물이 시인들에 따라 각기 다른 모습으로 묘사되기도 하며, 같은 시인이라 할지라도 시인의 처지나 심적 상태의 변화에 따라 이전과는 다른 모습으로 묘사되기도 하는 것이다. 이를 '시인의 감정이입을 통한 객관사물의 恣意的인 描寫'라고 말할 수 있는데, 시인들은 이러한 방법을 통해 감정을 심화시키거나 시의 주제의식을 돋보이게 하곤 한다. 육유의 시에서 묘사된 산수자연경물에서도 이러한 면은 쉽게 찾아볼 수 있다. 다음에서 한 수를 예로 들어본다.

◎ 舟中感懷三絶句, 呈太傅相公兼簡岳大用郎中(三首其一)
　배에서의 감회를 읊은 세 편의 절구를 太傅相公 겸 簡岳大用郎中에게 드리다[162]

浪中輵輵雨聲寒,	물 위로 종소리를 내며 빗소리는 차가운데
孤夢初回燭半殘.	외로운 꿈에서 막 돌아오니 촛불은 반이 사위었네.
甲子一周胡未滅,	60년이 지나도록 오랑캐 멸망되지 아니하니
關山還帶淚痕看.	關山 또한 눈물 흔적 지니고 있구나.

淳熙 12년(1185) 江西지역에서 돌아와 山陰에 거처하며 쓴 이 시에서 작자는 오랑캐를 섬멸하지 못한 자신의 회한을 關山에 이입시켜 關山 또한 눈물 흔적이 보인다고 말하고 있다. 이와 같은 감정이입의 방식은 일반적인 시인들이 경물묘사에 있어 즐겨 사용하는 방식이다. 그러나 이 시에서와는 달리, 많은 경우 육유는 경물묘사에 있어 감정의 이입을 통한 주관적인 묘사보다는 객관묘사의 방식을 즐겨 사용하곤 하였다. 아울러 이를 통해 다른 방식으로 교묘하게 자신의 감정이나 주제의식을 부각시켰다. 즉 시인의 감정이나 혹은 시의 주제의식과 상호 연관성이 없는 객관 경물묘사는 필연적으로 시 전체적인 흐름에서의 파격적인 전환으로 나타나게 되며, 이는 후반부의 주제의식을 상대적으로 돌출시키는 효과를 낳을 수 있다.[163] 결국 이와 같은 경우 시의 전반부에서 묘사되는 산수자연경물은 후반부에 드러날 작자의 주제의식을 더욱 두드러지게 하는 사전 전제적인 역할을 하게 되는 것이다. 앞서 인용한 <溪行(二首其一)> 시[164]에서 全 8구

---

162) ≪詩稿≫ 권17.
163) 물론 이와 같은 서술 방식이 반드시 장점만 있는 것은 아니다. 오히려 이 같은 방식
　　은 많은 부분, 시의 단절감을 주고 기승전결의 흐름을 끊어 결과적으로 작품의 예술
　　적 성취나 전체적인 미감에 있어 부정적인 결과로 나타나곤 한다.
164) 본 장 注2) 引用詩.

중 6구에 걸쳐 묘사된 봄날 저녁의 한가롭고 낭만적인 풍경들이 마지막 2구에서 백성들의 고난에 찬 삶의 모습을 두드러지게 하기 위한 의도적인 장치였던 것도 이것의 한 예라고 할 수 있다.

다음에서 이러한 작품의 예들을 시기 순으로 살펴보도록 한다.

◎ 晩泊
저녁에 유숙하며[165]

半世無歸似轉蓬,	반평생 돌아갈 곳 없이 떠다니는 쑥과 같더니
今年作夢到巴東.	올해 꿈을 꾼 듯 巴東에 도착했네.
身遊萬死一生地,	몸은 만사일생의 위험지간을 떠돌고
路入千峰百嶂中.	길은 천 봉우리 험난한 골짜기로 들어서네.
鄰舫有時來乞火,	이웃 배에서는 이따금 불을 구하러 오고
叢祠無處不祈風.	수풀 속 사당에서는 곳곳에서 바람을 기원하네.
晩潮又泊淮南岸,	저녁 물살에 다시 회수 남쪽 언덕에 정박하나니,
落日啼鴉戍堞空.	해 지고 까마귀 우는데 수루는 비어 있구나.

이 시는 乾道 6년(1170) 5월, 長江을 따라 夔州通判으로 부임하러 가던 도중 배에서 숙박하며 지은 것이다. 시에서는 뒤늦게 관직으로 부임하러 가는 시인의 감회와 지나치며 보았던 산천의 경관 및 강변 마을의 풍경, 변경의 허술한 경비에 대한 걱정들이 나타나 있다.

제1~2구에서 시인은 지금까지의 자신의 처지를 '떠다니는 쑥[轉蓬]'에 비유하며 오래도록 위국헌신의 장대한 포부를 지니고 있었으나 그동안 이를 실현한 기회가 없었음을 이야기하고 있다. 아울러 이제 관직에 나아가 이상실현의 기회를 얻게 된 지금의 현실을 꿈의 상황처럼 여기고 있다. 이후 6구에서는 夔州로 가는 여정과 감회가 나타나 있는데, 제3~4구에서는

---

165) ≪詩稿≫ 권2.

사천 지역의 험난한 자연경관이, 제5~6구에는 강 위에서의 다른 배들과의 만남과 순풍을 기원하는 강변 마을 사람들의 모습이 시간적 순서에 따라 그려지고 있다. 마지막 제7~8구에서 시인은 금과 대치하고 있는 회수의 남쪽에 정박하며 '수루가 비어 있구나[戍墣空]'라는 탄식으로 변경의 경비가 허술함을 걱정하고 있다.

다음 시를 보자.

◎ 晚步湖上
저녁에 호숫가를 거닐며[166]

雲薄漏春暉,	엷은 구름에 봄 햇살은 스며들고
湖空弄夕霏.	텅 빈 호수에 저녁 안개비는 떠도네.
沾泥花半落,	진흙 묻은 채 꽃은 반이나 떨어져 있고
掠水燕交飛.	물을 차올라 제비는 교차해 날아가네.
小倦聊扶策,	조금 게으름 부리며 그저 지팡이 짚고 서 있는데
新晴旋減衣.	막 비 개어 이내 옷을 덜어내네.
幽尋殊未已,	그윽한 정취 아직 다하지 않았는데
畫角喚人歸.	호각 소리가 내 돌아오라 부르는구나.

이 시는 淳熙 원년(1174) 3월, 가주를 떠나 촉주로 돌아와 쓴 것으로, 저녁 무렵 호숫가를 산책하며 느낀 감회를 적은 것이다. 시는 크게 두 부분으로 나누어 대상에 대한 관찰과 자아의식이 구분되어 나타나고 있다.

제1~4구에서 시인은 자신의 의식은 배제한 채 저녁 호수의 한가롭고 아름다운 풍경을 눈에 보이는 대로 묘사하고 있다. 하늘에서부터 시작하여 호수로 내려왔다가 다시 하늘로 옮겨가며 매 구마다 시선을 변화시키고, 진흙 묻은 꽃과 날아오르는 제비를 통해 靜과 動 및 下降과 上昇의 이미지

---

166) ≪詩稿≫ 권4.

를 결합시켜 표현함으로써 호수 전체의 경관을 세밀하면서도 생동감 있게 그려내고 있다. 제5~8구는 시인의 자아의식이 드러나는 부분으로, 제6구와 제7구에서 시인은 비 개어 옷을 벗는 행위를 통해 관찰 대상이었던 자연을 자신과 연결시키며 이들과의 일체화를 시도하고 있다. 그러나 마지막 제7~8구에서 시인은 '호각 소리'로 상징된 현실세계에 대한 자각으로 인해 끝내 이들과 하나가 되지 못하고 두 세계 사이의 넘을 수 없는 간극을 깨닫게 된다. 따라서 시에서 묘사된 자연경관은 현실의 상황과 극적으로 대비되면서, 자연경관이 아름다울수록 현실세계의 엄중함이 더욱 깊게 부각되는 반전의 효과를 자아내고 있다.

다음 시를 보자.

◎ 江樓
　　강가 樓臺에서[167]

急雨洗殘瘴,	갑자기 쏟아지는 비가 나머지 열병을 씻어내니
江邊閑倚樓.	강가에서 한가로이 누대에 기대어 있네.
日依平野沒,	태양은 평평한 들을 따라서 저물어가고
水帶斷槎流.	물은 부서진 뗏목 싣고 흘러가네.
擣紙荒村晚,	저녁 무렵 황량한 마을의 종이 찧는 소리
呼牛古巷秋.	가을날 오래된 마을의 소 모는 소리.
腐儒憂國意,	진부한 선비의 나라 걱정하는 마음,
此際入搔頭.	이때에 상념 속으로 빠져드네.

이 시는 淳熙 4년(1177) 成都에 있으며 쓴 것으로, 비 개인 저녁마을의 고요하고 한적한 경관을 보며 자신의 감회를 서술하고 있다. 총 8구 중 前6구에서 경관 묘사를 하고 있는데, 제1~2구에서는 경관을 감상하는 시인

---

167) ≪詩稿≫ 권8.

의 위치를 나타내고, 제3~4구에서는 시선을 옮겨가며 들과 강 위의 모습들을 묘사하고 있다. 다음 제5~6구에서는 ‘저녁’과 ‘가을’이라는 시간적 배경과 함께 ‘황량한 마을[荒村]’과 ‘오래된 거리[古巷]’라는 공간적 배경이 나타나고 있다. 특히 공간을 묘사함에 있어서는 마을에서 거리로의 줌인(ZOOM-IN) 방식을 사용하고 있는데 반해, 시간의 묘사에 있어서는 저녁에서 가을로의 줌아웃(ZOOM-OUT) 방식을 사용하는 등 대조적이면서도 생동감 있는 묘사 방식을 활용하고 있다. 그러나 비록 이와 같이 아름다운 자연경관이지만 시인은 이에 온전히 빠져들지 못하고, 마지막 2구에서 나라에 대한 걱정으로 오히려 더욱 깊은 상념에 빠져들고 있다.

다음 시를 보자.

◎ **過靈石三峯(二首其一)**
靈石의 세 봉우리를 지나며[168]

奇峯迎馬駭衰翁,	기이한 봉우리가 말을 맞이하여 쇠잔한 늙은이를 놀래키니
蜀嶺吳山一洗空.	蜀 땅의 준령과 吳 땅의 산들이 일시에 씻기어 없어진 듯.
拔地青蒼五千仞,	땅에서 올려져 오천 刃 높이로 푸르른데
勞渠蟠屈小詩中.	그것을 수고롭게 하여 내 작은 詩 속에 말아 접어 넣네.

淳熙 5년(1178) 봄, 육유는 조정의 부름을 받고 成都를 떠나 가을에 臨安에 도착하여 提擧福建路常平茶鹽公事에 임명된다. 이 시는 公事가 있는 建安으로 부임하던 10월, 靈石山(지금의 江郎山. 浙江省 江山縣 남쪽)을 지나며 쓴 것이다. 짧은 편폭 속에서도 靈石三峰의 모습을 사실적이면서도 특징적으

---

168) ≪詩稿≫ 권10.

로 묘사하고 있으며, 이를 시로 노래하고 있는 자신의 행동을 해학적으로 나타내고 있다.

시는 前 3구가 靈石山의 봉우리에 대한 묘사로 이루어져 있다. 제1구에서는 의인화의 수법을 사용하여 영석산의 세 봉우리가 그 기이함과 장대함으로 시인에게 놀라움을 주고 있음을 말하고 있으며, 제2구에서는 그 규모가 사천과 강남 일대에서 가장 웅장함을 말하면서, 다음 제3구에서는 봉우리의 구체적인 높이와 경관을 묘사하고 있다. 마지막 제4구에서는 이를 작은 편폭의 시 속에 담아내고 있는 모습이 나타나고 있는데, '그것을 수고롭게 한다[勞渠]'나 '말아 접어 넣는다[蟠屈]'는 표현에서 시인의 해학적인 기지가 잘 드러난다. 이 시 또한 前 3구의 웅장한 자연경관묘사가 마지막 제4구에서의 시인의 행동을 보다 해학적으로 느껴지게 하는 사전 전제의 역할을 하고 있다.

다음 시를 보자.

◎ 五月十四日夜, 夢一僧持詩編過予, 有〈暴雨〉詩, 語頗壯. 予欣然和之聯巨軸, 欲書未落筆而覺, 追作此篇
5월 14일 밤, 꿈에 한 스님이 시편을 들고 나를 찾아왔는데 그 중 〈暴雨〉 시의 말이 자못 장대하였다. 내가 기뻐서 그것에 화답하여 聯詩를 쓰려 했으나 미처 다 쓰지 못하고 깨어 기억을 더듬어 이 시를 쓴다[169]

黑雲塞空萬馬屯,	검은 구름 하늘 가득, 萬馬가 주둔한 듯하더니
轉盼白雨如傾盆.	순간 흰 비가 동이에서 기우는 듯하네.
狂風疾雷撼乾坤,	사나운 바람과 급한 우레가 천지를 흔들더니
壯哉澗壑相吐呑.	장하도다. 개울과 골짜기가 물을 토해내네.
老龍騰拏下天閽,	늙은 용은 뛰어 올라 天門 아래에 이르고
鱗間火作電脚奔.	어룡은 불꽃을 튀기며 번개를 좇아 달리도다.
巨松拔起千年根,	커다란 소나무가 천 년의 뿌리를 드러내니

___

169) ≪詩稿≫ 권14.

浮槎斷梗何足論.	뗏목과 가시나무 따위야 논할 바 있으리.
我詩欲成醉墨翻,	내 시가 완성되려 할 때 취한 먹물 뒤집혔으니
安得此雨洗中原.	어찌하면 이 비를 얻어 중원을 씻어내고
長河袞袞來崑崙,	긴 강물이 유유히 崑崙山으로 흘러
鸛鵲下看黃流渾.	황새와 까치가 누런 강물을 내려다보게 할 수 있으리.

이 시는 淳熙 9년(1182) 山陰에 있을 때 쓴 시이다. 시는 전체적으로 각각 4구씩 '실제－비유－감회'의 세 단락으로 이루어지고 있다. 前 4구까지는 먹구름이 모였다가 천둥 번개와 함께 폭우로 쏟아지는 모습이 사실감 있게 묘사되고 있으며, 다음 8구까지는 다시 앞 4구의 광경을 老龍과 巨松의 비유를 통해 과장되고 속도감 있게 묘사하고 있다. 마지막 4구에서는 거대한 자연의 힘 속에서 중원을 수복하는 현실의 힘을 느끼는 작자의 감회가 나타나 있다. 결국 이 시에서 묘사된 자연현상은 작자의 우국의식을 일깨우는 매개체로서의 역할을 하고 있는 것이다.

다음은 만기의 시를 보자.

◎ 秋夜將曉, 出籬門迎涼有感(二首其二)
가을밤이 막 밝아오려 할 때 울타리 문을 나와 차가운 기운 맞으니 느끼는 바가 있어[170]

三萬里河東入海,	삼만 리 바다는 동으로 바다로 들어가고
五千仞嶽上摩天.	오천 仞 嶽華山은 위로 하늘에 닿아있네.
遺民淚盡胡塵裏,	유민들은 오랑캐 치하에서 눈물조차 말라버리고
南望王師又一年.	남으로 왕의 군대 기다리다 또 일 년이 지나네.

이 시는 紹熙 3년(1192) 가을, 68세 때 山陰에서 쓴 것이다. 작자는 조국

---

170) ≪詩稿≫ 권25.

산하의 웅장한 모습에서 오랑캐 치하에서 고통 받는 백성들을 떠올리고 무능한 南宋 조정을 비판하고 있다. 이 시에서 작자의 主情이 후반부에 나타난 백성에 대한 동정과 조정에 대한 불만임을 생각하면, 그의 눈에 비친 자연경관 또한 앞서 <舟中感懷三絶句, 呈太傅相公兼簡岳大用郎中>에서의 '관산 또한 눈물 흔적 지니고 있구나[關山還帶淚痕看]'와 같이 묘사되는 것이 보통일 것이다. 그러나 작자는 오히려 산수자연의 모습을 더욱 웅장하게 묘사하여 현실의 모습과 극명하게 대비시킴으로써 자신의 감정을 보다 두드러지게 하고 있다.

마지막으로 嘉定 2년(1209)의 작품 한 수를 더 보기로 한다.

◎雪
눈[171]

一夕山陰道,	하룻밤 사이 山陰의 길이
眞成白玉京.	白玉의 수도가 되어버렸네.
衰殘失壯觀,	쇠하고 시들어 젊은 모습을 잃어버리고
擁被聽窗聲.	이불 껴안고 창문소리를 듣네.

이 시 또한 앞의 시와 마찬가지로 前 2구의 경물묘사는 後 2구의 主情을 느끼게 되는 계기가 되고 있으며, 산골이 도시로 혹은 賤俗이 貴雅로 변한 전반부와 젊음이 쇠락으로 변한 후반부를 대비시킴으로서 후반부에서 느끼는 서글픈 감정을 보다 심화시키고 있다.

171) ≪詩稿≫ 권85.

3) 現實意識의 反映

‘現實意識의 反映’은 산수자연경물이 ‘主觀的 自然景物’로서, 작자의 現實意識이 반영되어 일반적인 의미가 아닌 전혀 새로운 의미를 띄게 되는 것을 말한다. 이는 육유시에서 보여지는 독특한 경우로서, 예를 들어 작자의 항전의식이 반영되어 산수자연경물이 일반적인 감상이나 찬미의 대상이 아닌 군사 전략적 대상으로 여겨진다거나, 영물시에서 특정한 사물의 특징적인 면이 자신의 모습과 동일시되는 것이다. 작자는 많은 시편을 통해 산천의 험난한 형세를 노래하며 이를 군사 전략적 요충지로 인식하거나, 계절에 대한 감회를 노래하면서 청량한 가을의 날씨를 전쟁하기 좋은 날씨로 여기는 등의 주관적인 견해를 나타내고 있다. 乾道 6년(1170) 夔州 通判으로 부임하는 도중 蜀지방을 유람하면 쓴 ≪入蜀記≫에서도 산수자연에 대한 이 같은 의식이 잘 나타나 있다.

龍灣을 지나니 물이 솟아나는 것이 산과 같았고, 石頭山을 바라보니 그리 높지는 않으나 강 가운데 우뚝 솟아 휘감아 돌아가는 것이 담장과도 같았다. 모든 배는 이곳을 통해 아래 建康에 이르게 된다. 그러므로 江東지역에서 변란이 있게 된다면 반드시 石頭山을 굳게 지켜야 하나니, 이곳이 진정 적을 막는 요충지이다.172)

만약 다른 때 建康에 도읍을 정하게 된다면, 石頭山은 마땅히 요충지가 될 것이다. 혹자는 지금 도성을 옮겨 남쪽으로 가자 하고 石頭山은 지켜봤자 이득이 없다고 여기나 이것을 생각하지 못한 것이다.173)

---

172) ‘過龍灣, 浪涌如山, 望石頭山不甚高, 然峭立江中, 繚繞如垣墻, 凡舟皆由此下至建康, 故江左有變, 必先固守石頭, 眞控扼要地也’ ≪入蜀記≫ 권2, <七月五日>條.

173) ‘若異時定都建康, 則石頭當仍爲關要. 或以爲今都城徙而南, 石頭雖守無益, 蓋未之思也’ 앞의 책 권2, <七月七日>條.

다음에서 일반 사물이나 산수자연 및 계절에 대한 주관적 인식이 나타나 있는 작품들을 시기 순으로 살펴보기로 하자. 앞서 언급했듯이 다음에서 인용되는 시들은 산수 자체를 객관적으로 묘사한 시들이 아닌 까닭에 본 절에서 다루고 있는 '寫景詠物詩'와는 내용상 다소 거리가 있다. 다만 산수나 자연경물에 대한 육유의 독특한 시각을 확인해본다는 의미에서 본 절에 함께 포함시켜 살펴보기로 한다.

먼저 영물시의 경우를 한 수 예로 들어본다.

嘉泰 원년(1201) 가을에 쓴 다음 시에서 작자는 자신의 굳은 기상과 의지를 새벽을 깨우는 수탉에 비유하여 나타내고 있다.

◎ 新買啼雞
새로 우는 닭을 사다174)

峨峨赤幘聲甚雄,	높디높은 붉은 벼슬에 소리는 심히 웅장하고
意氣不與其曹同.	의기는 그 무리들과 같지 않도다.
我求長鳴久未獲,	내 긴 울음 우는 닭을 구하였으나 오래도록 얻지 못하였는데
一見便覺千群空.	한 번 보니 곧 수천의 무리가 텅 빈 듯 느껴졌네.
主人燒神議已決,	주인은 닭 잡아 제사 지내기로 이미 결정했으나
知我此意遽見從.	내 이 뜻을 알고선 바로 따라주었고
秋衣初縫惜不得,	막 지은 가을 옷을 아까워하지 않고
急典三百新青銅.	급히 삼백의 새 동전에 저당 잡혔다네.
憐渠亦復解人意,	어여쁜 이 닭도 역시 사람의 뜻을 알아
來宿庭樹不待籠.	뜰의 나무에 깃들이니 새장이 필요 없다네.
狐狸熟睨那敢犯,	여우와 살쾡이 노려보지만 어찌 범할 수 있으리!
蕭蕭淸露和微風.	차갑고 맑은 이슬 속에서 미풍에 화답하고 있도다.
五更引吭震戶牖,	오경에 긴 소리로 들창을 진동시키고

---

174) ≪詩稿≫ 권47.

橫挺無復須元戎.　　몸 꼿꼿이 가로 막으니 대장군이 필요 없네.
明星已高啼未已,　　계명성 이미 높이 떴으나 울음은 그치지 아니하고
雲際騰上朝陽紅.　　구름 끝까지 날아오르니 아침 햇살이 붉도다.
老夫抱病氣已索,　　늙은이 병을 끼고 살아, 기세 이미 쇠하였지만
賴汝豪壯生胸中.　　너로 인해 豪壯한 기운이 흉중에 솟아나는구나.
明朝春黍得碎粒,　　내일 아침 기장 찧어 낟알 생기면
第一當冊司晨功.　　제일 먼저, 새벽을 지킨 네 공을 상주리라.

앞서 영물시가 자연경물이 관찰되고 감상되는 대표적인 경우라 말한 바 있는데 이 시는 앞서의 경우와는 달리, 닭을 대상으로 한 영물시로서 자신의 기개와 의지를 수탉의 기상과 습성, 행동 등을 통해 비유적으로 나타내고 있다. 제1~4구에서는 수탉의 출중한 외모와 무리들과 다른 뛰어난 기상을 묘사하며 자신의 높은 기개를 비유하고 있다. 다음 제5~8구에서는 닭이 시인에게 오게 된 과정이 나타나 있는데, 삶과 죽음의 기로에 서 있다 살아난 닭은 목숨을 걸고 종군했던 시인의 젊은 날의 모습과 살아남아 전원에 한거하고 있는 노년의 모습을 함께 나타낸다. 다음 제9~12구에서는 조롱을 벗어나 나무 위에서 사는 닭의 습성을 통해 일상적인 삶의 틀에 얽매이지 않는 시인의 자유분방한 성격을 드러내고, 여우와 살쾡이 같은 凡人들이 범접할 수 없는 곳에서 청아하고 고매한 기상을 유지하고 있음을 보여주고 있다. 다음 제13~16구에서는 어둠을 깨우고 새벽을 지키며 날이 밝도록 울음을 그치지 않는 닭의 행동을 통해, 조국을 지키고자 하는 자신의 염원을 나타내고 있다. 마지막 제17~20구에서는 기장을 찧어 낟알 생기는 날 새벽을 지킨 닭의 공을 포상하겠노라는 말을 통해, 중원회복의 소망이 현실로 다가오는 날 지금의 자신의 노력 또한 반드시 인정을 받게 될 것이라는 확신을 나타내고 있다.

다음으로 산수자연이나 계절에 대한 주관적인 인식이 나타나 있는 작품

들을 보도록 한다.

◎ 山南行
　산남의 노래[175]

我行山南己三日,	내가 南鄭에 온 지 사흘이 지났는데
如繩大路東西出.	노끈같이 곧은 한길이 동서로 나 있구나.
平川沃野望不盡,	평평한 땅, 기름진 들판은 바라보아도 끝이 없고
麥隴青青桑鬱鬱.	보리 심은 언덕은 새파랗고 뽕나무는 무성하도다.
地近函秦氣俗豪,	땅은 秦 땅에 가까워 기질이 호방하고
鞦韆蹴鞠分朋曹.	그네와 공차기에도 패를 나누는 도다.
苜蓿連雲馬蹄健,	苜蓿은 구름에 잇닿아 말발굽은 건장하고
楊柳夾道車聲高.	버드나무 사이 길에는 수레소리 드높도다.
古來歷歷興亡處,	예로부터 흥망의 자취 역력한 곳이거늘,
擧目山川尚如故.	눈을 드니 산천은 여전히 옛날과 같도다.
將軍壇上冷雲低,	장군단 위에는 차가운 구름이 낮게 드리웠고
丞相祠前春日暮.	승상의 사당 앞에는 봄의 태양이 저무네.
國家四紀失中原,	나라가 48년 동안이나 중원을 잃었거늘,
師出江淮未易呑.	江淮로 군대를 보낸다면 수복하기 어려우리.
會看金鼓從天下,	쇠북소리 하늘에서 내려옴을 분명 보게 되리니
却用關中作本根.	關中 땅을 수복의 근본으로 삼아야 한다네.

　　이 시는 乾道 8년(1172), 王炎의 막부로 부름을 받아 夔州를 떠나 南鄭으로 갈 때 쓴 것이다. 제1~4구에서는 곧게 정비된 도로와 비옥한 토지, 풍부한 산물이라는 山南의 지리적인 특성들을 묘사하고 있으며, 다음 제5~8구에서는 놀이에도 패를 나누어 겨루는 산남 사람들의 호방하고 강건한 기질과, 풍족한 먹이로 말은 튼실하고 거리에 가득히 수레가 달리는 산남의 번화한 모습이 나타나 있다. 다음 제9~12구에서는 역대 수많은 왕조와

---

175) ≪詩稿≫ 권3.

인물이 지나쳐 갔던 산남의 유구한 역사적 전통을 이야기하고, 장군단과 승상사의 스산하고 쓸쓸한 모습을 통해 희망이 없고 무기력한 현실의 상황을 비유적으로 나타내고 있다. 다음 마지막 제13~16구를 보면 이전 12구에 걸쳐 묘사된 山南의 지리와 기질 및 역사적 전통들이 모두가 山南지역이 천혜의 군사적 요충지임을 지적하기 위함이었음을 알 수 있게 된다. 다음 시를 보자.

◎ **觀大散關圖有感**
大散關圖를 보고 느낀 바 있어[176)]

上馬擊狂胡,	말에 올라서는 사나운 오랑캐 쳐부수고
下馬草軍書.	말을 내려서는 초서로 군서를 쓰네.
二十抱此志,	내 나이 이십에 이런 뜻을 품었건만
五十猶癯儒.	오십에 오히려 수척한 선비가 되어버렸네.
大散陳倉間,	大散關과 陳倉 사이
山川鬱盤紆.	산천은 울창하고 구불구불하여
勁氣鍾義士,	굳건한 기세가 義士에게로 모이니
可與共壯圖.	가히 더불어 장대한 계책을 함께 할 수 있겠네.
坡陁咸陽城,	오르락내리락한 咸陽城은
秦漢之故都.	秦과 漢의 옛 도성.
王氣浮夕靄,	왕가의 기세는 저녁놀에 떠오르고
宮室生春蕪.	궁실에는 봄 풀 자라나네.
安得從王師,	어찌하면 왕의 군대를 따라
汎掃迎皇輿.	적을 소탕하고 황제의 가마 맞이할 수 있을지.
黃河與函谷,	黃河와 函谷으로
四海通舟車,	온 땅은 배와 수레로 통하니
士馬發燕趙,	굳센 선비와 건장한 말은 燕과 趙를 출발하고
布帛來青徐.	베와 비단은 青州와 徐州에서 오네.
先當營七廟,	먼저 마땅히 일곱 개의 종묘를 세우고

---

176) ≪詩稿≫ 권4.

246　陸游詩歌研究

<table>
<tr><td>次第畫九衢.</td><td>다음에는 사방으로 통하는 도로를 건설해야 하리.</td></tr>
<tr><td>偏師縛可汗,</td><td>약간의 군사로 오랑캐의 임금을 사로잡아 오니</td></tr>
<tr><td>傾都觀受俘.</td><td>온 도성 사람들 太廟에 바쳐지는 포로를 본다네.</td></tr>
<tr><td>上壽大安宮,</td><td>술 올려 황제를 축수하니</td></tr>
<tr><td>復如正觀初.</td><td>다시금 貞觀 연간의 초반과 같이 되었네.</td></tr>
<tr><td>丈夫畢此願,</td><td>장부가 이 바람을 성취한다면</td></tr>
<tr><td>死與螻蟻殊.</td><td>이내 죽어도 땅강아지나 개미와는 다를 터.</td></tr>
<tr><td>志大浩無期,</td><td>뜻은 크고 넓건만 기약이 없으니,</td></tr>
<tr><td>醉膽空滿軀.</td><td>취한 의기만이 헛되이 온 몸에 가득하다네.</td></tr>
</table>

　이 시는 乾道 9년(1173) 攝知嘉州로 있을 때에 쓴 것이다. 시는 내용상 중간 제14구와 제24구를 기준으로 크게 세 부분으로 나누어지고 있다. 제1구부터 제14구 '汎掃'구까지에서 작자는 大散關 일대의 지도를 보며 이 지역의 험난한 지리와 용맹한 백성들을 떠올리고, 이곳을 金을 섬멸할 전략적 요충지로 삼을 것을 제안하고 있다. 아울러 秦漢의 옛 도성의 모습들을 상상하며 중원 회복의 의지를 나타내고 있다. 제15구 '黃河'구 이하 제24구 '復如'구까지는 작자의 환상 부분으로, 자신의 제안이 받아들여지고 이를 토대로 중원수복이 이루어져 마침내 唐의 貞觀之世와 같은 평화로운 세상이 이루어지는 것을 상상하고 있다. 제25구 '丈夫'구 이하 마지막 4구는 현실 부분으로, 가망 없는 이상에 대한 시인의 좌절감이 나타나 있다. 육유는 이후 南鄭에서 종군할 때도 四川宣撫使 王炎에게 '中原의 經略은 반드시 長安에서 시작하여야 하고, 長安을 얻으려면 반드시 隴上의 오른쪽에서 시작하여야 한다'[177]고 건의하였으나 결국은 받아들여지지 않았다.

　다음 시를 보자.

---

177) '王炎宣撫川陝, 辟爲幹辦公事. 游爲炎陳進取之策, 以爲經略中原必自長安始, 取長安必自隴右始.' ≪宋史·陸游傳≫.

◎ 秋聲
가을 소리[178]

人言悲秋難爲情,	사람들은 가을이 슬퍼 정을 어쩌지 못한다 하나
我喜枕上聞秋聲.	나는 기뻐하며 베개에서 가을 소리를 듣는다네.
快鷹下鞲爪觜健,	날랜 매가 버렁에 내려 발톱과 부리는 날카롭고
壯士撫劍精神生.	壯士가 검을 어루만지니 정신이 살아난다네.
我亦奮迅起衰病,	나 역시 분발하여 쇠하고 병든 몸을 일으키고
唾手便有擒胡興.	손에 침 뱉으니 오랑캐 잡을 흥이 생겨나네.
弦開雁落詩亦成,	활시위 벌어져 기러기 떨어질 때, 시도 이루어지니
筆力未饒弓力勁.	필력도 활의 힘 못지않게 강하다네.
五原草枯苜蓿空,	五原 땅의 풀은 시들어 苜蓿은 있지도 않고
靑海蕭蕭風卷蓬.	청해호 가엔 쏴 하며 바람이 쑥을 말아 올리네.
草罷捷書重上馬,	첩서를 다 쓰고 다시금 말에 올라
却從鑾駕下遼東.	어가를 따라 요동으로 내려가리.

이 시는 淳熙 원년(1174) 가을, 蜀州에서 成都로 돌아와 쓴 것이다. 작자는 자연 지리뿐만 아니라 자연 현상에 대해서도 보통 사람과는 다른 인식을 보여준다. 제1~2구에서 작자는 보통 사람들이 가을을 서글픈 계절로 여기는 것과 달리 오히려 군사작전을 하기에 좋은 계절이라는 견해를 나타내고 있다. 이어 그 이유를 彼我의 두 측면에서 이야기하고 있다. 제3~8 구까지는 아군의 유리한 점으로, 전투의 의지와 근골의 역량이 강해지는 것을 말하고 있다. 제9~10구는 적군의 불리한 점으로, 북방엔 이미 풀들이 시들어 말의 먹이로 쓰는 苜蓿이 남아 있지 않은 점과 남방에 비해 열악해진 자연환경을 예로 들고 있다. 마지막 제11~12구에서는 이러한 좋은 조건을 바탕으로 여세를 몰아 요동 끝까지 달려 金을 완전히 섬멸시키고자 하는 결의와 승리에 대한 확신을 나타내고 있다. 이와 같은 견해는

---

178) ≪詩稿≫ 권5.

<秋郊有懷> 시에서 '楚人들은 진정 나약하나니, 망령되이 가을 슬프다고만 말하네. 어찌 알리, 黃河와 五嶽 사이에서는 기운과 풍속이 이때를 좋아하는 것을'이라고 한 것에서도 찾아볼 수 있으며,[179] <中夜聞大雷雨> 시에서는 '우레 소리가 비를 몰아오니 용이 모두 일어나고, 번개가 하늘 가운데를 가르니 미친 화살과 같네. 중원이 비리고 누린 지 50년, 상제께서 진노하여 이제 단번에 씻어 버리려 하네'라 하며[180] 번개와 같은 자연 현상까지도 오랑캐에 대한 하늘의 노여움으로 여기고 있다.

다음 시 또한 淳熙 원년(1174) 가을 같은 시기에 쓴 것으로, 산수자연의 형세에서 군사전략적인 의미를 찾고 있다.

◎ 江上對酒作
강 위에서 술을 대하고 쓰다[181]

把酒不能飮,	술잔 부여잡았으나 마시지를 못하고
苦淚滴酒觴.	쓰라린 눈물만이 술잔에 떨어지네.
醉酒蜀江中,	錦江에서 술에 취해
和淚下荊揚.	눈물을 머금고 荊州와 揚州로 내려가네.
樓櫓壓湓口,	망루는 湓口를 지키고 있고
山川蟠武昌.	산천은 武昌을 에워싸고 있으며,
石頭與鍾阜,	石頭山과 紫金山은
南望鬱蒼蒼.	남쪽으로 바라보니 더없이 울창하도다.
戈船破浪飛,	전함은 물결 헤치고 날아가고
鐵騎射日光.	철갑으로 무장한 기마병은 태양에 비쳐 빛나네.
胡來卽送死,	오랑캐가 온다면, 죽여서 보낼 것이니
詎能犯金湯.	어찌 견고한 이곳을 침범할 수 있으리!

---

179) '楚人固多屛, 妄謂秋可悲, 寧知河嶽間, 氣俗樂此時' ≪詩稿≫ 권19, <秋郊有懷>(四首其三).

180) '雷車駕雨龍盡起, 電行半空如狂矢. 中原腥羶五十年, 上帝震怒初一洗' ≪詩稿≫ 권7, <中夜聞大雷雨>.

181) ≪詩稿≫ 권6.

汴洛我舊都,	汴京과 洛陽은 우리의 옛 수도요,
燕趙我舊疆.	燕 땅과 趙 땅은 우리의 옛 영토라.
請書一尺檄,	청컨대, 한 척의 격문을 써
爲國平胡羌.	나라 위해 오랑캐를 평정하게 하소서.

당시 작자가 蜀州와 榮州, 成都 등지에 머물렀던 것을 생각하면 이 시에서의 배경이 되는 '江上'이나 '蜀江'은 錦江을 가리키는 것임을 알 수 있다. 당시는 작자가 南鄭의 막부에서 나온 지 2년밖에 되지 않은 시기였다. 따라서 처음 제1~2구에서는 술조차 들이킬 수 없을 정도의 절망과 허탈함으로, 끝내 수포로 돌아가 버린 중원수복의 이상을 비통해 하고 있으며, 다음 제3~4구에서는 술에 만취되어 장강을 따라 하류로 내려가는 모습을 통해 무기력하게 현실에 떠밀려가는 자신의 모습을 묘사하고 있다. 그러나 장강을 따라 펼쳐진 자연경관을 통해 시인은 잃었던 자신감을 회복하고 다시금 항전의 의지를 결심하게 되니, 다음 제5~8구에서 溢口와 武昌의 상황을 묘사하며 각각 수군과 육군의 방어 상태를 나타내고, 아울러 石頭山과 紫金山의 지형을 묘사하며 이곳이 험준한 지형 정세로 인해 군사전략적 요충지가 됨을 말하고 있다. 다음 제9~12구에서는 다시 수군과 육군의 구체적인 모습으로서 날쌘 전함과 위풍당당한 기마병을 묘사하며 항전에 대한 자신감을 나타내고 있다. 마지막 제13~16구에서는 金이 점령하고 있는 지역이 먼 옛날부터 자신들의 땅이었음을 말함으로써, 북벌의 역사적 당위성과 失地 수복의 결의를 나타내고 있다.

지금까지 육유의 '寫景詠物詩'를 중심으로 그 외 다른 시에 나타난 자연경물묘사의 특징들에 대해 함께 살펴보았다. 그 결과 육유에게 있어 산수자연경물은 객관적으로 관찰되고 감상되는 '客觀的 自然景物'이기도 하였으며 작자의 自意識을 불러일으키는 '媒介的 自然景物'이자 작자의 現實意識이 반영된 '主觀的 自然景物'이기도 하였음을 알 수 있었다. 이 중 첫 번째와 두 번째의 경우는 역대 다른 시인들에 있어서도 쉽게 찾아볼 수 있지만 세 번째의 경우는 육유의 개인적 경험에서 기인한 다소 독특한 견해라고 할 수 있다.

自然景物이 매개적 역할을 하고 있는 '自意識의 觸發'의 경우에 있어서도 육유시의 표현 방식 상의 특징들을 찾을 수 있었다. 즉 일반적인 자연경물묘사가 주로 감정이입의 방법을 통해 작자의 감정과 시의 주제의식을 강화시키는 역할을 하고 있는데 비해, 육유의 경우 자신의 감정이 배제된 객관묘사의 방식을 즐겨 사용하였다. 그리고 이것은 후반부에 드러나는 주제의식과 연계성을 지니지 못한 채 시 흐름상의 파격적인 전환으로 나타났다. 이러한 작법은 비록 시구의 유기적 결합이나 장법상의 유연한 흐름에는 단점으로 작용하기도 하지만, 역으로 작자의 주제의식을 더욱 두드러지게 하는 돌출 효과를 가져 오기도 한다. 이 경우 시 속에 나타난 자연경물묘사는 주제의식의 반영이나 체현이 아닌, 주제의식을 돋보이게 하기 위한 사전 전제로서의 역할을 하게 된다.

자연경물이 주관적인 의식에 따라 전혀 새로운 의미를 가지게 되는 '現實意識의 反映'에서는 산수자연의 경관과 자연 현상에 대한 육유의 독특한 사고를 찾아볼 수 있었다. 즉 산수의 험난한 지리 지형을 군사적인 전략과 결부시켜 이해하고 계절에 대한 인식 또한 전쟁과 결부시켜 나타내는 등 개인적인 특수한 시각으로 산수자연을 묘사하였다.

寫景詠物에 있어서 시기에 따른 인식의 차이나 표현양태의 변화는 잘 나타나지 않는다. 이는 그의 일생이 산수자연을 추구하고 그것과 함께 한 삶으로서, 산수자연경물에 대한 애호가 어느 특정 시기에만 한정된 것은 아니었기 때문이다. 그는 만년에 고향에 한거하고 있을 때는 물론,182) 관

직에 있을 때도 날마다 유람을 나가고[183] 꿈속에서조차 산수자연을 보곤
했었다.[184] 따라서 그는 산수자연에 대한 시종일관 변함없는 태도와 애정
을 간직하고 있었다고 할 수 있으며, 이 때문에 자신 또한 '靑山, 白雲과
일생을 보냈다'[185]라고까지 말할 수 있었던 것이다.

4. 田園閑適

'田園閑適'은 육유시 중 가장 많은 분량을 차지하는 주제로서, 대부분이
만년에 고향에 은거한 후에 쓰여졌다. 일반적으로 '田園閑適詩'라고 한다
면 작자의 실제 전원생활을 필수적인 요소로 하고 이를 매개로 한 산수전
원의 묘사나 생활상의 감회가 나타나 있는 작품을 의미한다. 이러한 기준
에 따른다면, 육유의 전원시는 만년에 전원에 한거하고 난 이후에 쓰여진
20년간의 시가 될 것이다. 그러나 육유의 경우 앞서 생애에서 살펴보았듯
이 평생 다섯 번에 걸친 면직과 복직을 거듭하였으며, 면직되어있는 기간
동안에는 蜀地에 있을 때를 제외하고 거의 모든 기간을 고향인 山陰에 거
주하였다. 관직 생활도 중앙 관직보다는 대부분을 '지방 외직에서 근무하
였다. 이런 까닭에 그의 30년간의 관직 생활은 결코 전원생활과 무관하지
않으며 이 기간에 쓰여진 많은 시들에서 전원시적인 내용과 정취들을 느

---

182) '少攜一劍行天下, 晩落空村學灌園' ≪詩稿≫ 권13, <灌園>, 다음절 2. '日常 田園事의
　　敍述' 全文 참조.
183) '冷官無一事, 日日得閑遊' ≪詩稿≫ 권3, <登塔>.
184) '敷水西通渭, 潼關北控河' ≪詩稿≫ 권77, <異夢>, 앞절 5. '紀夢을 통한 理想의 實
　　現' 全文 참조.
185) '擧世輸與平元衡, 靑山白雲過一生' ≪詩稿≫ 권17, <仗錫平老自都城回, 見訪索怡雲堂
　　詩>.

끼릴 수 있다. 따라서 여기에서는 그의 만기에 쓰여진 전통적인 의미에서의 전원시뿐만 아니라, 관직에 있거나 혹은 타지에 있으면서 전원생활에 대한 회상이나 지향을 노래한 작품들도 같은 부류로 넣어 함께 살펴보고자 한다.

육유의 田園閑適詩는 크게 다음의 세 가지 표현양태로 나타난다. 첫째는 田園生活의 여유와 한가로움을 描寫하는 것으로, 주로 농민들의 도타운 인정과 순박한 삶의 모습들에 초점이 맞춰져 있으며 잔치와 추수 등 전원생활에서의 여유와 기쁨이 주된 묘사의 대상이 되고 있다. 둘째는 日常 田園事의 敍述로서, 작자 자신의 일상적인 전원생활의 모습들이 다방면에서 그려지고 있다. 셋째는 憂國意識과의 結合으로, 전원생활의 느낌을 노래하면서도 젊었을 때의 기개를 회상하거나 이상을 실현하지 못하고 헛되이 늙어버린 자신을 위안하는 내용이다.

다음에서 각각의 표현양태에 따라 시기별로 작품을 감상하기로 한다.

1) 田園生活의 여유와 한가로움의 描寫

전원생활의 여유를 읊은 초기의 작품으로는 다음 시가 대표적으로 손꼽힌다.

◎ 遊山西村
  산 서쪽 마을에서 노닐며[186]

莫笑農家臘酒渾,　　농가의 섣달 술을 탁하다 웃지 마오.
豊年留客足鷄豚.　　풍년이라 객을 붙잡아 풍족한 닭고기 돼지고기를
　　　　　　　　　대접하네.

---

186) ≪詩稿≫ 권1.

山重水複疑無路,	산 첩첩 물 겹겹, 길이 없는 듯싶더니
柳暗花明又一村.	버들 짙푸르고 꽃 밝은 곳에 또 한 마을이 있어라.
簫鼓追隨春社近,	피리 소리 북 소리 이어지니 춘사절이 가까웠고
衣冠簡朴古風存.	의관은 소박하여 고풍이 어려 있네.
從今若許閑乘月,	지금부터 한가로이 밤나들이를 즐길 수 있다면
拄杖無時夜叩門.	지팡이 짚고 아무 때나 와 밤에 문을 두드리리.

乾道 3년(1167) 초봄, 당시 그는 隆興府 通判으로 있다가 파면되어 山陰의 鏡湖지역에서 살고 있었는데 이 시는 이 때 근처의 山西村을 유람하며 지은 것이다. 제1~2구에서는 지나는 객에게조차 술과 고기를 대접해주는 산서촌 사람들의 순박하고 넉넉한 인심을 말하고 있으며, 제3~4구에서는 산서촌을 찾아가는 과정과 봄을 맞은 마을의 아늑하고 아름다운 정경이 묘사되고 있다. 제5~6구에서는 명절을 맞이한 시골 마을의 떠들썩한 분위기와 소박하고 꾸밈없는 산서촌 사람들의 모습들이 나타나 있다. 평화롭고 안락한 산서촌의 삶에 감동한 시인은 마지막 제7~8구에서 언제든 잠깐의 여유라도 있으면 이곳에 와서 머물고 싶다는 바람을 나타내고 있다.

다음에는 중기의 작품을 보도록 한다.

淳熙 7년(1180) 5월, 육유는 提擧江南西路常平茶鹽公事로 있으면서 撫州에 큰 수재가 발생하자 상부에 이재민들에 대한 구휼을 요청하고 아직 상부의 재가가 내려오지 않은 상태에서 서둘러 義倉을 개방하였다. 이 해 11월 조정의 부름을 받아 臨安으로 돌아오던 육유는 이 일을 문제 삼은 趙汝愚의 탄핵으로 인해 중도에 면직되어 고향으로 돌아가게 되며, 이후 淳熙 13년(1186) 嚴州知事로 임명될 때까지 山陰에 머물게 된다. 다음 시는 淳熙 7년(1180) 11월, 면직되어 山陰으로 돌아가는 길에 쓴 것이다.

254　陸游詩歌研究

◎ 漁浦
포구에서[187]

桐廬處處是新詩,　　桐廬縣은 곳곳이 새로운 詩의 재료이고
漁浦江山天下稀.　　漁浦의 江山은 천하에 드문 곳이로다.
安得移家常在此,　　어찌하면 집을 옮겨 항상 이곳에 머물 수 있으리
隨潮入縣伴潮歸.　　물결 따라 들어 왔다가 물결과 함께 돌아가네.

桐廬는 지금의 浙江省 桐廬縣으로 봄날의 경치가 아름답기로 유명한 곳이다. 그러나 작자가 이곳을 지날 때는 겨울이었던 까닭에 제1~2구에서 구체적인 산수경관의 묘사 대신 '곳곳이 새로운 시의 재료이다[處處是新詩]', '강산이 천하에 드물다[江山天下稀]'라는 말을 통해 우회적으로 이곳의 아름다움을 나타내고 있다. 정치적 좌절을 겪고 귀향하는 시인에게 시와 아름다운 산수 자연은 그의 마지막 귀의처이자 위안처였을 것이다. 다음 제3~4구에서는 앞서 ＜遊山西村＞ 시에서와 같이, 동려현의 아름다운 산수 자연을 바라보며 언제까지나 그 속에 안주하며 매임 없이 유유자적하게 살고 싶은 바람을 나타내고 있다.

다음 시를 보자.

◎ 二月四日作
2월 4일에 쓰다[188]

早春風力已輕柔,　　이른 봄이라 바람은 이미 가볍고 부드러워
瓦雪消殘玉半溝.　　기와의 눈은 녹아 옥빛은 도랑에 가득하도다.
飛蝶鳴鳩俱得意,　　나는 나비와 우는 비둘기들 모두 즐거워하는데
東風應笑我閑愁.　　東風은 틀림없이 내 한가로운 근심을 비웃고 가리.

187) ≪詩稿≫ 권13.
188) ≪詩稿≫ 권13.

이 시는 이듬해인 淳熙 8년(1181) 山陰에 돌아와 거처하면서 쓴 것이다. 작자는 봄날의 따뜻하고 아늑한 분위기 속에서 한가로이 자연경물을 감상하며 상념에 빠져들고 있다. 그러나 지난 10년간의 蜀地에서의 삶이 투쟁과 긴장의 삶이었던 까닭에 작자는 현재의 자신의 모습에 만족하지 못하며 마지막 구에서와 같은 아쉬움을 나타내고 있다.

다음 시도 같은 해 가을, 계속 山陰에 머물면서 쓴 것이다.

◎ 九月三日泛舟湖中作
9월 3일 배를 띄우고 호수에서 쓰다[189]

兒童隨笑放翁狂,	아이들은 따라다니며 내가 미쳤다고 놀리는데
又向湖邊上野航.	다시 호숫가로 나아가 작은 배에 올랐네.
魚市人家滿斜日,	어시장 사람들 위로 석양은 가득하고
菊花天氣近新霜.	국화의 계절이라 첫서리가 가깝다네.
重重紅樹秋山晚,	겹겹 단풍나무로 가을산은 저물고
獵獵靑帘社酒香.	펄럭이는 푸른 깃발에 社日酒는 향기롭네.
隣曲莫辭同一醉,	이웃 사람들아, 함께 취하는 것을 사양하지 마오.
十年客裏過重陽.	십 년을 타향에서 重陽節을 보냈다네.

歸鄕이 비록 자신이 원했던 것은 아니었지만, 육유는 오랜만에 맛보는 고향의 생활에서 그 동안 잊었던 고향의 아름다운 경관과 사람들의 도타운 인정을 경험하고 점차 안정된 모습을 찾아가기 시작한다. 이 시에서도 작자는 고향사람들의 정겨운 모습과 고향의 아늑하고 아름다운 풍경, 고향에 안주하게 된 자신의 기쁨을 노래하고 있다. 시의 마지막 구의 自注에서 작자는 ‘予自庚寅至辛丑, 始見九日于故山’이라 하며, 庚寅年인 1170년 閏 5월에 夔州通判으로 부임한 이후 11년만인 辛丑年 이 해에 고향으로 돌아

---

189) ≪詩稿≫ 권13.

와 처음으로 중양절을 맞이하였음을 말하고 있다. 10년만에 찾아온 고향에서 작자는 호수와 어시장, 산과 거리 등 고향 지역 곳곳을 누비고 다니며 歸鄕의 기쁨을 만끽하고 있는데, 아래의 시는 작자의 이와 같은 기쁨이 밤까지도 지속되고 있음을 보여준다.

◎ 月下
　　달 아래에서190)

月白庭空樹影稀,	달은 밝고 정원은 비어 나무 그림자 드무니
鵲棲不穩繞枝飛.	까치는 편히 깃들이지 못하고 가지를 돌며 나네.
老翁也學癡兒女,	늙은이가 되어서도 순진한 아이들을 닮아
撲得流螢露濕衣.	날아다니는 반딧불 잡다 이슬에 옷이 젖네.

이 시는 2년 후인 淳熙 10년(1183)에서 쓴 것으로, 이 시에서 작자는 달빛 비치는 고요한 정원에서 밤 깊도록 옷까지 젖어가며 반딧불을 잡고 있다. 작자는 둥지에 돌아와서도 깃들이지 못하는 까치에 자신을 비유하며, 고향의 정원에서 자신의 어린 시절을 떠올리고 밤잠조차 잊은 채 어릴 적 추억의 행동으로 빠져들고 있는 것이다. 비록 짧은 편폭의 시이지만, 작자가 지난 10년간의 객지 생활에서 느꼈을 향수의 깊이를 짐작할 수 있게 한다.

　다음 시를 보자.

◎ 臨安春雨初霽
　　臨安에 봄비가 막 개어191)

世味年來薄似紗,	세상 재미는 해마다 깁처럼 얇아만 가는데
誰令騎馬客京華.	누가 명하여 말을 타고 都城의 객이 되었는가?

---

190) ≪詩稿≫ 권15.
191) ≪詩稿≫ 권17.

小樓一夜聽春雨,	작은 누각에서 밤새 봄비 소리 들었는데
深巷明朝賣杏花.	깊은 골목에서 다음날 아침 살구꽃을 파네.
矮紙斜行閑作草,	작은 종이에 비스듬히 한가로이 초서를 쓰고
晴窓細乳戲分茶.	비 개인 창가에서 물거품 올리며 차를 맛보네.
素衣莫起風塵嘆,	풍진에 흰 옷 더럽혀지는 것 탄식하지 말지니
猶及淸明可到家.	아무렴 淸明節에는 집에 도착할 수 있으리니.

淳熙 13년(1186) 봄, 육유는 山陰에 기거한지 6년 만에 嚴州知事로 임명되어 황명을 받기 위해 잠시 臨安으로 갔다가 그해 7월 嚴州로 부임하게 된다. 이 시는 임안에 있을 때 쓴 것으로, 새로이 시작하는 관직생활에 대한 회의와 봄날 임안의 정경, 내키지 않는 일을 기다리고 있는 것에서 오는 무료함과 하루빨리 고향으로 돌아가고픈 바람이 나타나 있다.

제1~2구에서 시인은 세상 사는 재미가 얇아져 간다는 말을 통해 관직생활 또한 이미 흥미를 잃었음을 말하고 있다. 따라서 새로이 관직을 임명받기 위해 도성에 들어온 것 자체가 시인에게는 내키지 않는 것이다. 다음 제3~4구에서는 봄비 내리는 임안의 고요하고 화사한 밤과 아침풍경을 묘사하고 있는데, 두 구 모두 청각적 요소를 주된 묘사방식으로 삼고 있으면서도 앞뒤 구에서 각기 정적인 이미지와 동적인 이미지로 구별하여 표현하고 있다. 또한 살구꽃을 통해 붉고 선명한 색채미를 부각시킴으로써 아름답고 화사한 강남의 풍경을 특징적으로 나타내고 있다. 그러나 이러한 임안의 풍경조차도 시인의 마음을 사로잡지는 못하니, 시인은 다음 제5~6구에서 글씨나 끼적이고 차나 맛보는 행위 등으로 이곳 생활의 무료함을 나타내고 있다. 마지막 제7~8구에서는 이곳에 머무르는 시간이 오래지는 않을 것이라는 말로 자신을 위안하며, 고향에서의 전원생활에 대한 그리움을 나타내고 있다.

다음은 만기의 작품을 보도록 한다.

◎ 鏡湖女
경호의 여인192)

湖中居人事舟楫,	호숫가 사람들은 배와 노를 만들어
家家以舟作生業.	집집마다 배로써 생계를 삼네.
女兒粧面花樣紅,	여자아이들의 화장한 얼굴은 꽃처럼 붉고
小繖翻翻亂荷葉.	나부끼는 작은 양산은 연잎처럼 어지럽네.
日暮歸來月色新,	날 저물어 돌아올 때 달빛은 새롭고
菱歌縹緲泛煙津.	채릉가 소리는 아련히 안개 낀 포구에 피어나네.
到家更約西鄰女,	집에 이르러 다시 서쪽의 이웃 여인과 약속하여
明日湖橋看賽神.	내일 경호 다리에서 迎神굿을 보기로 하네.

이 시는 '풍월이나 읊조린다[嘲咏風月]'는 죄명으로 實錄院檢討官에서 파면되고 난 이후, 山陰에 기거하던 紹熙 5년(1194)에 쓴 것이다. 이 시는 호숫가 여인들의 삶의 방식과 생활의 모습을 노래한 것으로, 붉은 색과 푸른 색의 색채대비를 통한 회화미와 달빛과 안개의 활용을 통한 환상미가 돋보이는 작품이다. 시는 내용상 노동의 삶과 유희의 삶의 대비로 이루어지고 있는데, 작자는 제1~2구와 제5~6구에서는 노동의 삶을 묘사하고 제3~4구와 제7~8구에서는 유희의 삶을 묘사하는 등 각연마다 이를 교차하여 서술함으로써 각각의 삶의 상호 대립보다는 상호 통합을 의도하고 있다. 이는 작자가 이 두 가지의 삶 모두를 인간의 삶을 구성하는 본질적인 요소로 여겼음을 말해주는 것이라 할 수 있다.

다음 시를 보자.

◎ 黃犢
누런 소193)

賣刀買黃犢,	칼을 팔아 누런 소를 사

---

192) ≪詩稿≫ 권28.
193) ≪詩稿≫ 권54.

用以事耕稼.	농사일에 이용하네.
凄風山北秋,	가을 되어 산 북쪽엔 서늘한 바람이 불고
缺月溪西夜.	밤 되어 시내 서쪽엔 기운 달이 떠오르네.
小童搢竹枝,	어린아이는 대나무 가지를 옆에 차고
相呼聊一跨.	소리 지르며 뛰어 놀고
秋來作欄成,	가을 되어 소 울타리를 만드니
參差出林罅.	들쭉날쭉 수풀 사이로 드러나네.
靑煙起草積,	푸른 연기가 풀 더미에서 피어나더니
微火近茅舍.	희미한 불빛이 초가집 가까이에 있네.
未言東作功,	봄날 농사일을 말하지 말지니,
此景已可畵.	이 경치로도 이미 그림 그려낼 수 있으니.

嘉泰 2년(1202), 78세 때 쓴 작품이다. 가을걷이가 끝난 농촌의 평화롭고 한가로운 경관을 통해 전원생활의 여유와 안락함을 나타내고 있다. 제1~2구에서는 칼 대신 소를 등장시켜 작자의 삶이 일상의 평온한 상태로의 전환되었음을 말하고, 이어 제3~4구에서는 바로 한적한 가을의 경관을 묘사함으로써 봄부터 가을까지의 시간의 흐름을 속도감 있게 나타내고 있다. 다음 제5~10구에서는 어린이들의 천진난만한 모습과 새로이 소박하게 만든 소 울타리, 밥 짓는 연기 피어오르는 초가집 등을 차례로 묘사함으로써 각각 '평안'과 '휴식', '여유'의 의미를 나타내고 있다. 마지막 제11~12구에서는 비록 육체적으로 힘겨운 농촌생활이지만, 이와 같은 의미만으로도 그 고통을 충분히 견디고 이겨낼 수 있음을 말하고 있다.

開禧 2년(1206)에 쓴 다음 시도 陶潛에게서 흔히 느껴지는 청신하고 순박한 필치로써 아름다운 농촌의 정경을 회화적으로 묘사하고 있다.

◎ **東村**
동촌194)

信脚村塢路,	발길 닿는 대로 마을 언덕길 걸었는데
歸來日未西.	돌아올 때 해는 아직 기울지 않았네.
波淸魚隊密,	물결은 맑아 물고기떼 빽빽하고
風小鵲巢低.	바람은 잦아 까치둥지는 낮다네.
白水初平岸,	흰 강물은 막 언덕까지 차오르고
靑蕪亦徧犂.	푸른 풀밭도 쟁기질을 다하였네.
市墟多美酒,	마을 주막에 좋은 술 많으니
飮具不須賫.	술병을 따로 준비할 필요도 없다네.

  작자는 東村을 완보하면서 시선에 따라 눈에 보이는 정경을 사실적으로 묘사하고 있으며, 시상의 전개방식은 전형적인 起承轉結의 방식을 따르고 있다. 제1~2구에서는 '해는 아직 기울지 않았다[日未西]'는 표현을 통해 자신이 오랜 시간동안 산책하고 있음을 말하고 그 이유로서 다음 제3~4구에서 아름다운 자연경관을 이끌어내고 있다. 다음 제5~6구에서는 자연경관에 심취했던 작자의 시선이 농사준비가 완료된 들녁으로 전환되고 있으며 이를 통해 느낀 만족감이 마지막 제7~8구에서의 유유자적한 술 생각으로 맺어지고 있다.

  다음에서 전원한적시의 또 다른 표현양태인 日常 田園事의 敍述에 대해 살펴보기로 한다.

2) 日常 田園事의 敍述

  육유의 전원한적시는 절대 다수가 만기에 한거하면서 쓰여졌다. 또한

---

194) ≪詩稿≫ 권65.

만기의 후반기에 가서는 하루에도 몇 십 수씩이나 되는 다작을 하였기에 일상생활의 자질구레하고 세세한 모습들까지도 모두 시에 나타나고 있다. 따라서 시 속에 나타난 그의 일상사는 작품 수만큼이나 종류나 유형을 구분할 수 없는 다양한 내용으로 이루어져 있다. 여기서는 그 중에서도 반복적으로 이루어지는 일상행위나 그의 생활의 특징적인 면을 나타내고 있는 시들을 중심으로 그의 일상 전원사의 내용을 살펴보기로 한다.

먼저 육유의 경제적인 면을 짐작하게 해주는 초기의 작품 1수를 감상해 본다.

◎ 霜風
서릿바람[195]

十月霜風吼屋邊,	시월 서릿바람은 집 주위에서 소리 내어 울어대고
布裘未辦一銖綿.	베 갖옷에는 한 줌의 솜도 마련하지 못했네.
豈惟飢索鄰僧米,	어찌 다만 굶주림에 이웃 스님께 쌀만 구하리,
眞是寒無坐客氈.	진정 추워도 손님께 내어놓을 방석조차 없다네.
身老嘯歌悲永夜,	늙은 몸으로 노래 읊조리며 긴밤을 슬퍼하나니
家貧撑拄過凶年.	가난한 집이나마 지탱하며 흉년을 넘을 수밖에.
丈夫經此寧非福,	장부가 이런 일을 겪음이 어찌 복이 아니리.
破涕燈前一粲然.	눈물 거두고 등 앞에서 한 번 미소를 지어보네.

이 시는 乾道 3년(1167) 隆興府 通判으로 있다가 파면되어 山陰의 鏡湖지역에서 살고 있을 때 쓴 것이다. 제1~4구에서는 기본적인 의식주조차 충족되지 않아 이웃 스님에게까지 쌀을 구하고 손님에게 내어놓을 방석조차 없이 살아가는 시인의 궁핍한 삶의 모습이 나타나 있다. 그러나 이와 같이 혹독한 가난도 시인의 정신까지 위축시킬 수는 없었다. 다음 제5~8구에서

---

195) ≪詩稿≫ 권1.

시인은 비록 궁핍한 현실에 서글퍼하면서도 이에 대한 극복의 의지를 피력하고 나아가 이를 오히려 장부로서 경험하기 어려운 일을 경험하는 복으로 여기는 낙관적인 태도를 보여주고 있다.

육유의 시에서 그의 경제적인 궁핍상황은 전시기에 걸쳐 나타나고 있는데, 詩題를 통해 구체적으로 언급되고 있는 것만 해도 총 32題 65수에 달하고 있다.196) 특징적인 것은 詩題를 통한 직접적인 언급들은 모두가 紹熙 5년(1194) 이후에 나타나고 있어, 그의 일생이 궁핍한 생활의 연속이었으나 그 중에서도 만년의 생활이 훨씬 더 곤궁하였음을 짐작하게 해준다. 참고적으로 가난에 대해 이야기하는 다른 시기의 작품들을 함께 살펴보기로 한다.

◎ 看花
꽃을 보다197)

好樹典衣買,	옷을 잡혀 좋은 나무 사와
新花扶杖看.	새로 핀 꽃을 지팡이 짚고서 보네.
村醪雜淸濁,	마을의 술은 맑고 탁한 것이 섞여 있고
山果半甘酸.	산의 열매는 반은 달고 반은 시네.
家事貧尤簡,	집안일이야 가난하여 더욱 간소하지만
詩情老未闌.	詩의 情感은 늙어도 다함이 없다네.
鷗鷺閑似我,	물새도 나와 같이 한가로워
日暮立淸灘.	저물녘 맑은 여울에 서 있구나.

이 시는 慶元 2년(1196)에 쓴 것으로, 가난한 생활 속에서도 옷까지 저당

---

196) <貧病>(권30), <貧樂>(권33), <戱作貧詩>(권38), <貧病>(권41), <貧甚賣常用酒杯, 作詩自戱>(권42), <歲暮貧甚戱作>(권44), <貧甚自勵>(권45), <苦貧>(권46), <苦貧戱作>(권47), <歲暮貧甚戱書>(권49), <貧甚戱作長句示鄰曲>(권51), <感貧>(권56), <貧中自戱>(권59), <貧甚戱作絶句>(권63), <入冬病體差健而貧彌甚, 戱作>(권64) 등.
197) ≪詩稿≫ 권34.

잡혀 나무를 사서 즐기는 작자의 심적인 여유가 나타나 있다. 이러한 여유를 지니고 있었기에 시의 정감 또한 경제적인 궁핍에 방해받지 않고 끊임없이 솟아나올 수 있었던 것이며, 만기의 다작을 통해 전원생활의 감흥을 진솔하게 노래할 수 있었던 것이다.

嘉泰 원년(1201)과 開禧 원년(1205)에 쓴 다음 시에서는 끼니조차 절박했던 작자의 궁핍한 생활이 보다 실감나게 나타나 있다.

◎ 歲暮貧甚戱書
세모에 가난이 심하여 놀이삼아 쓰다[198]

阿堵元知不受呼,	이 놈의 돈, 불러서 얻을 수 없음을 원래 아나니,
忍貧閉戶亦良圖.	가난을 견디며 문 닫는 것 또한 좋은 방책이리.
曲身得火纔微直,	오그라든 몸이 불을 쬐고서야 조금 펴지고
槁面持杯祇暫朱.	메마른 얼굴은 술잔 들 때만 잠시 붉어지도다.
食案闌干堆苜蓿,	식탁에는 풀뿌리만이 이리저리 널려 있고
褐衣顚倒著天吳.	갈옷에는 天吳神의 문양이 거꾸로 붙어있도다.
誰知未減麤豪在,	누가 알리, 호방한 기운은 줄지 않고
落筆猶能賦兩都.	붓 들어 오히려 〈兩都賦〉를 지어낼 수 있음을.

◎ 貧甚戱作絶句(八首其八)
가난이 심하여 놀이삼아 절구를 짓다[199]

糴米歸遲午未炊,	꾸은 쌀이 늦어 한낮에도 밥을 짓지 못하니
家人竊閔乃翁飢.	식구들은 아비 배고플까 저윽이 민망해하네.
不知弄筆東窓下,	모르리, 동쪽 창 아래서 붓을 놀리며
正和淵明乞食詩.	한창 陶淵明의 〈乞食〉 시에 화답하고 있는 줄은.

첫 구에 사용된 '阿堵'는 당시 민간의 속어로서 현대 백화의 '這個'의

---

198) ≪詩稿≫ 권49.
199) ≪詩稿≫ 권63.

뜻을 가지는 지시사이다. 여기서는 돈을 지칭하는 의미로 사용되고 있다. 첫 번째 시에는 풀뿌리를 먹으며 헤진 옷을 입고 살아가는 궁핍한 생활이 나타나 있으며, 두 번째 시에는 쌀이 떨어져 끼니조차 넘기는 비참한 상황이 나타나 있다. 그러나 작자는 이러한 절박한 상황 속에서도 결코 위축되거나 좌절하지 않고 있다. 위의 <看花> 시에서 시종일관 여유로운 태도와 끊임없는 詩心으로 가난을 이겨냈던 것처럼, 작자는 이 시에서도 호방한 기백을 잃지 않고 있으며 오히려 陶潛의 <乞食> 시에 화답하는 달관의 모습을 보여주고 있다.

　일반적으로 그의 만년 시기는 경제적으로 매우 궁핍했던 것으로 알려져 있다. 그러나 경제적인 면에 관련하여 그의 시에 나타난 몇몇 단서들을 종합해보면, 사실 이것은 어느 정도 과장된 측면이 없지는 않다. 淳熙 16년(1189)에 實錄院檢討官을 끝으로 관직에서 물러난 그는 山陰으로 돌아와서는 '提擧建寧府武夷山沖佑觀'이라는 명목상의 官銜을 받고 1년간 祠祿을 더 받게 된다. 이듬해 沖佑觀의 임기가 끝나자 그는 상소를 올려 재임시켜 줄 것을 요청하였고[200] 이후 10년간 계속해서 祠祿을 받게 된다. 당시에 받았던 祠祿은 비록 정식 관직에 있을 때보다는 적었겠지만, <拜敕口號> 시에서 '일 년에 百萬錢을 청한다'[201]라고 하였으니 대략 월 8~9萬錢 정도는 되었다. 당시의 물가 수준이 어떠했는지는 알 수 없으나 嘉泰 원년(1201)에 쓴 <新買啼雞> 시에서 닭 한 마리를 300錢에 사는 것을 보면,[202] 이것이 그렇게 적은 액수는 아님을 짐작할 수 있다. 그는 이 祠祿을 10년 뒤인 慶元 5년(1199)에 사양하게 되지만 국가로부터의 모든 지원이 중단된 것은 아니고 월 2萬錢씩은 계속 받고 있었다.[203] 이 같은 정황으로 미루어

---

200) ≪詩稿≫ 권25, <上書乞再任沖佑>.
201) '日絶絲毫事, 年請百萬錢' ≪詩稿≫ 권26, <拜敕口號>.
202) '急典三百新青銅' ≪詩稿≫ 권47, <新買啼雞>.

볼 때 그의 20년간의 만년 시기 중 적어도 淳熙 16년(1189)부터 慶元 5년(1199)까지의 10년간은 상대적으로 여유가 있는 시기였으며, 이후 10년간이 궁핍한 시기였음을 알 수 있다.

다음으로 讀書와 園藝 등의 일상을 서술하고 있는 중기의 작품을 감상해보기로 한다. 전원생활 중 독서에 열중하는 모습은 중기와 만기의 구분 없이 계속적으로 나타나고 있는데, 여기서는 중기의 두 작품을 감상해보기로 한다.

◎ 讀書(二首其二)
독서204)

歸老寧無五畝園,	늙어 돌아옴에 어찌 다섯 무의 밭도 없으리,
讀書本意在元元.	내 독서하는 본뜻은 백성들에게 있다네.
燈前目力雖非昔,	등 앞의 시력은 비록 옛날 같지는 않으나
猶課蠅頭二萬言.	오히려 파리머리만한 글자 이만 자를 공부하네.

◎ 讀書
독서205)

遠遁江湖上,	멀리 강호 위로 은둔하여 와
端居風雨中.	비바람 속에서 단정히 거하였네.
紙新窓正白,	새로 종이 바른 창은 새하얗고
爐暖火通紅.	따뜻한 화로의 불꽃은 지극히 붉도다.
籤帙方重整,	서책들을 다시 정리하고는
聲形且細窮.	음과 모양을 다시금 자세히 살펴보나니.
扶衰倘未死,	쇠약함이나마 부지하여 만약 죽지 않는다면
更破十年功.	다시금 십 년의 功을 더하련만.

---

203) '坐糜半俸猶多愧, 月費公朝二萬錢' ≪詩稿≫ 권39, <五月七日拜致仕敕口號>.
204) ≪詩稿≫ 권8.
205) ≪詩稿≫ 권17.

　　첫 번째 시는 淳熙 4년(1177) 成都에 머물던 시기에 쓴 것이며, 두 번째 시는 淳熙 12년(1185) 山陰에서 쓴 것이다. 작자의 사상의 중심에는 항상 국가와 백성들이 존재하고 있었으며, 이는 독서의 목적에도 예외는 아니었다. 첫 번째 작품에서 작자는 독서의 본뜻을 일신의 영달이 아닌, 愛國愛民의 실천으로 여기고 있다. 당시 작자는 官途에 있어서는 이미 실의한 상태였던 까닭에, 愛國愛民의 사상을 실천할 수 있는 유일한 방법은 독서밖에 없었다. 바로 이 때문에 비록 적지 않은 나이에 몸은 예전 같지 않음에도 젊은 시절보다 더한 열정으로 독서에 임하고 있는 것이다. 마지막 구에서의 '蠅頭二萬言'은 파리머리처럼 작은 글씨를 가리키는 것으로, 自注에 '時方讀小本通鑑'이라 되어 있어 그가 소형판본의 ≪通鑑≫을 읽고 있었음을 알 수 있다. 두 번째 작품에서도 '단정히 거한다[端居]'와 '십 년의 공[十年功]'이라는 표현을 통해 학업과 독서에 대한 그의 성실하고 결의에 찬 모습들을 느낄 수 있다.

　　다음 시를 보자.

◎ 灌園
정원에 물을 대다206)

少攜一劍行天下,	젊어서 검 한 자루 쥐고 천하를 다니다가
晩落空村學灌園.	늙어 한적한 마을에 내려와 물대는 법을 익히네.
交舊凋零身老病,	옛 친구들은 다 죽고 몸은 늙어 병들었으니
輪囷肝膽與誰論.	肝膽에 얽힌 정을 누구와 함께 이야기하리.

　　이 시는 淳熙 8년(1181) 山陰에서 쓴 것이다. 제1~2구에서는 나이 들어 화초나 가꾸며 소일하는 작자의 일상적인 삶이 변방에 종군하던 젊었을 때의 호방하고 기개 있던 모습과 대비되고 있다. 다음 제3~4구에서 작자는

---

206) ≪詩稿≫ 권13.

이러한 전원생활에 만족해하고 기뻐하기보다는 먼저 떠나간 친구들과 공업
도 없이 노쇠해져버린 자신의 처지를 생각하며 아쉬움을 나타내고 있다.
　다음 두 시는 전원에서의 일상적인 삶을 보여주는 시이다.

◎ 雪夜
　눈오는 밤207)

書卷紛紛雜藥囊,	책은 이리저리 흩어져 있고 약주머니 어지러운데
擁衾時炷海南香.	이불 끌어안고 때때로 海南香을 태우네.
衰遲自笑壯心在,	쇠하고 늙어 壯士의 마음 있는 게 우스우니
喜聽北風吹雪床.	눈 쌓인 평상에 북풍 부는 소리를 기쁘게 듣네.

◎ 晨起
　새벽에 일어나208)

孤夢忽自驚,	외로운 꿈에서 갑자기 깨어보니
小窗初送明.	작은 창이 막 밝아오네.
珍禽語庭樹,	진귀한 새가 뜰의 나무에서 지저귀니
可愛不知名.	무척이나 사랑스럽거늘 이름을 모르겠구나.
向者事宦游,	줄곧 관직에 떠돌아다님을 일삼다가
塵土過半生.	먼지투성이 속에서 반평생을 보냈도다.
傳呼束帶出,	(아이) 불러 띠 메고 나오니
鼕鼕尙殘更.	둥둥 북소리 아직 5경이로다.
山居雖自由,	산골에 살아 비록 자유롭지만
晨起亦有程.	새벽에 일어나는 것은 규칙적이라네.
洗硯拂書几,	벼루 씻고 책상 털어 내고
一笑愜幽情.	한 번 웃으며 그윽한 정에 만족해 하네.

　두 작품 모두 淳熙 11년(1184) 山陰에서 쓴 것으로, 새벽같이 일어나 독

---

207) ≪詩稿≫ 권14.
208) ≪詩稿≫ 권16.

서로써 하루를 시작하는 작자의 근면한 모습과 평안하고 안락한 분위기 속에서 지난 삶을 회고하는 작자의 한적한 모습이 잘 나타나 있다.

다음은 자연경관을 감상하고 사람들과 만나며 친구들과 교유하는 등의 일상을 서술하고 있는 만기의 작품을 보기로 한다.

◎ 夜歸
밤에 돌아와209)

疎鐘渡水來,	성긴 종소리는 물을 건너오고
素月依林上.	하얀 달은 수풀 위에 의지하고 있네.
煙火認茅廬,	연기와 불로 띠 풀집을 알 수 있나니
故倚船篷望.	배 덮개에 기대어 바라보고 있네.

慶元 원년(1195)에 쓴 이 시는 전원시라기보다는 오히려 산수자연시에 가까울 정도로 경관의 묘사에 집중되어 있다. 전체적으로 짧은 편폭임에도 불구하고 다양한 묘사의 방식을 활용한 치밀한 구조를 이루고 있다. 대조와 대비는 육유시의 경관묘사에 자주 차용되는 방식 중의 하나인데, 이 시에서도 제1구에서 '건너다[渡]'와 '오다[來]'라 하고 제2구와 제4구에서 '의지하다[依]'와 '기대다[倚]'라 하여, '靜'과 '動'을 의도적으로 대비시키고 있다. 아울러 시의 이미지 또한 '성긴 종소리[疎鐘]'와 '하얀 달[素月]', '연기와 불[煙火]' 등을 활용함으로써 시각과 청각 등의 결합뿐만 아니라 靑과 白, 紅 등의 색채의 대비도 함께 나타나고 있다.

다음에서 같은 해인 慶元 원년(1195)에 쓴 시 두 수를 연이어 감상하기로 한다.

---

209) ≪詩稿≫ 권32.

◎ **野步**
　들을 거닐며[210]

蝶舞蔬畦晚,	나비는 저녁 무렵 채소밭 위를 춤추고
鳩鳴麥野晴.	비둘기는 맑은 날 보리밭에서 울어대네.
就陰時小息,	시원한 곳으로 가 때로 조금 쉬고
尋徑復微行.	작은 길을 찾아 다시 천천히 걸어가네.
村婦窺籬看,	마을의 부녀자들은 울타리 사이로 엿보고
山翁拂席迎.	산 속의 늙은이는 자리를 털고 맞이하네.
市朝那有此,	도시와 조정에 어찌 이와 같은 것이 있으랴?
一笑慰餘生.	한 번 웃으며 남은 생을 위안하네.

◎ **小舟晚歸**
　작은 배로 날 저물녘에 돌아오다[211]

扶病尋溪友,	병을 이고 계곡의 친구를 찾아가
忘憂泛釣槎.	근심 걱정 잊고 고기 잡이 뗏목을 띄웠네.
渚寒無宿鷺,	못은 차가워 머무는 해오라기는 없고
月白有啼鴉.	달은 밝아 울어대는 까마귀만 있도다.
敗壁靑燈暗,	무너진 벽 사이로 파란 등불은 흐릿한데
幽窗稚子譁.	그윽한 창 안에서 어린아이가 조잘대고 있도다.
無生未暇說,	심신을 수양하는 일은 말할 겨를이 없고
且復議桑麻.	또 다시 누에치고 베 짜는 일을 이야기하네.

　두 작품 모두 한가로운 농촌의 정경과 사람들의 도타운 인정, 그리고 그 속에서 아무런 걱정 없이 산수를 즐기는 작자의 한가로운 모습이 나타나 있다.

　다음 시를 보자.

---

210) ≪詩稿≫ 권32.
211) ≪詩稿≫ 권33.

◎ 六月二十四日夜分, 夢范至能李知幾尤延之同集江亭. 諸公請予賦詩, 記江
湖之樂, 詩成而覺, 忘數字而已.

6월 24일 밤, 꿈에 范成大, 李石, 尤袤와 함께 강 가 정자에 모였다. 제공들이 내게
시를 쓰라 청하여 강호의 즐거움을 적었는데, 시가 완성되고 깨어나니 몇 자만 기
억이 나지 않을 따름이었다[212]

露箬霜筠織短篷,	댓잎과 대껍질로 작은 배 덮개를 만들어
飄然來往淡煙中.	가벼이 엷은 안개 속을 떠다니도다.
偶經菱市尋鄰友,	문득 마름풀 시장을 지나 개울의 친구를 찾고
却揀蘋汀下釣筒.	부평초 연못을 택하여 낚싯줄을 드리우네.
白菡萏香初過雨,	흰 연꽃은 막 비 지난 후 향기롭고
紅蜻蜓弱不禁風.	붉은 매미는 여리어 바람을 이기지 못하는 도다.
吳中近事君知否,	吳 땅의 근래 사정을 그대는 아는지?
團扇家家畫放翁.	둥근 부채에 집집마다 내 모습을 그려놓고 있다네.

  慶元 2년(1196)에 쓴 이 시는 형식상 紀夢詩로서, 산수 자연을 유람하고
知人들과 교유하며 전원생활의 여유를 즐기는 모습이 나타나 있다. 같은
전원생활을 하면서도 앞서 중기에 <灌園> 시를 쓸 때만해도 세상사에 대
한 미련과 아쉬움이 남아 있었던 데 비해, 이 시에서는 前 6구까지 전원의
아름다운 경관과 한적한 생활을 묘사하고 마지막 2구에서 자신 또한 전원
생활의 흥취에 흠뻑 젖어 있으며 충분히 만족스러워하고 있음을 말하고
있다.

  다음 시를 보자.

◎ 秋思

가을의 상념[213]

烏桕微丹菊漸開,	오구나무는 붉고 국화꽃은 점점 피어나는데
天高風送雁聲哀.	하늘 높이 바람에 실려 오는 기러기 소리 애달프네.

---

212) ≪詩稿≫ 권34.
213) ≪詩稿≫ 권54.

> 詩情也似幷刀快,　　시의 정감도 幷州의 칼처럼 날카로워
> 翦得秋光入卷來.　　가을 풍광을 잘라내어 시편에 담네.

　이 시는 嘉泰 3년(1203), 79세 때 쓴 것이다. 깊어 가는 가을의 정취가 시인의 시적 감흥을 불러일으키고, 풍부해진 詩情이 눈앞의 아름다운 가을 경관을 그대로 시로 표현하고 있음을 보여준다. 앞서 <夜歸> 시가 경관 묘사로만 이루어져 있는데 비해, 이 시는 자연 경관과 그에 대한 작자의 느낌이 함께 나타나 있다. 그러나 유사한 표현기법을 사용하고 있는 까닭에 시 전체적인 느낌은 매우 유사하다. 제1구와 제3구, 제2구와 제4구에서 각각 靜과 動을 의도적으로 교차 배치하고 있으며, 또한 제1구에서는 시각을, 제2구에서는 청각을, 제3구에서는 촉각을 표현하고 있다. 아울러 '붉은 오구나무'와 '누런 국화', '파란 하늘', '흰 칼'을 통해 색채의 대비를 나타내고 있는 것 또한 <夜歸>에서의 표현기법들과 유사하다.

　다음으로 憂國意識과의 結合이 나타나 있는 전원한적시를 감상해보기로 한다.

3) 憂國意識과의 結合

　위국헌신과 중원수복이 평생의 지향이었기에 육유는 초기와 중기에 잠시 관직에서 물러나 전원에 한거했을 때는 물론, 관직 생활을 완전히 정리하고 본격적인 전원생활을 시작한 만기에도 끊임없이 조국에 대한 심려를 나타내었다. 그리고 이러한 생각은 전원의 일상사나 전원생활의 감흥을 주된 내용으로 하는 田園閑適詩에서도 완전히 배제되지는 않고 순간의 단상으로나마 끊임없이 나타났다. 앞서 본 장의 서론 부분에서 인용한 <秋晚閑步, 隣曲以予近嘗臥病, 皆欣然迎勞>시가 작품 전체적으로는 농촌사람들

의 여유롭고 순박한 모습을 묘사한 전원시이면서도 마지막 두 구에서 조정과 국가의 안위에 대한 걱정을 나타내고 있는 것이 좋은 예라 할 수 있다. 초기의 전원한적시에는 우국의식과 결합되어 서술되는 작품이 없는 까닭에 여기서는 중기 이후의 시들을 시기 순으로 살펴보기로 한다.

먼저 중기의 시를 감상해본다.

◎ 夏夜(四首其一)
여름밤214)

夏夜忽已半,	여름밤 문득 한밤중이 되니
東岡月初生.	동쪽 산등성이에 달이 막 떠올랐네.
起行遶庭樹,	일어나 정원의 나무들을 빙 둘러 걸으니
愛此露滴聲.	이슬방울 떨어지는 소리가 사랑스럽구나.
漂流憶安臥,	젊어 떠돌아다닐 땐 편히 눕기를 생각하더니
局促念遠征.	늙어 한가로워지니 먼 원정길을 생각한다네.
幽懷誰晤語,	그윽한 심회를 누구와 만나 이야기 하리?
華觴還自傾.	아름다운 술잔 절로 기울어지네.

이 시는 淳熙 8년(1181) 山陰에서 쓴 것이다. 제1~4구에서 작자는 여름밤 잠을 이루지 못하고 한밤중까지 정원을 거닐며 여름밤의 정취에 흠뻑 빠져들고 있다. 10년간의 타향생활을 마치고 돌아온 작자에게 고향은 너무나도 평화롭고 아늑하여 잠자는 시간마저도 아깝게 여겨지게 한 듯하다. 다음 제5~8구에서는 지난날을 회상하고 현실의 자신을 되돌아보며 감회를 나타내고 있다. 지난 10년간 정치적 좌절을 겪거나 현실의 암담함에 절망할 때마다 고향을 향하는 작자의 마음은 더욱 간절했었다. 그러나 정작 고향으로 돌아오게 된 후에는 공업을 이루지 못한 아쉬움에 예전의 從軍

---

214) ≪詩稿≫ 권14.

생활을 추억하며 안타까워하고 있는 것이다. 전원의 풍경이나 생활상의 감회에 대한 묘사가 작자의 우국의식으로 연결되는 것은 앞서 '寫景詠物詩'에서 자연경물의 묘사가 우국의식을 유발하는 매개체의 역할을 하고 있는 것과 동일한 양상이라 할 수 있다.

다음 시를 보자.

◎ 秋雨漸涼有懷興元(三首其三)
가을비가 점차 차가워짐에 興元을 떠올리며[215]

清夢初回秋夜闌,	맑은 꿈에서 막 깨어나니 가을밤이 마주하고 있고
牀前耿耿一燈殘,	침상 앞에는 깜빡이며 등불이 꺼져가고 있네.
忽聞雨掠蓬窓過,	홀연 초가집 창을 스쳐 가는 빗소리를 들으니
猶作當時鐵馬看.	아직도 당시의 철마를 보는 듯 하다네.

이 시는 淳熙 10년(1183) 山陰에서 쓴 것이다. '興元'은 興元府를 가리키는 것으로 治所가 南鄭에 있다. 작자는 가을 밤 꿈에서 깨어나 비바람 소리를 듣고 南鄭에 종군하였을 때의 기억을 떠올리고 있다.

다음 시를 보자.

◎ 夜步
밤에 거닐며[216]

市人莫笑雪蒙頭,	시장 사람들아, 눈 덮인 머리를 비웃지 말게나.
北陌南阡信脚遊.	북쪽 길 남쪽 길, 발 가는 대로 돌아다닌다네.
風遞鐘聲雲外寺,	구름 밖 산사의 종소리 바람에 실려 오고
水搖燈影酒家樓.	주막 누각의 등불 그림자 물에 일렁이네.
鶴歸遼海逾千歲,	학이 遼海로 돌아간 지 천 년이 넘었고
楓落吳江又一秋.	단풍 떨어지는 吳江에서 또 일 년을 보내네.

---

215) ≪詩稿≫ 권15.
216) ≪詩稿≫ 권17.

却掩船扉耿無寐,　　배의 문 닫고 말똥말똥 잠 이루지 못하는데
半窗落月照淸愁.　　반쯤 열린 창, 지는 달이 맑은 근심을 비추네.

淳熙 12년(1185) 山陰에서 쓴 시이다. 제1~4구에서 작자는 때로는 걸으며 때로는 배를 타고 고향 마을 곳곳을 유람하고 있다. 작자의 눈에 비친 고향의 정경은 그저 평화롭고 아름답기만 하다. 그러나 다음 제5~6구에서 작자는 또 한 해의 시간이 덧없이 흘러감을 깨닫고 근심과 안타까움으로 잠을 이루지 못하고 있다. 세월의 흐름에 아쉬워하고 안타까워하는 것은 한정된 수명을 지닌 인간의 공통적인 감정일 것이다. 그러나 앞서 <聞雁> 시에서 '함곡관과 상림원에선 소식도 없이, 또 강남에서 기러기를 돌려보낸다네[秦關漢苑無消息, 又在江南送雁歸]'217)라 탄식했었던 것에서도 느낄 수 있듯이, 세월의 흐름에 대한 육유의 안타까움은 다만 육신의 노쇠함이나 공명의식과 관련한 개인적인 회한을 의미하는 것이 아니었다. 그것은 현실상황에 아무런 변화의 기미도 보이지 않은 채, 오랑캐는 중원을 점령하고 있고 조정은 북벌의 의지조차 없는 암울한 상황이 또 한 해 지속되는 것에 대한 안타까움이었던 것이다.

다음으로 만기의 시를 보자

◎ 稽山農
회계산의 농가218)

華胥氏之國,　　화서씨의 나라에
可以卜吾居.　　점쳐 거할 수 있으며
無懷氏之民,　　무회씨의 백성을
可以爲吾友.　　친구로 삼을 수 있도다.

---

217) ≪詩稿≫ 권12.
218) ≪詩稿≫ 권26.

眼如巖電不看人,　　눈빛은 바위의 불꽃같아 사람들을 보지 않고
腹似鴟夷惟貯酒.　　배는 술 주머니처럼 오로지 술만 쌓아둔다네.
周公禮樂寂不傳,　　주공의 예악은 적막하여 전해지지 않고
司馬兵法亡亦久.　　사마공의 병법도 없어진 지 오래도다.
賴有神農之學存至今,　다행히 신농씨의 학설은 지금까지 남아
扶犁近可師野叟.　　쟁기 들고 가까이 들녘의 농부를 배울 수 있네.
粗繒大布以禦冬,　　거칠고 성긴 베로도 겨울을 막아내고
黃粱黑黍身自舂,　　누런 곡식과 검은 기장을 몸소 찧는다네.
園畦剪韭勝肉美,　　정원에서 뜯어온 韭菜는 고기보다 맛있고
社甕撥醅如粥醲.　　社甕 속에 익은 술은 죽처럼 진하도다.
安得天下常年豐,　　어찌하면 천하가 해마다 풍년이 들고,
老死不見傳邊烽.　　늙어 죽도록 변방 봉화를 안 볼 수 있으리.
利名畫斷莫挂口,　　이록과 공명을 잘라내어 입에 걸지 않고
子孫世作稽山農.　　자자손손 대대로 회계산의 농민이 되리.

紹熙 4년(1193) 山陰에서 쓴 이 시는 전원생활의 여유와 풍요를 노래하며 영원히 전원에 귀의하고 싶다는 작자의 소망을 표현하고 있다. 작자는 이 시를 통해 이보다 앞에 쓴 <避世行> 시에서 보였던 隱逸幽居의 志向을 부정하며[219] 현실 생활 속에서 삶의 목적과 의미를 찾으려 하고 있다. 이 시 또한 평화로운 전원생활의 묘사와 이에 대한 감회가 주된 내용이 되고 있으나, 마지막 단락의 제15~16구에서 우국의식을 나타내고 있다.

다음 시를 보자.

◎ 暮春
늦봄[220]

數間茅屋鏡湖濱,　　수 간 초가집을 鏡湖 가에 짓고

---

219) <避世行> 시에 대해서는 본 장 6. ‘其他’에서 다시 살펴보기로 한다.
220) ≪詩稿≫ 권35.

萬卷藏書不救貧.	만 권의 장서를 지녔으나 가난을 벗어나지 못하네.
燕去燕來還過日,	제비 왔다 갔다 하니 하루가 지나고
花開花落卽經春.	꽃 피고 지니 봄이 지나가네.
開編喜見平生友,	책을 펼치면 평생의 벗을 만난 듯 기쁘고
照水驚非曩歲人.	물에 비추면 옛날의 모습이 아니어 놀라는 도다.
自笑滅胡心尙在,	오랑캐 섬멸의 마음 여전함이 스스로도 우습지만
憑高慷慨欲忘身.	높은 곳에 기대어 비장히 이 한 몸 바치려 하네.

慶元 3년(1197)에 쓴 시이다. 만년의 궁핍한 경제생활 속에서도 독서를 통해 즐거움을 느끼고 있는 작자의 여유로움이 잘 나타나 있다. 시 전체적으로 봄날의 한적한 경관과 어우러져 잔잔하고 안정된 느낌을 자아내지만, 작자는 이 속에서도 노년의 나이에 아랑곳없이 오랑캐 섬멸에 대한 비장한 결의와 굳건한 의지를 나타내고 있다.

다음 시를 보자.

◎ 殘年
남은 세월[221]

殘年垂八十,	얼마 남지 않은 생애 팔십에 이르렀으니
高臥豈逃名.	한거하는 것이 어찌 명성을 피하기 위함이랴.
泥巷多牛迹,	흙탕길엔 소의 발자국 가득하고
茅簷有碓聲.	초가집 처마에선 방아 찧는 소리 들리네.
炊菰觴父老,	줄의 열매를 구워 나이든 이에게 술잔을 권하고
煮棗哺雛嬰.	대추 삶아 어린아이에게 먹이네.
遣戍雖傳說,	군대를 파견한다는 말 비록 들려오나
何時復兩京.	어느 때에나 兩京을 수복하리!

開禧 원년(1205)에 쓴 이 시에서도 작자는 전원생활의 한가롭고 여유 있

---

221) ≪詩稿≫ 권62.

는 생활 속에서 조국에 대한 걱정을 잊지 못하고 있다. 작자는 제1~2구에서 자신이 전원에 한거하고 있는 까닭이 명성을 피하기 위해서가 아니라 어쩔 수 없는 상황 속에서 부득이하게 처하게 된, 자신의 평생의 지향과는 다른 행동임을 말하고 있다. 그렇기 때문에 다음 제3~6구에서 소의 발자국과 방아 찧는 소리로 묘사되는 안락하고 풍요로운 농촌생활에도 만족하지 못하고 마지막 제7~8구에서 우국충정을 통해 중원수복의 열망을 표현하고 있는 것이다.

5. 交遊

일반적으로 交遊詩는 개인적인 일대일의 관계 외에 結社나 詩會 등에서의 唱和詩나 집단적인 유람이나 연회에서의 酬唱詩 등을 모두 포함하는 것이 보통이다. 그러나 구체적인 대상이 적시되어 있지 않는 이 같은 집단적인 應酬의 작품들은 많은 경우 모임의 흥을 돋우거나 의례적인 稱揚을 나타내는 등 일회적인 유희성에서 크게 벗어나지 않으며, 작자의 진솔한 감정의 표현과는 다소 거리가 있곤 한다.

교유관계가 사람을 이해하는 또 다른 방법이라고 했을 때, 구체적인 대상을 한정하여 쓴 교유시는 대상에 대한 시인의 진심뿐만 아니라 시인 자신의 모습과 志向까지도 잘 담고 있다고 할 수 있다. 그러나 육유는 85세의 긴 생애 동안 다양한 계층의 수많은 사람들과 교유관계를 맺었으며[222]

---

222) 육유의 교유관계에 대해서는 이미 많은 연구결과들이 나와 있다. 대표적으로 于北山은 ≪陸游年譜≫에서 육유의 일생행적에 따라 교유한 인물들을 소개하고 있으며, 歐小牧 또한 <陸游交游錄>을 통해 ≪陸游年譜≫에서 상대적으로 소략히 소개되어 있는 사람들만을 모아 총 106명을 추가로 소개하고 있다.

일만 수에 이르는 시의 분량에 걸맞게 구체적인 대상이 나와 있는 교유시
만 하더라도 500수를 훨씬 넘는다.

　여기에서는 일차적으로 육유의 交遊詩 중 구체적인 대상이 나타나 있는
시들을 대상으로 하여, 그 중 육유와 밀접한 관계에 있거나 필자의 판단에
서 육유 교유시의 일반적인 경향이 나타나 있다고 생각되는 작품들을 뽑
아 개괄적이나마 육유 교유시의 내용을 살펴보고자 한다.

　육유의 교유시는 크게 贈別과 寄贈의 두 가지 유형으로 구분된다. 이 외
에도 和答詩나 次韻詩가 있으나 여기서는 寄贈에 포함하여 함께 살펴보기
로 한다. 증별시의 경우 일반적으로 이전의 교유 과정을 술회하고 석별의
정과 상대에 대한 당부를 전하며 이후의 만남을 기약하는 형식을 갖추게
되는데, 육유의 증별시 또한 여기에서 크게 벗어나지는 않는다. 그러나 육
유의 증별시가 다른 시인들의 그것과 구별되는 가장 큰 특징은 상대방에
대한 당부의 내용이 개인적인 건강이나 官途에 대한 축원에만 머무르는
것이 아니라 상대방의 우국의식과 애민의식의 발양을 촉구한다는 점이다.
물론 모든 증별시가 이러한 특징을 나타내는 것은 아니지만, 증별하는 대
상과의 관계가 밀접할 때는 거의 어김없이 나타나고 있다. 寄贈詩 또한 贈
別詩와 비교하여 서술방식상의 차이가 있기는 하지만 증별시에서 보이는
특징이 여기에서도 그대로 나타나고 있다.

　다음에서 구체적인 작품을 통해 시기 순으로 육유 교유시의 내용을 살
펴보도록 한다.

1) 贈別

먼저 紹興 27년(1157) 曾幾에게 올린 장편의 증별시를 감상해 보기로 한
다.

◎ 送曾學士赴行在
行在로 부임하는 曾學士를 보내며[223]

二月侍燕觴,	이월, 공을 모시고 잔치에 술잔 올릴 때
紅杏寒未拆.	붉은 살구꽃은 추위에 움트지도 않았더니
四月送入都,	사월, 도성으로 들어가는 길 전송할 때는
杏子已可摘.	살구열매 이미 딸 수 있게 되었네요.
流年不貸人,	흐르는 세월은 사람에게 관대하지 않아
俯仰遂成昔.	고개 숙였다 드니 벌써 저녁이 되었네요.
事賢要及時,	현인을 섬기는 것은 때 맞춰 해야 하는데
感此我心惻.	헤어짐을 느끼니 제 마음 서글퍼지기만 합니다.
欲書加餐字,	식사 더 하시라는 말을 글로 써서
寄之西飛翮.	서쪽으로 날아가는 새에 전하고자 합니다.
念公爲民起,	그대 백성을 위하여 일어나심을 생각하니
我得怨乖隔.	제가 어찌 이별을 원망하겠습니까?
搖搖跂前旌,	펄럭이는 앞의 깃발을 따르고
去去望車軛.	멀어져가는 수레의 멍에를 바라봅니다.
亭鄣鬱將暮,	망루와 보첩은 어둑어둑 날 저물려하고
落日澹陂澤.	지는 해는 비탈과 못에 비치는데
敢忘國士風,	감히 國士의 풍모도 잃은 채
涕泣效臧獲.	잡혀온 노비와도 같이 눈물만 떨구겠습니까?
敬輸千一慮,	공경히 천에 하나 건질까 한 생각을 드리오니
或取二三策.	혹, 두세 가지는 받아들일 수 있을는지요.
公歸對延英,	공께서 돌아가 임금님을 뵈면

___

223) ≪詩稿≫ 권1.

淸問方側席.	세세히 여쭤보시며 귀를 기울이실 터.
民瘼公所知,	백성의 고통, 그대가 아는 바이니
願言寫肝膈.	원컨대 가슴속의 말을 쏟아내시기를.
向來酷吏橫,	줄곧 잔혹한 관리 횡행하여
至今有遺螫,	지금껏 남은 해독이 있으며
織羅士破膽,	모략을 일삼아 선비들은 겁을 먹고
白着民碎魄.	세금을 중과하여 백성들은 넋을 잃고 있습니다.
詔書已屢下,	詔書는 이미 여러 번 내려졌으나
宿蠹或未革.	오래된 병폐는 개혁되니 않고 있으니
期公作醫和,	그대께 바라옵건대 醫和 같은 名醫가 되어
湯劑窮絡脉.	끊어진 혈맥을 치료해 주시길.
士生恨不用,	선비는 태어나 쓰이지 않음을 한스러워 하나니
得位忍辭責.	자리를 얻고서 어찌 차마 책무를 사양하리요.
倂乞謝諸賢,	또한 바라건건대, 현인들께도 말해주소서.
努力光竹帛.	사적에 빛을 발하도록 노력할 것을.

이 해 4월에 宋 高宗은 曾幾를 臨安으로 불렀는데 이것은 그때 陸游가 그에게 준 送別詩이다. 총 36구 중 '涕泣' 구까지의 전반 18구에서는 작가의 송별의 정을 표시하고 후반 18구에서는 증기에 대한 당부의 말을 하고 있다. 전반부에서 작자는 세월의 빠름을 이야기하며 스승으로서 제대로 모시지도 못한 채 이별해야 하는 안타까움을 나타내고 있다. 그러나 그와의 이별이 곧 백성을 위하는 일인 까닭에 다만 슬픔에만 빠져들지는 않고 후반부의 당부의 말로 이어지고 있다. 후반부에서는 曾幾가 高宗에게 관리의 혹정과 과중한 세금에 고통 받는 백성들의 실상을 아뢰고 춘추시대 秦의 명의였던 醫和와 같은 존재가 되어 조정의 폐정을 개혁할 수 있게 되기를 바라고 있다. 아울러 마지막 2구에서는 그가 조정의 관료들을 추동하여 민생을 도모하는 일에 앞장서게 할 것을 청하고 있다.

다음 시를 보자.

◎ 送芮國器司業(二首其二)
司業 예국기를 보내며[224]

往歲淮邊虜未歸,	옛날 淮河 가에서 오랑캐 돌아가지 않았을 때
諸生合疏論危機.	태학생들은 상소를 올려 나라의 위기를 말했지요
人材衰靡方當慮,	지금 인재들이 없는 것이 걱정되나니
士氣崢嶸未可非.	선비의 기개가 높은 것은 나무랄 일이 아닙니다.
萬事不如公論久,	모든 일은 공론이 오래되는 것이 좋으니
諸賢莫與衆心違.	현인들께서 무리의 생각과 어긋나지 않기를.
還朝此段宜先及,	조정으로 돌아가시면 이를 먼저 하셔야 하니,
豈獨遺經賴發揮.	어찌 다만 경전에만 가르침을 의지하겠습니까.

이 시는 乾道 6년(1170) 秦檜에 의해 化州로 쫓겨나 있다가 國子監司業으로 제수되어 조정으로 돌아가는 芮國器에게 쓴 송별시이다. 芮國器는 芮曄으로 浙江 吳興 사람이다. 國器는 그의 字이다. 隆興 원년(1163) 당시 조정에서는 和親派인 湯思退가 실권을 잡고 있으면서 북벌에 실패한 책임을 물어 張浚을 관직에서 물러나게 하였다. 그 해 11월 金의 남침이 있었는데, 당시 태학생 72명은 孝宗에게 상소를 올려 湯思退의 죄상을 묻고 그의 무리들을 내칠 것을 요청하였다. 작자는 이 시의 제1~2구에서 이때의 일을 회상하고 있다. 이어 제3~4구에서는 그 때와는 달리 지금은 인재가 없으니 태학생들의 의견을 존중할 것을 말하고, 제5~6구에서는 조정의 관료들이 모든 일을 공론에 부쳐 무리의 의견에 따라야 함을 말하고 있다. 마지막 제7~8구는 芮國器에 대한 당부의 말로, 조정에 돌아가면 앞의 내용들을 가장 먼저 고려하고 다만 옛 경전에만 근거하여 가르치지 말 것을 당부

---

224) ≪詩稿≫ 권2.

하고 있다. 육유는 언로의 개방을 통한 건강한 여론의 존재가 국가의 안위에 커다란 영향을 미친다고 생각한 것이다.

　다음 시를 보자.

◎ 投梁參政
梁參政에게 보냄225)

浮生無根株,	浮萍草 같은 인생 뿌리도 없이 떠다니고
志士惜浪死.	志士는 아쉽게도 떠돌다 죽어가네.
雞鳴何預人,	닭의 울음소리는 사람과 무슨 관계가 있는가?
推枕中夕起.	베개 밀어내고 한밤중에 일어나네.
游也本無奇,	나는 본시 뛰어나지 않아
腰折百僚底.	관직도 백관의 아래이네.
流離鬢成絲,	이리저리 떠돌다 머리칼은 흰 실이 되어버렸고
悲咤淚如洗.	슬픈 탄식에 눈물은 물같이 흘러내리네.
殘年走巴峽,	노년에 巴峽으로 가니
辛苦爲斗米.	쓰디쓴 고통은 다 한 됫박 쌀을 위해서라네.
遠衝三伏熱,	멀리엔 삼복의 더위 걸리어 있고
前指九月水.	앞에는 구월 長江의 바짝 마른 물이 흐르네.
回首長安城,	고개 돌려 長安城 바라보니
未忍便萬里.	만 리 길 차마 참을 수가 없구나.
袖詩叩東府,	옷깃 속에 시를 넣고 동부에 머리 조아리고
再拜求望履.	두 번 절하며 신발이나마 볼 수 있기를 구하네.
平生實易足,	평생 실로 쉬이 만족하나니
名幸汚黃紙.	이름은 다행히 黃紙에 올랐다네
但憂死無聞,	다만 아무에게도 들린 바 없이 죽어
功不挂靑史.	공업이 靑史에 걸리지 않는 것을 걱정할 뿐이네.
頗聞匈奴亂,	항상 오랑캐의 내란을 들으니
天意殄蛇豕.	하늘의 뜻은 오랑캐를 멸망시키려는 것이리.

---

225) ≪詩稿≫ 권2.

何時嫖姚師,	어느 때에나 霍去病의 군사를 얻어
大刷渭橋恥.	渭橋에서의 치욕을 크게 씻어버릴 것인지.
士各奮所長,	군사들은 각각 뛰어난 것으로 싸우게 하고
儒生未宜鄙.	유생들을 멸시해서는 안 되리니,
覆氈草軍書,	나는 모전을 덮어쓰고 草書로 軍書를 써
不畏寒墮指.	추위에 손가락 떨어지는 것도 두려워하지 않으리.

이 시는 乾道 6년(1170) 夔州로 부임하며 梁克家에게 준 증별시로, 임지로 떠나는 자신의 감회와 관직에 임하게 되는 결의를 나타내고 있다. 이 시는 陸游의 초기시 중에서 가장 마지막에 위치하는 시이다. 공업을 이루고자 하는 결심은 강했으나 변변한 기회와 장소를 얻지 못했던 그에게 夔州通判의 임명은 예상치 못한 기회이자 새로운 삶의 시작이었다. 따라서 작자는 커다란 기대감으로 오랑캐 섬멸에 대한 결연한 의지를 나타내고 있는 것이다. 그러나 그가 고향인 山陰에서 만 리나 떨어진 夔州로까지 가서 관직을 맡아야 했던 직접적인 원인은 제9~10구에서 '노년에 巴峽으로 가니, 쓰디쓴 고통은 다 한 됫박 쌀을 위해서라네[殘年走巴峽, 辛苦爲斗米]'라 말하고 있는 것처럼 오로지 가난에서 벗어나기 위함이었다. 또한 중반 제17~20구의 회고를 통해 당시 그의 爲國獻身의 결의가 순수한 애국적 열정이나 민족적 감정이 아닌, 다만 세상에 이름을 날리고 공업을 떨치고자 한 立身揚名의 욕구에서 기인한 것이었음을 알 수 있다.

다음은 중기와 만기의 작품 한 수씩을 감상하기로 한다.

◎ 送范舍人還朝
조정으로 돌아가는 范舍人을 전송하며[226]

平生嗜酒不爲味,　　평생 술을 좋아했으나 맛 때문은 아니었으니

---

226) ≪詩稿≫ 권8.

聊欲醉中遺萬事.	그저 취중에 萬事를 잊고자 함이었네.
酒醒客散獨悽然,	술 깨고 객들이 흩어지면 홀로 처연하여
枕上屢揮憂國淚.	베갯잇에 몇 번이고 憂國의 눈물 흩뿌렸네.
君如高光那可負,	高祖와 光武帝 같은 임금을 어찌 저버릴 수 있는가?
東都兒童作胡語.	東都의 아이들은 오랑캐 말을 한다네.
常時念此氣生癭,	항상 이를 생각하면 몹시 분개하였는데
況送公歸覲明主.	하물며 돌아가 명철하신 주상 뵐 그대를 보냄에랴.
皇天震怒賊得長,	하늘이 진노하셨으니 오랑캐들이 오래 가리?
三年胡星失光芒.	근년 들어 오랑캐 별자리가 빛을 잃으니
旄頭下掃在旦暮,	저들 통치가 끝장나는 것도 하루아침일 걸세.
嗟此大議知誰當.	아, 이 웅대한 계획을 누가 맡을 수 있겠는가?
公歸上前勉畫策,	그대 돌아가 어전에서 힘써 계책을 세워
先取關中次河北.	먼저 關中을 취하고 河北까지 수복하여야 하리.
堯舜尙不有百蠻,	堯舜 시대에도 일찍이 오랑캐들이 없었거늘
此賊何能穴中國.	이 도적들이 어찌 중국에 머물 수 있으리?
黃扉甘泉多故人,	조정 대신 중에 옛 친구들 많으니
定知不作白頭新.	분명 섭섭히 대하지는 않을 걸세.
因公倂寄千萬意,	그대에게 간절한 소망을 드리나니
早爲神州淸虜塵.	빨리 중국을 위해 오랑캐를 물리쳐 주시기를.

　淳熙 4년(1177) 6월에 四川制置使 范成大가 어명을 받들어 조정으로 돌아갔는데, 이 시는 이 때 그를 전송하여 쓴 것이다. 范成大(1126~1193)는 字는 致能이고, 石湖居士라는 별호도 가지고 있다. 江蘇 吳縣(지금의 江蘇省 蘇州市) 사람으로, 육유와 더불의 南宋四大家의 한 사람으로 꼽힌다. 일찍이 中書舍人을 지낸 적이 있기 때문에 范舍人이라고도 불리는데, 淳熙 2년(1175)에 四川制置使가 되어 成都에 머물면서 육유와 교유하였다. 시에서 작자는 술자리에서의 이별의 정으로 范成大와의 이별을 비유하고, 范成大가 조정으로 임금을 뵈러 가는 편에 그가 <山南行>에서 말했던 '關中 땅

을 수복의 근본으로 삼아야 한다[却用關中作本根]’는 주장을 건의해줄 것과
도성의 친구들과 함께 중원 회복의 방략을 도모할 것을 부탁하고 있다.

◎ 送辛幼安殿撰造朝
조정으로 돌아가는 辛棄疾을 전송하며227)

稼軒落筆凌鮑謝,	그대의 붓놀림은 鮑照와 謝靈雲을 능가하건만
退避聲名稱學稼.	명성도 마다하고 농사를 배우겠다 하였소.
十年高臥不出門,	십 년을 한거하며 문을 나서지 않더니
參透南宗牧牛話.	불가의 수양법을 낱낱이 꿰뚫었네.
功名固是券內事,	공명은 진실로 따 놓은 당상인데도
且葺園廬了婚嫁.	오두막에 이영 얹고 자식들 여의었구려.
千篇昌谷詩滿囊,	천 편 시의 李賀처럼 시는 자루에 가득하고
萬卷鄴侯書揷架.	만 권 책의 鄴侯처럼 책은 시렁에 꽂혀있네.
忽然起冠東諸侯,	갑자기 浙東安撫使의 직책을 맡으시어
黃旗皂纛從天下.	노란 깃발 검은 깃발이 하늘로부터 내려왔네.
聖朝仄席意未快,	황제께서 현인을 기다림에 마음이 급해
尺一東來煩促駕.	조서를 내리시어 급히 還朝하라 재촉하셨네.
大材小用古所歎,	큰 재목이 작게 쓰임을 예로부터 한탄했으니
管仲蕭何實流亞.	管仲과 蕭何가 진실로 그와 비슷한 무리라네.
天山挂旆或少須,	天山에 깃발 꽂기엔 아직 좀 더 기다려야 하니
先挽銀河洗嵩華.	먼저 은하수를 끌어다 嵩山과 華山을 씻어야 하리.
中原麟鳳爭自奮,	중원의 志士들이 다투어 분발하고 있으니
殘虜犬羊何足嚇.	개나 양 같은 오랑캐의 잔당이 무엇이 겁나리.
但令小試出緖餘,	단지 그대의 여력을 조금만 쏟으신다면
青史英豪可雄跨.	青史의 영웅호걸도 뛰어넘을 수 있으리다.
古來立事戒輕發,	예로부터 大事에는 경솔한 행동을 경계하나니
往往讒夫出乘罅.	으레 모함꾼들이 나와 기회를 노리기 때문이라오.
深仇積憤在逆胡,	깊은 원한과 쌓인 울분은 오랑캐에 있으니

227) ≪詩稿≫ 권57.

不用追思灞亭夜.　　　묵은 원한 새삼 떠올릴 필요는 없다오.

　　이 시는 嘉泰 4년(1204) 그의 나이 80세 때, 당시 紹興知府와 浙東安撫使를 겸임하고 있다가 寧宗의 부름을 받아 조정으로 돌아가던 辛棄疾을 전송하며 쓴 것이다. 신기질(1140~1207)은 字는 幼安이고 號는 稼軒이다. 右文殿과 集賢殿脩撰 등의 직책을 지내 '殿撰'이라 부르기도 한다. 일찍이 2,000여 명의 사람들을 결집하여 抗金 義兵軍에 참가하기도 하였으며, 실패한 후에는 남쪽으로 돌아와 중요한 군정 사무를 담당하였다. 南宋의 위대한 愛國詞人으로 ≪稼軒詞≫가 세상에 전해진다. 시는 크게 세 단락으로 나누어져 신기질에 대한 추앙과 교유하게 된 과정을 술회하고 그에 대한 당부의 말을 하고 있다. 제1~8구에서는 뛰어난 재능과 학식을 지니고 있음에도, 세상의 名利를 멀리하고 초야에 묻혀있던 신기질의 청빈한 삶을 높이고 있다. 다음 제9~12구에서는 그가 浙東安撫使로 임명되면서 자신과의 교유가 시작되었음을 말하고 이후 재능을 인정받아 조정으로 불려 가는 상황을 나타내고 있다. 후반부 12구는 그에 대한 당부의 말로서, 제13~20구에서는 중원수복의 열의에 불타있는 志士들을 잘 활용하여 오랑캐를 섬멸하고 靑史에 이름을 남길 위대한 영웅이 될 것을 말하고 있다. 아울러 마지막 제21~24구에서는 大事를 이루는 데 있어 모함꾼들을 경계할 것과 개인적인 원한을 배제하고 모든 역량을 오랑캐 섬멸에 집중할 것을 당부하고 있다.

　　계속해서 和答詩나 次韻詩를 포함한 寄贈詩를 보도록 한다.

2) 寄贈

◎ 和高子長參議道中二絶(二首其一)
高祚 參議와 길 위에서 화답하며[228]

梁州四月晚鶯啼,	양주 땅 4월에 저녁 꾀꼬리는 우나니
共憶扁舟罨畫溪,	함께 조각배로 아름다운 시내에서 고기잡이를 생각하네.
莫作世間兒女態,	세간의 아녀자와 같은 모습을 나타내지는 말지니
明年萬里駐安西.	내년에는 만 리 밖 安西땅에 주둔해 있으리.

　高子長은 高祚로서 子長은 字이다. 高祚는 육유 외삼촌의 사위로서 어렸을 적부터 교유하여 익히 알고 있던 사이였는데,[229] 당시 四川宣撫使司參議로서 육유와 함께 王炎의 막부에서 종군하고 있었다. 이 시는 乾道 8년(1172) 南鄭의 幕府에 있을 때 高祚와 교유하며 쓴 시이다. 제1~2구는 梁州(지금의 陝西省 남부 및 四川省 일대)의 아름다운 4월 경관을 이야기하며 유람하고 고기 잡으며 이를 즐기고 싶어 하는 마음이 나타나 있다. 육유와 高祚는 모두 東南 사람이어서 처음 맞이하는 이 지역의 4월 경관은 매우 신선하고 아름다웠을 것이다. 그러나 다음 제3구에서 곧바로 이러한 마음을 '아녀자와 같은 모습[兒女態]'이라 치부해버리고는 마지막 제4구에서 북벌의 의지를 나타내고 있다.

　다음에서 같은 해 高祚와 교유하며 쓴 次韻詩 한 수를 더 보기로 한다.

---

228) ≪詩稿≫ 권3.
229) '子長大卿娶豫表從母之女, 故自少時相從, 後又同入征西大幕, 情分至厚' ≪文集≫ 권29, <跋高大卿家書>.

◎ 次韻子長題吳太尉雲山亭
　　高祚가 쓴 〈吳太尉雲山亭〉 詩에 次韻하여[230]

參謀健筆落縱橫,　　高參謀의 강건한 붓이 종횡으로 달리니
太尉淸罇賞快晴.　　吳太尉는 맑은 술잔 쥐고 쾌청한 경관을 감상하네.
文雅風流雖可愛,　　그대의 文雅한 풍류는 진정 사랑스럽지만
關中遺虜要人平.　　관중에 남은 오랑캐를 반드시 평정해야 하리.

　　시에 나타난 吳太尉는 南宋의 명장 吳璘의 아들인 吳挺을 가리키며, 雲山亭은 그가 세운 정자이다. 이 시는 이전 高祚가 쓴 〈吳太尉雲山亭〉 시에 次韻하여 쓴 것이다. 次韻이란 이전 사람이 사용한 韻을 자신의 시에 다시 차례대로 사용하는 것으로, 韻뿐만 아니라 原作者의 뜻까지도 함께 사용하는 것이 일반적이다. 그러나 이 시에서 작자는 高祚가 쓴 시의 기상과 풍류를 높이면서도 중원수복의 의지가 담겨있지 않음을 나무라고 있다.
　　다음 시를 보자.

◎ 和范待制〈秋興〉(三首其一)
　　범성대의 〈秋興〉 詩에 화답하여[231]

策策桐飄已半空,　　푸석이며 날리는 오동잎은 이미 반이 넘게 지고
啼螿漸覺近房櫳.　　가을 매미 울음은 점점 창 가까이에 느껴지네.
一生不作牛衣泣,　　일생을 王章처럼 소 덮개 위에서 울지는 않았고
萬事從渠馬耳風.　　만사를 말 귀의 바람처럼 상관하지도 않았네.
名姓已甘黃紙外,　　이름이 黃紙 밖에 있는 것도 달게 여기고
光陰全付綠尊中.　　세월은 모두 푸른 술잔 속에 기탁하며 살았네.
門前剝啄誰相覓,　　문 앞에서 문 두드리며 누구를 찾는가?
賀我今年號放翁.　　올해 나를 放翁이라 부름을 축하하기 위함인가!

---

230) 《詩稿》 권3.
231) 《詩稿》 권8.

이 시는 淳熙 3년(1176) 9월, 范成大의 <秋興> 시에 화답한 것이다. 당시 작자는 '恃酒頹放'의 죄로 면직되어 성도에 머무르고 있었다. 이 때 자신의 호를 '放翁'이라 하며 자신을 모함한 諫官들에 대해 불만을 표시하였는데, 이 시에는 당시의 그의 심사가 잘 나타나 있다. 제1~2구에서는 떨어져 날리는 오동잎과 가을 매미의 울음을 통해 면직된 상황과 서글픈 심정을 상징적으로 나타내고 있다. 다음 제3~6구에서는 가난 때문에 아내와 함께 소 덮개 위에서 울었다는 王章의 고사와 <馬耳風>을 지어 세상의 명리에 초연함을 나타내었던 李白을 인용하며 자신은 일생토록 가난을 탄식하지도 않았으며 세상사에 관심도 없고 공명도 추구하지 않았음을 이야기하고 있다. 따라서 이런 자신에 대한 諫官들의 비판을 용납하지 않고 오히려 제7~8구의 기롱을 통해 이들을 비판하고 있는 것이다. 그의 일생에 비추어 볼 때 세상사에 상관하지 않았다는 말은 그의 실제와는 맞지 않으며 육유 또한 이를 잘 알고 있었겠지만, 이런 식의 말로써라도 자신의 면직을 받아들이기 싫었던 불굴의 기개를 드러낸 것이라 할 수 있다. 결국 육유는 범성대에게 화답시의 방식으로써 현실에 대한 자신의 울분과 불굴의 의지를 내보였던 것이다.

다음 시를 보자.

◎ 寄朱元晦提擧
朱熹 提擧에게 보내며232)

市聚蕭條極,	시장에는 횡함이 극에 달하고
村墟凍餒稠.	마을에는 얼고 굶주린 사람이 가득합니다.
勸分無積粟,	식량을 나눠 먹기를 권하지만 쌓아둔 곡식도 없고
告糴未通流.	타지방에 빌려달라 요청해도 들어오질 않습니다.
民望甚飢渴,	백성들은 배고프고 목말라하며 기다리는데

---

232) ≪詩稿≫ 권14.

公行胡滯留.　　　그대의 행차는 어찌 그리 더딘지요
徵科得寬否,　　　세금 징수를 늦춰주실 수는 없는지,
尙及麥禾秋.　　　보리 수확하는 때까지 만이라도.

朱元晦는 朱熹이며 元晦는 그의 字이다. 淳熙 8년(1181) 浙東 지역에 가뭄과 수해가 연이어 겹치면서 대기근이 발생하자, 조정에서는 朱熹를 提擧浙東常平茶鹽公事로 임명하여 재난 구제의 책임을 맡겼다. 그러나 부임행렬이 지체되면서 주희는 12월초에야 임지에 도착하게 된다. 이 시는 이 해 11월, 당시 山陰에 거하고 있던 육유가 주희에게 보낸 것으로 백성들의 절박한 상황을 알리며 주희의 더딘 행차를 꼬집고 있다. 주희와 육유는 둘 다 도학자로서 일찍부터 교유가 있었다. 앞서 제3장 '陸游의 詩論'에서 살펴보았듯이 이들은 사상뿐만 아니라 시문에 있어서도 상호 많은 영향을 주고받았으며, 꿈속에서도 시를 이야기할 정도로 절친한 사이였다.233) ≪詩稿≫에도 그에게 기증하거나 次韻한 시가 몇 수 실려 있는데,234) 이 시는 그 중 가장 먼저 쓰여진 것이다.

시의 제1~2구에서는 텅 비어 활기를 잃은 시장과 추위와 기근으로 고통 받는 백성들의 실상을 묘사하고 있으며, 이어 제3~4구에서는 이들이 자신들의 힘으로는 기근에서 벗어날 수 없으며 부근의 외부적인 도움 또한 여의치 않음을 말하고 있다. 이는 조정에 차원에서의 구휼이 필수적임을 말한 것으로, 제5~6구에 나타난 주희의 더딘 부임에 대한 책임을 더욱 부각시키고 있다. 제7~8구는 당부의 말로, 백성들의 생존을 위해 세금납부를 잠시만이라도 연기해 줄 것을 요청하고 있다. 이 시보다 2년 뒤인 淳熙 10년(1183)에 朱熹의 武夷精舍에 題하여 기증한 시에서도 작자의 애민

---

233) '晦翁入夢語蟬聯' ≪詩稿≫ 권47, <新涼書懷>(四首其三) 自注 : 昨夕夢朱元晦甚款.
234) 이 시 외에 <寄題朱元晦武夷精舍> 5수(권15), <次朱元晦韻, 題嚴居厚溪莊圖>(권36), <謝朱元晦寄紙被> 2수(권36) 등 총 9수가 수록되어 있다.

의식과 주희에 대한 견책이 나타나는데,235) 육유에게 있어 주희는 존중의 대상이자 이처럼 항상 질책하고 견인해야 할 사상적 동지였던 것으로 여겨진다.

마지막으로 먼저 세상을 떠난 친구에게 寄贈한, 어느 의미에서는 贈別이라고도 할 수 있는 만기의 작품 한 수를 더 감상하기로 한다.

◎ 哭李孟達
李孟達에 곡하며236)

舊交多已謝明時,	옛 친구들 다들 죽어 밝은 세상을 떠났지만
孟達奇才最所思.	그대의 빼어난 재주가 가장 그립구려.
晚歲立朝雖小試,	만년에 조정에 들어가 비록 약간 쓰이긴 하였으나
平生苦學竟誰知.	평생토록 힘들인 학문을 누가 알아주리.
尊前一笑終無日,	술동이 앞에서 함께 웃을 날은 끝내 없어졌고
地下相從却有期.	지하에서 만날 기약만 남아 있구려.
慟絶寢門霜日暮,	서리 내리는 저녁, 침실 문 앞에서 서럽게 우나니
短篇聊爲寫餘悲.	짧은 편폭으로나마 남은 슬픔을 써낸다오.

李孟達은 李兼으로 孟達은 그의 字이다. 寧國 사람으로 육유와는 오랜 친구였다. 開禧 3년(1207)에 知臺州을 지내고 이듬해 宗正丞에 제수되었으나 부임하지 못하고 세상을 떠났다. 저서로는 ≪雪巖集≫이 전한다. 이 시는 嘉定 2년(1209) 여름, 李兼의 사망소식을 듣고 쓴 시이다. 시는 크게 두 부분으로 나뉘어 전반부에서는 李兼의 재주를 찬양하고 이를 채 펼치지도 못한 채 세상을 떠난 것에 대한 아쉬움을 나타내고 있다. 후반부는 직접적인 애도부분으로, 저승에서의 기약과 친구를 떠나보낸 현재의 슬픔을 애절하게 표현하고 있다. 절친한 친구의 죽음에서 자신의 죽음도 미리 감지했

---

235) '天下蒼生未蘇息, 憂公遂與世相忘' ≪詩稿≫ 권15, <寄題朱元晦武夷精舍>(五首其三).
236) ≪詩稿≫ 권82.

던 것일까? 嘉定 2년(1209) 除夜인 12월 29일, 작자도 85세를 일기로 세상을 떠나게 된다.

이상에서 육유의 교유시를 '贈別'과 '寄贈' 두 유형으로 나누어 살펴보았다. 증별과 기증은 하나는 둘 사이의 이별을 전제로 하고 또 하나는 만남을 전제로 한다는 측면에서 그 감정의 깊이나 표현방식의 차이가 있을 수밖에 없다. 그러나 육유는 이 둘을 하나의 공통된 경향으로 묶었으니, 이는 어느 경우이든 상대방에 대한 당부나 혹은 견책의 말을 통해 상대의 우국의식과 애민의식의 발양을 촉구하고 있다는 점이다. 육유가 평생 교유했던 인물들은 친인척 외에도 스승, 동료, 친구, 道士, 僧侶, 故人의 子弟 등 계층이나 분야에 있어 실로 다양한 인적 구성을 나타내고 있다. 그러나 그들을 대하는 육유의 태도는 일관되었으니, 그들의 역량과 재능을 높이 평가하였으며 궁극적으로는 이 능력들이 국가와 백성을 위해 쓰여지기를 바랐다는 것이다.

6. 其他

여기에서는 지금까지 다뤘던 주제들 이 외에 '隱逸幽居'나 '宮怨', '客愁', '戀情'에 관련한 시들을 살펴보기로 한다. 이 같은 주제들은 비록 전체 육유시에서 차지하는 비율이 극히 미미하며 나타나고 있는 의경이나 표현양태 또한 지금까지 살펴본 육유시의 주된 흐름과는 거리가 있지만, 그 자체로서 육유시의 다양성을 보장하고 있다는 측면에서 전혀 의미가 없는 것은 아니다.

먼저 '隱逸幽居'에 대해 살펴보기로 한다.

隱逸幽居詩에는 정치적 현실에서의 좌절과 불만을 道家的 隱逸思想의 추구로서 벗어나려 하는 작자의 지향이 담겨있다. 이러한 사상은 정통 유학자 출신으로서 忠君愛民의 입장을 견지했던 그에 있어 의외적인 모습이라 할 수 있으며, 절대적인 작품 편수 또한 그렇게 많은 것은 아니다. 육유의 관심사는 현실 세상에 있었고 그의 이상 또한 현실세계에서 실현되는 것이었기 때문에, 道家的인 境界나 隱逸幽居의 志向과는 거리가 있었다. 그러나 현실은 그를 끊임없이 좌절하게 만들었으며, 기약 없는 이상은 현실에 절망만을 가져다 줄 뿐이었다. 이럴 때마다 그는 산수자연이나 술, 서예, 독서 등과 같은 외물을 통해 자신을 위안하곤 하였으며, 이것마저도 여의치 않을 때 세상에 대한 미련을 버리고자하는 자포자기적인 심정으로 도가적 경계를 노래하곤 했던 것이다. 그러나 이 또한 그가 진정으로 원하는 바는 아니었던 까닭에 그의 사상이나 시의 뚜렷한 하나의 경향으로 자리 잡지는 못하였다. 여기서는 도가적인 경계나 隱逸幽居의 志向이 육유 사상의 흐름에서 예외적인 특수한 면이라는 측면에 의미를 부여하며 시기별로 한 수씩만 살펴보기로 한다.

먼저 道家的 隱逸志向을 나타낸 초기의 작품을 보기로 한다.

◎ 泛瑞安江風濤貼然
바람과 물결 가라앉은 瑞安江에 배를 띄우고[237]

俯仰兩靑空,	두 개의 푸른 하늘을 올려다보고 내려다보며
舟行明鏡中.	밝은 거울 위를 배로 지나네.
蓬萊定不遠,	봉래산은 틀림없이 멀지 않으리니
正要一飄風.	돛에 바람 불어오길 기다리네.

紹興 28년(1158) 육유는 福州 寧德縣主簿로 임명되어 永嘉, 瑞安, 平陽을

---

237) ≪詩稿≫ 권1.

거쳐 寧德으로 들어가게 되는데, 이 시는 이 때 瑞安을 지나며 쓴 것이다. 작자는 머리 위의 하늘과 물에 비친 하늘을 번갈아 돌아보며 '明鏡'이라는 말로 瑞安江의 아름다움을 나타내고 있다. 봉래산은 바다 위에 있다는 전설상의 仙山으로, 작자는 자연의 아름다움에 취해 그 속에 은거하고 싶은 바람을 나타내고 있다. 그러나 그의 이 같은 바람은 온전히 자연경관에서 기인한 것이라 할 수 없다. 紹興 23년(1153) 29세 때의 진사 시험에서 좋은 성적에도 불구하고 秦檜의 농간으로 관직에 나아갈 수 없었던 그에게, 4년 뒤에 蔭補로 임명된 主簿라는 직책은 그의 기대나 포부에 비하여 턱없이 낮은 직책이었다.238) 결국 이 시에 나타난 隱逸思想은 자신의 재능이 받아들여지지 않는 현실에 대한 불만이 그 직접적인 원인이었다고 할 수 있다.

다음은 道家的 境界를 통해 은일지향의 의식을 나타내고 있는 중기의 시이다.

◎ **江樓吹笛飮酒大醉中作**
강가 누대에서 피리 불고 술 마시다 크게 취한 중에 쓰다239)

世言九州外,	세상에서 말하기를 九州 밖에
復有大九州.	또 더 커다란 九州가 있다 하네.
此言果不虛,	이 말 진정 허황된 것이 아니라도
僅可容吾愁.	다만 이내 근심만을 받아들일 수 있을 뿐.
許愁亦當有許酒,	많은 근심엔 역시 응당 많은 술이 있어야 하나니
吾酒釀盡銀河流.	내 은하수 흐르는 물을 모두 술로 담가
酌之萬斛玻瓈舟,	일만 斛의 유리 배에 부어
酣宴五城十二樓.	다섯 성 열두 누각에서 성대한 잔치를 베푼다네.

---

238) 당시 主簿는 縣令을 보좌하는 직위로서 문서 등을 관리하는 일이 주된 업무였다. 육유는 <諸暨縣主簿廳記>(≪文集≫ 권24)에서 主簿의 지위와 역할에 대해 '令丞보다도 낮고 縣尉보다도 못하며, 뛰어난 재주가 있어야 하는 것도 아니어서 일을 벌이는 것은 더욱 어렵다(卑於令丞, 而冷於尉, 非甚有才, 則其擧事爲尤難)'라고 말하고 있다.

239) ≪詩稿≫ 권9.

天爲碧羅幕,	하늘은 푸른 비단 장막으로 삼고
月作白玉鉤,	달은 흰 옥 갈고리로 삼으며
織女織慶雲,	직녀가 짠 오색 구름으로
裁成五色裘.	오색 갖옷을 만드네.
披裘對酒難爲客,	갖옷 걸치고 술 대함에 응대할 客을 찾기 어려워
長揖北辰相獻酬.	오래도록 북극성에 揖하며 서로 술을 권하네.
一飮五百年,	한 번 마시니 오백 년이요,
一醉三千秋.	한 번 취하니 삼천 년일세.
却駕白鳳驂斑虯,	문득 흰 봉황과 얼룩 규룡으로 수레를 끌게 하여
下與麻姑戲玄洲.	내려와 麻姑와 더불어 玄州에서 노니네.
錦江吹笛餘一念,	금강에서 피리 붊에 한 생각이 남아 있으니
再過劍南應小留.	다시 劍南을 지날 때에 잠시라도 머무르리.

이 시는 淳熙 4년(1177) 53세 때 成都에서 지은 것이다. 전편에 걸쳐 낭만적이고 환상적인 도가적 경계가 호방한 필치로 거침없이 드러나고 있고, 5언과 7언의 교차배합으로 감정과 호흡의 역동성까지 담아내고 있는 것이 마치 한 편의 李白의 시를 보고 있는 듯한 착각마저 일으키게 한다. 실제 육유는 생전에 '小李白'으로 불렸는데, 이 시를 통해서도 그와 같은 명성이 헛된 것이 아니었음을 확인할 수 있다.

제1~4구에서 시인은 자신의 근심이 또 하나의 중국으로도 담아낼 수 없을 만큼 커다람을 이야기하고 있다. 이렇듯 현실세계에서는 결코 자신의 근심을 해소할 수 없기에 다음 제5~16구에서 시인은 이상세계를 꿈꾸며 이상세계의 술을 통해 이를 해소하고자 한다. 마지막 제17~20구에서 시인은 이제 현실세계와 작별하고 이상 세계로 떠나가려 하지만 劍南에 대한 미련을 끝내 떨쳐버리지 못하고 있다. 그를 연연하게 만들었던 하나의 생각, 검남에 대한 미련은 다름 아닌 金과 대치하고 있는 조국의 암울한 현실이었던 것이다.

296   陸游詩歌研究

이 시에서는 무엇보다도 제목에서 '크게 취한 중에 쓰다[大醉中作]'라 한 것이 주목된다. 앞서 <三江舟中大醉作>에서도 이와 유사한 도가적인 환상적인 경계와 은일사상이 나타나 있는데, 이는 곧 그의 이와 같은 경계나 의식의 추구가 평상시 혹은 보통의 취한 상태에서 나온 것이 아님을 의미한다. 그의 일생은 술로 이루어졌다 해도 과언이 아니며 그의 시 또한 술을 소재로 하거나 매개로 하고 있는 작품이 매우 많다.240) 술은 그에 있어 때로는 정치적 시련의 원인이 되기도 하고241) 인생의 즐거움과 기쁨을 느끼게도 해주었지만, 이 시에서처럼 절망과 비분의 현실을 망각하게 해주는 유일한 도피처이기도 하였던 것이다.

다음은 隱逸幽居의 志向이 나타나 있는 만기의 작품이다.

◎ 避世行
세상을 피하는 노래242)

君渴未嘗飲鳩羽,	그대 목이 말라도 鳩酒는 마시지 말고
君飢未嘗食烏喙.	그대 굶주려도 까마귀 부리는 먹지 말게.
惟其知之審,	오직 그 밝은 지혜로
取捨不待議.	취하고 버림에 의론을 기다리지 말게.
有眼看靑天,	눈으로 푸른 하늘을 바라보니
對客實少味.	손님 접대도 진정 흥이 적으며
有口啖松柏,	입으로 松柏의 열매를 먹으니
火食太多事.	火食은 너무나 번거롭다네.

---

240) ≪詩稿≫에서 시의 내용은 불문하고 술이 언급되어 있는 詩題만 헤아려도 151제에 이르며 연작시까지 합하면 164수에 달한다. ≪詩稿≫ 전체에서 다만 '酒'字의 활용 횟수만 따져 봐도 1,884회에 이르고 있으니, 육유의 시에서 飮酒詩를 따로 구분한다는 것조차 사실은 의미 없는 일이라 할 수 있다.

241) 南鄭에서 나온 뒤 蜀지역에 머무를 때 술과 가무로서 자신의 시름을 달래며 방탕한 행동을 일삼아 '恃酒頹放'이라는 죄명으로 면직되고, 자신의 號를 '放翁'이라 하며 스스로를 위안하게 된 것도 바로 술 때문이었다.

242) ≪詩稿≫ 권26.

作官畜妻孥,	관리가 되어 처자식을 먹여 살리나니
陷穽安所避.	함정에 빠져버렸으니 어디로 달아날 것인가?
刀鋸與鼎鑊,	칼과 톱, 솥과 가마 같은 刑具들,
孰匪君自致.	어느 것인들 그대가 자초한 것이 아니리?
欲求人迹不到處,	인적이 닿지 않은 곳을 찾아
忘形麋鹿與俱逝.	형체도 잊고 고라니 사슴과 함께 떠나고 싶나니.
杳杳白雲靑嶂間,	흰 구름 아득한 푸른 산 속에서
千歲巢居常避世.	천 년토록 둥지 짓고 살며 세상을 피하고 싶네.

이 시는 紹熙 4년(1193) 봄에 쓴 것이다. 제1~4구에서는 독주인 鴆酒와 까마귀 부리의 비유를 통해 자신을 죽음으로 내모는 행동이나 세상에 대한 욕심을 버릴 것을 당부하고 아울러 자신이 한 번 옳다고 생각한 바는 주위의 눈치를 볼 필요 없이 결행에 옮길 것을 이야기하고 있다. 다음 제 5~8구에서는 속세에 대한 미련이 없어지고 避世에 대한 결심이 다져진 상태에서 모든 세상사들이 의미 없이 여겨지는 상태를 묘사하고 있으며, 다음 제9~12구에서는 자신에게 닥치는 모든 고통의 원인들이 현실에서 벗어나지 못하는 자기 자신에게 있음을 말하고 있다. 그 결과 마지막 제 13~16구에서는 세상에 대한 미련을 버리고 산 속에 은거하여 천 년의 생 을 누리고 싶다는 지향을 나타내고 있다.

그러나 이 같은 은일지향 또한 작자가 오랫동안 지녀온 생각이라고 말 할 수는 없다. ≪詩稿≫에는 이 작품 바로 뒤에 <稽山農>이 실려 있는데, 그 부제에 '내가 <避世行>을 지었으나 올바르지 않다고 여겨 다시 이 작 품을 쓴다'라고 되어 있다.243) <稽山農>은 전원생활의 여유와 풍요를 노 래하고 조국의 미래를 걱정하며 영원히 전원에 귀의하고 싶다는 작자의 소망을 표현하고 있는 작품으로,244) 이 시에서 나타내고 있는 지향과는 정

---

243) '余作<避世行>, 以爲不可常也, 復作此篇' ≪詩稿≫ 권26, <稽山農> 自注.

반대의 입장을 보여주고 있다. 결국 이 작품에서 나타난 은일지향은 그 자신에 있어서도 받아들여질 수 없는, 지식인으로서 결코 취해서는 안 될 떳떳하지 못한 행동이었던 것이다.

　이상에서 육유시에서 나타난 도가적 경계와 은일사상의 추구에 대해 살펴보았다. 그 결과 이러한 면은 육유의 사상이나 문학상의 주된 흐름과는 거리가 있으며, 대부분 즉흥적이며 일회적인 성격으로 나타남을 알 수 있었다. 즉 육유가 인생의 무상함을 말하고 도가적 은일사상을 추구한 것은 자신의 기호나 성향 혹은 신념에 의한 것이 아니라, 현실 세계에 대한 절망과 자신의 처지에 대한 불만에서 그가 취한 지극히 돌출적이고 반항적인 모습이었던 것이다.

　다음으로 '宮怨'에 관련한 시들을 살펴보기로 한다.

　다음은 乾道 9년(1173) 嘉州에 있을 때 쓴 세 편의 宮體詩이다. 이들 시는 ≪詩稿≫ 권4에 나란히 실려져 있어 그가 이 시들을 한 번에 이어서 썼음을 짐작할 수 있다. 이 중 <長信宮詞>와 <銅雀妓>의 경우는 陸游의 시 중에서 드물게 보이는 騷體의 형식을 사용하고 있다.245)

◎ 長門怨
장문원246)

塞風號有聲,	변방의 바람은 소리 내어 불고
寒日慘無暉.	차가운 태양은 어둑하여 광채가 없도다.
空房不敢恨,	텅 빈 방에서 감히 한스러워 하지 못하고

---

244) 본 장 4. 3) '憂國意識과의 結合' 全文 참조.
245) 騷體의 형식은 <公無渡河>, <長信宮詞>, <銅雀妓>(이상 권4), <長門怨>(권17), <觀蘇滄浪草書絹圖歌>(권22), <雜言示子遹>(권55) 등 총 6수에서만 사용되고 있으며, 이 중 <長信宮詞>는 全句가 騷體로 이루어져 있다.
246) ≪詩稿≫ 권4.

但懷歲暮悲.	다만 歲暮의 슬픔만 간직하고 있네.
今年選後宮,	금년에 후궁을 선발하니
連娟千蛾眉.	수천의 미인들이 줄이어 있네.
早知獲譴速,	꾸지람을 받는 것이 빠름을 일찍이 알았더라면
悔不承恩遲.	성은을 입는 것이 늦음을 한탄하지 않았을 것을.
聲當徹九天,	울음소리는 하늘 위 九天에 닿고
淚當逢九泉.	눈물은 땅 속 九泉에 이르네.
死猶復見思,	죽어서나 다시 생각날 수 있을까,
生當長棄損.	살아서는 오래도록 버려져 있기만 하네.

◎ **長信宮詞**
장신궁사[247]

憶年十七兮初入未央,	17세 때를 생각하니 처음으로 미앙궁에 들어와
獲侍步輦兮恭承寵光.	임금의 가마를 모시게 되어 삼가하며 용안을 받들었지.
地寒祚薄兮自貽不祥,	땅은 차고 복은 얇아 상서롭지 못하더니
讒言乘之兮辜釁日彰.	참언이 생겨나고 죄과는 날로 번성하였네.
禍來嵯峨兮勢如壞牆,	화가 거대하게 몰려오니 기세는 담을 무너뜨릴 것 같고
當伏重誅兮鼎耳劍鋩.	응당 엎드려 거듭 죽어야함에도 鼎의 손잡이에 공이 새겨졌네.
長信雖遠兮匪棄路旁,	장신궁 비록 머나 길 가에 내버려두지 아니하시고
歲給絮帛兮月賜稻粱.	해마다 솜과 면을 보내시고 달마다 벼와 기장을 하사하시도다.
君擧玉食兮犀箸誰嘗,	임금이 드시는 음식이여!

	젓가락으로 누가 맛볼 것이며
君御朝衣兮誰進熏香.	임금이 입으신 조복이여!
	누가 향에 쬐어 바칠 것인가.
婕好才人兮儼其分行,	첩여와 재인들이여!
	그 행동을 엄정히 하고
千秋萬歲兮永奉君主.	천 년 만 년
	영원히 임금을 받드소서.
妾雖益衰兮尙供蠶桑,	첩은 비록 날로 쇠약하지만
	항상 누에치고 뽕잎 기르니
願置繭館兮組織玄黃.	원컨대 繭館을 두어
	비단을 짜게 하소서.
欲訴不得兮仰呼蒼蒼,	말하려다 하질 못하고
	푸른 하늘 올려다보며 소리치니
佩服忠貞兮之死敢忘.	패복 입은 충정이여!
	죽는 들 잊혀지겠습니까.

◎ **銅雀妓**
동작기[248)

武王在時敎歌舞,	무왕 계실 때 노래와 춤을 가르쳤는데
那知淚灑西陵土.	서릉 흙 위에 눈물 흩뿌릴 줄 어찌 알았으리?
君已去兮妾獨生,	임금은 이미 가고 첩만 홀로 살아남았으니
生何樂兮死何苦.	살아 무엇이 즐거우며 죽어 무엇이 괴로울까?
亦知從死非君意,	내 따라 죽는 것이 임금의 뜻 아님을 알기에
偸生自是愧天地.	생을 훔쳐 스스로 천지에 부끄럽기만 하네.
長夜昏昏死實難,	기나긴 밤 어두운 데 죽기조차 실로 어려우니
孰知妾死心所安.	이 몸 죽는 것이 마음 편안한 것임을 누가 알리?

　　陸游는 위의 시에서 자신을 궁중의 여인들에 비유하며 그들의 입을 통

---

248) ≪詩稿≫ 권4.

해 자신의 이상을 기탁하고 있다. 宮怨詩는 이 외에도 淳熙 6년(1179)에 쓴 <婕妤怨> 시가 있는데 여기서도 이 시와 같은 방식으로 같은 내용을 노래하고 있다.249) 물론 이러한 宮怨類의 시들은 六朝나 隋, 唐 이래의 시인들에게서 흔하게 볼 수 있는 것들이지만, 전 시대의 그것들이 왕의 총애를 잃은 궁녀의 입장에서 다만 자신의 서글픈 감정을 표현해 낸 것들이라 한다면 陸游의 宮怨詩는 오히려 그 속에서 나라에 대한 충정을 담아내고 있는 차이가 있다. 그러나 그에 있어서는 이러한 방식조차도 마음에 들지 않았던 것 같으니, 淳熙 13년(1186) 의 <長門怨>250)을 끝으로 그는 전혀 宮怨詩를 쓰지 않게 된다.

다음으로 客愁를 노래한 작품을 보기로 한다.

◎ 東陽觀酴醿
   東陽縣에서 酴醿꽃을 보고251)

福州正月把離杯,	福州에서 정월에 이별의 술잔 쥐고
已見酴醿壓架開,	이미 가지 가득 피어있는 도미꽃을 보았네.
吳地春寒花漸晚,	吳땅 봄날은 차가워 꽃피는 시절 점점 늦으니
北歸一路摘香來.	북으로 돌아가는 길에 꽃향기를 딸 수 있겠네.

紹興 30년(1160) 정월, 육유는 福州決曹로 있다가 臨安으로 들어가 勅令所刪定官의 임무를 맡게 되는 데, 이 시는 臨安으로 가는 도중 東陽(지금의 浙江省 東陽縣)을 지나면 쓴 것이다. 寧德縣主簿와 福州決曹라는 지방의 말직

---

249) ‘妾昔初去家, 鄰里持車箱. 共祝善事主, 門戶望寵光. 一入未央宮, 顧盼偶非常. 稚齒不慮患, 傾身保專房. 燕婉承恩澤, 但言日月長. 豈知辭玉陛, 翩若葉隕霜. 永巷雖放棄, 猶慮重謗傷. 悔不侍宴時, 一夕稱千觴. 妾心剖如丹, 妾骨朽亦香. 後身作羽林, 爲國死封疆’ ≪詩稿≫ 권11, <婕妤怨>.

250) ≪詩稿≫ 권17.

251) ≪詩稿≫ 권1.

만 맡고 있던 그에게 臨安行은 새로운 가능성의 시작이었을 것이다. 따라서 이 시 전편에는 작자의 기쁨이 가득해 있으며 도성으로 가면 꽃향기를 딸 수 있으리라는 말로 기대감을 나타내고 있다.

　다음 시를 보자.

◎ 宿楓橋
楓橋에서 유숙하며[252]

七年不到楓橋寺,	7년 동안 楓橋寺에 오질 않았는데
客枕依然半夜鐘.	나그네 베갯머리에 한밤의 종소리는 여전하네.
風月未須輕感慨,	바람과 달에 쉬이 감동해서는 아니 되리니
巴山此去尙千重.	巴山은 여기서 아직도 너무나 멀기 때문이네.

　이 시는 乾道 6년(1170) 夔州로 부임하기 위해 山陰을 떠난 지 20여일 만인 6월 11일에 楓橋에서 留宿하며 쓴 것이다. 楓橋寺는 唐代에는 寒山寺라고도 불리었다. 7년 전인 隆興 원년(1163)에 육유는 鎭江通判으로 부임하며 이곳을 지나간 적이 있었는데, 첫 구에서는 이 일을 떠올리고 있다. 제2구에서는 唐 張繼의 <楓橋夜泊> 시의 '고소성 밖 한산사, 한밤의 종소리가 나그네의 배에 이르네[姑蘇城外寒山寺, 夜半鐘聲到客船]'라는 구를 차용하여 자신의 감회를 나타내고 있다. 그러나 당시 장계의 감회와 지금 자신의 감회는 완전히 다르니, 시인은 일월 풍광에 감화되어 객수에 빠져들기보다는 다가올 사천 지역에서의 생활에 부푼 기대를 나타내고 있다.

　다음 시를 보자.

---

252) ≪詩稿≫ 권2.

◎ 六月十四日宿東林寺
6월 14일 東林寺에서 유숙하며[253]

看盡江湖千萬峯,	강호의 천만 봉우리 다 보았지만
不嫌雲夢芥吾胸.	雲夢澤이 내 마음에 걸렸었네.
戲招西塞山前月,	西塞山 앞의 달을 맞이하여 놀고
來聽東林寺裏鐘.	東林寺의 종소리를 와서 듣네.
遠客豈知今再到,	먼 타향객이라 다시 오게 될 줄 어찌 알았으리,
老僧能記昔相逢.	老僧은 옛날의 만남을 기억이나 할 수 있을는지?
虛窗熟睡誰驚覺,	빈 창의 깊은 잠을 누가 놀래 깨우는가?
野碓無人夜自舂.	방아가 사람도 없이 밤중에 절구질하네.

이 시는 淳熙 5년(1178) 成都를 떠나 東歸하는 도중에 쓴 것이다. 東林寺는 지금의 江西省 九江市에 있는 사찰로, 8년 전 그가 蜀지역으로 들어가며 머문 적이 있었다. 같은 지역을 다시 방문하면서 썼다는 점에서 위의 <宿楓橋> 시와 동일한 상황임에도 시의 내용은 정반대의 느낌을 주고 있다. 앞의 시가 蜀지역으로 부임하는 작자의 기대감을 나타내고 있는 반면, 이 시는 공업을 이루지 못한 채 쫓기듯 蜀地를 나와야 하는 작자의 안타까움이 밤새도록 잠을 이루지 못하는 뒤척임으로 나타나고 있다.

마지막으로 '戀情'을 노래한 시를 보기로 한다.

◎ 沈園(二首)
沈氏의 정원[254]

城上斜陽畫角哀,	성 위 석양에 뿔피리 소리 슬픈데
沈園非復舊池臺.	沈園은 더 이상 옛날의 못과 누대가 아니로다.
傷心橋下春波綠,	상심한 다리 아래 봄 물결은 푸르른데

---

253) ≪詩稿≫ 권10.
254) ≪詩稿≫ 권38.

<table>
<tr><td>曾是驚鴻照影來.</td><td>일찍이 놀란 기러기 그림자 비치었던 곳.</td></tr>
<tr><td></td><td></td></tr>
<tr><td>夢斷香消四十年,</td><td>꿈 깨어지고 향기 사그라진 지 40년</td></tr>
<tr><td>沈園柳老不吹綿.</td><td>沈園의 버들도 늙어 솜마저 날리지 않네.</td></tr>
<tr><td>此身行作稽山土,</td><td>이 몸도 회계산의 흙이 되리니,</td></tr>
<tr><td>猶弔遺蹤一泫然.</td><td>남은·자취 찾으며 한 줄기 눈물만 흘리네.</td></tr>
</table>

이 시는 慶元 5년(1199), 75세 때 산음에 있으며 沈園을 찾아가 쓴 것이다.

육유는 20세 때인 紹興 14년(1144)에 唐琬과 결혼하였으나 그녀를 싫어한 어머니의 반대로 결혼 2년 만에 결국 헤어지게 되었다. 이듬해 紹興 17년(1147)에 그는 王氏와 재혼하였고 당완 또한 宗士程과 재혼하게 된다.[255] 그로부터 8년 후인 紹興 25년(1155) 봄날, 31세의 육유는 禹跡寺 남쪽에 있는 沈園을 거닐다가 우연히 그녀와 해후하게 된다. 두 사람은 여전히 서로를 그리워하며 애틋한 감정이 남아 있었지만 이미 둘 다 따로 가정을 가진 상태라 어찌할 수 없었다. 이날 그녀는 그를 위해 음식을 장만하고 술자리를 만들어 대접하였고, 이에 감동한 그가 자신의 애달픈 심정을 詞로 노래하여 沈園의 벽 위에 옮겨 놓았는데 이것이 유명한 <釵頭鳳>이다.[256] 이 일이 있은 지 4년 후, 당완은 병이 들어 세상을 떠났다. 육유는 그녀가 죽은 후 40년 뒤인 경원(慶元) 5년(1199)에 다시 이곳 심원을 찾아와 40여 년 전의 추억을 회상하고 당완에 대한 그리움의 눈물을 흘리며 이 시를 썼다.

---

255) 陸游와 唐琬과의 逸事에 대해서는 周密의 ≪齊東野語≫ 권1, <放翁鍾情前室> 條에 상세하게 나타나 있다.

256) 淸代 葉申薌의 ≪本事詞≫에는 唐琬이 이 詞를 읽은 후에 역시 이에 화답하는 詞를 지었다고 말하며 작품을 싣고 있으나 실제 唐琬의 작품인지는 확실치가 않다. <釵頭鳳>의 全文은 제6장 '陸游詩와 陸游詞의 비교' 참조.

陸游詩의 형식과 표현기교

江西詩派의 계승자인 曾幾를 통해 처음 시를 학습하기 시작했던 육유는 이후 蜀地에서의 생활경험과 민족의식의 자각을 통해 詩觀 및 詩創作方式에 있어 일대 변화를 가져오게 된다. 즉 강서시파의 영향하에서 형식기교 방면의 조탁에 치중했던 이전 시기의 창작 방식을 반성하고, 지식인의 사회적 책임과 역할에 대한 도덕적 자각을 바탕으로 시를 통한 사회의 반영과 현실의 개혁으로 나아가게 된 것이다. 그 결과 시의 내용 면에 있어서는 조국의 현실을 걱정하고 외세에 대한 적의와 항전에 대한 결의를 나타내는 憂國詩가 나오게 되었으며, 또한 고통 받는 백성들을 동정하고 이들을 핍박하는 부패한 정치세력과 관료들을 비판하는 愛民詩가 나오게 되었다. 시의 形式修辭的인 면에 있어서는 자신의 초기시의 경향과 시적 성취에 대해 부정적인 평가를 내리게 되었으며, 이는 결국 자신의 초기시에 대한 대대적인 산정으로 나타나게 되었다.

그러나 그가 비록 강서시파의 영향에서 벗어나 변화된 시관에 기반한 자신만의 독자적인 시세계를 구축하였다고는 하지만, 초기에 연마하고 다져진 강서시파적 창작 기반에서 완전히 자유로울 수는 없었다. 이는 자신도 의식하지 못하는 형식수사미의 추구로 나타나게 되는데, 이 방면에 대한 그의 천부적인 재능과 결합되어 자연스럽게 육유시의 한 특성으로 자리 잡게 된다. 따라서 그 자신 스스로도 江西詩派임을 부정하고 시론에 있어서도 일체의 수사기교를 부정하는 自然論에 입각한 창작방식을 주장하였음에도 많은 그의 작품들이 뛰어난 형식수사미를 나타내게 되었으며,1) 이러한 면들은 자신의 주도하에 대대적인 산정을 거친 초기시에서조차 쉽게 발견되어 진다.

한편 육유시에서 느껴지는 형식수사미가 의도되지 않은 결과였다는 말은 겉으로 드러나는 시의 외형적 부분에 있어 의도적인 조탁이 나타나지 않는다는 말이며, 적어도 보통의 시에서 보이는 일반적인 범위나 수준의 조탁을 넘어서지 않는다는 말로도 이해할 수 있다. 사실 육유시의 형식이나 수사기교적인 면들을 살펴보면, 그 형식상의 경향이나 수사기교의 유형 및 범위에 있어 기존의 다른 시인들과 구별되는 커다란 차이를 발견하기 어렵다. 이는 육유시의 형식수사미가 變格이나 破格, 혹은 이전 시인들의 일반적인 경향에서 벗어난 독특함과 기발함을 기반으로 하는 것이 아니라, 기본과 정격에 충실한 상태에서 자신의 내재적인 시적 역량이 최대한으로 발휘되어 나타난 것임을 말해주는 것이다.

---

1) 육유의 自然論이 형식기교에 대한 전면적인 부정을 의미하는 것이 아님은 앞서 제3장 4. '自然論'에서 이미 밝힌 바 있다. 그의 자연론은 당시 강서시파나 사령시파의 지나친 형식기교의 추구에 대한 반발에서 제기된 것이며 따라서 인위적이거나 의도되지 않은 채 이루어진 자연스러운 형식미까지 부정하는 것은 아니었다.

결국 '형식수사기교'에 관한 한, 육유는 비록 중기 이후 새로운 경험과 변화된 인식에 바탕하여 그것의 '의식적인 추구'에서는 벗어났지만, 초기의 천부적 재능과 성실한 학습으로 다져진 수준 높은 성취의 '무의식적인 반영'에 있어서까지 자유롭지는 못했다고 할 수 있다. 그에 있어 형식수사기교는 이미 의식적으로 제어하고 자제하지 않으면 곧바로 시를 통해 발현되어버리는 자신의 '시적 본성'이었던 것이다. 따라서 이는 다만 초기에만 한정된 특징이 아니라 정도의 차이는 있을지언정 그의 시 全時期에 걸쳐 나타나는 공통된 창작경향이었다고 할 수 있다.

다음에서 육유시의 형식적인 특성을 詩形과 詩題, 用韻, 疊字, 句式, 對仗 등으로 나누어 그 구체적인 내용을 살펴보기로 한다.

1. 詩形

육유의 시는 5, 7언 絶句와 律詩 및 5, 7언 古詩와 雜言體詩로 이루어져 있다. 앞의 [표 2] '≪劍南詩稿≫ 연도별 통계'에 따르면, ≪詩稿≫에 실려 있는 작품 수는 6,629題에 총 9,136수이다. 이를 다시 시기별로 구분하면 다음과 같다.[2]

다음 통계에 따르면 근체시의 경우 육유의 시에서 주류를 차지하고 있는 것은 7언 율시로, 전체의 34.4%를 차지하고 있다. 다음으로 7언 절구와 5언 율시[3]가 각각 23.1%와 18.9%를 차지하고 있다. 5언 절구(1.5%)는

---

[2] 시기구분은 제2장 '陸游의 生涯 및 時期別 詩風'에서의 기준을 따랐으며 중기는 서술의 편의를 위해 본 절에서 在蜀時期(1170~1179년)와 在山陰時期(1180~1189년)로 세분하였다. 在蜀時期는 夔州와 南鄭, 成都 지역에 머물렀던 시기이며, 在山陰時期는 山陰 및 江西와 福建 지역에 있었던 시기이다.

[3] 육유시 중 5언 排律 13수는 5언 律詩에 포함하였다.

거의 쓰여지지 않고 있으며, 잡언체(2.0%)보다도 오히려 적게 쓰여지고 있음을 알 수 있다. 이는 육유가 5언보다는 7언을, 절구보다는 율시를 더 선호하였고 한정된 자수로 인해 작시 능력의 발휘나 수사기교의 추구에 상대적으로 제약이 있는 5언 절구는 그다지 선호하지 않았음을 보여준다.

[표 1] 육유시의 시기별 시체 통계표

		근체시				고체시			계 (근체 : 고체)
		5언 절구	5언 율시	7언 절구	7언 율시	5언시	7언시	잡언체	
초기 (1125~1169년)		1 (0.6)	37 (22.2)	36 (21.6)	54 (32.3)	25 (15.0)	14 (8.4)	—	167 (76.6:23.4)
중기 (1170~ 1189년)	재촉시기 (1170~1179년)	2 (0.2)	126 (10.3)	213 (17.3)	518 (42.1)	176 (14.3)	149 (12.1)	44 (3.6)	1,228 (70.0:30.0)
	재산음시기 (1180~1189년)	3 (0.2)	175 (13.7)	288 (22.5)	489 (38.2)	161 (12.6)	131 (10.2)	33 (2.6)	1,280 (74.6:25.4)
만기 (1190~1209년)		127 (2.0)	1,388 (21.5)	1,571 (24.3)	2,081 (32.2)	881 (13.6)	309 (4.8)	104 (1.6)	6,461 (80.0:20.0)
총계		133 (1.5)	1,726 (18.9)	2,108 (23.1)	3,142 (34.4)	1,243 (13.6)	603 (6.6)	181 (2.0)	9,136 (77.8:22.2)

* ( ) 안의 숫자는 매 시기별 백분율을 의미한다.

5언 절구의 이 같은 제약 때문에 전체 시에서 5언 절구의 비율이 떨어지는 것은 보통의 시인들에게서 일반적으로 나타나는 현상이다. 육유의 경우 7언 율시가 5언 율시보다도 두 배 가까이 월등하게 높은 비율로 쓰여지고 있는 데, 이는 시에서의 형식기교미를 추구하는 시인들에게서 공통적으로 나타나는 현상이라 할 수 있다. 다음은 唐宋代 시인들 중 전체 시의 구체적인 통계수치가 나와 있는 주요 시인들의 예이다.

[표 2] 唐宋 주요 시인들의 시체 분포[4)]

	근체시				고체시			계
	5언 절구	5언 율시	7언 절구	7언 율시	5언시	7언시	잡언체	
王績	23	60(22)	−	3	34	−	4	124
沈佺期	2	103(38)	8	16	26	4	2	161
杜甫	31	630(127)	107	151(8)	263	141		1,458
劉禹錫	23	213(43)	150	182	160	51	22	801
歐陽修	9	139	122	226	231	88	55	815
王安石	73(6절3)	145	506	367	287	116	17	1,632
陳師道	−	221	171	144	87	48	−	671
梅堯臣	108	1,161	205	260	865	234	74	2,833

* ( ) 안의 숫자는 배율의 수

7언 율시는 초당 말엽에 완성되어 중당을 거쳐 송대 이후에 활발히 창작되었던 까닭에 사실 위의 표에서 7언 율시에 관한 한, 王績과 沈佺期의 통계는 별 의미가 없다고 할 수 있다. 그러나 그 외 고체시나 5언시의 창작 경향을 육유와 비교해볼 수도 있기에 표에서 함께 인용하였다. 표에 따르면, 歐陽修와 王安石을 제외한 나머지 시인들은 7언 율시보다는 5언 율시의 비율이 높게 나타나고 있다. 특히 매요신의 경우는 7언 율시가 5언 율시의 1/5 수준에 불과함을 보여준다. 7언 율시는 그 시체의 특성상 다른 어떤 시체보다도 詩想의 배치나 造字, 造句, 對仗 등의 형식수사 방면에 있어 많은 공력과 탁월한 작시 능력을 필요로 하는 까닭에, 한 시인에 있어

---

4) 표에 인용된 시인들의 시체 통계는 각각 박병선(≪王績詩研究≫, 전남대 박사학위논문, 1995. 2, 93면), 권호종(≪歐陽修詩研究≫, 서울대 박사학위논문, 1992. 8, 9~10면), 유영표(≪王安石詩研究≫, 서울대 박사학위논문, 1992. 2, 5면), 최금옥(≪陳師道詩研究≫, 서울대 박사학위논문, 1993. 8, 6면), 우재호(≪梅堯臣詩研究≫, 서울대 석사학위논문, 1996. 2) 등의 논문을 참고하였으며, 杜甫의 경우는 김준연(≪唐代 七言律詩 研究≫, 서울대 박사학위논문, 2001. 8, 134면)의 논문을 참고하였다.

시에서의 완숙된 경지를 의미한다고 할 수 있다. 따라서 7언 율시의 비율이 상대적으로 높은 시인의 경우, 일단은 형식미를 중시하거나 혹은 작시 능력이 뛰어난 시인으로 볼 수 있을 것이다. 그러나 다만 7언 율시의 비율이 높다는 사실 자체로만 이 두 가지의 측면을 모두 인정할 수는 없으니, 두보의 경우에서도 알 수 있듯이 두보는 전체 작품 중 7언 율시의 비율이 그다지 높지 않으며, 晩唐의 시인들의 경우 대부분 7언 율시의 비율이 월등하지만, 그들의 작시 능력이 5언 율시의 비율이 높은 盛唐의 시인들보다 뛰어나다고 말할 수 없기 때문이다.5) 즉 만당의 시인들이 7언 율시를 즐겨 사용했다는 사실에서 짐작할 수 있듯, 이는 시인의 작시 능력이나 작품의 수준보다는 형식기교의 추구와 밀접한 관련이 있다고 할 수 있다. 그러나 이 또한 형식미를 중시했던 杜甫와 강서시파의 제2인자인 陳師道의 경우에 비추어보면 맞지 않는 듯 여겨진다. 그러나 두보의 시기는 7언 율시의 정립기로서, 아직 완전한 詩格이 완비되지 않은 상태였기 때문에 이와 같은 현상이 나타난 것이라 여겨진다. 왜냐하면 두보 만년에는 7언 율시의 비율들이 크게 늘어나며 총 151수 중 만년의 작품이 73수로서 절반에 이르고 있기 때문이다.6) 진사도의 경우는 사실 다소 예외적인 현상이라 할 수 있다. 일반적으로 진사도시의 풍격을 '瘦勁'과 '雅正', '高古'라 말하는데, 이는 그의 시가 豊腴보다는 극도로 말라 뼈만 있는 듯한 특징이 있음을 가리킨 것이다.7) 즉 진사도의 경우 7언 율시가 상대적으로 적게 나타

---

5) 唐代 시인들의 7언 율시 창작현황에 대해서는 김준연의 ≪唐代 七言律詩 研究≫(앞의 책)에 도표화되어 비교적 상세하게 정리되어 있다. 이 논문에 인용되어 있는 성당의 시인은 孟浩然, 王維, 李白, 岑參, 高適, 李頎, 杜甫, 劉長卿 등인데 이들 중 두보와 유장경이 전체 작품 중 7언 율시의 비율이 10%인 것을 제외하고는 모두가 5% 이하의 비율을 나타내고 있다. 반면 晩唐의 시인은 許渾, 杜牧, 李商隱, 溫庭筠, 趙嘏, 羅隱, 皮日休, 杜荀鶴, 韋莊, 韓偓 등인데 평균 30~40%의 비율을 나타내고 있으며, 이들 중 가장 낮은 두목조차도 17.6%의 비율을 보이고 있다.

6) 김준연, 앞의 책, 144면 참조

난 것은 寡言으로서 함축적으로 표현하는 그의 작시 성향이 반영된 결과라 여겨진다.8)

결국 7언 율시의 창작 비율은 시인의 형식기교미의 추구와 많은 관련이 있다고 말할 수 있는 바, 육유 또한 시에서 7언 율시가 압도적으로 많은 현상은 비록 그 자신이 의식적으로는 부정하고 벗어나려 했지만, 이미 내재되어버린 강서시파적 창작 경향에서까지 온전히 자유롭지는 못하였음을 보여주는 것이라 할 수 있다.9)

古體詩의 경우 전체 분량 상 5언시가 7언시의 2배를 넘고 있다. 이는 近體詩보다는 형식에 있어 상대적으로 자유로운 고체시의 특성에 기인한 것으로, 상대적으로 치밀한 構思와 功力이 요구되는 7언보다는 아무래도 5언이 자유롭기 때문이었으리라 여겨진다. 그러나 고체시의 이 같은 전체적인 통계분포는 앞서 [표 2]에서의 다른 시인들에게서도 공통적으로 나타나는 현상으로 육유시만의 특징이라고 말할 수는 없다. 육유시의 특징적인 부분은 시기별 분포를 통해 두드러지게 나타난다.

육유의 시는 시기별로 나누어 보았을 때, 각 시기별로 시체 별 편수나 분포에 있어 차이가 나타난다. 먼저 근체시의 경우를 살펴보자.

[표 1]에 나타난 근체시의 시기별 비율을 보면, 晩期(80), 初期(76.6), 在山陰時期(74.6), 在蜀時期(70.0) 순으로 나타나고 있다. 주목할 만한 사실은 江

---

7) 최금옥, ≪陳師道詩研究≫, 서울대 박사학위논문, 1993. 8, 227~228면.
8) 사실 陳師道에 대한 이 같은 평어는 黃庭堅에게도 마찬가지로 적용되는 말이다. 胡應麟은 ≪詩藪≫에서 '나는 황정견과 진사도가 두보의 메마르고 강인함을 배웠다고 생각한다(余謂黃陳學杜瘦勁)'라 하며 '瘦勁'을 이 둘의 공통된 특징으로 삼았는데, 같은 풍격을 나타냈음에도 불구하고 황정견의 경우는 7언 율시에 보다 많은 공력을 들였다.
9) 물론 필자의 이 같은 주장이 보다 설득력 있고 타당성을 지니기 위해서는 강서시파 시인들의 시체 경향과의 직접적인 비교가 필수적이겠지만 기존의 연구 성과들에서 시체 분포의 구체적인 수치가 나타나 있는 江西詩人들의 예를 찾을 수 없어, 통계표에서는 陳師道 1인만이 언급되는 소략한 예증을 면치 못하였다.

西詩派의 영향하에 字句의 단련과 形式修辭技巧를 추구했던 초기시의 비율이 만기시보다도 오히려 적을 뿐 아니라 전체 근체시의 비율보다도 떨어진다는 사실이다. 이는 강서시파적 특성과 가장 잘 어울린다고 할 수 있는 7언 율시의 경우에서도 비슷하게 나타나는 현상으로, 초기시 167수[10] 중 7언 율시의 비율은 32.3%로서 만기에 비해 겨우 0.1% 높은 비율로 쓰여지고 있으며 전체 평균치인 33.4%보다도 낮다. 통계 수치상의 이러한 의아함은 앞서 제1장 2. ‘연구의 대상’에서 살펴보았듯이 현전하는 육유의 초기시가 대대적인 산정을 거친 시들이며, 강서시파적 경향이 강한 시가 대부분 그 대상이 되었던 데에서 기인한다. 결국 이러한 산정과정으로 인해 현전 초기시에는 강서시파적 특성이 두드러지게 나타나지 않으며, 다른 시기들과의 차이점 또한 드러나지 않게 된 것이다.

근체시의 시기별 고찰에서 육유시의 또 하나의 특징적인 면은 7언 율시의 시기별 분포이다. 앞서 7언 율시의 시체상의 특징에서 언급하고 두보시의 창작분포에서도 확인하였듯이, 7언 율시는 한 시인에 있어서 시에서의 완숙된 경지를 의미하는 까닭에 대개의 경우 만년에 들어 그 비율이 점차적으로 높아지는 경향을 나타낸다. 그러나 육유의 경우 비록 작품 총수 상으로는 만기가 다른 시기들보다도 월등히 많지만, 이 시기에 다른 시체의 시들이 더 높은 비율로 증가하여 결과적으로 7언 율시의 비율이 全時期 중 가장 낮은 수치를 나타내고 있다. 아울러 5언 절구의 경우, 이전 시기

---

10) 초기시는 1170년 윤5월 蘷州로 출발할 때까지의 시를 지칭하므로 본래는 이 해 초부터 윤5월까지 쓰여진 <將赴官蘷府書懷> 이하 <投梁參政>까지 5수까지 초기시로 산입하여야 하나 분류의 편의상 중기시로 포함시켰다. 다른 시기 구분 또한 이와 마찬가지로 새로운 시기로 시작되는 해의 작품은 作詩 월일의 구분 없이 모두 새로운 시기에 포함하여 합산하였다. 참고로 앞의 5수를 초기시에 포함시켰을 때의 분포는 7언 律詩 62首, 5언 律詩 49首, 7언 絶句 34首, 5언 絶句 2首, 7언 古詩 13首, 5언 古詩 12首이다.

에는 거의 쓰여지지 않다가 총 133수 중 95%인 127수가 만기에서 집중적으로 쓰여지고 있다. 이는 작시에 상대적으로 적은 시간과 노력이 소요되는 시체를 선호하였다는 말로서, 하루에도 수십 편씩 써냈던 만기의 창작 태도에서 기인한 것이라 할 수 있을 것이다.

다음으로 고체시를 살펴보자.

고체시의 경우는 在蜀(30%), 在山陰(25.4%), 초기(23.4%), 만기(20%)의 순으로 쓰여지고 있다. 在蜀時期는 육유의 가장 전성기로서 금과 국경을 마주하고 중원수복의 의지를 불태우던 시기였다. 이 시기의 고체시 비율이 가장 높은 것은 그가 자신의 호방하고 격정적인 기개를 상대적으로 형식이 자유로우며 句數의 제한이 없는 고체시를 통해 표출해 내었기 때문이다. 실제로 陸游의 대표적인 古詩들은 대부분 이 시기에 지어지게 되고 樂府體를 포함한 騷體, 宮體, 歌行體 등의 다양한 양식들의 잡언체들도 이 시기부터 쓰여지기 시작한다.

이 시기 또 하나의 특징적인 점은 전체적인 고체시의 증가에도 불구하고 7언 율시(42.1%)의 비율도 함께 증가하여 매시기 통틀어 가장 많은 비율로 쓰여지고 있다는 것이다. 필자는 이것의 원인으로 작자의 성실하고 진지한 창작태도를 생각한다. 作詩에 있어 고도의 형식기교와 상대적으로 많은 공력을 요구하는 7언 율시의 특성상, 진지한 창작태도는 7언 율시 창작에 필수적인 요소라 할 수 있다.[11] 이러한 까닭에 진지함이나 성실함보다는 多作을 특징으로 하는 만기에는 7언 율시의 창작이 일정정도의 제약을 받을 수밖에 없었으며 그 결과 [표 1]에서처럼 전 시기 중 가장 낮은

---

11) 필자의 이 말은 7언 율시의 절대 비율이 곧 시인의 진지한 창작태도를 의미한다는 말은 아니다. 이는 다만 한 개인의 시기별 비율의 변화에 국한된 말로서, 7언 율시의 특성상 다른 시체들보다도 상대적으로 많은 노력을 기울여야함을 강조한 것이다. 개별 시인의 절대 비율은 앞서 唐代 시인들의 예에서 확인할 수 있었듯이 시체의 완성도나 當時의 시풍 및 개인적인 취향에 따라 각기 다른 의미를 지닐 수밖에 없다.

비율을 나타내게 되었던 것이다. 반면 조국의 현실에 대한 직시와 이로 인한 새로운 시관의 정립이 이루어진 중기는 시창작에 임하는 태도 또한 어느 때보다도 진지하였다고 말할 수 있다. 결국 이 시기 그가 느낀 憂國의 感慨는 한편으로는 우국지사로서의 절제되지 않은 激情으로 고체시를 통해 표출되었으며, 또 한편으로는 시인으로서의 진지한 창작태도로 보다 많은 構思와 功力을 요구하는 7언 율시의 창작으로 나아가게 하였던 것이다.

그러나 전체적인 통계상, 역시 육유가 가장 중시하고 즐겨 창작했던 것은 근체시로서 그 중에서도 고도의 형식수사기교를 필요로 하는 7언 율시가 으뜸이다. 이는 그가 시에 있어 자유분방함보다는 단련과 정제를 보다 더 중시하였음을 말해준다. 이는 각 시체의 구형분포에 대한 분석을 통해서도 드러난다. [표 3]은 시체에 따른 구수의 분포를 정리한 것이다.

고체시의 경우 근체시와는 달리 句數에 제한이 없다. 다음의 [표 3]에 의하면 육유의 고체시도 짧게는 4구에서부터 최장 56구에 이르기까지 다양한 句數로 쓰여지고 있다. 그러나 역시 활용빈도상의 차이는 있다. 5언의 경우 12句, 8句, 16句의 순으로, 7언과 잡언체의 경우 12句, 16句, 8句의 순으로 사용빈도가 높게 나타난다. 빈도상의 순서의 차이는 있으나 모두 율시와 배율의 기본 구수를 사용하고 있다는 점은 고체시 또한 근체시에서와 같은 형식미를 추구하였음을 보여준다. 36句 이상의 長詩의 경우, 7언과 잡언체에는 나타나지 않으며 5언에서도 총 22수로 전체 작품 중 극히 적은 비율로 나타나고 있다. 이는 함축과 정련을 특징으로 하는 근체시적 특성이 고체시의 창작에도 영향을 미친 결과라 할 수 있다. 구수뿐만 아니라 자수의 제한조차 없는 잡언체시도 예외는 아니다. [표 4]는 육유의 181수의 잡언체시를 자구의 결합형태별로 정리한 것이다.

[표 3] 시체별 구수분포표

	근체시				고체시			총계
	5절	5율	5배율	7절	7율	5고	7고	잡언체	
4구	133			2,108		65	52	34	2,392
5구								5	5
6구						1		5	6
8구		1,713			3,142	273	123	23	5,274
9구								2	2
10구						13		4	17
12구			9			391	217	35	652
14구						14	8	13	35
16구			2			255	130	31	418
17구								1	1
18구						7	8	13	28
20구			2			112	50	11	175
22구						2	1	2	5
24구						49	10		59
26구						3			3
28구						26	3	1	30
30구						2			2
32구						8	1	1	10
36구						9			9
40구						7			7
42구						1			1
44구						2			2
48구						1			1
52구						1			1
56구						1			1
계	133	1,713	13	2,108	3,142	1,248	610	181	9,136

[표 4] 잡언체시 구형분포표

	동일 자구형	이종자구형					삼종 자구형	사종이상 자구형	총계
		3,7자구	5,7자구	7,9자구	7,10 자구	기타			
4구	34								34
5구		5							5
6구	2	1				2			5
8구			13	5	2	3			23
9구		2							2
10구		1	1	1	1				4
12구		1	17	9	2	2	4		35
14구		1	2	1	2	1	4	2	13
16구	1		6	8	8	3	5		31
17구							1		1
18구		3	2			2	3	3	13
20구			4	3	1		3		11
22구							1	1	2
28구								1	1
32구			1						1
총계	37 (20.4)	14	46	27	16	14	20	7	181 (100)

* (   ) 안의 숫자는 전체 작품 중 백분비

　　잡언체시 총 181수 중 동일자구형은 37수, 이종자구형은 117수로 각각 전체의 20.4%, 64.6%를 차지한다. 즉 잡언체시라 할지라도 전체의 85% 가 齊言體이거나 혹은 이종자구로 이루어져 있다는 말이다. 이종자구의 유 형을 보면 5, 7자구가 46수로 가장 많은 분포를 보이고, 7, 9자구가 27수 로 그 다음이다. 표에 나타나 있지는 않지만 5, 7자 이종자구형의 경우 각 시에서 고른 분포로 혼용되고 있다.12) 7, 9자 이종자구형의 경우 全詩의

12) ＜雨聲(8구)＞ 5(4) 7(4), ＜月夕(20구)＞ 5(18) 7(2), ＜醉中懷眉山舊遊(12구)＞ 5(8) 7(4),

대부분이 7자구이며 다만 한두 구에서만 9자구가 쓰여지고 있고 그나마도 기본 7자형에 '嗚呼', '豈有', '但怪', '從今', '乃是' 등과 같은 감탄사나 접두사가 덧붙여진 것에 불과하다.[13] 참고로 잡언체시 全句의 자수분포는 다음과 같다.

[표 5] 잡언체시 全句 자수분포표

	작품수	총구수	3언	4언	5언	6언	7언	8언	9언	10언	11언	12언
4구	34	136				136						
5구	5	25	10				15					
6구	5	30	14	2			14					
8구	23	184			50	4	117		11	2		
9구	2	18	4				14					
10구	4	40	1		4		33		1	1		
12구	35	420	4		108	6	286		15	4		1
14구	13	182	4		18		122	4	26	6	1	1
16구	31	496			60	2	379	4	33	16	2	
17구	1	17				2	15					
18구	13	234	10	2	26	4	171	8	9	2		2
20구	11	220	2	4	70		133		9	2		
22구	2	44		6	8		25		4		1	
28구	1	28		12	4		10		2			
32구	1	32			8		24					
총계	181	2,106	49	26	356	154	1,358	16	110	33	4	4

<對酒(10구)> 5(4) 7(6), <晚過五門(8구)> 5(2) 7(6), <戰城南(12구)> 5(2) 7(10), <通濟口(8구)> 5(4) 7(4), <出塞曲(14구)> 5(4) 7(10), <思故山(20구)> 5(4) 7(16), <長歌行(14구)> 5(8) 7(6), <步虛(12구)> 5(8) 7(4), <鯉魚行(12구)> 5(4) 7(8), <青山白雲歌(8구)> 5(6) 7(2), <避世行(16구)> 5(10) 7(6) 등.

13) '行嗚呼楚雖三戸能亡秦, 豈有堂堂中國空無人' ≪詩稿≫ 권4, <金錯刀行>.
　　'廣寒忽墮人間世, 但怪步虛聲散瑤臺空' ≪詩稿≫ 권6, <長生觀觀月>.
　　'微霜莫遣侵鬢綠, 從今二十四考書玉局' ≪詩稿≫ 권14, <玉局歌>.
　　'朝鐘暮鼓在何許, 乃是會稽山陰之蘭亭' ≪詩稿≫ 권61, <小築> 등.

역시 全句에서 가장 많이 사용된 것은 7자구(1,358구)로 5자구(356구)와 함께 전체 句數의 64.5%를 점유하고 있다. 결론적으로 육유는 글자 수의 제한이 없는 잡언체시에서도 주로 5언과 7언의 정형화된 자수를 사용하였으며, 이것의 혼용 또한 가능한 한 최소화 했었음을 알 수 있다.

다음으로 육유의 연작시에 대해 살펴보도록 한다.

육유의 연작시는 총 1,137題 3,647수로서 전체 작품의 약 40%에 달한다. 다음 표는 육유의 연작시를 시기별로 정리한 것이다.

[표 6] 시기별 연작시 분포현황

	초기시		중기시				만기시		총계	
			재촉시기		재공민시기					
	시제수 (133)	총시수 (167)	시제수 (1,071)	총시수 (1,228)	시제수 (1,061)	총시수 (1,280)	시제수 (4,364)	총시수 (6,461)	시제수 (6,629)	총시수 (9,136)
2수	16	32	74	148	83	166	510	1,020	683	1,366
3수	1	3	19	57	16	48	81	243	117	351
4수	1	4	6	24	14	56	131	524	152	608
5수	1	5	1	5	7	35	44	220	53	265
6수			1	6	1	6	51	306	53	318
7수					2	14	8	56	10	70
8수					1	8	20	160	21	168
9수							4	36	4	36
10수	1	10	2	20	1	10	29	290	33	330
12수							10	120	10	120
15수							1	15	1	15
총계	20 (15.0)	54 (32.3)	103 (9.6)	260 (21.2)	125 (11.8)	343 (26.8)	888 (20.4)	2,990 (46.2)	1,137 (17.2)	3,647 (39.9)

* 총계 부분의 ( ) 안의 숫자는 각 시기별 총 작품수 대비 연작시의 비율

전체적으로 육유의 연작시는 2수시에서 15수시에 이르기까지 다양하게 이루어져 있다. 양적으로 가장 많은 연작시는 2수시로서 683제 1,366수이며, 시제로만 보면 전체 연작시제 1,137제의 절반이 넘는 60.1%를 차지하고 있다. 이어 4수시가 155제 608수로서 다음을 차지한다.

전체 작품에서 연작시의 비율이 40%에 이르는 것은 매우 높은 것으로, 그 원인은 두 가지 방면에서 생각해 볼 수 있다. 먼저 육유가 의도적인 목적하에서 연작시를 창작하지 않았다는 가정이다. 즉 작시 구상을 할 때부터 미리 연작시를 쓰려는 구상을 하였던 것이 아니라, 작시 과정에서 늘어났거나 혹은 시를 먼저 쓰고서 이들을 하나의 제목으로 묶었다는 말이다. 위의 표에서 10수 연작시의 경우 다른 7수, 8수, 9수 및 12수, 15수 연작시보다 시제나 작품 총수가 오히려 더 많다. 이들의 시제를 보면 <初夏>, <雜感> 등 평이한 것도 있지만, 많은 경우 작시의 계기를 설명하고 구체적인 작품 숫자를 밝히며, 혹은 어떠한 글자로 韻을 삼아 쓴다는 등의 설명이 되어 있다.14) 따라서 이것들을 제외한 나머지 연작시들은 많은 경우 처음부터 의도하지 않은 것들이었다고 말할 수 있다.

두 번째는 만기에 들어 작품의 양이 폭발적으로 증가한 것을 생각할 수 있다. 위의 표를 보면 만기시의 경우 전체 비율보다 높은 46.2%의 시가 연작시로 쓰여지고 있다. 폭발적으로 늘어난 작품만큼 시제가 이에 따라가지 못한 것이다. 다음에서도 살펴보겠지만 사실 육유는 시제에 대해 그다지 커다란 관심을 기울이지 않았다. 시제 선정에 고심하기보다는 그 힘을 작품의 창작으로 돌렸고 그 결과 많은 시들이 연작시의 형태로 나오게 되

---

14) <和陳魯山十詩, 以孟夏草木長, 遶屋樹扶疎爲韻>, <花時遍遊諸家園>, <雪後尋梅偶得絶句十首>, <梅花絶句>, <次韻范參政書懷>, <舟中詠落景餘淸暉, 輕橈弄溪渚之句, 蓋孟浩然耶溪泛舟詩也. 因以其句爲韻>, <北園雜詠>, <雜感>, <新秋以窗裏人將老, 門前樹欲秋爲韻, 作小詩>, <秋懷十首, 末章稍自振起亦古義也> 등.

320 陸游詩歌研究

었다고 말할 수 있다.[15]

2. 詩題

詩題는 해당 작품의 감상에 앞서 미리 작품 전체의 주제를 예상하게 하
거나 작품을 이해하는 데 필수적인 단서를 제공하기도 하는 까닭에 작시
에 있어 시인들을 고심하게 하는 문제 중의 하나였다. 때문에 시인에 따라
서는 작품의 이해에 도움을 주거나 주제를 더욱 선명하게 밝히기 위해 작
시 배경을 비롯한 여러 가지 단서들을 제목에 부기하기도 하였으며, 그 결
과 시의 본 내용보다도 제목이 더 길어지는 경우도 생겨났다. 반면 아예
'無題'로 제목을 달아 작품에 대한 이해를 온전히 독자의 몫으로 돌리는
경우도 있다.

흔히 唐詩와 宋詩의 차이점을 이야기하면서 宋詩의 특징으로 '詩題의 長
題化'를 언급하는데, 이는 唐詩와 구별되는 宋詩의 理智的, 說理的 特性을
감안한 말이라 할 수 있다. 그러나 사실 이 같은 '詩題의 長題化' 현상은
唐代와 구별되는 宋代만의 두드러진 특징이라 말할 수는 없다. 唐代에도
中唐 이후에는 贈酬詩가 성행하면서 作詩의 동기나 방법 등이 시제에 반영
되면서 長題가 나타났었으며,[16] 이러한 경향들이 晩唐을 거쳐 송대에까지
이어진 것이기 때문이다.

시의 형식에 대한 고찰에서 詩題의 내용이나 길이 등이 주요한 탐구대

---

15) 뒤에 인용한 [표 10] '활용빈도순 상위 20제의 활용현황'을 보면 '晨起'를 제외한 모
    든 시제들이 연작시로도 쓰여지고 있다. 이는 연작시의 제목조차도 별다른 고심 없이
    선정했음을 보여준다.
16) 홍인표, ≪柳河東詩研究≫, 서린문화사, 1981, 97~98면.

상이 되는 까닭은 그것이 단순히 작자의 개인적인 성향을 나타내는 데에
만 그치지 않으며, 해당 시의 주제 및 표현양태, 그리고 그것의 외형적 표
현 형태로서의 詩體와 밀접한 관계를 맺으며 시창작에 임하는 작자의 태
도까지도 짐작하게 해주는 중요한 단서가 되기 때문이다. 이 말은 '詩題'
의 의미가 시 외적인 요소, 예를 들어 당시의 사회적 현상이나 이념적 경
향보다는 시 자체의 특성이나 작자의 개인적인 창작 경향 및 태도 등 시
내적인 요소와 보다 깊은 관련이 있음을 말한다.[17]

결국 시제의 특성은 단순히 朝代의 특성이나 경향에 따르기보다는 개별
시인의 성향에 따른 차이가 크며, 동일 시인에 있어서도 그 주제나 서술방
식 및 창작경향의 변화나 태도에 따라 차이를 나타낸다고 할 수 있다. 따
라서 시제를 통해 이를 파악하기 위해서는 이를 단순히 어떠한 주제에 어
떠한 유형으로 사용했었는가만 살펴보는 것이 아니라 이것들이 詩體別로
는 어떠한 양상을 나타내는 지, 또한 시기별로는 어떠한 양태를 나타내는
지에 대한 종합적인 검토가 이루어져야만 한다.

다음에서 이러한 문제의식하에 육유의 시제를 검토해보기로 한다.

육유의 시제는 '無題'나 혹은 한 글자로 이루어진 것부터 무려 175字에
이르는 것도 있다.[18] 그러나 대부분의 시들이 2자 혹은 10자 이하로 이루

---

17) 김진경은 ≪蘇軾 黃州時期 詩 硏究≫(서울대 박사학위논문, 2003, 405∼407면)에서 蘇
軾 黃州時期 詩題의 長題化를 이야기하며 그 원인으로 '宋代의 다양하고 多元化된 사
회적 이념적 현상'을 지적하고, 나아가 이를 '北宋 사회의 多元的인 사고를 반영하는
필연적인 결과물'이라고까지 말하고 있다. 그러나 이것은 소식에 대한 설명은 될 수
있을지언정, 長題를 사용하지 않거나 혹은 그 비율이 매우 낮은 그 외 송대 시인들에
대한 설명은 될 수 없다.

18) ≪詩稿≫ 권19, <靑城大面山中有二隱士, 一日譙先生定字天授. 建炎初以經行召至揚州, 欲
留之講筵不可拜, 通直郎直祕閣致仕. 今百三十餘歲, 巢居嶮絶人不能到, 而先生數年輒一出.
至山前人有見之者, 其一日. 姚太尉平仲字希晏, 靖康初在圍城中, 夜將死士攻賊營不利, 騎
駿騾逸去. 建炎初, 所在揭牓以觀察使召之, 竟不出. 淳熙甲午乙未間, 乃或見之於丈人觀道

322   陸游詩歌研究

어져 전체의 87%를 차지하고 있다. 육유 시제의 자수현황은 다음과 같다.

[표 7] 시체별 시제 자수표

	근체시					고체시			총계	백분비
	5절	5율	5배율	7절	7율	5고	7고	잡언체		
무제				3	4				7	0.08
1자	1	2		9	11	1		1	25	0.3
2자	59	851	4	752	1,134	395	113	41	3,349	36.7
3~10자	60	765	7	1,056	1,633	567	388	116	4,592	50.3
11~20자	13	71	1	183	278	197	79	17	839	9.2
21~30자		9		51(6)	53	45	14	4	176(6)	1.9
30~40자		11	1	29(29)	20	31	4	1	97(29)	1.1
40~60자		2(2)		19(19)	6	6(5)	4		37(26)	0.4
60자 이상		2(2)		6(6)	3(3)	1	1	1	14(11)	0.2
총 계	133	1,713(4)	13	2,108(60)	3,142(3)	1,243(5)	603	181	9,136(72)	100

※( ) 안의 숫자는 본문보다 시제가 긴 시 수

　21자 이상의 長題 중에는 시 본문보다도 길이가 더 긴 것이 총 72수인데, 그 중 83%인 60수가 7언 절구에서 나타나고 있다. 이는 기준이 되는 7언 절구의 글자 자수 자체가 적은데다, 제한된 글자 수로 인해 충분히 표현되지 못한 작자의 시상이 시제로 표현되기도 하면서 나타난 현상이라 할 수 있다. 반대로 이보다 더 짧은 편폭의 5언 절구에서 이러한 시가 전혀 나타나지 않는 것은 작품의 총수에서도 알 수 있듯이, 육유 자신이 5언 절구의 형식에 그다지 관심을 가지지 않았기 때문이라고 할 수 있다. 5언 율시와 7언 율시의 경우는 시제로 보충설명을 해야 할 정도로 편폭이 짧

院, 亦年近九十紫鬚長委地, 喜作草書, 蓋皆得道於山中云. 偶成五字二首, 託上官道人寄之>.

지 않은 이유도 있겠지만 무엇보다도 기준이 되는 글자 자수가 많아 상대적으로 드러나 보이지 않는 것이다.

표에서 특징적인 것은 고체시의 경우 근체시에 비해 상대적으로 적은 분량에도 불구하고 비교적 長題에 속하는 11~20자, 21~30자 시제의 비율이 월등히 높다는 점이다. 그 중에서도 특히 5언 고시의 경우를 보면, 전체 작품 수는 7언 절구나 7언 율시에 비해 각각 58.9%와 39.6% 수준이다. 그러나 11~20자 시제의 경우 총 197수로서 7언 절구의 183수보다 오히려 더 많거나 278수인 7언 율시의 71%에 육박하고 있다. 이는 고체시에서 상대적으로 長題를 자주 사용했다는 말로, 앞 절에서 살펴본 '주제와 서술방식의 차이에 따른 고체시와 근체시 활용도의 변화'와 일치하는 결과라 할 수 있다. 즉 육유가 고체시를 즐겨 사용했던 목적이 격정적인 정서를 거침없이 토해내고자 하는 데 있었기 때문에 그 정서는 또한 시제를 통해서도 드러날 수밖에 없다. 그리고 그는 고체시 중에서도 5언 고체시를 주로 활용하였던 까닭에 결과적으로 5언 고체시의 시제에 그의 격앙된 정서가 가장 잘 반영되었다고 할 수 있다. 육유는 정련되고 함축적인 시제보다는 거칠면서 서술적인 시제가 5언 고시를 통해 노래하고자 했던 격정적인 정서와 더 잘 어울린다고 생각하였는지도 모를 일이다.

앞 절의 詩體에서도 살펴보았듯이 시는 어떠한 형식을 차용하느냐에 따라 그 속에 담겨지는 주제도 사뭇 달라질 수밖에 없으며, 詩題 또한 주제의 영향을 받을 수밖에 없다. 그러나 육유시의 시제는 고체시를 제외하면 전체적으로 시체에 따른 차이가 거의 나타나지 않는다. 이는 육유가 詩題의 선정에 그다지 큰 관심을 보이지 않았고 중요성도 인식하지 않았다는 것을 반증한다.[19] 이 같은 사실은 육유시의 時期別 詩題 字數分布를 통해

---

19) 사실 고체시에서 보이는 차이도 작자의 의도적인 造題의 결과라 할 수 없다. 이보다는 고체시를 통해 격정적인 감정을 토로하고자 했던 육유 고체시의 특성에서 연유한

324　陸游詩歌研究

서도 확인된다.

[표 8] 시기별 시제 자수표

	초기		중기전반(在蜀)		중기후반 (在山陰)		만기		총계	
	작품수	백분비	작품수	백분비	작품수	백분비	작품수	백분비	작품수	백분비
무제			1	0.1	5	0.4	1	0.01	7	0.08
1자			2	0.2	5	0.4	18	0.3	25	0.3
2자	31	18.6	291	23.7	358	28.0	2,669	41.3	3,349	36.7
3~10자	95	56.9	746	60.7	714	55.8	3,037	47	4,592	50.3
11~20자	32	19.2	132	10.4	147	11.5	528	8.2	839	9.2
21~30자	4	2.4	34	2.8	23	1.8	115	1.8	176	1.9
30~40자	3	1.8	12	1.0	12	0.9	70	1.1	97	1.1
40~60자	2	1.2	6	0.5	13	1.0	16	0.3	37	0.4
60자 이상			4	0.3	3	0.2	7	0.1	14	0.2
총 계	167	100	1,224	100	1,277	100	6,454	100	9,122	100

전체적으로 보면, 총 작품의 87.4%가 10자 이내의 시제로 이루어져 있음을 알 수 있다. 그 중에서도 만기 작품은 평균치보다 높은 88.6%가 10자 이내의 시제로 이루어져 있으며, 특히 2자의 시제가 41.3%로 절반에 가까운 비율을 나타낸다. 반면 중기의 在蜀, 在山陰時期의 11자 이상 長題 비율은 각각 15%와 15.4%로 만기(11.4%)보다 높은 비율을 나타낸다.[20]

자연스러운 결과에 가깝다.

20) 이 같은 비율은 비슷한 시기의 梅堯臣과 비교해보면 뚜렷한 차이가 나타난다. 매요신은 전체 작품 2,907수 중 14.8%인 430수가 10자 이상의 長題로서, 육유의 12.6%보다 높은 비율이다. 또한 매요신의 경우 만년에 갈수록 그 비율은 높아져 1,419수 중 16.4%인 233수에 달해 육유가 만년에 갈수록 장제의 비율이 줄어드는 것과 대조적인 양상을 보여준다. 매요신의 시제 비율은 문명숙, ≪梅堯臣詩研究≫(고려대 박사학위논문, 1992), 340~344면 참조.

즉 만기는 多作으로 인해 다른 시기에 비해 상대적으로 시제의 선정에 덜 주의를 기울였으며, 이는 또한 그만큼 일상적이며 평범한 내용들이 위주가 되고 있기 때문이기도 하다. 이 같은 경향은 필연적으로 동일 시제의 중복 현상으로 나타날 수밖에 없다.

아래의 표는 동일 시제의 활용현황을 횟수별로 정리한 것이다.

[표 9] 동일 시제 활용현황

| | 활 용 횟 수 | | | | | | | | | | | | | | | 총계 |
	2회	3회	4회	5회	6회	7회	8회	9회	10회	11회	12회	13회	14회	15회	16회 이상	
종 수	235	98	45	31	23	14	9	10	2	11	4	3	2	2	17	506
시제 총수	470	294	180	155	138	98	72	90	20	121	48	39	28	30	345	2,128 (32.1)
작품 총수	641	384	244	222	190	145	128	118	37	184	67	92	56	42	475	3,025 (33.1)

* ( ) 안의 숫자는 전체 시제 및 작품 수에서의 백분비

표에서 '종수'는 시제에서 중복되어 나타나는 시제의 종수를 의미하며 '시제 총수'는 중복되는 총 횟수이다. '작품 총수'는 연작시의 수까지 합산한 것이다. 전체적으로 육유의 시에서 중복되어 사용된 시제의 총수는 2,128題로서 전체 6,629題의 32.1%에 이르며, 작품 총수로 볼 때 3,025首로서 전체 9,136수의 33.1%에 달하고 있다. 종수로는 2회 중복 시제가 235종으로 가장 많으며, 작품 총수로는 3회 반복된 시가 384수로 가장 많다. 즉 육유시의 제목 중 셋 중 하나는 2회 이상 사용된 중복 시제이며, 이는 육유가 造題를 하면서 결코 신중을 기하지 않았음을 단적으로 보여준다. 활용빈도순 상위 20題의 활용현황과 중복 시제의 유형들을 살펴보면 이러한 사실은 더욱 분명해진다.

[표 10] 활용빈도순 상위 20제의 활용현황

시 제	활용횟수	작품총수	시 제	활용횟수	작품총수
幽居	30	40	記夢	18	22
晨起	30	30	對酒	18	20
遣興	29	39	卽事	17	40
書感	21	24	書歎	17	19
自詠	21	24	自嘲	17	18
夜坐	20	23	秋夜	16	18
秋興	19	46	讀書	16	17
枕上	19	21	寓歎	15	25
雨夜	19	20	舟中作	15	17
秋思	18	54	縱筆	14	38

[표 11] 중복 시제의 유형(동일시제로 2회 이상 사용된 시제 중)

유 형	시 제
雜題類	雜題, 夏日雜題, 齋中雜題, 雜書, 雜感, 雜詠, 道室雜詠, 雜賦 등
遣興類	遣興, 秋興, 雜興, 夜興, 晨興, 夙興, 晩興, 感興, 野興, 幽興, 村興 등
飮酒類	飮酒, 對酒, 對酒作, 對酒戲作, 醉歌, 醉中歌, 醉中作, 醉書, 醉賦, 醉舞 등
書懷類	書懷, 春晚書懷, 書感, 書憤, 書意, 書歎, 書事, 道室書事, 村居書事 등
讀書類	讀書, 雨夜讀書, 寒夜讀書, 秋夜讀書, 冬夜讀書, 讀史, 讀史有感 등
示兒類	示兒, 示兒子, 示子遹, 示客, 示友, 示子孫 등
卽事類	卽事, 幽居卽事, 道室卽事, 卽席 등
自述類	自述, 自詠, 自笑, 自嘲, 自歎, 自警, 自規, 自遣, 自閔, 自勉, 自訟, 自解 등
季節類	春殘, 殘春, 春日, 暮春, 春陰, 春晴, 初夏, 初夏出遊, 幽居初夏, 夏日 등
氣候類	雨, 大雨, 急雨, 夏雨, 雪, 大雪, 大雪歌, 雪中作, 雪夜, 霜風, 大風, 風雨 등
詠物類	梅, 梅花, 梅花絶句, 探梅, 海棠, 枯菊, 贈貓 등
感懷類	感懷, 感舊, 感昔, 感事, 感物, 感興, 感寓, 感秋, 感憤, 感遇 등
幽居類	幽居, 村居, 山居, 郊居, 窮居, 獨坐, 獨立, 獨夜, 獨飮, 獨醉, 獨處 등
遠遊類	遠遊, 出遊, 初夏出遊, 春遊, 早春出遊, 閑遊, 遊山, 遊近村 등
散文類	(중복 시제 없음)

[표 10]에 나타난 빈도순 상위 20제들을 보면 '幽居', '晨起', '遣興', '晨起', '自詠' '夜坐'처럼 하나 같이 별 의미 없는 단어들로 이루어져 있으며, [표 11]에 나타난 중복 시제의 유형은 중복 시제들끼리도 거의 차이가 없음을 보여준다.

이상의 논의들을 종합해 보면, 육유시의 시제는 고체시의 경우 근체시에 비해 상대적으로 높은 장제의 비율을 보이는 등 시체에 따른 약간씩의 차이가 존재하기는 하였다. 그러나 전체적으로 보아 多作이 이루어진 만기시의 40% 이상이 2자 이하의 시제로 이루어져 있고, 전체 작품 중 중복된 시제로 쓰여진 시가 33%를 넘으며 이들마저도 상호 유사한 내용으로 이루어져 있다. 이 같은 결과에 비추어 볼 때 육유는 詩題를 그다지 중요하게 여기지 않았으며, 이에 대해 고심하기보다는 작품 창작 자체에 보다 많은 역량을 기울였음을 알 수 있다.

3. 用韻

근체시의 압운은 반드시 平聲字를 써야 하며 隔句押韻, 一韻到底의 원칙을 지켜야 한다. 또한 압운의 방식에 있어 5언시는 首句入韻을 하지 않고 7언시는 首句入韻을 하는 것이 정격이다. 7언시의 경우 首句의 운을 鄰韻으로 압운하는 경우도 많으나, 이 역시 정격은 아니다. 고체시의 압운은 상대적으로 자유로워 通韻, 轉韻 등이 허용된다. 육유시의 경우 이 같은 압운의 규칙에 비추어 볼 때, 대부분의 경우 변격보다는 정격에 충실하고 있다. 다음에서 근체시와 고체시로 나누어 육유시의 用韻現況을 살펴보도록 한다.

[표 12] 근체시의 용운

詩　形	首句入韻		首句不入韻	총　계
	一韻到底	鄰韻入韻		
5절	15(11.3)	2(1.5)	116(87.2)	133(100)
5율	229(13.3)	15(0.9)	1,482(85.8)	1,726(100)
7절	1,581(75.0)	90(4.3)	437(20.7)	2,108(100)
7율	2,832(90.2)	171(5.4)	139(4.4)	3,142(100)
계	4,657(65.5)	278(3.9)	2,174(30.6)	7,109(100)

위의 통계에서도 나타나듯이 7언시의 경우 대부분의 작품이 정격인 首句入韻과 一韻到底의 원칙을 따르고 있고 5언시 또한 首句不入韻을 하고 있다. 首句入韻의 경우 5언 율시가 5언 절구보다 높은 비율로 나타나고 있는데, 이는 7언 율시의 首句入韻의 경향이 5언 율시의 창작에 영향을 미친 결과로 여겨진다. 특징적인 것은 7언 율시의 首句入韻의 비율이 7언 절구보다도 높게 나타난다는 점이다. 이는 비록 7언시의 首句入韻이 정격이기는 하지만, 唐代의 시들이 7언 율시보다는 7언 절구에서의 首句入韻 비율이 높은 것과는[21] 다른 현상이다. 그러나 唐詩도 형식과 격률을 중시한 晩唐에 들어가서는 7언 율시의 首句入韻 비율이 높아지고 있는 것을 보면,[22] 육유 7언 율시의 이 같은 특징은 그가 작시 방면에 있어 형식과 격률의 조화에 많은 노력을 기울였음을 보여주는 것이라 할 수 있다.

다음에서 육유 근체시의 전체 용운상황을 一韻到底式과 首句鄰韻入韻式으로 나누어 정리해 보았다.

---

21) 김준연, ≪唐代 七言律詩 硏究≫, 52면, 서울대 박사학위논문, 2001.
22) 김준연, 앞의 글, 53면.

[표 13] 근체시의 용운통계표 (1)(一韻到底)

구분	韻字	5절	5율	7절	7율	총계	구분	韻字	5절	5율	7절	7율	총계
상평	東(寬)	10	85	132	176	403	하평	先(寬)	8	93	163	175	439
	冬(中)	1	19	20	32	72		蕭(中)	4	13	31	32	80
	江(險)	1	4	5	9	19		肴(險)		5	12	13	30
	支(寬)	10	129	196	265	600		豪(中)		28	14	33	75
	微(窄)	3	55	72	142	272		歌(中)	3	43	36	51	133
	魚(中)	8	93	70	96	267		麻(中)	4	48	55	80	187
	虞(寬)	6	42	65	63	176		陽(寬)	11	169	152	289	621
	齊(中)	1	34	38	46	119		庚(寬)	18	208	213	331	770
	佳(險)		8	4	5	17		靑(窄)	3	34	32	49	118
	灰(中)	5	49	107	137	298		蒸(窄)	2	30	36	65	133
	眞(寬)	4	102	143	198	447		尤(寬)	8	128	153	248	537
	文(窄)	2	29	21	36	88		侵(中)	3	51	48	88	190
	元(中)	5	89	65	102	261		覃(窄)		9	8	11	28
	寒(中)	8	80	66	122	276		鹽(窄)		8	9	15	32
	刪(窄)	3	26	52	61	142		咸(險)				1	1
							총계		24韻 131	29韻 1,711	29韻 2,018	30韻 2,971	6,831

5언 절구를 제외하고는 모든 詩體에서 각 韻字들이 고루 활용하고 있으며, 활용된 韻字의 수 또한 29韻, 30韻 등으로 거의 유사하다. 활용빈도로 보면 하평 庚韻이 770수로 가장 많이 사용되었으며, 陽韻, 支韻, 尤韻, 眞韻의 순서를 보이고 있다. 窄韻에 속하는 微韻(272수)이 中韻의 元韻(261수)이나 魚韻(267)보다도 많이 활용된 것을 제외하고는 일반적인 寬韻, 中韻, 窄韻, 險韻의 구분과도 거의 일치하고 있다. 5언 절구에서 활용된 韻이 총 24韻으로서 가장 적은데, 이는 절대적인 작품 수가 떨어지기 때문이다.

표에 나타난 통계에 근거하면, 육유는 비록 시의 형식미의 추구에 많은 노력을 기울였으나 用韻에 있어 窄韻, 險韻 등을 사용함으로써 奇特한 효과를 만들거나 작시 능력을 과시하려하지는 않았음을 알 수 있다. 그가 추구한 시의 형식미는 정격의 틀 내에서 정격의 운을 사용하는 범위 내에서만 가치 있는 것이었으며, 정격에서 벗어난 기특함이나 참신함, 險韻의 의도적인 차용을 통한 기발함 등은 애초부터 고려의 대상이 아니었던 것이다. 이는 앞의 [표 12]에서 一韻이 아닌 借韻을 활용하는 '首句鄰韻入韻'의 비율이 5%를 넘지 않는 것에서도 알 수 있지만, 그 같이 드문 경우에서마저도 대부분은 일반적인 원칙들을 따르고 있는데서 잘 나타난다.

다음은 그의 시에서 首句鄰韻入韻한 시의 借韻現況이다.

[표 14] 근체시의 용운통계표(2)(首句 鄰韻入韻)

유형	5절	5율	7절	7율	총계	유형	5절	5율	7절	7율	총계
東冬		2	16	29	47	寒刪		1	11	15	27
支微		1	15	37	53	元寒				1	1
支齊			2	4	6	刪先			2		2
微齊			1		1	蕭肴		1			1
魚虞	1	5	20	48	74	肴豪				1	1
佳灰		1	1	4	6	庚靑	1	4	7	13	25
眞文			1	3	4	庚蒸			3	1	4
眞元				3	3	靑蒸			2	1	3
文元			8	10	18	覃咸			1	1	2
						총계	2	16	90	170	278

首句鄰韻入韻의 경우 총 278수에서 나타나는데 이 중 魚虞韻의 활용이 74회로 가장 많이 나타나고 있다. 이어 支微韻과 東冬韻, 寒刪韻이 각각 53회와 47회, 27회의 빈도를 나타내고 있다. 표에는 나타나 있지 않지만, 魚虞韻의 경우 본운인 魚韻을 虞韻으로 인운입운한 비율이 높으며, 支微韻은 본운인 支韻을 微韻으로, 東冬韻은 본운인 東韻을 冬韻으로 인운입운한 비

율이 높게 나타난다. 魚虞韻을 비롯하여 支微韻, 東冬韻, 寒刪韻 등은 일반적으로 借韻에서 가장 즐겨 사용되는 鄰韻들인데, 육유 역시 일반적인 경향과 동일한 현상을 나타내고 있다.

다음으로 고체시의 用韻을 살펴본다.

[표 15] 고체시의 용운

詩形	一韻到底		二韻 通韻	三韻 以上 轉韻	총계
	首句入韻	首句不入韻			
5고	13	924	232	74	1,243
7고	204	75	127	197	603
계	217	999	359	271	1,846

고체시의 경우 通韻이나 轉韻이 허용되는데, 위의 표에 따르면 육유시의 경우 一韻到底로 쓰여진 작품이 1,216수로 전체의 65.9%를 차지한다. 또한 轉韻보다는 通韻의 비율이 높아 고체시에서도 가능하면 정제된 韻을 쓰려했던 노력이 엿보인다. 앞서 근체시에서 5언시의 경우 首句不入韻이, 7언시의 경우는 首句入韻이 정격이라 하였는데, 고체시에서도 이러한 원칙은 철저히 지켜지고 있다.

다음은 5, 7언 古體詩의 용운현황을 一韻到底式과 通韻式 및 轉韻式으로 나누어 정리한 것이다.

[표 16] 5, 7언 고체시의 용운통계표(一韻到底)

구분	韻字	5고	7고	구분	韻字	5고	7고	구분	韻字	5고	7고	구분	韻字	5고	7고
상평	東	20	6	상성	董			거성	送	4		입성	屋	16	1
	冬	11			腫				宋				沃	3	
	江				講				絳				覺		1
	支	57	20		紙	32	4		寘	15			質	12	2
	微	13	5		尾	1			未	3			物		
	魚	12	5		語	3			御		1		月	7	1
	虞	20	5		麌	13	1		遇	18			曷	10	
	齊	13	3		薺				霽	2	6		黠		
	佳	2			蟹				泰				屑	10	2
	灰	5	9		賄	1			卦	4			藥	29	6
	眞	33	13		軫	4	1		隊	5	2		陌	26	5
	文	4	3		吻				震	6			錫	4	
	元	39	5		阮	3			問				職	15	2
	寒	15	2		旱	5	1		願	2			緝	18	2
	刪	11	5		潸	2			翰	7	2		合	2	
하평	先	32	19		銑				諫		1		葉	3	3
	蕭	6	6		篠	3			霰	13	1		洽		
	肴	1			巧				嘯	6	1				
	豪	11	7		皓	15	2		效						
	歌	8	1		哿	3			號	6	1				
	麻	14	9		馬	7	1		箇	6	1				
	陽	62	33		養	6			禡	5	2				
	庚	63	30		梗	13			漾	14	2				
	青	7	6		逈				敬	4					
	蒸	7	2		有	20	6		徑						
	尤	30	11		寢	3			宥	5	1				
	侵	12	6		感	1	1		沁		1				
	覃	3	1		琰	4	1		勘	1					
	鹽	2	1		豏				艶	4	1				
	咸								陷						
누계		28韻 513	25韻 213			19韻 139	9韻 18			20韻 130	14韻 23			13韻 155	10韻 25
총계														80韻 937	58韻 279

[표 17] 5, 7언 고체시의 용운통계표(通韻, 轉韻)

구분	韻字	5고	7고	구분	韻字	5고	7고	구분	韻字	5고	7고	구분	韻字	5고	7고
상평	東	24	33	상성	董	1	1	거성	送	7	7	입성	屋	31	22
	冬	15	13		腫		1		宋	6	3		沃	30	19
	江		1		講	1	1		絳				覺	7	6
	支	21	36		紙	14	41		寘	17	18		質	8	16
	微	10	8		尾	3	2		未	9	1		物	1	2
	魚	28	19		語	26	31		御	9	14		月	11	9
	虞	30	16		麌	20	44		遇	13	30		曷	2	3
	齊	1	3		薺	4	6		霽	6	10		黠		
	佳		2		蟹	1	1		泰	5	2		屑	10	29
	灰	1	11		賄	2	1		卦	11	9		藥	15	19
	眞	8	26		軫	1	1		隊	8	6		陌	34	63
	文	6	5		吻				震	7	1		錫	14	14
	元	10	14		阮	4	1		問	5	2		職	31	50
	寒	7	13		旱	7	3		願	7	5		緝	3	10
	刪	10	5		濟	3			翰	9	7		合	3	
하평	先	12	32		銑	4	3		諫	4			葉	3	1
	蕭		2		篠	1	3		霰	4	11		洽	5	1
	肴				巧				嘯	1	4				
	豪	1	1		皓	6	11		效						
	歌	2	3		哿	3	3		號	1					
	麻		9		馬	6	7		箇	3	7				
	陽	11	28		養	1	3		禡	7	13				
	庚	17	37		梗	8	7		漾	1	11				
	青	8	10		逈	5	3		敬	13	8				
	蒸	1	1		有	6	12		徑	10	6				
	尤	10	24		寢	1	1		宥	1	3				
	侵	1	1		感	1			沁						
	覃		4		儉	1			勘	1					
	鹽		2		豏				艷		1				
	咸		1						陷						
누계		22韻 234	29韻 360			25韻 130	23韻 187			25韻 165	23韻 179			16韻 208	15韻 264
종계														88韻 737	90韻 990

一韻到底式에서 5언 고시의 경우 平水韻 106韻 중 총 80韻을 사용하고 있으며, 7언 고시의 경우 약간 적은 58운을 사용하고 있다. 활용빈도로 보면 5언 고시는 庚, 陽, 支, 眞韻의 순이며, 7언 고시는 陽, 庚, 支, 先韻의 순으로 약간의 차이가 있다. 通韻轉韻式에서는 5언 고시의 경우 총 88韻을 사용하고 있으며, 7언 고시의 경우 이보다 많은 90운을 사용하고 있다. 활용빈도로 보면 5언 고시는 陌, 沃, 虞, 魚韻의 순이며, 7언 고시는 陌, 庚, 支, 東韻의 순이다.

전체적인 활용현황을 보면, 고체시의 경우에 있어서도 一韻到底式이나 通韻轉韻式을 막론하고 비록 많은 운자들이 사용되고 있기는 하나 주로 사용되고 있는 운자들은 고체시의 韻중에서도 廣韻에 해당하는 것들임을 알 수 있다. 이는 결국 앞서 근체시의 경우에서도 확인한 것처럼 그가 고의적으로 窄韻을 사용함으로써 시의 기험함을 높이거나 이를 통해 작시 능력을 과시하려하지 않았음을 보여주는 것이다.

이상에서 근체시와 고체시로 구분하여 육유시의 용운현황에 대해 살펴보았다. 그 결과 육유시는 용운의 방법에 있어 일반적인 근체시의 정격을 충실히 따르고 있으며, 구체적인 용운상황에 있어서도 고체시와 근체시를 막론하고 險韻이나 窄韻보다는 廣韻을 주로 사용함으로써 시의 자연스러운 아름다움을 추구하였음을 알 수 있었다.

歐陽修는 ≪六一詩話≫에서 韓愈의 用韻에 대해 예찬을 하면서 '어렵기 때문에 교묘함이 드러나고, 험할수록 더욱 기이하다'라고 말하였다.[23] 이는 宋人들이 唐人들을 능가하기 위해 집중하여야 할 하나의 원칙을 제시한 것이라 할 수 있으니, 송인들은 두터운 학문적 소양과 예술적 능력을 바탕

---

23) '退之筆力, 無施不可… 因難見巧, 愈險愈奇' 歐陽修, ≪六一詩話≫.

으로 和韻, 특히 險韻 방면에 있어 당인을 능가하고자 하였다.[24] 따라서 송대의 전반적인 용운경향은 당대보다는 훨씬 奇特했으니, 육유의 용운은 다만 강서시파뿐만 아니라 송대의 전반적인 용운경향에 비해서도 훨씬 평이한 것이었다고 말할 수 있다.

4. 疊字

疊字는 동일한 글자의 중복을 통해서 시의 음률미와 형상미를 높이고 의미의 강조까지 도모하는 수사기교이다. 이 외에도 語氣를 강하게 하거나 語調를 조절하는 역할도 하기 때문에 ≪詩經≫을 비롯하여 역대 많은 시인들의 詩에서 즐겨 사용되어왔다. 육유 또한 첩자의 방식을 선호하여 전체 작품 중 32%인 2,921수에서 첩자를 활용하고 있다. 여기에서는 육유시의 첩자의 활용을 분석하고 그 활용방식과 유형 및 내용에 대해 알아보기로 한다.

육유시 전체의 첩자 활용현황과 활용방식은 다음과 같다.

[표 18] 첩자의 활용현황과 방식

구		종 수	활용총수	활용작품수	백분비
단독활용	1구	288	1,803	1,803	19.7
	2구 이상	128	236	115	1.3
대장활용	1구	63	108	54	0.6
	2구 이상	317	1,816	894	9.8
단독, 대장 혼용		119	175	55	0.6
총 계		421	4,138	2,921	32.0

---

24) 周裕鍇, ≪宋代詩學通論≫, 巴蜀書社, 1997, 550면.

육유시에서 첩자는 총 422종이 4,138회 걸쳐 활용되었다. 첩자의 활용 방식은 크게 세 가지로 나눌 수 있는데, 시에서 단독으로 사용한 경우와, 대장으로 사용한 경우 및 이들을 혼용한 것이다. 활용 작품의 수에 따라 분류하면 1구에서 단독으로 사용된 경우가 1,803수로 가장 많은 비율을 차지하며, 다음으로 2구 이상의 대장으로 사용된 것이 894수이다. 가장 적은 활용방식은 當句對로 사용한 경우로서 육유시 9,136수 중 단 54수에서만 활용되었다. 이는 當句對로 사용되었을 경우 시가 지나치게 단순화되고 대장의 속성상 자칫 잘못 사용하였을 경우 出句에도 첩자를 사용해야하는 경우가 나타날 수 있기 때문에 가장 적은 활용을 보였다고 할 수 있으니, 이는 다른 시인들에서도 일반적으로 나타나는 현상이다.25) 대장과 단독을 혼용하여 사용한 경우도 55수에 불과하긴 하지만 이미 대장으로 첩자를 사용한 상태에서 긴 편폭으로 인해 한 두 개의 첩자가 추가되어 나온 것이므로 그 활용의 의미를 따진다면 '2구 이상의 대장활용'에 포함시켜도 될 것이다.

전체적으로 육유 작품 수의 1/3에 달하는 시에서 첩자를 활용하고 있기는 하지만, 이 중 62%인 1,803수의 시가 한 구에서 단 1회만 사용되고 있어 그다지 활용빈도가 높은 것은 아니다. 이 같은 결과는 음률미, 형상미 등과 관련한 첩자의 효과를 생각했을 때, 전혀 의외로 여겨질 수 있다. 그러나 시인이 시의 내용뿐만 아니라 형식미도 중시할 경우 사실 이 같은 결과는 필연적일 수밖에 없다. 첩자가 비록 시의 음률미, 형상미 등에 있어 긍정적인 효과를 나타내기도 하지만, 역으로 부정적인 역할 또한 할 수 있기 때문이다. 즉 동일한 글자의 반복이라는 첩자의 속성으로 인해 그 자체로 단조로움을 느끼게 되는 요인이 될 수도 있으며, 이를 일정한 제한이나

---

25) 當句對에 대해서는 6. '對仗'에서 다시 살펴보기로 한다.

의도적인 배치 없이 반복적으로 사용하였을 경우에는 오히려 시의 격을 떨어뜨릴 수도 있기 때문이다. 하나의 키포인트가 작품을 돋보이게 하는 것이지 많은 것은 오히려 역효과를 가져오기 마련이다. 작품에서 첩자의 사용은 단 1회로서 그 진가를 발휘하게 되는 경우가 많다. 그런데 만약 첩자가 律詩의 頷聯이나 혹은 頸聯의 出句에 사용되었다 한다면, 對仗의 제한으로 인해 落句에서도 첩자를 쓸 수밖에 없다. 표에서 2구 이상의 대장으로 사용된 빈도가 두 번째로 많은 것은 바로 이러한 이유에서이다. 따라서 첩자의 활용 효과가 가장 떨어지는 것은 동일구내서 반복 사용하는 것이며, 이 때문에 육유시에서도 가장 적은 작품에서 사용되었던 것이다.

다음은 첩자의 유형과 내용에 대해 살펴본다.

아래 표는 육유시의 총 421종의 첩자 중 빈도 수 상위 42종의 유형 및 활용 수이다. 표에서의 유형은 해당 첩자의 대표적인 의미를 기준으로 분류한 것이며 많은 경우 다른 유형으로도 사용된다. '悠悠', '昏昏', '茫茫' 등은 대표적인 의미로 구분하기도 어려워 두 가지를 모두 병기하였다.

[표 19] 빈도 수 상위 42종의 첩자 활용표

유 형	첩 자	활용수	유 형	첩 자	활용수	유 형	첩 자	활용수
B	蕭蕭	166	AB	區區	49	B	鬱鬱	32
E	處處	146	B	冉冉	49	B	陰陰	32
AB	悠悠	137	B	兀兀	42	E	往往	32
B	紛紛	117	B	迢迢	42	D	喔喔	31
E	時時	116	A	草草	39	B	耿耿	30
E	日日	92	E	年年	39	A	堂堂	30
AB	茫茫	78	B	裊裊	37	B	漫漫	28
E	家家	73	B	渺渺	35	B	嫋嫋	27
C	忽忽	63	E	夜夜	35	B	織織	26
AB	昏昏	62	D	鏊鏊	34	B	細細	26

유　형	첩　자	활용수	유　형	첩　자	활용수	유　형	첩　자	활용수
C	翩翩	61	B	霏霏	34	B	疎疎	26
B	寂寂	60	B	靑靑	34	D	颼颼	26
B	漠漠	59	B	浩浩	34	B	裊裊	26
AB	離離	58	B	累累	33	E	世世	25

* A : 감정 및 심리상태의 묘사, B : 자연 경물 및 객관 상태의 묘사,
C : 동태묘사, D : 의성어, E : 명사의 단순 중첩

육유시에서 사용된 첩자의 유형들을 보면 주로 자연 경물 및 객관 상태를 묘사하는 첩자가 많으며 다음으로 명사의 단순 중첩이 많음을 알 수 있다.

다음에서 각 유형별로 나누어 작품에서 첩자가 사용된 실례들을 살펴보기로 한다.

A : 감정 및 심리상태의 묘사

- '衰髮蕭蕭老郡丞, 洪州又看上元燈' ≪詩稿≫ 권1, <自詠示客>
- '少年富貴已悠悠, 老大功名定有不' ≪詩稿≫ 권3, <登慧照寺小閣>
- '嗚呼楚雖三戶能亡秦, 豈有堂堂中國空無人' ≪詩稿≫ 권4, <金錯刀行>
- '對客欲談還憒憒, 讀書纔過已茫茫' ≪詩稿≫ 권6, <自嘲>
- '兀兀無歡意, 閑遊未擬回' ≪詩稿≫ 권15, <遊前山>
- '從來本不擇死生, 況復區區論禍福' ≪詩稿≫ 권21, <雪夜小酌>
- '春得香秔摘綠葵, 縣符急急不容炊' ≪詩稿≫ 권21, <鄰曲有未飯被追入郭者,…>
- '病夫憒憒眞堪笑, 反衣狐裘三十年' ≪詩稿≫ 권25, <新作南門>
- '病過新年逐日添, 淸愁殘醉兩厭厭' ≪詩稿≫ 권32, <閑中書事>
- '接客厭紛紛, 客去喜寂寂' ≪詩稿≫ 권52, <寂寂>
- '草草殘年夢, 寥寥後世名' ≪詩稿≫ 권64,<秋雨>
- '壯心耿耿人誰識, 往事悠悠恨未平' ≪詩稿≫ 권83, <郊行>

B : 자연 경물 및 객관 상태의 묘사
- ‘小灘拍拍鷗鷺飛, 深竹蕭蕭杜宇悲’ ≪詩稿≫ 권1, <晚泊松滋渡口>
- ‘翩翩乳燕穿簾影, 萩萩新篁解籜聲’ ≪詩稿≫ 권2, <初夏新晴>
- ‘豈知高帝業, 煌煌漢中起’ ≪詩稿≫ 권3, <先主廟, 次唐貞元中張儼詩韻>
- ‘渺渺塘陰下鷗鷺, 蕭蕭秋意滿菰蒲’ ≪詩稿≫ 권5, <小閣納涼>
- ‘墟煙隔水霏霏合, 籬菊凌霜續續開’ ≪詩稿≫ 권10, <吾廬>
- ‘下石紛紛驚賊薄, 絶絃寂寂嘆吾衰’ ≪詩稿≫ 권17, <感興>
- ‘冰拆野塘初灩灩, 雪殘芳草已離離’ ≪詩稿≫ 권18, <早春池上作>
- ‘漠漠斷雲開復合, 纖纖微雨落還收’ ≪詩稿≫ 권25, <晨起坐南堂書觸目>
- ‘殘燈耿耿愁孤影, 小雪霏霏送舊年’ ≪詩稿≫ 권60, <除夜>
- ‘銅鴨香生風嫋嫋, 竹鷄聲斷雨絲絲’ ≪詩稿≫ 권69, <歲暮遣興>
- ‘青青雖滿眼, 行矣當復衰’ ≪詩稿≫ 권75, <古興二首各五韻>
- ‘山高風浩浩, 堂豁海冥冥’ ≪詩稿≫ 권83, <小憩臥龍山亭>

C : 동태묘사
- ‘短景忽忽過, 新寒亹亹來’ ≪詩稿≫ 권4, <冬日>
- ‘碧蝶飛飛過短籬, 山薑石竹有殘枝’ ≪詩稿≫ 권40, <新寒>
- ‘翩翩飛鷺眞吾友, 肯爲幽人一再來’ ≪詩稿≫ 권60, <鷺>
- ‘稽山何巍巍, 浙江水湯湯’ ≪詩稿≫ 권65, <稽山行>
- ‘芳草翩翩蝶, 清池潑潑魚’ ≪詩稿≫ 권83, <雨後>

D : 의성어
- ‘船頭坎坎回帆鼓, 旗尾舒舒下水風’ ≪詩稿≫ 권10, <將至京口>
- ‘肅然起敬豎髮毛, 伏讀百過聲嘈嘈’ ≪詩稿≫ 권15, <記夢>
- ‘已罷向空書咄咄, 尚能擊罐和鳴鳴’ ≪詩稿≫ 권30, <自詠>
- ‘錚錚聞叩鐵, 喔喔數鳴鷄’ ≪詩稿≫ 권33, <冬夜不寐>
- ‘雨餘殘日照庭槐, 社鼓鼕鼕賽廟回’ ≪詩稿≫ 권47, <秋社>
- ‘颼颼黃葉欲辭枝, 況著霜風抵死吹’ ≪詩稿≫ 권48, <冬夜>

- '微泉尙如昔, 激激琴筑聲' ≪詩稿≫ 권62, <寄十二姪>

E : 명사의 단순 중첩

- '懸知寒食朝陵使, 驛路梨花處處開' ≪詩稿≫ 권1, <聞武均州報已復西京>
- '暮暮過渡頭, 旦旦走隄上' ≪詩稿≫ 권2, <將離江陵>
- '冷官無一事, 日日得閑遊' ≪詩稿≫ 권3, <登塔>
- '陂塘處處分秧遍, 村落家家煮繭忙' ≪詩稿≫ 권16, <春夏雨暘調適,…>
- '蠶家忌客門門閉, 茶戶供官處處忙' ≪詩稿≫ 권17, <自上竈過陶山>
- '爲農世世樂有餘, 寄語兒曹勿輕捨' ≪詩稿≫ 권22, <江村初夏>
- '生來不啜猩猩酒, 老去那營燕燕巢' ≪詩稿≫ 권39, <小築>
- '左飧右粥年年飽, 南陌東阡處處閑' ≪詩稿≫ 권68, <醉中絶句>
- '醉中往往得新句, 夢裏時時見異書' ≪詩稿≫ 권77, <野性>

이상의 예문들에서도 알 수 있듯이 육유의 시에서 사용된 첩자는 다만 그 사용횟수만 많은 것이 아니라 사용된 종류 또한 방대하다. 그리고 그 방대한 종류들이 실제 시에서 활용되었을 때는 다만 하나의 의미만을 지니는 것이 아니라 다시 여러 가지 의미로 전용되고 확대되면서 객관적인 수보다도 훨씬 많은 의미를 표현하고 있다.

육유는 첩자의 속성을 인지하였으며, 첩자의 활용이 시에 미치는 긍정적인 효과를 잘 알고 있었다. 그렇기에 의도적이라도 시 속에 첩자를 활용하려 했었고 그것은 그의 시의 1/3에서 첩자가 사용되는 결과를 낳았다. 그러나 그는 첩자의 부정적인 역할 또한 알고 있었기에 잦은 활용보다는 단 한 번의 활용을 즐겨했던 것이며, 그랬던 까닭에 그 한 번의 첩자에 보다 많은 의미를 담으려고 했었던 것이다.

5. 句式

句式은 시구 내에서의 글자의 안배로서, 시의 리듬감을 결정하며 의미상
의 단락을 결정한다. 따라서 시의 음률미를 높이고 詩意을 적절하게 표현
하기 위해서는 적절한 구식의 배열이 필요하며, 특히 대장에 있어서는 필
수적으로 고려해야 한다.

일반적으로 5언시의 기본 구식은 2/3식으로 설정하며 이외 여기에서 변
형된 2/1/2식, 2/2/1식, 1/4식, 4/1식 등으로 구분한다. 이러한 구분 방법은
王力에 의해 보다 세분화되고 체계화되어[26] 이후 구식 분석에 있어 지침
서와 같은 역할을 하게 되었다. 그러나 왕력의 분석 기준은 지나치게 세밀
하고 번다하여 이를 그대로 따를 경우 그야말로 분석을 위한 분석에만 그
치게 될 우려가 있다. 또한 王力이 구식 분석의 기준으로 삼은 시구의 '의
미상의 구분'은 해석하는 사람의 견해에 따라 다를 수도 있기 때문에, 그
자신도 인정한 것처럼 자의적인 분석으로 흐를 가능성이 많다.

여기에서 육유시의 구식을 살펴보고자 하는 이유는 단순히 육유시의 구
식이 어떠한 세부적인 유형들로 이루어져 있는가를 알아보려는 것이 아니
다. 또한 육유시에 존재하는 다양한 구식들을 지적함으로써 그의 형식수사
기교의 추구나 성취를 강조하려는 것도 아니다. 사실 일만 수에 달하는 시
에서 어느 구식인들 예외가 될 수 있겠는가? 육유시에 이러이러한 유형의
구식이 있다고 밝히는 것은 무의미한 작업이며 육유시를 이해하는데 아무
런 도움도 되지 않는다. 다만 여기에서는 육유시의 구식이 일반적인 경향
에 비추어 어떠한 양상을 나타내며, 앞서 詩體나 用韻 등에서 확인된 '육

---

26) 5언시의 경우, 王力은 5언시의 詩句를 詩句 내에서의 품사의 결합양상에 따라 '簡單
    句', '複雜句', '不完全句'로 구분하고 각각의 구들을 97종의 유형으로 나누어 구식 분
    석을 하고 있다. ≪漢語詩律學≫, 183~233면.

유시의 正格性'이 구식에서도 적용되는지, 그리고 이를 통해 육유의 형식 수사기교가 무엇을 바탕으로 하고 있는지 알아보고자 한다.

따라서 여기에서는 구식의 유형을 최대한 단순화시켜 2/3구식을 기본 구식으로 설정하고, 흔히 변형식으로 구분하여 세분화시킨 2/1/2식과 2/2/1 식까지 모두 여기에 포함시켜 살펴보기로 한다. 이에 따르면 육유의 구식 은 2/3식, 1/4식, 4/1식 및 기타의 네 가지 유형으로 단순화될 수 있다.

다음은 육유의 5언 절구 133수 총 532구를 네 가지 구식으로 구분한 것이다.

[표 20] 5언 절구의 구식

	2/3식	1/4식	4/1식	기　타	총　계
구　수	478	16	19	19	532구
백분비	89.8	3.0	3.6	3.6	100

표에 따르면, 5언 절구 전체 532구 중 2/3식이 총 478구로서 전체의 89.8%를 차지하고 있으며, 1/4식이나 4/1식 및 기타 구식은 거의 사용되지 않고 있음을 알 수 있다. 이것은 보통의 5언시에서 2/3식이 기본 구식이 되고 활용 빈도 또한 가장 많은 것과 일치하는 결과라 할 수 있다. 활용 비율에 있어서 비교 가능한 대상이 없는 까닭에 확언할 수는 없지만,[27] 2/3식의 비율이 全句의 90%에 이르고 있는 것은 매우 높은 수치로서 그가 구식에 있어서 독특함이나 기발함보다는 평이함과 무난함을 추구하였음을 보여 준다.

---

27) 다른 시인들의 구식 활용비율은 필자에게도 관심이 가는 부분이었으나 개별 시인들 에 대한 기존의 구식 연구들이 대부분 구식의 유형부분에만 치중되었던 까닭에 구체 적인 비율에 대한 자료는 찾을 수 없었다.

　　보통의 5언시에서 2/3식 이 외에 다른 구식들이 함께 사용되는 것은 전편이 동일한 구식으로만 이루어졌을 때의 구식상의 단조로움을 피하고 시적 감흥을 증대시키기 위한 목적에서이다. 육유도 기타 구식들을 이러한 목적으로 사용하고 있다. 다음은 개별 작품 내에서의 구식 활용현황이다.

[표 21] 5언 절구의 구식 활용표

	全句 동일구식	2식 이상혼용	총　계
시　수	91	42	133
백분비	68.4	31.6	100

　　육유의 5언 절구 중 全句 동일구식으로 쓰여진 시는 90여 수로서, 모두 2/3식으로 이루어져 있다. 앞서 [표 20]에서 5언 절구 전체 구 중 90%가 2/3식이었던 것에 비추어보면 상대적으로 낮은 비율이라 할 수 있다. 즉 전체 구수의 10%인 54구에 불과한 1/4식, 4/1식, 기타 구식들이 총 42수의 시에 섞여 들어가 전체시의 32%에 달하는 시가 동일구식으로 쓰여지는 것을 막아주고 있는 것이다. 이것은 기타 구식들이 한 편의 절구에서 거의 대부분 단독으로 사용되고 있음을 말해주는 것이기도 하다. 다음에서 실제 작품을 통해 이를 확인해 보도록 한다.

　　먼저 5언 절구 중 全句 동일구식으로 이루어진 시들을 살펴보자.

◎ 早春(四首其二)28)
　　이른 봄

　　具牛/將犢行,　　　　농기구 멘 소는 새끼 데리고 지나가고
　　野雉/挾雌鳴.　　　　들녘의 꿩은 암컷을 끼고 우네.
　　農事/不可緩,　　　　농사일 늦어서는 안 되리니

---

28) ≪詩稿≫ 권27.

| 閑人/亦勸耕. | 한가로운 사람에게도 밭 갈기를 권하네. |

◎ 南窗[29]
남쪽 창

身輕/婚嫁畢,	몸 가벼우니 혼인식이 끝났기 때문이고
耳靜/市朝疎.	귀 조용하니 시장이 파했기 때문이네.
褫帶/脫烏幘,	허리띠 풀고 검은 두건 벗으니
一窗/寬有餘.	온 창엔 너그러이 여유가 있다네.

　다음은 변격이 혼용되어 사용된 경우이다. 만약 王力의 구식 구분을 따른다면 아래 <移花遇小雨> 시 2구의 경우 '燒香/賦/小詩'와 같이 2/1/2식으로 분류되는 등 필자의 구분과 차이가 있겠지만, 앞서 언급했듯이 이 또한 2/3식의 변격일 따름인 까닭에 여기서는 모두 2/3식으로 통일하여 구분하였다.

◎ 移花遇小雨, 喜其爲賦二十字[30]
꽃을 옮겨 심었는데 약간 비가 내리니 매우 기뻐 이십 자를 쓰다

獨坐/閑無事,	홀로 앉아 있노라니 한가로이 일은 없고
燒香/賦小詩.	향을 태우며 절구를 짓노라.
可憐/淸夜雨,	맑은 밤에 내리는 비가 사랑스럽나니
及/此種花時.	이 씨 뿌리고 꽃피는 시절에 맞춰 오는 구나.

◎ 過村舍[31]
마을 집을 지나며

| 碓舍/臨山路, | 방앗간은 산길에 임해 있고 |
| 牛欄/隔草煙. | 외양간은 풀 위 안개 속에 떨어져 있네. |

---

29) ≪詩稿≫ 권34.
30) ≪詩稿≫ 권15.
31) ≪詩稿≫ 권46.

| 問/今何歲月, | 묻나니 지금이 어느 세월인가? |
| 恐是/結繩前. | 아마도 문자도 생기기 이전이리. |

　이상의 경우는 한 구에만 변격이 사용된 경우이며, 변격이 사용된 대부분의 시들이 이와 같은 활용을 나타내고 있다. 물론 이 외에 두 구에 걸쳐 변격이 사용된 경우도 전혀 없는 것은 아니다.

◎ 新秋以窻裏人將老, 門前樹欲秋爲韻, 作小詩(十首其三)32)
새로운 가을에 '창 안의 사람은 늙어가는데, 문 앞의 나무는 가을 되려 하네(窓裏人將老, 門前樹欲秋)'로 운을 삼아 절구를 짓다

小智/每自私,	작은 지혜는 혼자서만 지니고
大患/緣有身.	큰 우환은 몸에서 나오네.
孰/能忘彼己,	누가 능히 타인과 자신을 잊으리
吾/將友斯人.	내 장차 이 사람과 벗하리.

◎ 雪夜33)
눈 내리는 밤

雪屋透窗/明,	눈 덮인 집은 창에 비치어 밝고
風簾撼夜/聲.	바람에 흔들리는 발은 밤을 들어 소리 내네.
披衣/擁爐坐,	옷 벗어 화로를 껴안고 앉아 있노라니
忘却/在都城.	도성에 있다는 것을 잊어버리네.

　결론적으로 육유는 앞서의 詩體나 用韻에서와 마찬가지로 구식에 있어도 변격보다는 정격을 추구하였으며, 첩자의 활용에서 보인 '최소한의 잦은 활용'과 같이 정격만을 추구할 때 나타나기 쉬운 단조로움을 '최소한의 변격의 최대한의 활용'으로 벗어나려 했다고 말할 수 있다.

---

32) ≪詩稿≫ 권37.
33) ≪詩稿≫ 권52.

6. 對仗

흔히 육유시의 뛰어난 점을 꼽으라면 제일 먼저 대장에 있어서의 빼어남을 들곤 한다. 趙翼은 ≪甌北詩話≫에서 陸游의 시 중 많은 대구를 뽑아내고 다음과 같이 그의 律詩를 높이 평하였다.

> 放翁은 율시에 뛰어나 이름나고 뛰어난 장구가 거듭 나와 사람들로 하여금 응접할 겨를이 없게 한다. 일을 부림에 반드시 절실하고 對偶를 이음에 반드시 빼어나며…, 실로 古來의 시인들에게서 보지 못한 바이다.[34]

이는 그의 율시가 시율을 엄정하게 지키며, 用事, 對句 등의 방면에서 뛰어난 성취가 있음을 지적한 것이니, 淸代 施補華 또한 이와 비슷한 견해를 나타낸 바 있다.[35]

對仗의 방식과 유형에 대해서는 학자들마다 견해가 달라 분석에 적용할 수 있는 통일된 기준이 없다. 王力은 對仗의 종류를 크게 '工對', '鄰對', '寬對'로 나누고 '工對' 下에 '借對', '借音對'를, '寬對' 下에 '錯綜對', '流水對', '隔句對' 등을 붙여 설명하고 있다.[36] 張正體와 張婷婷은 대장의 운용방식 상 '前對後散', '前散後對', '4句皆對', '4句皆散'로 구분하였으며,[37] 吳文蜀은 '工對', '寬對', '流水對', '交錯對', '借對', '扇對' 등의 6가지를 제시하였다.[38] 따라서 對仗에 대한 기존 연구들은 대부분 이들 중 하나의

---

34) '放翁以律詩見長, 名章俊句, 層見疊出, 令人應接不暇. 使事必切, 屬對必工, …實古來詩家所未見也' 趙翼, 앞의 책 권6, 4조.

35) '放翁七律, 極有佳者, 如<新夏感事>之'百花過後綠陰成', <感憤>之'今皇神武是周宣', 皆逼近盛唐. 今人必取其雕琢小巧之句以爲工, 失放翁之眞矣' ≪峴傭說詩≫ 권16.

36) 王力, ≪漢語詩律學≫, 153면, 上海敎育出版社.

37) 張正體·張婷婷, ≪詩學≫ 上冊, 51~53면, 臺灣商務印書館.

38) 吳文蜀, ≪讀古詩文常識≫, 76~84면, 上海古籍.

방식을 따라 개별 시에 적용하는 방식으로 이루어져 왔다.

최근 이영주 교수는 對仗의 효과와 기능에 관련하여 기존의 연구방법들이 다만 대장을 이루는 두 구만을 대상으로 하고 있음을 비판하고 작품 전체의 맥락과 章法 속에서 대장의 의미를 파악하는 거시적인 연구방법의 필요성을 제기하였다.39) 아울러 이를 바탕으로 杜甫詩에 나타난 대장들의 장법상의 기능과 전체 작품에서의 심미적 역할들에 대해 정치한 분석을 함으로써 대장의 유기체적인 인식이 가능할 뿐 아니라 이를 통해 대장의 묘미가 더욱 분명해짐을 보여주었다. 이영주 교수의 이 같은 견해는 이후의 대장 연구가 나아가야 할 방향을 제시하였다는 점에서 매우 큰 의미를 지닌다고 할 수 있다. 그러나 필자의 연구역량이 아직 부족하고 기존의 연구방식들에 대한 친숙함으로 인해 이 같은 연구방법은 그 충분한 필요성과 타당성에도 불구하고 이후로 기약하기로 한다.

여기에서는 기존의 연구방식에 준하여 육유시 대장의 특징과 활용현황들을 살펴보고자 한다. 그러나 앞서 王力이나 吳文蜀의 분류는 대장의 내용상의 구분과 방법상의 구분이 혼재되어 있고, 張正體와 張婷婷의 분류는 내용에 대한 구분은 없이 다만 대장의 위치만으로 구별하고 있으니, 셋 다 어느 것 하나만을 따르기에는 부족하다. 따라서 여기에서는 육유시의 대장을 크게 '대장의 운용방식'과 '대장의 유형'으로 이분하여 살펴보고, 특히 5언시의 경우 각각의 구체적인 활용통계를 통해 그 활용의 의미를 생각해 보기로 한다.40)

---

39) 이영주, <杜詩對仗法研究>, ≪中國文學≫ 32집, 114면.
40) 육유의 시체 중 그 자신이 가장 공력을 들였고 또한 대장의 특징이 가장 잘 드러나는 시체가 7언시임을 생각하면, 대장의 분석 또한 7언 절구와 7언 율시를 그 직접적인 대상으로 하여야 함이 마땅할 것이다. 그러나 여기에서는 다만 대장의 유형이나 종류뿐만 아니라 구체적인 운용현황의 통계를 통해 대장 활용의 특징 또한 살펴보고자 하였다. 따라서 각각 2,100수와 3,100수가 넘는 7언 절구와 7언 율시의 운용현황은

1) 대장의 운용방식

대장의 운용방식은 곧 대장의 위치를 의미하는 것으로, 아래 표는 張正體와 張婷婷이 제시한 분류 기준에 따라 5언 절구의 대장을 분석한 것이다.

[표 22] 5언 절구의 대장(운용방식별)

	前對後散	前散後對	4句皆對	4句皆散	총 계
시 수	75	6	12	40	133수

王力은 절구의 기원에 대해서 설명하며, 절구가 율시의 일부분을 잘라 이루어진 것이라고 말하며 대부분 율시의 후반부를 잘라 취한 것이라고 하였다.41) 아울러 그 근거로 5언 절구는 4句皆對나 前對後散의 형식이 대부분을 차지하고 있음을 들었다. 육유 5언 절구의 대장분포를 보면 前對後散의 경우가 가장 많고 4句皆對가 그 다음으로, 왕력의 주장과 일치하고 있음을 알 수 있다.

다음으로 5언 율시의 대장현황을 알아보자.

徐師曾은 5언 율시의 대장운용방식으로 '起結不對唯中二聯對', '起及中三聯對唯結不對', '起不對唯中二聯及結對', '八句皆對'의 네 종류를 제시하였다.42) 여기서는 徐師曾의 견해에 따라 5언 율시를 분석해보기로 한다.

[표 23] 5언 율시의 대장(운용방식별)

	2·3聯 (頷頸) 對	1·2·3聯 (首頷頸) 對	2·3·4聯 (頷頸尾) 對	4聯皆對	기 타 (首頸,頸) 對	총 계
시 수	693	957	9	12	42(12, 30)	1,713수

필자의 능력을 넘어서는 것으로, 여기에서는 5언시만을 통계의 대상으로 삼았다.
41) 王力, 앞의 책, 33~38면.
42) 徐師曾, ≪詩體明辨≫, 757~759면, 臺灣 廣文書局.

　　육유의 5언 율시에서는 ‘1·2·3聯對’가 가장 많으며 ‘2·3聯對’, ‘其他對’, ‘4聯皆對’ ‘2·3·4聯對’등의 순으로 나타난다. 이는 일반적인 율시의 대장에서 나타나는 현상과도 일치하는 결과이다. 율시에서 ‘1·2·3聯對’가 ‘2·3·4聯對’보다 많이 나타나는 이유는 율시의 장법상의 특성에서 기인한다. 즉 주로 首聯에서는 鄰對나 혹은 寬對를 사용함으로써 頷頸聯의 대장을 더욱 돋보이게 하는 반면, 尾聯에서는 전반부의 詩情을 총괄하면서 해당 시를 통해 나타내고자 한 작자의 본의가 담겨지기 때문에 대칭되는 두 구보다는 하나로 연결하여 서술되는 경우가 많기 때문이다.

　　이외 대장의 운용방식상 當句對, 隔句對, 流水對 등의 방식이 있는데 다음에서 그 활용의 예들을 살펴보기로 한다.

　　하나의 구절 안에서 대가 이루어지는 當句對의 방식은 杜甫에 의해 본격적으로 활용된 이후[43) 두 구에서 이루어지는 대장의 단조로움과 병치성을 극복하는 방안으로 많은 시인들에 의해 차용되어왔는데, 육유 역시 많은 시에서 當句對의 방식을 즐겨 사용하고 있다.

> ‘市人莫笑雪蒙頭, 北陌南阡信脚遊’ ≪詩稿≫ 권17, <夜步>
> (시장 사람들아 눈 덮인 머리를 비웃지 말게. 북쪽 길 남쪽 길, 발 가는 대로 돌아다니네)
> ‘支離自笑心猶壯, 憂國憂家慮萬端’ ≪詩稿≫ 권50, <夜賦>
> (허약함이 스스로도 우습지만 마음은 오히려 굳건하나니, 나라 걱정 집 걱정에 생각은 만 갈래라네)
> ‘雷車動地電火明, 急雨遂作盆盎傾’ ≪詩稿≫ 권62, <七月十九日大風雨雷電>
> (우레수레 땅을 울리고 번갯불이 번쩍이더니, 폭우가 마침내 대야를 기울이는 듯하네)

---

43) 이영주, 앞의 책, 115면.

'滿榼芳醪手自攜, 陂湖南北埭東西' ≪詩稿≫ 권70, <初春幽居>
(술동이 가득 향기로운 술을 손에 들고, 언덕호수 남북쪽 강둑 동서로
돌아다니네)

當句對의 방식은 이처럼 다만 출구나 혹은 특정한 하나의 구 내에서만
제한되어 사용되는 경우도 있으나, 동시에 다음 구에서도 동일한 유형의
구를 이끌어 두 구 모두가 대를 이루는 경향이 있다.

'閏歲風霜晚, 衰年日月遒' ≪詩稿≫ 권31, <十月晦日作>
(윤년에 바람과 서리는 늦고, 저무는 해에 일월 빛은 강하기만 하네)
'東村西村煙雨晚, 蕭艾離離林薄淺' ≪詩稿≫ 권31, <艾如張>
(동촌 서촌에 저물녘 안개비는 내리고, 쑥풀은 듬성듬성 수풀은 얇네)
'遺事復遺榮, 空齋一榻橫.… 山崦傳梅信, 天窓送雪聲' ≪詩稿≫ 권31, <書
近況寄蜀中道舊>
(일도 버렸고 영화도 버렸으니, 텅 빈 서재엔 걸상 하나만이 놓여 있
네.… 산에서는 매화 소식 전해오는데, 하늘은 눈 소리를 보내오네)

隔句對의 방식은 대장을 이루는 두 연, 즉 함련과 경련이 독립적으로 대
장을 이루는 것이 아니라 각각의 出句 혹은 각각의 對句(落句)끼리 대장을
이루는 것이다. 이러한 방식은 자주 보이지는 않으며, 근체시에 비해 고체
시에서 상대적으로 많이 보인다.44)

'前年膾鯨東海上, 白浪如山寄豪壯. 去年射虎南山秋, 夜歸急雪滿貂裘' ≪詩
稿≫ 권3, <三月十七日夜醉中作>
(전년에 동해에서 고래를 잘게 썰 때는 산같은 흰 파도에 호방함을 기
탁했었고 작년에 가을 남산에서 호랑이를 사냥할 때는 돌아오는 밤길에

---

44) 이치수, 앞의 책, 259면.

갖옷 가득 눈보라였지)

'讀書三萬卷, 仕宦皆束閣. 學劍四十年, 虜血未染鍔' ≪詩稿≫ 권21, <醉
歌>

(삼만 권의 책을 읽었으나, 벼슬한 후론 모두 누각에 묶어 두었고. 사
십년 검술을 익혔으나, 오랑캐의 피로 칼날을 적시지 못하였네)

流水對의 방식은 대장을 이루는 두 구가 독립적인 의미로서 대장을 이
루지 않고 의미상 하나로 연결되어 대장을 이루는 것이다. 오언시의 경우
일명 '十字句法', '十字格'이라고 하는데, 육유의 시에서는 이러한 방식의
대장 또한 활용되고 있다.

'遠客厭征路, 流年逢素秋. 不知今夜月, 還照幾人愁' ≪詩稿≫ 권72, <對
月>

(먼 길 떠나온 나그네는 원정길을 싫어하나니, 세월은 흘러 흰 가을이
되었네. 모르겠네, 오늘밤 달이 몇 사람의 수심을 비추었을지)

'悔不桐江上, 從初作釣翁' ≪詩稿≫ 권79, <題傳神>

(후회되도다, 桐江에서 처음부터 고기 잡는 어부 되지 않음이)

첫 번째 시에서는 전반부에서는 각각 '遠客'과 '征路', '流年'과 '素秋'가
대가 되는 當句對를 사용하고 있으며, 후반부에서는 출구의 '今夜月'이 대
구의 '幾人愁'와 대를 이루면서 또한 대구의 주어 역할을 하는 流水對의
방식을 활용하고 있다. 두 번째 시에서도 비록 위치는 다르지만 출구의
'桐江'이 대구의 '釣翁'과 대를 이루면서 대구의 내용이 이루어지는 장소
로서 제시되고 있는 流水對의 일종이라 할 수 있다.

이외에도 錯綜對 혹은 交錯對라고 하는 특수한 방식의 대장이 있는데,
이는 두 구 혹은 두 연 사이에서 대장이 되는 의미들의 위치가 바뀌어 지
는 것이다. 다음에서 하나의 예를 들어본다.

◎ 物外雜題(八首其七)[45]
경관을 보며

高城今曠野,	높은 성은 지금은 광야가 되어 버렸고
比屋昔朱門.	나란한 집들은 옛날의 권세 있는 집이었네.
道上傳呼過,	길에서 소리 지르며 지나가나니
遙遙幾世孫.	아득히 몇 세손이 지났던가?

이 시에서는 1, 2구가 대장을 이루고 있는데, 사용된 어휘를 보면 '高城/比屋', '今/昔', '曠野/朱門'이 완벽한 대장을 이루고 있어 正對로 간주할 수 있다. 그러나 '今'과 '昔'을 기준으로 앞뒤에 나타나고 있는 것은 현재의 사물과 과거의 사물이라는 차이를 나타내고 있다. 즉 '廣野/比屋'은 현재의 사물로서, '高城/朱門'은 과거의 사물로서 각각 대칭을 이루는데, 작자는 이들의 위치를 '今'과 '昔'의 사용을 통해 의도적으로 바꾸어놓음으로써 자칫 단조롭게 표현되어버릴 수도 있었던 감상이 예술적으로 승화되는 효과를 낳게 하였다.

2) 대장의 유형

王力은 대장에 사용된 시어들을 11류로 구분하여 같은 류에 속하는 시어들의 대장을 '工對'로, 이웃한 류에 속하는 시어의 대장을 '鄰對'로, 멀리 떨어져 있는 류의 대장을 '寬對'로 구분하였다. 육유의 5언 절구를 王力의 기준을 따라 내용별로 분석하여 정리해보면 다음과 같다.

---

45) ≪詩稿≫ 권46.

[표 24] 5언 절구의 대장(내용별)

	工對	鄰對	寬對	총 계
대장수	75	25	5	105

육유 5언 절구의 경우 전체적으로 工對의 비율이 월등히 높게 나타나고 있다. 5언 율시의 경우도 비록 정확한 통계는 낼 수 없었지만, 전체적으로 工對로 사용된 비율이 높게 나타난다. 특히 頸聯의 경우 工對의 비율이 가장 높게 나타나며, 首聯의 경우는 앞서 [표 23]에서 보았듯이 頷·頸聯에 비해 절대적인 대장의 횟수도 적을 뿐만 아니나 많은 경우 鄰對나 寬對를 사용하여 이루어지고 있다.

頸聯에서 工對의 비율이 높은 것은 율시에서 요구되는 원칙 때문이다. 즉 寬對는 일반적으로 함련에서만 사용되고 的對를 엄격히 요구하는 경련에서는 사용되지 않는다.46) 首聯의 工對 비율이 낮은 것은 앞서 지적한 것처럼, 대장을 사용하지 않아도 되는 부분에 쉽게 노출되지 않는 대장을 사용함으로써 확연한 대장을 이루는 頷頸聯과 대비시키는 율시의 장법상의 특징에서 기인한 것이다.47) 아울러 이것은 세 연이 모두 工對로 이루어졌을 경우의 시적 단조로움을 피하기 위한 작자의 어쩔 수 없는 고려에서 나온 결과이기도 하다.

다음에서 工對와 鄰對 및 寬對로 구분하여 육유시 대장의 예를 몇 가지만 살펴보기로 한다. 먼저 工對의 경우를 본다.

방위
'村東買牛犢, 舍北作牛屋' ≪詩稿≫ 권55, <農家歌>
(마을 동쪽에서 소를 사, 집 북쪽에다 牛舍를 짓네)

---

46) 이영주, <杜詩의 句法과 子法硏究>, ≪中國文學≫ 40집, 91면.
47) 이영주, <杜詩對仗法硏究>, 앞의 책, 12면.

‘一權每隨潮<u>上下</u>, 數家相望埭<u>東西</u>’ ≪詩稿≫ 권63, <漁父>
(노 하나로 매번 조수를 따라 올라갔다 내려가니, 몇몇 집이 둑을 바라
보며 동서로 달리네)

계절, 시간
‘開卷<u>冬</u>日暖, 曲肱<u>暑</u>風淸’ ≪詩稿≫ 권66, <東齋雜書>
(책을 펼치니 겨울에도 햇살은 따사롭고, 팔 베고 누우니 여름에도 바
람은 시원하다네)
‘<u>夜</u>枕夢回春雨聲, <u>曉</u>窗日出春鳥鳴’ ≪詩稿≫ 권69, <春前六日作>
(저녁 침상에서 꿈을 깼을 땐 봄비 소리 들리더니, 아침 창에 해 떠오
르니 봄새가 우네)

첩자
‘<u>暮暮</u>過渡頭, <u>旦旦</u>走隄上’ ≪詩稿≫ 권2, <將離江陵>
(저녁마다 나룻머리를 지나고, 아침마다 둑 위를 걷는다네)
‘醉中<u>往往</u>得新句, 夢裏<u>時時</u>見異書”’ ≪詩稿≫ 권77, <野性>
(취중엔 때때로 새로운 구도 얻더니만, 꿈속에서는 마냥 이상한 책만
보인다네)

천문
‘簷<u>雨</u>收殘滴, 溪<u>雲</u>弄晚晴’ ≪詩稿≫ 권33, <雨止行至門外戱作>
(처마에 내리던 비가 남은 빗방울을 거두어가니, 개울 위 구름이 뒤늦
은 맑음을 희롱하네)
‘<u>風</u>生江浦千帆曉, <u>月</u>落山城一笛秋’ ≪詩稿≫ 권43, <病退頗思遠遊信筆有
作>
(바람 피어나는 강 포구엔 새벽녘 많은 배들이 떠 있고, 달 저문 산성
엔 가을 피리 소리 들리네)

동식물
‘<u>布穀布穀</u>解勸耕, <u>蟋蟀蟋蟀</u>能促織’ ≪詩稿≫ 권5, <夜聞蟋蟀>
(뻐꾸기는 뻐꾹대며 농사 권할 줄을 알고, 귀뚜라미는 귀뚤대며 베짜

기를 잘도 재촉하네.)
　‘時鳥朝暮鳴, 芳草日夜生’ ≪詩稿≫ 권37 ＜與子虡子坦坐龜堂後東窗讀書＞
　(철새는 아침저녁으로 울고, 방초는 밤낮으로 자라네)

　　숫자
　‘枕上三更雨, 天涯萬里遊’ ≪詩稿≫ 권9, ＜枕上＞
　(침상 위로 한 밤중의 비가 내리는데, 하늘 끝 만 리를 떠도네)
　‘左右數書冊, 朝夕一草堂’ ≪詩稿≫ 권57, ＜書日用事＞
　(좌우로 몇 권의 책을 두고, 아침부터 저녁까지 줄곧 草堂에만 머무네)

　　이상의 예문을 통해서도 알 수 있지만, 밑줄 친 부분 이 외에도 나머지
부분에서 대장들이 이루어지는 경우가 많으니 이들을 여기에서 구분한 하
나의 유형으로만 한정할 수는 없다. 다음으로 鄰對와 寬對를 보자.
　　鄰對나 寬對는 그 유형이 워낙 많고 쓰이는 범위도 광범위한 까닭에 여
기서는 다만 天文과 관련한 몇 가지 예들만 들어보기로 한다.

　　천문-궁실
　‘三尺窗前燈半死, 萬重雲外雁相呼’ ≪詩稿≫ 권60, ＜枕上＞
　(삼 척 창 앞에 등불은 반쯤 꺼져있고, 만 겹 구름 밖에서 기러기는 울
어대네)

　　천문-지리
　‘雨霽山爭出, 泥乾路漸通’ ≪詩稿≫ 권42, ＜東村＞
　(비 개이니 산은 다투어 나타나고, 땅 마르니 길은 점점 통하도다)

　　천문-동식물
　‘簷飛數片雪, 瓶揷一枝梅’ ≪詩稿≫ 권74, ＜小雪＞
　(처마엔 몇 점 눈이 날리고, 병에는 매화 한 가지 꽂혀 있네)

천문-문구
'當時筆硯舊, 久已晨星稀' ≪詩稿≫ 권43, <齋中雜興十首>(十首其八)
(당시엔 붓과 벼루도 오래되었지만, 오래 지나니 별조차 보이지 않네)

천문-기물
'焰焰甎爐火, 霏霏石鼎香' ≪詩稿≫ 권59, <初寒>(二首其二)
(활활 타오르는 벽돌 화로의 불꽃, 아스라이 날리는 돌 솥의 향기)

이외 대장의 내용상 借對[48]의 방식이 있는데, 다음에서 하나의 예만 보기로 한다.

'欲傾天上河漢水, 淨洗關中胡虜塵' ≪詩稿≫ 권7, <夏夜大醉醒後有感>
(하늘의 은하수 물을 기울여 중원의 오랑캐 먼지 깨끗이 씻어버리려 하네)

여기에서는 '天上'과 '關中', '漢'과 '虜'의 대장에서 각각 借對가 사용되고 있다. '天上'은 '하늘 위'라는 뜻으로 '關中'이라는 地名과 직접적인 對가 되지 않는다. 그러나 먼저 지명으로서 '天'과 '關'을 대장으로 삼고, 뒤이어 '上'과 '中'이라는 字意로서 대장을 삼고 있는 것이다. '漢' 또한 시에서는 '은하수'의 의미로서 '虜'와 직접적인 對가 되지 않으나, 여기서는 '漢'의 의미 속에 들어 있는 '朝廷'의 의미를 차용하여 '오랑캐'와 對를 맞추고 있는 것이다.

借對는 流水對와 더불어 대장의 병치성을 막는 데 커다란 역할을 하지

---

48) 借對는 해당 시구의 문맥 속에서 사용된 의미로는 대장을 이루지 못하고 다른 의미나 유사성을 차용하여 대장을 이루는 방식으로, 차용 방식에 따라 借字와 借音으로 나뉜다. 이영주, <杜詩對仗法研究>, 앞의 책, 116면.

만 그 조어의 치밀함과 어려움으로 인해 시인으로 하여금 많은 재능과 공력을 요구하는 대장법이라 할 수 있다. 육유의 경우 이러한 예들은 매우 드물게 보이며, 대부분의 대장에 工對를 즐겨 사용하였다. 그러나 필자는 이것이 육유 작시 능력의 한계를 보여주는 것이라 생각하지는 않는다. 이는 다만 그 자신이 작시에 있어서의 인위적인 조탁을 반대하였으며, 무엇보다도 '佳作'보다는 '多作'에 그의 지향점이 있었던 탓에, 하나의 작품에 부과되는 절대적인 공력의 양이 적었기 때문이었다. 그럼에도 불구하고 그의 작품 속에서 발견되어지는 많은 형식기교적인 요소들은 작자의 의도적인 노력의 결과였다기보다는 무의식적인 창작의 결과라 할 수 있으며, 바로 이러한 이유 때문에 우리는 결코 그의 작시 능력을 의심해서는 안 되는 것이다.

陸游詩와 陸游詞의 비교

육유의 詞는 詩에 있어서의 명성에 비하면 상대적으로 덜 알려져 있으며 그다지 높은 평가도 받지 못하고 있다. 절대적인 작품 수 또한 詩의 1/100에 불과한 까닭에 시와 함께 비교하여 논의한다는 것 자체도 사실은 격에 맞지 않는다. 그럼에도 불구하고 여기에서 詞를 함께 살펴보고자 하는 까닭은 陸游의 詞가 그 자체의 중요성보다는 육유시의 특성을 보다 잘 이해하게 해주는 보조적인 수단으로서의 의미가 있기 때문이다. 동일 작자에 의해 쓰여진 각기 다른 양식의 문학 작품이 작자의 사상이나 문학적 이념, 혹은 창작경향에 있어 상이한 양상을 나타내고 있다면, 이는 해당 문학양식에 대한 작자의 인식을 보여주는 것이라 할 수 있다. 나아가 해당 작자에 있어 주된 문학양식과 보조적인 문학양식의 구분이 확연하다고 했을 때, 이것에 대한 비교는 주된 문학양식의 특성을 보다 확연하게 드러내주는 역할을 하게 된다.

누구나 인정하듯이 육유의 주된 문학양식은 詩이며, 詞는 보조적인 양식이다. 그러나 이 두 문학양식은 동일한 작자에 의해서 쓰여졌음에도 많은 면에서 상이한 면들을 나타내고 있다. 앞서 제1장 1. ‘연구의 대상 및 방법’에서 필자는 陸游詞의 절대적인 작품수나 ≪詩稿≫의 편정 과정에서의 누락, 창작시기의 불명확성 등을 근거로 육유가 詞의 가치를 詩보다는 낮은 것으로 인식하였거나, 적어도 그 지향이나 역할에 있어 시와는 다른 인식을 지니고 있었으리라고 말한 바 있다. 따라서 여기에서는 좀더 세부적으로 먼저 ≪文集≫에 실려 있는 그의 직접적인 언급들을 근거로 그의 詞觀을 알아보고,[1] 구체적인 작품 분석을 통해 그것들의 주제와 詞調, 題序, 造語 및 기타 표현기교 등과 관련한 형식상의 특징들을 살펴봄으로써 詩와의 차이점 및 공통점에 대해 알아보고자 한다. 아울러 이러한 차이점과 공통점이 생기게 된 원인들을 생각해봄으로써 그가 문학에서 공통으로 지향했던 것이 무엇이며, 궁극적으로 문학을 통해 이루고자 했던 것이 무엇이었는지에 대해 생각해보기로 한다.

현전하는 육유의 詞는 殘句 1수를 비롯하여 총 145수인데, ≪文集≫ 권49와 권50에는 이 중 67調 130수가 수록되어 있다.[2] 나머지는 기타 筆記나 詞選 등에 실려 있는 것으로 판본에 따라 약간씩 차이가 있으며 작자의 眞僞에 대한 논란도 있는 까닭에 여기에서는 ≪文集≫에 수록되어 있는

---

1) 본 장의 목적이 陸游詩와 詞의 비교인 까닭에 ‘陸游의 詩論’과 대비하여 여기서도 마땅히 ‘陸游의 詞論’이라 명명하여야 하겠지만, 사실 육유는 詞에 대해 ‘論’이라고 부를 만한 어떠한 이론도 제시하지 않았다. 다만 그의 일부 시문들 속에 詞에 대한 견해가 약간씩 남아있는 정도여서, 이 책에서는 이를 ‘詞觀’이라는 용어로 정리하였다.
2) ≪文集≫에 수록되어 있지 않는 작품은 <戀繡衾>(雨斷西山晚照明), <大聖樂>(電轉雷驚), <水龍吟・春日游摩訶池>(摩訶池上追游路), <漁父・燈下讀玄眞子漁歌.> 5수, <采桑子>(斷句)(三山山下閑居士), <如夢令・閨思>(獨倚博山峰小), <月照梨花・閨思> 2수, <夜游宮・宴席>(宴罷珠簾半卷), <解連環>(淚掩妝薄) 등 9調 총 14수이다.

작품들만을 대상으로 하였다.

1. 陸游의 詞觀

陸游의 詞觀에 대해서는 많은 이들이 그가 <長短句序>에서 詞를 폄하하는 말을 한 것과 그의 작품 중 詞의 비중이 미미한 것에 근거하여 부정적이었던 것으로 파악한다.[3] 실제로 육유는 <長短句序>에서 詞에 대해 부정적인 인식을 나타내고 있다.

> 내 젊었을 때 세속에 빠져 자못 (장단구를) 쓴 바가 있었다. 만년이 되어서 이를 후회했으나 고기잡이하며 부르는 노래와 마름 따며 부르는 노래는 오히려 그칠 수가 없었다. 지금은 짓지 않은지 이미 수년이 되었으나 옛날에 지은 작품을 생각하고는 끝내 버리지를 못하고 이에 그 머리에 글을 써 나의 허물을 기록한다.[4]

이것은 淳熙 16년(1189) 65세 때에 ≪放翁詞≫라는 題名으로 자신의 詞集을 처음 편찬할 때 쓴 것이다. 그는 여기에서 젊었을 때의 詞作을 '세속에 빠졌다[汩於世俗]'고 표현하며 반성하고 있다. 그러나 그럼에도 불구하고 만년에 이르도록 사를 완전히 폐기하지는 못했다고 말하고 있으니, 이는

---

3) 齊治平은 ≪陸游≫(上海古籍, 1983, 70면)에서 육유의 <長短句序>에서의 말을 인용하며 '육유는 시에만 힘을 쏟고 여력으로 사를 지은 사람이다(陸游則是專力爲詩, 以餘力爲詞的)'라고 하였으며, 朱東潤은 ≪陸游選集≫(上海古籍, 1988, 5면)에서 '육유의 9,200여 수의 시와 130수의 사를 비교한다면 육유 자신의 詞에 대한 중시가 충분하지 못했다는 것을 증명해 준다(以陸詩九千二百餘首和陸詞一百三十首相比, 也證實陸游自己對於詞的重視不够)'라고 하며 육유가 詞라는 문학양식을 낮게 평가했었다고 설명하고 있다.

4) '予少時汩於世俗, 頗有所爲. 晩而悔之, 然漁歌菱唱, 猶不能止. 今絶筆已數年, 念舊作終不可捐, 因書其首以識吾過' ≪渭南文集≫ 권14, <長短句序>.

또한 詞가 진술하고 솔직한 감정을 표현하는 까닭에 사람의 마음을 끌어들이는 측면이 있음을 말한 것이라고 할 수 있다. 초기의 이러한 부정적인 인식이 6년 후인 慶元 원년(1195)에 쓴 <跋東坡七夕詞後>에서는 긍정적인 인식으로 조금 변화해 있음을 보여준다.

> 옛날 사람들이 지은 七夕詩는 대체로 구슬을 장식한 창이나 비단으로 바른 창 아래서의 석별의 정임을 면하지 못했는데 다만 東坡의 이 작품만은 확실히 은하수 위의 말이어서 노래를 다 부르고 나면 天風海雨가 휘몰아침을 느낄 수 있으니 시를 배우는 사람은 마땅히 이것을 배워야 한다.5)

그는 여기에서 蘇軾의 <七夕詞>를 '시를 배우는 사람이 마땅히 배워야 할 것[學詩者當以是求之]'라 하며 높이고 있다. 그러나 이는 蘇軾의 詞에만 한정된 말일뿐, 일반적인 詞에 대해 언급한 앞부분에서의 말들은 여전히 부정적인 면이 강하다. 이 같은 詞觀의 변화는 이미 그 이전 <跋後山居士長短句>(1191)6)에서도 나타나는데, 81세 때인 開禧 원년(1205)에 쓴 <跋花間集> 2條에서는 이전보다 훨씬 긍정적으로 변했음을 보여준다.

> 唐 大中 이후로 시인들은 날로 천박해졌으며 그 사이에 걸출하다고 하는 자조차도 전배들의 閎妙하고 渾厚한 작품들을 다시는 써내지 못하였다. (…중략…) 大中 이후 시가 쇠미해져 소리에 의지하는 것이 생겨난 것이다. 여러 사람들로 하여금 그 긴 재능을 짧은 곳에다 쓰게 한 것이니, 후세 사람 누군들 따질 수 있으리? 글을 쓰는 것과 말을 달리는 것은 즉 하나이니, 이것은 할 수 있으면서 저것은 할 수 없다는 것은 쉽게 이해가

---

5) '夕人作七夕詩, 率不免有珠櫳綺疏惜別之意. 惟東坡此篇, 居然是星漢上語, 歌之, 曲終, 覺天風海雨逼人, 學詩者當以是求之' ≪文集≫ 권28, <跋東坡七夕詞後>.

6) '唐末, 詩益卑, 而樂府詞高古工妙, 庶幾漢魏. 陳無己詩妙天下, 以其餘作辭, 宜其工矣. 顧乃不然, 殆未易曉也. 紹熙二年正月二十四日雪中試朱元亨筆, 因書' ≪文集≫ 권28, <跋後山居士長短句>.

되질 않는다.[7]

　詩가 이미 쇠미해졌기 때문에 이에 실망하여 시를 쓰지 않고 詞를 쓰는 것을 탓해서는 안 된다는 말이다. 이는 비록 詩를 쓰는 것보다는 못하지만 詞를 쓰는 것도 나름대로 의미가 있음을 말한 것이다.

　詞에 대한 이상의 언급들을 종합해보면, 육유의 사관은 비록 부정적인 것에서 시작되었으나 시간이 흐르면서 점차 긍정적인 부분으로 변화되었다고 할 수 있다. 詞에 대한 그의 부정적 인식의 원인에 대해서는 구체적인 언급이 없어 확실히 알 수는 없다. 다만 평소의 그의 문학관과 작시 태도에 기초하여 <長短句序>에서의 언급을 볼 때, 사의 유희적이며 오락적인 속성이 일차적인 원인이 아니었나 생각될 뿐이다. 그러나 이 같은 인식의 변화가 곧 詞에 대한 온전한 긍정과 찬미를 의미하는 것은 아니었으니, 이는 다만 詞의 존재에 대한 '용인'의 수준에 불과한 것이었다. 사에 대한 이러한 인식은 그의 詞의 창작시기 분포나 주제 및 표현방식에 대한 고찰을 통해서도 분명히 드러난다. 다음에서 陸游詞의 주제와 형식에 관한 고찰을 통해 이를 좀 더 자세히 살펴보도록 한다.

2. 陸游詞의 주제와 표현양태

　≪文集≫에 수록되어 있는 총 130수의 陸游詞는 시와 분량의 차이도 있지만, 내용에 있어서도 많은 차이가 있다. 詞에서 가장 많이 나타나고 있

---

7) '唐自大中後, 詩家日趣淺薄, 其間傑出者, 亦不復有前輩閎妙渾厚之作.… 大中以後, 詩衰而倚聲作. 使諸人以其所長格力施於所短, 則後世孰得而議? 筆墨馳騁則一, 能此不能彼, 未易以理推也. 開禧元年十二月乙卯, 務觀東籬書' ≪文集≫ 권30, <跋花間集> 2.

는 주제는 시와 마찬가지로 田園閑適류로서 총31수에 이른다. 그러나 이를 제외하면 남녀의 艶情과 交遊를 노래하거나 遊仙을 주제로 한 작품이 주류를 이루고 있어 시에서의 주제분포와는 사뭇 다른 양상을 보여준다. 다음은 육유사의 주제를 시기별로 정리한 것이다.

[표 1] 陸游詞의 시기별 주제분포 현황

	전원한적	교　유	남녀염정	우국비분	유　선	산수자연	기　타	총　계
초　기	1	6	1	1				9
중　기	3	9	6	6	2	1	23	50
만　기	25	2		5	8	1	11	52
시기미상	2		10	1	2	2	2	19
총　계	31	17	17	13	12	4	36	130

　창작시기상으로 볼 때, 사에 대한 인식의 변화가 생긴 만기의 작품 수가 중기와 비교하여 거의 차이가 나타나지 않고 있다. 이는 그의 인식의 변화가 사의 특성과 장점에 대한 발견이나 긍정이 아니었으며 다만 실체에 대한 인정과 용인에 불과하였음을 단적으로 보여주는 것이다. 이는 주제의 분포를 통해서도 잘 나타난다.

　주제상으로 볼 때, '遊仙'의 경우 육유의 시에서는 매우 드물게 나타나는 주제임에도 詞에서는 완전한 유선사가 12수가 있다. 이외 부분적으로 道家的인 용어를 차용하고 道家的 경계를 느끼게 하는 작품까지 합하면 20수에 이른다. 시와 비교하여 작품수도 차이가 있지만 내용에 있어서도 큰 차이가 있다. 시에서는 사에서와 같은 '丹藥의 제조'나 '長生不死의 추구' 같은 극단적인 비현실성은 나타나지 않으며, '隱逸', '閑居', '無慾' 등 현실을 벗어나지 않는 내용이 대부분이다.[8] 육유에 있어서 도가적 隱逸志向의 詩가 현실에 대한 불만에서 비롯한 반항의식의 표현이었으며 그렇기 때문에 현실세계에 대한 완전한 부정으로까지 나아가지는 않았다고 한다면, 遊仙詞는 자신의 진정을 담아내기 보다는 다만 시험삼아 써보는 한 편의 객기에 불과했으며 이는 자기 자신조차도 용납할 수 없는 순간의 일탈 행위에 불과했다고 말할 수 있다. '남녀염정'에 있어서는 총 17수 중 11수가 기녀를 대상으로 하고 있으며, 정상적인 남녀관계를 대상으로 하고 있는 것은 유명한 <釵頭鳳> 詞 한 수가 유일하다.9) 또한 '交遊' 17수 전체와 '남녀염정' 중 5수가 연회에서 卽寫한 것으로 유희적인 창작태도와 관련이 있다. 결국 이 같은 현상들은 육유의 사에 대한 인식이 결코 긍정적인 것이 아니었으며, 적어도 역할과 기능상에 있어 시에서의 그것과는 다른 것으로 여겼음을 보여주는 것이라 할 수 있다.

물론 詞에 대한 인식이 비록 詩와는 다르고 주제분포 또한 시와는 다다 할지라도 동일한 작자에 의해서 쓰여진 동일 주제의 문학 작품이 전혀 다른 내용을 나타낼 수는 없을 것이다. 陸游詞 또한 시에서의 그것과 유사한 면을 나타내는 작품이 없는 것은 아니며 특히 憂國詞의 경우 시에서의 의경과 매우 흡사하다. 그러나 이외 대부분의 경우 시와는 다른 양태로 표현되고 있다. 夏承燾의 <陸游的詞> 및 劉遺賢의 <談陸放翁和他的詞>10)를 비롯한 그간의 육유사에 관련한 논문 및 선집들은 대부분의 경우 주제상, 특히 憂國意識에 있어 詩와의 연관성에 집중하여 육유의 사를 시와 동일한 의미적 지향이 있는 것으로 파악하여 왔다. 필자 또한 拙稿 <陸游詞의 主題 및 創作觀에 대한 고찰>11)에서 육유사의 중심주제를 '憂國'으로 간주

---

8) 육유의 시에서 長生不死의 의미가 나타나는 것은 <避世行>에서의 '杳杳白雲青嶂間, 千歲巢居常避世'가 유일하다. 그러나 이것마저도 그 자신에 의해 곧바로 부정되었다. 제4장 6. '其他' <避世行> 詩 설명 참조

9) 이 詞는 육유의 전처 唐琬과의 일을 노래한 것이다. 이에 대해서는 제4장 6. '其他'의 <沈園> 詩 및 다음 3) '男女艷情'의 <釵頭鳳> 詞 설명 참고.

10) ≪文學遺産增輯≫ 8집.

하며 육유의 사가 시와 동일한 역할을 하였으며 雅俗이나 貴賤의 구분 없이 동등한 지위를 보장받고 있었다고 말한 바 있다. 그러나 위에서 살펴본 전체 사작품의 주제분포나 표현방식에 비추어보았을 때, 이는 사실과는 다른 잘못된 설명이었다.

다음에서 작품 총수의 분포에 따른 주제별 작품 감상을 통해 이를 확인해보도록 한다.

1) 田園閑適

육유의 田園閑適詩는 만년에 山陰에서의 생활을 시작하면서부터 본격적으로 쓰여지기 시작하는데, 詞의 경우 비록 정확한 연대를 고증할 수는 없지만 역시 많은 田園閑適詞들이 이 시기에 쓰여진 것으로 여겨진다.

앞서 육유 전원한적시의 세 가지 표현양태를 살펴보았는데, 그 중 가장 특징적인 모습으로 우국의식과의 결합을 찾아볼 수 있었다. 육유의 詞 또한 이러한 류의 작품이 없지는 않으나 총 31수의 작품 중 단 2수만이 여기에 속할 뿐이며 나머지는 전원생활의 여유나 한가로움을 묘사하거나 隱逸幽居에 대한 지향을 나타내고 있다. 다음에서 먼저 첫 번째 유형의 작품을 감상해본다.

◎ 烏夜啼

園館青林翠樾,	정원과 숙소는 푸른 숲과 푸른 나무 그늘,
衣巾細葛輕紈.	옷과 수건은 가는 갈포와 얇은 비단.
好風吹散霏微雨,	때마침 불어온 바람이 흩날리는 안개비를 거두니,
沙路喜新乾.	모래 길은 기쁘게도 금방 마르네.

---

11) ≪中國文學≫ 30집.

小燕雙飛水際,　　작은 제비는 물 위에서 쌍쌍이 날고,
流鶯百囀林端.　　꾀꼬리는 숲 꼭대기에서 시끄럽게 울어대네.
投壺聲斷彈棊罷,　투호 소리 끊기고 彈棊 놀이도 끝났으니,
閑展道書看.　　　한가로이 도술책이나 펼쳐 볼까나.

시기가 분명하지 않은 이 작품은 여름날의 아름다운 정경과 한가로운 전원생활을 묘사하고 있다. 上片의 전반부에는 녹음이 우거진 수풀의 모습과 시원한 여름옷을 입고 있는 작자의 모습이 나타나 있으며, 후반부에서는 막 비가 그치고 바람까지 불어오는 시원한 날씨를 느낄 수 있다. 下片의 전반부에서는 비 개인 호수와 수풀의 생기 있는 모습을 새의 움직임과 소리로 그려내고 있으며, 후반부에는 놀이와 여흥을 즐기고 도가의 서적을 읽는 작자의 여유로운 모습이 나타나 있다. 후반부에 나오는 '彈棊'는 고대 博戲의 일종으로 '彈棋'라고도 하며, 흑백의 돌을 중간이 볼록한 네모의 판 위에 올려 상대편 돌을 튕기어 맞혀 떨어뜨리는 놀이이다.

　다음 작품을 보자.

◎ 鷓鴣天

懶向靑門學種瓜,　게으르게 靑門에서 오이 심는 법을 배우고
只將漁釣送年華.　단지 고기나 잡으며 한 해를 보내는도다.
雙雙新燕飛春岸,　쌍쌍의 새로 온 제비 봄 언덕을 날아가고
片片輕鷗落晩沙.　높게 날던 날렵한 갈매기 저녁 모래톱에 내려앉네

歌縹渺,　　　　　노래 소리는 아련하고
櫓嘔啞,　　　　　노의 소리는 삐걱삐걱
酒如淸露鮓如花.　술은 맑은 이슬과도 같고 생선 안주는 향기롭네.
逢人問道歸何處,　사람 만나 내 어디에서 돌아오는가 묻기에
笑指船兒此是家.　웃으며 배 가리켜 여기가 내 집이라 답하였네.

　만기에 쓴 것으로 여겨지는 이 작품 역시 앞의 작품과 마찬가지로 봄날의 고즈넉한 정경과 농사 짓고 고기 잡는 전원생활의 모습이 나타나 있다. 上片에서는 秦나라 때에 東陵侯에 봉해졌다가 秦이 멸망한 이후 長安의 靑門 밖에서 은거하며 오이를 심고 살았던 邵平의 故事를 인용하며 농촌에 한거하고 있는 자신의 모습을 나타내고 있다. 下片에서는 배에서 낚시하며 잡아 올린 물고기로 술안주를 삼는 모습과 이웃 사람들과 더불어 정담을 나누는 모습이 나타나 있다. 작품 전체적으로 여유롭고 안락한 느낌이 나타나 있기는 하지만, 上片에서 사용된 '게으르다[懶]', '다만[只]', '한 해를 보낸다[送年華]'라는 용어들을 통해 또한 온전히 전원생활 속에 빠져들지 못하고 있는 작자의 심정을 느낄 수 있다.

　다음으로 우국의 정서가 결합되어 나타나고 있는 작품을 한 수 감상하기로 한다.

◎ 鷓鴣天

家住蒼煙落照間，	푸른 연기와 저녁놀 비치는 곳에 집 짓고 살며
絲毫塵事不相關．	조금의 속된 일에도 상관하지 아니 하네.
斟殘玉瀣行穿竹，	玉瀣酒 다 마시고 대나무 헤치며 갔다가
卷罷黃庭臥看山．	《黃庭經》 다 읽고선 드러누워 산을 바라보네.

貪嘯傲，	휘파람 불고 오만함을 탐내지만
任衰殘．	쇠하고 기력 없어짐도 그냥 내버려 두는도다.
不妨隨處一開顏．	처지 따라 얼굴 한 번 펴는 것도 무방하리.
元知造物心腸別，	조물주의 마음이 우리와 다름을 원래 알았나니,
老却英雄似等閑．	오래도록 영웅을 등한시 하는 듯 하도다.

　만년에 쓴 것으로 여겨지는 이 사는 전원의 삶에 온전히 귀의하지 못하고 공명의 달성과 이상의 실현에 대한 작자의 안타까움이 나타나 있는 작

품이다. 上片에서 작자는 저물녘 연기가 피어오르는 한가로운 전원마을에 기거하며 술과 자연, 도술책을 벗 삼아 세속에 대한 일체의 욕망에서 벗어 나고자 한다. 下片의 전반부에 나타난 생에 대한 달관되고 초탈한 태도는 上片에서 묘사된 전원의 삶을 통해 자연스럽게 체득된 것이라 할 수 있다. 그러나 마지막 두 구에서 나타난 야속한 命運과 회재불우한 영웅에 대한 탄식은 결국 지금까지 그가 보인 달관의 태도가 그 자신이 진정으로 추구 했던 것이 아니었으며, 현실의 대한 좌절과 절망에서 어쩔 수 없이 취하게 된 것이었음을 보여준다.

2) 交遊

육유의 詞에서 '交遊'를 주제로 한 작품은 총 17수인데 이들 모두는 연회에서 卽寫한 것들이다. 사에서 나타나고 있는 구체적인 교유의 대상은 朱景參, 韓無咎, 王伯壽, 王伯禮, 張眞甫, 宇文卷臣, 葉夢錫, 陸升之, 周機宜, 范知能, 師伯渾, 薛公肅, 譚德稱, 王忠州 등 총 14인인데, 이들 중 事蹟이 알려져 있지 않거나 정확한 대상을 알 수 없는 王伯壽, 周機宜, 薛公肅, 王忠州를 제외하고는 모두가 시에서도 2수 이상씩 등장하고 있다.

시에서의 交遊詩가 일반적으로 '교유과정의 술회'와 '석별의 정' 및 '상대에 대한 당부'의 형태로 쓰여지는 것에 비해 詞에서의 그것은 이 중 '석별의 정'에 집중되어 있다. 특히 육유 증별시의 가장 큰 특징인 '상대방의 우국의식과 애민의식의 발양'이라는 면은 詞에서는 거의 찾아볼 수 없으며, 대부분 상대방의 개인적인 건강이나 官途에 대한 축원에 머무르고 있다. 다음에서 석별의 정과 상대방에 대한 축원이 위주가 되고 있는 작품을 감상하기로 한다.

◎ 浣沙溪·和無咎韻
한무구의 운에 화답하여

懶向沙頭醉玉瓶.	게으르게 모래톱을 향하며 옥술병에 취해보네.
喚君同賞小窗明.	그대 불러 작은 창에 비친 달을 함께 감상하네.
夕陽吹角最關情.	석양에 부는 피리소리에 정은 가장 애틋해지고.
忙日苦多閑日少,	바쁜 날은 진정 많고 한가한 날은 적나니
新愁常續舊愁生.	새로운 수심이 늘 옛 근심에 이어 생겨나네.
客中無伴怕君行.	객 중에 짝이 없으니 그대 떠남을 두려워하네.

韓無咎는 韓元吉을 가리키며 無咎는 그의 字이다. 許昌(지금의 河南省 許昌市) 사람으로, 관직은 吏部尙書까지 지냈다. 육유와 일찍부터 깊은 교유가 있었으나 淳熙 14년(1187) 육유의 나이 63세 때에 세상을 떠났다.12) 이 詞는 乾道 원년(1165) 1월, 鎭江通判으로 있을 때 쓴 것으로 한원길과의 석별의 정을 노래한 것이다. 당시 한원길은 모친을 뵈러 京口, 즉 鎭江에 왔다가 '考功郞徵'의 관직으로 조정에 불려갈 때까지 2개월 남짓 머무르며 육유와 교유하였다. 그와 관련한 詞 작품은 이 외에도 <浣溪沙·和無咎韻>, <萬江紅·危堞朱欄>이 더 있는데, 모두가 이 詞와 마찬가지로 이별의 연회자리에서 석별의 정을 노래하고 있는 작품들이다. ≪詩稿≫에도 한원길과 관련하여 총 14편의 시가 남아있는데, 이들 대부분은 이전의 교유에 대한 회상이나 꿈에서의 만남을 이야기하고 있으며 이 중 직접적인 교유시는 3수이다.13) 이 교유시들을 詞와 비교하여 보면 모두가 次韻詩이거나 贈別詩로서, 연회자리에서 쓰여진 것은 한 수도 없다. 내용에 있어서도 詞가

---

12) ≪詩稿≫ 권19에 <聞韓无咎下世> 시가 있는 것으로 보아 이 무렵 세상을 떠난 것으로 여겨진다. 육유와 한원길의 鎭江에서의 교유상황은 ≪文集≫ 권14, <京口唱和序>에 자세히 나타나 있다.

13) <无咎兄郡齋燕集有詩, 末章見及敬次元韻>, <次韻无咎別後見寄>, <過玉山, 辱芮國器檢詳留語甚勤. 因寄此詩, 兼呈韓无咎右司>(이상 모두 ≪詩稿≫ 권1).

슬픔 일변도의 아쉬움을 나타내고 있는데 반해, 같은 증별시인 <次韻无咎別後見寄> 詩의 경우 비록 이별 당시에 쓰여진 것은 아니지만[14] 훨씬 절제된 슬픔을 나타내면서도 동시에 상대에 대한 추숭을 잊지 않고 있다.[15]

시와 사에서의 이러한 차이는 이외 張眞甫나 陸升之 등 다른 대상의 경우에서도 쉽게 발견된다. 贈別詞인 <好事近·寄張眞甫>[16]는 연회석상에서의 석별의 정을 일관되게 나타내고 있으며, 고향의 친지를 그리워하며 쓴 <漁家傲·寄仲高>[17] 또한 고향과 형제에 대한 일관된 그리움을 나타내고 있다. 그러나 같은 송별시인 <寄張眞父舍人>[18]나 <送仲高兄, 宮學秩滿赴行在>[19]에서는 이와 함께 國事에 대한 염려와 상대에 대한 당부의 내용들이 함께 나타나고 있다. 결국 詩와 詞 모두 동일한 인물을 대상으로 하고 있으면서도 詞는 오로지 연회에서의 기증용으로만 사용되는 등, 시와는 그 창작의 목적이나 태도부터 달랐다고 할 수 있다.

다음에서 王伯壽에 대한 寄贈詞 한 수를 더 들어보기로 한다.

◎ 定風波·進賢道上見梅贈王伯壽
　　진현의 길 위에서 매화를 보고 왕백수에게 주다

　　欹帽垂鞭送客回.　　모자 기울이고 채찍 늘어뜨리며 손님을 보내고 돌

---

14) 이 시의 自注에 '시가 온지 한 달이 되어서야 화답할 수 있어서 이와 같이 말했다[詩來彌月, 乃能和答故云]'라 되어 있어, 이 시가 한무구에게 증별시를 받은 후 한참 뒤에 쓰여진 화답시임을 말해주고 있다.

15) '龍蛇飛動無由見, 坐媿文園屬思遲'

16) '羇雁未成歸, 腸斷寶箏零落. 那更凍醪無力, 似故人情薄. 雲蠻雨暗孤城, 身在楚山角. 煩問劍南消息, 怕還成疎索' <好事近·寄張眞甫>.

17) '東望山陰何處是. 往來一萬三千里. 寫得家書空滿紙. 流淸淚, 書回已是明年事. 寄語紅橋橋下水, 扁舟何日尋兄弟. 行徧天涯眞老矣. 愁無寐, 鬢絲幾縷茶煙裏' <漁家傲·寄仲高>.

18) '諸公方衮衮, 無地著斯人. 萬里夔州守, 中朝禁省臣. 孤帆秋上峽, 五馬曉班春. 想見懷明主, 登臨白髮新' ≪詩稿≫ 권1, <寄張眞父舍人>.

19) '兄去游東閣, 才堪直北扉. 莫憂持橐晚, 姑記乞身歸. 道義無今古, 功名有是非. 臨分出苦語, 不敢計從違' ≪詩稿≫ 권1, <送仲高兄, 宮學秩滿赴行在>.

	아오네.
小橋流水一枝梅.	작은 다리 아래, 흐르는 물에 매화가지 하나.
衰病逢春都不記.	쇠하고 병들어 봄이 된 것도 기억하지 못했네.
誰謂?	누가 말했던가?
幽香却解逐人來.	그윽한 향기가 마음을 알아 사람을 좇아오네.
安得身閑頻置酒.	어찌하면 몸 한가로워져 자주 술자리를 벌이고
攜手.	손 끌어
與君看到十分開.	그대와 함께 활짝 핀 매화를 감상할 수 있을까.
少壯相從今雪鬢.	젊었을 때 서로 따르다 이제 흰머리가 되었네.
因甚?	인연이 깊은 것인가?
流年羈恨兩相催.	흐르는 세월, 나그네의 한에 둘 다 서로 슬퍼하네.

　이 사는 乾道 원년(1165) 겨울, 隆興으로 부임한 초기에 공무로 손님을 전송하고 돌아오다 진현을 지나며 쓴 것이다. 進賢은 地名으로서 지금의 江西省 進賢縣이다. 王伯壽라는 사람에 대해서는 알려진 바 없으며 육유의 시에서도 따로 등장하지는 않는데, 내용에 비추어 볼 때 육유의 어릴적 고향 친구였던 것으로 여겨진다. 上片에서는 첫 구절에 손님을 보내고 나서 편안하고 여유로운 심정으로 돌아오는 모습이 나타나 있다. 이어서 돌아오는 길에 물 위에 떠가는 매화가지를 발견하고는 바쁜 공무로 봄이 온 것도 깨닫지 못한 자신의 삶을 안타까워 하고 있다. 下片에서는 왕백수와 함께 봄을 감상하고 즐기고픈 바람을 나타내고 이제는 함께 늙어 타향살이 하는 처지까지 똑같은 자신들의 신세를 한스러워 하고 있다.

　마지막으로 官途에 대한 축원이 나타나 있는 작품 한 수를 더 감상한다.

◎ 感皇恩 · 伯禮立春日生日
왕백례의 입춘 생일에

春色到人間,	봄 색이 인간 세상에 이르러,

綵旛初戴.	채색깃발 막 머리에 꽂았네.
正好春盤細生菜.	때 마침 봄 쟁반에 담긴 가는 생채,
一般日月, 只有仙家偏耐.	해와 달 같아 신선만이 먹을 수 있다네.
雪霜從點鬢,	눈서리는 귀밑머리에 물들건만
朱顔在.	홍안은 여전하네.
溫詔鼎來,	따스한 詔書가 막 오니,
延英催對.	연영전에서 독대하네.
鳳閣鸞臺看除拜.	중서성과 문하성이 관직 임명을 보네.
對衣裁穩,	한 벌의 옷, 따스함으로 재단하고
恰稱毬紋新帶.	깃털무늬 새 혁대는 잘도 어울리네.
箇時方旋了,	그 때에 막 돌아왔으니,
功名債.	이젠 공명완수만 남았네.

이 詞는 乾道 6년(1170) 겨울, 夔州通判으로 있을 때 쓴 것이다. 王伯禮는
판본에 따라 王伯으로 되어 있기도 하는데, 王伯庠을 가리킨다. 왕백상은
字가 伯禮이며 齊南 사람이다. 紹興 2년(1132)에 진사가 되었으며 당시에
知夔州兼本路安撫의 직책을 맡고 있었다. 이 작품은 왕백상의 생일에 頌壽
의 형식을 빌어 기증한 것으로 上片에서는 오래도록 젊음을 잃지 않는 그
의 외모를 도가적 경계를 차용하여 칭송하고 있다. 下片에서는 그의 앞에
펼쳐진 官路를 이야기하며 공명완수를 통해 자신을 빛낼 것을 당부하고
있다. 왕백상과 관련한 사작품은 이외에도 <鷺山溪·送伯禮>, <萬江紅·
夔州催王伯禮侍御尋梅之集>이 더 있는데, 앞서 한원길의 경우에서와 마찬
가지로 모두가 연회에서 쓰여졌거나 혹은 연회 개최를 촉구하는 내용으로
이루어져 있다. 시에서는 따로 나타나 있는 작품이 없다.

3) 男女艶情

　　‘남녀염정’의 주제는 총 17수로서 ‘交遊’와 더불어 육유사에서 두 번째로 많은 분량을 차지하고 있다. 이 중 11수가 기녀를 대상으로 하고 있으며, 그 중에서도 절반에 이르는 5수가 연회에서 卽寫한 것이다. 육유의 시에서는 남녀간의 사랑을 주제로 하고 있는 작품은 거의 없으며, 그나마 宮體詩의 형식을 통하거나 혹은 前妻라고 하는 특정 대상에 한정되어 나타나곤 한다. 따라서 이는 사에서 특히 두드러지게 나타나는 주제이며, 그 대상이나 작사상황에 비추어 볼 때, 작자의 진실한 감정이나 진지한 창작태도와는 다소 거리가 있다고 할 수 있다. 전처 唐琬과의 애절한 사연으로 유명한 <釵頭鳳>은 비록 그 艶情의 성격이나 창작태도에 있어 다른 작품들과는 확연히 구별되지만, 여기서는 남녀의 애정을 대상으로 한다는 측면에서 함께 묶어 살펴보기로 한다.

◎ 鷓鴣天

梳髮金盤剩一窩,	금 쟁반에 머리 빗어 하나로 틀어 올리고
畵眉鸞鏡暈雙蛾.	란새 거울 보며 눈썹 그리니 두 눈썹이 엷네.
人間何處無春到,	인간 세상 어느 곳에 봄 이르지 않겠는가만
只有伊家獨占多.	다만 그녀가 대부분을 독차지하네.
微步處,	살며시 딛는 걸음,
奈嬌何?	교태로움을 어이할까나?
春衫初換麴塵羅.	봄 옷 막 누런 비단 옷으로 갈아입었네.
東鄰鬪草歸來晩,	동쪽 이웃 친구들과 풀싸움하다 늦게 돌아와
忘却新傳子夜歌.	새로 배운 子夜歌조차 잊어버렸다네.

　　창작시기를 알 수 없는 이 작품은 기녀의 아름다운 외모와 어린아이와

같은 순수한 행동이 나타나 있다. 上片은 소녀의 외모에 대한 묘사로서, 머리 빗고 화장하는 모습을 금 쟁반과 란새 거울을 통해 묘사함으로써 소녀의 화사함과 아름다움을 더욱 두드러지게 하고 있다. 下片은 소녀의 태도와 정서에 대한 묘사로서, 화사한 봄옷에 싸인 교태로운 발걸음이 풀싸움하는 천진한 모습과 대비를 이루고 있다. 마지막 구는 이 소녀의 신분이 무엇임을 알 수 있게 해 주는 구로, 풀싸움하다 늦게 돌아 온데다가 이제 막 배운 노래마저 잊어버린 기녀의 난감함이 나타나 있다.

　다음은 연회석상에서 쓴 사를 한 수 보기로 한다.

◎ 浣沙溪·南鄭席上
　南鄭의 연회 자리에서

浴罷華清第二湯.	화청궁 다음가는 온천에서 목욕을 하네.
紅綿撲粉玉肌凉.	붉은 천으로 분 두드리니 옥 같은 피부 차갑네.
娉婷初試藕絲裳.	어여쁜 여인 막 흰 연실 치마 입었네.
鳳尺裁成猩血色.	봉황자로 성성이 핏빛 같은 옷감을 마름질하네.
螭奩熏透麝臍香.	용갑에선 사향 새어나오고.
水亭幽處捧霞觴.	물가 정자 그윽한 곳에서 노을 술잔을 받드네.

　이 사는 乾道 8년(1172) 여름, 四川宣撫司에서 幹辦公事兼檢法官을 맡고 있을 때 쓴 것이다. 南鄭은 지금의 陝西省 漢中市로 당시 四川宣撫司의 소재지였다. 연회에 참석한 기녀의 단아한 모습을 하늘의 선녀에 비유하여 묘사하면서도 옥 같은 피부와 속 비치는 치마, 사향 냄새 등을 통해 정욕의 대상으로서의 인간적인 면도 함께 그리고 있다. 전체적으로 晚唐五代의 '香奩體'적인 분위기가 느껴지며 북송 전기의 花間詞와도 비슷한 느낌을 주고 있다. 시기적으로 보아 그의 인생 중에 가장 격정적이었으며 항전의

결의와 우국의 열정이 가득했었던 때 쓴 것으로, 이 시기 그의 시에서 나타난 모습들과는 극단적인 차이를 보여준다.

마지막으로 <釵頭鳳>을 감상하기로 한다.

◎ 釵頭鳳

紅酥手, 黃藤酒,	붉고 고운 손, 노랗게 포장한 술 따르니.
滿城春色宮牆柳.	궁성 벽 버드나무엔 봄색이 가득하구나.
東風惡, 歡情薄,	동풍은 모질어 즐거운 정이 얇아졌으니
一懷愁緒,	한 번 근심을 품고서
幾年離索.	몇 년을 헤어져 찾았던가.
錯, 錯, 錯!	틀렸구나, 틀렸구나, 틀렸구나!
春如舊, 人空瘦,	봄은 옛과 같건만 사람은 공연히 야위었고,
淚痕紅浥鮫綃透.	눈물은 어여쁜 얼굴 적시고 손수건에 스미네.
桃花落, 閑池閣,	복숭아꽃은 지고 못 가 누각은 한가한데
山盟雖在,	영원하자던 언약은 그대로이나
錦書難託.	비단 가득 그리움의 글은 보내기가 어렵구나.
莫, 莫, 莫!	끝났구나, 끝났구나, 끝났구나!

이 사는 육유의 사 중 가장 최초의 작품으로, 紹興 25년(1155) 봄 禹跡寺 남쪽에 있는 沈園에서 전처인 唐琬을 만나 쓴 것이다.[20] 육유의 시에서는 당완과의 일을 회상하는 작품이 5수가 있으며 이것들이 전시기에 걸쳐 쓰여지고 있는 반면, 詞에서는 오직 이 작품 한 수뿐이다. 이 같은 사실은 육유가 詩와 詞의 창작의도나 목적 및 용도에 대해 차별적인 생각이 있었음을 보여주는 것이다. 즉 당완에 대한 육유의 진솔한 감정과 詞라는 양식의 유희성과 오락성을 생각했을 때, 육유는 그들의 애정이 詞를 통해 술자리

---

20) 唐琬과의 일은 제4장 6. '기타'의 <沈園> 시의 설명 참고.

에서 기녀들에 의해 여흥으로 불려지는 것을 바라지 않았던 것이다. 당완과의 애정이 사의 통속성으로 인해 저속화되지 않길 바란 것은 그의 詞調 선정에서도 잘 드러난다. <釵頭鳳>이라는 詞調는 육유 이전에는 전혀 존재하지 않았으며, 그 이후에도 쓰여진 바가 없다. 후세 사람들은 육유로 인해 이 사조를 사용하고 싶어도 곡조를 알 수 없기에 불가능했었다. 그 이유는 이 사조가 육유 자신이 창작한 것이기 때문이다. 육유는 이전에 널리 알려진 사조가 아닌 자기만의 사조로서 당완과의 일을 노래하였던 것이며, 이것조차도 다음 절의 [표 2] '사조별 작품분포표'에서도 드러나 듯이 작품에서만 단 한 번 사용했을 뿐이다.

4) 憂國

憂國詞의 경우 총 작품 수는 13수로서 적은 수라고 말할 수는 없지만, 시에서의 그것에 비하면 상대적으로 적은 비율이라 할 수 있다. 그러나 작품에서 나타난 의경이나 주제의식의 표현양태에 있어서는 시와 거의 동일한 양상을 나타낸다. 이는 그의 우국시들이 많은 부분 격정이나 비분 등의 감정의 흥분상태에 근거하여 쓰여졌기 때문에, 작자의 감정적인 정서를 표출하는데 효과적인 詞에서도 이러한 면들이 그대로 반영된 것이라 생각된다. 따라서 그의 우국시의 다른 표현양태인 관료비판, 현실비판 등의 내용은 거의 나타나지 않는다. 다음에서 그의 우국사를 시기별로 한 수씩 살펴보기로 한다.

다음은 南鄭으로 從軍하기 이전의 초기 작품이다.

◎ 水調歌頭
江左占形勝.　　　　　　　양자강 동쪽은 형세가 빼어난 곳을 차지하고 있고

最數古徐州.	그 중 가장 손꼽을 수 있는 곳은 옛 서주라네.
連山如畫,	산 이어져 그림과 같고
佳處縹渺着危樓.	아름다운 곳에 높다란 누각 아련히 솟아있네.
鼓角臨風悲壯,	북소리 호각소리 바람에 실려 비장하고
烽火連空明滅,	봉화는 하늘에 이어져 명멸하는데
往事憶孫·劉.	손권과 유비의 지난 일을 생각하네.
千里曜金甲,	천 리에 금빛 갑옷은 빛나고
萬竈宿貔貅.	만 개의 부뚜막엔 비휴같은 병사들이 주둔하네.

露沾草,	이슬은 풀을 적시고
風落木,	바람은 나뭇잎을 떨어뜨리니
歲方秋.	때는 바야흐로 가을이로다.
使君宏放,	使君은 호탕하여
談笑洗盡古今愁.	담소하며 고금의 시름을 모두 씻어버리네.
不見襄陽登覽,	양양을 유람하던 자취 보이지 아니하고
磨滅游人無數,	무수한 유람객들이 마멸시켜 버렸으니
遺恨黯難收.	한스러움만 남아 슬픔은 거두기가 어렵네.
叔子獨千載,	羊祜만이 천년토록
名與漢江流.	그 명성 漢水, 長江과 더불어 흘러가네.

이 사는 隆興 2년(1164), '대간과 결탁하여 시비를 따지고 張浚의 용병을 역설했다'는 죄명으로 京口通判으로 폄적되었을 때 당시 北固山에 있는 多景樓에 올라 지은 것이다. 上片에서 작자는 다경루에 올라 북소리와 호각소리를 듣고 봉화가 피어오르는 경관을 보며 전대에 중원을 치달리던 孫權과 劉備 등 역사적 인물을 떠올리고 있다. 이어 下片에서는 張浚을 晉代의 양호에 비유하며 중원회복을 실현하려 한 그의 의지를 높이 기리고 있다. 가을의 경관에서 전투의 의지를 느끼고 영웅인물이나 우국지사를 찬미함으로써 자신의 우국의식을 드러내는 것이 시에서의 표현양태와 일치하고

있다.

다음은 南鄭에서 종군할 때 쓴 중기의 작품이다.

◎ 秋波媚

秋到邊城角聲哀,	가을이 되어 변방 성 호각소리 구슬픈데
烽火照高臺.	봉화는 높다란 누대를 비추네.
悲歌擊筑,	슬픈 노래로 筑을 타다가
憑高酹酒,	높은 곳에 의지하여 술을 뿌리니
此興悠哉.	이내 흥 유유하기만 하여라.
多情誰似南山月,	정이 많기는 누가 남산의 달만 하리.
特地暮雲開.	특히 저녁 구름마저 걷히었을 때.
灞橋烟柳,	안개에 싸인 파교의 버드나무
曲江池館,	못 둘러진 곡강의 객관에서
應待人來!	필시 사람 오길 기다리리.

이 사는 乾道 8년(1172) 南鄭에서 王炎과 그 幕府의 장군들과 함께 북벌을 준비할 때 쓴 것이다. 上片에서 작자는 곧 실현될 북벌의 꿈을 생각하며 출동의 명령만을 기다리는 장수의 심정으로 유유히 주변의 경관을 감상한다. 그러나 下片에서는 아름다운 저녁 경관 속에서 중원 수복을 기다리고 있을 함락지의 유민들을 떠올리고 있다.

적지에 남아 있는 유민들을 걱정하는 것은 그의 시에서도 자주 나타나는 모습이다. <關山月> 詩에서는 '유민들은 죽음을 불사하며 중원회복을 바라면서, 오늘밤 얼마나 많은 곳에서 눈물 흘리려는지![遺民忍死望恢復, 幾處今宵垂淚痕]'라 하였고, <觀長安城圖> 詩에서는 '관중 땅 늙은이들 틀림없이 실망낙담하여 왕의 군대 大散關을 나오는 것을 보지 못하리[三秦父老應惆

悵, 不見王師出散關]', <秋夜將曉, 出籬門迎涼有感> 詩에서는 '버려진 백성들
오랑캐 치하에서 눈물조차 말라버리고 남쪽으로 왕의 군대 기다리다 또
일 년이 흘러버렸네[遺民淚盡胡塵裏, 南望王師又一年]'라 하며 여기에서와 똑같
은 안타까움을 토로하고 있다.

　마지막으로 山陰에서 지어진 만기의 작품을 한 수 감상한다.

◎ 訴衷情

當年萬里覓封侯,	당시에는 만 리에 벼슬을 찾아
匹馬戍梁州.	필마로 梁州에서 수자리했네.
關河夢斷何處?	關河에서의 꿈 깨어나니 어디인가?
塵暗舊貂裘.	옛날 담비 갖옷에는 먼지만 가득하네.

胡未滅,	오랑캐는 아직 소멸되지도 않았는데
鬢先秋,	귀밑머리엔 가을서리 먼저 내리니
淚空流.	눈물은 하릴없이 흘러내리네.
此生誰料?	이내 생 누가 짐작이나 했을까?
心在天山,	마음은 아직 天山에 있건만
身老滄洲.	몸은 늙어 滄洲에 있네.

　정확한 창작 시기를 알 수 없는 이 사는 上片에서 북벌을 위해 뛰어다
니던 젊은 날의 강인한 모습과 역정을 서술하고 있으며, 下片에서는 오랑
캐 섬멸의 소망을 실현하지 못한 채 헛되이 나이만 들어 시골 한 구석에서
여생을 보내고 있는 자신의 초라한 모습을 비통한 심정으로 나타내고 있
다. 비분의식의 표출은 육유 만기 우국시의 대표적인 표현양태로서 육유의
우국사 또한 이와 같음을 알 수 있다.

5) 遊仙

陸游詞에서는 완전한 遊仙詞가 총 12수가 있으며, 이외 道家的인 용어나 경개가 나타나 있는 작품까지 합하면 20수에 이른다. 앞서 언급하였듯이 육유시에서 遊仙詩는 매우 드문 양식이며, 내용 또한 시에서의 그것이 단순한 隱逸思想이나 閑居意識의 표출임에 비해 사에서는 '丹藥의 제조'나 '長生不死의 추구'같은 극단적인 비현실성을 나타낸다는 점에서 커다란 차이가 있다. 개별 작품에서 나타나는 의경은 비슷한 까닭에 다음에서 몇 수를 연이어 감상해보기로 한다.

◎ 好事近

風露九霄寒.	바람과 이슬은 하늘 끝에서 차고
侍宴玉華宮闕.	玉華宮闕에서 잔치를 벌이네.
親向紫皇香案,	직접 紫皇의 향기로운 자리 향하고
見金芝千葉.	金芝草의 천 잎을 바라보네.

碧壺仙露醞初成,	푸른 병에 신선이슬로 담근 술 막 익으니
香味兩奇絶.	향기와 맛, 둘 다 빼어나도다.
醉後却騎丹鳳,	취한 후에 문득 붉은 봉황 타고
看蓬萊春色.	봉래산의 봄 색을 바라보네.

◎ 好事近

華表又千年,	화려하게 장식한 기둥, 또 천 년이 흘렀으니
誰記駕雲孤鶴?	누가 기억해 주리오, 구름 몰던 외로운 학을.
回首舊曾遊處,	고개 돌려 일찍이 노닐던 곳 바라보니
但山川城郭.	다만 산천과 성곽뿐.

紛紛車馬滿人間,	시끄러운 수레는 인간 세상에 가득하고
塵土汙芒屬.	진흙은 짚신을 더럽히네.

| 且訪葛仙丹井, | 다시금 葛玄이 단약 만들던 우물을 찾아가 |
| 看巖花開落. | 바위를 보니 꽃은 피었다가 시드네. |

◎ **好事近**

揮袖別人間,	소매 흔들어 인간세상 이별하고
飛躡峭崖蒼壁.	깎아지른 낭떠러지 푸른 절벽을 날아오르네.
尋見古仙丹竈,	옛 신선 단약 만들던 아궁이 찾아가니
有白雲成積.	흰 구름이 겹겹이 쌓여있네.

心如潭水靜無風,	마음은 못 물 같아 고요하여 바람도 없으니
一坐數千息.	이에 수천 번 한숨만 짓도다.
夜半忽驚奇事,	한밤중 홀연 기이한 일에 놀래나니
看鯨波暾日.	고래의 물살과 환한 해를 보노라.

　葛仙은 葛玄으로서 삼국시대 吳 琅耶사람이다. 葛仙公 혹은 太極仙翁이라고도 불리는데, 장생불사의 도를 흠모하여 東峰山에서 수련하여 신선이 되었다고 전해진다. 두 번째와 세 번째 작품에 나타난 ‘葛仙丹井’과 ‘古仙丹竈’은 모두 葛仙이 단약을 만들던 우물을 의미한다.

　이상의 작품을 통해서 느낄 수 있는 것은 육유 遊仙詞가 인간세상과는 단절적인 모습으로 나타나고 있다는 것이다. 물론 <烏夜啼·我校丹臺玉子>에서와 같이 현실세상 속에서의 신선의 경지를 노래한 것들도 있지만,21) 대부분의 작품들이 전편에 걸쳐 비현실적인 세계에 대한 묘사로 이루어지고 있다.

---

21) 上片에서 ‘나는 옥대에서 신선을 만나고, 그대는 蕊珠殿에서 雲篆書를 쓰네. 성도에서 다시 만났을 때, 마음은 둘 다 여전했었지(我校丹臺玉子, 君書蕊殿雲篇. 錦官城裏重相遇, 心事兩依然)’라 하였다.

6) 寫景詠物

寫景詠物을 주제로 한 陸游詞는 총 4수로서 그다지 많은 편은 아니다. 이 중 2수가 매화를 직접적인 대상으로 하고 있으며, 나머지는 각각 梅仙山에서의 경관과 西湖의 경관을 읊은 것이다.[22) 표현방식은 객관적인 서술방식을 주로 차용하고 있으며, 매화시의 경우 매화의 절개에 대한 찬미를 통해 자신의 기개를 은유적으로 나타내기도 한다. 다음에서 매선산에서의 경관과 매화를 읊은 시를 한 수씩 보도록 한다.

◎ 好事近 · 登梅仙山絶頂望梅
　매선산 꼭대기에 올라 매화를 바라보다

揮袖上西峯,	소매 흔들어 서쪽 봉우리에 오르니
孤絶去天無尺.	홀로 우뚝 하늘로 솟아 잴 수도 없도다.
拄杖下臨鯨海,	지팡이 짚고 내려가 고래 노니는 바다에 이르니
數烟颿歷歷.	안개에 싸였던 수 척 돛배가 또렷하도다.
貪看雲氣舞靑鸞,	구름 속에 춤추는 란새 실컷 보다
歸路已將夕.	돌아오는 길, 이미 저물녘일세.
多謝半山松吹,	잎 거의 떨어진 산 중턱에 소나무 바람 불어와
解慇懃留客.	은근히 객을 머무르게 하네.

梅仙山은 梅山으로 浙江省 紹興縣 북쪽 8리쯤 되는 곳에 있는데, 전설에 梅福이 여기에서 은거하였다고 한다. 上片에서는 장대한 산의 모습과 여기에서 내려다 보이는 광활한 바다의 모습이 묘사되고 있으며, 下片에서는 저물녘 산길을 지나 돌아오는 여유자적한 모습이 나타나 있다. 전체적으로 여정과 시간적인 순서에 따라 평이하게 서술되고 있다.

---

22) <蘇武慢 · 唐安西湖>.

◎ 卜算子 · 詠梅
매화를 노래하다

驛外斷橋邊,	역참 밖 끊어진 다리가에
寂寞開無主.	주인도 없이 적막하게 피었네.
已是黃昏獨自愁,	날은 이미 황혼되어 홀로 근심스러운데
更著風和雨.	비바람까지 불어오네.
無意苦爭春,	애써 봄을 다투려는 생각도 없이
一任群芳妒.	뭇 꽃들의 질투도 그저 맡겨 버리네.
零落成泥碾作塵,	떨어져 흑이 되고 썩어 먼지 되어도
只有香如故.	향기만은 여전하네.

梅花를 읊은 이 詞는 객관적인 자연 경물에 자신의 감정을 이입시켜 자신의 의지를 은유적으로 나타내고 있다. 작품의 上片은 매화의 외관에 대한 묘사로서, 보는 이도 없이 외진 곳에서 피어나 황혼과 비바람 속에 홀로 놓여져 있는 매화의 쓸쓸한 모습을 묘사하고 있다. 下片은 매화의 기상에 대한 묘사로서, 자신의 존재를 내세우려 하지 않고 꿋꿋이 지조를 지키며 시들고 난 이후에도 변함없는 향기를 간직하고 있는 매화의 지조를 나타내고 있다. 작자는 매화에게서 초월적인 기상과 변함없는 지조를 발견하였으며, 이에 대한 찬미를 통해 자신 또한 굳건하고 변함없는 의지를 지니고 있음을 말하고 있다.

7) 其他

육유사에는 이 외에도 客愁나 行旅의 감회, 세월에 대한 탄식, 일상생활사 및 酒筵 등을 題材로 한 작품들이 있다. 다음에서 客愁와 세월에 대한 탄식을 내용으로 하는 작품을 한 수씩만 감상하기로 한다.

◎ 南鄕子

歸夢寄吳檣,	돌아가는 꿈꾸며 吳 땅으로 향하는 배에 타니
水驛江程去路長.	나루터 지나는 수로길, 떠나는 길은 멀기만 하네.
想見芳洲初繫纜,	앵무주에 이르러 막 닻줄을 매려하니
斜陽,	석양은 기울고,
煙樹參差認武昌.	연기에 싸인 나무는 들쭉날쭉, 무창임을 알겠네.
愁鬢點新霜,	수심에 겨운 귀밑머리 새로이 서리 물들었으나
曾是朝衣染御香.	일찍이 관복에는 군왕의 향기 스몄었네.
重到故鄕交舊少,	다시금 고향에 도착하면 옛 친구들 적을 터이니
凄凉,	서글프도다,
却恐他鄕勝故鄕.	타향땅이 고향보다 나을까 걱정이네.

이 詞는 淳熙 5년(1178) 촉을 떠나 東歸할 때 쓴 것이다. 작자는 在蜀時期 10년 동안 많은 작품 속에서 고향에 대한 그리움을 노래하였다. 그러나 막상 고향으로 돌아가는 일이 현실로 다가온 순간에는 오히려 망설여지는 느낌을 느끼고 있다. 물론 표면상의 이유는 옛 친구들이 적을 것이라는 점이지만, 이보다는 공업을 달성하지 못한 채 떠나야 하는 안타까운 심정으로 인해 고향으로 향하는 기쁨에 온전히 빠져들 수 없기 때문이었을 것이다.

◎ 一落索

滿路游絲飛絮,	길 가득 버들솜 날리고
韶光將暮.	밝은 빛은 저물어가네.
此時誰與說新愁.	이때에 누구와 함께 새로운 근심을 이야기하리.
有百囀流鶯語.	날며 지저귀는 앵무새 소리만 있네.
俯仰人間今古,	고개 숙였다 든 사이 인간세상 옛날이 되었으니,

<table>
<tr><td>神仙何處.</td><td>신선은 어디에 있는가!</td></tr>
<tr><td>花前須判醉扶歸.</td><td>꽃 앞에서는 취해 부축 받으며 돌아가야 하니</td></tr>
<tr><td>酒不到劉伶墓.</td><td>술은 이르지 못한다네. 죽어 버린 劉伶의 묘에는.</td></tr>
</table>

만기에 쓴 것으로 추정되는 이 詞는 유한한 인간사의 덧없음을 이야기하고 있다. 上片에서는 생명의 시작인 버들솜을 하루의 끝인 저녁과 대비시키며 제3구에서 느끼는 '새로운 근심[新愁]'의 내용이 무엇인지를 상징적으로 나타내고 있다. 下片에서는 잠깐사이 현재가 과거로 변해버렸다는 말로써 작자의 새로운 근심이 인생의 짧음과 덧없음에 대한 것임을 직접적으로 말하고 있다. 마지막 구에서 작자는 유한한 인생이나마 죽은 사람보다는 낫기에, 남은 생을 충분히 즐기며 살고 싶다는 지향을 나타내고 있다. 劉伶은 西晉代의 名士로, 竹林七賢 중의 한 사람이다. 일생 술을 좋아하여 <酒德頌>도 썼으며, '酒仙'이라는 별칭도 가지고 있다.

이상에서 사의 주제별 내용과 표현양태를 시의 그것과 하나하나 비교하여 살펴보았다. 그 결과 육유의 사가 비록 동일 작자라고 하는 객관적 조건으로 인해 시와 비슷한 주제나 경계를 나타내기도 하지만, 그보다 훨씬 많은 부분에서 시와 확연한 차이점이 있음을 발견할 수 있었다. 이 같은 사실들은 육유 만년에 나타난 詞에 대한 인식의 변화가 사의 가치에 대한 긍정이나 추종이 아니었음을 말해주며, 사에 대해 시와는 분명한 우열의 개념을 지니면서 기능이나 역할상의 커다란 차이가 존재하는 것으로 여겼음을 보여주는 것이다.

3. 陸游詞의 형식과 표현기교

　　陸游詞의 주제분포나 표현양태들이 시와 많은 차이가 있는 반면, 사의 형식이나 造語및 서술방식 등과 같은 표현기교들은 오히려 시에서의 그것과 유사한 면이 많이 보인다. 물론 詞는 발생의 기원이나 기본적인 창작원리가 詩와는 전혀 다른 양식인 까닭에 그 형식이나 구조가 시와 다를 수밖에 없으며 일대일의 절대적인 비교 또한 불가능하다. 그러나 사에서의 '詞調의 운용방식'이나 '題序의 경향'과 같은 몇몇 부분들은 그 성격이나 특징상 시에서의 '連作詩'나 '詩題' 및 '題序' 등과 어느 정도 상호 비교가 가능한 부분이라 할 수 있다. 이것들을 시와 비교해보면, 육유의 사는 많은 부분에서 시와 비슷한 양상들을 나타내는데, 특히 표현기교 방면에서의 유사성은 더욱 두드러진다. 즉 첩자의 운용과 같은 조어방식이나 시상의 전개와 같은 서술방식면에 있어 많은 부분 시에서의 방식이나 기법들이 그대로 나타나고 있는 것이다. 그러나 이 같은 유사성들이 시와 사에 대한 작자의 공통된 인식이나 동등한 가치개념을 보여주는 것이라고 할 수는 없다. 왜냐하면 이러한 현상들은 오히려 詞를 대하는 작자의 상반된 창작태도와 차등적인 가치관을 반영하고 있기 때문이다.

　　앞서 우리는 육유시의 형식수사기교에 대한 고찰에서 육유가 형식에 있어서는 變格보다는 正格을 선호하였으며, 수사에 있어서는 의도적인 조탁보다는 자연스러운 아름다움을 추구하였음을 알 수 있었다. 이 같은 현상은 詞에서도 동일하게 나타나, 대부분의 그의 詞들도 變格보다는 詞의 기본적인 격식에 근거하여 쓰여지고 있다. 그러나 이러한 동일 현상이 의미하는 바는 사뭇 다르다. 이는 시에서의 정격 추구 현상이 破格이나 奇特함을 추구하지 않은 작자의 의도적인 노력의 결과인 반면, 詞에서의 그것은 대부분의 그의 사가 1회적인 실험작들로만 이루어져 있어서 나타난 현상이기 때문이다. 수사 방면의 공통점 또한 마찬가지이다. 즉 육유는 사의 고유한 특성을 이해하고 이것의 장점을 발양시키려 하기보다는 다만 시의 방식만으로 사를 썼기 때문에, 사에서 보이는 시와의 공통적인 면은 결국 사의 가치에 대한 부정이며 사를 시의 종속적인 양식으로 인식했음을 보여주는 것이다.

본 절의 목적은 육유사 자체의 형식적 특성이나 표현기교상의 특징을 밝히고자 하는 데 있지 않다. 다만 이것이 시와 비교하여 어떠한 유사성과 차이점을 가지고 있는지 살펴보고자 할 따름이다. 그러나 앞서 지적했듯이, 시와 사는 그 기본적인 형식뿐만 아니라 근본적인 성향부터가 다른 까닭에 상호 일대일의 절대적인 비교가 불가능할 수밖에 없다. 따라서 여기에서는 앞서 육유시의 형식에서 살펴본 詩體, 詩題, 疊字 등의 주요 개념을 중심으로 비록 동일한 개념은 아니지만 사에서의 유사한 개념들을 추려 간략하게 비교해보기로 한다.

1) 詞調

먼저 詞調를 살펴본다. 陸游詞의 사조별 작품분포와 작사현황은 다음과 같다.

[표 2] 사조별 작품분포표

사조명	작품수	자　수	사조명	작품수	자　수	사조명	작품수	자　수
赤壁詞	1	100	沁園春	3	114	昭君怨	1	40
浣沙溪	2	42	憶秦娥	1	46	雙頭蓮	2	99,100
靑玉案	1	67	漢宮春	2	96	南歌子	1	52
水調歌頭	1	95	月上海棠	2	70	豆葉黃 (單調)	2	31

사조명	작품수	자 수	사조명	작품수	자 수	사조명	작품수	자 수
浪淘沙	1	54	烏夜啼	8	47	醉落魄	1	57
定風波	1	62	眞珠簾	1	101	鵲橋仙	3	56
南鄕子	2	56	鷓鴣天	1	55	長相思	5	36
萬江紅	2	93	柳梢靑	2	49	菩薩蠻	2	44
感皇恩	2	67	夜遊宮	2	57	訴衷情	2	44
好事近	13	45	安公子	1	102	生査子	2	40
鷓鴣天	7	54	玉蝴蝶	1	99	破陣子	2	62
驀山溪	2	82	木蘭花慢	1	101	上西樓	1	36
木蘭花	1	56	蘇武慢	1	113	點絳脣	1	41
朝中措	3	48	齊天樂	2	103	謝池春	3	66
臨江仙	1	58	望梅	1	106	一落索	2	46
蝶戀花	4	60	洞庭春色	1	113	杏花天	1	54
釵頭鳳	1	60	漁家傲	1	62	太平時	1	40
淸商怨	1	42	繡停針	1	98	戀繡衾	2	54
水龍吟	1	102	桃園憶故人	5	48	風入松	1	74
秋波媚	2	48	極相思	1	49	眞珠簾	1	101
采桑子	1	44	一叢花	2	78	風流子	1	110
卜算子	1	44	隔浦蓮近拍	2	73			
총 계						65調	130	

[표 3] 陸游詞의 작사현황

	重複詞調			調式		類型	
	1회	2회	3회 이상	쌍조	단조	소령	장조
사조수(65調)	34	21	10	64	1	39	26
작품수(130首)	37	40	53	128	2	90	40

[표 2]에 따르면 130수의 육유사에서 사용되고 있는 사조는 총 65調로
서, <好事近>이 13회, <烏夜啼>가 8회, <桃園憶故人>과 <長相思>가 각

각 5회, <蝶戀花>가 4회씩 사용된 것을 제외하면 나머지는 모두 3회 이하로 사용되고 있다. 또한 [표 3]를 보면, 이 중 단 1회만 사용되고 있는 사조가 총 34調로서 절반이 넘고 있음을 알 수 있다. 아울러 調式을보면, 육유사의 調式은 거의 모두가 詞의 기본 調式인 雙調이며, 유형별로는 소령이 전체 39수로서 장조보다 훨씬 높은 비율임을 알 수 있다. 이 같은 현상은 사에 대한 육유의 시험적 태도를 잘 보여주는 것이라 할 수 있다. 이는 전시기 및 동시기의 다른 사인들과 비교해 보면 더욱 확연히 드러난다.

[표 4] 타 사인들과의 비교[23]

	晏殊	柳永	蘇軾	秦觀	周邦彦	張孝祥	陸游
사조수	38	127	75	41	116	49	65
작품수	122	206	319	82	186	224	130
사조별 평균작품수	3.2	1.6	4.3	2	1.6	4.8	2

육유가 하나의 사조를 평균 2회 정도 활용하고 있는 반면, 이전 시기의 晏殊나 蘇軾과 동시대의 張孝祥 등은 모두 3, 4회 이상씩 사용하고 있다. 이것은 육유가 절대 작품 수에 비해 훨씬 많은 사조를 활용했다는 말로, 그가 사를 지을 때마다 가능하면 새로운 사조로 써보고자 했음을 보여주는 것이다. 柳永과 周邦彦의 경우 각각 1.6회로 육유보다는 적으나 절대적인 작품 수가 많은 까닭에 육유의 경우와는 다르다고 할 수 있다.

전체 사 작품 중 연작사가 거의 없는 것도 육유의 시험성을 보여주는 좋은 예라 할 수 있다. 육유시는 일만 수에 달하는 전체 작품의 40%가 連作詩로 쓰여지고 있는 것에 비해 사에서는 <長相思> 하나만이 5수의 連

---

23) 晏殊 이하 周邦彦의 통계는 송용준, ≪秦觀詞研究≫(서울대 박사학위논문, 1989), 122면 참조.

作詞로 이루어져 있을 뿐이다.24) '連作'의 특성이 즉흥성과 연속성에 있다고 했을 때, 오락이나 연회나 밀접한 관련이 있는 詞 양식이 연작에는 더 좋은 조건이 될 수 있을 터이지만 정작 육유의 사에서는 거의 나타나지 않으니, 이 또한 사에 대한 그의 낮은 인식을 보여주는 예라 할 수 있다.

이상의 고찰을 종합하면 육유시에서와 같이 육유사도 조식이나 유형에 있어서의 정격성을 특징으로 하지만, 이것은 시와는 달리 사에 대한 시험적인 창작태도가 반영된 결과로서 보다 근본적으로는 시와 사에 대한 육유의 기본적인 인식의 차이에서 기인한 것이라 할 수 있다.

2) 題序

시에서 제목 외에 序를 병기하여 작시 배경을 밝히고 작품의 내용 이해에 도움을 주는 것처럼 詞 또한 발생 초기서부터 題序를 병기하는 현상이 있었다. 그러나 사에서 題序가 본격적으로 활용된 시기는 蘇軾때부터로서,25) 음악과의 병리현상이 두드러진 남송 시기에는 이미 낯선 현상이 아니었다. 육유 또한 전체 130수의 사 중 36.2%에 이르는 47수에서 題序를 병기하고 있는데, 이 같은 현상은 만기보다는 초기와 중기의 사에서 더욱 두드러지게 나타나고 있다. 陸游詞 중 시기를 확인할 수 있는 것은 총 111수인데26) 이들의 題序現況을 시기별로 나누어보면 다음과 같다.

---

24) ≪文集≫ 이외에 수록된 작품 중에는 <漁父> 5수와 <月照梨花> 2수가 더 있다.

25) 柳種睦, ≪蘇軾詞硏究≫(중문출판사), 제6장 '蘇軾詞의 形式的 特徵', 310면 참조.

26) 육유사의 作詞時期는 평자에 따라 조금씩 다른데, 이 책에서는 王雙啓 編 ≪陸游詞新釋輯評≫(中國書店, 2001. 1)에서의 시기 구분을 따랐다. 이 책에 수록되어 있는 사는 총 135題 144首인데, 이 중 ≪文集≫에 수록되지 않은 작품은 제외하였다.

[표 5] 陸游詞의 시기별 제서현황

	작품총수	題序작품	백분비(%)
초 기	9	6	66.6
중 기	50	36	72
만 기	52	2	3.8
계	111	44	39.6

　전체 111수의 작품 중 39.6%인 44수가 題序를 사용하고 있는데,27) 이
중 중기사가 총 50수 중 36수(72%)로서 가장 높은 비율을 나타내고 있다.
초기사도 총 9수 중 6수(66.6%)로서 만기사의 52수 중 2수(3.8%)에 비해 매
우 높은 비율임을 알 수 있다. 이는 앞서 육유 시제에 대한 고찰에서, 중기
長題의 비율이 가장 높으며 만기의 시제들이 대부분 2~3자의 짧은 제목
으로 이루어져 있던 것과 비슷한 현상이라 할 수 있다. 그러나 중기시에서
나타나는 높은 장제 비율은 호방하고 격정적인 정서의 표출에서 기인한
것으로, 주로 對象이나 場所 등을 간략하게 서술한 詞의 題序와는 그 성격
부터가 다르다. 또한 만기시에 나타나는 짧은 造題의 경향은 만기의 6,500
수에 이르는 多作에서 기인한 것으로, 50여 수 남짓한 만기사를 같은 이유
로 설명할 수는 없다. 따라서 현상적으로 나타난 題序의 시기별 비율만을
통해 시와의 공통점으로 삼을 수는 없다. 더구나 시에서의 실제 倂序 경향
과 비교해보면 이마저도 일치하지 않음을 알 수 있다. 육유시 중 副題를
제외하고 서문이 병기되어 있는 작품은 총 11수인데, 이것들은 중기와 만
기에 각각 5수, 6수씩 쓰여지고 있어 시기별 구분 또한 사와는 다른 양상
을 나타내고 있다.

　결국 사에서의 題序 경향과 시에서의 詩題 및 倂序의 경향은 아무런 연

---

27) 111수의 題序비율이 전체 비율보다 높게 나타난 까닭은 題序가 병기되어 있는 작품
　　의 경우 作詞時期를 알기가 보다 용이하기 때문이다.

관이 없다고 단언할 수 있으며, 이것들의 가장 커다란 공통점은 육유가 시에서 造題에 별 관심을 기울이지 않았듯 사에서도 제목에 대해서는 어떤 특정한 의도 없이 그때그때의 필요에 따라 題序를 단 것이라고 할 수 있다.

3) 造語

造語方面에서는 앞서 시에서 살펴본 '疊字'의 경우에 한하여 시와 비교해보기로 한다.

육유의 詞는 疊字의 유형과 활용방식 및 빈도의 측면에서 시와 매우 흡사한 경향을 나타내고 있다. 먼저 첩자의 활용빈도상으로 보면, 총 130수의 詞 중 35.4%인 46수에서 첩자가 활용되고 있는데, 이는 시에서의 32%와 매우 근사한 수치이다. 시와의 유사성은 활용방식에 따른 구분에서 보다 분명하게 나타난다. 다음 표는 육유사의 첩자 활용현황을 활용방식에 따라 구분한 것이다.

[표 6] 陸游詞의 첩자 활용방식과 현황

구 분		종 수	활용총수	활용작품수	백분비
단독활용	1구	29	35	35	26.9
	2구 이상	6	6	3	2.3
대장활용	1구	2	2	1	0.8
	2구 이상	14	14	7	5.4
단독, 대장 혼용					
총 계		42	57	46	35.4

앞서 시의 경우 疊字는 1구에서 단독으로 사용된 경우가 가장 많았고 다음이 2구 이상에서 대장으로 사용된 경우였는데, 詞도 이와 동일한 현상

을 나타내고 있다. 다만 첩자가 활용된 전체 46수의 작품 중 1구에서 단 1회만 사용된 작품이 35수로서, 시에서의 62%보다도 훨씬 높은 76.1%에 이르는 차이가 있다. 즉 첩자의 활용도 면에서 시보다 더욱 떨어진다는 말이다. 시에서 나타난 비율이 첩자의 긍정적인 효과와 부정적인 역할을 고려하여 사용한 결과였음에 비추어 볼 때, 사에서의 이 같은 낮은 활용도는 앞서 詞調의 활용에서 살펴본 것처럼 사에 대한 작자의 시험성을 보여주는 것이라 할 수 있다. 이는 첩자의 유형별 활용에서 보다 분명하게 드러난다.

詞에서 활용된 총 42종의 첩자 중 時時, 年年, 駸駸이 3회에 걸쳐 사용되고 있으며 紛紛, 夜夜, 駸駸, 匆匆, 冉冉, 茫茫, 重重, 處處, 厭厭이 각각 두 번씩 사용되고 있다. 그러나 이들을 제외한 나머지 30종은 전 작품에 걸쳐 단 1회씩만 활용되고 있으며, 그 비율은 전체 첩자의 71.4%에 이른다. 비록 시에 비해 절대적인 작품 수가 부족한 탓도 있겠지만, 시에서 사용된 총 421종의 첩자 중 단 1회만 사용된 것이 전체의 25.9%인 109종에 불과한 것을 보면, 사에서의 비율은 지극히 높은 것으로 작자의 시험적인 활용의 결과라고 밖에 생각할 수 없다.

사에서 1회만 사용된 30종의 첩자들 중 娉娉(0회), 雙雙(2회), 盈盈(3회), 營營(4회), 澹澹, 萩萩(이상 5회), 眷眷(7회), 片片(8회), 星星(9회) 등을 제외한 나머지 첩자들을 모두가 시에서 10회 이상씩 자주 활용되고 있는데, 이를 통해 육유사에 대한 또 하나의 사실을 확인할 수 있다. 즉 총 42종 중 30종이 1회씩만 사용된 것은 사에 대한 육유의 시험성을 보여주는 것이며, '娉娉'을 제외한 41종의 첩자 모두가 사에서도 사용되고 있고 사에서 1회씩만 사용된 첩자조차도 대부분 시에서 널리 활용되고 있는 것은 시에서의 작시경향이 사에서도 그대로 이어지고 있음을 보여 주는 것이다.

4) 其他 表現技巧

詩에서는 詩想의 서술 및 전개방식을 일컬어 章法이라고 하며, 起承轉結의 전개방식을 원칙으로 삼는다. 그러나 詞의 전개방식은 시와는 매우 다른 특징을 지닌다. 즉 시가 전개와 반전을 통해 결말에 이르는 방식이라고 한다면, 사는 모든 구가 하나의 주제를 위해 짜여지고 구의 배열 또한 하나의 의미를 향해 줄곧 치달리는 방식을 특징으로 한다.[28] 아울러 주로 시간적 흐름에 따른 서사적인 표현기법을 차용하는 시와 달리, 사는 정감이나 심회의 즉자적인 표출을 특징으로 하는 등의 차이가 있다. 그러나 육유는 많은 경우 시의 장법을 사에도 적용하려 했던 까닭에 사의 고유한 특성들이 충분히 발현되지 못한 한계를 나타낸다.

다음에서 남녀의 염정을 주제로 하여 사의 전형적인 서술기법을 차용한 작품과 시의 기법을 차용하고 있는 작품들을 비교해보기로 한다.

◎ 月上海棠

蘭房繡戶厭厭病.	난초 방, 수놓은 집에서 오래도록 아파하네.
歎春醒,	봄날의 숙취를 탄식하나니,
和悶甚時醒?	내 근심은 언제나 깨려는지?
燕子空歸,	제비는 헛되이 돌아왔나니,
幾曾傳玉關邊信?	옥관의 소식 몇 번이나 전해주었던가?
傷心處,	상심한 곳에서
獨展團窠瑞錦.	홀로 촉의 비단이불을 펼치네.
熏籠消歇沉煙冷.	향로는 식어 沈水香의 연기는 차갑네.
淚痕深,	눈물 흔적 깊은데,
展轉看花影.	잠 못 이루며 꽃 그림자를 바라보네.

---

28) 苗菁, ≪唐宋詞通論≫(中州古籍出版社), 132면.

漫撥餘香,	헛되이 남은 향기만 껴안고 있으니,
怎禁他峭寒孤枕?	어찌하리, 매서운 추위에 외로운 잠자리를?
西窗曉,	서창이 밝아 오니,
幾聲銀瓶玉井.	이따금씩 들리는 우물의 은병 소리.

　이 작품은 여성 화자의 입장에서 변방으로 떠나간 님을 그리워하고 있는 작품이다. 上片에서는 님을 떠나보낸 외로움을 술로 달래는 모습과 떠나간 님에게서 소식조차 받지 못한 채 홀로 잠자리에 드는 허전함이 나타나 있으며, 下片에서는 온기를 잃은 향로와 부질없는 향기를 통해 쓸쓸한 침방을 묘사하고 님에 대한 그리움에 날이 밝도록 잠 못 이루는 안타까움이 나타나 있다. 이 작품은 비록 상하 두 편으로 나누어져 있지만 각각 등장하는 소재만 다를 뿐 동일한 내용을 동일한 방식으로 노래하고 있다. 뿐만 아니라 '난초 방[蘭房]－향로[熏籠]', '옥관[玉關]－매서운 추위[峭寒]', '비단 이불[瑞錦]－우물[玉井]' 등과 같이 각 편에 등장하는 소재들의 위치까지도 일정하다. 즉 이 작품은 두 편 모두가 님과 이별한 상심한 여인의 모습을 묘사하는데 집중되어 있으며, 분절된 편 자체로서도 독립적인 의미전달이 가능하다. 이외 <浣沙溪・南鄭席上>29)이나 <蝶戀花>30)에서도 이와

---

29) '화청궁 다음가는 온천에서 목욕을 하네. 붉은 천으로 분 두드리니 옥 같은 피부 차갑네. 어여쁜 여인 막 흰 연실 치마 입었네. / 봉황자로 성성이 핏빛 같은 옷감을 마름질하네. 용갑에선 사향 새어나오고. 물가 정자 그윽한 곳에서 노을 술잔을 받드네(浴罷華清第二湯. 紅綿撲粉玉肌凉. 娉婷初試藕絲裳. / 鳳尺裁成猩血色. 螭奩熏透麝臍香. 水亭幽處捧霞觴)'

30) '물은 부평초를 띄우고, 바람은 버들솜을 마네. 어여쁜 미소, 아름다운 이마. 그대가 날 맞이해 준 곳을 기억한다네. 꿈속에서나 만날 수 있건만, 꿈도 사람 마음대로 꾸어지지 않음을 탄식하네. / 꿈이 만약 사람 마음대로 된다면 어디를 갈 것인가? 짧은 모자, 가벼운 적삼에, 밤마다 眉州 가는 길에 있겠지. 은 술항아리, 아름답게 수놓은 집은 두렵지 않으나, 바람이 清衣 나루를 막을까 걱정스럽네(水漾萍根風卷絮. 倩笑嬌矉, 忍記逢迎處. 只有夢魂能再遇, 堪嗟夢不由人做. / 夢若由人何處去? 短帽輕衫, 夜夜眉州路. 不怕銀缸深繡戶, 只愁風斷青衣渡)'

같은 서술방식이 잘 나타나고 있는데, 이는 苗菁이 말한 '全句의 배열이 하나의 의미를 향해 줄곧 치달리는' 전형적인 詞의 서술방식이라 할 수 있다.

그러나 사에 기승전결의 방식이나 시간적 흐름에 따른 서사적 표현 기법 등 시의 표현기법이 적용된 작품 또한 적지 않다. 다음에서 같은 주제를 노래하고 있는 작품을 예로 들어 살펴보기로 한다.

◎ 鷓鴣天·薛公肅家席上作
　설공숙의 집에서 쓰다

南浦舟中兩玉人.	남포의 배에서 만난 아름다운 두 여인,
誰知重見楚江濱?	누가 알았으리, 초 땅 江가에서 다시 만날 줄을.
憑教後苑紅牙版,	후원에서 홍아판 들고 노래 부르다가
引上西川綠錦茵.	서천까지 와 푸른 비단깔개에 오르네.
纔淺笑,	엷은 미소 짓다가는
却輕嚬.	문득 가벼이 얼굴 찡그리네.
淡黃楊柳又催春.	담황색 버드나무는 다시금 봄을 재촉하고.
情知言語難傳恨,	진정 말로는 한을 전하기 어려움을 아나니,
不似琵琶道得眞.	비파로 진심을 말하는 것만 못하네.

이 작품은 薛公肅이라고 하는 사람의 집에서 잔치를 벌일 때, 노래하는 두 여인을 보고 이전에 만났던 기억을 회상하며 쓴 것이다. 앞서 <月上海棠>의 사가 상하 양편에 걸쳐 동일한 내용을 노래하고 있는 것에 비해 이 사는 시의 전형적인 기승전결의 장법을 사용하고 있다. 上片의 전반부에서는 노래하는 두 여인이 이전에 알고 있었던 사람임을 말하며 지금 만나고 있는 장소를 밝히고 있다. 후반부에서는 이를 이어받아 이전에 만났던 장소가 궁중이었음을 밝히고 여기까지 오게 된 이유가 그들의 탁월한 노래

실력 때문임을 말하고 있다. 下片의 전반부는 상편의 회상에 현실로 돌아와 여인들의 노래하는 모습을 묘사하고 있다. 그러나 단순히 아름다운 모습으로만 묘사하지는 않고 '엷은 미소[淺笑]'와 '가벼운 찡그림[輕嚬]'의 표현을 사용함으로써 후반부에 나타날, 말로는 표현하지 못하고 비파로만 나타낼 수밖에 없는 여인들의 회한을 예비하고 있다.

시가 전반부만 가지고서 전체적인 내용을 표현할 수 없고 마지막 부분에 시의가 드러나며 이전 세 구, 혹은 세 연의 내용들이 承과 轉을 거쳐 결말 부분으로 모아지듯이, 이 사 또한 분편으로는 충분한 의미를 전달할 수 없으며 각 부분에 나타난 타향, 재능, 미모 등의 요소가 결말부의 여인의 회한을 심화시키는 기능을 하고 있다.

다음 작품을 보자.

◎ 眞珠簾

燈前月下嬉遊處.	달빛 아래, 등불 앞에서 즐거이 노니는 곳.
向笙歌錦繡叢中相遇.	피리 불고 노래하는 화사함 속에서 그대를 만났네.
彼此知名,	이름이야 서로 알았건만,
纔見便論心素.	이제야 만나 마음속의 정을 이야기하네.
淺黛嬌蟬風調別,	얕게 그린 눈썹, 교태로운 몸매, 풍모 또한 남달라
最動人時時偸顧.	문득문득 몰래 돌아보게 한다네.
歸去,	돌아가선
想閑窗深院,	그대 머물 한가로운 창, 깊은 정원 생각하며
調絃促柱.	거문고의 줄과 지주를 조정한다네.
樂府初飜新譜.	악부에서 막 새 노래를 지었네.
漫裁紅點翠,	아름다운 구절들을 가득 잘라내
閑題金縷.	한가로이 금루에 써 붙이네.
燕子入簾時,	제비가 주렴 사이로 날아드니
又一番春暮.	다시금 한 번의 봄이 저무네.

<pre>
側帽燕脂坡下過,   모자 비끼어 쓰고 燕脂坡를 내려오나니,
料也記前年崔護.   옛날 도화녀를 그리워한 崔護가 생각나네.
休訴,   말하지 말자,
待從今須與,   이제부터 마땅히 함께 할 것은
好花爲主.   좋은 꽃일 뿐이라네.
</pre>

연대를 알 수 없는 이 詞 또한 기녀를 대상으로 한 작품이다. 上片의 전반부에서는 연회에서 歌妓를 만난 사실을 이야기하며, 그녀의 이름을 이전부터 알고 있었음을 밝히고 있다. 후반부는 그가 그녀의 이름을 알고 기억한 이유를 설명해주는 부분으로, 아름다운 외모와 단아한 풍모에서 느낀 흠모와 '거문고를 조절한다[調絃促柱]'에서 드러나는 그녀의 노래 솜씨가 그 원인이었음을 말하고 있다. 下片의 전반부에서는 이렇게 흠모와 서먹함으로 시작된 만남이 오랜 기간 동안 지속되고 있음을 말하며 후반부에서 앞으로도 계속적인 관계를 맺고 싶다는 작자의 바람이 나타나 있다. 전편에 걸쳐 시간적 흐름에 따른 서사적인 기법이 차용되고 있으며, 시에서처럼 확연히 드러나지는 않지만 약하나마 기승전결의 방식까지도 차용되고 있음을 느낄 수 있다.

이상의 고찰은 '남녀염정'을 주제로 한 작품에 한한 것이지만, 이 외 다른 주제에서도 이와 같은 서술방식들은 쉽게 발견된다. 이 중 특히 '우국'을 주제로 한 詞의 경우, 그 주제상의 표현양태가 시에서의 그것과 많이 유사한 것처럼, 표현기법 면에 있어서도 시의 표현기법들이 자주 사용되고 있다.31)

사의 창작에 시의 창작기법이 적용되고 있다는 사실은 결국 사의 고유

---

31) 앞 절의 4) '憂國'에서 인용된 <水調歌頭>, <秋波媚>, <訴衷情> 모두 기승전결의 방식과 시간적 흐름에 따른 서술방식이 사용되고 있으며, 그 결과 시에서와 유사한 감상이 느껴진다.

하고 독자적인 영역을 인정하지 않았다는 말이다. 육유는 사의 고유한 특성을 찾아내고 살리려 하기보다는 이를 다만 시의 종속적인 양식으로 인식했으며, 시로는 표현하지 못할 내용을 대신 담아내는 보조적인 수단으로 여겼을 따름이었다.

4. 陸游詞의 풍격

육유의 사에 대해서는 그가 辛棄疾의 豪放詞를 계승하여 섬세하고 완약한 풍격에서 벗어났다고 보아 그를 호방파의 계열에 놓는 견해가 있다. 또한 그럼에도 불구하고 秦觀과 같은 섬세하고 아름다운 풍격에서 완전히 벗어나지는 못했으며 개인적인 고유한 풍격을 이루지도 못했다고 보고 중도파로 분류하는 견해도 있다.

劉克莊은 육유의 사에 대해 다음과 같이 평하고 있다.

　　육유의 장단구는 그 격앙되고 감개한 것은 辛棄疾이 지나칠 수 없으며, 그 표일하고 고묘한 것은 陳與義, 朱敦儒와 앞을 다투며, 유려하고 면밀한 것은 晏幾道와 賀鑄를 능가하려 하지만 이를 노래부르는 자는 매우 적다.[32]

　　육유와 신기질은 섬세하고 아름다움을 한 번에 쓸어버렸고 기교를 일삼지 않았으나 시시때때로 典故를 일삼았으니 이것이 하나의 병폐였다.[33]

---

32) '放翁長短句, 其激昂感慨者, 稼軒不能過, 飄逸高妙者, 與陳簡齋朱希眞相頡頏, 流麗綿密者, 欲出晏叔原賀方回之上, 而歌之者絶少'　劉克莊, ≪後村大全集詩話續集≫.
33) '放翁稼軒, 一掃纖豔, 不事斧鑿, 但時時掉書袋, 要是一癖'　劉克莊, ≪詞林紀事引≫.

이는 육유의 사가 호방과 완약의 두 측면을 동시에 갖추고 있으며, 뛰어
난 점도 있긴 하지만 대중적인 인기 면에서는 실패하였음을 말하는 것이
라 할 수 있다. 劉克莊은 두 번째 문장에서 육유의 병폐로 그가 典故를 일
삼는다는 것을 지적하였는데, 아마도 劉克莊은 그의 이러한 典故의 사용이
대중성의 획득을 실패하게 한 원인이었다고 생각하고 있는 듯하다. 그러나
이를 신기질에 적용한 것은 적합할 수 있으나 육유에게 적용한 것은 사실
과 어긋난다고 할 수 있다. 육유 풍격의 가장 큰 특징은 평이하고 생동감
있는 용어의 차용으로 평담한 경지를 드러내는 데 있음은 이 후의 많은 연
구가들의 공통된 견해이기 때문이다.

毛晉은 陸游詞의 특성을 秦觀과 蘇軾, 그리고 신기질에서 그 공통점을
찾으며 다음과 같이 말하고 있다.

> 楊愼이 말하기를 '육유의 사는 섬세하고 아름다운 것은 秦觀과 닮았고
> 웅장하고 강개한 것은 蘇軾을 닮았다'라고 하였는데 내가 보기에는 초탈
> 하고 상쾌한 것은 특히 辛棄疾을 닮았다.34)

이는 다시 말하면 육유 자신의 독특한 풍격이 존재하지는 않는다는 말
로 해석될 수 있는데 이에 대해 紀昀 또한 다음과 같이 말하며 陸游詞의
성취를 폄하하고 있다.

> 공평한 마음으로 논하자면, 육유의 본의는 아마 二家(蘇軾・秦觀)의 사
> 이에서 말달리고자 한 듯하니 그런 까닭에 그 뛰어난 바는 모두 있으나
> 어느 쪽도 그 지극한 경지에 이르지는 못했다.35)

---

34) '楊用修云, '放翁詞纖麗處似淮海, 雄慨處似東坡.' 予謂超爽處更似稼軒耳' 毛晉, ≪放翁詞跋≫.
35) '平心而論, 游之本意, 蓋欲驛騎於二家之間, 故奄有其勝, 而皆不能造其極' 紀昀, ≪四庫全
書總目提要・放翁詞提要≫.

이는 육유가 비록 소식과 진관의 장점을 두루 취하여 그들이 개척한 풍격을 자신의 풍격으로 만들어 내긴 했지만 그 예술적 성취 면에 있어서는 어느 한 쪽에도 이르지 못하고 있음을 지적한 말로 劉熙載가 '육유의 사는 安雅淸贍하여 그 더욱 빼어난 것은 소식과 진관의 사이에 있으나 초연한 흥취와 자연스러운 여운이 부족하여 사람들이 그 이르는 바를 헤아릴 수 있다'[36]라고 평가한 것과 일맥상통하는 말이라 할 수 있다.

그러나 모든 사람들이 陸游詞에 대한 이러한 폄하를 한 것은 아니어서 馮煦와 劉師培는 紀昀 등의 견해에 대해 다음과 같은 반대의 견해를 제시하며 陸游詞를 긍정적으로 평가하고 있다.

《劍南詩稿》는 섬세하고 염려함을 없애고 홀로 왔다갔다하여 그 엄하고 침울한 기개는 宋代의 제가에게서 이를 구한들 가히 비교할 수가 없다. 《提要》는 '시인의 말은 결국은 雅에 가깝게 되니 詞人들이 꾸미고 보태는 것과는 다름이 있다'라고 여겼는데 이는 옳다. '육유는 소식과 진관의 사이에서 말달리고자 한 까닭에 그 뛰어난 바는 모두 있으나 어느 쪽도 그 지극한 경지에 이르지는 못했다'라 말함에 이르러서는 즉 육유의 본의가 아닐 것이다.[37]

《劍南詩稿》의 詞는 섬세, 염려함을 없애고 청진하고 탈속적이며 엄하고 침울하여 이를 평담한 말로 표현해내니 古詩로 예를 든다면 陶潛과 王維의 짝이니, 이는 道家의 詞이다.[38]

---

36) '陸放翁詞, 安雅淸贍, 其尤佳者, 在蘇秦間. 然乏超然之致, 天然之韻, 是以人得測其所至' 劉熙載, 《藝槪·詞槪》.

37) '劍南屛除纖豔, 獨往獨來, 其逋峭沈鬱之槪, 求之有宋諸家, 無可方比. 提要以爲, '詩人之言, 終爲近雅, 與詞人之冶蕩有殊.' 是也. 至謂 '游欲驛騎東坡 淮海之間, 故奄有其勝, 而皆不能造其極.' 則或非放翁之本意歟!' 馮煦, 《宋六十一家詞選例言》.

38) '劍南之詞, 屛除纖豔, 淸眞絶俗, 逋峭沈鬱, 而出之以平淡之詞, 例以古詩, 亦元亮右丞之匹, 此道家之詞也.' 劉師培, 《論文雜記》.

이상의 평어들을 고찰해 볼 때, 비록 그 예술 방면에 있어서의 수준이나 성취도에 대한 평가는 각기 다를 지라도 그의 사풍이 소식에서부터 신기질로 이어진 호방한 사풍과 진관에게서 이어진 완약한 사풍을 동시에 포괄하고 있으며 서술 방식 또한 전고의 사용을 배제하고 평담하고 유려한 서술 방식을 차용하였음을 알 수 있다.

陸游詞의 주제분포는 시와 비교하여 많은 차이를 보여준다. 또한 그 세부적인 표현양태에 있어서도 많은 부분 시와는 다른 지향을 나타내고 있다. 이는 詞의 의미나 기능 및 역할 등에 대한 육유의 인식이 시와는 많은 차이가 있었음을 보여주는 것이다. 그리고 이러한 인식의 차이는 필연적으로 창작에 임하는 작자의 태도의 차이를 가져올 수밖에 없었으며, 그 결과 작사의 방식에 있어서도 '作詩의 방식을 통한 作詞'라는 특징을 나타내게 되었다.

육유는 作詞에 있어 철저히 시험적인 태도를 견지하였다. 이는 그가 일차적으로 詞에 대해 매력을 느끼지 못한 결과로 볼 수도 있지만, 역으로 그가 이처럼 詞를 시험삼아 써보기만 했기 때문에 詞의 묘미를 이해하지 못했다고도 말할 수 있을 것이다. 그 자신 적극적인 창작을 통해 詞라는 양식의 가치와 의미를 찾아내려 하기보다는 한발 물러선 상태에서 詞를 창작했으니, 이 같은 詞는 결코 작자 자신의 마음에도 들 수 없었으며 그 수준 또한 높을 수가 없었다. 그의 이 같은 창작태도는 사에 대한 근본적인 부정의식에서 기인한 것이며, 결과적으로 시에 비해 턱없이 못 미치는 작품 수의 차이로 나타나게 되었던 것이다.

사에 대한 시험적인 창작태도는 作詞 방식에 있어서도 일반적인 詞와는 다른 차이를 나타내게 하였다. 즉 시와는 구별되는 사의 고유한 창작원리를 찾아내고 이를 발양시켜 作詞에 응용하기보다는 기존의 作詩 방식들을 作

詞에 그대로 적용하였던 까닭에, 사가 형식이나 표현방법상에 있어 시와는 본질적인 차이가 있음에도 불구하고 많은 부분 상호 유사한 특징들을 나타내게 되었던 것이다. 이는 사 양식의 고유한 특징과 장점들이 육유사에서는 충분히 발현되지 못했다는 말로, 결과적으로 역대 평자들에게서 시에서와 같은 높은 평가를 받지 못하게 된 궁극적인 원인이었다고 할 수 있다.

이상의 사실들을 종합해 보면, 육유에 있어 詞는 다만 새로운 것, 흥미로운 것 이상의 의미는 없었다고 할 수 있다. 시가 비록 사회현실의 개혁에 대한 긍정적인 역할을 할 수 있는 부분이 있음에도 그 실천적인 한계로 인해 그는 시인이기보다는 우국지사이기를 바랐다. 따라서 시보다도 오히려 사회와 현실에 대한 진지한 성찰이나 고민이 없는 詞는 애초부터 그와는 맞지 않는 양식이었는지도 모른다. 그가 비록 사를 통해 얻을 수 있는 정감상의 효과들을 인정하지 않은 것은 아니었으나, 이는 그의 일생의 본질적인 지향과는 거리가 있는 것이었으며, 사 양식의 본질적 속성상 이것의 포용 또한 한계가 있을 수밖에 없었던 것이다.

제7장

맺으며

　陸游는 北宋과 南宋이 교차하는 격변의 시기에 태어나 조국의 절반이 외세에 점령된 상태에서 일생토록 오랑캐의 섬멸과 失地의 회복을 염원하며 살다 간 시인이었다. 그의 시에는 金에 대한 분노와 조국의 현실에 대한 비분이 담겨있으며, 현실타개에 소극적인 조정 관료에 대한 비판과 함께 자신의 무능력함에 대한 회한이 나타나 있다. 또한 현실에 고통 받는 백성들에 대한 동정과 가렴주구한 관리들에 대한 비판도 담겨져 있다. 이 모든 시들은 국가와 민족에 대한 그의 신실하고 변함없는 애정을 보여주는 것으로 그를 역대 최고의 '憂國詩人'으로 추앙받게 한 궁극적인 원인이 되었다. 그러나 그의 시 중 보다 많은 분량을 차지하는 閑適詩, 吟遊詩 등으로 인해 때로 그의 우국의식은 그 眞意를 의심받기도 하였으며, 시기별 풍격의 차이로 인해 그의 우국시를 다만 중기만의 특징적인 현상으로 여겨지게 하기도 하였다. 풍격이나 형식수사 방면에 있어서도 그가 江西詩派의 풍격에서 벗어나 독자적인 성취를 이루었다는 평가와 그의 시의 연원을 呂本中과 曾幾에게서 찾으면서 江西詩派의 시풍을 계승 발전시켰다고 보는 상반된 평가들이 존재하였으며, 字句와 音律 및 對仗, 用典 등의 형식기교 방면에 뛰어난 성취를 이루었다는 견해와 章法과 句法에 있어서의 중복들을 근거로 이를 부정하는 견해 또한 존재하였다.

이 책에서는 기존의 諸 평가와 견해들이 일정부분 타당함이 있음을 인정하면서, 동일 시인에 대한 이 같은 상반된 평가들이 존재하게 된 원인으로 기존의 평가들이 많은 부분 평자마다의 주관적 판단에 근거하여 특정 시기나 범주로만 그 대상을 한정하였기 때문임을 지적하였다. 따라서 육유시에 대한 상반된 논의들을 하나로 모으는 공통적인 평가개념이 필요함을 제기하고 이를 위한 방안으로서 먼저 평가대상 및 영역에 대한 공통성이 전제되어야 함을 말하였다. 즉 특정 시기에만 한정되지 않은 전 시기 전체 유형의 시를 평가대상으로 하여야 한다는 것이었다. 두 번째는 육유시의 경우, 시기에 따른 작품분포의 편차가 현격하기 때문에 반드시 시기별 구분방식을 통해 접근해야만 이에 대한 보다 올바르고 공정한 평가를 내릴 수 있음을 말하였다.

이 책에서는 이 두 가지 원칙을 바탕으로 육유시의 주제와 표현양태 및 형식과 표현기교에 대한 전면적인 분석을 하였으며, 육유시의 전체적인 이해를 위해 먼저 육유시의 시기적 특징과 詩論에 대해 살펴보았다. 아울러 이를 그의 또 다른 문학양식인 詞에서의 주제 및 형식 등과 비교해 봄으로써, 그가 문학에서 공통으로 지향했던 것이 무엇이며, 궁극적으로 이를 통해 이루고자 했던 것이 무엇이었는지에 대해 알아보았다. 다음에서 지금까지 살펴본 내용을 각 장별로 정리해보기로 한다.

먼저 제2장 '陸游의 생애 및 시기별 시풍'에서는 陸游의 생애를 初期, 中

期, 晩期의 세 시기로 구분하여, 각 시기별로 주요한 정치적 사건 및 경험들을 살펴보았다. 아울러 각 시기별로 두드러진 사상적 경향이나 시기별 시풍의 구체적인 내용 및 차이점들을 알아보고, 이들 사이의 상호 공통점이나 연관성을 생각해 봄으로써, 육유시 전체를 아우를 수 있는 대표 주제의식과 창작경향을 찾아보았다.

육유는 초기에는 江西詩派의 영향을 받아 字句의 鍛鍊과 修辭技巧의 追求 같은 형식기교 방면에 많은 힘을 기울였으며, 중기 중 전반 '在蜀時期'에는 南鄭에서 종군경험이 계기가 되어 새로운 詩觀이 정립되었고, 이를 바탕으로 열정적이고 호방한 필치로써 우국의 정서와 불굴의 기개를 표출하는 수많은 憂國詩들을 써냈다. 중기 후반 '在山陰時期'에는 憂國의 정서와 중원 수복의 열망이 이전 '在蜀時期' 때와 마찬가지로 변함없이 이어지고 있으나, 소망의 좌절과 미래에 대한 희망의 부재로 인해 이 같은 열망들은 많은 부분 울분과 비탄의 방식이나 꿈과 환상의 방식으로 표현되었다. 만기는 고향에 한거하며 주로 평이하고 질박한 필치로써 농촌의 일상적인 생활을 제재로 한 시를 썼으며, 전원생활을 하면서 얻게 된 심적, 시간적 여유가 작품창작 방면에 반영되어 작품의 양이 이전 시기보다 폭발적으로 증가하게 되었고, 그 결과 中國 最多作家로서의 명성을 얻게 되었다. 그러나 이 같은 인식만으로는 자칫 육유시 전체를 단절적으로 이해하거나, 평자의 자의적인 판단에 따라 이 중 특정 시기의 특정 경향만을 육유시를 대표하는 것으로 인식하게 하는 편견에 빠지게 할 수 있으므로, 여기에서는 代表主題와 形式修辭 및 風格에 관한 고찰을 통해 이들간의 공통점과 연관성을 찾아보았다.

主題에 있어 육유 초기시의 강서시파적 경향은 강서시풍 자체에 대한 육유의 호감에서 시작된 것이 아니라 내재된 우국의식이 직접적인 원인이었으며, 만기에도 비록 편수의 차이는 있지만 항전의 결의와 열망을 드러내는 우국시들이 이전 시기와 마찬가지로 지속적으로 쓰여지고 있다. 따라서 ‘憂國意識’은 그의 사상이나 문학에 있어 전시기에 걸친 대표 주제의식이었다고 말할 수 있다. 形式修辭에 있어 그는 비록 초기의 강서시파적 경향에서 의식적으로 벗어나려 했었고 많은 시문을 통해 형식수사기교의 추구에 대한 반대의 견해를 피력했지만, 초기의 학습경험과 이 방면에 있어서의 천부적인 자질로 인해 실제 창작과정 중에 무의식적인 반영으로 나타나게 되었다. 따라서 그에 있어 형식수사기교의 추구는 다만 초기에만 한정되는 것이 아니라 비록 의식적인 志向과 彫琢정도의 차이는 있을지언정 이 또한 全時期에 걸쳐 진행된 창작경향이었다고 말할 수 있다. 風格의 측면에서는 대대적인 산정을 거친 현전 육유시를 대상으로 했을 때 시기별 풍격구분 자체가 적절치 않으며 이것보다는 主題나 題材에 따른 풍격의 차이를 설명하는 것이 보다 의미가 있음을 말하였다. 따라서 이 책에서는 육유시에 대한 종합적인 평가를 함에 있어 각 시기별로 두드러진 차이에도 불구하고 ‘憂國意識’과 ‘形式技巧의 추구’가 육유시 전시기에 걸친 일관된 창작경향이었음을 밝혔다.

제3장 ‘陸游의 시론’에서는 ‘시문에 대한 인식과 창작의 단계’와 관련하여 육유의 시론을 크게 ‘養氣論’, ‘載道論’, ‘悲憤論’, ‘自然論’의 네 부분으로 나누어 각각의 개념들의 구체적인 내용들과 개념 상호간의 연관성 및 보완성에 대해 살펴보았다. 이 중 養氣論은 시문창작의 근원 및 전제와 관련한 인식으로서, 작품의 내용과 예술적 성취를 위해 시인에게 선행되어야 할 요건을 제시한 것이라 할 수 있다. 載道論은 시문창작의 원칙에 대한 인식으로서, 시가 지향해야 할 방향을 제시한 경우라 할 수 있으며, 悲憤論은 시문창작의 동기에 대한 인식으로서, 시의 본질을 작자의 억눌린 성정의 표출로 인식한 것이다. 自然論은 창작의 방법과 관련한 견해로서, 실제 창작과정에 있어서 지켜야할 방법적 원칙을 제시한 것이라 할 수 있다.

　각각의 내용을 요약하면 '養氣論'은 작자가 창작에 임하기 전에 도덕, 사상 방면에서의 끊임없는 수양을 쌓고 현실생활 속에서의 수많은 경험과 실천 속에서 진리를 깨달아야만 비로소 진정한 시를 써낼 수 있음을 강조한 것이다. '載道論'은 전통 유학가이자 명문 관료집안 출신으로서의 그의 문장관이 잘 반영된 것으로, 문장의 사회적 기능과 지식인의 사회적 책무를 강조한 것이다. 이 같은 견해는 결과적으로 시문에 있어 내용을 보다 중시하고 형식에 있어서도 자연스러운 아름다움을 강조하는 것으로 나타났다. '悲憤論'은 詩歌 發生의 기원을 '悲憤'으로 인식하는 견해로서, 일정 부분 육유의 개인적인 정치경험에서 기인한 것이었다. 그가 말한 비분은 인간이 객관 외물 세계와의 접촉에서 겪는 모든 종류의 비분 중 특히 정치적 좌절에서 기인한 '政治的 悲憤'의 성격이 강했다. 아울러 육유는 이것을 작품평가의 중요한 기준으로 삼았을 뿐 아니라, 예술적 감화의 측면에서도 이것의 기능과 효과를 인정하며 작품의 필수적인 요소로 강조하기도 하였다. '自然論'은 일체의 수사기교를 반대하고 자연스럽고 평이한 문장을 쓰는 것을 의미한다. 즉 전인에 대한 모방이나 형식기교의 추구가 아닌, 개성적이며 진솔한 감정의 표현하는 것에 대한 요구인 것이다.

　이상의 각각의 개념들은 '載道'라고 하는 하나의 원칙에 근거하여 상호 밀접한 관계를 지니고 있다. 먼저 육유가 시문창작의 동기를 '悲憤', 그 중에서도 정치적 비분으로 인식한 것은 정통 유학자들의 의식이 반영된 결과라 할 수 있다. 즉 그들에게 있어 정치 행로에서의 좌절은 곧 '立身을 통한 忠君愛民의 실현'이라고 하는 유가로서의 존립근거를 상실하게 되는 일이었으며, 다른 어느 것보다도 커다란 비탄과 상실감을 느끼게 하는 요인이 되었기 때문이다. '養氣論'은 시문 창작의 근원이자, '載道'라는 원칙을 실현하기 위한 방법론적인 성격을 지닌다. 그가 강조한 '氣'는 시의 형식수사 방면의 학습과 단련이 아닌 '학문도덕수양'과 '생활상의 체험'을 바탕으로 하는 도덕지향적이고 현실지향적인 道를 기르는 것이었기 때문이다. '自然論' 또한 '載道'의 원칙을 실현하기 위한 방법론적인 성격을 띤다. 같은 방법론으로서의 '養氣論'이 '載道'의 내용과 관련한 것이라면, '自然論'은 형식수사와 관련한 것이라고 할 수 있다. 결국 육유 시론의 가장 핵심에는 '載道'라는 시문의 원칙과 임무가 있었으며, 詩歌의 기원에 대한 인식은 여기에 근거하여 형성되었고 창작상의 전제와 방법 역시 이를 목적으로 하여 제기된 것이라 할 수 있다.

제4장 '陸游詩의 주제와 표현양태'에서는 육유시의 주제를 크게 '憂國', '愛民', '寫景詠物', '田園閑適', '交遊' 및 '其他'의 여섯 종류로 구분하여 각각의 주제들의 표현방식 및 표면주제와 내면주제, 상호 연관성 등에 대해 살펴보았다. 아울러 각각의 주제들과 개별 표현방식들의 시기별 중요도와 분포방식상의 특징 및 그 원인 등에 대해서도 함께 살펴보았다.

육유의 憂國詩는 표현양태에 있어 크게 여섯 가지의 양상으로 나타난다. 첫째로 中原 회복에 대한 포부와 꿈, 오랑캐에 대한 항전의 결의를 나타내는 것이며, 둘째는 이러한 결의를 호방하고 격정적인 어조로 표현하는 것이다. 셋째는 자신의 이상을 실현하지 못하는 데서 오는 절망을 비애와 울분으로 토해내는 것이며, 넷째는 屈原과 諸葛亮, 杜甫 등 자신과 같은 처지의 불우한 영웅들과 동시대의 憂國志士들을 칭송하는 것이다. 다섯째는 현실에서 이루지 못한 이상을 꿈과 상상을 통해 실현하는 紀夢詩의 방식으로 표현하는 것이며, 마지막으로 자신이 실현시키지 못한 이상을 후손을 통해서라도 실현하고자 하는 示兒詩의 형태로 나타난다. 이 중 첫 번째의 '爲國獻身의 決意'나 여섯 번째의 '示兒'를 통한 표현양태는 전시기에 걸쳐 고루 나타나고 있는데, 대체적으로 중기에는 이 중 두 번째와 세 번째 및 네 번째의 표현양태가 두드러지게 나타나며 만기에는 다섯 번째의 표현양태가 자주 나타나 보인다.

육유의 愛民詩는 크게 세 가지의 표현양태로 나타난다. 첫째는 백성들의 현실상황에 대한 묘사로서, 과도한 세금과 부역 및 민생고에 시달리는 백성들의 궁핍한 생활을 연민과 동정으로 그려내는 것이다. 둘째는 백성들의 고통의 외부적인 요인으로서, 굴욕적인 조정의 화친정책과 무능한 조정 대신 및 탐오한 지방의 수령들을 비판하는 것이다. 셋째는 내부적인 요인으로서, 당대의 비루한 풍속이나 용렬한 세태를 비판하는 것이다. 그는 백성들의 고통의 원인을 다만 현실정치의 부조리에서만 찾으려 하지 않았다. 그는 이것의 궁극적인 원인이 金과 대치하고 있는 국가상황에 있다고 여겼으며, 이것을 해소하기 위한 근원적인 방안 역시 북벌을 통한 오랑캐의 섬멸에 있다고 여겼다. 결국 그의 애민의식 또한 그 근저에는 우국의 정서가 깔려 있었던 것이다.

육유의 寫景詠物詩에서 산수자연경물은 객관적으로 관찰되고 감상되는 '객관적 자연경물'이기도 하였으며 작자의 자의식을 불러일으키는 '매개적 자연경물'이자 작자의 현실의식이 반영된 '주관적 자연경물'이기도 하였다. 따라서 그의 寫景詠物詩는 '객관적 감상'과 '자의식의 촉발' 및 '현실의식의 반영'이라는 세 가지 양상으로 나타난다. 이 중 첫 번째와 두 번째의 경우는 역대 다른 시인들에 있어서도 쉽게 찾아볼 수 있지만 세 번째의 경우는 육유의 개인적 경험에서 기인한 다소 독특한 견해라고 할 수 있다.

'객관적 감상'은 순수하게 자연경물이나 산수자연의 아름다움을 노래한 경우로서, 육유시에서는 상대적으로 드물게 나타나는 양상이다. '자의식의 촉발'은 산수자연경물이 작자의 감정이나 시의 주제의식을 불러일으키는 역할을 하는 것으로, 여기에서도 육유시의 표현방식상의 특징이 나타난다. 즉 일반적인 자연경물묘사가 주로 감정이입의 방법을 통해 작자의 감정과 시의 주제의식을 강화시키는 역할을 하는데 반해, 육유의 경우는 자신의 감정이 배제된 객관묘사의 방식을 즐겨 사용한다. 이것은 시 흐름상의 파

격적인 전환으로 나타나게 되며, 때로 시구의 유기적 결합이나 장법상의
유연한 흐름에는 단점으로 작용하기도 하지만 작자의 감정이나 시의 주제
의식을 더욱 두드러지게 하는 돌출효과를 가져오게 된다. 이 경우 시에 나
타난 자연경물묘사는 주제의식의 반영이나 체현이 아닌, 주제의식을 돋보
이게 하기 위한 사전 전제로서의 역할을 하게 된다. '현실의식의 반영'은
산수자연의 경관과 자연 현상에 대한 육유의 독특한 인식이 반영된 경우
이다. 즉 산수의 험난한 지리지형을 군사적인 전략과 결부시켜 이해하고
계절에 대한 인식 또한 전쟁과 결부시켜 나타내는 등 개인적인 특수한 시
각으로 산수자연을 묘사하는 것이다.

육유의 田園閑適詩는 크게 세 가지 표현양태로 나타난다. 첫째는 전원생
활의 여유와 한가로움을 묘사하는 것으로, 주로 농민들의 도타운 인정과
순박한 삶의 모습들에 초점이 맞춰져 있으며 잔치와 추수 등 전원생활에
서의 여유와 기쁨이 주된 묘사의 대상이 되고 있다. 둘째는 일상 田園事의
서술로서, 작자 자신의 일상적인 전원생활의 모습들이 다방면에서 그려지
고 있다. 셋째는 우국의식과의 결합으로, 田園生活의 느낌을 노래하면서도
젊었을 때의 기개를 회상하거나 이상을 실현하지 못하고 헛되이 늙어버린
자신을 위안하는 내용이다. 이 중 세 번째의 표현양태는 田園閑適詩의 경
우도 다른 시들과 마찬가지로 많은 부분 우국의 정서가 담겨져 있음을 보
여준다.

육유의 交遊詩는 크게 '贈別'과 '寄贈'의 두 가지 유형으로 나누어 살펴
보았다. 육유 증별시의 경우 일반적인 증별시와 마찬가지로 이전의 교유과
정을 술회하고 석별의 정과 상대에 대한 당부를 전하며 이후의 만남을 기
약하는 형식으로 서술되고 있는데, 당부의 내용이 개인적인 건강이나 官途
에 대한 축원에만 머무르는 것이 아니라 상대방의 우국의식과 애민의식의
발양을 촉구한다는 점에서 특징적이다. 寄贈詩의 경우도 贈別詩와 비교하

여 서술방식상의 차이가 있기는 하지만 같은 내용을 나타내고 있다. 결국 육유의 교유시의 이 같은 특징은 지극히 개인적이면서 특정 대상에 한정된 시에서조차 우국의식이 근본적인 정서로 깔려 있음을 보여주는 것이라 할 수 있다.

其他詩에서는 이외에 '隱逸幽居'나 '宮怨', '客愁', '戀情'에 관련한 시들을 살펴보았다. 이 같은 주제들은 비록 전체 육유시에서 차지하는 비율이 매우 낮으며 시의 의경이나 표현양태 또한 육유시의 주된 흐름과는 거리가 있지만, 육유시의 다양성을 나타낸다는 측면에서 의미가 있다고 할 수 있다.

제5장 '陸游詩의 형식과 표현기교'에서는 육유가 비록 중기 이후 강서시파의 영향에서 벗어나 자신만의 독자적인 시세계를 구축하였다고는 하지만, 초기에 연마하고 다져진 강서시파적 창작기반에서 완전히 벗어날 수는 없었으며, 많은 부분 자신도 의식하지 못하는 형식수사미의 추구가 나타나게 되었음을 말하였다. 그리고 詩形, 詩題, 用韻, 疊字, 句式, 對仗의 여섯 방면으로 나누어 이를 확인해 보았다. 육유시의 형식수사미가 의도되지 않은 '무의식적인 반영'이었다는 말은 적어도 겉으로 드러나는 시의 외형적 부분에 있어 의도적인 조탁이 나타나지를 않는다는 말이다. 즉 조탁의 범위나 정도가 일반적인 수준을 넘어서지 않으며, 變格이나 破格, 혹은 독특함과 기발함을 추구하지 않는 것을 말한다.

먼저 詩形의 활용현황을 보면, 육유는 전체 작품 중에서 7언 율시가 가장 많은 수를 차지하고 있다. 7언 율시는 그 시체의 특성상 다른 어떤 시체보다도 詩想의 배치나 造字, 造句, 對仗 등에 있어 많은 공력을 필요로 하며 강서시파 시인들이 즐겨 사용하던 양식이었다. 따라서 육유의 시에서 7언 율시가 압도적으로 많은 현상은 그 자신이 비록 부정하고 벗어나려 했음에도 강서시파적인 창작경향에서 온전히 자유롭지는 못하였음을 보여주는 것이다. 고체시의 경우 근체시와는 달리 句數에 제한이 없으나 육유는 고체시에서도 율시와 배율의 기본 구수를 주로 사용하고 있다. 이는 그가 고체시에서도 함축과 정련을 중시하였음을 보여주는 것으로 자유로운 자수로 이루어진 잡언체시에서조차 이러한 경향이 나타나고 있다.

詩題에 있어 육유시는 비록 고체시의 경우 근체시에 비해 상대적으로 높은 장제의 비율을 보이는 등 시체에 따른 약간씩의 차이가 존재하기는 하지만, 많은 수의 시제들이 2자 이하로 이루어져 있고, 전체 작품 중 중복된 시제로 쓰여진 시가 33%를 넘으며 이들 중복 활용된 시제들마저도 상호 유사한 내용으로 이루어져 있다. 이에 비추어 볼 때, 육유는 詩題를 그다지 중요하게 여기지 않았으며 이보다는 작품 창작 자체에 보다 많은 역량을 기울였다고 할 수 있다.

用韻에 있어서 육유는 근체시와 고체시를 막론하고 險韻이나 窄韻보다는 廣韻을 주로 사용하고 있다. 용운의 방법 또한 근체시의 경우 일반적인 근체시의 정격을 충실히 따르고 있으며, 용운이 자유로운 고체시의 경우에서도 轉韻보다는 通韻을 즐겨 사용하는 등 가능한 한 정제된 韻을 사용하고 있다. 이는 그가 정격을 기본으로 한 상태에서 자연스러운 형식상의 아름다움을 추구하였음을 보여주는 것이라 할 수 있다.

疊字의 활용에 있어 육유는 첩자의 긍정적인 효과와 부정적인 역할을 인지하여 이를 자신의 시에 적절히 활용하였다. 즉 첩자의 긍정적인 효과를 생각하여 의도적으로 첩자를 활용하려 했었고 그것은 그의 시의 1/3에서 첩자가 사용되는 결과로 나타났다. 그러나 첩자의 부정적인 역할 또한 고려하여 이것의 잦은 활용보다는 단 한 번의 활용을 즐겨했다.

句式에 있어서는 5언 절구의 경우 전체의 89.8%가 5언시의 기본인 2/3식을 활용하고 있으며, 1/4식이나 4/1식 및 기타 구식은 거의 사용되지 않고 있다. 이것은 그가 구식에 있어서 독특함이나 기발함보다는 평이함과 무난함을 추구하였음을 보여 준다. 또한 육유는 기본 구식이 주종을 이룰 때의 구식상의 단조로움을 피하고 시적 감흥을 증대시키기 위해 주로 다른 구식들을 한 구씩 끼워 넣는 방식을 사용하였다.

對仗에 있어 對仗의 방식으로는 5언 절구나 율시의 경우 '前對後散'의 경우가 가장 많거나 '1·2·3聯對'가 가장 많은 등 일반적인 절구와 율시의 대장에서 나타나는 현상과도 일치하고 있다. 내용상으로도 5언 절구의 대부분의 대장에 工對를 즐겨 사용하고 5언 율시에서 요구하는 '頸聯工對'의 원칙을 철저히 지키는 등 파격이나 변격을 추구하지 않았다.

이상을 종합해 볼 때 결국 '형식수사기교'에 관한 한, 육유는 비록 중기 이후 그것의 '의식적인 추구'에서는 벗어났지만, 초기의 천부적 재능과 성실한 학습으로 다져진 수준 높은 성취의 '무의식적인 반영'에 있어서까지 자유롭지는 못했다고 할 수 있다. 따라서 육유시에서 보여지는 형식수사미들은 기본과 정격에 충실한 상태에서 육유의 내재적인 시적 역량이 최대한으로 발휘되어 나타난 것이다.

제6장 '陸游詩와 陸游詞의 비교'에서는 먼저 그의 詞觀을 알아보고 사의 주제와 詞調, 題序, 造語 및 기타 표현기교 등과 관련한 형식상의 특징을 고찰해 봄으로써 詩와의 차이점 및 공통점에 대해 알아보았다.

그 결과 육유의 詞觀은 처음의 부정적인 견해에서 만년에 점차 긍정적인 부분으로 변화하기는 하였지만 詞에 대한 온전한 긍정과 찬미로까지 나아가지는 않았으며, 다만 詞의 존재에 대한 '용인'의 수준에 불과하였음을 알 수 있었다.

주제에 있어 시에서와는 달리 남녀의 艶情과 交遊를 노래하거나 遊仙을 주제로 한 작품들이 주류를 이루며 그 구체적인 내용이나 표현양태 또한 시와는 많은 차이점이 있었다.

형식이나 造語 및 서술방식 등과 같은 표현기교 방면에 있어서는 시와는 상호 본질적인 차이가 있는 양식임에도 오히려 시에서의 그것과 유사한 면이 많이 나타났다. 이는 그가 사의 독립적인 가치를 인정하지 않고 사에 대해 시험적인 창작태도를 지녔던 것에 기인한 것으로, 시에 비해 턱없이 부족한 작품을 쓰고 역대 평자들에게 시에 비해 상대적으로 낮은 평가를 받게 된 궁극적인 원인이 되었다고 할 수 있다. 육유의 詞는 詞人의 詞가 아닌 詩人의 詞였던 것이다.

육유는 85세에 이르는 긴 생애만큼이나 다양한 삶의 경험과 의식의 변화를 경험하였으며, 그의 시 또한 일 만수에 달하는 방대한 작품 수만큼이나 다양한 주제로 이루어져 있다. 그러나 그럼에도 불구하고 그의 삶과 시를 관통하는 절대적이고 변함없는 하나의 지향이 있었으니, 그것은 오랑캐의 침략으로부터 조국을 지켜내고 빼앗긴 조국산천을 되찾아 중화민족의 자긍심을 살리고자 하는 '憂國意識'이었다.

그에 있어서 시는 적을 향한 무기이자 자신의 우국의식을 일깨우는 도구였으며, 북벌의 의지를 상실한 무능력하고 안일한 통치계급에 대한 저항의 수단이었던 것이다. 따라서 그의 시의 주제가 비록 다양하게 이루어져 있고, 작품의 절대 분량상 우국의 정서를 직접 표출한 작품보다 그렇지 않은 작품이 다수를 차지한다 할지라도 우국에 대한 그의 진의를 의심하거나 그를 '憂國詩人'이라 부르는 것에 주저해서는 안될 것이다.

형식 및 수사기교에 있어 江西詩派的 경향에서 온전히 벗어나지 못한 것에 대한 평가 또한 시의 출발을 강서시파에서 했던 개인적 경험과 당시의 문풍에 대한 충분한 고려가 선행되어야 할 것이다. 시 자체에 대한 탐미보다는 현실개혁에 대한 의지가 더욱 강했던 그였기에 비록 그 자신조차도 서재로만 칩거되는 江西詩派의 詩風에서 벗어나고자 의식적인 노력을 하였지만, 이미 오랜 기간 연마되고 높은 성취수준에까지 올랐던 경지의 무의식적인 반영까지 제어할 수는 없었다. 이는 그의 시 자체 내에서 고도의 형식미와 단순 중복 및 淺近의 특징이 혼재되어 나타나게 된 근본적인 원인이 되었으며, 바로 이러한 결과 때문에 紀昀을 비롯하여 劉大杰, 胡雲翼, 錢鍾書 등과 같이 그를 江西詩派의 풍격에서 벗어나 독자적인 성취를 이루었다고 여기거나, 劉維崇을 비롯하여 孟瑤, 梁昆, 嚴恩紋, 楊志莊 등과 같이 呂本中과 曾幾에게서 그의 시의 연원을 찾으며 그를 江西詩派의 시풍을 계승 발전시킨 사람으로 보는 상이한 견해가 존재하게 되었던 것이다.

陸游 이후 남송 시단에는 晚唐의 賈島와 姚合을 추숭하는 四靈詩派와 姜夔, 劉克莊, 戴復古 등을 비롯한 江湖詩派 시인들이 등장한다. 이 중 四靈詩派는 육유와는 시학적 이념이나 지향이 상이했던 까닭에 별다른 영향관계가 존재하지 않으나 江湖詩派 시인들의 경우, 그 중에서도 특히 劉克莊과 戴復古는 풍격이나 시론 등에 있어 육유의 영향을 많이 받았다. 육유가 晚唐의 시풍을 비판하고 이를 추종하는 四靈詩派 또한 '卑陋俚俗'하고 '淫哇'하다며 비판하였듯, 戴復古와 유극장 또한 晚唐體와 四靈詩派에 대한 비판의 견해를 나타내었다.

그러나 강호시인들과 육유와의 가장 유사한 면은 詩論 부분으로서 '養氣論'을 위시한 육유의 제 시론은 그들에게 전면적으로 수용되고 있다. 戴復古는 육유의 '養氣論'을 이어받아 '詩家의 기상은 雄渾을 귀하게 여긴다'라고 하며 역시 시에서의 '雄渾'을 강조하였으며, 비록 그 구체적인 내용에 있어서는 약간의 차이가 있기는 하지만 육유의 '悲憤論'을 이어받아 그 또한 '매번 배고프고 추운 액환을 만나 쓰라린 말들을 내뱉는다'라 하며 悲憤論을 말하였다. 劉克莊 또한 '시는 반드시 곤궁해져야 빼어나게 되며, 나이가 들어서야 나아가게 되고, 사색을 해야만 높고 심원하게 되고, 단련을 해야만 精彩롭고 純粹하게 된다'라고 하며 悲憤論을 주장하였고, 육유의

'自然論'을 이어받아 '일찍이 그리고 치장하는 것이 眞色이 아님을 알고 있었으나 만년에야 깎고 다듬는 것이 자연스러움을 해치는 것임을 알게 되었다', '잡다한 것은 氣를 손상시키고 수식하고 그리는 것은 자연스러움을 손상시키니 그 병폐는 지나치게 공교한 데 있는 것이다'라 하며 시에서의 수식과 조탁을 반대하였다. 하지만 또 한 편으로 '시는 힘들게 생각하고 精鍊하는 것을 귀하게 여긴다'고 하며 일정정도의 수식은 허용하였으니, 형식수사 자체에 대한 부정을 하지는 않았던 陸游의 견해와 완전히 일치하였다.

　육유는 분명 강서시파의 끝자락에 속하는 사람으로서 강서시풍을 학습한 사람이었다. 그러나 이후 戴復古나 劉克莊 등을 비롯한 江湖詩人이 그를 추앙하고 그에게서 영향 받은 부분은 그가 계승한 강서시풍이 아니라 여기에서 벗어나 그에 의해 독자적으로 개척된 새로운 경지, 즉 시인의 사회적 책무와 시가의 公用的 기능에 근거한 진술하고 가식 없는 眞情의 표현이었다. 그는 강서시풍을 이어가고자 노력하지 않았으며, 후인에 대한 영향도 강서시풍이 아니었다. 오히려 그는 의도적인 노력으로 이에서 벗어나려 했었다. 따라서 그가 비록 무의식중에 강서시풍의 경향을 나타내었다 할지라도 그의 자의식은 이미 이것에서 벗어나 있었으니, 그를 江西詩派라 부를 수 없음은 바로 이러한 이유 때문인 것이다.

참고문헌

❶ 원전 및 공구류

≪甌北詩話≫, 趙翼 著, 北京, 人民文學出版社, 1998.

≪唐宋詞鑑賞辭典≫, 上海, 上海辭書出版社, 1991.

≪宋史≫, 脫脫 등 撰, 北京, 中華書局, 1999.

≪宋詩鑑賞辭典≫, 上海, 上海辭書出版社, 1991.

≪詩人玉屑≫, 魏慶之 著, 臺北, 世界書局, 1980.

≪陸放翁全集≫, 陸游 著, 中國書店, 1992.

≪後村先生大全集≫, 劉克莊 著, 台北, 台灣商務印書館, 1979.

❷ 선집류

≪唐宋詞選注≫, 張夢機・張子良 編著, 臺北, 1983.

≪陸游詩≫, 黃逸之 選註, 台北, 台灣商務印書館, 1983.

≪陸游名篇賞析≫, 康錦屛・陳剛 등 著, 北京, 北京十月文藝出版社, 1989.

≪陸游詞新釋輯評≫, 王雙啓 編, 北京, 中國書店, 2001.

≪陸游選集≫, 朱東潤 著, 上海, 上海古籍出版社, 1988.

≪陸游詩今譯≫, 徐放 著, 北京, 寶文堂書店, 1988.

≪陸游詩文選注≫, 孔鏡淸, 上海, 上海古籍出版社, 1987.

≪陸游詩詞賞析集≫, 陸堅 著, 成都, 巴蜀書社, 1990.

≪陸游詩詞選譯≫, 張永鑫・劉桂秋 著, 成都, 巴蜀書社, 1990.

≪陸游詩詞選評≫, 蔡義江 撰, 上海, 上海古籍出版社, 2002.

≪陸游詩詞精華≫, 于民雄 編, 貴陽, 貴州人民出版社, 1993.

≪陸游詩選≫, 臺北, 仁愛書局, 1982.

≪陸游詩選≫, 游國恩 選注, 北京, 人民文學出版社, 1958.

≪陸游詩兒詩選≫, 王曉祥 編, 南京, 南京大學出版社, 1988.

≪陸游詩集≫, 嚴修 著, 成都, 巴蜀書社, 1996.

≪陸游愛國詩詞選解≫, 嚴修 編著, 上海, 上海敎育出版社, 1987.

≪陸游飮食詩選注≫, 孔祥賢 著, 北京, 中國商業出版社, 1989.

❸ 단행본

≪孔凡禮古典文學論集≫, 孔凡禮 著, 北京, 學苑出版社, 1999.

≪南宋文學批評資料叢編≫, 張健 著, 臺北, 臺北成文出版社, 1978.

≪南宋文學批評資料彙編≫, 國立編譯館, 臺北, 成文出版社, 1978.

≪南宋詞史≫, 陶爾夫・劉敬圻 著, 哈爾濱, 黑龍江人民出版社, 1992.

≪南宋詩人論≫, 胡明, 臺北, 學生書局, 1990.

≪唐宋詞名家論稿≫, 葉嘉瑩 著, 石家莊, 河北敎育出版社, 2001.

≪唐宋詞史≫, 楊海明 著, 송용준・류종목 譯, 서울, 신아사, 1995.

≪唐宋詞選注≫, 張夢機・張子良 編著, 臺北, 華正書局, 1983.

≪唐宋詞與人生≫, 楊海明 著, 石家莊, 河北人民出版社, 2002.

≪唐宋詞體通論≫, 苗菁 著, 鄭州, 中州古籍出版社, 1998.

≪唐宋詞通論≫, 吳熊和 著, 上海, 浙江古蹟出版社, 1999.

≪唐宋詩風流別史≫, 阮忠 著, 武漢, 武漢出版社, 1997.

≪讀詞常識≫, 夏承燾・吳熊和 著, 香港, 香港百靈出版社.

≪白樂天陸放翁兩家較析≫, 梁厚建 著, 高雄, 復文圖書出版社, 1988.

≪百種詩話類編≫(中), 臺靜農 編, 臺北, 藝文印書館.

≪詞論≫, 劉永濟 著, 臺北, 源流出版社, 1982.

≪宋金四家文學批評研究≫, 張健 著, 臺北, 聯經出版事業公司, 1983.

≪宋代詞學資料滙編≫, 張惠民 編, 汕頭, 汕頭大學出版社, 1993.

≪宋代詩文縱談≫, 黃啓方 著, 臺北, 臺灣商務印書館, 1997.

≪宋代詩學≫, 張思齊 著, 長沙, 湖南人民出版社, 2000.

≪宋代詩學通論≫, 周裕鍇 著, 成都, 巴蜀書社, 1997.

≪宋詞辨≫, 謝桃坊 著, 上海, 上海古籍出版社, 1999.

≪宋詞三百首賞析≫, 李索 主編, 石家莊, 河北人民出版社, 1995.

≪宋詞通論≫, 薛礪若 著, 香港, 中流出版社, 1974.

≪宋詩 ─ 融通與開拓>, 張宏生 著, 上海, 上海古籍出版社, 2001.

≪宋詩≫, 房開江 著, 上海, 上海古籍出版社, 1991.

≪宋詩鑑賞辭典≫, 蘇驥 編輯, 上海, 上海辭書出版社, 1987.

≪宋詩槪說≫, 吉川幸次郞 著, 鄭淸茂 譯, 臺北, 聯經出版事業公司, 1977.

≪宋詩選注≫, 錢鍾書 選注, 北京, 人民文學出版社, 1994.

≪宋詩臆說≫, 趙齊平 著, 北京, 北京大學出版社, 1993.

≪宋詩派別論≫, 梁昆 著, 臺北, 東昇出版社, 1980.

≪宋學與宋代文學觀念≫, 李春靑 著, 北京, 北京師範大學出版社, 2001.

≪詩論≫, 朱光潛 著, 정상홍 譯, 서울, 동문선, 1991.

≪詩詞格律≫, 王力 著, 北京, 中華書局, 1995.

≪詩詞曲藝術論≫, 趙山林 著, 杭州, 浙江敎育出版社, 1998.

≪柳河東詩硏究≫, 홍인표 著, 서울, 서린문화사, 1981.

≪陸游≫(漢詩大系 19), 前野直彬 著, 東京, 集英社, 昭和 58년.

≪陸游≫, 張健 著, 河洛圖書出版社, 1977.

≪陸游≫, 齊治平 著, 上海, 上海古籍出版社, 1983.

≪陸游卷≫, 孔凡禮·齊治平 著, 北京, 中華書局, 1965.

≪陸游年譜≫, 歐小牧 著, 北京, 人民文學出版社, 1981.

≪陸游年譜≫, 于北山 著, 上海, 上海古籍出版社, 1985.

≪陸游張孝祥詞≫, 朱德才 主編, 北京, 文化藝術出版社, 1999.

≪陸游傳≫, 歐小牧 著, 成都, 成都出版社, 1994.

≪陸游傳≫, 朱東潤 著, 長沙, 海南出版社, 1993.

≪陸游評傳≫, 劉維崇 著, 臺北, 正中書局, 1979.

≪陸游懸案揭秘≫, 劉黎明 著, 成都, 四川大學出版社, 1996.

≪全宋詞簡編≫, 唐圭璋 選編, 上海, 上海古籍出版社, 1986.

≪中國古典文學理論辭典≫, 趙則誠·張連弟 編輯, 延邊, 吉林文史出版社, 1985.

≪中國古典詩學의 理解≫, 이병한 編著, 서울, 문학과 지성사, 1992.

≪中國文學論集≫, 朱東潤 著, 北京, 中華書局, 1983.

≪中國文學理論批評史≫(上), 敏澤 著, 北京, 人民文學出版社, 1981.

≪中國文學發展史≫, 劉大杰 著, 上海, 上海古籍出版社, 1984.

≪中國文學批評論集≫, 張健 著, 臺北, 臺灣學生書局, 1985.

≪中國文學批評小史≫, 周勛初 著, 咸寧, 長江文藝出版社, 1981.

≪中國詞學批評史≫, 方智范 등 著, 北京, 中國社會科學出版社, 1994.

≪中國詩歌藝術研究≫, 袁行霈 著, 北京, 北京大學出版社, 1987.

≪中國詩論≫, 차주환 著, 서울, 서울대학교출판부, 1989.

≪中國詩史漫筆≫, 李慶・武蓉 著, 北京, 中國文聯出版社, 1988.

≪中國詩話史≫, 蔡鎭楚 著, 長沙, 湖南文藝出版社, 1988.

≪漢語詩律學≫, 王力 著, 上海, 上海敎育出版社, 1982.

❹ 학위논문

≪陸游紀夢詩研究≫, 劉奇慧, 國立臺灣師範大 석사학위논문, 2003.

≪陸游紀遊詩研究≫, 康育英, 逢甲大 석사학위논문, 1999.

≪陸游詩歌研究≫, 宋邦珍, 國立高雄師範大 박사학위논문, 1999.

≪陸游蜀中詩歌研究≫, 王曉雯, 淡江大 석사학위논문, 2002.

≪陸游建安詩考≫, 王小珍, 福建師範大 석사학위논문, 2002.

≪陸游詩研究≫, 李致洙, 國立臺灣大 박사학위논문, 1989.

≪歐陽修詩研究≫, 권호종, 서울대 박사학위논문, 1992.

≪江西詩派와 禪學의 受容≫, 정상홍, 성균관대 박사학위논문, 1994.

≪唐代 七言律詩 研究≫, 김준연, 서울대 박사학위논문, 2001.

≪梅堯臣詩研究≫, 우재호, 서울대 석사학위논문, 1996.

≪王安石詩研究≫, 유영표, 서울대 박사학위논문, 1992.

≪王績詩研究≫, 박병선, 전남대 박사학위논문, 1995.

≪陸放翁詩研究≫, 변형석, 국민대 석사학위논문, 1981.

≪陸游梅花詩研究≫, 진명화, 단국대 석사학위논문, 1991.

≪陸游詩와 그 表現樣態攷≫, 정혜원, 한국외국어대 석사학위논문, 1985.

≪陳師道詩研究≫, 최금옥, 서울대 박사학위논문, 1993.

≪蘇軾 黃州時期 詩研究≫, 김진경, 서울대 박사학위논문, 2003.

≪陸游詩研究≫, 拙稿, 서울대 석사학위논문, 1996.

❺ 일반논문

<江湖詩派與江湖派詩>, 梁守中, ≪復印報刊≫, 1989. 3.

<繼承與發揚中國古典文學的愛國主義傳統>, 郭延禮, ≪復印報刊≫, 1981. 11.

<論宋詩特色及其歷史地位>, 肖蔚彬, ≪復印報刊≫, 1985. 2.

<論陸游英雄主義詩歌的幻想性質>, 許文軍, <陝西師大學報> 1994. 1.

<談陸放翁和他的詞>, 劉遺賢, ≪文學遺産增輯≫, 8집.

<東坡詞的意境>, 程毅中, ≪文學遺産選輯≫, 3집.

<東坡與放翁:隔代兩知音>, 楊勝寬, <西南師範大學學報>, 1995. 9.

<略談我國古典文學作品中的愛情主題>, 杜景華, ≪復印報刊≫, 1982. 13.

<論陸游詩的意象>, 蕭瑞峰, ≪文學遺産≫, 1988. 1期.

<論陸游的愛國詩篇>, 喩朝剛, ≪文學遺産≫, 1981. 2期.

<論陸游的蜀中詩>, 胡蓉蓉, <四川師範大學學報>, 1994. 10.

<論陸游蜀中詩的尙武精神>, 高利華, <紹興文理學院學報>, 1997. 3.

<陸游南鄭從軍生活與詩歌創作>, 楊吉榮, <漢中師範學院學報> 社會科學 3期, 1997.

<陸游山水詩是中國古代山水詩走向心靈的美學歸宿>, 曾明, <西南民族學院學報>, 1993. 1.

<陸游山水詩的藝術精神>, 曾明, <西南民族學院學報>, 1997. 12.

<陸游詩作中自我形象的塑造>, 王樹溥, <遼寧師範大學學報>, 1999. 2期.

<漫談陸游的夢>, 吳湛瑩, <綏化師專學報>, 1984. 1期.

<文學史應爲朱熹詩留一席位>, 林鴻榮・宋洪志, ≪復印報刊≫, 1987. 4.

<生離死別, 遺恨綿綿遣悲懷>, 馬天祥, ≪復印報刊≫, 1989. 6.

<蘇軾與黃庭堅的詞論>, 青山宏 著, 范建明 譯, ≪復印報刊≫, 1990. 10.

<心弦上的夢思－談陸游兩首紀夢詩句>, 高利華, <文史知識>, 1991. 1.

<愛國主義精神在我國古典詩歌中的體現>, 嘯馬, ≪復印報刊≫, 1982. 2期.

<呂本中與南宋初期詩風演變>, 張鳴, <文史知識>, 1994. 4.

<陸游‘釵頭鳳’本事辨>, 陳列, ≪復印報刊≫, 1990. 4.

<陸游‘釵頭鳳’詞研究綜述>, 高利華, ≪復印報刊≫, 1989. 7.

<陸游‘釵頭鳳’主題辨疑>, 周本淳, ≪復印報刊≫, 1985. 6.

<陸游對前人作品的學習, 繼承和發展>, 于北山, ≪復印報刊≫, 1981. 6.

<陸游的山水美學觀>, 丘振聲, ≪復印報刊≫, 1987. 4.

<陸游的生活道路與創作道路>, 馮沅君, ≪文學遺産增輯≫, 8집.

<杜牧詩에 나타난 憂國性 고찰>, 김성문, ≪中語中文學≫ 14집, 1992.

<杜詩對仗法研究>, 이영주, ≪中國文學≫ 32집, 1999. 11.

<杜詩의 句法과 子法研究>, 이영주, ≪中國文學≫ 40집, 2003. 11.

<杜詩章法研究>, 이영주, ≪中國文學≫ 33집, 2000. 5.

<陸游詩考>, 이홍진, ≪中國語文學≫ 5집.

<陸游詩淵源考>, 이치수, ≪中國語文學≫ 16집, 1989. 12.

<陸游詩와 江西詩派>, 이치수, ≪中語中文學≫ 6집, 1984.

<陸游詩와 江湖詩派>, 이치수, ≪語文研究≫ 13집, 1988.

<陸游詞의 主題 및 創作觀에 대한 고찰>, 拙稿, ≪中國文學≫ 30집, 1998. 10.

<悲感風格 '悽愴'의 의미 분석>, 拙稿, ≪中國文學≫ 32집, 1999. 11.